HEYNE ❮

MIRIAM COVI

Sehnsucht in Aquamarin

Roman

WILHELM HEYNE VERLAG
MÜNCHEN

Penguin Random House Verlagsgruppe FSC® N001967

2. Auflage
Originalausgabe 06/2021
Copyright © 2021 by Wilhelm Heyne Verlag, München,
in der Penguin Random House Verlagsgruppe GmbH,
Neumarkter Str. 28, 81673 München
Redaktion: Diana Mantel
Printed in Germany
Umschlaggestaltung: Eisele Grafik Design, München, unter
Verwendung von Photocase (Nordreisender, Gortincoiel),
iStockphoto (johnwoodcock), Bigstock (ezphoto, PIXbank,
Maryia_K, domnicky, NatalyaAksenova, artemzatsepilin,
liudmila fadzeyeva), Shutterstock.com (KNST Art Studio, serato)
Satz: Vornehm Mediengestaltung GmbH, München
Druck und Bindung: CPI books GmbH, Leck
ISBN: 978-3-453-42374-9

www.heyne.de

Für Chrissi & Andrea,
ohne euch gäbe es nicht das Foto
von Marco und mir bei Sonnenuntergang
auf einem Segelschiff,
und ohne das Foto wäre ich nicht auf
die Idee zu dieser Geschichte gekommen.

Kapitel 1

J ared lehnte sich über Leyna und blickte ihr tief in die Augen.

»Ich will dich«, murmelte er. »Jetzt.«

Seine heisere Stimme ließ sie erschaudern, und im nächsten Moment stöhnte sie lustvoll auf, als seine Hand …

»Da-dumm-da-dumm, da-dumm-da-dumm …« Mit der nervigsten Melodie der Welt poppt das Skype-Symbol auf meinem Bildschirm auf und reißt mich aus der Liebesszene von Jared und Leyna. Verzweifelt seufze ich und schiebe gleich noch einen tiefen Seufzer hinterher, als ich erkenne, wer mich anruft: Jette.

Natürlich ist es nett, dass sich meine Schwester mal meldet, was ziemlich selten vorkommt. Aber … ich kenne Jette gut genug, um zu wissen, dass sie mich jetzt mit einer neuen Entwicklung in ihrem unsteten Leben aus meiner Arbeitsroutine reißen wird. Bestimmt will sie mir erzählen, warum sie ihren neuen Job an der Rezeption eines Hotels in Alicante schon wieder gekündigt hat, um dem nächsten Mann ihrer Träume hinterherzureisen. Ihr Leben und meines könnten wirklich kaum unterschiedlicher sein.

Wenn man sieht, wie brav und konservativ ich in Jogginghose in meiner winzigen Dachgeschosswohnung am Schreibtisch sitze und ein Käsebrot esse, während ich versuche, konzentriert an meiner Übersetzung zu arbeiten, sollte man wirklich nicht meinen, dass ich die jüngere Schwester bin, zweieinhalb Jahre jünger als Jette. Sie besitzt mit Sicherheit gar keine Jogginghose, läuft vermutlich gerade in Hotpants herum, weil es in Alicante heiß ist, während sich hier in Stuttgart der Sommer nicht wirklich dazu durchringen kann, einen mit warmen Temperaturen und Sonnenschein zu beglücken. Wobei Jette vermutlich auch hier in Stuttgart Hotpants tragen würde, wenn sie Lust darauf hätte. Sie hat sich noch nie um so lästige Details wie Außentemperaturen oder Wettervorhersagen gekümmert.

Genervt seufze ich noch einmal und lege mein angebissenes Käsebrot zurück auf den Teller. Obwohl sich meine Schwester sehr selten meldet, bin ich tatsächlich versucht, so zu tun, als wäre ich nicht da. Zum einen habe ich einfach keine Lust auf das neueste Drama in ihrem chaotischen Leben (ist ihr schon wieder das Portemonnaie gestohlen worden? Hat ihr Freund sie verlassen? Oder sie ihn? Oder ist sie ein weiteres Mal pleite und traut sich nicht, schon wieder Papa anzupumpen, weshalb sie es bei mir versucht?). Und zum anderen unterbricht sie mich gerade in einer besonders heißen und besonders schwierig zu übersetzenden Szene. Wenn man sich mitten im Brainstorming befindet, weil man alle möglichen Ausdrücke für »Penis« schon in den vorherigen Absätzen benutzt hat, wird man einfach nicht gern unterbrochen. Ich muss vorankommen, schließlich nähert sich die Deadline mit großen Schritten, und ich bin erst beim vierten Geschlechtsakt zwischen Leyna und dem sexy Banker Jared, sprich im sechsten Kapitel. Ja, ich übersetze SOLCHE Romane. Nein, ich selbst habe bis vor zwei Jahren, als ich den ersten Auftrag für den Secret Garden Verlag angenommen habe, keine Erotikromane gelesen. Aber so schlecht sind sie gar nicht geschrieben, finde ich. Natürlich wäre es mir lieber, einen »wertvolleren« Roman aus einem der großen Verlagshäuser zu übersetzen, aber immerhin habe ich überhaupt einen Fuß in einer Verlagstür. Das ist auf dem schwer umkämpften Markt der freiberuflichen Übersetzer schon sensationell. Außerdem übersetze ich nicht länger ausschließlich Gebrauchsanweisungen für Rasenmäher und elektrische Gartenscheren, worüber ich wirklich sehr glücklich bin, schließlich bin ich weder ein Fan von Technik noch von Gartenarbeit oder Natur im Allgemeinen. Ganz aufgeben kann ich die nüchternen Anleitungstexte allerdings auch nicht, denn allein von den Romanen könnte ich nicht leben. Das Seitenhonorar ist leider ein Witz, und ich überlege zwischendurch immer wieder, ob ich nicht anfangen sollte, nebenher wieder zu kellnern wie damals im Studium. Aber dass man als Übersetzerin nicht reich wird, war mir früh klar, und dennoch wollte ich schon als Jugendliche genau das machen: Romane aus dem Englischen ins Deutsche übersetzen. Und zwar von zu Hause aus, wo ich in Jogginghose sitzen und nebenher Käsebrot essen darf. Ich muss mich morgens nicht in einen überfüllten Bus quälen, mich nicht mit nervigen Kollegen und schlechtem Kantinenessen herumärgern. Und einen Chef habe ich im eigentlichen Sinne auch nicht, obwohl mir der Verlag natürlich hin und wieder im Nacken sitzt, wenn sich die Deadline nähert. So wie jetzt.

Dass ich nicht allein von den Erotikromanen leben kann, ist allerdings sogar ganz praktisch, denn so muss ich wenigstens nicht lügen, wenn ich Papa und meiner Stiefmutter Inge von aktuellen Übersetzungsaufträgen erzähle und dabei ausschließlich um Rasenmäher und Gartenscheren kreise. Würde ich ihnen von den Büchern erzählen, würde Inge vermutlich eines lesen wollen, immerhin liest sie leidenschaftlich gern – aber bestimmt keine Erotikromane, weshalb sie sicherlich völlig schockiert wäre. Papa liest zwar zum Glück nur die Zeitung und das ein oder andere Sachbuch, aber Inge würde ihm natürlich erzählen, was seine Tochter da übersetzt, denn Inge und Papa haben keine Geheimnisse voreinander. Zumindest glaube ich das, die beiden scheinen immer ein Herz und eine Seele zu sein. Wie auch immer: Ich möchte den beiden diesen Schock wirklich ersparen, weshalb es gut ist, dass ich bei den Aufträgen zweigleisig fahre und einen Spagat zwischen Erotik und Gartengeräten hinlege. Andererseits: Wann habe ich mit Inge und Papa das letzte Mal über meine Arbeit gesprochen? Oder überhaupt gesprochen? Ist schon länger her. Fast so lang her wie meine letzte Unterhaltung mit Jette, und dabei leben Papa und Inge nicht weit von mir entfernt, sondern hier in Stuttgart. Es liegt nicht an den beiden, dass wir so selten Kontakt haben, sondern eher an mir, dem Einsiedler, wie mich meine Freundinnen manchmal nennen.

Um nicht weiter darüber nachdenken zu müssen, dass ich mich zu sehr in meiner Arbeit und in meiner Dachwohnung vergrabe, und bevor meine Schwester in Alicante aufgibt und wieder auflegt – schließlich ist Jette für vieles bekannt, aber sicher nicht für ihr Durchhaltevermögen –, greife ich doch noch hastig nach der Maus und klicke auf das Kamerasymbol. Als sich der Bildschirm meines Laptops mit ihrem vertrauten dunkelblonden Lockenkopf füllt, muss ich grinsen. Jette sieht genauso aus, wie ich es erwartet habe: Braun gebrannt, ihre Augen, die so hellblau sind wie meine, hinter einer riesigen Sonnenbrille verborgen. Zwar kann ich nicht erkennen, ob sie Hotpants trägt, aber das Trägertop im blau-weißen Batik-Look und die knallbunte Folklore-Kette passen zum Image meiner rastlosen Weltenbummler-Schwester. Sie scheint in einem Straßencafé zu sitzen, zumindest erkenne ich im Hintergrund vorbeifahrende Autos und einen Streifen blauen Meeres. Ach, am Meer wäre ich jetzt eigentlich auch gern.

»Hi, Jette!«, sage ich und wische ein paar Krümel von meiner Tastatur. »Du lebst! Bist du noch in Alicante?«

»Ja«, kommt die knappe Antwort. Und dann: »Du, ich habe unsere Mutter gefunden.«

Einen Moment lang scheint die Welt stillzustehen. Entgeistert starre ich auf den Bildschirm meines Laptops und bin nicht in der Lage zu begreifen, was meine Schwester in Spanien gesagt hat.

»Polly?« Jette klingt ungeduldig. Sie nimmt ihre Sonnenbrille ab, und jetzt kann ich erkennen, dass ihre Augen verheult aussehen. Mein Herz setzt einen Schlag aus.

»Was … was ist passiert? Wo … wann … Ist sie in Alicante?« Jette schüttelt den Kopf. »Nein. Sie ist in Maine.«

Ratlos starre ich meine Schwester an, brauche ein paar Sekunden, bevor in mein vernebeltes Gehirn die Erkenntnis vordringt, dass sie von dem US-Bundesstaat im Nordosten der USA spricht. Da spielte der zweite Erotik-Roman, den ich übersetzt habe: *Sündige Wildnis.* Ich kann mich gut an die Sexszenen in tiefen Wäldern und auf schwankenden Fischerbooten erinnern. Und an die wunderschön beschriebene Landschaft. Seit der Übersetzung träume ich tatsächlich heimlich davon, mal Urlaub in Maine zu machen, auch wenn ich sonst gar nicht auf Natur stehe. Aber die Beschreibung der rauen Küste (und des handfesten Naturburschen Tristan) klang wirklich faszinierend, sogar für mich überzeugte Städterin. Und ausgerechnet da … nein, das ist unmöglich!

»In … Maine? Unsere Mutter?«

Ich kann nicht glauben, was Jette behauptet. Schließlich haben weder sie noch ich Eva Michaelis je wiedergesehen, seit sie uns damals bei unserer Oma abgeliefert hat, angeblich, um einkaufen zu gehen. Seit sie uns länger als gewöhnlich an sich gedrückt hat, um dann mit einem »Ich hab euch lieb!« davonzueilen und nie wieder aufzutauchen. Seit jenem regnerischen Aprilmorgen haben wir nichts mehr von der Frau gehört, die mit uns im Wohnzimmer Höhlen aus Stühlen und Decken gebaut, für uns Pfannkuchen gebacken und sich beim Zubettgehen Gutenachtgeschichten ausgedacht hat. Natürlich erinnere ich mich selbst nicht wirklich an all diese Dinge, denn ich war erst zweieinhalb Jahre alt, als wir an jenem Apriltag nicht bei Oma Hanne abgeholt wurden. Aber Jette war fast fünf, und sie erinnert sich nach eigenen Angaben lebhaft und gut an unsere Mutter. Vielleicht hat sie ihr Verschwinden deshalb bis heute nicht verkraftet.

Selbstverständlich beschäftigt es auch mich nach all diesen Jahren immer noch, dass Eva Michaelis damals einfach so von der Bildfläche unseres Lebens verschwunden ist und sich nie wieder bei uns gemeldet hat. Ein Verbrechen konnte ausgeschlossen werden, weil unser Vater zu Hause einen Brief auf dem Küchentisch vorfand, eindeutig in der Handschrift unserer Mutter geschrieben, in dem sie um Verzeihung bat. Es war also klar, dass sie weggegangen war. Und das machte mich später, als ich es begriff, zunächst unendlich traurig, dann wütend, heute eher ratlos. Ich kann mir beim besten Willen nicht erklären, was damals in unserer jungen Mutter vorgegangen sein muss. War sie überfordert? Wollte sie ein anderes Leben leben? Immerhin war sie erst neunzehn gewesen, als sie Jette bekam. Zweieinhalb Jahre später wurde ich geboren. Wir waren beide ungeplant, das wissen wir. Aber wir waren nicht ungeliebt, zumindest nicht, bis wir zweieinhalb und fast fünf Jahre alt waren und von unserer Mutter verlassen wurden.

Aber auch danach wurden wir natürlich geliebt, schließlich hatten wir nicht nur bei unserer Mutter gelebt: Im Erdgeschoss unseres Hauses wohnten Oma Hanne und Opa Karl, die Eltern unseres Vaters. Und, ja, natürlich gab es unseren Papa. Walter Reinhardt war allerdings auch noch sehr jung, nur ein Jahr älter als unsere Mutter, und, genau wie Eva, steckte er mitten im Studium. Sie unterbrach ihr Biologiestudium kurz vor Jettes Geburt, machte danach aber weiter – bis sie dann mit mir schwanger wurde und die Uni endgültig an den Haken hängen musste. Vielleicht war es dieses abgebrochene Studium, das sie dazu veranlasst hat wegzugehen – das ist zumindest meine Theorie. Ob sie in eine andere Stadt gezogen ist und noch einmal von vorn angefangen hat, neues Studium, neues Leben? Oder war sie einfach so unglücklich darüber, aus finanziellen Gründen mit den Eltern ihres Freundes in einem Haus zu wohnen? Zwar liebte ich meine inzwischen verstorbene Oma Hanne, aber ich wusste auch, dass sie schwierig sein konnte, sehr dominant, eine perfektionistische schwäbische Hausfrau, die jedem Krümel den Kampf ansagte. Unsere Mutter hingegen war alles andere als ordentlich, so habe ich es zumindest in den Jahren immer wieder aufgeschnappt, wenn die Sprache flüchtig auf sie kam – was selten genug geschah.

Jette war es, die in all diesen Jahren nie aufgehört hat, nach unserer Mutter zu suchen. Sobald wir in den späten Neunzigern zu Hause Internet bekamen, saß sie oft stundenlang vor Papas Computer und durchforstete mittels Suchmaschinen das Netz, ohne jemals einen Treffer zu »Eva Michaelis« zu bekommen. Mir ist klar, dass Jette deshalb so ruhelos durch ihr Leben zieht, erst ihre Ausbildung zur Bürokauffrau und dann auch noch ihr BWL-Studium abgebrochen hat, um danach mit einer nie enden wollenden Reihe von Jobs durch die Welt zu tingeln. Mal machte sie einen Kurs für Yogalehrer auf Bali, dann kellnerte sie auf Mallorca oder fing eine Ausbildung zur Tauchlehrerin auf Teneriffa an, die sie natürlich auch abbrach. Sie war Kinderanimateurin in verschiedenen Hotelanlagen in halb Europa und sogar in Thailand, hat auf der AIDA gearbeitet und an so vielen Hotelrezeptionen gestanden, dass ich sie nicht mehr aufzählen kann. Selbst wenn Jette es nie zugeben würde, so bin ich davon überzeugt, dass sie unbewusst überall auf dem Globus nach unserer Mutter gesucht hat.

Und nun scheint Jette sie tatsächlich gefunden zu haben. An der Ostküste der USA, in Maine.

Ungläubig starre ich meine Schwester an und frage: »Aber – WIE hast du sie gefunden?«

»Ich habe vor ein paar Tagen jemanden kennengelernt«, erzählt meine Schwester und streicht sich eine Locke aus der Stirn. »Er heißt Marc und ist Hoteltester für Hellweg-Reisen. Sein Job besteht darin, weltweit Hotels zu testen. Coole Sache übrigens, ich will das vielleicht auch machen.«

Ja, natürlich. Wieder eine neue Job-Idee. Ungeduldig hake ich nach: »Und was hat das mit unserer Mutter zu tun?«

»Dazu wollte ich ja gerade kommen«, erwidert Jette ein wenig gekränkt und greift nach einem Glas, in dem sich offensichtlich Latte macchiato befindet. »Ich habe die letzten zwei Nächte bei Marc in einer Hotelanlage hier in der Nähe verbracht.« Ihre Augen nehmen einen verräterischen Glanz an, der mir sagt, dass Marc mal wieder die »ganz große Liebe« sein könnte. Der »ganz großen Liebe« ist meine ältere Schwester in ihren fast 34 Lebensjahren schon unzählige Male begegnet. Leider entpuppt sie sich regelmäßig schon nach kurzer Zeit als doch nicht so groß – beziehungsweise als gar keine Liebe. Es ist schon merkwürdig, wie verschieden wir sind. Jette verknallt sich alle naselang – und ich mich grundsätzlich nie.

»Also, Marc hat mir von seinen Reisen erzählt, unter anderem von einem längeren Trip die Ostküste der USA entlang. Da hat er auch ein Hotel in Bar Harbor unter die Lupe genommen, das ist ein Küstenort in Maine.«

»Ja, kenne ich«, murmele ich und muss erneut an den Erotikroman vor malerischer Küstenkulisse denken. Ganz besonders an die Qualitäten des handfesten Park Rangers Tristan. Ja, irgendwo bei Bar Harbor muss es einen Nationalpark geben, das weiß ich noch. Seit der Übersetzung möchte ich zwar keinem Schwarzbären begegnen, träume aber trotzdem von hei-ßem Sex in einem Zweimannzelt, obwohl ich, wie gesagt, über-haupt kein Outdoor-Typ bin.

»Marc hat mir auf seinem Laptop Fotos von der Reise gezeigt, unter anderem von diesem ›Bar Harbor Inn and Spa‹, weil ihn das besonders beeindruckt hat. Zwar fand er die Zim-mereinrichtung etwas spießig und konscrvativ, so amerikanisch plüschig, aber dafür liegt das Hotel hammermäßig, direkt am Meer, einfach genial.«

»Jette, könntest du bitte zum Punkt kommen?«

Meine Schwester sieht mich mit hochgezogenen Augen-brauen an, und ich merke, dass sie ein neues Piercing hat: ein kleiner Ring in der linken Braue. Hörbar verletzt erwidert sie: »Nun sei doch nicht immer so ungeduldig, Polly!«

Ich atme tief durch und zähle innerlich bis zehn, um ihr nicht an den Kopf zu knallen, dass ich dringend weiter überset-zen müsste, weil mir meine Deadline im Nacken sitzt und ich daher allen Grund habe, ungeduldig zu sein. Allerdings flüstert mir jetzt die Stimme der Vernunft sehr leise zu, dass ich meine Schwester selten genug spreche. Dass ich nicht immer nur arbeiten kann. Dass mein Sozialleben ohnehin schon mehr als dürftig ist und Jette heute der erste Mensch ist, den ich über-haupt spreche, und dabei ist schon später Nachmittag (nein, das stimmt gar nicht, der DHL-Bote hat vorhin ein Paket von Zalando gebracht – ha!). Aber dann sagt das Stimmchen noch mit Nachdruck, dass es hier immerhin nicht nur um belang-loses Plaudern, sondern um unsere verschollene Mutter geht. Also atme ich tief durch, verdränge die Deadline und widme meine Aufmerksamkeit ganz meiner Schwester am Mittelmeer.

»Also«, sagt Jette, nachdem sie einen großen Schluck von ihrem Kaffee genommen hat. »Marc zeigt mir die Bilder vom Hotel in Maine, und auf einmal sehe ich sie.«

»Wo?«

»Na, auf einem der Fotos. Marc hat es im Hotelrestaurant aufgenommen, und an einem Tisch im Vordergrund sitzt ganz eindeutig unsere Mutter.«

Merkwürdig, denke ich flüchtig, dass keine von uns sich dazu durchringen kann, von der Frau, die uns nie wieder von Oma Hanne abgeholt hat, als »Mama« zu sprechen.

»Wie kannst du dir so sicher sein?«, frage ich tonlos. »Nach neunundzwanzig Jahren? Und was sollte unsere Mutter ausgerechnet in einem kleinen Kaff in Maine machen?«

»Warte, ich schicke dir das Foto rüber«, kommt Jettes Antwort, und ich höre sie auf der Tastatur ihres Laptops herumhacken. Mein Herz schlägt schneller, meine Handflächen werden feucht vor Nervosität. Als ein »Pling« ankündigt, dass ich eine E-Mail bekommen habe, zittert meine Hand ein wenig, während sie ein paar Mausklicks macht.

Und dann starre ich fassungslos auf ein Foto, das ein Hotelrestaurant mit wirklich fantastischer Aussicht direkt aufs Meer zeigt, mit altmodischen Stühlen und akkurat eingedeckten Tischen. Und an einem dieser Tische im Vordergrund sitzt eine brünette Frau, die ein Weinglas in der Hand hält und einer grauhaarigen Frau mit Bierglas zuprostet.

»Die Frau mit dem Weinglas«, höre ich Jettes Stimme.

»Ich weiß«, murmele ich, denn es kommt nur sie infrage. Und Jette hat recht, die Ähnlichkeit ist verblüffend. Zumindest gibt es da Ähnlichkeit mit der Frau, die unsere Mutter inzwischen geworden sein könnte. Denn mit vierundzwanzig, als sie uns das letzte Mal geküsst hat, war ihr dunkelbraunes Haar modisch kurz, noch ganz im Stil der späten 8oer-Jahre, während die Frau mit dem Weinglas eine kinnlange Bobfrisur und Ponyfransen trägt und ihr dunkles Haar von grauen Strähnen durchzogen wird, soweit ich das erkennen kann. Aber die Nase … die sieht eindeutig aus wie die Nase der Frau, die ich mir ganz selten auf Fotos aus meinen ersten Lebensjahren ansehe. Und ihre Augen haben dasselbe helle Blau – Aquamarinblau – wie Jettes und meine Augen.

Und wie die Augen von vielen, vielen Menschen auf dieser Welt.

»Jette«, sage ich ruhig. »Du hast recht, sie hat Ähnlichkeit mit unserer Mutter. Aber wir können nach neunundzwanzig Jahren unmöglich mit Sicherheit sagen, dass sie das ist.«

»Doch, können wir«, beharrt Jette, und ich höre ihr die wilde Entschlossenheit an, die sie auch dann an den Tag legt, wenn sie von einer neuen »Karriere«-Idee besessen ist. Das letzte Mal klang sie so, als wollte sie unbedingt auf einer Schaf-Farm in Australien arbeiten. Dann aber kam ein rassiger Spanier namens Juan dazwischen und verleitete sie dazu, statt nach Down Under lieber nach Alicante zu ziehen. Was aus Juan geworden ist, weiß ich nicht, aber inzwischen scheint es ja einen Hoteltester namens Marc in Jettes Leben zu geben.

»Und wie?«, frage ich und greife nach meinem Käsebrot. Ich werde mich nicht von der üblichen vorschnellen Begeisterung meiner Schwester anstecken lassen, die meistens ebenso schnell wieder verpufft und bei mir immer wieder nichts als Resignation hinterlässt.

»Schau dir das rechte Handgelenk der Frau an, Polly.«

Neugierig lasse ich mein Brot sinken und beuge mich näher an meinen Bildschirm heran. Am Gelenk der Hand, die das Weinglas hält, schimmert etwas unter dem weiten Blusenärmel hervor. Mein Herz klopft aufgeregt schneller. »Das … das ist doch gar nicht deutlich zu erkennen«, sage ich und klinge auf einmal heiser.

»Zoom das Foto heran. Zwar wird das Tattoo dann etwas

verpixelt, aber man erkennt es, Polly. Man erkennt es ganz eindeutig.«

Atemlos vergrößere ich das Bild. Ja, meine Schwester hat recht: Unter dem Ärmel der dunkelhaarigen Frau in Maine blitzt ein Eulen-Tattoo hervor. Ein Tattoo auf Höhe der Pulsadern, so groß wie ein Hühnerei. Eulen waren die Lieblingstiere unserer Mutter, und angeblich hat sie sich für uns Kinder Geschichten über ihre tätowierte Eule ausgedacht, hat Jette mir mal erzählt. Meine Schwester hat dem Vogel sogar einen Namen gegeben: Mona.

»Das gibt es nicht«, flüstere ich, während der Bildschirm vor meinen Augen verschwimmt. »Das gibt es nicht.«

»Doch«, höre ich Jettes resolute Stimme in Spanien. »Doch, Polly, das gibt es. Wir haben sie endlich gefunden. Und ich habe schon Flüge rausgesucht.«

»Flüge?« Alarmiert blinzele ich meine Tränen fort. Ich verkleinere die Fotoanzeige, wechsele zurück zu Skype und sehe meine Schwester fragend an. »Du willst doch nicht …?«

»O doch. Du nicht?«

Ein paar Herzschläge lang weiß ich nicht, was ich sagen soll. »Nein«, murmele ich schließlich. »Ich glaube nicht.«

»Polly! Neunundzwanzig Jahre lang wussten wir nicht, wo sie ist und warum sie verschwunden ist!«

»Das wissen wir immer noch nicht«, gebe ich zu bedenken. »Warum sie verschwunden ist, meine ich.«

»Ja, aber wir könnten es endlich herausfinden! Indem wir hinfliegen und sie zur Rede stellen!«

»Ach Jette«, sage ich und reibe mir erschöpft mit der flachen Hand über die Augen. »Nur weil sie irgendwann in diesem Hotelrestaurant saß, heißt das doch nicht, dass sie immer noch da ist.«

»Das Bild ist gerade mal drei Wochen alt. Die Chancen stehen gut, dass sie entweder in Bar Harbor wohnt, oder dass sie noch im Urlaub dort ist – oder dass sich zumindest jemand im Hotel an sie erinnern kann. Komm schon, Polly, das ist unsere erste heiße Spur, seit sie verschwunden ist!«

Eine von Jettes Job-Ideen während der letzten Jahre war Privatdetektivin, fällt mir ein. Sie wäre vielleicht sogar eine gute geworden.

»Jette, wir können da doch nicht einfach auftauchen und nach der Frau auf dem Foto fragen«, werfe ich ein. Ja, natürlich wollte ich seit meiner Übersetzung von *Sündige Wildnis* eigentlich mal Urlaub in Maine machen, Schwarzbären hin oder her. Aber sicherlich nicht unter diesen Umständen. Die Vorstellung, an einem wildfremden Ort nach einer inzwischen wildfremden Person zu suchen, macht mir Angst. Ich liebe mein geregeltes Leben, fahre eigentlich gar nicht gern in den Urlaub, bin lieber zu Hause in meinem vertrauten Umfeld, wo ich im Supermarkt um die Ecke die Kassiererin beim Namen kenne, in meinem Stammlokal nebenan immer dasselbe bestelle und mich jeden Mittwoch mit Tine und Anja, meinen zwei besten Freundinnen aus Studienzeiten, in der Wunder Bar auf einen Gin Tonic treffe. Das einzig Unstete in meinem Leben sind die meist recht kurzen Affären, auf die ich mich hin und wieder einlasse, denn, hey, ich übersetze Erotikromane. Ohne Sex komme auch ich nicht aus, aber eine richtige Beziehung möchte ich nicht haben. Warum das so ist, darüber denke ich seit vielen Jahren erfolgreich nicht näher nach.

Bis auf mein unstetes Liebesleben bin ich also ein Mensch, der sehr an seinen Ritualen und einem sicheren Umfeld hängt. Spontan in ein fremdes Land zu fliegen, um eine Person zu suchen, die ich seit fast drei Jahrzehnten nicht gesehen habe, sieht mir nicht ähnlich.

Meiner Schwester hingegen schon, und mir ist klar, dass Jette nicht lockerlassen wird.

»Also ich fliege da hin«, sagt sie resolut und macht zur Untermalung ihrer Worte ein paar energische Mausklicks. Sicher steckt sie schon mitten in einer Flugbuchung.

»Wohin denn überhaupt? Direkt nach Maine?«

»Nein, nach Boston, da ist der am nächsten gelegene internationale Flughafen.«

»Und wann?«

»Morgen. Wie du schon sagtest: Vielleicht macht sie nur Urlaub in Maine. Ich will nicht riskieren, dass wir sie knapp verpassen.«

»Wir?«, frage ich langsam.

»Ja. Du und ich«, erwidert Jette und sieht mich ernst an. »Du hast doch einen gültigen Reisepass?«

Ich stöhne leise auf. Ja, den habe ich, trotz meiner Häuslichkeit. Tine und Anja haben mich vor zwei Jahren für bescheuert erklärt, weil ich es nicht ausnutzen wollte, dank meiner Schwester in so einem schicken Resort auf Phuket zu vergünstigten Konditionen unterkommen zu können. Meine Freundinnen haben es damals tatsächlich geschafft, mich umzustimmen, und so sind wir gemeinsam nach Thailand geflogen, wo ich Jette während unseres vierzehntägigen Aufenthalts herzlich wenig zu Gesicht bekommen habe. Sie schob es auf ihren stressigen Job als Kinderanimateurin, ich auf unser merkwürdiges Verhältnis zueinander. Aber insgesamt war es ein toller Urlaub. Und ja, deshalb besitze ich einen gültigen Pass.

»Bitte, Polly«, höre ich Jettes Stimme. »Nach all diesen Jahren. Lass mich das jetzt nicht allein durchziehen.«

Als ich merke, dass die Augen meiner Schwester erneut feucht schimmern, begreife ich, dass ich keine Chance habe, aus dieser Sache unbeteiligt herauszukommen. Wie so oft fühle ich mich wie die Ältere, die Verantwortung für die Jüngere übernimmt, obwohl es doch eigentlich andersherum sein sollte. Mir wird klar, dass Jettes ruheloses Durchs-Leben-Irren tatsächlich zu einem Ende kommen könnte, wenn wir unsere Mutter und mit ihr hoffentlich ein paar Antworten finden. Allerdings weiß ich nicht, ob uns diese Antworten wirklich etwas bringen werden. Aber um das herauszufinden, müssen wir es wohl probieren.

Ergeben seufze ich auf und sage: »Okay, du hast gewonnen. Lass uns nach Boston fliegen.«

Jettes Augen leuchten auf, als sie zwei weitere Mausklicks macht und sagt: »Danke, Polly! Ich wusste, dass ich auf dich zählen kann! Du, können wir deine Kreditkarte für die Flugbuchung nutzen? Meine ist leider überzogen.«

Resigniert stehe ich vom Schreibtisch auf, um mein Portemonnaie zu holen. Beim Gedanken an meinen mageren Girokonto-Stand wird mir ganz anders. Aber zum Glück bin ich schwäbisch-sparsam wie unser Vater und habe auch noch ein Sparkonto, auf dem ich jeden Euro, den ich entbehren kann, horte. Also müsste es irgendwie gehen, sage ich mir. Allerdings werde ich mir nun nicht so bald einen neuen Laptop leisten können. Aber der alte hält hoffentlich noch ein wenig durch. Erneut seufze ich tief auf. Ganz sicher werde ich es noch bereuen, mal wieder nicht Nein gesagt zu haben.

Kapitel 2

M*aine – the way life should be*« lese ich auf einem großen Schild am Straßenrand, bevor unser Mietwagen einen gefährlichen Schlenker macht und ich aufschreie. »Jette! Bist du eingeschlafen?«

Meine Schwester ist bei meinen Worten merklich zusammengezuckt und starrt nun mit weit aufgerissenen Augen auf den Highway, der sich durch Wald, Wald und noch einmal Wald schlängelt, nur hier und da von Häusern unterbrochen. Maine scheint genauso weit und einsam zu sein, wie ich es mir vorgestellt habe. Nur einen Schwarzbären haben wir noch nicht gesehen, seit wir vor vier Stunden Boston verlassen haben. Aber der kann ja noch kommen.

»Nee, Quatsch«, verteidigt sich Jette, doch ich merke genau, wie sie ein Gähnen zu unterdrücken versucht und dabei heftig blinzelt. Besorgt richte ich meinen Blick wieder nach draußen auf die Straße. Es hätte nicht viel gefehlt, und wir wären gegen eine der riesigen Kiefern am Straßenrand geknallt! Obwohl auch ich noch vor wenigen Minuten fast eingenickt wäre, hat der Schreck mich wieder ordentlich wachgerüttelt.

»Lass uns einen Fahrerwechsel machen«, schlage ich vor, obwohl Jette mich erst vor einer knappen halben Stunde abgelöst hat. Wir sind beide nach dem Flug so müde, dass wir uns nur mit Mühe gegenseitig wach halten können. Es war wirklich leichtsinnig, nach dem langen Flug am Logan International Airport direkt in unseren Mietwagen zu steigen und loszudüsen, Maine entgegen. Aber nachdem ich meine Ersparnisse für Flugtickets und Wagenmiete hergegeben hatte, wollte auch ich, dass diese Reise zum Erfolg führte – dass wir unsere Mutter nach all diesen Jahren wiederfinden würden. Und so gab ich Jette recht, die darauf drängte, nach unserer Landung heute Vormittag ohne weitere Verzögerung sofort Boston zu verlassen und nach Bar Harbor zu fahren. Außerdem wäre es zwangsläufig erneut auf meine Kosten gegangen, wenn wir uns in der Stadt zunächst ein sicherlich nicht billiges Hotelzimmer genommen hätten.

Wie wir allerdings in Bar Harbor finanziell weiter über die Runden kommen werden, ist mir noch nicht wirklich klar. Im WLAN-Bereich des Flughafens habe ich schnell gegoogelt, was Hotelzimmer in der schmucken Küstenstadt im Nordosten der USA kosten und bin vor Schreck fast in Ohnmacht gefallen. Doch es hilft nichts: Nachdem wir uns in München am Flughafen getroffen haben – Jette aus Alicante kommend, ich aus Stuttgart –, sind wir so spontan, wie es mir überhaupt nicht ähnlich sieht, nach Boston geflogen, und nun müssen wir auch weitermachen. Umkehren geht nicht mehr.

Aber so kurz vorm Ziel vor einen Baum fahren, das geht natürlich auch nicht. Der Fahrstil meiner Schwester ist, nach ihren Aufenthalten in diversen Ländern mit chaotischem Verkehr, schon im ausgeschlafenen Zustand gewöhnungsbedürftig. Und ausgeschlafen ist sie jetzt eindeutig nicht.

»Jette?«, frage ich erneut. Ihre Antwort ist ein herzhaftes Gähnen. Prompt gähne auch ich.

»Okay, das reicht. Wenn das so weitergeht, landen wir vor einem Baum«, schimpfe ich dann, setze mich aufrechter hin und raufe mir meine Haare, die sich seit dem Flug zottelig und ungepflegt anfühlen. »Da vorn!« Erleichtert deute ich durch die Windschutzscheibe, wo am Straßenrand eine Tankstelle auftaucht, über deren Laden verheißungsvoll eine blinkende Kaffeetasse schwebt. »Kaffeepause!«

»Nur noch eine Stunde bis Bar Harbor«, sagt Jette, als wir an den Zapfsäulen vorbei auf den Parkplatz rollen und vor dem Lädchen halten. »Fast gescha ...« Der Rest ihres Satzes geht in erneutem Gähnen unter.

Gemeinsam betreten wir den kleinen Laden, wo ein beleibter Mann mit rot-schwarzem Holzfällerhemd hinter der Kasse hockt und auf einen Fernseher an der Wand starrt, der die Lokalnachrichten zu zeigen scheint – zumindest wird gerade von einem Autounfall mit einem Elchbullen berichtet. Als ich das Autowrack sehe, bekomme ich eine Gänsehaut und muss an die vielen Straßenschilder denken, die vor Elchen warnen, seit wir die Grenze zu Maine überquert haben.

»Wir müssen uns nicht nur vor den Bäumen in Acht nehmen«, murmele ich und deute auf den Fernseher.

»Haha«, brummt Jette und steuert auf den Kaffeeautomaten in der Ecke zu, der neben einem Regal voll mit Plüschelchen und -hummern steht. Während der Kaffee fauchend und spritzend in Jettes Pappbecher läuft, werfe ich einen flüchtigen Blick in den kleinen Spiegel, der an einem Drehständer mit Sonnenbrillen hängt, und erschrecke. Ach du meine Güte! Langstreckenflüge mit anschließenden Autofahrten bekommen mir nicht wirklich gut. Mein dunkelbraunes Haar hängt schlaff und zerzaust auf meine Schultern herab, und ich wünschte wirklich, ich hätte daran gedacht, eine Bürste in meine Handtasche zu packen. Jette hat auch keine dabei, das haben wir schon am Flughafen geklärt. Bei ihren wilden blonden Locken braucht sie die aber auch nicht, denn die liegen irgendwie immer gut. Mit einem Seufzer fahre ich mir durch meine Strähnen und zücke dann den Concealer, den ich in einem geistesgegenwärtigen Moment in meine Handtasche gesteckt habe, bevor ich meine Stuttgarter Wohnung verlassen habe.

»Na, machst du dich für die Elchbullen hübsch, oder doch eher für die menschlichen Maine-Männer?«, fragt Jette neckend, als sie neben mich tritt und an dem Ständer dreht, um sich die Sonnenbrillen anzusehen.

»Weder noch«, brumme ich und mache genervt ein paar Schritte zur Seite, um wieder in den winzigen Spiegel sehen zu können. Rasch verreibe ich die Farbe unter meinen Augen, damit ich nicht mehr ganz so sehr nach Junkie aussehe. »Im Gegensatz zu dir bin ich doch gar nicht auf der Suche nach Mr. Right«, füge ich noch hinzu und stecke den Concealer wieder weg.

»Natürlich bist du das. Du willst es nur nicht wahrhaben«, entgegnet Jette ungerührt.

»Apropos: Was ist eigentlich aus diesem Hoteltester geworden?«, erkundige ich mich. »Wartet er in Alicante darauf, dass du aus Maine zurückkommst?«

Jette schweigt ein paar Sekunden lang, während sie sich wieder dem Kaffeeautomaten zuwendet und ein Tütchen Zucker in ihren Becher rührt. Dann drückt sie mit einem tiefen Seufzer den Deckel darauf und erklärt: »Es sollte nicht sein, mit Marc und mir. Wir sind einfach zu verschieden.«

Klar. Diese Erklärung habe ich schon so oft von Jette gehört, wenn wieder eine große Liebe aus und vorbei war. Ohne auf eine Reaktion von mir zu warten, drückt sie mir ihren Kaffeebecher in die Hand, um eine Sonnenbrille in Herzform aufzuprobieren.

»O ja, die solltest du wirklich nehmen«, grinse ich kopfschüttelnd und nippe an ihrem Latte macchiato. »Rosarot ist sie auch noch. Passt zu dir, wirklich.«

Jette nimmt mir ihren Kaffeebecher wieder ab und trinkt

ebenfalls einen großen Schluck, während sie mich ihrerseits kopfschüttelnd durch ihre überdimensionalen rosaroten Herzbrillengläser betrachtet. »Schwesterchen, irgendwann wirst du merken, dass die Welt voller Liebe ist.«

Ich bin froh, dass ich den Kaffee schon hinuntergeschluckt habe, sonst würde ich vermutlich vor lauter Lachen eine braune Fontäne herausprusten. »Ach Jette, du hoffnungslose Romantikerin«, spotte ich und wende mich meinerseits dem Kaffeeautomaten zu. Wie soll eine Welt, in der sich Leute gegenseitig umbringen, in der es Krieg und Hass und einen amerikanischen Präsidenten wie Donald Trump gab und in der eine Mutter ihre kleinen Töchter im Stich gelassen hat, wie soll so eine Welt bitte schön voller Liebe sein? Aber das sage ich nicht laut, denn ich weiß, dass diese Diskussion zu nichts führen wird. Jette ist unbeirrt auf der Suche nach ihrer großen Liebe, von deren Existenz sie felsenfest überzeugt ist. Und ich – ich bin das nicht. Kein bisschen.

»Wollen wir weiterfahren?«, frage ich meine Schwester, nachdem ich den Plastikdeckel auf meinen Pappbecher mit Cappuccino gedrückt habe.

»Ja, ich bezahle nur schnell unseren Kaffee. Ich lade dich ein«, verkündet Jette, und ich muss mir einen zynischen Kommentar verkneifen, dass Kaffee wohl das Mindeste ist, nachdem Flüge und Wagenmiete auf mich gingen. Aber ich nippe nur schweigend an meinem Milchschaum und beobachte meine Schwester, die zur Ladentheke geht, wo der beleibte Mann gerade den Sender gewechselt hat und nun eine Dokumentation über die Hummerfischerei sieht. Gedankenverloren starre auch ich auf den Bildschirm, der ein Fischerboot zeigt, das an einer bewaldeten Küste entlangtuckert.

Was macht unsere Mutter bloß ausgerechnet hier, im wilden Maine, mit seinen endlosen Wäldern und Elchen und Schwarzbären? Zum x-ten Mal hämmert diese Frage in meinem Kopf, aber auch dieses Mal finde ich keine Antwort. Denn die Antwort wird nur sie selbst liefern können. Eva Michaelis. Bei der Vorstellung, ihr womöglich bald gegenüberzustehen, bekomme ich eine Gänsehaut.

»Wollen wir?« Jette tritt vor mich und sieht mich erwartungsvoll an.

»Du hast immer noch diese dämliche Brille auf«, sage ich trocken.

»Ich weiß, ich habe die dämliche Brille gerade gekauft«, erwidert sie gut gelaunt. Als Antwort imitiere ich ein Würgen.

»Polly, auch in dir steckt eine Romantikerin«, sagt Jette und legt mir unbeeindruckt einen Arm um die Schultern, während wir auf den Ladenausgang zusteuern. »Du weißt es nur noch nicht.«

»Nee, stimmt. Das weiß ich tatsächlich nicht. Bitte gib mir den Schlüssel, ich fahre weiter. Wenn du jetzt auch noch alles in Rosarot siehst, landen wir wirklich vor einem Baum. Oder einem Elch.«

Der Nachmittag hängt warm und sonnig über Maine, als wir mit unserem Mietwagen den Damm überqueren, der das Festland mit der Insel »Mount Desert Island« verbindet. Wir lassen die Fenster des Autos hinunter, und die salzige Meeresluft schenkt uns sofort neue Energie, während wir der Bar Harbor Road an der Küste entlang folgen, dem Städtchen mit gleichem Namen entgegen. Zumindest habe ich ein Städtchen erwartet, etwas verschlafen und … ja, romantisch. Nein, das kommt nicht von mir, sondern aus den Artikeln im Internet, die ich damals überflogen habe, als ich den Roman rund um Ranger Tristan übersetzt habe. Ich wollte wissen, wo sich die heißen Szenen abspielten, damit ich das Ganze besser vor meinem geistigen Auge hatte. Die Fotos, durch die ich mich damals geklickt habe, sahen wirklich reizvoll aus, und auch jetzt, als unser Wagen endlich die Straßen des Ortes entlangrollt, bin ich sehr angetan von den schmucken Villen im Ostküstenstil: Teils aus Holz, teils aus rotem Backstein gebaut säumen sie die Straßen und sind größtenteils von alten Bäumen und blühenden Büschen umgeben. Auf überdachten Veranden stehen weiße Schaukelstühle oder Korbsessel, in Vorgärten wehen amerikanische Flaggen in der leichten Brise, die vom Meer heraufweht.

»Mein Gott, ist das hier schön!«, schwärmt Jette alle zehn Meter und reckt begeistert ihren Kopf aus dem Beifahrerfenster. Ja, schön ist es hier wirklich, denke ich beeindruckt. Aber ein verschlafenes Städtchen, wie mir die Internetartikel suggeriert haben, ist es nicht. Nicht mehr. Vor ein paar Jahren mag es so gewesen sein, überlege ich und lasse meinen Blick an den Schaufenstern zahlloser Souvenirläden entlanggleiten, über die Köpfe von wahren Touristenmassen hinweg, die sich über die Bürgersteige vorwärtsschieben, in dieselbe Richtung, in die auch wir fahren: zum Meer.

»Ist das voll hier«, murmele ich mit einem Kopfschütteln, während ich versuche, mich aufs Navi zu konzentrieren, damit wir zum Bar Harbor Inn finden. Das Hotel, in dem das Foto mit unserer Mutter aufgenommen wurde, muss am Hafen liegen, so viel steht fest.

»Schau mal! Ein Kreuzfahrtschiff!« Ich sehe in die Richtung, in die Jette deutet und, richtig, als die hügelabwärts führende Straße den Blick auf den Hafen von Bar Harbor freigibt, erkennen wir ein riesiges Passagierschiff, das in der Bucht vor Anker liegt.

Das erklärt dann wohl die Touristenmassen, die sich gen Hafen wälzen.

»Fast wie in Venedig«, murmele ich und starre wieder konzentriert aufs Navi. »Das Hotel müsste hier irgendwo …«

»Da!«, ruft Jette aufgeregt und deutet mit der Hand nach rechts. »Da vorn, da ist es! Wow, Polly, sieh dir das an!«

Ich muss meiner Schwester recht geben. Das Hotelgebäude selbst ist zwar nicht unbedingt spektakulär, aber es zieht sich mit seinen Rasenflächen und weitläufigen Veranden direkt am Wasser entlang. Obwohl ich bisher ziemlich ruhig geblieben bin, beginnt mein Herz mit einem Mal, sehr viel schneller zu schlagen, während ich den Parkplatz des Hotels ansteuere. Was, wenn wir unserer Mutter gleich wirklich gegenüberstehen?

Mein Herzschlag beruhigt sich kein bisschen, als wir schließlich die Lobby des Bar Harbor Inn betreten. Im Gegenteil. So nervös, wie ich mich umsehe, könnte man meinen, dass ich kurz davor bin, das schmucke Hotel zu überfallen. Dabei haben Jette und ich doch nur eine recht harmlose Frage.

»Nein, tut mir leid«, sagt die freundliche Rezeptionsmitarbeiterin mit dem flammenroten Pferdeschwanz, als sie unser Foto betrachtet hat, und schüttelt mit einem professionellen Lächeln den Kopf. »An die Dame kann ich mich nicht erinnern. Bei mir hat sie nicht ein- oder ausgecheckt.« Als sie unsere enttäuschten Gesichter sieht, fügt sie rasch hinzu: »Aber ich bin natürlich nicht immer hier. Es kann gut sein, dass einer meiner Kollegen sich an sie erinnern kann.«

Doch auch die zwei jungen Männer, die sich das Bild pflichtbewusst ansehen, als wir ihnen unsere Geschichte – dass wir nach einer verschollenen Verwandten suchen, was ja stimmt – erzählt haben, können uns nicht helfen.

»Vielleicht wohnt die Dame in Bar Harbor und war nur in unserem Restaurant essen«, schlägt die Rezeptionsmitarbeiterin vor.

»Aber – der Ort ist doch gar nicht so riesig, wenn man die

Touristen mal weglässt«, werfe ich ein. »Würden Sie die Frau nicht kennen, wenn sie eine Einheimische wäre?«

Die Rothaarige lacht und schüttelt den Kopf. »Nein, ich bin ja selbst gar nicht von hier«, erklärt sie. »Ich wohne eigentlich in San Francisco und jobbe nur in den Semesterferien hier. Mein Freund kommt nämlich aus Maine, aber auch nicht direkt aus Bar Harbor.«

»Ach so«, meine ich, und Jette sieht fragend in die Richtung der beiden jungen Kollegen. »Und die zwei …?«

»Paco ist Spanier, und Victor kommt aus der Ukraine. Hier sind viele Saisonkräfte aus Übersee«, erklärt die Rothaarige, bevor sie sich entschuldigend abwendet, weil zwei neue Touristen angekommen sind und einchecken wollen.

Mit hängenden Schultern wende ich mich Jette zu. Die flatternde Nervosität hat sich gelegt und schlagartig purer Erschöpfung Platz gemacht. Was haben wir uns bloß dabei gedacht, so Hals über Kopf nach Maine zu reisen? Ich sehne mich nur noch nach einem Bett, um mich ausschlafen zu können. Nein, genau genommen sehne ich mich nicht einfach nach irgendeinem Bett, sondern nach meinem Bett, nach meiner kleinen, ruhigen Dachwohnung in Stuttgart, nach meinem gewohnten Umfeld, nach meinem vorhersehbaren Alltag. Ich hätte mich niemals auf diese neueste von Jettes zahlreichen Schnapsideen einlassen dürfen!

Aber meine Schwester scheint entschlossen zu sein, sich nicht so schnell entmutigen zu lassen.

»Also ich gehe ins Restaurant. Vielleicht kann sich dort jemand an unsere Mutter erinnern. Magst du noch einen Kaffee?«

»Ich bräuchte eher was Vernünftiges zu essen«, brumme ich und trotte ergeben hinter Jette her, durch die elegante Lobby, in die Richtung des Hotelrestaurants.

Im Restaurant selbst vergeht mir der Appetit allerdings ziemlich schnell, sobald ich die Preise auf der Speisekarte sehe.

»Ach du Schande«, murmele ich und schiebe die Karte rasch von mir. Frustriert werfe ich einen Blick nach draußen, wo sich ein strahlend blauer Himmel über dem Atlantik spannt. Kleine bewaldete Inseln mit felsiger Küstenlinie sind hier und da zu sehen, und als ein majestätisches Segelschiff mit vier Masten stolz in den Hafen von Bar Harbor einläuft, bekomme ich trotz meiner missmutigen Stimmung tatsächlich eine Gänsehaut. Ohne Frage, dieser Ort ist wunderschön.

»Sieh mal, eine Hochzeit!«, reißt mich Jettes aufgeregte Stimme aus meinem gedankenverlorenen Starren. Wenig enthusiastisch sehe ich in die Richtung, in die sie deutet – Hochzeiten können mich nie in Aufregung versetzen. Während Jette bei jeder royalen Eheschließung mit Gummibärchen und Taschentüchern vor dem Fernseher klebt, habe ich noch nie viel für Baiserträume in Weiß und das ganze verlogene Geschnulze übrig gehabt. Man muss sich doch nur die Scheidungsstatistik ansehen, um zu erkennen, dass sich diese armen Irren etwas vormachen! Aber das da draußen sieht tatsächlich nach ganz großem Kino aus, denke ich fast widerwillig, als mein Blick auf die Szene fällt, die sich auf der gepflegten Rasenfläche vor dem Hotel abspielt: Just in diesem Moment wird eine Braut mit langem Spitzenschleier von ihrem Vater einen Gang zwischen mehreren weißen Klappstuhlreihen hindurchgeführt, auf einen blumengeschmückten Hochzeitsbogen zu, der nur wenige Schritte von der Uferböschung entfernt aufgestellt worden ist – und hinter diesem Hochzeitsbogen erstreckt sich der tiefblaue Atlantik. Der gütig lächelnde Pfarrer, die Brautjungfern in diversen Rosaschattierungen, der sichtlich aufgeregte Bräutigam und das Segelschiff, das zu allem Überfluss gerade an einem Pier unweit des Hotels anlegt – all das ist wirklich wildromantisch.

Aber das heißt noch lange nicht, dass ich selbst romantisch veranlagt bin. Oder dass ich mir so einen Zirkus wünsche. Schon gar nicht mit Brautjungfern in Rosatönen!

»O Mann, Polly, sieh dir das an«, höre ich Jettes vor Rührung zitternde Stimme. »Wie unfassbar schön, oder? So zu heiraten, das ist doch der absolute Traum!«

Ich brumme etwas vor mich hin und sehe mich nach der Kellnerin um, die eben noch geschäftig den Nachbartisch abgewischt hat. Jetzt steht sie auch am Fenster und sieht sehnsüchtig auf das Spektakel unten auf der Rasenfläche hinab. Sind denn alle Frauen außer mir so naiv, an die große Liebe zu glauben?

»Entschuldigung?«, frage ich, und als die Kellnerin nicht reagiert, wiederhole ich lauter: »Dürfen wir Sie etwas fragen?«

Jetzt zuckt die junge Frau erschrocken zusammen und kommt hastig an unseren Tisch. »Ja, natürlich, möchten Sie etwas bestellen?«

Ihr Akzent sagt mir deutlich, dass unsere Kellnerin wohl aus Osteuropa stammt. Der Name »Svetlana« auf dem kleinen Messingschild an ihrer Uniform bestätigt meine Theorie. Vermutlich eine weitere Saisonkraft.

»Jette? Kannst du bitte mal das Foto rüberreichen?«, frage ich und sehe meine Schwester an, aber Jette starrt immer noch wie hypnotisiert aus dem Fenster. »Hallo? Erde an rosarote Herzchenbrille! Das Foto!«

Jette, die ihre Sonnenbrille auf den Kopf geschoben hat, um besser das Geschehen auf dem Rasen verfolgen zu können, dreht sich sichtlich genervt zu mir um und lächelt dann die Kellnerin an. »Sie müssen entschuldigen, meine Schwester hat es nicht so mit Romantik.«

»Nein?«, fragt mich Svetlana erstaunt und reißt ihre Augen weit auf. »Aber das da unten, das ist doch ...« Sie scheint nach der richtigen englischen Vokabel zu suchen, und Jette kommt ihr zu Hilfe: »Das ist wunderschön, oder?«

»Ja, genau!«

»Hier«, sage ich, greife nach dem Foto und halte es unserer Kellnerin unter die Nase. »Haben Sie zufällig diese Frau hier im Lokal gesehen?«

Konzentriert betrachtet Svetlana das Foto. Mein Herz schlägt schon wieder schneller vor Aufregung, und selbst Jette scheint die Hochzeit für einen Moment vergessen zu haben. Gespannt starren wir die junge Frau an, bis diese langsam den Kopf schüttelt und ich enttäuscht die Luft aus meiner Lunge entweichen lasse.

»Nein, tut mir leid, an die Dame kann ich mich nicht erinnern.« Svetlana betrachtet erst Jette ernst, dann mich, dann wieder das Foto. Ich könnte schwören, dass sie ahnt, warum wir diese Frau suchen, denn als sie uns erneut in die Augen sieht, glaube ich da eine Spur Mitleid erkennen zu können. Diesen Ausdruck habe ich schon so oft bei meinen Mitmenschen gesehen. Ich mag ihn nicht, diesen Ausdruck, auch wenn er natürlich nicht böse gemeint ist, das ist mir klar. Rasch senke ich den Blick und will mich schon dem Fenster zuwenden, als Svetlana leise sagt: »Die Frau saß auf jeden Fall an Tisch 18. Dort drüben.« Sie deutet in die andere Ecke des Restaurants, und als ich hinübersehe, erkenne ich, dass sie recht hat. »Dort drüben kellnern Rafael, Zoya und Barbara. Rafael ist erst seit einer Woche hier in Bar Harbor, und dieses Bild ... wann war die Frau hier im Lokal?«

»Vor über drei Wochen«, erklärt Jette rasch, und ich sehe deutlich neue Hoffnung in ihr aufkeimen, während ihr Blick an Tisch 18 hängt.

»Okay, dann fällt er weg. Barbara könnte etwas wissen – oder Zoya, aber sie fängt heute mit ihrer Schicht erst um 18 Uhr an. Möchtet ihr etwas bestellen?«

»Nein, danke«, beeile ich mich zu sagen und erhebe mich rasch, während mich Jette erstaunt mustert.

»Ich dachte, du hättest Hunger?«

»Wenn du mich einlädst, gern«, knurre ich auf Deutsch, lächele die Kellnerin dann betont fröhlich an und marschiere in den Teil des Restaurants, wo unsere Mutter vor Kurzem gegessen hat.

Doch auch die dunkelhaarige Barbara mit dem olivfarbenen Teint kann sich leider nicht an sie erinnern.

»Tut mir leid, hier gehen jeden Tag so viele Menschen ein und aus, da verliert man echt den Überblick«, entschuldigt sie sich mit starkem italienischem Akzent. »Aber Zoya, die hat ein Elefantengedächtnis – wenn sich jemand erinnern kann, dann sie. Kommt doch einfach in drei Stunden wieder, dann fängt ihre Schicht an.«

Kapitel 3

Sobald Jette und ich wieder in der Hotellobby stehen und uns ratlos ansehen, werden mir mein Hunger und meine Müdigkeit wieder deutlich bewusst.

»Wir sollten uns dringend ein Zimmer suchen«, sage ich und gähne erschöpft. Jette nickt und kaut nachdenklich am Nagel ihres kleinen Fingers. Das hat sie auch als Kind schon getan. Angeblich fing dieser Tick mit dem Verschwinden unserer Mutter an, habe ich meine Oma später mal sagen gehört. An die Zeit, als Jette mit dem Nägelkauen begann, kann ich mich allerdings nicht erinnern, ich war schließlich erst zweieinhalb. Und an unsere Mutter ja auch nicht.

Ach, doch, an eine Sache kann ich mich tatsächlich vage erinnern: dass unsere Mutter nach Nivea Bodylotion duftete. Ich habe mich lange gewundert, warum dieser Duft mich immer traurig machte. Irgendwann habe ich das Papa gegenüber erwähnt, und er hat spontan gemeint, ihm ginge es ähnlich, seit Eva abgehauen sei. Ich habe sofort nachgehakt, ob SIE also diese Bodylotion benutzt habe, aber mein Vater tat nach seiner unbedachten und für ihn völlig untypischen Bemerkung das, was er leider in den letzten Jahrzehnten zu oft getan hat: Er wechselte das Thema und weigerte sich stur, weiter über unsere Mutter zu sprechen. Papa muss wirklich sehr verletzt worden sein, als sie damals einfach verschwunden ist und ihn mit zwei kleinen Kindern zurückgelassen hat, aber er hat nie darüber geredet. Zumindest nicht mit uns.

Ja, ich erinnere mich also an ihren Duft. Aber woran ich mich nicht mehr erinnere, ist die Stimme meiner Mutter. Oder an ihr Aussehen, als sie damals ging. Doch, natürlich kenne ich Fotos, auf denen sie zu sehen ist – aber nur sehr wenige. Jettes und meine Fotoalben aus unserer frühen Kindheit sind jeweils nur ein paar Seiten lang. Ich vermute stark, dass Papa den größten Teil der Fotos aus dieser Zeit irgendwo unter Verschluss hält. Erst ab meinem dritten Geburtstag gibt es plötzlich jede Menge Bilder – mein erster Kindergartentag, Jettes Einschulung, mein erstes Fahrrad mit Stützrädern, Jettes erste Zahnlücke, unser erster Hamster.

Momente in unserem Leben, die Eva Michaelis alle verpasst hat.

Wie aus dem Nichts ist da wieder diese Kälte, die in mir hochsteigt, die sich wie eine eisige Faust um meine Eingeweide legt, um mein Herz, es zusammendrückt. Mich nach Luft schnappen lässt. Wie sollte ich jemals von jemandem geliebt werden, wenn meine eigene Mutter mich nicht lieben konnte? Diese Frage hämmert wie so oft in meinem Kopf, ohne dass ich es verhindern könnte. Ohne dass ich eine Antwort wüsste.

Du bist geliebt worden, sage ich mir im Stillen. Du wirst immer noch geliebt. Von Papa, von Jette, ja, vermutlich sogar von Inge. Jette und ich, wir hätten es in puncto Stiefmutter wirklich schlechter treffen können. Sie hat sich immer Mühe mit uns gegeben, auch wenn wir ihr oft Grund gegeben haben, uns zum Teufel zu wünschen. Besonders ich.

Aber von meiner Mutter bin ich nicht geliebt worden, wispert die erbarmungslose Stimme in meinem Kopf, die wie üblich gemeinsam mit der Kälte Einzug gehalten hat. Nicht genug, um bei mir zu bleiben. Vielleicht, weil ich so ein schwieriges Kind war. Ich soll als Baby sehr viele Koliken gehabt und ständig gebrüllt haben. Daran erinnert sich Jette angeblich noch genau, und Papa hat das bestätigt. Aber als ich ihn einmal gefragt habe, ob unsere Mutter gegangen sei, weil ich so schwierig war, hat er nur unwirsch geantwortet: »Ach, Polly, was für ein Unsinn!« Und damit war das Thema erledigt, wie üblich.

Wenn er wüsste, dass wir jetzt hier sind. Dass wir SIE suchen. Wir haben Papa und Inge nur sehr vage von einer spontanen Schwestern-Auszeit an der amerikanischen Ostküste erzählt. Dass Maine unser Ziel war und unsere Reise einen bestimmten Grund hat, das haben wir mit keinem Wort erwähnt. Warum, weiß ich auch nicht. Vielleicht, weil wir das Thema nicht anschneiden wollten, da es vor allem Papa mehr belastet, als er uns gegenüber zugibt – das merkt man immer wieder, wenn die Sprache mal auf Eva kommt. Darum ist das ja so selten der Fall. In meiner Familie wird dieses Thema sorgfältig umschifft. Totgeschwiegen.

»Lass uns gehen«, sage ich jetzt zu Jette und haste auch schon durch die Lobby, auf den Ausgang zu, um dieses Hotel möglichst schnell zu verlassen. Diesen Ort, an dem SIE erst vor Kurzem war. Diese Frau, die mir völlig fremd ist, auch wenn sie mich geboren und mich gestillt und mir in meinen ersten Lebensjahren Lieder vorgesungen und Geschichten erzählt hat. An deren Stimme ich mich trotzdem nicht erinnern kann.

»Polly?«, höre ich Jette hinter mir und merke, dass mir meine Schwester eilig folgt. »Wo willst du hin?«

»Keine Ahnung«, gebe ich zurück und atme tief durch, sobald ich vor dem Hotel stehe, atme die Luft ein, die wunderbar nach Meer und Nadelbäumen duftet. »Lass uns die Motels abklappern und sehen, wo wir unterkommen können.« Ich begegne Jettes Blick, sie mustert mich ernst.

»Und nachher kommen wir zurück und sprechen mit dieser Zoya?«

Ich nicke. »Ja. So machen wir es.«

Später, am Abend dieses aufwühlenden Tages, sitze ich in einem dieser typisch amerikanischen, erstaunlich bequemen Holzsessel – genannt Adirondack-Stuhl, wie ich seit meiner Maine-Übersetzung weiß – auf der Rasenfläche, die vom Bar Harbor Inn zum Atlantik hinabführt. Ich nippe an meinem Glas und fühle mich ... irgendwie fehl am Platz. Dabei ist die Rasenfläche längst aufgeräumt worden, weder Stuhlreihen noch Hochzeitsbogen, sondern lediglich ein paar vereinzelte Rosenblätter zwischen den Grashalmen zeugen noch von der Trauung, die heute Nachmittag hier stattgefunden hat. Was nicht bedeutet, dass die Hochzeitsfeierlichkeiten schon vorbei wären, ganz und gar nicht: Nur wenige Meter von mir entfernt, auf der leicht erhöhten Veranda, die zu einem der Hotelrestaurants gehört und einen fantastischen Blick auf den Atlantik bieten muss, herrscht fröhliches Stimmengewirr, ertönt Gelächter, durchmischt von den Songs der Band, die im Inneren des Hotels für ausgelassene Stimmung sorgt. Ich drehe meinen Kopf und betrachte nachdenklich die Lichterketten, die entlang des Geländers gespannt worden sind, sehe einen weißen Schimmer zwischen den Gästen auf der Veranda, erkenne die Braut, die fröhlich kreischend mit ein paar Brautjungfern anstößt. Mit einem leisen Seufzer wende ich meinen Blick wieder ab und schaue stattdessen auf meinen Laptop, der geöffnet auf meinem Schoß balanciert. Wenn ich mich nicht endlich konzentriere, werde ich meine Abgabefrist niemals einhalten können. Aber mir will partout keine Formulierung für das einfallen, was der sexy Banker Jared gerade mit Leyna macht. Zumindest keine Formulierung, bei der man sich vor lauter Fremdschämen nicht krümmen müsste. Die deutsche Sprache lädt leider viel öfter zum Fremdschämen ein, als es bei der englischen der Fall ist. Was im Englischen erotisch klingen kann, hört sich auf Deutsch sehr leicht nach billigem Porno an, wenn man keine geschickte Formulierung findet. Ich stöhne leise auf und reibe mir mit einem Finger über die Falte zwischen meinen Augenbrauen. »Pollys Denkerfalte«, so nennt Papa sie immer.

»Hi«, höre ich da eine Stimme und sehe erstaunt auf. »Ist der hier noch frei?«

Ein Mann ist neben dem anderen Adirondack-Stuhl aufgetaucht, der ungefähr zwei Meter neben meinem steht. Auch er hält ein Glas in seiner Hand, aber im Gegensatz zu meiner harmlosen Coca-Cola befindet sich in seinem bestimmt Alkohol. Ich konnte mir in diesem Hotel nur eine Cola leisten. Überhaupt wollte ich mich eigentlich gar nicht so lange hier aufhalten, aber dann haben wir bei unserer Rückkehr ins Bar Harbor Inn erfahren, dass Zoya heute Abend gar nicht im Restaurant eingesetzt ist, sondern spontan auf der Hochzeitsfeier aushelfen muss, wo eine Kellnerin ausgefallen ist. Seitdem lungert Jette am Eingang des Lokals herum, wo die Feierlichkeiten stattfinden, und hofft darauf, die junge Asiatin mit dem angeblich so tollen Gedächtnis abzupassen. Natürlich wäre Jette nicht Jette, wenn sie nicht nebenbei ein Gespräch mit einem der Liftboys begonnen hätte – als ich vorhin entnervt die Lobby verlassen habe, um mit meinem Laptop ein ruhiges Plätzchen zu finden und die Wartezeit zum Arbeiten zu nutzen, ließ sich meine Schwester gerade erklären, wie man an einen Saisonjob in Bar Harbor kommt. Ich weiß also schon, wo der nächste Job auf Zeit meiner Schwester sein wird.

Wie auch immer – inzwischen habe ich es mir hier auf dem Rasen gemütlich gemacht, trinke meine überteuerte Coca-

Cola, verscheuche lästige Mücken und versuche, die Überdosis Romantik, die sich schräg hinter mir auf der Veranda ballt, zu ignorieren.

Zum Glück brauche ich keine Romantik für Jared und Leyna. Wenn mir nur endlich ein passender Ausdruck einfallen würde, für …

»Sorry, ich wollte dich nicht stören«, höre ich erneut den Fremden sagen und zucke leicht zusammen, als mir klar wird, dass ich ihn nur gedankenverloren angestarrt habe, ohne auf seine Frage zu antworten. Im Dämmerlicht, das sich längst über den Rasen und den Atlantik vor mir gesenkt hat, erkenne ich einen Typen, den ich auf Anfang dreißig schätze. Er hat dunkles kurzes Haar und Augen, die … hmm, ich kann die Farbe bei diesem schwachen Licht nicht eindeutig erkennen, aber ich würde auf Braun tippen. Der Fremde trägt eine dunkle Anzughose und ein weißes Hemd, dessen Ärmel er bis zu den Ellbogen hochgerollt hat.

Das finde ich bei Männern wirklich sexy.

»Hi«, sage ich endlich und räuspere mich, weil meine Stimme etwas belegt klingt. »Klar, der Stuhl ist frei.«

Dann, noch bevor er sich ermutigt fühlen kann, ein Gespräch zu beginnen, sehe ich rasch wieder auf meinen Laptop hinab, um weiterzuarbeiten. Mir ist gerade nicht nach Small Talk zumute, nicht einmal mit einem sexy Ärmelhochroller mit verdammt angenehmer dunkler Stimme. Zu stark hat mich der heutige Tag aufgewühlt, zu sehr bin ich immer noch mit der Frage beschäftigt, ob sich unsere Mutter tatsächlich nach wie vor hier in Bar Harbor aufhält.

Aber weil ich nicht ständig über diese Frau nachdenken will, versuche ich, mich rasch wieder in meine Übersetzung zu vertiefen. Immerhin bin ich nur Jette zuliebe hergekommen. Wenn es nach mir gegangen wäre, säße ich jetzt in Stuttgart und würde dort über nicht-peinlichen Ausdrücken für die Szene in Kapitel 8 grübeln.

Doch noch während ich weiter nach der richtigen Formulierung suche, unterbricht mich der Typ in dem anderen Adirondack-Stuhl schon wieder. Zwar nicht direkt, aber indirekt, denn ich spüre deutlich seinen Blick auf mir. Als ich den Kopf drehe und ihn ansehe, ertappe ich ihn dabei, wie er auf mein Dekolleté starrt.

Zwar guckt er jetzt hastig in sein Glas, betrachtet eingehend die Eiswürfel darin, die leise klimpern, als er zum Trinken ansetzt, aber ich habe ganz klar gemerkt, wohin er vorher geschaut hat.

Ja, das T-Shirt, das ich mir vorhin aus dem Koffer geangelt habe, als wir endlich ein Motelzimmer (und zwar leider ein ziemlich heruntergekommenes) gefunden hatten, ist recht weit ausgeschnitten. Und, ja, ich habe nicht unbedingt wenig Oberweite. Was aber noch lange kein Grund ist, sich auf einer inzwischen fast dunklen Rasenfläche ungefragt in den Stuhl neben meinem zu fläzen und mich dann lüstern von der Seite anzuglotzen, während ich verzweifelt versuche, erotische Ausdrücke zu finden, die nicht zum Weglaufen sind!

»Hey«, sage ich und setze mich aufrechter in meinen Stuhl, den Blick streng auf den Fremden gerichtet, der sein Glas sinken lässt und mich erstaunt ansieht. Okay, mein Ton klingt recht ruppig, aber meine Nerven sind heute Abend einfach zu dünn, um mich jetzt auch noch in Diplomatie zu versuchen. »Ich möchte hier gern ungestört arbeiten«, erkläre ich so ruhig wie möglich. »Was ich überhaupt nicht möchte, ist, dass mir ein Fremder dabei auf die Titten starrt.«

Die Augen des Mannes weiten sich überrascht, und ich merke, dass sein Blick erneut kurz zu meinem Dekolleté flattern will, er sich aber anscheinend gerade noch zusammenreißen kann und mich stattdessen ernst ansieht. Als er nicht gleich reagiert, rede ich einfach weiter.

»Du hast dir wahrscheinlich gedacht ›Hey, die Kleine sieht so einsam aus, ich werde mich mal neben sie setzen und sie mit meiner Anwesenheit beglücken‹. Aber ich möchte gerade ganz gern einsam sein, okay? Ich arbeite, und dafür brauche ich meine Ruhe. Und natürlich sollte es mich freuen, dass du mich anscheinend kennenlernen möchtest, aber ich bin nicht interessiert. Kapiert?«

Ein paar Sekunden lang sehen wir uns stumm an, ich grimmig-entschlossen, er offensichtlich verblüfft. Schuldbewusst nicht unbedingt. Eher ... eine Spur amüsiert? Wut will in mir aufwallen, als sich der Typ räuspert und mit einer Hand über seinen Mund reibt – ganz eindeutig, um ein Lächeln zu kaschieren. Ich hole tief Luft und will ihm noch ein paar Takte erzählen, damit er endlich Land gewinnt, als mir der Fremde zuvorkommt und langsam sagt: »Eigentlich habe ich mich nur in diesen Stuhl gesetzt, weil er frei war und ich ein wenig Abstand zu den anderen Partygästen gesucht habe.« Er macht eine Handbewegung in Richtung der fröhlich feiernden Gesellschaft auf der Veranda hinter uns, und mir wird klar, dass er deshalb Anzughose und Hemd trägt und nicht Shorts und T-Shirt, wie es sich bei diesem milden Abend anbieten würde: Er gehört zu den Hochzeitsgästen.

»Ich bin gern nachts am Meer ...«, fährt er ruhig fort, und in seiner Stimme schwingt nach wie vor ein leicht amüsierter Tonfall mit, der mir nicht gefällt, »... und dieser Stuhl bietet einen ziemlich schönen Ausblick. Außerdem hast du so vertieft in deinen Laptop gewirkt, dass ich nicht befürchten musste, du würdest mich ansprechen und mir ein Gespräch aufdrängen.«

Irritiert blinzele ich und frage mich, ob er mich veräppelt, oder ob das sein Ernst ist, als der Typ schon wieder auf mein

Dekolleté sieht, ziemlich offensichtlich diesmal. Ich will schon wütend die Arme vor der Brust verschränken, doch da lassen mich seine nächsten Worte aufhorchen: »Und ich habe dir auch gar nicht auf die … Titten gestarrt.« Als er kurz zögert, bevor er dieses Wort ausspricht, das ihm anscheinend nicht leicht über die Lippen kommt, finde ich ihn für einen winzigen Augenblick sympathisch. »Ich habe auf die besonders große Motte gestarrt, die nun einmal genau da sitzt.«

»Motte?« Für zwei Sekunden bin ich starr vor Entsetzen, dann folge ich seinem Blick und sehe langsam an mir herab. Im milchigen Licht des Laptopbildschirms, das auf mein Dekolleté fällt, sehe ich, dass er recht hat: Dort sitzt tatsächlich eine riesige Motte.

Ehe ich weiß, was ich tue, springe ich mit einem schrillen Schrei aus dem Stuhl und wedele mit meiner Hand, um das Tier zu verscheuchen. Die Motte flattert auf – und fliegt mir mit panischem Flügelschlag mitten ins Gesicht, was mich noch mehr kreischen und über den Rasen laufen lässt wie eine Geisteskranke.

Ich mag keine Insekten, was in diesem Moment vermutlich ziemlich deutlich wird.

»Hey, ganz ruhig, das ist doch nur eine Mo…«, beginnt der Fremde, aber weil ich nicht aufpasse, wohin ich laufe, sondern mich nur immer wieder panisch nach dem Viech umgucke, stolpere ich über seine Beine und falle ihm quasi in den Schoß. Mitsamt meinem Laptop, denn den habe ich bei meiner Flucht natürlich mitgenommen. Meinen Laptop lasse ich niemals im Stich, nicht einmal wenn Riesen-Motten angreifen. Er und ich, wir sind so gut wie miteinander verheiratet (ja, so sieht es aus – ich sehne mich zwar nicht nach einer Hochzeit mit einem Mann aus Fleisch und Blut, aber bin sehr verbunden mit meinem Laptop). Darum habe ich ihm sogar einen Namen gegeben: Ich nenne ihn Liam. Nicht wegen Liam Hemsworth oder gar wegen Liam Gallagher, sondern weil ich den Namen sehr sexy finde, seit ich meinen ersten Erotikroman übersetzt habe, in dem es um den Polizisten Liam und die schüchterne Cassy ging.

In diesem peinlichen Augenblick am Ufer des nächtlichen Atlantiks bewahrt mich Liam der Laptop wie eine Art Schutzschild davor, dass ich dem Fremden die Körperteile, über die wir eben noch geredet haben, geradewegs ins Gesicht katapultiere. Anstatt nähere Bekanntschaft mit meinen Brüsten zu machen, kollidiert das Kinn des Mannes lediglich mit meinem aufgeklappten Laptopdeckel, während ich versuche, meinen Computer nicht aus den Händen gleiten zu lassen, aber gleichzeitig nicht auch noch über die Armlehne des Stuhls und kopfüber auf den Rasen zu kippen. Doch zum Glück reagiert der Mann geistesgegenwärtig, greift nach meinem Oberarm, hält mich fest. Verlegen richte ich mich ein wenig auf und lasse meinen Laptop sinken. Ich merke, dass der Fremde mich groß anstarrt und offensichtlich nicht weiß, ob er sich Sorgen um mich machen oder in fassungsloses Gelächter ausbrechen soll. Seine Hand hält immer noch meinen linken Arm umfasst, und seine Finger fühlen sich wirklich gut an auf meiner Haut. Überhaupt empfinde ich diese plötzliche Nähe als kein bisschen unangenehm, obwohl der Kerl ein Wildfremder ist. Aber irgendwas an ihm wirkt vertrauenerweckend auf mich. Keine Ahnung, was genau das ist, und gut möglich, dass er dennoch ein Frauenmörder ist, den alle seine vorherigen Opfer auch schon vertrauenerweckend fanden. Trotz dieser flüchtigen Überlegung mache ich weder Anstalten, meinen Arm aus seinem Griff zu befreien, noch mich von seinem Schoß zu erheben, auf dem ich immer noch halb hänge, halb sitze. Aus dieser Nähe kann ich dank des Lichtscheins meines Laptopbildschirms deutlich erkennen, dass die Augen des Fremden grün sind. Und in seiner linken Wange erscheint ein kleines Grübchen, als er sich nun doch dazu durchringt, vorsichtig zu lächeln.

»Das war nur eine Motte«, vollendet er langsam den Satz, den er eben begonnen hat. Ich starre wie benommen auf das Grübchen, dann auf seinen lächelnden Mund, dann in seine Augen, die mich ihrerseits interessiert betrachten. Vermutlich ist sich dieser Kerl noch nicht ganz sicher, ob er es mit einem amüsanten Tollpatsch oder doch mit einer Geisteskranken zu tun hat. Aber immerhin schiebt er mich nicht von seinem Schoß, was ich ihm hoch anrechne.

»Ähm – ja. Das war eine Motte«, wiederhole ich langsam und sehe an mir herab, um sicherzugehen, dass auf meinem Dekolleté kein Insekt mehr sitzt. Ich merke, dass auch der Fremde erneut flüchtig dorthin sieht, und als er mir wieder in die Augen guckt, wird sein Lächeln breiter.

»Sie ist weg«, bestätigt er ruhig.

»Zum Glück«, murmele ich und rutsche mit meinem Hintern auf die Armlehne des Adirondack-Stuhls. Seine Hand löst sich von meinem Arm, was ich sehr schade finde. Die Wärme seiner Finger fehlt mir sofort.

»Ich mag keine Insekten«, erkläre ich überflüssigerweise und rücke meinen Laptop zurecht. Das Lächeln des Mannes wird noch eine Spur breiter und das Grübchen tiefer. Ich bin versucht, mit meinem Finger die Stelle in seiner glatt rasierten Wange zu berühren, aber natürlich mache ich das nicht.

»Gut, dass du das erwähnst«, grinst der Kerl nun breit. »Ich hätte das sonst gar nicht gemerkt.«

Da muss ich mit einem Mal heftig kichern, und als er das hört, lacht der Fremde ebenfalls los. Dieses Lachen vibriert warm und erregend in meinem Bauch. Ich mag nicht nur seine dunkle Stimme, sondern sein Lachen noch mehr, wird mir klar. Während ich noch dabei bin, mir Lachtränen von den Wangen zu wischen und mich stumm zu fragen, ob es nicht angebracht wäre, endlich zurück zu meinem eigenen Stuhl zu gehen, fällt der Blick des Fremden auf meinen aufgeklappten Laptop. Sobald ich wahrnehme, wie sich seine Augen vor Überraschung leicht weiten, begreife ich, dass auf meinem hell erleuchteten Bildschirm momentan nicht mein deutsches Manuskript zu sehen ist, sondern der englische Originaltext – und dass der Mann, auf dessen Armlehne ich sitze, jetzt liest, was Jared in diesem Kapitel mit Leyna macht.

Als ich den Fremden ansehe und fieberhaft überlege, was ich sagen könnte, merke ich, dass er ein wenig rot geworden ist. Das finde ich so niedlich, dass mir keine sinnvolle Erklärung für den erotischen Text auf meinem Bildschirm mehr einfällt. Erst, als der Typ seinen Blick von meinem Laptop losreißen kann und mich mit leicht hochgezogenen Augenbrauen überrascht mustert, lache ich verlegen auf.

»Also, ich kann das erklären«, sage ich hastig und klappe den Deckel meines Laptops mit Nachdruck zu. Was ein Fehler war, wird mir klar, denn nun, ohne das milchige Licht meines Displays, hüllt uns mit einem Mal intime Dunkelheit ein. Irritiert blinzele ich und versuche, den Ausdruck in den grünen Augen meines Gegenübers zu erkennen – vergeblich. Ich höre nur das Lächeln in seiner Stimme, als er langsam sagt: »Da bin ich aber gespannt.«

»Ich ... ich habe nicht etwa dort in meinem Stuhl gesessen und ... ähm ... das da gelesen«, sage ich und deute auf den geschlossenen Laptop auf meinen Knien.

»Nein?«, hakt der Mann nach, und ich höre deutlich, dass er nicht weiß, ob er schon wieder laut loslachen soll oder nicht. Dieses hörbare Schmunzeln in seiner Stimme weckt aufgeregte Schmetterlinge in meinem Bauch, und ich versuche verzweifelt, nicht den Faden zu verlieren.

»Nein. Ich ... ich übersetze diesen Roman ins Deutsche.«

»Im Ernst?« Nun klingt er wirklich überrascht.

Ich nicke, aber als mir klar wird, dass er das womöglich nicht deutlich erkennen kann, bestätige ich rasch: »Ja.« Dann straffe ich meine Schultern und füge mit Nachdruck hinzu: »Ich bin Übersetzerin.« Mein Tonfall soll ihm sagen, dass ich schon oft belächelt worden bin wegen der Art Romane, die ich übersetze. Darum erzähle ich meistens gar nicht mehr davon, sondern gehe lediglich auf die Gartengeräte ein, wenn mich Leute, die ich noch nicht kenne, nach meiner Arbeit fragen. Aber nun hat er ja mit eigenen Augen gesehen, was für Texte ich übersetze, und ich habe keine Lust, mich irgendwie zu rechtfertigen. Doch der Fremde sagt gar nichts weiter, sondern mustert mich nur nachdenklich, soweit ich das im schwachen Lichtschein, der von der beleuchteten Veranda auf uns herabfällt, feststellen kann.

»Interessante Arbeit«, sagt er ruhig, und ich merke, dass das Lächeln aus seiner Stimme verschwunden ist. Er wirkt viel ernster als zuvor, und ich frage mich flüchtig, ob er vielleicht sehr religiös ist und ihn diese Art Literatur verstört oder sogar verärgert. Doch noch bevor ich näher über diese Möglichkeit nachdenken kann, fügt er hinzu: »Und interessante Szene, an der du gerade arbeitest.«

Das Schmunzeln in seiner Stimme ist zurück und mit ihm die Schmetterlinge in meinem Bauch. Dabei will ich die dummen Viecher dort gar nicht haben. Wie gesagt: Ich mag keine Insekten.

Also beschließe ich, die flatternde Nervosität, die sein Lächeln und seine dunkle Stimme bei mir auslösen, auszublenden, indem ich in meinen Flirt-Modus schalte. Ich habe gelernt, das Flirten zu beherrschen, ohne die Schmetterlinge zu sehr in den Vordergrund flattern zu lassen. Darum bin ich auch schon

mit so manchem Mann im Bett gelandet, ohne mich zu verlieben. Und wenn es doch zu passieren drohte, habe ich das
Ganze schnell wieder beendet. Denn verlieben werde ich mich
niemals.

Aber dieser Typ reizt mich trotzdem. Rein körperlich. Die
Schmetterlinge haben nichts zu melden.

»Ja, interessante Szene«, grinse auch ich und lasse meinen
Laptop vorsichtig auf den Boden gleiten. »Mir war vorher
wirklich nicht klar, was man alles in einer Badewanne anstellen
kann.«

Ein leises Lachen des Fremden ist die Antwort. Es vibriert in
meinem Körper und beschleunigt meinen Herzschlag.

»Dein Job kommt also automatisch mit Weiterbildungsmög-
lichkeiten«, bemerkt er, und am Klang seiner Stimme höre ich
heraus, dass er auch in den Flirt-Modus gewechselt hat.

»Allerdings«, erwidere ich daher langsam und rutsche von
der Armlehne, lasse mich rittlings zurück auf seinen Schoß
gleiten. Ich merke, dass er überrascht ist, aber er macht keine
Anstalten, mich wegzuschieben.

Also beuge ich mich spontan vor und küsse ihn.

Kapitel 4

Im ersten Moment scheint er nicht genau zu wissen, wie er reagieren soll. Aber nach wenigen Sekunden, in denen meine Lippen sacht Bekanntschaft mit seinen gemacht haben, erwidert er meinen Kuss. Und wie. Eine Hand umfasst meinen Nacken und zieht mich näher, während sich sein Mund hungrig gegen meinen bewegt. Ich bin wie berauscht von dieser Situation: Am fast dunklen Atlantikufer küsse ich einen Wildfremden. So etwas habe selbst ich noch nie getan – so etwas machen sonst nur die Figuren in den Romanen, die ich übersetze. Mein Atem geht schnell und der des Fremden auch. Meine Hände fahren durch sein kurzes Haar, an seinem glatt rasierten Nacken hinab, über seine Schultern nach vorn, nesteln an den obersten Knöpfen seines Hemdes herum, obwohl mir, durch Nebelschleier der Lust hindurch, klar ist, dass ich ihn schlecht hier auf dem Rasen vor dem Bar Harbor Inn ausziehen kann. Selbst in meinem erregten Zustand weiß ich noch, dass in den USA so ein Verhalten keine Lappalie ist. Ich weiß das, seit der sexy Polizist Liam und die dann gar nicht mehr so schüchterne Cassy in meinem ersten übersetzten Roman in flagranti an einem Strand von Liams Kollegen erwischt und verwarnt worden sind.

Sex in diesem Adirondack-Stuhl kommt also überhaupt nicht infrage zumal ja die feiernden Gäste schräg hinter uns auch nicht weit weg sind. Aber ich merke sehr wohl, dass der Fremde auch nicht abgeneigt wäre, mehr mit mir zu machen, als mich nur zu küssen. Unter meiner Hand, die ich in sein halb aufgeknöpftes Hemd geschoben habe, hämmert sein Herz, und seine Finger haben sich ebenfalls unter mein T-Shirt vorgearbeitet und würden sicher sehr gern meinen BH öffnen.

»Ähm, Polly?«

Als ich Jettes Stimme dicht neben unserem Stuhl höre, zucke ich erschrocken zusammen und löse mich von dem Mann. Nach Luft ringend sehe ich mich nach meiner Schwester um, entdecke sie schräg hinter uns. Im nächsten Moment trifft mich heller Lichtschein, und ich schirme gequält meine Augen ab. Anscheinend hat Jette die Taschenlampenfunktion ihres Smartphones eingeschaltet.

»Jette«, stöhne ich auf und fahre mir mit einer Hand verlegen über meine Lippen, die sich verräterisch geschwollen anfühlen.

Verdammt. Warum muss Jette ausgerechnet jetzt auftauchen? Ich will noch nicht aufhören!

»Entschuldige«, sagt Jette auf Deutsch, und in ihrer Stimme schwingt deutlicher Vorwurf mit. »Ich war mir nicht sicher, ob diese wild knutschende Frau wirklich meine Schwester sein kann. Immerhin bist du keine anderthalb Stunden hier unten.«

Wie kann man da so schnell jemanden zum Knutschen finden, will sie mir damit sagen. Ja, meine Schwester verliebt sich zwar alle naselang, aber sie neigt nicht zu solchen Aktionen. One-Night-Stands sind nicht ihr Ding.

Wenigstens lässt sie jetzt ihr Smartphone sinken, sodass der Lichtschein der Taschenlampe nur noch unsere Füße anstrahlt und ich mich nicht mehr wie bei einem Verhör fühle. Der Mann bewegt sich ein wenig, was mich wohl dazu veranlassen soll, von seinem Schoß aufzustehen. Ich merke, dass ihm die Situation unangenehm ist. Ergeben rutsche ich von seinen Beinen, stehe auf. Meine Knie sind butterweich. Fast wäre ich auf meinen Laptop getreten. Im letzten Moment kann ich noch einen Schritt zur Seite machen.

Jette räuspert sich. Offensichtlich ist ihr die Situation genauso peinlich wie dem Mann, der jetzt ebenfalls aus dem Adirondack-Stuhl aufsteht und mit jeder Pore Verlegenheit verströmt. Mir ist das Ganze zwar auch ein wenig unangenehm, aber viel mehr ärgere ich mich darüber, dass Jette uns unterbrochen hat.

Als wir alle drei ein wenig unschlüssig auf dem vom Smartphone-Licht beleuchteten Rasen stehen, bricht meine Schwester schließlich das angespannte Schweigen, streckt dem Mann ihre Hand entgegen und sagt auf Englisch: »Hi. Ich bin Jette. Pollys Schwester.«

»Freut mich«, erwidert der Fremde, und noch während er Jettes Hand schüttelt, sieht er mich an. »Und du bist also Polly.«

Dank des Lichtscheins von Jettes Smartphone erkenne ich deutlich das Funkeln in seinen Augen. Zwar wirkt er immer noch verlegen und ist sogar wieder ein wenig rot geworden, doch die Tatsache, dass wir uns gerade ziemlich nah gekommen sind, aber dennoch nicht wussten, wie der andere heißt, scheint ihn trotz allem zu amüsieren. Ein Schauer läuft mir über den Rücken, als ich ein Schmunzeln um seine Mundwinkel zucken sehe.

»Du kanntest ihren Namen noch gar nicht?«, fragt Jette und klingt so schockiert, dass ich spontan losprusten muss.

»Nein«, bestätige ich lachend und sehe meine Schwester an. »Und ich kenne seinen Namen auch nicht.«

Sie erwidert meinen Blick irritiert.

»O Mann«, murmelt Jette und schüttelt den Kopf. Dann schaut sie den Mann an, der immer noch vage schmunzelt, aber trotzdem auch eine Spur schuldbewusst aussieht. Die Mischung ist wirklich süß, vor allem in Kombination mit seinem halb offen klaffenden Hemd, das ihm seitlich aus der Hose hängt. Das war wohl ich.

»Und, verrätst du wenigstens mir, wie du heißt?«, erkundigt sich meine Schwester und sieht ihn streng an. »Oder soll das ein Geheimnis bleiben?«

»Überhaupt nicht«, beeilt er sich zu sagen und fährt sich mit einer Hand verlegen über den Kopf. »Bitte entschuldige. Ich bin Liam.«

»Du verarschst mich!«, entfährt es mir, und sowohl Jette als auch der Mann – Liam! – sehen mich überrascht an. Liam lacht amüsiert auf.

»Warum sollte ich das? Ist der Name so ungewöhnlich?«

»Ähm … Nein«, murmele ich und bücke mich, um meinen Laptop, die treue Seele, aufzuheben. Ich werde jetzt nicht erklären, dass ich mein Schätzchen Liam getauft habe, weil ich den Namen seit Liam und Cassy so sexy finde. Immerhin habe ich mich heute, bei der Begegnung mit der Motte, schon genug blamiert.

»Nett, dich kennenzulernen, Liam«, sagt Jette ruhig. Dann sieht sie wieder mich an und bemerkt auf Deutsch: »Falls es dich überhaupt noch interessiert, weil du ja anscheinend Wichtigeres zu tun hast: Zoya, die Kellnerin mit dem tollen Gedächtnis, konnte sich zwar optisch an unsere Mutter erinnern, aber sie kennt sie nicht und weiß nichts Näheres über sie.«

Am Klang ihrer Stimme merke ich genau, dass Jette völlig enttäuscht und resigniert ist. Schlechtes Gewissen steigt in mir hoch. Während sie oben voller Hoffnung auf die Kellnerin gewartet hat, habe ich wie ein Teenager wild mit diesem Liam herumgeknutscht. Noch während ich betroffen »Oh« mache, wendet sich Jette erneut an Liam.

»Kommst du aus Bar Harbor?«, fragt sie, und mir wird deutlich bewusst, dass ich nicht nur seinen Namen nicht kannte. Ich weiß absolut gar nichts über diesen Mann – abgesehen davon, dass er gut riecht und schmeckt und fantastisch küssen kann. Und eine sehr anziehende Stimme und ein noch anziehenderes Lachen hat. Und ein entzückendes Grübchen. Und rot wird, wenn er verlegen ist.

»Ja«, antwortet Liam ruhig und versucht verstohlen, sein heraushängendes Hemd zurück in seinen Hosenbund zu stopfen. Währenddessen kramt Jette in ihrer Handtasche, und im nächsten Augenblick hält sie Liam das Foto unserer Mutter im Restaurant des Bar Harbor Inn unter die Nase. Sie lässt den Lichtkegel der Smartphone-Lampe darauf fallen und fragt: »Kennst du zufällig diese Frau?«

»Jette«, murmele ich und unterdrücke ein leises Stöhnen. Diese ganze Aktion bringt doch wirklich nichts. Es war absolut sinnlos, nach Bar Harbor zu kommen! Mal ganz abgesehen von den fantastischen zehn Minuten, die ich eben in diesem Adirondack-Stuhl verbracht habe.

»Ja«, höre ich da Liams Antwort, und sowohl meine Schwester als auch ich starren ihn fassungslos an.

»Ja?«, wiederholt Jette langsam. »Diese Frau hier?« Sie deutet noch einmal auf das Bild. Liam nimmt es ihr ab, und Jette hält die Lampe so dicht vor sein Gesicht und das Foto, dass er gequält blinzelt, während er aufmerksam das Bild betrachtet. Seine Wimpern sind dicht und pechschwarz, fällt mir in diesem Moment auf.

»Ja«, bestätigt er und sieht erst Jette, dann mich fragend an. »Warum wollt ihr das wissen?«

»Das … das ist eine lange Geschichte«, sage ich und merke, dass meine Stimme ein wenig zittert. »Wie heißt die Frau auf dem Foto?«

»Das ist Eve Moore«, erklärt Liam und schiebt seine Hände in die Taschen seiner Anzughose. Seine grünen Augen mustern mich ernst und aufmerksam.

Eve. Die englische Version von Eva. Ich schlucke und wechsele einen Blick mit Jette, die aufgeregt nachhakt: »Und woher kennst du diese Eve Moore?«

»Wir sind Kollegen. Eve und ich, wir arbeiten beide als Ranger im Acadia National Park.«

Wenig später sitzen wir wieder in den zwei Adirondack-Stühlen – das heißt, Liam und Jette sitzen in den Stühlen, während ich auf der Armlehne meiner Schwester hocke und die Füße auf die zweite Armlehne stütze. Das ist überhaupt nicht bequem, und eigentlich wäre ich jetzt viel lieber wieder dicht bei Liam, aber beides ist gerade nicht so wichtig. Wichtig ist nur, dass dieser Mann tatsächlich unsere Mutter kennt. Weder Jette noch ich können das so recht fassen.

»Aber wie kann es sein, dass sie Rangerin geworden ist?«, frage ich kopfschüttelnd, und versuche, den anderen Gedanken in meinem Hinterkopf zu ignorieren: Wie kann es sein, dass dieser Mann, den ich kaum kenne, nicht nur Liam heißt, wie der Held in meinem ersten übersetzten Roman, sondern auch noch Ranger ist genau wie sexy Tristan, der mich damals auf den Geschmack für Maine gebracht hat? Ist der Kerl etwa eine Vermischung aus den ganzen bisherigen Protagonisten, die eigentlich alle in der Kategorie »zu gut, um wahr zu sein« anzusiedeln sind? Na ja, zumindest ist er weder Banker noch heißt er Jared. Aber – o Gott, da fällt mir ein, dass der sexy Held aus meinem jetzigen Romanprojekt grüne Augen hat. Ich schlucke und bemühe mich darum, wieder zum eigentlich wichtigen Thema zurückzufinden: zu unserer Mutter.

Jette überlegt gerade laut: »Muss man nicht Amerikanerin sein, um Rangerin in einem Nationalpark zu werden?«

»Eve ist Amerikanerin«, erwidert Liam ruhig.

»Dann kann das nicht die Eva sein, die wir suchen!«, rufe

ich und schlage mir energisch mit der flachen Hand auf den nackten Oberschenkel. »Eva Michaelis war Deutsche. So einfach wird man nicht Amerikanerin!«

»Erzähl uns doch bitte alles, was du über diese Eve Moore weißt«, bittet Jette und legt mir beruhigend eine Hand auf den Arm. Ich merke genau, dass auch sie vor Aufregung förmlich vibriert, aber sie schafft es erstaunlich gut, sich zu beherrschen und möglichst rationale Fragen zu stellen. Im Gegensatz zu mir. Mein Gehirn scheint wie leer gefegt zu sein – und das nicht nur wegen der wilden Knutscherei mit Liam. Verstohlen fahre ich mir mit einer Hand über die Lippen. Als ich Liam ansehe, merke ich, dass er mich beobachtet hat. Ein winziges Lächeln spielt um seine Mundwinkel – ein wissendes Schmunzeln, das meinen Herzschlag beschleunigt. Streng ziehe ich eine Augenbraue in die Höhe und fordere ihn ebenfalls auf: »Ja, könntest du uns bitte etwas über diese Eve erzählen?«

Liam beugt sich vor, stützt seine Ellbogen locker auf seine Knie und sieht uns über seine gefalteten Hände hinweg nachdenklich an. »Ich würde euch wirklich gern helfen und euch mehr über Eve erzählen«, beginnt er langsam. »Aber ich weiß leider nach wie vor nicht, warum ihr sie überhaupt sucht. Nichts für ungut, ich finde euch wirklich ... nett ...« Bei dieser unbeholfenen Beschreibung flackert sein Blick wieder zu mir, und ich merke, dass er erneut eine Spur rot wird. Mein Gott, ich finde diesen Mann so hinreißend. Und ganz sicher nicht nur »nett«.

»Also ... Zwar scheint ihr sehr ... nett zu sein«, wiederholt Liam hilflos, und ich schnaube auf, sage aber nichts. »Aber ... ich weiß ja nicht, was ihr von Eve wollt. Ich kann euch schlecht Details über sie erzählen, obwohl ich keine Ahnung habe, wer ihr seid und warum ...«

»Wir sind ihre Töchter«, unterbricht Jette ihn ungeduldig.

Na gut, so sehr hat sie sich dann doch wieder nicht unter Kontrolle, was mich ein wenig beruhigt. Es hilft, wenn man sich nicht völlig allein im Zentrum eines Gefühlshurrikans befindet, sondern Gesellschaft hat. Liam bleibt wortwörtlich der Mund offen stehen. Aus weit aufgerissenen Augen starrt er erst Jette an, dann mich. Mein Herz schlägt mir bis zum Hals, als ich seinen Blick erwidere.

Wir sind die Töchter von Eve Moore, hämmert es in meinem Kopf.

Aber sind wir das wirklich? Wie passt es zu unserer Mutter, die damals aus Stuttgart verschwunden ist, dass sie hier in Maine als Rangerin arbeiten soll? Wie, bitte schön, kann das möglich sein?

»Ihr … seid …« Liam reibt sich mit einer Hand über das Gesicht und schüttelt stumm den Kopf, sieht immer noch zwischen Jette und mir hin und her.

»… ihre Töchter«, vollende ich und räuspere mich, weil ich einen Knoten im Hals spüre.

»Aber … wie kann das sein?« Ratlos mustert Liam uns.

»Oh, das fragen wir uns auch«, erwidere ich und klinge heftiger als beabsichtigt. Aber ich kann das gerade nicht verhindern, zu sehr stürzen die Emotionen ohne Vorwarnung auf mich ein. »Wie kann es sein, dass sie uns verlassen hat, als ich zweieinhalb war und Jette knapp fünf? Wie kann es sein, dass sie uns am Abend vorher noch gebadet und uns Gutenachtgeschichten vorgelesen hat, dass sie uns bei unserer Oma abgesetzt und uns gesagt hat, dass sie uns lieb hat – und dann einfach verschwunden ist? Wie kann das alles sein?«

Als ich merke, dass Tränen in meine Augen steigen wollen, blinzele ich wütend. Nein, weinen werde ich nicht. Geweint habe ich seit 27 Jahren nicht mehr wegen unserer Mutter. Seit ich vier geworden bin. Da habe ich das letzte Mal wegen ihr geheult, weil es mein einziger Wunsch zum Geburtstag gewesen war, dass sie zurückkommt. Das weiß ich tatsächlich noch sehr deutlich, auch wenn das eine Ewigkeit und drei Tage her ist. Als sie nicht aufgetaucht ist, habe ich plötzlich begriffen, dass sie nie mehr zurückkommen würde. Sogar mit vier Jahren wurde mir das mit einem Schlag klar. Und von da an habe ich nicht mehr wegen ihr geweint. Es war, als ob der Teil in mir, der sie schmerzlich vermisst hat, eingefroren wäre. Vereist. Für immer und ewig.

Aber jetzt, in dieser merkwürdigen Nacht am dunklen Atlantik, da glaube ich zum ersten Mal, dass das Eis in mir zu schmelzen beginnt. Vielleicht, weil wir unserer Mutter zum ersten Mal nach all dieser Zeit so nah sind. Oder weil dieser Mann, den ich eben noch leidenschaftlich geküsst habe, sie angeblich kennt.

Liam hat mich stumm angestarrt, offensichtlich ziemlich erschüttert von meinen heftigen Worten. Zitternd hole ich tief Luft und zwinge mich dazu, ruhiger zu werden. Vergeblich. Zum Glück räuspert sich Jette nun – ich merke deutlich, dass auch sie gegen die Tränen ankämpft – und sagt leise: »Ja, so war es. Unsere Mutter – Eva Michaelis oder möglicherweise Eve Moore – ist damals einfach verschwunden, und in all diesen Jahren hatten wir nie eine Spur. Bis jetzt.«

Ihre Stimme wird wieder ein wenig fester, als sie Liam in wenigen Worten von dem Hoteltester in Alicante erzählt, von dem Foto, von ihrem Schock, als sie unsere Mutter erkannte.

»Liam«, sage ich heiser, »hat diese Eve Moore ein Tattoo?«

Als Liam zögert, denke ich sofort: Sie ist es doch nicht. Aber dann nickt er langsam. »Ja«, sagt er. »Eine Eule. Auf dem …«

»Rechten Handgelenk«, vollendet Jette, und als Liam leise »Ja« sagt, sieht sie mich bedeutungsschwer an.

Liam mustert uns ernst, dann kratzt er sich am Kopf und

starrt gedankenverloren in den Himmel hinauf. Als auch ich kurz nach oben sehe, wird mir bewusst, dass sich über uns der fantastischste Sternenhimmel spannt, den ich je zu Gesicht bekommen habe. Aber leider ist mir jetzt gerade überhaupt nicht nach Sternegucken zumute.

»Okay«, sagt Liam endlich und sieht wieder Jette und mich an. »Hört zu. Wenn das alles so ist, wie ihr es mir erzählt, dann habt ihr wohl ein Anrecht darauf, mehr über Eve zu erfahren. Zwar begreife ich selbst beim besten Willen nicht, wie es möglich sein soll, dass sie eure Mutter ist …« Er zieht die Stirn kraus. »Ich meine, sie kommt zwar aus Deutschland, so viel steht fest. Das hat sie mal erwähnt. Aber …« Er bricht ab und seufzt tief auf. »Wisst ihr was? Ich fühle mich unwohl dabei, euch Details über meine Kollegin zu verraten, selbst wenn ihr ihre Töchter seid. Es wäre doch besser, wenn sie euch selbst erzählen würde, was damals passiert ist und wie ihr Leben heute aussieht. Oder?«

»Nein!«, sage ich erschrocken und falle fast von der Armlehne. »Niemals!«

»Wie meinst du das?« Jette starrt mich überrascht an. »Bist du etwa den ganzen Weg bis nach Maine gekommen und willst unsere Mutter nicht zur Rede stellen?«

»Ich bin nur wegen dir nach Maine gekommen!«, fahre ich Jette aufgebracht an. »Ich will diese Frau nicht sprechen! Wir wollten herausfinden, wo sie ist und was aus ihr geworden ist. Das haben wir: Sie wohnt in Bar Harbor und arbeitet als Rangerin im Acadia National Park. Super! Jetzt wissen wir das und können nach Hause fliegen!«

»Bist du von allen guten Geistern verlassen?« Jette tippt sich an die Stirn. »Jetzt, wenn sie endlich so nah ist, will ich sie doch auch in Fleisch und Blut sehen! Sie sprechen! Sie fragen, wie sie uns verlassen konnte!«

»Warum?«, fahre ich Jette an. Mit einem Mal bin ich so überwältigt von den über mir hereinbrechenden, angstmachenden Gefühlen, dass ich von der Sessellehne springe und ein paar aufgebrachte Schritte über den Rasen mache. Es hat seinen guten Grund, dass ich sonst ein so vorhersehbares, gefühlsarmes Leben führe! Ich mag das nicht, diese ganze Unsicherheit, diese Angst, verletzt zu werden!

»Warum? Was soll das bringen? Glaubst du wirklich, dass es dir dann besser geht, wenn du von ihr hörst, dass sie uns einfach nicht genug geliebt hat?«

Meine heftigen Worte lassen Jette zurückzucken. Fassungslos starrt sie mich an. »Das glaubst du doch nicht wirklich, oder?«, fragt sie heiser. »Dass sie uns nicht geliebt hat?«

Ich lache zynisch auf. »Warum verlässt eine Mutter sonst ihre Kinder?«

»Genau das will ich ja herausfinden!«

Liam räuspert sich. Erst jetzt wird mir klar, dass wir einfach auf Englisch weitergeredet haben, und dass sich Liam sehr unwohl zu fühlen scheint inmitten unseres schwesterlichen Schlagabtauschs. Aber um seine Befindlichkeiten kann ich mich jetzt nicht auch noch kümmern. Auf der Veranda über uns erschallen plötzlich Rufe: »Die Torte! Oh, da ist die Torte!«

»Du solltest vielleicht wieder zurück zur Feier gehen«, bemerke ich in Liams Richtung und hole tief Luft, um mein aufgeregt rasendes Herz zu beruhigen. »Du verpasst die Torte.«

»Macht nichts«, meint Liam mit einem Schulterzucken. »Ich bin nicht so wild auf Torte.«

»Welcher normale Mensch ist denn nicht wild auf Torte?«, frage ich fassungslos. »Bist du eigentlich ein Freund der Braut oder des Bräutigams?« Warum mich das in diesem Moment interessiert, weiß ich selbst nicht. Vermutlich möchte ich einfach ein paar Sekunden an etwas anderes denken als an den

Schlamassel, in das ich mich bereitwillig gestürzt habe, als ich eingewilligt habe, meine verrückte Schwester nach Maine zu begleiten.

»Hauptsache, er ist nicht selbst der Bräutigam«, bemerkt Jette spitz. Ich muss auflachen, aber als Liam nicht gleich reagiert, sehe ich ihn erschrocken an. Er merkt das, und im nächsten Moment bricht er selbst in schallendes Gelächter aus.

»Zwei Sekunden lang warst du echt geschockt, oder?«, grinst er.

»Eine Sekunde lang«, brumme ich, muss aber auch schmunzeln.

»Es ist die Hochzeit eines Schulfreundes«, erklärt Liam dann und sieht mich an, plötzlich ernst. »Hört zu, ich schlage euch etwas vor: Morgen früh bringe ich euch in den Nationalpark. Wenn ihr wollt, könnt ihr dort campen und nebenher Eve aus der Ferne beobachten. Oder auch aus der Nähe. Oder sie sogar kennenlernen. Ganz wie ihr wollt.«

»Campen?«, wiederhole ich entsetzt. »Nie im Leben gehe ich campen!«

Liam mustert mich offensichtlich amüsiert. »Wegen der Motten?«

»Welche Motten?«, hakt Jette ratlos nach, aber ich winke nur mit einem Schnauben ab – allerdings nicht, ohne einen verstohlenen Blick auf mein Dekolleté zu werfen. Vor lauter Knutschen und vor allem wegen des Schocks, dass Liam unsere Mutter kennt, habe ich die lästigen Insekten ganz vergessen.

»Im Ernst«, meint Liam und stützt sein Kinn erneut auf seine gefalteten Hände, während er Jette und mich abwechselnd ansieht. »Wie lange wolltet ihr denn hierbleiben?«

»Unser Rückflug geht in einer Woche ab Boston«, antwortet Jette und kaut am Nagel ihres Ringfingers.

»Und bis dahin habt ihr ein Zimmer hier gebucht?« Ich brauche zwei Sekunden, bis ich begreife, dass Liam das Bar Harbor Inn meint und breche in schallendes Gelächter aus.

»Hier? Ein Zimmer? Weißt du, was das kostet?«

Mit einem Schmunzeln nickt er. »Ich ahne es. Darum würde ich hier auch nie absteigen, aber ich dachte … weil du hier gesessen hast …«

Bei dem Gedanken daran, wie er vorhin mit diesem lockeren »Hi« neben dem zweiten Stuhl aufgetaucht ist, wird mir warm. Ich würde ihn so gern wieder küssen.

»Polly hat hier nur auf mich gewartet, während ich drinnen die Kellnerin ausfragen wollte, von der wir gehofft haben, sie würde unsere Mutter kennen«, reißt mich Jettes Antwort aus meinen abdriftenden Gedanken. »Unser Reisebudget ist leider viel zu mager für dieses Hotel – und wohl für die meisten Hotels hier im Ort.«

Liam nickt mit einem gequälten Lächeln. »Ja. Es ist Hochsaison, und Bar Harbor hat sich in den letzten Jahren zu einem echten Touristenmagneten entwickelt – darum sind die Preise immer weiter in die Höhe geschossen.«

»Und alles ist ausgebucht«, brumme ich und muss daran denken, wie Jette und ich vor wenigen Stunden zunehmend frustriert von Motel zu Hotel zu Inn und wieder Motel getingelt sind in der Hoffnung, dass irgendwo an den Schildern am Straßenrand »Vacancy« und nicht immer nur »No Vacancy« aufleuchten würde. Bei einem Inn schienen wir Glück zu haben – bis wir den Preis pro Nacht erfahren haben und entsetzt weitergefahren sind. Doch dann, nach einer gefühlten Ewigkeit, als ich uns schon auf einem Supermarktparkplatz im Auto habe übernachten sehen, wurden wir am Rande des Ortes doch noch fündig.

»Heißt das, dass ihr nichts zum Übernachten habt?«, fragt

Liam und klingt nicht nur überrascht, sondern auch eine Spur besorgt, was ich irgendwie … süß finde.

»Doch, doch«, beeilt sich Jette zu sagen. »Wir haben ein Zimmer im Sunrise Motel gebucht – aber erst einmal nur bis morgen.«

»Oh«, macht Liam, und dieses »Oh« klingt in meinen Ohren ein wenig alarmierend. Fragend sehe ich ihn an. Auch Jette ist hellhörig geworden.

»Ist etwas?«

Ein schwaches Lächeln stiehlt sich auf Liams Gesicht. Er schaut kurz auf seine gefalteten Hände, dann guckt er wieder uns an und meint: »Na ja. Wenn ihr erst einmal eine Nacht im Sunrise Motel verbracht habt, werdet ihr doch noch gern im Nationalpark zelten gehen. Glaubt es mir.«

Kapitel 5

Und natürlich muss Liam recht behalten. Als Jette und ich am nächsten Morgen in aller Herrgottsfrühe das Motel verlassen, kratze ich mich am ganzen Körper, weil ich glaube, mir das Bett mit Flöhen oder Bettwanzen oder beiden geteilt zu haben. Jette behauptet zwar, das sei reine Einbildung und Panikmache, aber selbst sie konnte nach fünf Uhr keine Minute länger im Bett bleiben. Das lag natürlich auch am Jetlag, denn in Deutschland ist es schon fast Mittag. Aber zu gleichen Teilen lag es an dem schmuddeligen Zimmer im Sunrise Motel, mit dem quietschenden Ehebett und der durchgelegenen Matratze, die uns nachts ständig in die Mitte des Betts gegeneinander rollen ließ. Ich bin davon überzeugt, dass das Motel deshalb so heißt, weil alle Kunden fluchtartig kurz nach Sonnenaufgang abreisen. So wie wir.

»Hör auf, dich zu kratzen«, mault Jette und gähnt ausgiebig, nachdem wir den Zimmerschlüssel in den Nachtbriefkasten geworfen haben und mit unserem Mietwagen vom Hof gerollt sind. »Und jetzt?«

»Erst einmal Kaffee, vorher kann ich nicht denken«, brumme ich.

Bar Harbor erwacht gerade erst langsam zum Leben, als wir kurz darauf durch die noch leeren Straßen fahren. Zu so früher Stunde herrscht hier eine ganz andere Atmosphäre als gestern Abend, als die Bürgersteige nur so wimmelten von Touristen und sich ein Auto nach dem anderen die Main Street entlangschob. Heute Morgen scheint der Ort noch den Einheimischen zu gehören, von denen einige an uns vorbeijoggen. Während Jette unser Auto langsam durch die verschlafenen Straßen lenkt, verliebe ich mich mehr und mehr in die hübschen Backstein- und Holzhäuser, in die gepflegten Gärten, die einladenden Schaufenster der Geschäfte und sogar in die Straßennamen – wer könnte einen Ort, in dem es die Cottage Street und eine Firefly Lane gibt, nicht mögen?

»Schau mal, da!«, ruft Jette, als mein Blick an den T-Shirts mit Elchaufdruck im noch unbeleuchteten Schaufenster eines Ladens hängt, »das Lokal hat schon geöffnet!«

»Tatsächlich!«, freue ich mich, während meine Schwester schon schwungvoll in eine Parklücke am Straßenrand rangiert. Man merkt ihr wirklich an, dass sie jahrelang in Ländern wie Spanien und Thailand Auto gefahren ist. Weshalb ich so oft Angst habe, wenn ich ihre Beifahrerin bin. »Oh, und da soll es sogar die besten Blaubeerpfannkuchen von ganz Maine geben!«, juchze ich, nachdem ich die Werbetafel auf dem Bürgersteig überflogen habe, und schnalle mich ab. »Ich sterbe vor Hunger!«

Nachdem wir einen Berg extrem köstlicher Pfannkuchen inklusive wilder Maine-Blaubeeren verputzt und dazu mehrere Tassen Kaffee getrunken haben, können Jette und ich endlich einigermaßen klar über unsere weitere Planung nachdenken. Bisher haben wir es nach dem Aufstehen sorgfältig vermieden, über unsere Mutter oder den Acadia National Park zu reden. Aber daran denken musste ich trotzdem jede Minute, seit ich um kurz nach vier Uhr aus unruhigem Schlaf erwacht bin – und Jette ging es sicherlich genauso.

»Hör zu, Polly«, sagt sie jetzt und sieht mich über ihre Kaffeetasse hinweg ernst an. »Ich möchte in diesen Nationalpark fahren und unsere Mutter sehen.«

Ich atme tief ein und aus, während ich meine eigene Tasse mit wenigen Zügen leere. »Aber ich will das nicht«, sage ich bockig und lecke einen Tropfen vom Porzellan.

»Und warum bist du dann mit mir hergekommen?«, fragt Jette fast verzweifelt. »Was soll das, Polly?«

Ich bin mitgekommen, weil ich nicht wirklich geglaubt habe, eine Spur zu unserer Mutter zu finden. Aber jetzt, da es diese Spur tatsächlich gibt und wir einen Mann getroffen haben, der unsere Mutter kennt und sogar mit ihr zusammenarbeitet – bei der Erinnerung an Liam wird mir wieder warm –, jetzt, da alles mit einem Mal so konkret und ein Wiedersehen zum Greifen nah ist, bekomme ich gehörige Angst davor. Und ich wünsche mir selbst, dass ich nie Ja zu Jettes spontaner Idee, hierherzukommen, gesagt hätte. Dann müsste ich jetzt nicht hier mit meiner Schwester in diesem Diner sitzen – auch wenn die Pfannkuchen wirklich die besten waren, die ich je gegessen habe – und mich ihr gegenüber rechtfertigen, warum mich keine zehn Elche in diesen Nationalpark bringen werden.

»Ich möchte einfach nicht, okay?«, erwidere ich, heftiger als gewollt.

»Und was möchtest du dann?«, erkundigt sich Jette betont ruhig. »Zurück nach Stuttgart in deine Wohnung flüchten und dich vor der Welt und besonders vor irgendwelchen Gefühlen verstecken?«

»Was soll das?«, frage nun ich und muss mich sehr zusammenreißen, um nicht laut zu werden. Zwar sind wir zu dieser frühen Stunde noch fast die einzigen Kunden hier im Diner, aber ich möchte wirklich nicht, dass die nette Kellnerin, die uns bereitwillig immer wieder Kaffee nachschenkt, mitbekommt, wie ich meine Schwester ankeife, selbst wenn sie unser Deutsch nicht verstehen dürfte. »Ich muss mich vor niemandem rechtfertigen, wenn ich keine Lust auf Camping habe!«

»Ach komm, das hat doch überhaupt nichts mit Camping zu tun«, lacht Jette spöttisch auf. »Du hast Schiss davor, unserer Mutter wieder zu begegnen!«

»Ich habe keine Angst davor«, wehre ich mich entschieden. »Ich habe einfach keine Lust, sie wiederzusehen!«

»Warum bist du dann mitgekommen?«

»Dir zuliebe!«

»Fein, dann komm bitte mir zuliebe auch mit in den Nationalpark.«

»Nein.« Entschlossen verschränke ich die Arme vor der Brust. »Außerdem haben wir doch gar keine Zeltausrüstung.«

»Liam hat angeboten, uns eine zu leihen.«

Überrascht sehe ich Jette an. »Wann hast du das denn mit ihm besprochen?«

»Gerade eben. Als du auf der Toilette warst.« Sie hält ihr Smartphone hoch, das neben ihrem Teller lag.

»Du hast Liams Nummer?«

»Allerdings. Du etwa nicht? Immerhin habe ICH nicht mit ihm herumgeknutscht.« Jette mustert mich betont unschuldig. Wenn ich nicht so wütend wäre, müsste ich vermutlich lachen. Das ist doch alles absurd!

»So, er leiht uns also ein Zelt?«

»Und Schlafsäcke. Und vielleicht sogar zwei Klappstühle und Campinggeschirr und einen Gaskocher. Zumindest, wenn du ihm gleich nicht den Kopf abreißt.«

»Gleich? Wann …?«

»Jetzt. Dreh dich um.«

Mein Herz schlägt mir bis zum Hals, als ich genau das tue und Liam erblicke, der in diesem Moment das Diner betritt.

Oh. Mein. Gott. Er trägt eine Uniform. Ich fand ihn gestern Abend mit seinem Hemd mit den hochgerollten Ärmeln ja schon sexy, aber jetzt … Das ist nicht fair! Liams Ranger-Uniform besteht aus langen khakifarbenen Hosen und einem kurzärmeligen grauen Hemd mit einem aufgenähten Wappen am linken Ärmel. Auf dem Kopf trägt er einen Hut – helle Farbe, mit einem Hutband aus braunem Leder und mit steifer Krempe – doch den nimmt er jetzt ab, als er die Kellnerin begrüßt. Sie umarmt ihn fröhlich und sagt etwas zu ihm, was er mit einem Lachen quittiert. Die Schmetterlinge oder Motten oder was auch immer beginnen in meinem Bauch zaghaft, ihre Flügel zu strecken, als er sich mit einem Grinsen von der Kellnerin abwendet und zu uns herüberkommt.

Ich sehe ihn zum ersten Mal bei Tageslicht, und ich muss sagen, dass er bei Helligkeit noch viel besser aussieht als letzte Nacht. Was man von mir mit Sicherheit nicht behaupten kann. Mit einem unterdrückten Stöhnen zupfe ich an meinen Haarsträhnen und wische mir rasch unter den Augen entlang, wo bestimmt mal wieder verschmierte Wimperntusche klebt. Da wir es so eilig hatten, das Sunrise Motel hinter uns zu lassen, ist meine Morgentoilette ziemlich flüchtig ausgefallen.

»Guten Morgen«, sagt Liam und bleibt neben unserem Tisch stehen. Sein Blick streift Jette und bleibt dann an mir hängen.

»Hi«, murmele ich und starre auf das Wappen an seinem Ärmel, um ihm nicht in die Augen sehen zu müssen, denn diese Augen wirken jetzt, im hellen Sonnenlicht, das durch die Fenster zu uns hereinfällt, geradezu unverschämt grün. Auf dem Wappen sind ein Nadelbaum, ein schneebedeckter Berggipfel und ein Büffel zu sehen, gekrönt von den Worten »National Park Service«. Ich bin mir ziemlich sicher, dass es in Maine keine Büffel gibt, aber dieses Emblem gilt vermutlich für alle amerikanischen Nationalparks.

»Eure Nacht war nicht so gut?«, erkundigt sich Liam jetzt unschuldig, und ich merke, dass er mich immer noch ansieht. Und anlächelt. Anstatt zurückzulächeln, werfe ich meiner Schwester einen anklagenden Blick zu. »Jette scheint dich ja schon über alles informiert zu haben«, bemerke ich trocken.

»Hat sie«, schmunzelt Liam. »Rückst du bitte mal rein?«

Als ich ihn ratlos ansehe, deutet er auf die Bank und meint: »Wenn ihr nichts dagegen habt, würde ich noch schnell einen Kaffee trinken, bevor wir losfahren.«

»Losfahren?«, frage ich lahm und rutsche zur Seite, damit er sich neben mich setzen kann. Himmel, ich brauche auch noch einen Kaffee!

»In den Nationalpark.« Er dreht sich halb zu mir und wird ernst, als er erklärt: »Ich habe einen Zeltplatz für euch reservieren können, weil wir gestern Abend eine Stornierung hatten. Normalerweise sind unsere Campingplätze um diese Jahreszeit nämlich auch komplett ausgebucht.«

»Toll«, erwidere ich schwach.

Als die Kellnerin vorbeikommt, bestellt Liam Kaffee, und Jette und ich lassen unsere Tassen noch einmal auffüllen. Meine Schwester sieht mich ernst an. Auf Deutsch, damit Liam nicht alles mitbekommt, sagt sie eindringlich: »Polly, ich möchte das wirklich machen. Ich möchte diese Frau sehen und sie vielleicht sogar kennenlernen.«

Benommen nicke ich. Ich weiß das. Immerhin war die Hoffnung, Jettes ruheloses Durch-die-Welt-Tingeln könnte zu einem Ende kommen, der Hauptgrund, warum ich dieser Reise zugestimmt habe.

Ich vermute, dass Liam versucht, uns ein wenig Zweisamkeit zu lassen, weil er sein Smartphone hervorzieht und drauf herumtippt. Jette greift nach meiner Hand und drückt sie leicht. Seufzend drücke ich meinerseits ihre Finger und sehe sie mit einem schiefen Lächeln an. Dann nicke ich langsam.

»Also gut«, sage ich auf Englisch, und ich merke, dass Liam sein Telefon sinken lässt und mich von der Seite ansieht. »Gehen wir campen. Es kann ja wirklich nicht schlimmer als das Sunrise Motel sein.«

Liam lacht leise auf, während Jette mir ein »Danke« zuwispert.

»Ich habe es euch ja prophezeit«, meint Liam schmunzelnd und nimmt dankend den Kaffee entgegen, den die Kellnerin ihm reicht. »Glaubt mir, ihr werdet die Natur im Nationalpark lieben.«

»Das bezweifele ich«, brumme ich und nippe an meinem Kaffee. Liam wirft mir einen amüsierten Seitenblick zu.

»Du bist nicht so der Outdoor-Typ, hab ich recht?«

»Ja, hast du«, bestätige ich trocken. »Das bin ich nicht. Darum wäre ich auch nie auf die Idee gekommen, campen zu gehen. Aber was macht man seiner Schwester zuliebe nicht alles.«

Jette grinst mich über den Tisch hinweg an. »Vielleicht wirst du noch zum Outdoor-Fanatiker und Camping-Fan! Wer weiß?«

»Ha ha«, erwidere ich. »Eher bekommt einer der Romane, die ich übersetze, den Literaturnobelpreis.«

Ich merke genau, dass Liam bei der Erwähnung meiner Erotikromane erneut ein wenig rot wird, komme aber nicht weiter dazu, das niedlich zu finden, weil Jette frech hinzufügt: »Eher bekommt das Sunrise Motel fünf Sterne!«

Ich pruste los, um sie dann zu toppen: »Eher werde ich zur Romantikerin!«

Jette lacht laut auf, bevor sie sich mit einem »Muss mal schnell aufs Klo« aus der Bank schiebt. Sobald wir allein sind, sieht Liam mich fragend an. »Eine Romantikerin bist du also auch nicht?«

»Du hast es erfasst«, erwidere ich und finde seinen geradezu entsetzten Gesichtsausdruck fast komisch. »Es müssen nicht alle Frauen romantisch veranlagt sein, weißt du?«

»Hmm«, macht Liam nachdenklich.

Herausfordernd sehe ich ihn an. »Hattest du gestern Abend den Eindruck, dass ich einen besonders romantischen Rahmen brauche, um … gewisse Dinge zu machen?«

Liams Augenbrauen wandern amüsiert in die Höhe. »Ehrlich gesagt fand ich es am nächtlichen Atlantik, in unmittelbarer Nähe einer Hochzeitsfeier, extrem romantisch.«

»Klar«, schnaube ich. »Mit kreischenden und gackernden Gästen in Hörweite und vor allem mit Riesenmotten, die einen attackierten.«

»Die Motte hat dich nicht attackiert«, sagt Liam kopfschüttelnd.

»Und ob sie das hat!«

»Wie auch immer.« Er lächelt mich leicht an, dann sieht er in seine Tasse und fügt stur hinzu: »Ich fand es romantisch.«

O nein. Ich starre ihn von der Seite an, versuche, die Motten in meinem Bauch zur Ordnung zu rufen und räuspere mich. »Liam«, sage ich ruhig, und er hebt seinen Blick und sieht mich ernst an. Der Ausdruck in seinen grünen Augen lässt mich zögern. Also bitte, warum muss mein Herzschlag sich denn jetzt beschleunigen? Dafür gibt es überhaupt keinen Grund!

»Hör zu«, sage ich eilig, bevor Jette zurückkommt und ich das nicht mehr loswerde. »Das gestern Abend, das war … sehr …«

»Nett?«, hilft mir Liam mit einem verschmitzten Lächeln auf die Sprünge, und als ich an seine unbeholfenen Worte von gestern denke, muss auch ich schmunzeln.

»Mehr als nett«, entgegne ich fest. »Aber … wie gesagt, ich bin keine Romantikerin. Und, mehr noch: Ich verliebe mich nicht. Nie. Ich bin auch nicht auf der Suche nach Mr. Right, nach einer Beziehung, nach ›Und sie lebten glücklich bis an ihr Lebensende‹. Okay?«

Liam starrt mich sprachlos an. »Okay …?«, murmelt er und wirkt ehrlich ratlos.

»Also tu mir bitte einen Gefallen und verlieb dich auch nicht in mich. Okay?«

»Ähm … okay«, erwidert Liam und schüttelt leicht den Kopf, als könne er nicht glauben, dass ich das gerade wirklich laut gesagt habe. Ich kann es ja auch kaum. Aber es musste gesagt werden. Auch, um mir das alles selbst in Erinnerung zu rufen. Liam starrt mich noch ein paar Sekunden stumm an, bevor er nach seiner Tasse greift und langsam einen großen Schluck Kaffee nimmt.

»Gegen Sex habe ich allerdings nichts einzuwenden«, füge ich vollständigkeitshalber noch hinzu, und Liam verschluckt sich am Kaffee und prustet eine kleine Fontäne über den Tisch, was mich in albernes Kichern ausbrechen lässt.

Hustend und mit tränenden Augen greift er nach einem ganzen Schwung Servietten, wischt sich den Mund ab und fährt über ein paar braune Spritzer auf der Plastiktischdecke, bevor er mich ansieht und ungläubig nachhakt: »Kannst du das bitte wiederholen?«

Aber in diesem Moment kommt Jette zurück. Ich schenke ihm nur ein Augenrollen und wende mich meiner Schwester zu. »Sollen wir zahlen?«

Natürlich bin es mal wieder ich, die Jettes und meine Rechnung begleicht, während Liam einen Anruf annimmt und mit dem Telefon nach draußen verschwindet. Vorsichtshalber gehe auch ich noch einmal auf die Toilette – wer weiß, was für Klos uns im Nationalpark erwarten! Als Jette und ich schließlich auf den Bürgersteig hinaustreten, sieht uns Liam entgegen. Ich merke genau, dass er mich immer noch ein wenig fassungslos mustert, aber dann scheint er sich zu berappeln und meint: »Wir können gleich losfahren, aber ich muss noch kurz auf ...«

Weiter kommt er nicht, denn in diesem Moment knattert ein knallroter VW-Bus – die Oldtimer-Version, die ich wirklich toll finde – die Straße entlang und hält auf unserer Höhe an. Augenblicklich fliegt die Beifahrertür auf, und ein Mädchen springt heraus.

»Hi, Daddy!«, ruft es überschwänglich und stürzt auf niemand anderen als Liam zu.

Kapitel 6

D addy? Überrumpelt starre ich das Mädchen an, das gerade von Liam in die Luft gehoben und lachend begrüßt wird. Die Kleine trägt olivfarbene Shorts und ein beiges T-Shirt, auf dem Rücken schaut ein Stoffelch aus einem bunten Rucksack, und auf ihrem Kopf sitzt eine Kinderversion des Ranger-Huts. Das Ganze fände ich extrem süß, wenn ich mich nicht irritiert fragen würde, warum Liam eine Tochter hat. Und wo ihre Mutter ist.

Just in diesem Augenblick verstummt der knatternde Motor des VW-Busses, der mindestens so schwungvoll in eine Parklücke am Straßenrand rangiert worden ist wie vorhin unser Mietwagen, und eine Frau steigt aus. Eine extrem hübsche Blondine. Sie dürfte in meinem Alter sein, also ungefähr Anfang dreißig, aber dank ihres hohen Pferdeschwanzes und der legeren Shorts-T-Shirt-Kombi wirkt sie ziemlich jugendlich. Und sie scheint sportlich zu sein, zumindest kommt sie sehr fit und durchtrainiert rüber, als sie nun federnden Schritts auf uns zugeht – und Liam mit einem »Hi, Süßer!« umarmt. Fest umarmt. Und auf die Wange küsst. Ich merke genau, wie sie ihm einen schnellen Klaps auf den Hintern gibt und wie er ihr liebevoll über den nackten Oberarm streichelt.

Warum ärgert mich das gerade eigentlich so sehr? Ich spüre deutlich Jettes prüfenden Blick auf mir, aber ich ignoriere sie stur. Trotzig verschränke ich meine Arme vor der Brust. Und genau aus diesem Grund verliebe ich mich nicht, denn, wie man mal wieder deutlich sehen kann, bringt Liebe nur Enttäuschung mit sich! Wobei ich natürlich kein bisschen enttäuscht bin. Nein, denn ich empfinde ja gar nichts für diesen Kerl.

Es scheint, als ob Liam meine Reaktion bemerken würde, denn genau in diesem Moment sieht er mich an, und mit einem nur halb unterdrückten Lächeln sagt er: »Polly, Jette, darf ich vorstellen – das hier sind die zwei wichtigsten Frauen in meinem Leben – neben meiner Mom natürlich.«

Mein Herz beginnt zu rasen. Der Blick der Blondine bleibt an mir hängen, und ich sehe rasch zu Boden, als könnte sie mir sonst augenblicklich ansehen, dass ich gestern Abend mit Liam geknutscht habe. Wie konnte er nur?

»Das hier ist Isabelle, genannt Izzy, meine Tochter«, höre ich Liam sagen und zwinge mich dazu, das Mädchen flüchtig anzulächeln. Die Kleine mustert Jette und mich neugierig. Sie hat die grünen Augen ihres Vaters, stelle ich fest. Und die hellblonden Haare ihrer Mutter. Rasch flackert mein Blick wieder zu der Frau, und ich merke, dass sie mich immer noch mustert. Ich wünsche mich ganz weit weg.

»Und das hier ist Linda. Meine Zwillingsschwester.«

Offensichtlich wirke ich so verdattert, dass mich Liam wissend angrinst. Mir wird klar, dass ihm bewusst ist, was mir gerade alles durch den Kopf gegeistert ist. Ich könnte schon wieder wütend werden angesichts seines süffisanten Lächelns, doch in dem Moment sagt Linda: »Freut mich sehr, ihr zwei! Liam hat eben, am Telefon, schon erwähnt, dass ihr euch gestern zufällig im Bar Harbor Inn getroffen habt, als ihr auf der Suche nach einem Zimmer wart.«

»Ähm – ja«, sage ich ausweichend. »So ungefähr.«

»Und jetzt bringt er euch in den Nationalpark zum Campen? Mann, habt ihr es gut. Ich wünschte wirklich, ich könnte auch mitkommen, es gibt nichts Schöneres, als dort unter den Sternen zu schlafen!«

»Mhm«, murmele ich und ringe mir ein Lächeln ab, das hoffentlich nicht zu gequält wirkt.

»War alles okay letzte Nacht?«, höre ich Liam fragen und merke, dass er mit seiner Schwester spricht. Offensichtlich hat Izzy bei ihrer Tante übernachtet. Klar, ihr Dad war ja auf der Hochzeit eingeladen, wird mir bewusst. Was mich erneut zu der Frage bringt: Wo ist die Mutter der Kleinen?

»Es war alles wunderbar. Oder, Izz?«

»Es war so toll, Daddy! Kann ich bald wieder bei Tante Linda übernachten? Es gab Marshmallows zum Abendbrot!«

»Marshmallows?«, wiederholt Liam sichtlich irritiert und mustert seine Schwester streng. »Zum Abendbrot?«

»Ja, wir haben ein Lagerfeuer im Garten gemacht und Marshmallows geröstet, und ich habe mir nicht die Zähne geputzt!« Die Kleine glüht förmlich vor Glückseligkeit. Liam wirft Linda einen vernichtenden Blick zu. Seine Zwillingsschwester grinst verlegen und zischt ihrer Nichte so laut zu, dass wir es alle hören können: »Izz, das mit dem Zähneputzen war ein Versehen und sollte unter uns bleiben!«

»Upsi, sorry, Tante Linda«, kichert das Kind gut gelaunt.

»Ich schicke dir die Zahnarztrechnung zu, Schwesterherz«, knurrt Liam und rückt seinen Ranger-Hut zurecht. »Oder, noch besser: Du gehst mit Izzy zur nächsten Kontrolle und hörst dir die Predigt von Doc McKnight an.«

»Oh, so spät schon, ich muss jetzt wirklich los zur Arbeit!«, grinst Linda mit einem bedeutungsschweren Blick auf ihre Armbanduhr. »Izz, hab heute ganz viel Spaß im Park und hilf deinem Dad ordentlich, ja?« Sie beugt sich zu ihrer Nichte hinab und schiebt den Hut ein wenig nach hinten, um dem Mädchen einen Kuss auf die Wange drücken zu können.

»Mache ich! Bye, Tante Linda!«

Mit einem letzten Gruß an Jette und mich gerichtet springt Liams Schwester in ihren VW-Bus, parkt so stürmisch aus, dass ich mir kurz Sorgen um ihre Stoßstange mache, und knattert davon.

»Über das Zähneputzen reden wir noch, Fräulein«, bemerkt Liam und sieht seine Tochter streng an – zumindest versucht er, sie streng anzusehen, merke ich. Das Zucken um seine Mundwinkel macht den Versuch zunichte. Genauso wie das liebevolle Glänzen in seinen Augen. »Mit acht Jahren ist man alt genug, um selbst daran zu denken, selbst wenn es die 30-jährige Tante nicht tut.« Er schüttelt mit einem Seufzer den Kopf. »Marshmallows zum Abendbrot«, brummt er. »Ich fasse es nicht.«

»Aber Marshmallows kann man doch einfach immer essen, Daddy!«, erklärt Izzy und sieht ihren Vater nun ihrerseits kopfschüttelnd an. Jette bricht in fröhliches Gelächter aus.

»Da hast du absolut recht!«, erklärt sie und erntet einen Blick von Liam, der wohl so etwas wie »Vielen Dank, dass du meine Erziehungsversuche unterstützt« heißen soll. Aber auch sein Lächeln wird breiter.

»Bist du auch schon Rangerin, so wie dein Dad?«, erkundigt sich meine Schwester und geht in die Hocke, während sie Izzys »Uniform« interessiert beäugt. Man merkt sofort, dass Jette zwischenzeitlich als Kinderanimateurin gearbeitet hat. Sie konnte schon immer viel besser mit Kindern umgehen als ich. Früher hat sie sich ihr Taschengeld mit Babysitten aufgebessert, ich mit Zeitungaustragen.

»Ich bin noch in der Ausbildung«, erklärt Izzy und mustert meine Schwester ernst. Jette nickt, nun ebenso ernst, und erwidert: »Oh, das ist toll. Da gibt es bestimmt viel zu lernen, oder?«

»Ja. Jede Menge. Schau mal, hier schreibe ich mir alles auf.« Sie nimmt ihren Rucksack vom Rücken und zieht ein Heft hervor, in das sie mit ungelenker Kinderhandschrift Notizen gemacht und Bilder gemalt hat. Während Jette sich interessiert darüber beugt und von Izzy erklären lässt, was diese alles aufgeschrieben hat, spüre ich Liams Blick auf mich gerichtet. Ich sehe ihn an und bleibe ernst, obwohl er mich amüsiert anlächelt.

»Was gibt es da zu grinsen?«, erkundige ich mich leise, nachdem ich zwei Schritte auf ihn zu gemacht habe. Jette muss das nicht mitbekommen, und Izzy erst recht nicht. »Wolltest du mir einen Schrecken einjagen und mich glauben lassen, dass Linda deine bildhübsche Frau ist?«

»Ich habe doch gar nichts gemacht«, erwidert Liam unschuldig.

»Nein, und weißt du, was du auch nicht getan hast? Du hast deine Tochter bisher nicht erwähnt!«

Liam wird ernst und mustert mich zwei Sekunden lang stumm, was mich unruhig von einem Fuß auf den anderen treten lässt, bevor er fragt: »Und warum hätte ich das tun sollen? Und vor allem … wann? Bevor du mich gestern Abend geküsst hast? Wenn ich mich richtig erinnere, haben wir uns so gut wie gar nicht unterhalten.« Bei der Erinnerung werden seine Wangen wieder ein wenig rosig, und auch ich spüre Hitze in mir hochsteigen. »Und dann«, fährt Liam fort und räuspert sich hastig, »dann kam Jette dazu, und mit einem Schlag drehte sich alles nur um eure Mutter. Verständlicherweise. Also wann hätte ich Izzy erwähnen sollen?«

Ich sehe ihn stumm an, bevor mein Blick rasch zu seiner Hand flackert. Einen Ehering trägt er nicht. Wirklich, das wäre auch noch schöner – wenn ich gestern Abend mit einem verheirateten Familienvater geknutscht hätte!

»Nein, ich bin nicht verheiratet«, bestätigt Liam leise, und sein Blick ist so ernst und durchdringend, dass ich schlucke und auf meine Füße starre. »Aber eigentlich kann dir das ja egal sein, immerhin hast du mir klargemacht, dass du sowieso nicht auf der Suche nach Mr. Right bist. Richtig?«

»Richtig«, murmele ich und sehe ihn nun doch wieder an. In seinen grünen Augen blitzt etwas auf, aber ich versuche, nicht weiter darüber nachzudenken. »Das bin ich nicht. Aber verheiratete Männer sind tabu, selbst wenn es nur eine Bettgeschichte wäre. Mit einem verheirateten Mann hätte ich noch nicht einmal nachts in einem Adirondack-Stuhl herumgeknutscht.«

Liam nickt nachdenklich, bevor er zu seiner Tochter und Jette hinübersieht und wiederholt, ohne mich anzusehen: »Wie gesagt: Ich bin nicht verheiratet. Und auch in keiner Beziehung. Aber das ist völlig egal, weil du nicht auf der Suche nach einer Beziehung bist und weil ich nicht einfach nur mit dir ins Bett gehen werde.«

»Wie bitte?«, hake ich überrascht nach. Liam erwidert meinen Blick ernst und nickt.

»Ich habe mir vor Jahren geschworen, wegen meiner Tochter keine flüchtigen Bettgeschichten zu haben«, sagt er mit Nachdruck.

»Und … was war das gestern Abend?«, hake ich verblüfft nach.

»Das war eine Adirondack-Stuhl-Geschichte, keine Bettgeschichte.« Liam grinst mich entwaffnend an, und ich muss ebenfalls auflachen, sodass Izzy neugierig zu uns herübersieht. »Fahren wir jetzt, Daddy?«

»Ja, Sonnenschein, das tun wir.« Er senkt die Stimme und fügt, nur für meine Ohren bestimmt, hinzu: »Im Ernst, Polly – das gestern Abend war … mehr als nett. Aber selbst wenn uns deine Schwester nicht unterbrochen hätte, wäre ich nicht mit dir im Bett gelandet. Ich mache so was nicht. Wenn du also bloß Sex von mir willst, musst du dir leider jemand anderen suchen. So, komm, lass uns fahren.«

Ungläubig beobachte ich, wie er auf Izzy zugeht, sie in seine Arme schwingt und das kichernde Mädchen ein paar Schritte den Bürgersteig entlangträgt – auf einen sonnengelben Jeep Wrangler zu, der unweit vom Eingang zum Diner geparkt steht.

»Wow, cooles Auto!«, ruft Jette entzückt, die nicht zu merken scheint, dass ich gerade wirklich sprachlos bin. Sie hat schon wieder ihre dämliche Herzchen-Sonnenbrille aufgesetzt, was mir die Laune noch mehr verdirbt.

»Danke«, erwidert Liam und setzt Izzy ab. »Das Modell habe ich ausgesucht, aber Izzy hat die Farbe bestimmt.«

»Sonnengelb macht gute Laune!«, verkündet das Kind fröhlich und offenbart lächelnd eine breite Zahnlücke.

»Die kann man immer gebrauchen«, bestätigt Jette.

»Oh, tolle Sonnenbrille!«, juchzt die Kleine.

»Danke dir. Meine Schwester findet sie blöd, kannst du das fassen?«

»Nein.« Izzy sieht mich regelrecht erschüttert an, und Jette grinst frech in meine Richtung, bevor sie zu Liam sagt: »Wir fahren euch hinterher, ja?«

Liam nickt ihr zu, und meine Schwester eilt fröhlich auf unseren Mietwagen zu, der wenige Meter entfernt geparkt steht. Verstohlen beobachte ich, wie Liam das Anschnallen seiner Tochter mit Argusaugen überwacht, bevor er die hintere Wagentür zuschlägt, mit langen Schritten den Jeep umrundet und zur Fahrertür geht. Mich sieht er nicht mehr an. Warum ich so enttäuscht bin, als ich die Beifahrertür unseres eigenen Autos öffne und mich hineinfallen lasse, weiß ich selbst nicht.

Eigentlich bin ich ja immer noch sehr mit meiner merkwürdigen Aussprache mit Liam und mit der Existenz seiner Tochter Izzy beschäftigt, aber sobald die Abstände zwischen den Häusern am Straßenrand immer größer und der Wald zusehends dichter wird, mache ich mir mehr und mehr Gedanken über unser bevorstehendes Camping-Abenteuer.

»When life gives you mountains, put on your hiking boots«, lese ich auf einem Schild auf der Rasenfläche vor einem Hotel und muss auflachen. »Ja, klar. Ich besitze noch nicht einmal Wanderstiefel. Ehrlich, die Leute hier im Ort sind mir zu sehr auf Outdoor-Abenteuer gebürstet. Allein die ganzen Jogger überall! Und so viele Trekking-Sandalen und Aktivklamotten habe ich in meinem Leben noch nicht auf einem Haufen gesehen.«

»Ich schon, in Nepal«, meint Jette nachdenklich. Ich rolle mit den Augen und schweige. »Ehrlich, Polly, ich finde diesen Ort wirklich entzückend. Und Liam und Izzy übrigens auch.« Sie wirft mir einen bedeutungsschweren Blick zu, den ich gekonnt ignoriere.

»Hmm«, murmele ich und beobachte, wie Liams Jeep vor uns nach links blinkt. Wir verlassen den Highway und folgen einer schmaleren Straße weiter in den dichten Wald hinein. Besorgt werfe ich Blicke in das Unterholz – was, wenn es hier wirklich Bären gibt? Oder Wölfe?

Vor einem Lebewesen fürchte ich mich allerdings noch mehr als vor Bären und Wölfen – vor einem Lebewesen, das uns im Nationalpark ganz sicher erwartet: unsere Mutter.

Mein Herz hämmert schmerzhaft gegen meinen Brustkorb, als wir wenig später ein Schild passieren, das die Einfahrt zum Acadia National Park kennzeichnet. Meine Handflächen werden schweißnass.

Ob wir sie erkennen? Und – ob sie uns erkennt?

Aber nein, dieser Gedanke ist absurd. Wie sollte sie das? Sie hat uns zum letzten Mal gesehen, als Jette noch am Daumen gelutscht hat und mein Haar blond und gelockt war. Inzwischen lockt sich auf meinem Kopf nichts mehr, und mein Haar ist dunkelbraun. Und Jette kaut nur noch an den Fingernägeln.

Nein, sie kann uns nicht erkennen, versuche ich, mich stumm zu beruhigen. Selbst wenn wir ihr plötzlich gegenüberstehen sollten, wird sie nicht ahnen, wer wir sind. Ganz sicher nicht.

Obwohl Mütter doch einen siebten Sinn haben sollen, was ihre Kinder angeht. Angeblich erkennt eine Mutter ihr Kind überall, oder nicht? Aber eine Mutter verlässt ihr Kind normalerweise auch nicht. Nicht freiwillig zumindest. Darum ist wohl anzunehmen, dass bei unserer Mutter die Urinstinkte etwas schwächer ausfallen – oder gar nicht vorhanden sind.

»Da, ist sie das?«, reißt mich Jettes aufgeregte Stimme aus meiner Grübelei, und im nächsten Augenblick legt sie eine Vollbremsung hin. Erschrocken sehe ich in die Richtung, in die meine Schwester zeigt.

»Die Rangerin da?«, hake ich nach und versuche, mich zu sammeln. Da mir in diesem Moment bewusstwird, dass Jette genauso nervös ist wie ich, werde ich prompt noch angespannter. Ich kneife meine Augen leicht zusammen, schüttele dann aber entschieden den Kopf. Die Frau, die gerade zwei Touristen am Straßenrand etwas auf einer Tafel mit einer Karte des Parks zeigt, hat helleres Haar als die Frau, die wir auf dem Foto im Bar Harbor Inn gesehen haben. Und sie dürfte ein paar Jahre jünger sein, höchstens Anfang vierzig. Nein, diese Rangerin ist nie im Leben unsere Mutter.

»Jette, hinter uns sind Autos, die nicht weiterfahren können«, bemerke ich vorsichtig, weil mir klar ist, dass Jette ziemlich aufgewühlt ist. Sie nickt und reibt sich seufzend über das Gesicht, dann fährt sie langsam weiter. Unbeholfen strecke ich meine Hand aus und tätschele ihr das nackte Knie.

»Keine Sorge, Liam wird uns schon zu ihr bringen«, murmele ich und merke, dass mir bei diesem Gedanken schlecht wird.

Kapitel 7

Doch zunächst bringt uns Liam zu unserem Zeltplatz. Als wir an dem kleinen Holzhaus, das die Ranger-Station beherbergt, vorbeifahren, verlangsamt er kurz und scheint sich durch das offene Fahrerfenster mit einem Kollegen zu unterhalten, der am Fenster stehen muss. Jette und ich versuchen, einen Blick auf diesen Kollegen – oder diese Kollegin? – zu erhaschen, aber als Liam weiterfährt und auch unser Auto langsam an der Rangerstation vorbeirollt, winkt uns ein fülliger Herr um die sechzig zu, dessen Uniformhemd ziemlich spannt. Nicht unsere Mutter.

Verstohlen atme ich auf, winke zurück und betrachte dann neugierig den Blackwoods Campground, über dessen Schotterstraße wir nun rollen. Links und rechts der Straße ist dichter Wald, und beklommen frage ich mich erneut, mit wie vielen wilden Tieren wir uns den Zeltplatz teilen werden. Endlich lichten sich die Bäume hier und da, geben den Blick auf verschiedene Zeltplätze frei. Jeder Platz hat eine Zufahrt von der Schotterstraße aus, die als Rundweg über den Campground zu führen scheint. Pro Zeltstatt scheint es eine Feuerstelle und einen dieser amerikanischen Holz-Picknicktische mit verbundenen Bänken zu geben, die ich aus dem Fernsehen kenne. Neugierig betrachte ich die Zelte, die auf den Lichtungen aufgebaut sind – meist nur eines pro Platz, aber auf manchen stehen zwei oder sogar drei. Zwischen den Bäumen sind Wäscheleinen mit munter in der Brise flatternden Handtüchern, Badeanzügen, Socken und Unterhosen gespannt, hier und da hängt zwischen den Stämmen auch eine Hängematte, und mithilfe von manchen Bäumen wurden Sonnensegel über den Picknick-Tischen gespannt. Klappstühle sind in Halbkreisen um Feuerstellen gruppiert, Campingkocher stehen auf den Tischen bereit, daneben oft Wasserkanister und alles Mögliche an Campinggeschirr.

Ich fühle mich wirklich extrem schlecht vorbereitet.

»Ah, das hier scheint unser Platz zu sein«, reißt mich Jettes Stimme aus meinem stummen Starren. Liams Jeep hat am Straßenrand gehalten, und jetzt springt er aus dem Wagen und deutet auf die Einfahrt zu einer Zeltstatt. Gehorsam lenkt Jette unser Auto in die Zufahrt, wir rollen über knirschenden Kies und halten im Schatten einer großen Kiefer mit weitausladenden Ästen. Als ich aussteige, stehe ich auf einem weichen Nadelteppich, und der würzige Duft steigt mir sofort in die Nase. Ich atme tief ein und aus, während mein Blick misstrauisch über »unsere« Lichtung wandert: Feuerstelle und Picknicktisch erwarten uns, wie bei den anderen Zeltplätzen, an denen wir gerade vorbeigefahren sind. Aber mehr natürlich nicht. Beklommen starre ich ins Unterholz um uns herum. Mir fällt auf, dass man von hier aus niemanden unserer Nachbarn erkennen kann. Zwar hören wir die entfernten Stimmen anderer Camper, aber sehen tue ich sie nicht.

»Gibt es hier Bären?«, frage ich Liam, der gerade eine große Tasche aus dem Kofferraum seines Jeeps gehievt hat und damit auf die Lichtung tritt. Er lächelt mich gelassen an, wirft die Tasche auf den grasbewachsenen Boden und nickt.

»Ja«, stellt er schlicht fest, bückt sich und öffnet die Tasche.

»Okay, vergiss es«, sage ich und mache einen Schritt rückwärts, auf unser Auto zu. Als ich merke, dass Liam beginnt, ein paar Zeltstangen aus der Tasche zu ziehen, füge ich hastig hinzu: »Auf gar keinen Fall schlafe ich in so einem Stoffdingens, wenn ein Bär hier herumschleicht! Dann bleibe ich lieber im Auto.«

»Man sieht nur ganz selten mal einen Bären«, meldet sich Izzy zu Wort und klingt viel älter als nur acht Jahre. »Ich bin so oft hier im Park und habe noch nie einen zu Gesicht bekommen. Dabei würde ich das wirklich gern.«

Nicht zu fassen, dass die Kleine das sagt. Haben Kinder nicht für gewöhnlich Angst vor wilden Tieren im dunklen Wald? Aber gewöhnlich scheint Izzy wirklich nicht zu sein. Ernst sieht sie mich aus ihren grünen Augen an, und erneut frage ich mich, was mit ihrer Mutter geschehen ist. Ob sie gestorben ist?

»Izzy hat recht«, bemerkt Liam, der Hilfe von Jette bekommen hat, sodass inzwischen alle Stangen und zwei große Bündel Zeltplane auf dem Rasen liegen. »Es gibt zwar Bären auf Mount Desert Island, aber leider viel zu wenige, und diese wenigen sind sehr scheu und halten sich meist von Menschen fern. Trotzdem solltet ihr keine Lebensmittel mit ins Zelt nehmen, um nachts keine Tiere anzulocken. Verschließt alles im Auto ...«

»... oder hängt es in die Bäume«, vollendet die Mini-Rangerin und kichert, als sie meinen verdutzten Gesichtsausdruck sieht.

»Wie bitte schön sollte ich Lebensmittel in irgendwelche Bäume hängen?«, murmele ich kopfschüttelnd und beobachte Liam, der die Zeltstangen sortiert. Als er mich flüchtig ansieht, huscht ein Schmunzeln über sein Gesicht, das von meinem Körper mit einem Kribbeln in der Magengegend quittiert wird. Genervt von meinem eigenen Körper seufze ich auf und will gerade fragen, ob ich irgendwie helfen kann, als Liams Handy klingelt. Er entfernt sich ein paar Schritte, während er mit ernstem Gesichtsausdruck telefoniert, dann kommt er zu uns zurück und sagt: »Sorry, ihr zwei, wir müssen euch jetzt allein lassen. Es gab einen Auffahrunfall auf der Park Loop Road, an einer der Einfahrten zu den Parkplätzen. Mein Dienst hat schon begonnen, und ich muss schleunigst dorthin. Komm, Izz, ab ins Auto.«

»Ähm, Liam, ich bin mir nicht sicher, ob wir das hier …«, beginnt Jette, und als mir klar wird, dass sogar meine anfänglich noch campingbegeisterte Schwester ein wenig verunsichert ist, bekomme ich erst recht Schiss.

»In der Tasche ist eine Gebrauchsanweisung«, erklärt Liam knapp, und ich merke ihm deutlich an, dass er es wirklich eilig hat, zur Unfallstelle zu kommen. »Ich stelle euch die restlichen Sachen vorn an den Straßenrand, ja? Keine Sorge, ihr schafft das – und ich komme nachher auf jeden Fall wieder vorbei.«

»Wir kommen vorbei«, korrigiert Izzy und grinst uns an.

»Genau«, bestätigt Liam und greift nach Izzys Hand. »Komm, Ranger, wir müssen los.«

Nachdenklich starre ich den beiden nach, wie sie eiligen Schritts auf den gelben Jeep zugehen, der durch die Bäume hindurchschimmert.

»Holst du die anderen Sachen?«, höre ich Jette fragen und merke, dass sie begonnen hat, sich in die Gebrauchsanweisung zu vertiefen. Zögernd starre ich die Einfahrt an, die sich in einem leichten Bogen durch die Bäume hindurch bis zur Straße windet. Was, wenn ein Bär …?

»Polly?«, fragt Jette erneut, und ich gebe mir einen Ruck.

»Klar, bin schon unterwegs«, murmele ich, und dann lege ich im Laufschritt die Strecke zur Straße zurück, wo zwei zusammengeklappte Stühle, eine Reisetasche und ein Karton auf dem grasbewachsenen Randstreifen auf mich warten. Schnell hänge ich mir die Gurte der Stühle und der Reisetasche links und rechts über die Schultern, hieve ächzend den Karton in die Höhe und eile zurück zu der Stelle, wo Jette sich stirnrunzelnd über die Anleitung beugt. Als sie mich klappernd und klirrend näher kommen hört (im Karton befindet sich den Geräuschen nach das Campinggeschirr), hebt sie den Kopf und grinst leicht.

»Was gibt es denn da zu grinsen?«, brumme ich und lasse den Karton auf den Picknicktisch sinken.

»Na, Schiss vor den Bären?«

»Quatsch«, fauche ich und deute auf die Anleitung. »Und, weißt du jetzt, wie es geht?«

»Na klar, ist ein Kinderspiel.«

Eine gefühlte Ewigkeit später reden Jette und ich kein Wort mehr miteinander. Wütend hocken wir an zwei entgegengesetzten Enden unserer Lichtung in den Campingstühlen, die Liam uns geliehen hat. Die haben wir immerhin problemlos aufstellen können – was man vom Zelt nicht behaupten kann. Zwar steht unsere Behausung inzwischen aufgebaut in der Mitte des Platzes, aber sie wirkt ziemlich schief, den unprofessionellen Abspannungen sei Dank. Die Heringe um das Zelt herum in den Boden zu klopfen war eine Knochenarbeit, zumal Liam vergessen hatte, uns einen Hammer oder anderes geeignetes Werkzeug einzupacken. Vielleicht hatte er ja befürchtet, dass wir uns damit womöglich im Streit die Köpfe einschlagen würden. Allerdings hätten wir das wohl auch mit den zwei Steinen tun können, die wir zwangsläufig als Werkzeug nutzen mussten. Nachdem wir uns schon beim Sortieren der Zeltstangen in die Wolle bekommen hatten und unser Streit schlimmer geworden war, als wir uns hoffnungslos in den zwei Lagen des Über- und Unterzelts verheddert hatten, waren wir stimmungstechnisch auf dem Tiefpunkt, als wir die Heringe mit den Steinen in den harten Untergrund zu treiben versuchten. Ich schimpfte bei jedem Schlag auf die Heringe vor mich hin, dass dieser Campingtrip die blödeste Idee seit Menschengedenken gewesen sei und ich mich weit weg wünschte.

»Zurück ins Sunrise Motel, ja? Die Bettwanzen warten schon auf dich!«, ätzte Jette bissig und jaulte dann auf, weil sie mit dem Stein vom Hering abgeglitten war und ihren Finger getroffen hatte.

»Nein, nach Stuttgart, in meine schöne Wohnung!«, fauchte ich und hämmerte so frustriert auf einen Hering ein, dass ich ihn krumm klopfte.

Wie gesagt, jetzt steht das Zelt zwar, aber es wirkt genauso wenig überzeugt von diesem Ausflug wie ich. Und wie Jette, überlege ich mit einem Blick auf meine Schwester, die mit gefurchter Stirn schmollend in ihrem Stuhl hockt und auf ihr Handy starrt, obwohl sie hier natürlich kein Wi-Fi hat. Das ist uns beiden eben auch noch bewusst geworden, und die Erkenntnis, von der Außenwelt so ziemlich abgeschnitten zu sein, hat uns stimmungsmäßig endgültig den Rest gegeben.

Mit einem tiefen Seufzer sehe ich wieder auf meinen Laptopbildschirm. Bevor ich hier stundenlang meine kostbare Zeit vertrödele, arbeite ich lieber weiter an Jareds und Leynas heißer Badewannenszene, bei der mich Liam gestern unterbrochen hat. Übersetzen, das kann ich wenigstens. Was man vom Zeltaufbauen nicht behaupten kann. Aber ich habe ja gleich gesagt, dass ich kein Outdoor-Typ bin!

Eine Bewegung lässt mich einige Zeit später von meinem Bildschirm aufsehen, und ich merke, dass Jette ihren Stuhl verlassen hat und auf die Einfahrt zugeht. Alarmiert rufe ich: »Hey, wo gehst du denn hin?«

»Oho, sag nur, du sprichst wieder mit mir«, bemerkt Jette zynisch und wirft mir einen bedeutungsschweren Blick zu.

»Wieso, du hast doch genauso wenig mit mir geredet«, gebe ich genervt zurück.

»Ich muss aufs Klo.«

»Und wo ist das Klo?«

»Laut Plan muss man die Straße rechts runter gehen.« Jette hält die Karte des Campingplatzes in der Hand und sieht stirnrunzelnd darauf. Dann dreht sie das Ganze und legt den Kopf schief, wobei sie nachdenklich vor sich hin murmelt: »Oder links?«

Na, herzlichen Glückwunsch. Wenn das mit dem Kartenlesen und Klofinden so wunderbar klappt wie mit dem Zeltaufbauen, wird meine Schwester niemals zurückkommen, und dann sitze ich allein hier in der Wildnis, ohne Internet, aber dafür mit der Aussicht auf wilde Tiere – und unsere Mutter.

»Ich komme mit«, sage ich entschlossen.

Es dauert, bis wir das Klo finden, und als wir endlich dort ankommen, bin ich mit den Nerven am Ende. Hier ist einfach so unfassbar viel Natur! Bei jedem Rascheln im Unterholz habe ich einen halben Herzinfarkt bekommen und gefürchtet, mich gleich einem Schwarzbären gegenüber zu finden. Doch nur ein Eichhörnchen lief einmal vor uns über den Weg, von Meister Petz keine Spur. Noch nicht. Ich glaube ja, dass Liam uns nur beruhigen wollte.

Als wir schließlich die Toilettenhäuschen betreten, sind wir angenehm überrascht, wie sauber alles ist. Erst als ich mir an einem der Waschbecken die Hände wasche, sehe ich mich ratlos um und frage Jette: »Und wo sind die Duschen?«

»Es gibt keine«, erwidert sie ungerührt.

»Wie bitte?« Ich sehe meine Schwester so entsetzt an, als habe sie mir gerade offenbart, dass mein Laptop nicht mehr funktioniert.

»Steht in der Broschüre, die Liam uns über den Park und den Campground gegeben hat«, antwortet Jette unschuldig und verlässt vor mir das Toilettenhäuschen.

»Und. Wo. Duscht. Man. Dann?« Ich versuche wirklich, meine Nerven zu behalten, aber nach dem schweißtreibenden Zeltaufbauen fühle ich mich klebrig und miefig und möchte heute Abend auf gar keinen Fall in diesem Zustand in einen der Schlafsäcke kriechen, die Liam uns freundlicherweise geliehen hat!

»Also, ich glaube, da gibt es so ein Geschäft am Ausgang des Parks. Da müssen wir eh noch hin, um uns was zu essen zu kaufen. Dort soll es Duschen geben.«

»In einem Supermarkt?«, hake ich fassungslos nach. »Steht man da eingewickelt in sein Duschtuch an der Kasse und zahlt?«

»Ich glaube kaum, dass es sich bei dem Laden um einen richtigen Supermarkt handelt«, erwidert Jette.

Nein, ein Supermarkt ist das Geschäft nun wirklich nicht, stelle ich fest, als wir wenig später aus unserem Mietwagen steigen und den kleinen Laden betreten, jede von uns eine Tasche mit frischen Klamotten, Duschgel, Shampoo und einem Handtuch dabei. Aber immerhin gibt es in dem urigen Geschäft von Feuerholz über Mückenspray und Marshmallows bis hin zu Konservenbüchsen und Kräckern so einiges, was das Camper-Herz begehrt. Nicht zu vergessen die Duschen im hinteren Teil des Ladens, für die wir an der Kasse zunächst bezahlen, bevor wir die Kabinen betreten und uns unter das heiße Wasser stellen. Ich fühle mich tatsächlich um einiges wohler, als wir nach dem Duschen noch ein paar Lebensmittel besorgen. Da es inzwischen schon früher Abend ist, setzen wir uns kurz entschlossen in das benachbarte Imbisslokal, essen erstaunlich gute Hamburger mit Pommes und nutzen mit unseren Telefonen das

Wi-Fi, das uns plötzlich wie der pure Luxus vorkommt. Als wir uns schließlich auf den Rückweg zum Campingplatz machen, steht die Sonne bereits tief am Himmel.

»Hey, weißt du was? Wir haben bisher kaum etwas vom Park gesehen. Lass uns doch einen Abendspaziergang an der Küste entlang machen, die soll wunderschön sein«, meint Jette, als wir die Park Loop Road Richtung Campingplatz entlangfahren. Ich bin nicht wirklich überzeugt. Eigentlich möchte ich nur schleunigst zurück zu unserem schiefen Zelt und vielleicht noch ein wenig Jareds und Leynas Story weiter übersetzen. Aber Jette blinkt schon und fährt auf einen Parkplatz. Jetzt, da sich die Dämmerung bereits über den Park senkt, ist es hier deutlich leerer als noch vorhin, als wir zum Duschen gefahren sind: Da habe ich über die Touristenmassen gestaunt, die sich in einer Autokolonne die Park Loop Road entlangschoben. Jetzt aber scheinen die meisten Urlauber in ihre Hotels nach Bar Harbor zurückzukehren, um zu Abend zu essen. Obwohl ich noch vor einer Minute nicht begeistert von Jettes spontaner Idee gewesen bin, finde ich die Aussicht, ohne Massen von Touristen eine kleine Abendrunde zu drehen, plötzlich gar nicht mehr so schlecht.

»Also gut, komm«, sage ich und steige aus dem Wagen. Eine kühle Brise empfängt mich, und ich schlinge fröstelnd die Arme um meinen Oberkörper.

»Aber wirklich nur eine kurze Runde, ich habe keine Jacke dabei«, sage ich, und Jette nickt.

»Klar, wir schauen nur einmal über die Kante aufs Meer. Komm!« Und sie marschiert los, ich dicht auf ihren Fersen.

Dass ich nur Flip-Flops trage, die sich nicht wirklich für Spaziergänge über Felsplateaus eignen, wird mir erst deutlich bewusst, als ich auf den glatten Steinen ausrutsche und fast in eine Felsspalte stürze.

»Verdammt!«, murmele ich und lasse mich mit hämmerndem Herzen auf einen Felsen sinken, der eine praktische Ausbuchtung hat, sodass man wie auf einer Bank mit Rückenlehne sitzt. Der Stein hält noch die Sonnenwärme des Tages, während sich um uns die Dämmerung herabsenkt. Außer uns sind nur eine Handvoll Touristen hier auf den Felsen über dem Atlantik: Sie stehen oder sitzen mit Blick aufs Wasser – oder mit dem Rücken zum Meer, um die unumgänglichen Selfies zu machen. Ich hasse Selfies, und ich knipse auch nie welche. Erstens kann ich es rein technisch nicht, weil ich immer Angst habe, mein Smartphone fallen zu lassen, und zweitens sehe ich darauf einfach unvorteilhaft und unmöglich aus.

»Unfassbar schön, oder?«, fragt Jette und dreht sich zu mir um. Sie hat ebenfalls verzückt auf den offenen Atlantik hinausgesehen und nichts von meinem Beinahe-Unglück in meinem unpassenden Schuhwerk mitbekommen.

»Ja«, bestätige ich und sehe andächtig auf den Ozean hinaus, der sich im schwächer werdenden Tageslicht lilablau vor uns erstreckt. Leider scheint die Sonne irgendwo hinter uns untergegangen zu sein, nicht über dem Meer. Aber die Stimmung ist trotzdem einmalig schön. Zwar frösstele ich immer noch – hier sogar noch mehr als auf dem Parkplatz, denn der Wind pfeift ganz schön über die Felsplateaus entlang der bewaldeten Küste des Nationalparks –, aber der Ausblick ist einfach so spektakulär, dass ich sogar meine Gänsehaut für einen Moment vergesse.

»Komm, setz dich«, sage ich zu Jette. »Hier auf der Bank ist noch ein Plätzchen frei.«

»Bank?« Überrascht sieht sie mich an und lacht dann beim Anblick meiner Felsenbank. Sie lässt sich neben mich sinken und seufzt glücklich auf.

»In solchen Momenten fühle ich mich Gott ganz nah«, sagt sie mit einer Weichheit in der Stimme, die mich überrascht.

»Ich wusste gar nicht, dass du an Gott glaubst.«

Fassungslos sieht Jette mich an. »Natürlich tue ich das. Okay, vielleicht nicht an einen katholischen oder evangelischen Gott, an keinen muslimischen, jüdischen oder hinduistischen. Aber ich glaube daran, dass da oben jemand auf uns alle aufpasst und uns lenkt.«

»Aha«, murmele ich und, obwohl ich einmal nicht zynisch sein möchte, kann ich mir nicht verkneifen anzumerken: »Dann hat dich Gott also in den letzten Jahren nach Bali und Nepal und Thailand und Spanien und an all die anderen Orte, die ich nicht mehr aufzählen kann, gelenkt?«

Jette rückt eine Spur von mir ab und verschränkt die Arme vor der Brust. »Mach dich ruhig lustig«, murmelt sie. »Ich glaube tatsächlich, dass jeder Ort, an dem ich gelebt habe, einen Sinn für mich hatte. Hätte ich auf Bali nicht den Motorrollerunfall gehabt, hätte ich im Krankenhaus nicht Katinka kennengelernt, die einen Surfunfall hatte.«

»Ich hoffe, der Sinn der Geschichte erschließt sich mir noch«, murmele ich kopfschüttelnd.

»Katinka hat mir von dem Hotel in Thailand erzählt, das eine Animateurin suchte. Und wäre ich nicht in das Hotel in Thailand gegangen, hätte ich mich nicht unglücklich in Josh verliebt, und dann wäre ich nicht vor lauter Liebeskummer mit Edoardo ins Bett gegangen. Und ohne diesen unüberlegten One-Night-Stand wäre ich nie panisch zum Arzt gegangen, um einen Bluttest wegen HIV zu machen, und dann hätte ich mich im Wartezimmer nicht in Juan verliebt und wäre ihm nie nach Alicante gefolgt.«

Ratlos sehe ich sie an. »Und die Moral von der Geschichte? Außer, dass ich es völlig unmoralisch finde, dass du dich beim Warten auf einen HIV-Test wegen eines One-Night-Stands schon wieder in den nächsten Typen verknallst? Übrigens dachte ich, du machst keine One-Night-Stands. Du glaubst doch bei jedem Kerl immer an die große Liebe!«

Jette schnaubt leise und sagt: »Ehrlich, Polly, du solltest auch einfach mal versuchen, dich zu verlieben. Ist gar nicht so schwer. Und es kann schön sein.«

»Du musst es ja wissen, so oft wie du dich verliebst! Aber können wir das Thema jetzt bitte ausklammern, Jette? Ich versuche immer noch zu begreifen, was du mir eigentlich sagen wolltest. Warum hatte Gott bei irgendeiner deiner irren Lebensentschlüsse seine Hand im Spiel?«

»Meine Lebensentschlüsse sind überhaupt nicht irre!«, faucht Jette wütend und erhebt sich von der Steinbank. »Was ich viel irrer finde als mein Leben ist außerdem deines: Nur in Stuttgart in deiner Dachwohnung zu hocken und darauf zu hoffen, dass das Leben ohne Emotionen und Verluste an einem vorbeizieht!«

»Genau. Das hat ja toll geklappt, wie man sieht«, gebe ich ebenso aufgebracht zurück und erhebe mich auch. »Wäre ich mal noch in Stuttgart, dann wäre alles okay!«

»Wäre es eben nicht«, antwortet Jette wütend. »Und genau das ist die Moral meiner Geschichte: Wäre ich nicht durch all diese Umstände in Alicante gelandet, hätte ich nie Marc kennengelernt, hätte nie auf seinem Laptop das Foto aus dem Bar Harbor Inn gesehen, und dann wären wir nicht hier. Nein, spar dir deinen Kommentar. Egal, was du jetzt sagst oder denkst, du wirst sehen: Irgendwann wirst selbst du froh darüber sein, dass wir unsere Mutter wiedergefunden haben!«

Aufgebracht entfernt sich Jette ein paar Schritte. Inzwischen ist es wesentlich dunkler geworden, stelle ich zu meiner Überraschung fest. Und leerer: Während eben noch ein paar andere Touristen auf den Felsen saßen oder herumliefen, sind wir jetzt plötzlich die Einzigen. Unruhig sehe ich mich um. »Jette, wir sollten zurück zum Auto gehen«, sage ich. Aber meine Schwester hört nicht auf mich. Bockig marschiert sie weiter über die Felsplateaus.

»Jette!«, rufe ich. Als sie mich weiterhin ignoriert, folge ich ihr, ängstlich und langsam, damit ich nicht doch noch in einer Felsspalte lande. Verdammt, inzwischen ist es so dunkel, dass man kaum noch etwas sieht! Besorgt schaue ich zum Himmel hinauf, wo doch Sterne oder sogar der Mond zu sehen sein müssten, um uns ein wenig Licht zu schenken – aber ich erkenne nur vage die Umrisse von Wolken, die von einem immer kälter werdenden Wind über den Himmel getrieben werden.

»Jette!«, rufe ich, jetzt ehrlich verzweifelt. »Wir müssen zurück, sonst finden wir den Weg nicht mehr!«

Kapitel 8

Und endlich scheint auch meine Schwester den Ernst der Lage zu erkennen. Sie dreht sich um und kommt zögernd auf mich zu.

»Du hast nicht zufällig dein Telefon dabei?«, fragt sie.

»Nein, das ist im Auto. Wieso, wen willst du denn anrufen?«

»Mit dem Telefon könnten wir den Weg zurück leuchten, mit der Taschenlampenfunktion«, seufzt Jette, und mir wird klar, dass sie recht hat. Natürlich. Warum sind wir nicht wie die anderen Touristen und haben tausend Selfies von uns auf den Felsplateaus gemacht? Dann würden wir jetzt auch leicht zurück zum Auto finden! Verdammt.

Langsam und ängstlich bahnen wir uns einen Weg über die Felsplateaus, wobei wir uns fest an den Händen halten. Als wir endlich den Rand des Plateaus erreichen, wo die Böschung steil bergauf geht, bis zur Straße, stöhnen Jette und ich gleichzeitig auf: Nirgendwo ist die schmale Holztreppe zu sehen, über die wir vorhin hinuntergekommen sind. Verzweifelt tasten wir uns voran, versuchen zu erkennen, ob wir nach links oder rechts gehen müssen. Mein Herz hämmert panisch gegen meinen Brustkorb. Als ich mit meinem rechten Fuß in eine schmale Felsspalte trete und dabei meinen Flip-Flop verliere, bahnt sich ein verzweifelter Schluchzer seinen Weg aus meiner Kehle. Verdammt, was haben wir uns nur dabei gedacht, so lange hier am Meer zu bleiben? Ich bücke mich nach meinem Schuh und brauche nervenaufreibend lange, bis ich ihn ertastet habe. Als ich ihn endlich wieder an meinen Fuß schiebe, ruft Jette plötzlich: »Da, da ist Licht!«

Erstaunt sehe ich auf, und tatsächlich: Ein tanzender Lichtkegel kommt über die Böschung hinab – und dann noch einer. Ich will schon sagen, dass das vielleicht nur Glühwürmchen sind, als eine Stimme durch die Dunkelheit dringt, die so tröstlich vertraut klingt, als würde ich die Person, der sie gehört, schon ewig kennen: »Polly! Jette!«

»Liam!«, schreie ich auf, ehe ich mich selbst bremsen kann, denn mir ist einfach nur schwindelig vor Erleichterung. »Wir sind hier!«

»Hier drüben, hier!«, ruft auch Jette, und ich merke, dass sie im Dunkeln mit den Armen rudert, als könne Liam das erkennen.

Aber als der Lichtkegel uns trifft und wir geblendet die Augen zusammenkneifen, kann er uns wohl tatsächlich erkennen.

»Bleibt da stehen, ich hole euch!«, ruft er. »Nicht weitergehen!«

Gehorsam verharren Jette und ich auf der Stelle. Wir halten uns an der Hand, Jettes Finger drücken meine fest.

»Tut mir leid«, murmelt sie. »Das ist alles meine Schuld. Ich wollte hier raus aufs Plateau, und dann habe ich nicht einmal auf dich gehört, als du zurückwolltest.«

Ich muss die Bemerkung hinunterschlucken, dass wir überhaupt nur wegen ihr hier in Maine sind. Stattdessen drücke auch ich ihre Hand und warte stumm darauf, dass Liam bei uns ankommt.

Als er uns erreicht, leuchtet er mit seiner Taschenlampe in unsere Gesichter, sodass ich mich wie beim Verhör fühle. Seine vorwurfsvolle Frage verstärkt diesen Eindruck: »Was um alles in der Welt habt ihr euch dabei gedacht, hier im Dunkeln herumzulaufen?«

»Es … es war noch hell, als wir hergekommen sind«, verteidigt sich Jette halbherzig.

»Aber jetzt ist es dunkel!«, fährt uns Liam an, und ich zucke bei der Heftigkeit seiner Stimme leicht zusammen. »Wie kann man bloß so leichtsinnig sein? Wärt ihr drei Meter weiter in diese Richtung gegangen, hättet ihr in eine metertiefe Felsspalte stürzen können!« Zur Unterstreichung seiner Worte leuchtet er auf eine Stelle, die wirklich bedenklich nah ist und wo man eine schwarze Lücke in den Felsen klaffen sieht. Mir läuft ein Schauer den Rücken hinab. Als Liam mit der Taschenlampe wieder in unsere Richtung leuchtet, streift der Lichtkegel unsere Füße. Er schwenkt den Strahl noch einmal zurück, und ich ahne, was jetzt kommt.

»Flip-Flops?«, fragt er mich, und ich merke, dass er nicht weiß, ob er entsetzt oder amüsiert sein soll. Dann entscheidet er sich für Ersteres und fügt streng hinzu: »Polly, ehrlich, dass du noch mit heilem Genick hier herumläufst, grenzt an ein Wunder. Ich sehe ständig leichtsinnige Touristen hier im Park, und viele haben nicht so viel Glück wie du. Erst letzte Woche mussten ein Kollege und ich mal wieder das ›Search and Rescue‹-Team dabei unterstützen, hier ganz in der Nähe einen abgestürzten Wanderer zwischen den Felsspalten zu bergen. Der hatte auch echtes Glück, hat sich nur den Fuß verstaucht, und dabei hatte er sogar geeignetes Schuhwerk an!« Er sieht mich noch einmal vorwurfsvoll an, und ich erwidere betreten schweigend seinen Blick. »So, kommt jetzt mit, ich leuchte euch den Weg.«

Er wendet sich ab, und kleinlaut folgen wir ihm über das Plateau, machen einen großen Bogen um die Felsspalte und finden uns schließlich an der Holztreppe wieder. Dort wartet auch der zweite Lichtkegel auf uns, den ich zwischenzeitlich ganz vergessen hatte.

»Seid ihr wirklich ohne Taschenlampen im Dunkeln auf die Felsen rausgegangen?«, fragt Izzy ungläubig, und erneut werden wir wie bei einem Verhör angeleuchtet.

»Mhm, war blöd von uns, dein Papa hat uns schon die Meinung gegeigt«, murmele ich und kneife gequält die Augen zusammen.

»Hattet ihr nicht einmal ein Handy dabei?« Das Kind klingt so fassungslos, dass ich lachen muss, der ganzen unangenehmen Situation zum Trotz.

»Nicht einmal das«, seufzt Jette.

Als wir wieder am Parkplatz angekommen sind, öffne ich erleichtert die Tür unseres Mietwagens und sehe die anderen im warmen Lichtschein der Wagenbeleuchtung an. Liam erwidert meinen Blick grimmig. Er trägt nach wie vor seine Ranger-Uniform, und trotz seines finsteren Gesichtsausdrucks sieht er einfach verboten sexy aus.

Oder vielleicht auch gerade wegen seines finsteren Gesichtsausdrucks.

»Woher wusstet ihr eigentlich, dass wir hier sind?«, fragt Jette jetzt.

»Wir haben euer Auto hier stehen sehen«, erklärt Izzy ernst, und Liam brummt: »Vorher waren wir bei euch am Zeltplatz. Ich hatte euch schließlich versprochen, noch einmal vorbeizukommen, und ich halte mich an meine Versprechen.«

Bei seinen Worten wird mir aus irgendeinem Grund warm im Bauch.

»Und als wir da waren, aber kein Zelt gesehen haben, nur die Stühle und den Campingkocher, haben wir uns Sorgen gemacht, weil es schon spät war und dunkel wurde«, erklärt Izzy.

»Nachdem du nicht, an dein Telefon gegangen bist, Jette, sind wir die Straßen im Park abgefahren. Und dann haben wir euer einsames Auto hier auf dem Parkplatz entdeckt«, vollendet Liam und sieht mich so ernst an, dass ich glaube, einen Zentimeter kleiner zu werden. Dann fällt mir etwas auf.

»Moment mal«, sage ich. »Wieso habt ihr kein Zelt auf unserem Platz gesehen?«

Wir fahren hintereinanderher, zurück auf den Blackwoods Campground. Eigentlich hat Liam Feierabend, er war auf dem Heimweg, als er noch kurz bei uns nach dem Rechten sehen wollte. Aber er lässt es sich nicht nehmen, jetzt noch einmal mit uns auf den Campingplatz zu fahren, was ich ihm wirklich hoch anrechne. Als wir alle aus unseren Autos gestiegen sind, sehen wir ratlos auf unseren Stellplatz. Die Scheinwerfer unserer Wagen erhellen die kleine Lichtung und zeigen, dass Liam und Izzy recht hatten: Da steht kein Zelt.

»Was zum Teufel …?«, frage ich und sehe Jette fassungslos an.

»Kann das jemand geklaut haben?« Jette erwidert meinen Blick ungläubig.

»Quatsch, hier klaut niemand Zelte«, sagt Liam energisch. Dann zückt er seine Taschenlampe und lässt den Lichtkegel über die Bäume wandern – und da entdecken wir das Zelt. Es liegt auf der Seite und steckt im Unterholz fest, und zwar so weit von der Lichtung entfernt, dass Liam es zuvor von der Einfahrt aus nicht sehen konnte.

»Das gibt es doch nicht«, murmele ich und spüre ein Kichern in mir aufsteigen, das ich vergeblich zu unterdrücken versuche.

»Ihr wisst schon, dass man ein Zelt ordentlich abspannen muss, damit der Wind es nicht wegträgt wie einen Luftballon, oder?« Ich höre Liams Stimme deutlich an, dass auch er schmunzelt. Irgendwie macht es mich mit einem Schlag schrecklich glücklich, dass er nicht mehr ernst und aufgebracht ist, sondern anscheinend genauso gegen einen Lachanfall ankämpft wie ich selbst.

»Was du nicht sagst«, stoße ich prustend hervor. »Wir haben wie die Irren auf die Heringe eingehämmert, aber weil du uns keine Werkzeuge mitgeliefert hattest, waren wir auf so doofe Steine angewiesen!«

»Mädels, in dem Karton mit dem Campinggeschirr liegt eine Werkzeugtasche«, bemerkt Liam trocken.

»O nein! Stimmt, das hattest du mir sogar gesagt!«, ruft Jette und gackert fröhlich los. Einen Moment lang weiß ich nicht, ob ich lachen oder sie erwürgen soll. Dann entscheide ich mich für Ersteres, und gemeinsam lachen wir, bis uns Tränen über die Wangen rinnen und wir uns prustend und nach Luft schnappend die Seite halten. Auch Izzy kichert fröhlich vor sich hin, aber dann mischt sich ein Gähnen in ihr Gelächter, und Liam, der ebenfalls vor lauter Lachen nach Atem ringt, wird schlagartig ernst. »Okay, es ist spät, die Kleine muss dringend ins Bett.«

»Gar nicht, Dad, es sind doch Sommerferien!«, widerspricht Izzy empört, aber da sie bei ihren Worten erneut gähnen muss, kommt sie mit der Argumentation nicht weit.

»Mhm«, brummt Liam und sagt dann, an uns gewandt: »Los, leuchtet mir bitte mal, ich hole euer Zelt zurück.«

Wenig später steht das Zelt wieder dort, wo es hingehört, und Liam treibt mit wenigen Hammerschlägen energisch die Heringe in den Waldboden, bis die Abspannungen schön straff sind und wir keine Sorge haben müssen, dass unser Zelt erneut stiften geht.

»Danke dir«, sage ich, als er mir den Hammer in die Hand drückt.

»Kein Problem«, murmelt Liam. Jette verschwindet mit den zusammengerollten Isomatten und Schlafsäcken ins Innere des Zeltes, um dort im Schein von Liams Taschenlampe unser Nachtlager aufzuschlagen. Ein Blick auf den gelben Jeep in unserer Einfahrt zeigt mir, dass Izzy auf dem Beifahrersitz über ihrem Rangernotizbuch eingenickt ist. Liam hat die Autoscheinwerfer angelassen, sie hüllen ihn und mich in sanften Lichtschein.

»Hey, Polly«, höre ich Liams Stimme und sehe ihn an. Zum ersten Mal, seit wir heute beim Frühstück im Diner nebeneinandergesessen haben, sind wir wieder für einen Augenblick allein – wenn man mal davon absieht, dass Jette uns im Inneren des Zeltes mit Sicherheit hören kann. Unter seinem durchdringenden Blick werde ich unruhig. Als Liam nach meiner Hand greift und sie entschlossen festhält, sehe ich ein wenig kurzatmig auf unsere Finger hinab.

»Das mit dem Zelt war ja ganz lustig«, sagt Liam ernst. »aber das mit eurer Nachtwanderung hätte ziemlich dramatisch enden können. Geht bitte nie wieder ohne Taschenlampe und vernünftiges Schuhwerk raus auf die Felsplateaus – oder überhaupt irgendwohin. Hier im Nationalpark wird es nachts wirklich stockdunkel, besonders wenn kein Mond und keine Sterne zu sehen sind, wie heute.«

»Ich gehe garantiert nie wieder ohne Taschenlampe irgendwohin«, sage ich kleinlaut und rücke verstohlen einen Schritt näher an Liam heran. Ich hätte jetzt wirklich nichts dagegen, ihn wieder zu küssen. Dann kommt mir ein Gedanke. »Warte mal – wir haben gar keine Taschenlampe, mal abgesehen von unseren Telefonen …«

»Doch, im Karton, wo auch das Werkzeug war, ist eine Taschenlampe«, bemerkt Liam trocken.

»War ja klar«, seufze ich, aber als ich sein amüsiertes

Lächeln sehe, muss auch ich wieder lächeln. »Ich habe gleich gesagt, dass ich kein Outdoor-Typ bin!«

Genau diesen Moment sucht sich eine weitere dicke Motte aus, um mich unbarmherzig anzufliegen. Mit einem Kreischen ducke ich mich und fuchtele wild umher, wobei ich meine Hand aus Liams Griff befreie und mit der anderen, die noch den Hammer hält, beinahe unser Zelt getroffen hätte. Die Motte verschwindet, und ich starre ihr misstrauisch hinterher, ins Dunkel jenseits des Lichtscheins von Liams Autoscheinwerfern.

»Das war mal wieder äußerst knapp«, bemerkt Liam. Ratlos sehe ich ihn an. »Diese wilden Tiere sind zu allem fähig«, fügt er hinzu, und ein spöttisches Grinsen schleicht sich auf sein Gesicht. »Und panische Städterinnen auch.«

»Alles okay da draußen? War da ein Bär?«, kommt Jettes irritierte Stimme aus dem Zelt. Liam rollt mit den Augen und sagt laut: »Nein. Da war eine Motte. Wegen der deine Schwester fast euer Zelt mit dem Hammer plattgemacht hätte.«

»Wehe!«, hören wir wieder Jettes Stimme aus dem Zeltinnern. »Noch einmal bauen wir das nicht auf!«

Liam grinst amüsiert Richtung Zeltplane, bevor er wieder mich ansieht und sich erkundigt: »Was heißt eigentlich Motte auf Deutsch?«

Ich sage es ihm, und er wiederholt das Wort, wobei es bei seinem amerikanischen Akzent eher nach »Motti« klingt. »So nenne ich dich ab jetzt«, fügt er hinzu, und sein verschmitztes Lächeln trifft mich mitten ins Herz.

Da ich das nicht will, weil mein Herz tabu ist, rolle ich betont cool die Augen und sage: »Tu, was du nicht lassen kannst. Wolltest du nicht Izzy schnell ins Bett bringen?«

Der zärtliche Ausdruck, der über Liams Gesicht gleitet, als er sein schlafendes Kind im Auto betrachtet, berührt mich mehr, als mir geheuer ist.

»Wo ist eigentlich ihre Mutter?«, frage ich, bevor ich mich selbst daran hindern kann. Liams Kopf fährt zu mir herum, und ich merke sofort, dass er nicht darüber reden will. Aber er kratzt sich kurz am Kinn und sagt dann heiser: »Bei den Sternen.«

»Oh«, mache ich betroffen und schlucke.

»Apropos Mutter«, sagt Liam. »Eve hat morgen Dienst. Sie und ich, wir leiten eine Bootstour raus nach Blueberry Island. Wenn ihr möchtet, könnt ihr mitfahren und sie bei der Gelegenheit aus der Nähe sehen.«

»Auf gar keinen Fall«, sage ich entschieden.

»Und ob!«, hören wir Jettes Stimme aus dem Zelt.

Die Nacht ist noch furchtbarer als die vorherige im Sunrise Motel. Bei jedem Rascheln jenseits unserer dünnen Zeltwand zucken Jette und ich zusammen, weil wir glauben, dass ein Bär durch das Unterholz streift, auf der Suche nach ahnungslosen Touristinnen. Irgendwann fängt es zu allem Überfluss an zu regnen. Genervt lausche ich auf die Tropfen, die auf unser Zeltdach prasseln. Und natürlich muss ich prompt noch lange vor dem Morgen auf die Toilette. Jette schnarcht inzwischen leise vor sich hin, sodass ich beschließe, dass es Zeit für eine Notlösung ist. Auf gar keinen Fall kann ich den ganzen Weg bis zum Toilettenhäuschen zurücklegen. Nicht im Stockdunkeln, nur mit Taschenlampe, ohne meine Schwester. Und dann auch noch im Regen. Also krieche ich schnell aus dem Zelt, fluche unterdrückt vor mich hin, als dicke Tropfen kalt und unbarmherzig auf mich prasseln, und hocke mich eilig neben das Zelt. Das Ganze dauert nicht lang, aber trotzdem bin ich völlig durchweicht, bis ich mich ins Innere zurückgekämpft habe. Als ich endlich wieder zitternd und bibbernd in meinem Schlafsack liege, hört der Regenschauer natürlich auf. Frustriert starre ich in die Dunkelheit. Und dann heult mit einem Mal etwas in der Ferne, lang gezogen und melancholisch. Die Härchen an meinen Armen stellen sich auf. Verdammt, ein Wolf! Und da, noch einer! Das Heulen zerreißt die Stille, die uns umgibt, und mein Herz schlägt schneller.

»Jette«, wispere ich panisch. »Jette, da draußen sind Wölfe!«

Aber meine Schwester schnarcht unbeeindruckt vor sich hin, und so bleibe ich mit heftig hämmerndem Herzen liegen und lausche auf das Heulen in der Ferne. Dann fällt mir ein, dass ich nun ebenfalls Liams Mobilnummer habe, seit ich sie mir heute aus Jettes Telefon abgetippt habe. Die Tatsache, dass sie seine Nummer hatte und ich nicht, hat mich mehr gewurmt, als ich zugeben wollte. Nun ziehe ich mein Telefon aus der Innentasche des Zelts auf Höhe meines Kopfs und werfe einen prüfenden Blick darauf: Tatsächlich, ich habe Empfang. Sehr schwachen zwar, aber immerhin. Für eine SMS reicht es hoffentlich.

»Hey, Liam, ich bin es, Polly. Gibt es hier im Nationalpark Wölfe?«

Meine Augen werden schwer, während ich auf das helle Licht des Displays starre und auf eine Antwort hoffe. Als keine kommt, schiebe ich das Telefon enttäuscht zurück in die Innentasche des Zelts. Bestimmt schläft Liam längst, es ist ja auch schon nach Mitternacht. Ich versuche, mir vorzustellen, wo er wohnt und wie sein Alltag mit Izzy aussieht. Teilen sie sich zu zweit ein Haus? Bringt er sie morgens zur Schule, bevor er zur Arbeit in den Park fährt oder wird sie von einem dieser gelben amerikanischen Schulbusse abgeholt? Aber zurzeit sind ja eh Sommerferien – deshalb war Izzy heute auch mit ihrem Dad im Nationalpark, wie ich erfahren habe. Woran die Mutter der Kleinen wohl gestorben ist? Und wann?

Fragen über Fragen, und ich wünschte, ich bekäme ein paar Antworten. Atemlos lausche ich weiterhin in die Nacht hinaus, doch das Heulen hat tatsächlich aufgehört. Stattdessen quakt jetzt irgendwo ein Frosch. Vor Fröschen habe ich zur Abwechslung keine Angst.

Als die Innentasche neben meinem Kopf aufleuchtet, zucke ich vor Schreck heftig zusammen. Dann begreife ich, dass das Aufleuchten tatsächlich eine Antwort von Liam bedeutet.

Eilig ziehe ich das Telefon aus der Tasche und lese seine SMS:

»Hi Motte. Nein, keine Wölfe, nur Kojoten. Die tun euch nichts. Schlaf gut.«

Hastig tippe ich zurück:

»Nur Kojoten? NUR? Die sind doch aber auch keine Vegetarier, oder? Was fressen die denn so?«

Keine zehn Sekunden später kommt Liams Antwort: *»Motten.«*

»Ha, ha! Im Ernst, Liam, ich kann in diesem Zelt nicht schlafen! Ständig sind draußen Geräusche. Ich glaube, eben war schon ein Bär da.«

»Bestimmt. Der macht nachts immer einen Rundgang, zusammen mit ein paar Typen aus der Kojoten-Gang.«

»Nicht! Witzig! Ich habe mich noch nicht einmal bis zum Klo getraut!«

»Jetzt sag nicht, dass du in mein Zelt gepinkelt hast.«

»Vor den Eingang.«

»Igitt. Na ja, der Regen wird es wohl weggewaschen haben. Im Ernst, Motte: Du brauchst keine Angst zu haben.«

»Mir ist kalt. Und ich bin nass, weil ich im Regen vors Zelt musste.«

»Zieh die nassen Sachen doch aus! Du holst dir sonst eine Erkältung.«

»Du willst dir nur vorstellen, wie ich nackt in deinem Schlafsack liege.«

Atemlos starre ich auf das Display, aber jetzt dauert es länger, bis eine Antwort kommt. Ich beiße mir auf die Unterlippe und tippe schnell, bevor mich der Mut verlässt:

»Ich wünschte, du könntest mit mir im Schlafsack liegen. Dann wäre mir nicht mehr kalt.«

Als immer noch keine Antwort kommt, stöhne ich leise auf und reibe mir über das Gesicht. Himmel, Polly, musstest du ihn gleich vergraulen? Das kommt davon, wenn man zu viele Erotikromane übersetzt. Man verliert das Verständnis dafür, dass andere Menschen nicht zwangsläufig offen über Sex reden oder schreiben.

Mit einem »Pling« kommt Liams Antwort, und ich fange schon an zu grinsen, bevor ich sie zu Ende gelesen habe:

»*Du machst mich fertig. Jetzt kann ich auch nicht mehr schlafen. Ich gehe jetzt kalt duschen. Gute Nacht, Motte. Und lass die Kojoten in Ruhe.*«

Mit einem versonnenen Lächeln tippe ich noch: »*Immerhin hast du eine Dusche! Gute Nacht* ☻«, dann schiebe ich das Telefon zurück in die Tasche und starre auf den hellen Fleck in der Zeltwand, bis das Licht des Displays erlischt. Eine ganze Weile lausche ich noch auf das Rascheln des Windes in den Blättern und auf ein »Huhuhu«, das sich für mich sehr nach Eule oder Uhu anhört. Dabei denke ich aber kaum noch an Kojoten oder Bären, und dafür umso mehr an Liam. Ich stelle mir vor, wie es wäre, tatsächlich diesen Schlafsack mit ihm zu teilen. Und über diesem wirklich angenehmen Gedanken nicke ich schließlich doch ein.

Kapitel 9

Obwohl ich doch viel später eingeschlafen bin als Jette und im Laufe der Nacht auch noch bei jedem kleinen Geräusch jenseits der viel zu dünnen Zeltwand hochgeschreckt bin, wache ich dennoch als Erste auf. Still liege ich in meinem Schlafsack und lausche auf das gleichmäßige Atmen meiner Schwester und auf die Geräusche, die von draußen zu uns hereindringen: Ein Vogel zwitschert in einer Baumkrone irgendwo über uns, ein keckerndes Geräusch ertönt dicht bei unserem Zelt – wenn ich nicht von gestern Abend wüsste, dass das ein Eichhörnchen ist, würde ich wohl glauben, dass jemand seinen Wecker auf unserem Platz vergessen hat – und von einem der Nachbarplätze dringt Geschirrklappern zu uns herüber. Mein Magen grummelt, ich habe Hunger. Und was für welchen!

Vorsichtig schäle ich mich aus meinem Schlafsack und ziehe den Reißverschluss des Zeltes hoch. Das helle Sonnenlicht lässt mich blinzeln und gequält den Blick senken, während ich geduckt das Zelt verlasse. Die Sonne hat sich schon über die Baumwipfel geschoben und begrüßt mich von einem strahlend blauen Himmel. Zwar ist die Luft noch kühl, aber sie hält das wunderbare Versprechen eines Sommermorgens, dass es bald sehr viel wärmer werden wird. Es duftet nach würzigen Tannennadeln, nach feuchtem Gras und Erde. Mit einem leisen Stöhnen strecke ich meine Arme über meinen Kopf und recke meine steifen Gliedmaßen. Nein, ein Fan von Camping werde ich in diesem Leben wohl nicht mehr. Wenn ich jeden Stein durch meine Isomatte hindurch spüre und bei jedem leisen Rascheln von draußen hochschrecke, bekomme ich einfach nicht genügend Schlaf. Aber die Natur heute Morgen ist schon der Wahnsinn, muss ich zugeben, als ich mich nun gähnend auf unserer kleinen Lichtung umsehe. Das Eichhörnchen, das eben noch vor sich hin gemeckert hat, sitzt auf einem Baumstumpf in der Nähe des Picknicktisches und mustert mich nachdenklich. Vermutlich überlegt es, ob es sich lohnt, hier auf Frühstück zu warten oder ob es lieber zum nächsten Zeltplatz weiterspringen soll. Schließlich entscheidet sich der kleine rotbraune Geselle für Letzteres und verschwindet zwischen den Büschen. Das Gras fühlt sich herrlich kühl und feucht unter meinen nackten Füßen an. Versonnen wackele ich mit meinen Zehen und überlege, wann ich das letzte Mal barfuß über Gras gelaufen bin. Das muss in meiner Kindheit gewesen sein, zu Hause, bei meinen Eltern.

Bei Papa und meiner Stiefmutter, korrigiere ich mich im Stillen automatisch – das mache ich immer noch, selbst wenn Jette und ich Inge nun wirklich schon ewig kennen und sie sich immer viel Mühe gegeben hat, uns ein guter Mutterersatz zu sein. Aber weder Jette noch ich haben jemals »Mama« zu ihr gesagt.

Im nächsten Augenblick wird mir mit einem Schlag klar, dass wir heute wohl tatsächlich unsere leibliche Mutter wiedersehen, und mir wird ein bisschen übel. Gleichzeitig macht sich nun zu allem Überfluss meine Blase bemerkbar, und das letzte bisschen Glücksgefühl in puncto »back to nature« löst sich blitzschnell in Nichts auf. Was würde ich jetzt darum geben, einfach ganz normal in ein gepflegtes Badezimmer gehen zu dürfen, anstatt über diesen Campingplatz bis zum Klohäuschen wandern zu müssen! Im Nachthemd! Ganz ehrlich – Nachthemden sind doch einfach nicht dazu gedacht, in aller Öffentlichkeit getragen zu werden. Aber da gerade in diesem Moment an unserer Einfahrt ein Mann in karierter Schlafanzughose, eine Zahnbürste in der Hand, vorbeispaziert und mir fröhlich zuwinkt, scheine nur ich das hier, auf diesem Campingplatz, umgeben von Outdoor-Enthusiasten, so zu sehen.

»Good morning!«, ruft der Fremde so gut gelaunt, dass ich davon ausgehe, dass er, im Gegensatz zu mir, schon einen Kaffee hatte.

Ich murmele ein sehr viel leiseres »Good morning« und winke halbherzig, weil mir in diesem Moment bewusstwird, dass der Ausschnitt meines Trägernachthemds sehr gewagt ist. Rasch sehe ich an mir hinab und stöhne leise auf, als ich erkenne, WIE gewagt der auch noch verrutschte Ausschnitt tatsächlich ist. Kein Wunder, dass der Typ mich so angestrahlt hat! Rasch schlüpfe ich zurück ins Zelt, um mir ein T-Shirt über mein Nachthemd zu ziehen. Jette schläft noch immer. Als mein Blick auf die Tasche an der Zeltinnenseite fällt, muss ich sofort an Liam und an unsere Nachrichten von gestern Nacht denken. Nun bin ich wirklich wach. Kribbelnde Aufregung beginnt in mir zu pulsieren. Ob er mir noch einmal geschrieben hat? Rasch krabble ich über meinen Schlafsack und ziehe mein Telefon hervor. Doch mein Display bleibt dunkel, als ich darauf drücke. O nein. Der Akku ist tot. Ich will schon das Ladekabel aus meinem Rucksack heraussuchen, als sich mir das nächste Problem offenbart: Wo lade ich das Ding auf? Mit einem leisen Stöhnen reibe ich mir über das Gesicht. Ich hasse Camping! Warum tut man sich das alles an, wenn man doch bequem in einem Hotelzimmer sitzen könnte? Na gut, nicht in einem Zimmer des Sunrise Motels, aber es gibt ja wirklich bessere Absteigen.

Da kommt mir die rettende Idee: das Klohäuschen.

Mit meinem Kulturbeutel, Telefon und Ladekabel bewaffnet marschiere ich über den morgendlichen Campingplatz, vorbei an Zeltplätzen, auf denen schon deutlich mehr Leben pulsiert als auf unserer stillen Lichtung. Eine Großfamilie sitzt geschlossen beim Frühstück am Picknicktisch, und mein Magen grummelt vernehmlich, als der Duft nach gebratenem Speck, vermischt mit Kaffee, zu mir herüberzieht. Zwei Kinder jagen sich kichernd und lachend über die Schotterstraße, und eine junge Frau in Shorts und T-Shirt kommt mir erschreckend gut gelaunt entgegen, ebenfalls mit Kulturbeutel im Arm. Ich grüße bemüht fröhlich, weil ich hier nicht als einziger Camping-Muffel auffallen will, und atme erleichtert auf, als ich die Klohäuschen erblicke. Neben den Waschbecken gibt es tatsächlich eine Steckdose, sodass ich mithilfe meines Reiseadapters das Ladekabel hineinschiebe und zufrieden das sich füllende Batteriesymbol auf dem Display betrachte. Okay, immerhin. Ein erster kleiner Erfolg.

Nachdem ich auf der Toilette gewesen bin, putze ich mir die Zähne und schalte nebenher das Telefon ein. Als ein Piepsen das Eintrudeln einer SMS verkündet, schlägt mein Herz schneller. Du meine Güte, knurre ich innerlich, während ich Zahnpasta in das Waschbecken spucke. So aufgeregt war ich nicht mehr, seit ich vor fast zwei Jahrzehnten eine SMS von meinem ersten Freund bekommen habe. Er ist nur ein netter Ranger in diesem Nationalpark! Ein netter Ranger, der verdammt gut küssen kann. Und verboten sexy aussieht, vor allem in seiner Uniform. Der offenbar ein sehr engagierter Vater ist. Ein alleinerziehender Vater. Der ... Mann, Polly, es reicht! Wo ist deine Rationalität geblieben?

Betont gelassen greife ich nach meinem Telefon und klicke die SMS auf. Es ist Werbung von einem amerikanischen Mobilfunkanbieter.

Verdammt, so schlimm ist das nun wirklich nicht! Warum bist du denn so enttäuscht, Polly? Kaffee, jetzt! Das ist die einzige Lösung. Ja, ich bin einfach völlig übernächtigt, rede ich mir ein. Und aufgewühlt, weil wir heute womöglich unsere Mutter sehen. Deshalb reagiere ich nicht normal. Nur deshalb.

Als ich schließlich mit einem minimal aufgeladenen Telefon zu unserem Zeltplatz zurückkehre, hantiert Jette am Campingkocher herum.

»Guten Morgen!«, sagt sie und strahlt mich an. »Ist das Wetter nicht herrlich?«

»Ja«, seufze ich. »Kaffee!«

»Bin schon dabei …«, murmelt meine Schwester und betrachtet nachdenklich den olivgrünen Kocher. »Sag mal, weißt du zufällig, wie man dieses Ding anmacht?«

»Ich?«, frage ich ungläubig und trete neben sie. »Woher soll ich das denn wissen, bitte schön? Ich war noch nie campen, und ich habe übrigens auch nicht vor, das Ganze irgendwann zu wiederholen.«

»Ich war doch auch noch nie campen«, verteidigt sich Jette und mustert den Campingkocher nachdenklich von allen Seiten.

»Echt nicht? Aber du hast doch bestimmt schon an irgendwelchen thailändischen Stränden übernachtet oder so?«, hake ich ungläubig nach.

»Nein, immer nur in Jugendherbergen, wo es Kaffeemaschinen gab.« Skeptisch fummelt sie an dem Campingkocher herum. »Der funktioniert mit Gas, aber was man da jetzt genau macht, habe ich nicht verstanden. Drücke ich hier?«

»Lass es lieber, nachher fackeln wir den ganzen Platz ab«, warne ich alarmiert, weil ich schon eine Stichflamme befürchte, die, bei unserem Glück, das Zelt trifft und in Brand setzt.

»Und wie willst du dann Kaffee trinken? Meinst du, das Pulver löst sich auf, wenn wir es in kaltes Wasser rühren?« Fragend sieht Jette mich an, und ich brauche ein paar Sekunden, bevor ich begreife, dass sie das ernst meint.

»Igitt, du spinnst ja!«, entrüste ich mich und ziehe mein T-Shirt aus. Natürlich war ich heute Morgen noch nicht organisiert genug, um mit frischen Klamotten zum Klohäuschen zu gehen, sodass ich nach wie vor mein Nachthemd trage und mich nun im engen Zelt werde umziehen müssen. Schlecht gelaunt pfeffere ich mein T-Shirt durch den offen stehenden Reißverschluss des Zeltes und sehe meine Schwester mit einem Kopfschütteln an. »Ich ziehe mich jetzt an, und dann fahren wir wieder zu dem Laden am Eingang des Parks und holen uns anständigen Kaffee!«

»Mensch, Polly, du musst wirklich nicht gleich so gereizt sein, nur weil du nicht als Erstes am Morgen dein Koffein bekommst«, brummt Jette beleidigt. »Es ist ja nicht so, dass ich was dafürkönnte.«

»Wer wollte denn campen?«, erkundige ich mich mit hochgezogenen Augenbrauen.

»Guten Morgen!«, reißt uns eine Stimme aus unserer Kabbelei, und ich fahre erschrocken herum. Liam kommt die Einfahrt zu unserer Lichtung herab, in seiner Ranger-Uniform, in jeder Hand einen Pappbecher, aus dem es verheißungsvoll dampft. Mein Herz macht einen spontanen Hüpfer, als ich sein Lächeln sehe – doch im nächsten Moment wandert Liams Blick ein wenig nach unten, und ich merke, wie er regelrecht zusammenzuckt und fast einen der Becher verliert. Alarmiert sehe ich an mir hinab und stelle fest, dass der Ausschnitt meines verdammten Nachthemds durch das Ausziehen des T-Shirts diesmal nicht nur leicht verrutscht ist, sondern stark. So stark, dass man meinen Aufzug als mehr als offenherzig bezeichnen muss. Hätte meine Schwester nicht vielleicht darauf hinweisen können, anstatt Kaffee-Diskussionen mit mir zu führen? Entsetzt kreuze ich die Arme vor meiner Brust und drehe mich um meine eigene Achse. Ohne irgendein Wort oder auch nur einen weiteren Blick in Liams Richtung tauche ich mit glühenden Wangen ins Zelt hinein und ziehe von innen den Reißverschluss zu. Dann bleibe ich mit hämmerndem Herzen im Halbdunkel hocken und lausche auf die Stimmen von Liam und Jette. Meine Schwester hat anscheinend gar nicht mitbekommen, dass ich Liam quasi oben ohne – zumindest einseitig – begrüßt habe, denn sie plaudert fröhlich und ungezwungen mit ihm, als wäre nie etwas geschehen. Auf Liams Frage, wie unsere Nacht war, antwortet sie, dass sie wie ein Stein geschlafen habe (was ich bestätigen kann), und als er mit hörbarem Lächeln in der Stimme sagt, dass er froh sei zu sehen, dass unser Zelt noch steht, lacht sie laut und gut gelaunt auf. Dann scheint er ihr einen der Kaffeebecher zu geben, denn Jette juchzt: »Ach Liam, du bist ein Schatz! Tausend Dank, genau den brauchen wir – also, besonders Polly, sie ist nämlich kaffeesüchtig und ohne ihre morgendliche Droge absolut ungenießbar.«

»Ich kann dich hören!«, rufe ich und rolle mit meinen Augen, während ich hastig in BH und T-Shirt schlüpfe.

»Aber es ist doch wahr!«, gibt Jette unbekümmert zurück.

»Ich hatte so meine Zweifel, ob ihr heute Morgen gleich mit dem Campingkocher zurechtkommen würdet«, höre ich Liam nun sagen und merke seiner Stimme deutlich an, dass er nach wie vor lächelt. Er hat unsere Campingfähigkeiten klar durchschaut. Vermutlich kommt es nicht oft vor, dass er den Leuten helfen muss, ihre weggeflogenen Zelte wiederzufinden. Auch ich muss bei der Erinnerung grinsen. Mit einem Ohr höre ich zu, wie Liam meiner Schwester erzählt, dass er Izzy an der Ranger-Station am Eingang zum Campingplatz abgesetzt hat, weil heute ihr Lieblingskollege Dienst hat, während ich eine frische Unterhose aus meinem Klamottenberg in der hinteren Ecke des Zeltes wühle. Es sieht hier drinnen wirklich schon nach einer Nacht aus wie ein Schlachtfeld, stelle ich beschämt fest. In einer Zeltecke türmt sich meine Wäsche, in der anderen Jettes. Leider sind unsere Koffer zu groß, um sie mit ins Zelt hineinzunehmen, sodass wir den Inhalt kurzerhand ausgepackt und die Koffer leer wieder ins Auto gelegt haben. Aber ohne Schrank oder wenigstens irgendwelche Fächer herrscht hier im Zelt nun leider ein ziemliches Chaos.

Nachdem ich meine Jeansshorts angezogen und mir notdürftig die Haare gekämmt habe, atme ich tief durch und öffne den Reißverschluss wieder. Als ich aus dem Zelt krabbele, spüre ich sofort Liams Blick auf mir. Zögernd sehe ich ihn an und grinse verlegen, weil mir in diesem Moment zu allem Überfluss klar wird, was ich ihm gestern Nacht geschrieben habe. Mit einem innerlichen Stöhnen richte ich mich auf und fahre mir mit einer Hand durchs Haar, während ich betont locker sage: »So, jetzt bin ich angezogen. Guten Morgen.«

»Guten Morgen, Motte«, erwidert Liam und kommt auf mich zu. Im ersten Moment glaube ich verdattert, dass er mich küssen will. Dementsprechend muss ich ihn ziemlich fassungslos anstarren, denn er lächelt breit, und dann reicht er mir einen Kaffeebecher.

»Da du ja nicht viel geschlafen zu haben scheinst, dachte ich mir, dass du den dringend gebrauchen kannst«, bemerkt er und senkt dabei die Stimme ein wenig, sodass ich das Gefühl habe, einen kurzen Moment, mitten auf dieser sonnenbeschienenen Lichtung, mit Liam allein zu sein. Jette dreht sich weg und hantiert betont laut am Picknicktisch herum – sie hofft doch nicht etwa ernsthaft, dass das mit Liam und mir etwas wird, oder? Sie müsste es doch besser wissen!

Aber nicht einmal mein Herz scheint das heute Morgen wirklich zu wissen, denn es pocht und hämmert wie verrückt, als ich nach dem Kaffeebecher greife, ganz so, als hätte ich bereits zu viel Kaffein intus. »Da hast du recht«, erkläre ich und rolle grinsend mit den Augen. »Ich habe die halbe Nacht wach gelegen.«

»Wegen der Kojoten«, lächelt Liam, und aus dieser Nähe merke ich, wie sich süße Lachfältchen um seine Augen bilden. Diese Augen, sie leuchten im Sonnenlicht heute Morgen so unverschämt grün, dass ich mich fast frage, ob er farbige Kontaktlinsen trägt.

»Mhm, unter anderem«, murmele ich und nippe an meinem Kaffee. Oh Mann, tut der gut!

»Ich konnte auch lange nicht schlafen«, bemerkt Liam und sieht mich bedeutungsschwer an. Mein Herz hämmert noch ein wenig schneller.

»Wie kommt das?«, frage ich betont unschuldig und lächele ihn über den Rand meines Pappbechers hinweg an.

»Wegen bestimmter Bilder, die ich nicht aus meinem Kopf bekommen konnte«, erwidert er und verschränkt die Arme vor der Brust, während er mich betrachtet, plötzlich ganz ernst. »Das eben, als ich angekommen bin, hat nichts besser gemacht. Im Gegenteil.«

Ich verschlucke mich an meinem Kaffee, als ich wieder an mein verrutschtes Nachthemd denke. Liams Blick ist flüchtig nach unten, zum Ausschnitt meines T-Shirts, gewandert, aber nun sieht er mir wieder in die Augen und zieht fast anklagend eine Augenbraue in die Höhe. Mit einem schiefen Grinsen sage ich: »Das tut mir natürlich von Herzen leid.«

»Glaube ich dir aufs Wort.« Mit einem Räuspern wendet er sich halb ab und sagt, auch an Jette gewandt: »Wie sieht es aus, seid ihr in einer halben Stunde fertig?«

»Fertig?«, wiederhole ich matt, weil ich natürlich ahne, worauf er hinauswill. Aber ich bin nicht bereit. Absolut nicht.

»Ihr könnt mir bis zum Anleger des Ausflugsboots hinterherfahren, damit ihr ihn leichter findet.« Liam sieht mich an. Ich schlucke und will halbherzig einwenden, dass wir noch gar nicht gefrühstückt haben. Doch dann wird mir klar, dass ich gleich, auf einem schwankenden Boot, zum ersten Mal seit 29 Jahren meine Mutter wiedersehen werde, und sofort steigt Übelkeit in mir hoch. Vermutlich ist es besser, wenn ich mich vorher nicht auch noch mit Müsli und H-Milch aus unserer Kühlbox im Auto (die Liam uns ebenfalls geliehen hat) vollschlage.

Da tritt Jette neben mich und legt mir einen Arm um die Schultern.

»Natürlich sind wir gleich startklar«, verkündet sie mit fester Stimme. »Nicht wahr, Polly?«

Ich kann nur stumm nicken, während ich mich innerlich ganz weit weg wünsche.

»Allerdings …«, beginnt Liam jetzt und klingt mit einem Mal so zögerlich, dass ich ihn überrascht ansehe. Er räuspert sich und schaut Jette und mich ernst an. Dann fährt er langsam fort: »Allerdings solltet ihr wohl zumindest einen Teil von Eves Story hören, bevor ihr mit auf diesen Ausflug kommt.« Er hält inne und reibt sich schwer seufzend das Kinn, was ich als Zeichen interpretiere, dass er sich bei der Vorstellung, uns mehr über die Vergangenheit unserer Mutter zu erzählen, überhaupt nicht wohlfühlt. Verblüfft frage ich mich, warum er plötzlich seine Meinung geändert hat.

»Auch deshalb habe ich letzte Nacht lange wach gelegen«, erklärt er und wirft mir einen raschen Blick zu. »Eigentlich fände ich es ja wirklich besser, wenn ihr alles von Eve selbst erfahren würdet und nicht von mir.« Liam starrt auf die Spitzen seiner braunen Arbeitsstiefel hinab, die unruhig in der Erde unseres Zeltplatzes scharren. »Aber … ihr werdet sie heute wohl vorerst nur sehen, allerdings noch nicht gleich … nun ja, richtig kennenlernen, so blöd das auch klingt.« Er sieht mich mit einem fast hilflosen Lächeln an, und ich lächele schief zurück, denn er hat ja recht: Zwar kannten wir unsere Mutter mal – die Frau, die uns zur Welt gebracht hat und die ersten Jahre unseres Lebens für uns da war –, aber dennoch müssten wir sie völlig neu kennenlernen. Und sie uns. Weil wir Fremde füreinander sind.

Bei der Vorstellung muss ich schlucken und nippe rasch an meinem Kaffee, nur um etwas zu tun zu haben. Liam mustert mich prüfend, bevor er ruhig fortfährt: »Na ja, weil ihr Eve also heute nur sehen könnt, aber eure Aussprache noch warten muss …«

»Wenn es überhaupt jemals eine Aussprache geben wird!«, unterbreche ich ihn mit Nachdruck. »Ich bin mir nämlich noch nicht sicher, ob ich das wirklich will.«

»Das können wir immer noch entscheiden«, wirft Jette rasch ein. »Bitte, Liam, worauf willst du hinaus?«

Er seufzt erneut, und mir schwant nichts Gutes. Ernst erklärt er: »Ihr solltet wissen, dass wir heute mit dem Ausflugsboot einen Stopp auf einer Insel namens Blueberry Island machen werden, wo man einen Leuchtturm besichtigen kann, in dem ein Souvenirgeschäft untergebracht ist.«

»Und?« Jette hat ihre Stirn in Falten gelegt, und auch mir ist wirklich nicht klar, wo das Problem liegt. Liam reibt sich den braun gebrannten Nacken und erklärt dann: »Der Besitzer des Leuchtturmlädchens heißt Benjamin Moore. Und – er ist euer Großvater.«

Kapitel 10

Jette und ich sitzen wie erstarrt in unseren Campingstühlen, unsere Kaffeebecher in den Händen, in denen der Kaffee längst kalt geworden ist. Liam hockt auf einem Baumstumpf neben unserer Feuerstelle, die Ellbogen auf seine Knie gestützt, und erzählt. Und was er erzählt, ist so unglaublich, dass ich es immer noch nicht fassen kann. Unsere Mutter hat tatsächlich einen amerikanischen Vater – und wir somit einen amerikanischen Großvater, von dem wir keine Ahnung hatten! Und unsere Mutter selbst habe diese auch lange Zeit nicht gehabt, wie Liam betont. Er kann sich daran erinnern, wie Eve ihm an einem ruhigen Regennachmittag vor ein paar Jahren, während einer gemeinsamen Schicht in der Rangerstation, erzählt hat, dass sie erst nach dem Tod ihrer eigenen Mutter herausgefunden habe, wer ihr Vater sei.

»Oma Gerda ist ein paar Monate, bevor unsere Mutter verschwunden ist, gestorben!«, sagt Jette und sieht mich aus weit aufgerissenen Augen an. Ich kann nur nicken, hänge geradezu atemlos an Liams Lippen, will mehr erfahren.

»Eve hat durch den Nachlass eurer verstorbenen Oma erfahren, dass Benjamin Moore ihr Vater ist.« Liam sieht mich ernst an, bevor er wieder auf seine gefalteten Hände hinabstarrt. »Benjamin – er war als Soldat in Deutschland stationiert. In der Nähe von Stuttgart.«

»Das passt ja«, murmelt Jette.

»Er muss eure Großmutter irgendwann Mitte der Sechziger-jahre kennengelernt haben. Sie haben sich verliebt …« Liam reibt sich erneut den Nacken, und ich merke, dass er schon wieder eine Spur rot wird. Wärme flackert flüchtig in mir hoch, aber ich schiebe die lästigen Regungen hastig zur Seite. Das alles ist zu spannend und zu wichtig!

»Also … die beiden hatten wohl eine heimliche Beziehung.«

»Aber warum denn heimlich? Hatte Benjamin hier in den USA eine Frau?«

Liam schüttelt den Kopf. »Soweit ich es verstanden habe, waren die Eltern eurer Großmutter strikt gegen die Liaison mit einem Amerikaner. Mit einem Besatzer.«

»Wie bei Romeo und Julia!«, seufzt Jette, die unbelehrbare Romantikerin, und bringt es doch glatt fertig, versonnen aus-zusehen. Mit einem ungeduldigen Kopfschütteln sehe ich sie an. »Ja, und genau wie bei Shakespeare scheint es auch bei unserer lieben Oma Gerda tragisch geendet zu haben!«

»Na ja, gestorben ist zunächst niemand«, wendet Jette trot-zig ein.

»Aber gemeinsam glücklich wurden sie auch nicht«, bestä-tigt Liam leise meine Vermutung. Sein Blick hängt für meinen Geschmack eine Spur zu lang an mir, bevor er wieder auf seine Finger starrt und fortfährt: »Soweit ich mich an die Story erin-nern kann, musste Benjamin irgendwann zurück in die USA, und er hätte Gerda gern mitgenommen, aber eure Großmutter brachte es wohl nicht über ihr Herz, sich gegen ihre Eltern zu entscheiden. Sie blieb also in Deutschland, und Benjamin kam allein nach Hause – hierher, nach Maine.«

»Lass mich raten«, sage ich atemlos und verschütte vor Aufregung ein wenig Kaffee. »Kaum war Benjamin zurück in Amerika, hat Oma Gerda herausgefunden, dass sie schwanger war?«

Liam sieht mich mit einem schwachen Lächeln an und nickt. »Ja. Genau. Mit Eve. Mit … eurer Mutter.«

»Unsere arme Oma!« Jette sieht mich entgeistert an. »Wie schrecklich! Sicher hat sie Benjamin geschrieben? Warum ist er nicht zurückgekommen? Oma Gerdas Eltern können doch nicht gewollt haben, dass ihr Enkelkind ohne Vater aufwächst!«

Bedauernd zuckt Liam mit den Schultern. »Dazu hat Eve mir leider nichts erzählt, aber Fakt ist, dass Benjamin lange nichts von der Existenz seiner Tochter wusste. So lange nicht, bis eure Mutter im Nachlass ihrer eigenen Mutter Hinweise zu ihm gefunden und dann beschlossen hat, ihren Vater kennenzulernen.« Er macht eine Pause und sieht Jette und mich abwechselnd an. »Allerdings hat Eve mir gegenüber nie erwähnt, dass sie zwei Kinder in Deutschland zurückgelassen hat, als sie loszog, um ihren Vater zu finden.«

Ich sehe Jette an und merke betroffen, dass meiner Schwester Tränen über die Wangen rinnen.

»Wow«, murmelt sie erstickt und wischt sich mit dem Handrücken über das Gesicht, während auch ich gegen aufsteigende Tränen ankämpfen muss. »Wer hätte das gedacht? Dass wir hier in Bar Harbor auch noch einen Großvater haben?«

»Jette, ich kann das nicht«, sage ich mit belegter Stimme und sehe meine Schwester eindringlich an. »Ich … ich kann nicht auf dieses Boot gehen und unsere Mutter sehen, und dann auf der Insel auch noch unseren Großvater, und die ganze Zeit über so tun, als wären wir normale Touristinnen und alles sei in Ordnung!«

»O doch«, widerspricht Jette schniefend und strafft ihre Schultern. »Du kannst das. Und ich auch.«

Als wir am Bootsanleger im geschäftigen Hafen von Bar Harbor ankommen, bin ich kurz davor, mich vor lauter Nervosität zu übergeben. Ich hätte mir die Kekse, die wir uns unterwegs als Frühstücksersatz reingepfiffen haben, lieber verkneifen sollen.

»Ich kann das nicht«, wiederhole ich leise, während Jette unseren Mietwagen auf dem Parkplatz schwungvoll in eine Lücke lenkt.

»Polly, ganz ruhig«, murmelt sie und dreht den Zündschlüssel, sodass der Motor verstummt. »Glaub mir, ich bin auch sehr aufgeregt, aber du und ich, wir schaffen das gemeinsam. Wir …«

»Ist sie das?« Ich setze mich kerzengerade hin und starre mit panisch galoppierendem Herzen durch die Windschutzscheibe nach draußen. Liams sonnengelber Jeep hat in der Reihe vor uns, direkt am Pier, geparkt, und gerade springt Izzy aus der hinteren Wagentür. Liam steigt ebenfalls aus – und winkt einer Frau zu, die am Zugang zum Pier steht. Sie trägt eine Ranger-Uniform, genau wie er selbst. Ich erkenne braunes kinnlanges Haar, das unter ihrem Hut hervorlugt. Jetzt geht sie ein paar Schritte über den Parkplatz, auf Liams Auto zu. Izzy läuft der Frau entgegen, redet offensichtlich begeistert auf sie ein, zeigt ihr etwas in ihrem Notizbuch. Die Rangerin beugt sich zu der Kleinen hinab und streicht ihr über die Haare.

Ein Stich durchzuckt mich, heiß und brennend. Izzy ist acht Jahre alt. Hat diese Frau je an ihre eigenen Töchter gedacht, als diese acht Jahre alt waren?

Sobald ich meine Schwester ansehe, merke ich sofort, dass Jette ganz ähnliche Gedanken haben muss. Auf ihrem Gesicht kämpfen so viele Emotionen miteinander – Freude und Fassungslosigkeit, Wut und Schmerz, gemischt mit der immer anwesenden Ratlosigkeit –, dass ich mit belegter Stimme frage: »Bist du wirklich sicher, dass wir auf das Boot gehen sollten?«

Sie presst ihre Lippen fest aufeinander und sagt nichts. Da

kommt Liam plötzlich über den Parkplatz auf uns zu, und einen panischen Moment lang fürchte ich, dass die Frau – unsere Mutter, Herrgott noch einmal! – ihm mit Izzy folgen wird. Aber dann sehe ich, wie die beiden bereits über den Pier auf das Ausflugsboot zugehen.

Wie benommen öffne ich die Beifahrertür und schaue Liam stumm entgegen. Er scheint sofort zu begreifen, wie es uns geht. Schweigend bleibt er in meiner offenen Tür stehen und mustert uns abwechselnd. »Ihr müsst das nicht machen«, sagt er schließlich ruhig, und ich kämpfe plötzlich gegen das überwältigende Bedürfnis an, mich in seine Arme zu schmeißen und mich halten zu lassen. »Es gibt andere Gelegenheiten, um Eve aus der Nähe zu sehen. Dafür braucht ihr nicht auf dieses Boot zu gehen.«

»Wir wollen aber«, höre ich Jette resolut erwidern und merke, wie sie sich abschnallt und die Fahrertür öffnet. Sie hat inzwischen ihre Herzchen-Sonnenbrille aufgesetzt, und die rosaroten Gläser verbergen die Tränen in ihren Augen, die ich allerdings genau gesehen habe.

Mit einem ergebenen Seufzer steige auch ich langsam aus. Meine Knie sind weich wie Pudding, merke ich. Rasch suche ich Halt an der offenen Wagentür, während ich nervös in die Richtung starre, in der die Frau mit Izzy verschwunden ist.

Eve. Eva. Unsere Mutter.

»Hey«, murmelt Liam dicht neben mir, und ich spüre seine Hand auf meinem unteren Rücken. Durch den Stoff meines T-Shirts hindurch fühlt sie sich herrlich warm und kräftig und beruhigend an.

»Hey«, krächze ich und ringe mir ein schiefes Lächeln ab. Dann schießt mir ein Gedanke durch den Kopf, der mich vor Schreck erstarren lässt. »Sag mal – wenn Izzy auch mit an Bord ist –, was, wenn sie uns mit Jette und Polly anspricht und Eva das hört? So häufig sind unsere Namen doch nicht, vor allem in der Kombination! Sie würde sofort begreifen, wer wir sind.«

Auch Jette sieht Liam erschrocken an. »Polly hat recht!«

»Ganz ruhig«, sagt Liam. »Izzy kommt nicht mit. Sie liebt Eve zwar über alles ... ähm ...« Er unterbricht sich hastig, weil ihm anscheinend klar wird, dass er von unserer Mutter spricht, die Jette und mich verlassen hat. Von unserer Mutter, die auch wir als kleine Mädchen über alles geliebt haben.

Verlegen räuspert er sich, und er tut mir fast leid. »Also, ähm, Izzy kommt zwar oft mit auf die Bootstouren, aber heute bleibt sie hier. Meine Mutter holt sie gleich ab. Sie hat Izzy versprochen, mit ihr Blaubeeren zu sammeln und daraus Marmelade einzukochen.«

»Okay«, murmele ich und nicke erleichtert.

»Also, dann bring uns mal zum Boot«, sagt Jette entschlossen.

Jette und ich tragen Baseballmützen auf dem Kopf, die wir noch schnell in einem Souvenirladen am Pier gekauft haben. Meine ist dunkelblau mit rotem Hummer-Motiv, Jettes ist – natürlich! – rosarot mit einem lächelnden Elch darauf. Sogar ich habe jetzt eine große Sonnenbrille aufgezogen (aber selbstverständlich nicht in Herzform, sondern eine klassische à la Audrey Hepburn mit riesigen schwarzen Gläsern), als wir über die schwankende Gangway an Deck des Ausflugsboots gehen. Trotzdem hämmert in meinem Kopf unablässig die eine Frage: Wird unsere Mutter uns erkennen?

Zum Glück geht Jette vor mir her. Wäre ich die Erste gewesen, die das Deck betreten hätte, wäre ich vermutlich einfach wie angewurzelt stehen geblieben, unfähig weiterzulaufen. Denn an Deck, direkt dort, wo die Touristen von der Gangway steigen, steht Eve Moore in ihrer Ranger-Uniform und begrüßt mit einem freundlichen Lächeln die Ausflugsgäste.

Ich merke, wie Jette vor mir nur eine Sekunde zögert, bevor sie das Deck betritt, ein »Hello« in die Richtung unserer Mutter murmelt, dann eilig nach rechts biegt und zum Heck des Schiffs steuert. Ich stoße ebenfalls ein halb ersticktes »Hi« hervor, halte meinen Blick gesenkt und starre auf Stiefel, die aussehen wie Liams, aber zur Uniform meiner Mutter gehören.

»Willkommen an Bord!«, sagt eine Frau, und augenblicklich werde ich von Erinnerungen überrollt wie von einer gewaltigen Welle. Diese Stimme. Diese Stimme, von der ich bisher sicher war, dass ich mich nicht mehr an sie erinnern kann. Es ist, als ob ich plötzlich ein lange vermisstes Puzzleteil wiederfinde und es in meinem Gehirn in das lückenhafte Bild schiebe, das ich dort von unserer Mutter habe. Diese Stimme, sie hat uns *Wo die wilden Kerle wohnen* vorgelesen. Hat uns »LaLeLu« vorgesungen. Sie hat mich »Polly-Maus« genannt. Und sie hat uns mehr als einmal gesagt, dass sie uns von ganzem Herzen lieb hat. Bis sie plötzlich nichts mehr gesagt hat.

Und in diesem Moment schaue ich doch kurz auf, blicke unter dem Schirm meiner Baseballmütze hervor, sehe in die hellblauen Augen meiner Mutter. Aquamarinblau. Sie lächelt mich freundlich an, und ich habe das Gefühl, dass sie für den Bruchteil einer Sekunde stutzt. Aber sicherlich bilde ich mir das nur ein, schließlich kann sie meine Augen hinter meinen dunklen Sonnenbrillengläsern nicht erkennen.

Doch ich erkenne sehr wohl. Ich erkenne die Falten, die vor 29 Jahren mit Sicherheit nicht da waren, ich erkenne die Ponyfransen, die sie damals nicht hatte, die grauen Strähnen. Und trotz allem erkenne ich die Frau, die mal die wichtigste Frau in meinem Leben war.

Zum Glück schieben von hinten die nächsten Leute, die auf das Boot wollen, also eile ich hastig meiner Schwester hinterher, auf puddingweichen Knien, ins Heck des Ausflugsboots. Und dort sitzen wir stumm nebeneinander auf einer Bank, während sich um uns herum Scharen von aufgeregt in allen möglichen Sprachen plappernden Touristen niederlassen, die keine Ahnung haben, dass sich für meine Schwester und mich gerade alles verändert hat.

Jette und ich halten uns an den Händen, sprachlos nebeneinander in unserer Sitzbank, während das Ausflugsboot mit tuckerndem Dieselmotor den Hafen von Bar Harbor verlässt. Mein Blick schweift über das malerische Bar Harbor Inn, dessen weitläufiger Gebäudekomplex sich elegant am Ufer entlangzieht, und für einen Moment muss ich beim Anblick der Rasenfläche an Liam und mich denken, in einem Adirondack-Stuhl auf eben diesem Grün, über uns die Sterne.

Aber noch bevor ich mich in irgendwelchen Erinnerungen an Liams Küsse verlieren kann, reißt mich die Stimme der Rangerin aus meinen Tagträumen.

Die Stimme unserer Mutter.

»Willkommen an Bord, meine Damen und Herren, liebe Kinder«, sagt sie in warmem Tonfall, und ich muss mich kurz vergewissern, dass es wirklich Eve Moore am Mikrofon ist, denn ihr Englisch ist astrein und ohne jeglichen hörbaren deutschen Akzent.

Vielleicht ist das doch nicht unsere Mutter? Vielleicht handelt es sich bei dieser ganzen Sache um ein riesiges Missverständnis? Vielleicht ...

Mein Blick bleibt am Arm der Rangerin hängen. Sie hat ihre Uniformjacke ausgezogen, trägt nun das gleiche kurzärmelige graue Hemd, das ich von Liams Uniform kenne. Und an ihrem Handgelenk ist deutlich die tätowierte Eule zu sehen. Mona.

Wie viele Frauen gibt es wohl auf dieser Welt, die eine tätowierte Eule am rechten Handgelenk haben? Okay, sicherlich ist diese Frau nicht die Einzige. Aber ... in Kombination mit dem, was Liam uns eben über diese Eve erzählt hat, muss ich zugeben, dass es keinen Zweifel mehr gibt. Diese Frau, die nun lächelnd und selbstbewusst ins Mikrofon spricht und die Touristen mit herzlichen Worten begrüßt, ist unsere Mutter.

Stumm lauschen Jette und ich, während das Boot die Hafenbucht von Bar Harbor hinter sich lässt und sich langsam seinen schwankenden Weg durch die Dünung bahnt. Ich zwinge mich dazu, meinen Blick von der Rangerin mit den hellblauen Augen zu lösen, mir die dramatische Felsküste anzusehen, an der wir nun entlangschippern, und die unsere Mutter kurzweilig und dennoch informativ beschreibt: Sie erzählt, dass der französische Seefahrer Samuel de Champlain im Jahr 1604 die Gegend um Bar Harbor als erster Europäer erkundet hat – und das eher unfreiwillig, weil sein Segelschiff auf die Klippen gelaufen war und seine Mannschaft und er somit den Winter in der Gegend des heutigen Acadia Nationalparks verbringen mussten. Die »Mount Desert Island«, auf welcher der Acadia Nationalpark und auch Bar Harbor liegen, verdankt ihren Namen dem Franzosen, der sie »L'isle des Monts Déserts« (»Insel der kahlen Berge«) genannt hat – wegen der kargen Vegetation auf dem Cadillac Mountain, der sich im Nationalpark erhebt. Unsere Mutter deutet auf die Kletterer, die sich mithilfe von Seilen an der schroffen Steilküste herablassen, und erwähnt, dass es sich bei dieser Küste um die höchsten Klippen an der amerikanischen Ostküste nördlich von Rio de Janeiro handelt. Mit einem Schaudern muss ich erneut an Jette und mich im Stockdunkeln ohne Taschenlampe hoch oben auf den Felsplateaus über der steilen Küste denken.

Als wir an ein paar großen Anwesen über den Klippen vorbeikommen, die einen fantastischen Blick aufs Meer hinab haben müssen, erklärt Eve Moore, dass diese Häuser ein Teil der Millionaire's Row seien, die ihren Namen den Herren verdanke, die dort Anfang des 20. Jahrhunderts bauten: Bekannte Namen wie J. P. Morgan, Henry Ford und John D. Rockefeller Jr. waren darunter. Der Philanthrop Rockefeller war es auch, dem große Teile des Gebiets des heutigen Acadia Nationalparks gehörten. Er spendete dieses Land an den Staat, unter der Voraussetzung, dass ein Schutzgebiet geschaffen werden sollte. Unsere Mutter erzählt vom großen Brand von Bar Harbor, der 1947 riesige Teile des Waldes und viele der Millionärshäuser zerstörte – aber die Häuser wurden wieder aufgebaut, und neue Bäume wuchsen. Ein positiver Effekt dieses Feuers war, dass der nachwachsende Wald nicht mehr nur hauptsächlich aus Nadelbäumen bestand, sondern auch viele Laubbäume die Chance bekamen zu gedeihen. Deshalb soll der »Indianersommer« mit seiner bunten Blätterfärbung hier im Acadia Nationalpark besonders spektakulär sein.

Schweigend höre ich zu, nehme die Informationen auf, versuche, nicht ständig darüber nachzudenken, wer dieses Mikrofon hält, wer so sorglos und gut gelaunt erzählt. Ich merke, dass Jette neben mir ihr Handy herauszieht und so tut, als fotografiere sie die Küste. Dabei knippst sie verstohlen ein paar Bilder von unserer Mutter. Als plötzlich Liams Stimme über die Bordlautsprecher zu hören ist, zucke ich überrascht zusammen und hebe den Blick. Eve Moore hat das Mikrofon an ihren Kollegen übergeben, und auch Liam begrüßt nun mit einem breiten Lächeln die Gäste an Bord. Mein Herz flattert kurz aufgeregt, als er in meine Richtung sieht, aber ich ärgere mich so über dieses unnötige Flattern, dass ich rasch wegschaue – und merke, dass sich Eve Moore in unserer Nähe an die Reling gelehnt hat und mit einem Lächeln, das man zynischerweise fast als mütterlich stolz bezeichnen könnte, Liam zuhört. Schnell ziehe ich meine Mütze tiefer ins Gesicht und starre hinaus auf den Atlantik, auf die bewaldeten Inseln, denen wir uns nun nähern.

»Leider gehen die Umweltprobleme unserer Zeit auch an dieser schönen Region nicht spurlos vorbei«, erklärt Liam in seiner ruhigen, unaufgeregten Art. »Der Golf von Maine hat sich in den letzten Jahren schneller erwärmt als die meisten anderen Meere weltweit. Als Folge des zu warmen Wassers vermehren sich die Quallen stärker als unter normalen Umständen, was wiederum dazu führt, dass Fische, die in dieser Region eigentlich selten sind, die aber gern Quallen fressen, in immer größerer Zahl zu finden sind, wie der Mondfisch. Unser sensibles Ökosystem kommt so immer stärker ins Wanken, was auch die hiesige Fischerei zu spüren bekommt, die ein wichtiges Standbein der Wirtschaft Maines ist. Wegen der Überfischung dieser Gewässer gibt es schon seit einiger Zeit strenge Auflagen, unter anderem bei der Hummerfischerei.«

Er deutet hinaus aufs Meer, wo hier und da bunte Bojen auf dem dunklen Wasser schaukeln, und erklärt in einfachen, leicht zu folgenden Worten das System, das dahintersteckt: Dass die Farben jeder einzelnen Boje einem bestimmten Fischer zugeordnet werden können, sodass man sofort erkennt, wessen Hummerkorb wo im Meer versenkt ist.

»Die Bojen eines Fischers sind für jeden anderen tabu«, erklärt Liam. »Wenn man eine fremde Boje an Land angespült findet, darf man sie streng genommen nicht einmal anfassen. Sie soll nur von ihrem Besitzer fortbewegt werden.«

Er geht auf die Fangquoten ein und auf die strengen Reglementierungen, die genau bestimmen, welche Hummer aus einer Falle zurück ins Meer geworfen werden müssen: Die zu kleinen, aber auch die zu großen, weil es sich um Weibchen handeln könnte, die in Zukunft noch viele Eier legen und damit für mehr Hummer sorgen können.

»Wenn ein Fischer Glück hat, kommt er mit einem Pfund Hummer am Tag nach Hause. Das Leben eines Hummerfischers ist hart – vor allem wenn man bedenkt, dass ein Fischer 1000 Stunden auf einem Hummerboot gearbeitet haben muss, um überhaupt eine eigene Lizenz zu bekommen.« Mit einem verschmitzten Grinsen fügt Liam nach diesem ernsten Vortrag noch hinzu: »Und nicht vergessen, dass wir hier in Maine nicht ›Lobster‹ sagen, sondern ›Lobstah‹.«

Fröhliches Gelächter ist die Antwort, und als ich Liams Lächeln sehe, muss auch ich kurz auflachen. Mir ist schon aufgefallen, dass der lokale Akzent speziell ist. Statt »er« und »or« am Ende eines Wortes wird ein »ah« daraus. Also auch »Bar Habah«. Mit einem Schmunzeln wende ich meinen Blick von Liam ab – und erstarre, als ich merke, dass unsere Mutter nur wenige Schritte von mir entfernt steht. Sie ist neben einer Bank, auf der zwei kleine Mädchen sitzen, in die Hocke gegangen und redet nun mit den Kindern. Ich halte den Atem an, als ich ihr Gesicht betrachte, die Details in mir aufnehme, mit den wenigen Fotos vergleiche, die ich von ihr besitze. Ihr Haar sieht so fein aus wie meines, fällt mir auf. Und ihre Finger – sie haben die schlanke, lange Form von Jettes Fingern, aber die recht großen Fingerknöchel, die habe ich eindeutig von ihr geerbt. Kein Ehering, erkenne ich. Der einzige Schmuck, den sie trägt, sind kleine silberne Ohrstecker in Ahornblattform, die gut zu dem Muster aus Blättern passt, das in ihr ledernes Hutband geprägt ist.

»Wie ich Rangerin geworden bin?«, wiederholt sie nun die Frage, die ihr eines der Mädchen offensichtlich gestellt hat. »Ich habe an der University of Maine Biologie studiert. Wisst ihr, ich wollte schon immer Rangerin werden, schon als ich in eurem Alter war.«

Überrascht starre ich sie unter dem Schirm meiner Baseballmütze hervor an. Wollte sie das tatsächlich? Schon als Kind, in Deutschland? Wie kann das sein? Sie hatte dort doch sicherlich gar keine Ahnung von Nationalparks und von dem Beruf eines Park Rangers. In Stuttgart! Und sie hat also ihr Biologiestudium tatsächlich hier in Maine fortgesetzt?

Die zwei Mädchen bombardieren sie mit weiteren Fragen: Ob sie schon einmal einen Bären gesehen hat (ja, mehr als einmal), ob sie im Park übernachtet (nein, in ihrem Haus in Bar Harbor), ob sie gern am Lagerfeuer Marshmallows brät (sie lacht und fragt, wer um alles in der Welt das denn nicht tut?) und dann – mir bleibt fast das Herz stehen –, ob sie Kinder hat.

Ich halte den Atem an, starre die Frau in der Ranger-Uniform mit wild klopfendem Herzen an – und als sie langsam den Kopf schüttelt und eindeutig ein trauriger Schatten über ihre Züge gleitet, da werde ich von einer Welle der Übelkeit überrollt. Ich höre nicht mehr, was diese Frau, diese Fremde, sagt, denn ich stehe rasch auf und flüchte in die Richtung der Toiletten. Und dort muss ich dann auch erst mal bleiben.

Ein leises Klopfen an der Tür lässt mich etwas später mit einem Stöhnen den Kopf heben. »Einen Moment noch!«

»Polly? Ist alles okay?«

Es ist Liam.

Kapitel 11

Mit zitternder Hand betätige ich die Klospülung, dann beuge ich mich über das Waschbecken und öffne den Wasserhahn.

»Ja ... ähm ... warte mal ...« Rasch lasse ich kaltes Wasser über mein Gesicht laufen und spüle mir den Mund aus. Angewidert sehe ich mich im Spiegel an, bevor ich aufschließe. Liam macht einen halben Schritt herein, und ich will ihn daran hindern, will ihn hinausschieben, damit er nicht riecht, dass ich mir gerade die Seele aus dem Leib gekotzt habe, aber da lässt eine hohe Welle das Boot Achterbahn fahren, und in mir bäumt sich erneut alles auf. So schnell wie möglich drehe ich mich weg, reiße erneut den Klodeckel hoch und erbreche mich einmal mehr in die Toilettenschüssel. Ich hätte die blöden Kekse im Auto wirklich nicht essen sollen!

Wie durch einen Nebel hindurch bekomme ich mit, dass Liam die Tür schließt, und kurz hoffe ich, dass er draußen wartet, aber dann spüre ich seine Hände, die meine Haare zurückhalten, und wäre ich nicht so sehr mit Übergeben beschäftigt, würde ich vor Scham im Boden versinken. Als ich sicher bin, dass nun wirklich rein gar nichts mehr hochkommen kann, richte ich mich zitternd auf und halte mein Gesicht erneut unter kaltes Wasser, während Liam die Klospülung betätigt. O mein Gott. Dieser Mann wird mich ganz sicher niemals wieder küssen wollen, fährt es mir durch den Kopf.

»Hier«, höre ich seine Stimme, und als ich aufsehe, merke ich, dass er mir ein Papierhandtuch hinhält. Sein Blick hängt besorgt an mir. »Komm lieber schnell raus hier aus der Toilette und stell dich an die Reling, die frische Luft hilft am besten bei Seekrankheit«, sagt er in beruhigendem Tonfall. Als ich leicht ins Wanken gerate, weil der Seegang noch einmal stärker geworden zu sein scheint, greift er nach meinem Ellbogen und hält mich fest. Verlegen schmeiße ich das Papiertuch weg und sage matt: »Dabei ist es gar nicht nur Seekrankheit.«

Verdutzt sieht er mich an, und als sein Blick flüchtig an mir herabwandert, wird mir klar, was er jetzt denkt, und ich schüttele mit einem heiseren Lachen den Kopf. »Nein, schwanger bin ich auch nicht.«

Liam lächelt schief und fragt dann: »Sondern?«

Bei der nächsten Welle falle ich halb gegen ihn, und Liam stabilisiert mich rasch, öffnet dann die Tür und zieht mich mit sich heraus aus der Enge der Toilette. Ich spüre die Blicke einer Touristin auf mir, die vor dem Klo gewartet hat und jetzt sicherlich falsche Rückschlüsse zu Liam und mir in dem engen Raum zieht – aber das ist mir gerade herzlich egal. Liam bugsiert mich sanft zu einer Stelle an der Reling, die durch den Treppenaufgang zum oberen Deck ein wenig abgeschirmt von den Blicken der anderen Touristen ist, und ordnet in ruhigem Tonfall an: »Schau zum Horizont, dann wird es besser.«

»Mir wird sonst nie auf Schiffen schlecht«, sage ich heiser und starre geradeaus, auf die Insel mit der schroffen Felsküste, der wir uns nähern.

»Ist es wegen … ihr?« Ich spüre Liams Hand, die sich auf meinen unteren Rücken legt. Ganz leicht lehne ich mich zurück, in seine Hand hinein, weil ich den sanften Druck seiner Finger so genieße.

»Ja.« Konzentriert blinzele ich die aufsteigenden Tränen fort. »Sie hat gesagt, dass sie keine Kinder hat!«

Liam tritt dicht neben mich und sieht mich überrascht an. »Zu dir?«

»Nein, zu dem kleinen Mädchen zwei Bänke vor uns.« Ein heiseres Schluchzen bricht aus mir hervor, und ich presse eine Hand vor meinen Mund, atme wütend ein und aus, versuche, mich zu beherrschen. »Die Kleine hat gefragt, ob meine Mutter Kinder hat, und sie hat den Kopf geschüttelt!«

»Ach, Polly …« Liams freie Hand fährt sacht über meine Haare, und diese zärtliche Geste gibt mir den Rest. Die Tränen sprudeln heiß aus mir hervor, und ich kann nichts dagegen tun. Ich merke, dass mich Liam in seine Arme ziehen will, aber ich schiebe ihn bestimmt fort von mir.

»Es ist schon gut«, sage ich heiser. »Es geht schon. Geh ruhig zurück zu den anderen, du musst doch sicher noch einiges über Hummer und Meereserwärmung erzählen.«

»Nein, wir legen jetzt an Blueberry Island an«, erwidert Liam ernst, und ich höre in seiner Stimme deutlich, dass meine Zurückweisung ihn verletzt hat. Aber ich kann mich jetzt unmöglich auch noch um seine Gefühle kümmern.

»Hey, Liam, da bist du ja.« Ich erstarre, meinen Blick weiter auf die Insel gerichtet, als ich IHRE Stimme direkt hinter uns höre. »Alles in Ordnung?«

»Ähm, ja«, antwortet Liam hastig, während mir das Blut in den Ohren pulsiert. »Ähm … der Dame hier war etwas übel, aber jetzt geht es schon wieder. Stimmt es?« Ich nicke rasch, ohne in die Richtung meiner Mutter zu sehen.

»Ja, geht wieder. Alles gut«, murmele ich.

»Wir sind fast da«, höre ich Eve sagen, und Liam wendet sich ab. »Ja, alles klar, bin schon unterwegs«, bestätigt er, und ich merke, dass die beiden gemeinsam weggehen.

Unser Ausflugsboot nähert sich dem Pier einer kleinen Ortschaft auf Blueberry Island: Ich erkenne eine Handvoll bunter Holzhäuser und eine weiße Kirche. Längliche Kästen, deren Seiten aus gelben Kunststoffnetzen zu bestehen scheinen – dank Liams Vortrag schließe ich auf Hummerfallen beziehungsweise »lobstah traps« –, stapeln sich am Rande des Piers, wo unser Boot neben ein paar Fischkuttern anlegt.

»Hier bist du ja.« Jette tritt neben mich, und ich spüre ihren prüfenden Blick auf mir. »Du warst plötzlich weg.«

»Ich musste mich übergeben.«

»Seekrank?«

Als ich den Kopf schüttele, scheint meine Schwester sofort zu verstehen. »Sie hat behauptet, keine Kinder zu haben«, stellt Jette leise fest. Ich nicke stumm, weil mir schon wieder heiße Tränen unter den Lidern brennen. Sie legt ihre Finger über meine Hand, die die Reling umklammert, drückt sie sanft.

»Komm, wir machen erst einmal einen Spaziergang über die Insel, ja?«

»Okay«, murmele ich.

Als wir von Bord gehen, ist unsere Mutter gerade in ein Gespräch mit einem älteren Pärchen vertieft, das anscheinend ein paar Fragen zu einer geschützten Falkenart hat. Dankbar, dass sie uns nicht weiter bemerkt, huschen wir an ihr vorbei, über die Gangway hinab, auf den sonnenbeschienenen Pier von Blueberry Island.

Während die anderen Touristen in einer Traube um Liam und unsere Mutter herum durch den winzigen Ort gehen und die Richtung zum Leuchtturm mit seinem Souvenirladen einschlagen, fallen Jette und ich zurück. Langsam schlendern wir die Straße entlang, die den gewichtigen Namen »Main Street« trägt, obwohl sie neben einigen Wohnhäusern lediglich von einem einzigen Laden gesäumt wird: Einem winzigen Lebensmittelgeschäft, das den Auslagen im Schaufenster nach zu urteilen auch wesentliche Dinge wie Äxte, Gummistiefel, Schwimmwesten und Motoröl verkauft und außerdem das Postamt zu beherbergen scheint. Eine Weile stehen wir schweigend vor der Fensterfront und betrachten den bunten Mix aus Waren, ohne ein Wort zu wechseln – und ohne zu wissen, was genau wir vor diesem Geschäft eigentlich wollen. Zumindest ich weiß es nicht, und ich habe meine Zweifel, dass Jette wirklich Interesse an der Gießkanne hat, die sie intensiv begutachtet.

Als die Gruppe um Liam und Eve endlich um eine Wegbiegung verschwunden ist, gehen auch wir langsam weiter.

»Und … erkennst du sie wieder?«, frage ich schließlich. »Ich meine …, wenn du sie irgendwo auf der Straße gesehen hättest, ohne das Eulen-Tattoo erkennen zu können, hättest du dann gewusst, dass es SIE ist?«

Jette starrt nachdenklich in die Vorgärten der Häuser, wo hier und da Wäsche an Leinen in der Meeresbrise flattert, und antwortet schließlich: »Nein, ich glaube nicht. Ich wünschte, ich könnte sagen, dass ich sie sofort erkannt hätte. Aber … ich denke, das hätte ich nicht. Obwohl ich schon irgendwie von … Erinnerungen überrollt wurde, sobald ich ihre Stimme gehört habe.«

»Ja«, wispere ich. »Das war bei mir genauso. Ich musste sofort an LaLeLu denken.«

»Ja«, erwidert Jette und klingt mit einem Schlag genauso heiser wie ich.

»Ich dachte eine Zeit lang, dass ich nur deshalb glaube, mich daran zu erinnern, weil du mir oft davon erzählt hast. Von den Liedern und Gutenachtgeschichten. Aber als ich eben ihre Stimme gehört habe, da war mir klar, dass ich mich irgendwie doch erinnere. Völlig irre, ich war doch erst zweieinhalb!«

Schweigend gehen wir weiter, vorbei an einem Haufen Bojen, die in einer Einfahrt liegen. Sie haben rote und weiße Blockstreifen, und flüchtig muss ich an Liams Erklärung zu den Farbcodes der Hummerfischer denken.

Als der Leuchtturm in Sicht kommt, der auf einer von vereinzelten Felsbrocken und dicht an den Boden gedrückten Büschen übersäten Ebene majestätisch über dem Atlantik thront, bleibe ich stehen. Fragend sieht Jette mich an, aber ich halte meinen Blick auf den weißen Turm gerichtet.

»Willst du jetzt wirklich zu allem Überfluss auch noch unseren Großvater kennenlernen?«

Jette zögert, aber dann nickt sie langsam und sagt: »Ja. Ich denke schon. Zumindest sehen will ich ihn. Du nicht?«

Ich schüttele den Kopf. »Nein. Aber geh du ruhig. Ich warte am Pier.«

»Ach Polly, komm schon, lass mich doch nicht allein gehen.«

»Du musst ja nicht gehen.«

»Doch … doch. Muss ich. Ich brauche das.« Ernst sieht mich Jette an, ich erwidere ihren Blick. Dann nicke ich und sage: »Okay, das verstehe ich. Aber mir ist das heute alles zu viel. Ich habe Angst, dass ich am Ende mitten in den Leuchtturm kotze.« Mit einem schiefen Grinsen zucke ich mit den Schultern und sage: »Geh lieber alleine, und vielleicht kannst du ja diskret ein Bild für mich knipsen. Wir sehen uns auf dem Boot.«

»Okay.« Jette seufzt, und ich merke, dass sie enttäuscht ist. Und dass sie mich nicht versteht. Aber ich verstehe sie ja auch oft nicht.

»Bis später.« Ich wende mich ab und gehe entschlossen zurück, Richtung Hafen.

Als eine Stunde später mein Handy klingelt, sehe ich gerade das Trüppchen rund um Liam und Eve Moore zurück Richtung

Pier kommen. Rasch erhebe ich mich von dem umgedrehten Ruderboot, auf dem ich gehockt und auf den Atlantik hinausgestarrt habe, und entferne mich ein paar Schritte vom Pier, damit mich unsere Mutter nicht sofort sieht. Hastig nehme ich den Anruf entgegen.

»Jette? Wo bist du?«, frage ich alarmiert und halte gleichzeitig nach meiner Schwester in der Gruppe aus Touristen Ausschau. Ich sehe sie nirgendwo.

»Ähm, hör zu, Polly, ich … ich komme heute etwas später zurück.«

»Wie bitte?« Entgeistert starre ich den Stapel aus Hummerkörben vor mir an. »Was soll das heißen? Bist du etwa noch bei …« Ich unterbreche mich, als mir klar wird, dass die Gruppe fast in meiner Hörweite angekommen ist. Rasch wende ich mich ab und frage, leiser diesmal, damit Eve Moore nicht mitbekommt, dass ich Deutsch spreche: »Bist du etwa noch im Leuchtturm? Bei … ihm?«

»Wenn du unseren Großvater meinst: Nein, er war heute gar nicht im Geschäft, sondern nur eine junge Aushilfe. Aber … also, ich bin in der Nähe vom Leuchtturm. Ich habe beim Spazierengehen jemanden kennengelernt.«

Entnervt schließe ich die Augen und atme tief durch. »Jette«, sage ich, so beherrscht wie möglich. »Das kann doch nicht dein Ernst sein! Du … du lernst doch alle naselang jemanden kennen! Du glaubst doch nicht im Ernst, dass hier, auf dieser gottverlassenen Insel, die große Liebe auf dich wartet, oder?«

»Polly, mit dir werde ich garantiert nicht über Liebe diskutieren«, antwortet meine Schwester gereizt.

»Sag mir bitte, dass du dich nicht dem erstbesten Hummerfischer an den Hals geworfen hast!«

Schweigen am anderen Ende. Dann erwidert Jette ruhig:

»Liam weiß Bescheid, ich habe ihm gesagt, dass ich hierbleibe und später mit Owen zurück nach Bar Harbor komme.«

»Owen? Hat der sein eigenes Boot, mit dem er dich bringt, oder was?«

»Ja. Ein Hummerboot.«

»Du machst Witze.«

»Nein. Mache ich nicht. Und jetzt sieh zu, dass du nicht dein Boot verpasst, Polly. Bis später auf dem Campingplatz.«

Ich will noch jede Menge zu meiner völlig bescheuerten Schwester sagen, aber während ich noch Luft hole, legt sie auf.

Ich muss ziemlich aufgewühlt aussehen, denn Liam kommt sofort auf mich zu, als sich die Touristengruppe dem Pier nähert.

»Hat Jette dich erreicht?«, fragt er und bleibt vor mir stehen.

»Ja. Wieso hast du sie nicht daran gehindert, so einen Blödsinn zu machen?«, entgegne ich und stemme vorwurfsvoll die Hände in meine Seiten.

Überrascht zieht Liam seine Augenbrauen in die Höhe und hakt nach: »Was hätte ich denn unternehmen sollen? Deine erwachsene Schwester schultern und zum Boot zurückschleppen, oder woran hast du gedacht?«

»Zum Beispiel!«, zische ich, wütend darüber, dass er zur Krönung dieser Situation auch noch die Frechheit besitzt, nur mit offensichtlicher Mühe ein Schmunzeln zu unterdrücken. Er reibt sich rasch über die Mundwinkel, offenbar um das zu vertuschen, und sagt eilig: »Hey, Polly, deine Schwester ist keine vierzehn mehr und wenn sie …«

»Hör bloß auf, mir meine Schwester zu erklären, Liam!«, fauche ich ihn an. »Du hast keine Ahnung! Jette verliebt sich am laufenden Band in irgendwelche Idioten. Diesmal anscheinend in einen Idioten mit Hummerboot. Ganz toll!«

»Owen ist kein Idiot …«, beginnt Liam noch, aber ich marschiere einfach an ihm vorbei und über die Gangway an Bord des Ausflugsboots. Eilig schiebe ich mich in eine Sitzbank, ziehe meine Baseballmütze tiefer in mein Gesicht und verschränke die Arme schützend vor meiner Brust. Ich will allein gelassen werden, will niemanden mehr sehen oder sprechen, will einfach nur fort von diesem Boot. Nach Hause will ich, ja, nach Stuttgart, in meine heimelige kleine Dachwohnung. Nicht zurück in das furchtbare Zelt – und dann sogar allein! Wer weiß schon, wann Jette zurückkommt? Und jetzt bin ich auch noch ohne sie auf dem Boot, muss ohne sie die ganze Rückfahrt ertragen, muss mir ohne schwesterliche Unterstützung anhören, wie unsere Mutter von brütenden Kormoranen und einer geschützten Falkenart und von Seehunden erzählt. Einmal bleibt Liam neben meiner Bank stehen, aber da ich recht weit in die Mitte gerückt bin und stur meinen Blick gesenkt halte, sehe ich seine Uniform-Hosenbeine bald weitergehen, ohne dass er etwas zu mir gesagt hat. Und das ist gut so. So aufgewühlt wie ich gerade bin, kann ich Liam nicht auch noch gebrauchen.

Endlich legen wir im Hafen von Bar Harbor an. Als ich über die Gangway zum Pier hinabgehe, höre ich vor mir und hinter mir fröhliches Stimmengewirr in verschiedenen Sprachen, alle möglichen Leute, die sich bei den zwei Rangern bedanken. Auch ich murmele mit gesenktem Blick ein »Thank you«, sehe dabei aber weder Liam noch meine Mutter an.

Sobald ich auf dem sonnenbeschienenen Parkplatz ankomme, atme ich erleichtert auf und nehme meine Baseballmütze ab. Verflucht noch einmal, was für ein Albtraum! Mit weichen Knien lasse ich mich auf eine Bank vor einem Souvenirshop sinken und sehe ein paar Minuten lang einfach nur den Menschen zu, die über die Bürgersteige entlang der West Street spazieren, in die Schaufenster der Läden sehen, mit gefüllten

Tüten aus den Geschäften kommen, sich an der Bude schräg hinter mir am Hafen ein Eis kaufen, fröhlich sind.

Verdammt, ich wünschte, ich könnte diesen bezaubernden kleinen Ort genauso unbeschwert genießen!

Mit einem tiefen Seufzer erhebe ich mich schließlich wieder von der Bank, gehe langsam auf unseren Mietwagen zu und überlege gerade, ob ich mir zur Entschädigung für all den seelischen Stress dieses Tages nicht auch ein Eis kaufen soll, als ich Liam und meine Mutter über den Parkplatz kommen sehe. In meine Richtung. Hektisch wende ich mich ab und beginne, in meiner Handtasche zu wühlen, um den Autoschlüssel zu finden und in den Wagen zu steigen. Doch in diesem Augenblick wird mir schlagartig klar, dass ich keinen Autoschlüssel habe.

Den hat Jette. Auf Blueberry Island.

Und dann wird alles noch schlimmer, denn plötzlich höre ich die Stimme, die mir *Wo die wilden Kerle wohnen* vorgelesen hat, fragen: »Geht es Ihnen nicht gut?«

Entsetzt blicke ich auf und starre geradewegs in die Augen meiner Mutter. Eve Moore ist auf der Höhe der Motorhaube unseres Mietwagens stehen geblieben und mustert mich sichtlich besorgt. Vermutlich wirke ich, als hätte ich einen Geist gesehen.

»Ich …«, stammele ich und kann nicht aufhören, in das helle Blau der Augen meiner Mutter zu sehen. Mir wird bewusst, dass jetzt auch sie meine Augen deutlich sehen kann, ganz ohne dunkle Sonnenbrille und tief ins Gesicht gezogene Mütze. Sie zieht die Stirn kraus und legt den Kopf schief, ganz so, als überlege sie, woher sie mich kennt. Mir wird abwechselnd heiß und kalt. Entsetzt starre ich Eve Moore an, dann Liam, der mit alarmiertem Blick neben ihr steht, dann wieder meine Mutter.

»Nein, ich … ähm, mir geht es gut, danke«, stammele ich. »Mir ist nur gerade eingefallen, dass ich etwas … vergessen habe. Ja. Ähm ... das hier ist zwar mein Mietwagen ... aber ich muss noch einmal ... zum ... ähm ... muss weg. Danke nochmals für die tolle Tour! Die war so interessant! Wer hätte gedacht, dass Maine so spannend sein kann?«

Mit einem Lachen, das sich bestimmt nicht nur in meinen Ohren leicht irre anhört, drehe ich mich um und fliehe, ohne eine Reaktion von Eve oder Liam abzuwarten, über den Parkplatz zu dem erstbesten Souvenirgeschäft. In dem Laden reiße ich im Vorbeigehen wahllos zwei T-Shirts von einem Drehständer und flüchte mich damit in eine Umkleidekabine, wo ich hinter dem geschlossenen Vorhang zitternd auf einen Hocker sinke und meinen Kopf in die Hände stütze. Himmel noch mal, wann ist mein Leben eigentlich so furchtbar absurd geworden? Und alles nur wegen Jette!

Oder vielmehr wegen der Frau, die uns vor 29 Jahren verlassen hat, um in Maine ihren Vater zu finden, Biologie zu studieren und Park-Rangerin zu werden.

»Motte?« Als ich Liams Stimme vor der Umkleidekabine höre, zucke ich erschrocken zusammen. Wie hat er mich hier gefunden? Und was, wenn SIE immer noch bei ihm ist?

Kapitel 12

W as willst du?«, frage ich atemlos.
»Kommst du raus?«
»Ist ... ist sie noch da?«
»Nein.«

Zögernd stehe ich auf und schiebe den Vorhang zur Seite. Liam lehnt seitlich an der Wand neben der Umkleide. Er hat seinen Hut abgenommen und fährt sich jetzt mit einer Hand durch sein leicht zerzaustes dunkles Haar.

»Was war denn das gerade?«, erkundigt er sich, und ich kann ihm nicht übel nehmen, dass sich viele feine Lachfältchen um seine Augen bilden – dann jedoch wird er schnell wieder sehr ernst und mustert mich aufmerksam. »Ich habe mir Sorgen um dich gemacht. Dir geht es nicht gut, hmm?«

Dass er mir ins Geschäft gefolgt ist und nachsieht, wie es mir geht, rührt mich zutiefst. Hastig blinzele ich ein paar ungebetene Tränen fort und räuspere mich, bevor ich mit einem heiseren Lachen antworte: »Nein, gut geht es mir wirklich nicht. Das mit ... Eve ... das war alles ziemlich heftig. Und dann auch noch Jette und der Hummerfischer. Und zu allem Überfluss ist mir auf dem Parkplatz gerade klar geworden, dass sie unseren Autoschlüssel in ihrer Handtasche hat. Und die Handtasche ist auf Blueberry Island, gemeinsam mit meiner liebestollen Schwester.«

Liam rollt die Augen himmelwärts und fährt sich mit einem

Geräusch, das halb Stöhnen, halb Lachen ist, über das Gesicht. »O Mann. Schwestern sind manchmal echt eine Strafe. Ich kann da auch ein Lied von singen.«

»Ist deine zufällig mit einem Hummerfischer verheiratet?«

Mit einem breiten Grinsen schüttelt Liam den Kopf. »Nein, sie ist mit niemandem verheiratet, weil kein Mann sie länger als zehn Minuten erträgt.«

Trotz meiner desolaten Situation muss ich auflachen. Liam schmunzelt ebenfalls, und dann meint er: »Also, da du bestimmt nicht am Hafen warten willst, bis deine Schwester irgendwann auf Owens Hummerboot auftaucht, würde ich vorschlagen, dass du … na ja, du könntest erst einmal mit zu mir kommen.«

Meine Augenbrauen schießen in die Höhe, als ich ihn groß mustere. Liam wird tatsächlich wieder eine Spur rot und hebt mit einem Lachen abwehrend die Hände. »Keine Sorge, Motte, es ist nicht so, wie du jetzt wieder denkst. Ich biete dir nur an, bei mir zu warten, bis Jette zurück in Bar Harbor ist. Izzy ist zwar noch bei meiner Mutter, aber sie wird auch bald nach Hause kommen.« Er macht eine kurze Pause und fügt dann mit einem Zwinkern hinzu: »Und ich habe keine Adirondack-Stühle.«

»Schade«, kontere ich, während mein Herz schneller schlägt.

»Ich kann dich natürlich auch zum Campingplatz bringen«, meint Liam zögerlich, und ich werfe hastig ein: »Ach was, mach dir bloß keine Umstände. So eilig habe ich es nicht, zurück in unser Zelt zu kommen!«

»Dabei ist das so ein schönes Zelt«, bemerkt Liam und wirkt ein wenig gekränkt.

»Ja, ein tolles Zelt. Trotzdem würde ich lieber bei dir warten, wenn es dir nichts ausmacht.« Ich möchte nämlich wirklich gern sehen, wo Liam und Izzy wohnen. Und allein in der Wildnis zu sitzen und auf meine Schwester zu warten, das steht ganz weit unten auf meiner Prioritätenliste.

»Es macht mir nichts aus.«

Erleichtert greife ich nach meiner Handtasche, bevor ich mich aus der Umkleidekabine schiebe. Liam ist ernst geworden und bewegt sich nicht zur Seite, obwohl ich jetzt sehr dicht neben ihm stehe. Ich merke genau, dass sein Blick flüchtig zu meinen Lippen wandert, und auch ich muss schon wieder seinen Mund anstarren, der sich jetzt zu einem Schmunzeln verzieht.

»Na, komm, dann lass uns lieber fahren«, meint Liam und wendet sich abrupt ab.

»Bevor wir uns vergessen und in der Umkleidekabine unanständige Dinge tun?«

Habe ich das gerade wirklich laut gesagt?

Liam scheint sich das auch zu fragen, denn er bleibt stehen und dreht sich mit ungläubigem Gesichtsausdruck halb zu mir um.

»Du übersetzt eindeutig zu viele Erotikromane«, sagt er dann mit einem leichten Kopfschütteln und lacht heiser auf. Dieses Lachen schickt einen Schauer bis in meine Zehenspitzen – und in andere Gegenden meines Körpers, was wirklich nicht hilfreich ist. Besonders, weil Liam ja leider absolut nicht vorhat, mit mir in der Umkleidekabine zu verschwinden. Stattdessen bedenkt er mich mit einem Blick, aus dem eine Mischung aus Ungläubigkeit und Belustigung und … ja, und auch eine Spur Verlangen spricht, das sehe ich genau. Aber er sagt nichts weiter, sondern wendet sich lediglich zum Gehen. Schweigend folge ich ihm, bis wir in seinem gelben Jeep sitzen und er den Motor anlässt. Sofort brüllt uns die Musik förmlich aus den Lautsprechern entgegen, und ich zucke zusammen, während Liam hektisch am Regler dreht.

»Entschuldige, Izzy wollte eben ihren Lieblingssong sehr laut hören«, murmelt er und lenkt den Jeep vom Parkplatz.

»›Dancing Queen?‹«, frage ich begeistert und wippe im Takt der Musik mit, während ich auf das Display des iPods sehe und die vier Schweden darauf betrachte.

»Ja«, erwidert Liam mit einem gequälten Lächeln. »Meine Tochter ist ein riesiger ABBA-Fan. Das hat meine Mutter zu verantworten, sie hat Izzy damit infiziert.«

»Hey, aber wie kann man ABBA denn auch nicht mögen?«, frage ich gut gelaunt und drehe die Lautstärke wieder auf. Mit einem Schlag hören meine Gedanken auf, nur um meine eigene Mutter und Jette zu kreisen, und ich singe mit Anni-Frid und Agnetha um die Wette. Selbst Liam beginnt, mit einer Hand den Takt aufs Lenkrad zu klopfen, und ich sehe, dass er mich hin und wieder belustigt von der Seite mustert.

Wir fahren durch die belebten Straßen, auf deren Gehwegen sich die Touristengruppen vorwärts schieben, doch je weiter wir uns von der Hafengegend mit ihren Restaurants und Pubs entfernen, desto ruhiger wird es. Nach einer Weile lenkt Liam den Jeep in eine friedliche Seitenstraße. Neugierig betrachte ich die Häuser, die links und rechts der Straße in gepflegten Gärten stehen, bis wir vor einem weißen Zaun verlangsamen.

»So, hier wären wir.« Schwungvoll biegt er in eine schmale Einfahrt, die zu beiden Seiten von blühenden Heckenrosen- büschen gesäumt wird. Interessiert beuge ich mich vor und betrachte das Haus. Es ist kleiner als die Häuser links und rechts, aber mit seiner weißen Holzverschalung, den Spros- senfenstern und dem gemauerten Kamin versprüht es reichlich Charme.

»Hübsch!«, erkläre ich und steige aus. Auch Liam hat den Wagen bereits verlassen und betrachtet sein Haus mit schief gelegtem Kopf.

»Hmm, ja, es ist okay. Hätte dringend mal wieder ein biss- chen Farbe nötig, und die Fenster sind nicht wirklich dicht, weshalb wir uns im Winter oft in die Karibik wünschen, aber hübsch ist es schon, ja.« Er sieht mich an und grinst jungenhaft. »Willst du es von innen sehen?«

»Na klar!«

»Dann komm.« Er geht die Stufen zur Haustür hinauf, die in einem dunklen Blau gestrichen ist und einen Türklopfer in Form eines Ankers hat. Liam geht voraus, in den Flur seines Hauses. Von hier führt eine Treppe in den ersten Stock, aber wir gehen in das gemütliche Wohnzimmer, in das ich mich schlagartig verliebe: Vor dem Kamin aus Natursteinen steht ein abgewetztes dunkelbraunes Ledersofa, auf dem eine zerwühlte Wolldecke, ein paar helle Kissen und eine aufgeschlagene Tageszeitung liegen. Auf dem Beistelltischchen stapeln sich diverse Bücher – ich erkenne ein paar dünnere Bücher mit pink-farbenem Cover, die alle zu einer Serie rund um ein Mädchen und seinem Pony zu gehören scheinen und offensichtlich Izzys sind, während der dicke Thriller, der dazwischen liegt, anschei-nend Liams Lektüre ist. Auf dem Teppich vor dem Kamin ist der Inhalt einer Puzzleschachtel ausgebreitet und befindet sich in der Gesellschaft einiger Barbie-Kleider und einer nackten Ken-Puppe. Auf dem Kaminsims entdecke ich ein gerahmtes Foto, das Liam und Izzy gemeinsam mit drei anderen Leuten zeigt. Als ich verstohlen einen Schritt auf den Kamin zuma-che, erkenne ich Linda, die neben Liam steht und einen Arm um Izzys Schulter gelegt hat. Neben ihr ist ein älteres Ehepaar zu sehen, mit Sicherheit Liams und Lindas Eltern. Das Grüpp-chen steht vor einem festlich dekorierten Weihnachtsbaum, und Izzy trägt eine Weihnachtsmannmütze. Neugierig halte ich nach weiteren Familienfotos Ausschau und muss mir eingeste-hen, dass ich auf der Suche nach einem Bild von Izzys Mutter bin – aber ich kann keines entdecken. An den Wänden hängen gerahmte Fotografien von wunderschönen Herbstlandschaften, und ich gehe stark davon aus, dass diese farbenprächtigen Bäume mit ihrem Laub in leuchtendem Rot und flammendem Gelb im Acadia National Park aufgenommen worden sind.

Den Übergang zwischen Wohnbereich und offener Küche bildet ein großer Holztisch, dessen Platte man deutlich ansieht, dass auf ihr schon etliches Geschirr hin- und hergeschoben worden ist, dass ein Kind auf ihr gemalt hat, dass Briefe und Einkaufslisten darauf geschrieben wurden und mal ein Gegenstand mit spitzen Ecken zu heftig abgesetzt worden ist. Ich liebe solche Tische, die davon zeugen, dass sie Teil eines turbulenten Alltags sind. Die eine Geschichte zu erzählen haben.

»Sorry, ist nicht sehr aufgeräumt«, murmelt Liam hörbar verlegen und schnappt sich zwei Tassen und einen krümelbedeckten Teller, die vermutlich noch vom Frühstück auf dem Tisch stehen.

»Das stört mich kein bisschen«, versichere ich ihm und beobachte belustigt, wie er in die Küche verschwindet und dort offenbar versucht, die Geschirrstapel neben dem Spülbecken etwas ordentlicher zurechtzurücken.

»Heute Morgen war es ein bisschen hektisch, weil Izzy unbedingt Pfannkuchen backen wollte, und, tja, sie kann das zwar schon, aber danach sieht es hier aus, als hätte ein Schwarzbär auf der Suche nach Honig unsere Küche auseinandergenommen. Möchtest du einen Kaffee haben?«

»Gern.« Ich folge Liam in die Küche und lehne mich gegen die hellblauen Unterschränke. »Ihr habt es wirklich schön hier«, stelle ich fest, während mein Blick über zahlreiche bunte Kinderzeichnungen wandert, die mit Magneten am Kühlschrank festgemacht sind. Izzy scheint wirklich eine große Vorliebe für die Natur im Nationalpark zu haben: Auf fast allen Bildern sind Wald und Seen zu erkennen, ein Kind im Kanu, ein Mann in Ranger-Uniform, ein Elch – und ein Bär, der neben einem Zelt steht.

Liam drückt ein paar Knöpfe an dem Kaffeevollautomaten, und das Getränk beginnt, zischend und röchelnd in eine Tasse zu fließen.

»Wie trinkst du deinen Kaffee?«

»Mit viel Milch und wenig Zucker, bitte«, antworte ich, ohne meinen Blick von dem Bären zu lösen.

»Die Szene hat Izzy sich ausgedacht«, höre ich Liam sagen und merke, dass er plötzlich dicht neben mir steht.

»Wirklich?«, frage ich mit einem nervösen Lachen. »Oder behauptest du das nur, weil du nicht willst, dass ich erfahre, wie viele Camper schon von Bären gefressen wurden?«

Mit einem breiten Lächeln schüttelt Liam den Kopf. »Es wurde noch nie ein Camper im Acadia National Park von einem Bären gefressen«, sagt er mit Nachdruck. »Und die meisten Camper bekommen auch nie einen zu Gesicht.«

»Aber du hast schon Bären dort gesehen?«

»Ja, klar.« Er zuckt mit den Schultern, als wäre das das Normalste der Welt. »Hin und wieder macht sich mal ein Bär über eine Mülltonne her, und dann vertreiben wir Ranger ihn. Aber es ist noch nie zu einem Angriff auf einen Menschen gekommen. Glaub mir.«

»Hmm«, murmele ich, während ich mich plötzlich frage, warum Liam so dicht neben mir steht. Abwartend sehe ich ihn an. Er erwidert meinen Blick mit einem Schmunzeln und fragt schließlich: »Würdest du mich bitte mal an die Kühlschranktür lassen? Ich muss die Milch für deinen Kaffee rausholen.«

»Oh. Ja, klar.« Eilig trete ich zur Seite und tue rasch so, als hätte ich nie damit gerechnet, geküsst zu werden, indem ich aufmerksam ein Foto von Izzy betrachte, das zwischen den Kinderzeichnungen am Kühlschrank hängt.

»Wann ist Izzys Mutter gestorben?« Die Frage bricht ganz plötzlich aus mir hervor, und ich erschrecke mich selbst ein bisschen, als die Worte auf einmal zwischen Liam und mir in der nach Kaffee duftenden Luft hängen. Ich merke, dass er kurz in der Bewegung erstarrt, bevor er mit der Milch zu meiner wartenden Kaffeetasse geht. Seine Stimme klingt gepresst, als er sagt: »Ähm ... als Izzy ein Baby war.«

Erschüttert starre ich ihn an. Er erwidert meinen Blick nicht, sondern gießt konzentriert Milch in meine Tasse. »Das ... das tut mir so leid«, murmele ich und sehe, wie seine Kiefermuskulatur arbeitet.

»Ist lange her«, brummt er.

»Ja ... aber es muss hart gewesen sein, plötzlich ganz allein mit einem Baby zu sein ...«

»Ja«, sagt er mit belegter Stimme und räuspert sich. Dann sieht er mich doch an und fügt ernst hinzu: »Das war es. Es war hart.«

»Wie ... wie ist sie gestorben?«, hauche ich.

Liam schaut mich gequält an, schließt eine Sekunde lang die Augen und wendet sich ab, die Milch noch in der Hand. Ich verfluche mich dafür, die Stimmung, die eben noch lockerleicht war, so zu verderben, aber mich interessiert das wirklich brennend.

»Autounfall«, murmelt er, während er die Milch auf die Anrichte stellt und nach einem Zuckertopf greift. Ich sauge scharf die Luft ein und will atemlos nachhaken, ob es hier in Bar Harbor passiert ist und ob er dabei war – aber ich bremse mich, als ich den Ausdruck auf Liams Gesicht sehe. Er rührt einen Löffel Zucker in meine Tasse und reicht sie mir dann. Es ist mehr als deutlich, dass er nicht weiter darüber sprechen will. Ich schlucke und nehme ihm mit einem leisen »Danke« den Kaffee ab. Schweigend nippe ich an der Tasse und beobachte, wie Liam erneut am Kaffeevollautomaten hantiert. Während der Kaffee in eine zweite Tasse läuft, wendet er sich mir zu und

fragt: »Warum bist du eigentlich vorhin nicht mit zum Leuchtturm gekommen?«

Nun ist es an mir, ihn gequält anzusehen, bevor ich einen
großen Schluck Kaffee nehme, um Zeit zu schinden. »Es war
mir zu viel«, sage ich schließlich leise und starre in meine Tasse.
»Erst meine Mutter … und dann auch noch die Aussicht auf
einen Großvater, von dem ich bis heute Morgen nichts geahnt
hatte. Ich hatte einfach Angst.« Mit einem schiefen Lächeln
sehe ich Liam an. Er nickt verständnisvoll. »Dass Benjamin
Moore heute gar nicht im Geschäft war, konnte ich ja nicht
ahnen«, füge ich mit einem heiseren Lachen hinzu. »Aber ich
war auch einfach froh, ein wenig Abstand zu IHR zu bekommen.«

»Hast du sie denn … wiedererkannt?« Liam schaut mich
ernst an.

»Irgendwie ja«, wispere ich, während sich der Knoten in
meinem Hals schon wieder zuzuschnüren beginnt. »Verrückt,
nach so vielen Jahren, oder? Ich hatte zum Beispiel geglaubt,
mich nicht an ihre Stimme zu erinnern. Aber als ich sie dann
sprechen gehört habe, war es wie ein Déjà-vu. Ich bekomme
immer noch Gänsehaut, wenn ich daran denke. Dabei war ich
erst zweieinhalb, als sie gegangen ist! Man sollte doch meinen,
dass ich mich an so ein Detail aus meiner frühesten Kindheit
gar nicht erinnern dürfte, oder?«

»Das muss wirklich heftig sein«, murmelt Liam und starrt in
seine eigene Tasse. »Nach so vielen Jahren.«

»Ja. Weißt du, ich habe mir in all den Jahren eingeredet,
dass ich sie nicht vermisse und dass ich sie, wenn sie plötzlich
wieder auftauchen sollte, gar nicht mehr in meinem Leben
würde haben wollen. Das … das war meine Art, das Ganze
zu verarbeiten.« Ich hole tief Luft, weil ich das noch nie einem
Menschen gestanden habe. Leise wispere ich: »Ich habe in der

Grundschule sogar mal behauptet, meine Mutter sei gestorben. Mit dem Gedanken kam ich besser klar als mit der Tatsache, dass sie irgendwo ein Leben ohne uns lebte.«

Tränen schleichen sich in meine Augen, während ich Liam ansehe. Ich merke, dass er mich sichtlich bewegt anstarrt, was die Tränen noch mehr anspornt. Fast verärgert schiebe ich meine Tasse auf die Arbeitsfläche und wische mir mit beiden Händen unter den Augen entlang. »Jette war da anders«, schniefe ich und lache erstickt auf. »Sie hat immer allen erzählt, dass unsere Mutter eine Weltreise macht und irgendwann zu uns zurückkommt.«

»Hey«, murmelt Liam, stellt seine Tasse ebenfalls ab und kommt auf mich zu. Ohne große Umschweife zieht er mich in seine Arme. Dankbar presse ich mein Gesicht in sein graues Uniformhemd, inhaliere tief den Duft nach Waschmittel und nach Meer – und nach ihm. Seine Hände legen sich warm und fest auf meinen Rücken, drücken mich eng an ihn. Ein paar Herzschläge lang bleibe ich ganz still stehen, dann hebe ich mein Gesicht, sehe zu ihm hoch. Er erwidert meinen Blick ernst, und als er sich endlich langsam zu mir herabbeugt, atme ich erleichtert auf und recke mich ihm eilig entgegen. Doch gerade als sich unsere Lippen berühren, gerade als mir ein wohliger Schauer bis in die Zehenspitzen schießt, gerade als mich Liam rücklings gegen die Kühlschranktür schiebt und ich die Magnete in meinem Rücken spüre, gerade als ich mich mit einem Stöhnen gegen ihn presse … gerade da hören wir Geräusche im Flur.

»Daddy!«, ruft eine Kinderstimme und lässt uns auseinanderfahren, als hätten wir uns aneinander verbrannt. Schwer atmend sieht Liam mich an.

»Verdammt, wir wollten das doch nicht mehr machen!«, murmelt er schuldbewusst, bevor er sich abwendet und laut ruft: »Wir sind in der Küche!«

»Falsch. DU wolltest das nicht mehr machen«, wispere ich, nach Luft ringend. Liam wirft mir einen strengen Blick zu, der mich kichern lässt.

»Wer ist ›wir‹?«, kommt Izzys Antwort, während sich schnelle Schritte über die Holzdielen nähern. Ich muss grinsen, weil ihre Frage irgendwie so erwachsen klingt. Im nächsten Moment biegt sie um die Ecke und mustert mich erstaunt, bevor Liam sie in seine Arme zieht und ihr einen dicken Kuss auf die Stirn drückt.

»Hi, Prinzessin. Wie war dein Tag mit Gran?«

»Gut. Was machst du hier?« Sie sieht mich ernst an, und ich spüre heiße Unsicherheit in mir emporkriechen und meine Wangen rot färben. Die Vorstellung, was in dem Kinderkopf jetzt gerade vor sich geht, gefällt mir nicht. Denkt die Kleine womöglich, dass ich hinter ihrem Vater her bin? Dass ich darauf aus bin, ihre Stiefmutter zu werden? Oh nein, bitte nicht!

»Polly wartet hier, bis ihre Schwester von Blueberry Island zurück ist, weil sie keinen Autoschlüssel hat«, erklärt Liam ruhig.

Ernst mustert mich Izzy, und ihr kluger Kinderblick geht mir durch und durch. Nervös greife ich wieder nach meiner Kaffeetasse.

»Gestern Abend hattest du keine Taschenlampe und nicht einmal ein Telefon, und jetzt hast du keinen Autoschlüssel?« Izzy sieht mich so ratlos an, dass ich grinsen muss.

»Unglaublich, oder?«, seufze ich auf.

»Hi, Liam!«, hören wir in dem Moment eine Frauenstimme im Flur.

»Mom, wir sind in der Küche!«

Oh. Warum ich auf einmal so nervös bin, weiß ich auch nicht. Als eine grauhaarige Frau mit Pferdeschwanz und Shorts auf Turnschuhen um die Ecke biegt, sehe ich ihr neugierig entgegen.

»Ah, da seid ihr ja! Hi, Schatz, wie geht es dir?« Die Frau strahlt Liam an, als sie mich entdeckt. »Oh, du hast Besuch?« Erstaunt wandert ihr Blick von mir zu ihrem Sohn, dann zurück zu mir.

»Hi!«, sage ich betont fröhlich, während mir das Herz aus Gründen, die ich nicht erklären kann, bis zum Hals schlägt. »Ich bin Polly.«

»Hi, ich bin Jane.« Liams Mutter geht an ihrem Sohn vorbei und reicht mir die Hand. Ihr Händedruck ist kräftig, und der Blick aus ihren Augen, die so grün sind wie Liams und Izzys, scheint bis in mein Innerstes vorzudringen – aber nicht auf eine unangenehme Art. Vielmehr ist Jane wohl einer dieser Menschen, die sehr viel mitbekommen, ohne danach fragen zu müssen.

»Ich habe schon viel von dir gehört, Polly.«

»Tatsächlich?«, hake ich nach und sehe Liam erstaunt an. Der hebt die Hände und beteuert rasch: »Also … nicht von mir.«

Ich muss lachen, weil er so verlegen wirkt. Auch seine Mutter schmunzelt, als sie klarstellt: »Izzy hat heute, beim Blaubeeren pflücken, davon erzählt, dass deine Schwester und du im Nationalpark zeltet, weil ihr kein Hotelzimmer mehr bekommen habt. Und dass ihr gestern Nacht vom Felsplateau gerettet werden musstet.«

Jetzt bin ich es, die verlegen grinst. »Tja … ja, genau so war es leider.«

»Und jetzt wartet Polly hier auf ihre Schwester, die noch auf Blueberry Island ist und den Autoschlüssel hat«, erklärt Izzy ihrer Großmutter ernst.

»Genau«, bestätige ich. »Dein Dad hat mir freundlicherweise solange Unterschlupf gewährt.«

»So, so.« Ein amüsiertes Lächeln spielt erneut um Janes

Lippen und erinnert mich sehr an Liams übliches Schmunzeln. »Hat er das. Wie nett.« Der Blick, den sie ihrem Sohn zuwirft, entgeht mir nicht, und ich merke genau, dass Liam mal wieder eine Spur rot wird und die Augen himmelwärts rollt.

»Kaffee, Mom?«

»Nein, danke, mein Schatz, ich muss weiter. Dein Vater hat mir versprochen, morgen endlich mein Gewächshaus zu vergrößern, und ich will noch in den Baumarkt, um die nötigen Materialien zu besorgen, damit er wirklich keine Ausrede mehr hat.« Sie zwinkert Liam zu, und er lacht auf.

»Na, dann will ich dich nicht aufhalten. Hat Izzy sich benommen?«

»Aber klar«, meint Jane gut gelaunt und zieht ihre Enkelin, die immer noch in der Küche steht und nicht aufhört, mich ernst zu betrachten, fest an sich. »Wir hatten viel Spaß und haben kiloweise Beeren gesammelt und zig Gläser Marmelade eingekocht, stimmt's, Süße? Ich bringe euch in den nächsten Tagen einige vorbei. Izzy, vergiss nicht, dass du die Etiketten beschriften und mit Blaubeeren bemalen wolltest. Die Bögen sind in deiner Tasche.«

»Ja, mache ich, Gran!« Erleichtert merke ich, dass Izzy endlich Ablenkung zu finden scheint und mich nicht länger fixiert. Sie stürmt ins Wohnzimmer, wo sie ihre Tasche auf den Holztisch gepfeffert hat.

Jane wirft mir einen Blick zu und lächelt ein seltsam wissendes Lächeln, als sie sagt: »Dir alles Gute, Polly. Vielleicht sehen wir uns ja noch einmal. Und deine Schwester würde ich auch gern mal kennenlernen!«

Nachdem sie Liam einen Kuss auf die Wange gedrückt hat, verlässt Jane die Küche. »Das war also deine Mom«, sage ich und betrachte Liam mit schief gelegtem Kopf. Er erwidert meinen Blick und nickt.

»Ja, das war sie.«

In dem Moment meldet sich mein Telefon piepsend mit einer neuen Nachricht, und ich ziehe es aus meiner Handtasche hervor, die ich auf die Küchenanrichte gelegt habe. Eine SMS von Jette: »*Hi Polly, ich esse noch mit Owen zu Abend. Versuche, spätestens um 22 Uhr am Zeltplatz zu sein.*«

Ich atme tief ein und aus und tippe zurück: »*Du musst mich am Hafen treffen, du hast nämlich den Autoschlüssel.*«

Ziemlich schnell kommt Jettes Antwort: »*O nein, daran habe ich gar nicht gedacht!*« Nein, denke ich mit einem fassungslosen Kopfschütteln. Natürlich nicht. »*Aber kann dich Liam nicht zum Campingplatz fahren?*«

»Alles okay?«, erkundigt sich Liam, als er mitbekommt, wie ich aufgebracht die nächste Nachricht tippe.

»Alles bestens«, gebe ich in sarkastischem Tonfall zurück, was ihn amüsiert auflachen lässt.

»Sie bleibt nicht über Nacht auf der Insel, oder?«

Mit einem Schnauben schüttele ich den Kopf und murmele: »Das wäre echt die Krönung«, während ich schreibe: »*Liam macht auch so schon genug für uns. Ich warte jetzt bei ihm und Izzy darauf, dass du deinen A … endlich zurück ans Festland bewegst.*«

Wenige Sekunden später kommt Jettes Antwort: »*Schön, dass du dich für mich freust! Owen ist übrigens wirklich sehr, sehr nett! Ein ganz toller Mann! Und dass du Zeit mit Liam und Izzy verbringst, ist doch ganz fantastisch!!!*«

»*Freut mich SEHR, dass Owen so ein toller Mann ist*«, tippe ich mit zusammengebissenen Zähnen zurück und ignoriere den Teil mit Liam und Izzy. »*Aber nicht vergessen: Nicht seine Boje anfassen!*«

Kurz muss ich bei meinen eigenen Worten grinsen, bis mir wieder einfällt, wer heute an Bord des Ausflugsboots dabei war, als Liam von den Hummerbojen erzählt hat: unsere Mutter. Und bei der Erinnerung an den Blick aus Evas hellblauen Augen wird mir mit einem Schlag wieder schlecht.

Mit leicht zitternder Hand lege ich das Telefon auf die Anrichte, sehe gerade noch, dass Jette ein »*Ha, ha, ha*« zurückschreibt, dann muss ich mich setzen. Ich lasse mich auf den Küchenboden sinken und stütze den Kopf in meine Hände.

»Hey, geht es dir nicht gut?« Liam klingt sehr besorgt, als er rasch näher kommt und sich neben mich hockt. Ich sehe auf und lächele ihn schief an.

»Mir ist nur gerade etwas schwindelig. Das heute war einfach alles zu viel. Wird schon wieder.«

»Warte, ich gebe dir erst einmal ein Glas Wasser. Hast du Hunger?«

»Ähm … ja«, erwidere ich zögernd, und dann wird mir klar, dass ich den ganzen Tag noch nichts Richtiges gegessen habe, wenn man mal von den Keksen heute Morgen im Auto absieht – aber die sind ja auf dem Boot wieder rausgekommen. Als ich das laut ausspreche, sieht mich Liam, der mir gerade ein Glas Wasser an der Spüle einschenkt, fassungslos an.

»Kein Wunder, dass dir schwindelig ist«, sagt er mit einem Kopfschütteln. Er reicht mir das Glas und betrachtet dann ein wenig unschlüssig seinen Kühlschrank, als könne er durch die geschlossene Tür hindurchsehen und feststellen, was er im Haus hat, aus dem sich ein Abendessen zaubern lassen könnte. Schließlich scheint er zu dem Schluss zu kommen, dass sich nicht viel Geeignetes hinter der Tür verbergen kann, denn er sieht wieder zu mir hinunter und fragt: »Was hältst du von den besten ›Scallops & Chips‹ von ganz Maine?«

Ratlos sehe ich zu ihm hoch. Dass »Scallops« Jakobsmuscheln sind, weiß ich, aber mir ist nicht ganz klar, ob er auf seine eigenen Kochkünste anspielt, oder …

»Schau mich nicht so entsetzt an, ich meine nicht, dass ich die für dich koche«, sagt Liam und grinst mich an. »Wobei ich durchaus in der Lage bin zu kochen. Meine Fischpfanne à la Liam kann sich sehen lassen, aber leider gibt unser Kühlschrank heute Abend nicht viel her. Und die besten Scallops & Chips von ganz Maine bekommt man sowieso nicht bei mir, sondern im Lobster Shack am Hafen. Hast du Lust?«

»Na klar!«, sage ich und greife dankbar nach seiner Hand, die er mir reicht, um mir vom Boden in die Höhe zu helfen.

»Lobster Shack?«, ertönt Izzys Stimme, und sie taucht in der Küche auf. »Kann ich mitkommen?«

»Natürlich, ich lasse dich doch nicht allein hier«, lacht Liam. Izzys Blick hängt durchdringend an mir, und fast befürchte ich, dass sie etwas wie »Aber DIE kommt nicht mit, oder?« von sich geben wird, aber sie sagt nur: »Cool!«, und ich atme verstohlen auf.

Kapitel 13

Im Lobster Shack ist viel los, stellen wir fest, als wir zwanzig Minuten später zu Fuß dort ankommen. Der Spaziergang durch die teils ruhigen, schmalen Seitenstraßen und schließlich die nach wie vor belebte Main Street entlang hat mir gutgetan, die Meeresbrise scheint Schwindel und quälende Gedanken fortgepustet zu haben. Aber sie hat auch meinen Appetit angeregt, sodass mein Magen nun heftig grummelt, als wir das urige Restaurant in dem leicht windschiefen Holzgebäude direkt am Hafen betreten. Überall hängen Fischernetze und Bojen von der niedrigen Decke herab, und unwillkürlich frage ich mich, ob die Fischer, denen die Farbcodes auf den Bojen mal gehörten, nicht mehr leben oder ob sie dem Restaurant die Erlaubnis gegeben haben, ihre Bojen zur Dekoration zu verwenden. Und dann muss ich wieder an Jette und ihren Hummerfischer auf Blueberry Island denken, an unseren Großvater auf der Insel, den ich heute nicht zu Gesicht bekommen habe, und natürlich auch wieder an unsere Mutter.

Um nicht erneut zusammenzubrechen, verdränge ich diese Gedanken rasch und wende meine Aufmerksamkeit Liam zu, der gerade mit einer Kellnerin spricht. Die junge Frau scrollt mit kritischem Blick über ihr Tablet, das so gar nicht in den altmodisch urigen Charme dieses Lokals passt. Dann eilt sie mit einem »Mal sehen, ob sich da was machen lässt …« davon, um sich mit einer Kollegin zu beraten, und winkt uns schließlich zu, damit wir ihr zu einem Tisch folgen. Wir gehen durch das volle Lokal, wo neben vielen Touristen auch einige Einheimische zu sitzen scheinen, zumindest wird Liam von mehreren Leuten im Vorbeigehen begrüßt. Und ich werde sehr neugierig beäugt, das entgeht mir genauso wenig.

»Danke dir, Cat«, sagt Liam zu der jungen – und ziemlich attraktiven – Kellnerin, als wir an einem Tisch draußen auf der Veranda ankommen.

»Kein Problem«, erwidert Cat mit einem breiten Lächeln, das zwei Reihen unnatürlich weißer Zähne entblößt. »Ich bringe euch gleich die Speisekarten.«

Auch sie beäugt mich, allerdings eher kritisch als nur neugierig, und geht dann mit einem energischen Wippen ihres Pferdeschwanzes davon. Liam und Izzy setzen sich auf die eine Seite des Tisches, ich nehme Liam gegenüber Platz. Warum ich in der Gegenwart seiner Tochter immer noch so befangen bin, kann ich mir nicht recht erklären. Seit wann verunsichern mich Achtjährige so sehr? Nun gut, so viele Achtjährige kenne ich außer Izzy nicht. Im Grunde genommen kenne ich gar keine. Dabei ist es nicht so, dass ich keine Kinder mag. Allerdings kann ich mir nicht vorstellen, selbst welche zu haben. Vermutlich weil ich davon ausgehe, keine gute Mutter sein zu können – aus Gründen, die auf der Hand liegen.

»Wirklich schön hier«, bemerke ich, um irgendetwas zu sagen, und lasse meinen Blick über den Hafen wandern. Ich merke, dass die Veranda des Restaurants auf Pfählen in die Hafenbucht hinausragt. Gerade scheint Ebbe zu sein, denn der Wasserpegel ist sehr niedrig, und einige der Fischerboote, die ich von hier erkennen kann, befinden sich ein ganzes Stück tiefer als die Kante des Piers, an dem sie mit langen Leinen festgemacht sind. Der Geruch nach Salzwasser und Algen hängt in der Luft und mischt sich mit dem köstlichen Duft nach frittiertem Fisch, der mich noch hungriger macht. Cat bringt die Speisekarten, und ich vertiefe mich darin, dankbar, etwas zu tun zu haben. Liam und Izzy wissen schon, was sie essen wollen, und als auch ich mich für die von Liam angepriesenen Scallops & Chips und ein Glas Weißwein entschieden habe, nimmt Cat unsere Bestellung auf und verschwindet dann. Izzy hat ihr Rangernotizbuch dabei, und während wir warten, beginnt sie, darin zu schreiben und zu malen. Ich lächle Liam über den Tisch hinweg an und bemerke: »Und ich dachte, heutzutage würden alle Kinder im Restaurant nur noch vor einem Smartphone hocken.«

Izzy blickt auf, noch bevor ihr Vater reagieren kann, und erklärt ernst: »Dad gibt mir im Restaurant nie das Telefon. Nie. Und im Auto auch nicht.« In ihrer Stimme schwingt eine Spur Vorwurf mit, aber eigentlich klingt sie so, als habe sie sich damit abgefunden. »Stimmt genau«, sagt Liam. »Man muss auch mal warten und sich langweilen oder sich halt selbst beschäftigen können.« Er sieht mich mit einem schiefen Grinsen an. »Jetzt hältst du mich wahrscheinlich für einen superstrengen Übervater.«

»Überhaupt nicht«, widerspreche ich. »Ich finde auch, dass zu viel vor dem Bildschirm zu hocken nicht gut ist. Selbst wenn ich es für meinen Job ständig machen muss.«

»Wie läuft denn deine Übersetzung?« Liams Blick sagt mir genau, dass er sich noch deutlich daran erinnern kann, was für einen Text ich gerade übersetze, und mir wird bei dem amüsierten Funkeln in seinen Augen ziemlich warm. Was würde ich darum geben, jetzt wieder von ihm an einen Kühlschrank gepresst zu werden! Um mich von diesen Gedanken abzulenken, sage ich rasch: »Na ja, ich komme momentan nicht viel zum Arbeiten. Außerdem dürfte Liams Akku fast leer sein, und um den zu laden, muss ich erst einmal zum Klohäuschen auf dem Campingplatz gehen und ...«

»Mein Akku?«

Verwirrt sehe ich ihn an, und dann wird mir klar, dass mir tatsächlich der Name, den ich meinem Laptop gegeben habe, herausgerutscht ist. Peinlich berührt senke ich den Blick. »Ähm … ich nenne meinen Laptop Liam. Und das schon seit langer Zeit. Nicht erst … seit ich dich kenne.«

Liams Schmunzeln vertieft sich, als er sein Kinn auf eine Hand stützt und mich eingehend betrachtet, als sähe er mich zum ersten Mal. Mir wird bewusst, wie gut er heute Abend aussieht. Natürlich ist er immer ziemlich attraktiv, aber heute sehe ich ihn zum ersten Mal weder in seiner Uniform noch in der formellen dunkle-Hose-weißes-Hemd-Kombi, in der ich ihn kennengelernt habe. Bevor wir vorhin das Haus verlassen haben, hat er seine Ranger-Kluft gegen Bluejeans und ein weißes T-Shirt getauscht, auf dem ein leicht verwaschener roter Hummer und die Worte »Maine Lobstah« zu sehen sind, in Anspielung auf den speziellen hiesigen Dialekt. Sein dunkles Haar ist leicht verwuschelt, und ein Schatten überzieht seine Wangen, weil er wohl heute nicht zum Rasieren gekommen ist. Ich kann mich deutlich an das leichte Kratzen auf meiner Haut erinnern, eben, am Kühlschrank. Mein Gesicht beginnt zu brennen. Unruhig rutsche ich auf meinem Platz hin und her, während ich dem intensiven Blick aus seinen grünen Augen ausweiche.

»Dein Laptop hat einen Namen?« Izzy sieht mich erstaunt an. Ich nicke und greife dankbar nach dem Glas Wein, das Cat in diesem Moment vor mir abstellt.

»Cool! Mein Fahrrad auch, es heißt Sternschnuppe.«

»Schöner Name«, lächele ich und nippe an meinem Wein. »Weil du darauf so schnell bist wie eine Sternschnuppe?«

»Nein. Weil ich Sterne liebe. Und weil meine Mama ein Stern da oben ist.« Ernst sieht mich Izzy an und deutet mit ihrem Zeigefinger nach oben, wo sich der dunkelblaue Himmel des frühen Abends über unseren Köpfen spannt. Ich schlucke und stelle mein Weinglas ab. Ein Blick auf Liam zeigt mir, dass er betreten in sein Bierglas starrt. Ich räuspere mich und sage leise: »Es tut mir leid, dass du deine Mom so früh verloren hast, Izzy. Weißt du, ich bin auch ohne Mutter groß geworden.«

»Echt?« Izzy reißt ihre grünen Augen überrascht auf und hakt atemlos nach: »Ist sie auch gestorben?«

»Nein«, erwidere ich und überlege, wie viel ich dem Kind sagen soll. Nicht zu viel, das ist klar. »Sie ... sie musste weggehen, als ich sehr klein war. Ich kann mich kaum an sie erinnern.«

»Weggehen? Wohin?«

»Ähm ... in ein anderes Land. Sie ... hat ihren Vater gesucht. Und gefunden. Weißt du, ich glaube, dass meine Mutter zu jung war, um die Verantwortung für zwei Kinder zu übernehmen. Für meine Schwester und mich. Manchmal sind auch Mütter überfordert und können nicht weitermachen. Und dann gehen sie. Wirklich selten, aber es kommt leider vor.«

Ungläubig starrt mich Izzy an, und Liam betrachtet mich ebenso ernst. Mit einem schiefen Lächeln greife ich wieder nach meinem Glas, sehe mich um und sage dann betont fröhlich: »Wirklich ein toller Platz! Man sieht so viel! Schaut mal, da steht ein ... ähm, ein Wasservogel. Da, im Wasser.«

»An deinen Biologiekenntnissen feilen wir noch«, meint Liam trocken. »Das ist ein Reiher.«

»Genau. Das lag mir auf der Zunge.« Ich grinse ihn an, froh, das Thema »Mütter« hinter uns gelassen zu haben.

»Vermisst du sie noch?«

»Hmm?« Fast erschrocken sehe ich Izzy wieder an. Ihre Augen sind nach wie vor ernst, und vom Reiher hat sie sich nicht im Geringsten ablenken lassen. Aber vermutlich sieht sie alle naselang welche.

»Ich …« Stumm mustere ich die Kleine, dann sage ich wahrheitsgemäß: »Nein. Eigentlich nicht. Ich kann mich kaum an sie erinnern. Und ich habe eine nette Stiefmutter.« O nein, denke ich im Stillen – hoffentlich denkt Izzy jetzt nicht, dass ich vorhabe, ihre Stiefmutter zu werden!

»Ich kann mich auch nicht an meine Mom erinnern«, erklärt Izzy leise. »Aber ich vermisse sie trotzdem.«

Ja, denke ich und schlucke gegen aufsteigende Tränen an. Ja, das kann ich verstehen – selbst wenn ich bis heute der Meinung war, dass ich meine Mutter nicht vermisse. Wie kann man jemanden vermissen, an den man sich kaum erinnert? Aber der Blick in diese hellblauen Augen scheint eine Tür zu einem längst vergessenen Teil meines Herzens aufgestoßen zu haben, von dessen Existenz ich keine Ahnung hatte.

»Na ja«, sage ich heiser und bemühe mich nach Kräften, nicht zum x-ten Mal an diesem Tag die Fassung zu verlieren. »Weißt du, Izzy, um ehrlich zu sein: Mir ist tatsächlich auch erst vor Kurzem klar geworden, dass ich meine Mom doch manchmal vermisse, obwohl ich mich kaum an sie erinnern kann.«

Izzy sieht mich aus großen Augen an. Dann nickt sie, so verständnisvoll, wie eine Achtjährige bei dem Thema noch gar nicht sein dürfte. »Warum versuchst du nicht, sie zu finden?«

Bei der Frage zucke ich leicht zusammen. »Ähm … keine Ahnung«, winde ich mich und bin wirklich dankbar, als Cat auftaucht und riesige Teller mit Essen vor uns abstellt. Begeistert greife ich nach meiner Gabel.

»Oh, sieht das gut aus!«, schwärme ich ehrlich begeistert. »Guten Appetit, ihr zwei!«

»Euch auch.« Liam wirft mir über den Tisch hinweg einen entschuldigenden Blick zu, dabei muss er sich wirklich für nichts entschuldigen, schon gar nicht für seine entzückende, kluge Tochter.

»Wenn meine Mom noch leben würde, würde ich versuchen, sie zu finden«, sagt Izzy ernst, und ich merke genau, dass diese Worte Liam durch und durch gehen.

»Ja, das verstehe ich«, erwidere ich und nicke Izzy mitfühlend zu. Dann probiere ich eine der Scallops und verkünde: »O Mann, die sind ja wirklich köstlich! Izzy, wie schmeckt denn dein Fischburger?«

»Hab noch gar nicht probiert«, gibt die Kleine zu, und dann beißt sie endlich in den Burger und verkündet mit vollem Mund, dass er super schmecke. Ich merke, dass Liam eine Bemerkung zum Reden mit vollem Mund machen will, sich dann aber dagegen entscheidet – stattdessen beugt er sich zu seiner Tochter und gibt ihr einen dicken Kuss auf die Schläfe. Die Tränen in seinen Augen hat er rasch weggeblinzelt, aber mir sind sie trotzdem nicht entgangen.

Zum Glück kann ich Izzy während des restlichen Essens mit Fragen zur Schule und zu ihrer Ranger-Tätigkeit ablenken, sodass wir nicht mehr über das Thema »fehlende Mütter« reden. Als ich eine Bemerkung zum niedrigen Wasserstand mache, ruft Izzy aufgeregt: »Oh, bist du schon mal bei Ebbe zu Fuß nach Bar Island gelaufen, Polly?«

»Ähm … nein«, erwidere ich ein wenig ratlos. »Zu Fuß zu einer Insel?«

»Ja! Daddy, können wir das gleich machen?«

»Klar«, meint Liam und lächelt mich über den Rand seines Bierglases hinweg an. »Wenn Polly Lust auf einen Spaziergang hat?«

»Na klar«, seufze ich auf und lege meine Gabel zur Seite. »Polly ist nämlich pappsatt und muss sich dringend ein bisschen bewegen.«

Und so spazieren wir zehn Minuten später die West Street entlang, vorbei an ein paar eindrucksvollen großen Villen. Ich muss an die Rockefellers und Fords denken, die ihre Sommer in dieser Stadt verbracht haben, und frage mich, wie es damals wohl in Bar Harbor ausgesehen hat. Ohne die Massen an Touristen, die sich heute durch die Stadt schieben. Und von diesen Touristen sind auch etliche an dem Sandstrand, zu dem wir nun von einer schmalen Wohnstraße aus hinabgehen. Erst nachdem ich es Liam und Izzy gleichgetan und mir die Schuhe ausgezogen habe, um barfuß weiterzugehen, wird mir bewusst, dass es sich nicht um einen normalen Strand handelt: Wir gehen auf eine breite Sandbank hinaus, die sich von Bar Harbor bis zu einer bewaldeten Insel vor uns in der Hafenbucht zieht. Auf dieser Sandbank laufen zig Menschen, rennen Hunde, spielen Kinder, ja, fahren sogar zwei Autos. Zu unserer Linken sieht man am Ufer der Meeresbucht mehrere hübsche Häuser mit Gärten, die bis ans Wasser hinabreichen. Zu unserer Rechten liegen einige Restaurants, Hotels und Geschäfte von Bar Harbor.

»Kommt schon!«, höre ich Izzy rufen, und als ich mich zu ihr umdrehe, sehe ich sie fröhlich über den Sand davonflitzen. Liam ist neben mir stehen geblieben und sieht mich abwartend an. Ich grinse breit und sage: »Das ist wirklich cool! Man kann tatsächlich bis zu dieser Insel da laufen?«

»Nach Bar Island, ja. Natürlich nur bei Niedrigwasser. Wenn die Flut kommt, ist diese ganze Sandbank unter Wasser.«

»Und das Wasser ist dann tief? Oder kann man zurück ans Festland waten?«

Mit einem Lachen schüttelt Liam den Kopf. »Nein, obwohl das immer wieder versucht wird. Die Küstenwache muss leider regelmäßig Touristen retten, die zu lange auf der Insel geblieben sind und dann dort festsitzen. Manche von ihnen glauben tatsächlich, dass sie auch bei Hochwasser noch zurücklaufen können. Viele Leute sind wirklich naiv.«

»Hmm«, murmele ich und beobachte Izzy, die mit verzücktem Quietschen in einer kleinen Senke steht, wo sich klares Meerwasser gesammelt hat. Ein Krebs sitzt dort und scheint auf die Rückkehr der Flut zu hoffen.

»Pass auf, dass er dich nicht in den großen Zeh zwickt«, lacht Liam, als Izzy dem Krebs mit ihren Füßen recht nah kommt.

»Hi, Izzy!«, hören wir da Kinderstimmen, und zwei Mädchen, die etwa in Izzys Alter sein dürften, rennen in der Gesellschaft eines Golden Retrievers zu ihr. »Kommst du mit, wir werfen für Bonnie Stöckchen!«

»Ja, klar! Bis gleich, Dad!« Ohne uns noch weiter zu beachten, stürmt Izzy gemeinsam mit den beiden Mädchen und einem aufgeregt kläffenden Hund über die Sandbank davon. Liam und ich beobachten die Kinder, und als ich ihn von der Seite ansehe, merke ich, dass er sehr ernst wirkt. »Ist alles okay?«

Er erwidert meinen Blick stumm, nickt schließlich.

»Ja. Komm, gehen wir bis zur Insel. Izzy ist erst einmal beschäftigt.«

Schweigend spazieren wir nebeneinanderher, über den Sand, der an manchen Stellen noch feucht ist von dem Meereswasser, das ihn vor wenigen Stunden bedeckt hat. Irre, dass wir hier auf dem Meeresgrund laufen! Überall liegen Steine und Muschelschalen, Treibholzstücke, Algen und auch hier und da ein verendeter Fisch oder Krebs, für die die Ebbe anscheinend zu schnell kam.

»Du bist so ernst«, bemerke ich irgendwann zaghaft, als ich Liams Schweigen nicht mehr ertrage. Er sieht mich an und lächelt beinahe entschuldigend.

»Die Zeit vergeht so schnell«, erklärt er mit einem Seufzen

und wirft einen langen Blick über seine Schulter zu Izzy zurück. »Sie wird so schnell groß. Vor einem Jahr hätte sie noch an meinem Hosenbein gehangen, weil sie hier auf der Sandbank immer Angst vor der Flut hatte. Jetzt rennt sie einfach mit ihren Freundinnen weg, ohne mit der Wimper zu zucken. Ehe ich mich versehe, wird sie mit einem Freund nach Hause kommen und ich muss dem Kerl eintrichtern, dass ich ihn den Bären im Nationalpark zum Fraß vorwerfen werde, wenn er meiner Prinzessin auch nur ein Haar krümmt.« Er grinst mich schief an, aber seine Augen bleiben ernst. Spontan strecke ich meine Hand aus und berühre sacht seine Finger.

»Aha, die Bären sind also doch nicht so harmlos, wie du behauptet hast. Wusste ich es doch.«

Liam erwidert meinen Blick mit einem flüchtigen Lächeln. »Ich habe nie behauptet, dass sie harmlos sind. Wilde Tiere sind nie völlig harmlos. Aber sie haben Angst vor den Menschen und halten sich für gewöhnlich von uns fern.«

»Hmm«, mache ich, und dann greife ich richtig nach seiner Hand und sage mit Nachdruck: »Ich finde, du machst das alles großartig mit deiner Tochter. Es läuft doch genau so, wie es sein sollte: Sie wird Stück für Stück selbstständiger und mutiger. Und trotzdem wird sie dich bestimmt noch eine ganze Weile brauchen. Sie ist ein tolles Mädchen. Und du bist ein toller Vater, soweit ich das bisher mitbekommen habe.«

Mit einem bitteren Lachen schüttelt Liam den Kopf. »Motte, du hast keine Ahnung. Ich bin kein toller Vater, glaub mir.« Und mit diesen Worten löst er seine Hand aus meiner und geht plötzlich einen Schritt schneller, sodass ich Mühe habe hinterherzukommen.

»Hey, warte mal, du kannst doch nicht einfach so davonstürmen!«, rufe ich, halb lachend, halb verunsichert. Als Liam nicht reagiert, greife ich nach seinem Ellbogen und halte ihn fest. Er bleibt stehen und sieht mich an. Ein gequälter Ausdruck liegt auf seinem Gesicht.

»Was ist denn plötzlich los?«, hake ich verblüfft nach.

»Ich …« Er fährt sich mit einer Hand über sein Gesicht. Dann stößt er heiser hervor: »Ich belüge meine Tochter seit Jahren. Welcher großartige Vater macht das schon?«

Unsicher sehe ich ihn an, hake mit einem schiefen Lächeln nach: »Es geht nicht um die Weihnachtsmann-Lüge oder um die Zahnfee, vermute ich mal?«

Liam schnaubt und geht mit einem Kopfschütteln weiter, aber langsamer diesmal, sodass ich Schritt halten kann. »Nein, wenn es mal so harmlose Lügen wären«, murmelt er. Als er dann eine ganze Weile nichts sagt, frage ich schließlich zaghaft: »Willst du mir erzählen, was dich so quält? Glaub mir, nach der ganzen unfassbaren Geschichte rund um meine Mutter kann mich nichts mehr so schnell schocken.«

»Da wäre ich nicht so sicher«, brummt Liam, ohne mich anzusehen.

»Du hast Izzys Mutter doch nicht umgebracht, oder?«, frage ich mit einem heiseren Lachen, das nicht wirklich fröhlich klingt. Liams düsterer Gesichtsausdruck macht mir fast Angst. Er bleibt erneut stehen und sieht mich so ernst an, dass ich einen Moment lang befürchte, dass er »Doch« sagen wird. Aber dann schüttelt er langsam den Kopf und sagt mit belegter Stimme: »Nein.« Er holt zitternd Luft. »Nein, das nicht. Aber …«

»Daddy! Ihr lauft ja so langsam wie Stachelschweine!« Izzys ausgelassene Stimme lässt uns herumfahren. Das Mädchen kommt strahlend über die Sandbank auf uns zugerannt. Ich sehe wieder Liam an, möchte so gern weiter ungestört mit ihm reden, will unbedingt wissen, was er mir sagen wollte. Aber der Augenblick ist vorbei. Und während die Kleine uns erreicht, während wir gemeinsam bis zu der bewaldeten Insel und schließlich wieder zurück nach Bar Harbor laufen, während Izzy fröhlich vor sich hin plappert und Liam beharrlich meinem Blick ausweicht, frage ich mich immer wieder, was für ein Geheimnis er mit sich herumschleppt, das ihn anscheinend so quält.

Kapitel 14

Wir haben gerade unsere Schuhe erreicht, die im letzten Tageslicht dieses milden Sommerabends schwer wiederzufinden waren, als mein Handy piept und Jette schreibt, dass sie am Parkplatz auf mich wartet.

»Ausnahmsweise gutes Timing«, brumme ich und wische Sand von meinen Füßen, bevor ich in meine Sandalen schlüpfe.

Liam und Izzy begleiten mich bis zum Parkplatz, und ich hoffe die ganze Zeit, dass die Kleine wieder irgendwelche Freunde sehen und davonstürmen wird, damit Liam endlich das sagen kann, was er mir eben offenbar gestehen wollte. Aber das Kind bleibt bei uns und redet ununterbrochen, sodass wenigstens keine peinlichen Gesprächspausen aufkommen. Auf dem Parkplatz steht Jette neben unserem Mietwagen und winkt uns fröhlich entgegen.

»Schön, dass du es wirklich zurückgeschafft hast«, bemerke ich trocken, als wir das Auto erreichen. »Ich dachte schon, ich müsste auf die Insel übersetzen und den Autoschlüssel holen, weil du dich dort häuslich einrichtest und nicht mehr zurückkommst.«

»Ich war wirklich kurz davor!«, erwidert Jette vergnügt. Ihre Wangen sind gerötet, und ihre Augen glänzen. Wirklich, verliebt ist meine Schwester noch viel hübscher als im Normalzustand. Wobei sie ja andauernd verliebt ist, also ist das quasi ihr Normalzustand.

»Glaube ich dir sofort«, brumme ich, und als sie mir demonstrativ den Schlüssel in ihrer flachen Hand zeigt, greife ich gereizt danach.

»Hi, Jette! Wir sind über die Sandbank bis nach Bar Island gelaufen, und ich habe einen Krebs gesehen und mit meinen Freundinnen und ihrem Hund gespielt!«, verkündet Izzy gut gelaunt, und meine Schwester geht in die Hocke und lässt sich alles ausführlich erklären.

Ich packe die Gelegenheit beim Schopf, greife nach Liams T-Shirt-Ärmel und ziehe ihn ein wenig fort von Izzy und Jette.

»Was wolltest du mir eben sagen?«, wispere ich und sehe ihn fragend an. Liam erwidert meinen Blick ernst, aber dann schüttelt er den Kopf und murmelt: »Gar nichts. Ist schon okay.«

»Quatsch, natürlich wolltest du etwas sagen!«, flüstere ich eindringlich, doch Liam legt einen Finger auf meine Lippen und murmelt: »Nicht hier und jetzt. Bitte.« Dann räuspert er sich und sagt, lauter diesmal: »So, Izzy, wir müssen schleunigst nach Hause, deine Bettgehzeit ist lange vorbei. Schau mal, die Straßenlaternen gehen schon an!«

Mit einem frustrierten Seufzen wende ich mich ab und öffne die Fahrertür. Liam wirft mir einen entschuldigenden Blick zu, und ich antworte mit einem resignierten Schulterzucken. Dann rufe ich Izzy zu: »Es war ein toller Abend mit euch, Izzy! Hoffentlich sehen wir uns bald!«

Mit diesen Worten lasse ich mich in den Wagen sinken, schlage die Tür zu und schalte den Motor ein. Während mich die Musik aus dem Autoradio und das gleichmäßige Brummen des Motors einhüllen und die Stimmen von draußen ausblenden, versuche ich, mir einen Reim auf Liams Verhalten zu machen. Vergeblich. Als Jette endlich einsteigt, winken wir Liam und seiner Tochter hinterher, die über den Parkplatz davongehen. Während ich rückwärts aus der Parklücke rangiere, sagt Jette mit vor Begeisterung bebender Stimme: »Ist das nicht einfach unglaublich? Dass du und ich ausgerechnet hier in Bar Harbor unsere große Liebe finden?«

Fast wäre ich gegen eine Laterne gefahren. Ich trete auf die Bremse und sehe meine Schwester an, als hätte sie den Verstand verloren. Hat sie ja auch.

»Wie bitte? Das ist doch hoffentlich nicht dein Ernst. Ich habe überhaupt nichts gefunden, schon gar nicht die große Liebe. Okay, unsere Mutter vielleicht, ja. Aber sonst nichts.«

»Wem machst du denn etwas vor?«, lacht Jette amüsiert auf, und ich erwidere ihren träumerischen Blick wütend.

»Was willst du damit sagen?«

»Dass man Liam und dir sofort anmerkt, was da zwischen euch vorgeht!«

»Da geht überhaupt nichts vor sich!«, zische ich und merke, dass meine Nerven am Ende dieses wirklich fordernden Tages zum Zerreißen gespannt sind. »Wir waren lediglich mit seiner Tochter im Restaurant – und das auch nur, weil du mich ohne Autoschlüssel hast sitzen lassen!«

»Einfach süß, wie du dir deine eigenen Gefühle auszureden versuchst«, erwidert Jette und besitzt die Frechheit zu kichern. Ich könnte sie erwürgen. Leider komme ich nicht dazu, weil ein Hupen hinter uns mich daran erinnert, dass ich mitten auf dem Parkplatz einfach stehen geblieben bin. Entschuldigend winke ich in den Rückspiegel und fahre los. Während ich in die West Street einbiege und Richtung Nationalpark fahre, zische ich Jette mit Nachdruck zu: »Und übrigens finde ich es auch ziemlich plemplem, wenn man nach einem einzigen Tag mit irgendeinem dahergelaufenen Hummerfischer von der großen Liebe faselt! Worüber redet ihr überhaupt? Falls ihr viel redet? Über Hummer?«

An der Art, wie Jette tief Luft holt, merke ich, dass ich sie verletzt habe. »Owen ist nicht beschränkt oder so, nur weil er Fischer ist«, sagt sie langsam und mit Nachdruck. »Zwar ist er noch nie außerhalb von Maine gewesen, aber er interessiert sich für andere Länder. Sehr sogar. Er schaut am liebsten Reisedokumentationen im Fernsehen, und er hat ein Abo von *National Geographic*. Jawohl, Polly, er kann lesen! Toll, oder?«

»Wahnsinn!«, gebe ich zuckersüß zurück und versuche, meine Überraschung zu verbergen. »Das freut mich für ihn. Trotzdem heißt das noch lange nicht, dass dieser fischende Gedanken-Weltenbummler schon wieder deine große Liebe sein muss, Jette!«

»O doch«, widerspricht meine Schwester trotzig und klingt fast so wie früher, wenn sie darauf bestanden hat, dass es den Weihnachtsmann gibt, obwohl selbst ich, ihre jüngere Schwester, schon begriffen hatte, dass unsere Geschenke von Papa und Inge gekauft und unter den Weihnachtsbaum gelegt wurden. »Diesmal bin ich mir wirklich sicher, dass ich hier ankommen könnte. In Maine. Bei Owen. Einem FISCHER, jawohl!«

»Himmel, Jette, darum geht es doch gar nicht! Ob er nun Fischer oder Herzchirurg ist, das ist völlig nebensächlich! Es geht darum, dass ich leider inzwischen nur zu gut weiß, dass du dich genauso schnell verliebst, wie du eine neue Karriere-Idee hast. Alle paar Wochen präsentierst du einen neuen ›Mann fürs Leben‹ und einen neuen ›Job fürs Leben‹. Und immer wieder bist du Feuer und Flamme und ganz sicher, dass es diesmal für die Ewigkeit ist!«

»Du bist verdammt ungerecht und selbstgefällig«, sagt Jette, und ich bemerke, dass ihre Stimme bebt. »Nur, weil ich noch nicht den Richtigen gefunden habe. Sowohl Mann als auch Job.«

Es tut mir weh, sie verletzt zu haben, aber es ist doch wahr!

»Jette«, sage ich und versuche, sanfter mit ihr zu reden.

»Ich will einfach nicht, dass du schon wieder enttäuscht wirst. Manchmal verzweifele ich daran, dass du dich in deinem rosaroten Wolkenschloss verschanzt und nicht begreifen willst, dass das Leben kein kitschiger Groschenroman mit Happy-End-Garantie ist!«

Erstaunlicherweise schweigt meine Schwester. Sie schweigt so lange, bis wir die Einfahrt zum Nationalpark erreichen. Erst als schon der Kies der ungeteerten Straße des Campingplatzes unter unseren Reifen knirscht, sagt sie: »Du tust mir leid, Polly. Du und dein ängstliches, verschlossenes Herz, ihr tut mir wirklich leid.«

Ich seufze tief auf. Es hat keinen Sinn zu versuchen, sie zur Vernunft zu bringen. Wenn wir erst einmal im Flugzeug zurück nach Deutschland sitzen und Jette nie wieder etwas von Owen hört, wird sie vielleicht begreifen, wie naiv sie mal wieder war.

Jette und ich reden an diesem Abend nicht mehr miteinander. Dabei gäbe es ja wirklich viel zu besprechen – angefangen bei unserer Mutter, über unseren neu entdeckten Großvater auf Blueberry Island und hin zu den Plänen für die nächsten Tage. Aber keine von uns sagt mehr ein Wort zur anderen, auch dann nicht, als wir nebeneinander in unseren Schlafsäcken liegen. Mir wird erneut deutlich klar, was für ein merkwürdiges Verhältnis meine Schwester und ich haben: Immer mal wieder verstehen wir uns sehr gut, solange bis die eine aus irgendeinem Grund sauer auf die andere ist (meistens ich auf Jette), und prompt reden wir überhaupt nicht mehr miteinander. Als Teenies haben wir das manchmal tagelang durchgehalten – nur um kurz darauf wieder ein Herz und eine Seele zu sein. Ja, wir hängen durchaus aneinander, was wohl kaum verwunderlich ist, bei unserer Kindheitsgeschichte. Wir sind zwei Verbündete – aber leider zwei Verbündete mit sehr unterschiedlichen

Charakteren, was unseren Zusammenhalt immer wieder bröckeln lässt.

Ich merke genau, dass Jette noch in ihr Handy tippt und anscheinend einige SMS bekommt, zumindest vibriert das Telefon regelmäßig. Kurz denke ich darüber nach, ob ich Liam auch schreiben soll, ob ich ihn einmal mehr fragen soll, was er mir sagen wollte. Aber mir ist klar, dass das, was er mir heute fast offenbart hätte, vermutlich nicht in eine schlichte SMS passen würde. Ich muss mich wohl gedulden, bis ich ihn wieder ungestört abpassen kann. Wann das sein wird, steht allerdings in den Sternen.

Zum Glück schlafe ich erstaunlich tief und fest in dieser Nacht, aber als ich langsam zu mir komme, höre ich schon wieder Regen auf unser Zelt prasseln. O nein, bitte nicht! Mit einem Stöhnen vergrabe ich mich tiefer in meinen Schlafsack und versuche, all die Erinnerungen an den gestrigen Tag auszublenden. Was würde ich darum geben, jetzt wieder in Stuttgart zu sein!

Nach einer Weile meldet sich meine volle Blase. Das Geräusch des Regens macht den morgendlichen Drang nicht besser. Mit einem gequälten Seufzer setze ich mich auf und sehe auf die Matratze meiner Schwester.

Sie ist leer. Jette liegt nicht neben mir – nur ihr Schlafsack ist noch da. Verdutzt sehe ich mich um, als könnte sie in der hinteren Ecke des Zelts zwischen unseren Wäschebergen hocken, was sie natürlich nicht macht. Irritiert öffne ich den Reißverschluss des Zelts und frage mich, wie sie unsere Behausung verlassen hat, ohne dass ich das mitbekommen habe.

Und wie um alles in der Welt sie es geschafft hat, das Auto wegzufahren, ohne dass ich aufgewacht bin!

Ungläubig starre ich durch die Regenschlieren hindurch auf die Stelle, wo gestern Abend noch unser Mietwagen geparkt stand. Sicher ist sie Kaffee holen gefahren, überlege ich. Oder sie wollte bei dem Regen nicht zu Fuß zur Toilette gehen.

Aber dann greife ich nach meinem Telefon und sehe die Nachricht von Jette:

»Owen nimmt mich mit zum Fischen. Musste schon um 4 Uhr am Hafen sein. Sei mir nicht böse. Bin mittags zurück.«

Fassungslos lasse ich mein Telefon sinken und starre wieder in den Regen hinaus. Ganz toll. Jetzt kann ich mir weder Kaffee holen fahren noch den in der Nässe stehenden Campingkocher anschmeißen, um selbst welchen zu kochen. Wobei ich das vermutlich auch ohne Regen nicht hinbekommen würde.

Und dann wird mir mit einem Schlag noch etwas klar: Der einzige Regenschirm, den wir dabeihaben, liegt im Kofferraum des Mietautos.

Bis ich im Laufschritt die Toilettenhäuschen erreiche, bin ich völlig durchweicht. Über meinem Nachthemd trage ich nur ein T-Shirt, weil ich nicht wollte, dass meine restlichen Klamotten auch noch nass werden. Die einzigen anderen Camper, die mir bei diesem Wetter auf der von Pfützen übersäten Straße entgegenkommen – ein erschreckend gut gelauntes Ehepaar mittleren Alters –, tragen Regencapes und Gummistiefel und mustern mich, als wäre ich von allen guten Geistern verlassen. Bin ich wohl auch.

Zitternd gehe ich aufs Klo und putze mir die Zähne, während mich der Föhn an der Wand hämisch anzulachen scheint. Tja, das Haaretrocknen kann ich mir tatsächlich sparen, denn draußen wird der Regen nicht weniger und ich muss ja irgendwie zurück zum Zelt kommen! Also klemme ich mir fluchend meinen Kulturbeutel unter den Arm und renne wieder los. Der Regen klatscht mir ins Gesicht und auf die Arme, mein Nachthemd schlottert kalt und unangenehm um meine Beine, die nasse Kälte geht mir durch und durch. Verflucht noch mal, ich könnte Jette jetzt wirklich erwürgen!

Als mir ein Auto entgegenkommt, weiche ich auf das durchtränkte Gras des Seitenstreifens aus. Der weiße Geländewagen verlangsamt, und erst, als er fast bei mir angekommen ist, erkenne ich die roten und blauen Lichter auf dem Dach und die Aufschrift »National Park Service« auf den Türen.

»Polly, alles okay?«, höre ich da auch schon Liam rufen. Er hat das Fahrerfenster ein wenig hinabgelassen und sieht mich besorgt an. Ich bin so erleichtert, ihn zu sehen, dass ich heulen könnte. »Komm, steig ein!«

Das muss er mir nicht zweimal sagen. Im nächsten Augenblick reiße ich auch schon die Beifahrertür auf und flüchte mich in die trockene Behaglichkeit des Wagens.

Liam mustert mich ungläubig. »Hast du keine Regenjacke?«

»Nein«, erwidere ich und schlinge meine Arme um meinen Oberkörper, während ich vor Kälte und Nässe zu schlottern beginne.

»Nicht einmal einen Schirm?«

»Der Schirm ist im Auto, und jetzt rate mal, wo das Auto ist!«, erwidere ich heftig. Liams Augenbrauen wandern langsam in die Höhe.

»Lass mich raten«, murmelt er. »Am Hafen?«

»Bingo. Jette ist mit Owen auf seinem Fischerboot rausgefahren. Was sonst!«

»Du musst dir schleunigst etwas Trockenes anziehen, du holst dir ja den Tod«, sagt Liam und klingt so ehrlich besorgt um mich, dass ich mit einem Mal ganz sentimental werde. Ich sehe ihn an und merke, dass er mich immer noch ungläubig anstarrt, ohne Anstalten zu machen weiterzufahren. Und noch bevor ich zu einem Schluss gekommen bin, was gerade in ihm vorgeht, beugt er sich ohne Vorwarnung zu mir herüber, zieht meinen Kopf mit Nachdruck zu sich heran und küsst mich. Ehe ich es verhindern kann, stöhne ich leise auf, und im nächsten Moment sitze ich plötzlich rittlings auf Liams Schoß, ohne dass ich so genau sagen könnte, wie ich dahin gekommen bin. Seine Hände fahren unter mein nasses T-Shirt, und dann auch noch unter das Nachthemd, gleiten über meine kalte Haut, die daraufhin zu brennen beginnt. Mein Herz rast heftig in meinem Brustkorb, und mein Atem geht schneller, während sich Liams Lippen fest und fordernd gegen meine bewegen. Mit einem Hunger, der mir fast Angst macht, erwidere ich seinen Kuss, kralle eine Hand in sein Haar, während ich mit der anderen versuche, die oberen Knöpfe seines Uniformhemdes zu öffnen. Seine Finger haben sich unter dem nassen Stoff von meinem Rücken nach vorn zu meinen Brüsten gearbeitet, und ich stöhne in seinen Mund hinein, während mich eine Welle der Lust überrollt.

In diesem Moment überholt uns auf der matschigen Straße ein Auto, langsam und vorsichtig. Erschrocken fahren wir auseinander, und Liams Hände schnellen unter meinem Nachthemd hervor. Zu meiner Erleichterung merke ich, dass die seitlichen Scheiben so beschlagen sind, dass man uns von außen bestimmt nicht erkennen kann, und bei all dem Regen und den hin- und herfliegenden Scheibenwischern dürften wir wohl auch durch die Windschutzscheibe schwer auszumachen sein. Trotzdem sieht sich Liam besorgt um und sagt dann, schwer atmend: »Sorry Motte. Ich hätte dich nicht einfach so küssen sollen.«

»Wie bitte?« Verwirrt erwidere ich seinen Blick, immer noch auf seinem Schoß sitzend. »Hast du etwa den Eindruck, dass ich das hier nicht will?«

Liam lacht heiser auf und schüttelt den Kopf, aber ich merke genau, dass er erneut einen unruhigen Blick an mir vorbei, durch die Windschutzscheibe wirft. »Wenn mich jemand erwischt ... Ich bin im Dienst, Polly. Ich darf hier nicht im Dienstwagen mit Camperinnen knutschen. Das könnte mich den Job kosten.«

»Hmm, schade«, seufze ich auf und sehe an meinem nassen T-Shirt hinab. »Ich müsste eigentlich dringend die nassen Klamotten ausziehen ...« Als ich lasziv den Saum meines Nachthemds in die Höhe zu ziehen beginne, greift Liam nach meinen Handgelenken und hält sie mit Nachdruck fest. Seine Stimme klingt belegt, als er sagt: »Motte. Bitte. Mach es nicht noch schwerer für mich.«

Seine Augen wirken dunkler als sonst, während er mich schwer atmend mustert und sein Blick immer wieder flüchtig nach unten abdriftet, wo sich meine Brustwarzen deutlich unter dem nassen Stoff abzeichnen müssen. Ich bin versucht, mich erneut vorzubeugen und ihn zu küssen, weil er einfach so warm und sexy und einladend wirkt, aber Liam schiebt mich entschlossen von sich und zurück auf den Beifahrersitz.

»Glaub mir, ich würde jetzt auch gern etwas anderes mit dir machen«, murmelt er und fährt sich mit einem ergebenen Seufzer durch sein Haar, das ich ziemlich verwuschelt habe. Schlagartig wird mir wieder kalt, und ich schlinge einmal mehr meine Arme um mich, während Liam an den Knöpfen der Lüftung dreht und die Temperatur hochregelt. »Wobei ich mir ja eigentlich fest vorgenommen hatte, endlich die Finger von dir zu lassen! Ich verstehe mich selbst nicht mehr.« Gequält stöhnt er auf und gibt Gas.

»Und jetzt?«, frage ich und versuche, nicht allzu frustriert zu klingen. Was alles andere als leicht ist, weil sich vor meinem inneren Auge gerade nur zu deutlich eine Regenszene aus dem Erotikroman rund um sexy Ranger Tristan abspielt. Dieser Urlaub bringt mich wirklich an den Rand des Wahnsinns!

»Jetzt fahre ich dich zum Zelt, damit du dir etwas Trockenes anziehen kannst. Und dann … dann kann ich dich gern mit ins Hulls Cove Visitor Center nehmen, wo ich heute Vormittag zum Dienst eingeteilt bin. Da ist es trocken und warm, und es gibt Kaffee. Und eine Steckdose – für Liam.« Bei der Erwähnung meines Laptops grinst er mich schief an.

»Oh mein Gott, das klingt wie das Paradies auf Erden! Werden wir allein sein?«

Meine Gedanken machen sich schon wieder selbstständig. Da gab es doch diese heiße Szene auf dem Schreibtisch in der Rangerstation, als die ängstliche Touristin Anna Tristan nachts um Hilfe gebeten hatte …

»Ähm, nein. Izzy ist auch da. Und mehrere meiner Kollegen. Und jede Menge Touristen, die bei dem Regenwetter eine trockene Anlaufstation brauchen genau wie du.«

Enttäuscht finde ich aus meinen nicht jugendfreien Tagträumen zurück in die Realität, bevor ich alarmiert nachhake: »Aber … meine Mutter wird doch nicht etwa auch da sein, oder?«

Liam schüttelt den Kopf. »Hältst du mich wirklich für so ein seelisches Trampeltier, dass das nicht erwähnen würde?«

»Nein«, brumme ich.

»Keine Sorge, Eve hat heute frei.«

»Gut«, murmele ich, und dann fällt mir plötzlich wieder ein, wobei Izzy uns gestern auf der Sandbank unterbrochen hat. Vor lauter Nässe und Kälte und dann vor lauter Geknutsche habe ich unser gestriges Gespräch völlig vergessen. Aber bevor wir uns weiter unterhalten können, muss ich wirklich aus meinen nassen Sachen heraus, denn die fiese Kälte beginnt, meine Gehirnzellen lahmzulegen. Oder es ist immer noch die Lust. Oder beides.

Als Liam an unserem Stellplatz hält, springe ich rasch aus dem Wagen, flüchte mich ins Zelt und zerre trockene Klamotten aus meinem Wäscheberg. Mit hämmerndem Herzen lausche ich auf das Brummen des Motors, hoffe inständig darauf, dass er plötzlich verstummt, dass die Fahrertür zugeschlagen wird, dass sich Liams Schritte über das matschige Gras nähern und er hereingekrochen kommt, mir die letzten nassen Sachen vom Leib reißt und sich keine Gedanken mehr darum macht, ob wir erwischt werden oder nicht. Bei der Vorstellung von ihm und mir in diesem engen Zelt wird mir nun doch wieder wärmer, und ich stöhne unterdrückt auf, während ich mir mit klammen Fingern frische Unterwäsche anziehe und der Automotor draußen beständig weiterbrummt, ohne dass irgendjemand aussteigen würde.

Leider ergibt sich auch, als ich wieder im Wagen sitze, keine Gelegenheit, Liam zu fragen, was er mir gestern sagen wollte, weil er mit einem Kollegen telefoniert, während er das Fahrzeug im Schritttempo über die von Pfützen übersäte Straße lenkt. Als wir an der Rangerstation am Eingang des Campingplatzes halten, winkt uns Izzy schon entgegen. Sie hat in der Gesellschaft eines Rangers gewartet, solange ihr Dad seine Kontrollrunde durch den Park gefahren ist (und mit einer gewissen Camperin geknutscht hat). Ich beobachte, wie sich das Kind am Eingang von einem grauhaarigen Ranger verabschiedet, der ihr liebevoll über den Kopf streicht, bevor Liam ihre Kapuze hochzieht und an den Schnüren nestelt. Dann rennen Vater und Tochter, beide in Regencapes gehüllt, auf den Wagen zu.

»Polly!« Izzys Stimme klingt so ehrlich begeistert, als die hintere Autotür auffliegt und die Kleine in den Wagen steigt, dass ich sie überrascht anlächele. Wirklich, ich frage mich, warum mich Liams Tochter ganz offensichtlich mag. Nicht dass ich so eine schreckliche Person wäre, aber ... ich bin doch nicht Jette, Typ Kinderanimateurin, die früher bei jeder Familienfeier der

Star der kleinen Nichten und Neffen meiner Stiefmutter Inge war. Weder fallen mir auf Anhieb lustige Spiele ein, mit denen man sich die Zeit vertreiben könnte, noch erfinde ich aus dem Effeff tolle Geschichten. Und trotzdem strahlt mich Izzy an, als sei ich ihre beste Freundin, auf die sie sich so sehr gefreut hat. Gerührt schlucke ich. Vielleicht ist es unsere »Ohne-Mutter«-Gemeinsamkeit, überlege ich. Ja, vielleicht hat Izzy deshalb das Gefühl, dass ich eine Verbündete bin.

»Anschnallen, Izz!«, ruft Liam, der sich auf den Fahrersitz schiebt und die Tür zuschmeißt. Mit einem Lachen schält er sich aus dem Regencape und wirft es nach hinten, wo es neben Izzy landet.

»Du machst alles nass, Daddy!«, kreischt die Kleine und schiebt das Cape empört in den Fußraum des Wagens hinab.

»Ist nur Wasser, Izz, und du bist nicht aus Zucker«, meint Liam ungerührt und grinst mich flüchtig an, während er langsam losfährt. »Glaub mir, Polly ist heute so richtig nass geworden. Bis auf die Haut.«

Seine Worte führen dazu, dass ich erneut glaube, seine warmen, kräftigen Hände auf meiner nassen Haut zu spüren, und die leichte Röte, die in sein Gesicht steigt, zeigt mir, dass er an dasselbe denkt.

»Echt? Hattest du kein Regencape?«, höre ich Izzys fassungslose Stimme von hinten. Grinsend drehe ich mich zu ihr um.

»Nein – und nicht nur das: Ich hatte auch keinen Schirm. Keine Gummistiefel. Nichts.«

»Deine Schwester und du, ihr campt nicht oft, oder?«, fragt Izzy skeptisch, und ich lege meinen Kopf in den Nacken und lache herzlich auf.

»Nein. Nein, das tun wir nicht. Und, ganz ehrlich: Momentan gibt sich der Acadia National Park auch nicht unbedingt Mühe, um mich zum Campingfan werden zu lassen!«

»Der Regen ist wichtig für den Wald, weil es im Frühjahr viel zu trocken war«, erwidert Izzy ernst, und klingt mal wieder überhaupt nicht nach einer Achtjährigen. Da höre auch ich auf zu grinsen und erwidere: »Natürlich. Da hast du völlig recht, Süße.«

Als ich mich wieder nach vorn umdrehe, merke ich, dass Liam still vor sich hinlächelt. Der Stolz auf seine Tochter steht so unübersehbar in seinem Gesicht geschrieben, dass ich einmal mehr gerührt denke, was für ein wunderbarer Vater er doch ist. Und dann frage ich mich erneut, was für eine Lüge er seinem Kind erzählt. Eine Lüge, die ihn wirklich zu quälen scheint.

Kapitel 15

Öffne mal das Handschuhfach«, sagt Liam, als wir auf dem Parkplatz des Hulls Cove Visitor Center halten. Während der Motor verstummt und er sein nasses Regencape aus dem hinteren Fußraum angelt, mache ich genau das und ziehe einen olivgrünen Regenschirm mit Nationalpark-Logo heraus. Erleichtert darüber, nicht noch einmal klitschnass zu werden, steige ich mit dem Schirm aus und folge Liam und Izzy über den von Pfützen übersäten Parkplatz, vorbei an einer Informationstafel unter einem schützenden Dach, wo sich eine asiatische Reisegruppe versammelt hat, bis zu einer Treppe. Ich keuche die Steinstufen hinter Liam und Izzy hoch, den Schirm fest in der Hand, und als ich irgendwann frage, »Ist es noch weit?«, kichert das Kind und antwortet altklug: »Insgesamt hat die Treppe 52 Stufen, die wirst du doch schaffen, Polly, oder?«

»Ich habe nie behauptet, besonders fit zu sein!«, gebe ich mit einem Stöhnen zurück. »Außerdem hatte ich noch keinen Kaffee!«

»Der Kaffee ist zum Greifen nah«, höre ich Liams belustigte Stimme vor mir, und dann erreichen wir endlich ein kleines Plateau inmitten des dichten Nadelwalds um uns herum, wo uns ein Gebäude mit Flachdach und Holzschindeln an den Wänden begrüßt. Wir überqueren eine Holzbrücke und erreichen den rettenden Eingang zum Besucherinformationszentrum. Hell und einladend empfängt mich der hohe Raum mit den großen

Fenstern, die bei schönem Wetter einen herrlichen Blick auf die umliegenden Wälder bieten müssen. Heute ist es draußen allerdings nur grau, sodass ich es hier drinnen deutlich interessanter finde: Neugierig lasse ich meinen Blick über die Informationsschalter wandern, wo drei Ranger stehen und jeweils mit Touristen sprechen: Ein älterer Ranger mit Vollbart scheint einem jungen Pärchen auf einer auseinandergefalteten Karte des Parks eine Wanderroute zu erklären, zumindest höre ich seine Warnung, dass die Wege bei diesem Wetter extrem rutschig sein können. Eine junge Rangerin mit feuerroten Locken verkauft gerade einen Tagespass für den Park an eine fünfköpfige Familie, deren Kinder ich auf Deutsch streiten höre. Und ein Ranger mit Brille und schüchternem Lächeln berät ein leicht missmutig wirkendes Seniorengrüppchen, was man bei diesem Wetter unternehmen könnte (am besten klingt für meine Ohren der Tipp, nach Bar Harbor zu fahren und gemütlich essen zu gehen).

An der gegenüberliegenden Seite des Raumes hängen drei riesige Karten des Acadia National Parks, wo etliche Touristen stehen und auf den detaillierten Zeichnungen nach dem richtigen Wanderweg (oder bei diesem Wetter vielleicht auch Fahrweg!) zu suchen scheinen. Wenige Schritte weiter gelangt man in einen Souvenirladen, wo mich Ständer mit Postkarten und Kühlschrankmagneten, Regalfächer voll mit Stofftieren und T-Shirts sowie viele Bücher über den Nationalpark begrüßen.

»Ist das nicht schön hier, Polly?«, höre ich Izzys Stimme, und die Kleine flitzt auf mich zu und greift nach meiner Hand. »Komm, ich zeige dir, wo ich immer arbeite!«

Lachend folge ich dem Kind, das mich an dem Informationsschalter mit Liams Ranger-Kollegen vorbei und in ein Hinterzimmer zieht, wo es zwei weitere Schreibtische und ein etwas durchgesessenes Sofa gibt. Und es riecht nach Kaffee!

»Ja, hier könnt ihr es euch bequem machen«, sagt Liam,

der hinter uns den Raum betreten hat. Als er merkt, wie ich den kleinen Tisch mit Tassen, einer Kaffeemaschine und einer verheißungsvoll wirkenden Thermokanne fixiere, fragt er mit einem Lachen: »Kaffee?«

»Gern!«, seufze ich und fahre mir mit einer Hand durch mein immer noch nasses Haar. Als ich mit einem Mal heftig niesen muss, wirft mir Liam einen besorgten Blick zu, aus dem ganz der alleinerziehende Vater spricht, und sagt: »In den Badezimmern gibt es Handtrockner, die sich wahrscheinlich auch als Föhn eignen.«

»Alles klar«, erwidere ich und lächele dankbar, als er mir eine dampfende Kaffeetasse in die Hand drückt.

»Warte, ich müsste noch Kekse haben«, murmelt er und wendet sich einem Schrank in der Zimmerecke zu.

»Oh, Erdnussbutterkekse?«, fragt Izzy mit glänzenden Augen, und auch ich beginne bei der Erwähnung von etwas Essbarem zu strahlen. Mir wird bewusst, dass ich heute schon wieder nicht gefrühstückt habe, und mein Magen knurrt jetzt vernehmlich.

»Ja, deine Lieblingskekse«, bestätigt Liam und reicht seiner Tochter eine angebrochene Packung. »Aber du gibst Polly welche ab, hörst du?«

»Na klar!«, erwidert das Kind regelrecht empört.

An mich gewandt sagt er noch: »Du kannst dich ruhig da an den Schreibtisch setzen. Mit Liam und so. Da unten ist eine Steckdosenleiste.«

Dass er meinen Laptop beim Namen nennt, lässt mich grinsen.

»Ja, komm, ich setze mich an den anderen Schreibtisch, und wir arbeiten beide!«, ruft Izzy begeistert und fängt schon an, sich mit ihrem Rangernotizbuch und Stiften an einem der beiden Schreibtische häuslich einzurichten. »Was arbeitest du denn, Polly?«

»Ich übersetze Bücher«, sage ich und lege meine Laptoptasche auf den zweiten Schreibtisch.

»Oh, toll! Was denn für Bücher? Ich lese echt viel, stimmt's, Daddy?«

»Ähm, ja«, sagt Liam und wirft mir einen alarmierten Blick zu, der mir wohl deutlich machen soll, dass ich Izzy auf gar keinen Fall lesen lassen soll, was genau ich übersetze. Als ob ich das tun würde! Amüsiert beiße ich mir auf die Unterlippe, um nicht breit zu grinsen, und sage dann zu Izzy: »Weißt du, Süße, das sind Bücher für Erwachsene. Leider darfst du die noch nicht lesen.«

»Warum? Könnte ich Angst bekommen?«

»Ähm … nicht unbedingt Angst, aber …«

»Doch. Angst«, sagt Liam und sieht mich bedeutungsschwer an. »Es kommen Hexen darin vor. Weißt du noch, die letzte Hexengeschichte, die dir Tante Linda an Halloween vorgelesen hat?«

»Ahhh, erinnere mich nicht daran, Daddy!«, ruft Izzy und schlägt sich die Hände vors Gesicht. »Die war sooo unheimlich!«

»Siehst du. Die Geschichten, die Polly übersetzt, sind noch viel unheimlicher. Die darfst du erst lesen, wenn du älter bist. Sehr viel älter.«

»Hexengeschichten werde ich niemals lesen, nicht einmal, wenn ich so alt bin wie du, Daddy!«

»Sehr gut«, seufzt Liam und fährt sich ein wenig erschöpft mit einer Hand durch sein Haar. Ich muss daran denken, wie ich sein Haar vorhin im Auto durcheinandergebracht habe, und als er meinen Blick auffängt, weiß ich, dass er meine Gedanken lesen kann. Langsam lässt er seine Hand sinken, und wir starren uns drei Sekunden lang stumm an. Die Luft in dem kleinen Büro scheint plötzlich elektrisch geladen zu sein, und ich könnte schwören, dass es abrupt ein paar Grad wärmer geworden ist.

»Hey, Liam, du darfst übernehmen«, unterbricht uns die Stimme der jungen Rothaarigen, die eben noch den Tagespass an die deutsche Familie verkauft hat. Die Rangerin kommt herein und schlägt Liam im Vorbeigehen auf den Rücken, bevor sie sich mir zuwendet. »Hi, ich bin Rebecca, genannt Bex.«

»Hi«, erwidere ich und schüttele ihre Hand, wobei sie mir fast die Finger bricht. Himmel, die Frau kann zupacken! »Ich bin Polly.«

»Freut mich.« Neugierig sieht sie Liam an und fragt geradeheraus: »Neue Flamme?«

»Ähm … nein«, erwidert Liam und rollt mit einer Kopfbewegung in Izzys Richtung mit den Augen. Bex grinst anzüglich und meint: »Aha. Na gut, dann quetsche ich die schmutzigen Details später aus dir heraus.«

»Was für schmutzige Details?«, erkundigt sich Izzy von ihrem Schreibtisch aus und sieht Bex groß an. Die junge Rangerin geht lachend neben ihr in die Hocke und sagt: »Dein Dad hat mal wieder dreckige Fingernägel, hast du das nicht gesehen?«

Izzy starrt vorwurfsvoll ihren Vater an. »Stimmt das, Dad?«

Liam seufzt leise und schiebt die Hände in seine Hosentaschen, damit seine Tochter nicht sieht, dass seine Nägel eigentlich sauber sind. Ich kann das beurteilen, ich habe sie heute aus der Nähe gesehen.

»Mhm«, murmelt er und sieht dann mich mit einem flüchtigen Lächeln an. »Wenn man solche Kollegen hat, braucht man keine Feinde«, scherzt er und bekommt als Antwort Bex' ausgelassenes Lachen zu hören.

»Ich würde wirklich gern länger mit euch plaudern, aber ich muss los, auf mich wartet eine Pfadfindergruppe am Thunder Hole.«

»Bei dem Wetter? Wollt ihr nicht absagen?«

»Ach, ich bitte dich, wir wollen den Kindern doch beibringen, was Natur bedeutet, oder? Außerdem haben sie alle Regenklamotten dabei.«

»Dann sind sie zum Glück besser vorbereitet als so manche Camper«, bemerkt Liam süffisant, was ich mit einem Schnauben kommentiere, während ich Bex nachsehe, die mit langen Schritten aus dem Raum stiefelt. Auch Liam schaut seiner Kollegin schmunzelnd nach und meint mit einem Schulterzucken: »Sie übertreibt es manchmal ein wenig mit dem taff sein, aber eigentlich ist sie ganz nett.«

»Und hübsch«, bemerke ich und mustere Liam aufmerksam. Doch er scheint meine Worte nur amüsant zu finden, denn er zieht eine Augenbraue hoch und lächelt mich schief an. »Findest du?«

»Daddy mag Bex, aber nicht SO«, meldet sich Izzy zu Wort.

Erstaunt dreht sich Liam zu seiner Tochter um. »Wie bitte?«

»Du guckst sie nicht so an, wie du Mom auf dem Foto in meinem Zimmer anschaust«, erklärt sie, und ich merke, dass Liam schlagartig sehr ernst wird. »Du weißt schon, das Bild, wo ihr beide auf dem Bootssteg sitzt.«

»Ja«, sagt Liam und räuspert sich. »Ja, ich weiß, welches Bild du meinst.« Er wirft mir einen flüchtigen Blick zu und fährt sich mit einer Hand über das Gesicht.

»Und du siehst Bex auch nie so an, wie du Polly anguckst.«

Vor Schreck lasse ich fast meinen Laptop fallen, den ich gerade aus der Tasche gezogen habe. Auch Liam starrt geradezu erschrocken seine Tochter an, und ich merke, dass er es dieses Mal sorgsam vermeidet, mich anzusehen.

»Ähm … Polly?«, lacht er auf, klingt dabei aber kein bisschen belustigt, sondern eher extrem verlegen.

»Ja. Du siehst Polly so an, wie du Mama auf dem Bild in meinem Zimmer angesehen hast.«

Izzy erklärt das so ruhig und sachlich, als würde sie ihrem Vater klarmachen, dass es draußen regnet.

»Liam? Gerade ist eine chinesische Besuchergruppe angekommen, wir brauchen dringend Unterstützung!« Der vollbärtige Ranger steckt seinen Kopf durch die Tür und sieht Liam an. Der scheint geradezu dankbar aus seiner peinlich berührten Erstarrung zu finden. Jede noch so große Touristengruppe muss ihm in diesem Moment tausendmal lieber sein, als sich weiter mit seiner Tochter in meiner Anwesenheit darüber zu unterhalten, wie er mich ansieht.

Rasch sagt er: »Ja, George, bin unterwegs.« Dann murmelt er noch etwas Undeutliches in meine Richtung, das ansatzweise nach »Bin vorn, wenn ihr mich braucht« klingt, und eilt hinaus.

Izzy und ich bleiben zurück und sehen uns schweigend an. Nervös befeuchte ich meine Lippen, während ich den Laptop aufklappe und hochfahre.

»Das ist also Liam?«, fragt Izzy.

»Ja, ganz genau. Das ist Liam.« Ich lächele das Kind über den Bildschirm hinweg an.

»Ich glaube, mein Dad mag dich wirklich«, sagt die Kleine, und prompt vertippe ich mich, als ich mein Passwort eingebe.

»Das ... das ist schön«, erwidere ich, während unangenehme Hitze meinen Hals emporkriecht. Rasch greife ich nach meiner Tasse und nehme einen großen Schluck Kaffee, um Ablenkung zu finden.

»Magst du ihn auch?«

Himmel, warum habe ich bloß eingewilligt, mit diesem Kind in einem Raum zu sitzen und darauf zu warten, dass der Regen aufhört? Zögernd erwidere ich: »Natürlich mag ich ihn, Izzy. Dein Dad ist ein wirklich netter Mann.« Mehr als nett.

»Aber magst du ihn so, wie man einen Mann mag, den man heiratet?«

Verstohlen fächele ich mir Luft zu und starre auf meinen Bildschirm, wo das Foto meines Desktophintergrunds erscheint: Der Blick aus meiner Stuttgarter Dachwohnung. Ach, wäre ich jetzt gern dort! Allein, in meinen eigenen vier Wänden, ohne diesen süßen kleinen Quälgeist, der nervige Fragen stellt und einen zu attraktiven Vater hat!

»Polly? Hast du mich gehört?«

»Hmm? Ja, na klar, ich habe dich gehört.« So geduldig wie möglich lächele ich Izzy an. »Weißt du, ich kenne deinen Dad noch nicht lange. Und Heiraten, das ist eine große Sache, über die man gründlich nachdenken sollte. Man muss jemanden wirklich gut kennen, bevor man sich sicher ist, den Rest seines Lebens mit ihm verbringen zu wollen.«

Und ich persönlich werde sowieso niemals heiraten, füge ich noch im Stillen hinzu, aber ich spreche die Worte nicht laut aus, weil ich mich vor dem unweigerlichen »Warum?« fürchte.

Nachdenklich mustert mich Izzy. Fast glaube ich schon, dass sie sich mit der Antwort zufriedengibt und mich in Ruhe arbeiten lässt, da sagt sie ernst: »Aber du siehst meinen Dad so an, wie Mom es auf dem Bild in meinem Zimmer tut. Und wenn man sich so ansieht, kann man auch heiraten.«

Ich lache nervös auf. Wenn eine Achtjährige die Welt erklärt, dann klingt alles so simpel. »Das Foto würde ich gern mal sehen«, weiche ich aus und fische einen Keks aus der Packung. »Hmm, die sind aber echt lecker!«

»Ja, oder? Also, ich zeige dir das Bild, wenn du uns mal wieder besuchst«, erwidert Izzy und strahlt mich an. Der Gedanke, dass ich sie wieder besuche, scheint ihr zu gefallen. Kurz wundere ich mich darüber, dass ich noch gestern ernsthaft Angst hatte, sie könne mich als Eindringling und als ungewollte Stiefmutter in spe empfinden. Jetzt allerdings wird mir mit einem Schlag klar, dass ich es als noch beängstigender empfinde, dass Izzy sich plötzlich genau das zu wünschen scheint: ihren Dad und mich als Paar. Mich als ihre Stiefmutter. Undenkbar! Ein Grund mehr, die Finger von Liam zu lassen: Ich würde nicht nur ihn verletzen, wenn ich nach Stuttgart zurückkehre, sondern auch Izzy. Ich will auf keinen Fall, dass sie sich umsonst Hoffnung macht und dann umso mehr enttäuscht wird. Wir beide, wir haben doch in diesem Leben schon genug verloren.

»Weißt du was, ich gehe mir jetzt mal schnell die Haare föhnen!«, verkünde ich, schnappe mir meine Handtasche und flüchte mich auf die Damentoilette.

Als ich die Toilette verlasse, sehe ich, wie sich Izzy im Souvenirladen angeregt mit der älteren Verkäuferin unterhält, während die beiden gemeinsam die Bücher im Regal neu zu sortieren scheinen. Kurz werfe ich Liam einen Blick zu, der hinter dem Informationsschalter steht und konzentriert auf seinen Computerbildschirm schaut, während ein älteres Ehepaar geduldig vor ihm wartet. Als könne er spüren, dass ich ihn ansehe, schaut er kurz auf und lächelt mich warm an, bevor er sich an das Ehepaar wendet. Ich versuche, Izzys Behauptung zu verdrängen, ihr Dad sehe mich so an, wie er ihre Mutter angesehen habe, und flüchte mich in die Sicherheit des kleinen Büros. Hier, ohne Izzy und ohne die Touristen, die sich draußen in der Halle des Visitor Centers drängen, und vor allem ohne Liam und sein sexy Lächeln, komme ich langsam zur Ruhe. Ich gieße mir wohltuenden Kaffee nach, öffne mein Manuskript und die englische Vorlage, und vertiefe mich in das Geschehen rund um Jared und Leyna.

»Was ist denn ein O ... Orgas ...?«

Ich fahre so entsetzt zu Izzy herum, dass ich meinen Kaffeebecher umstoße. Glücklicherweise ergießt sich das Getränk nicht über Liams Tatstatur, dafür aber über meine Jeans. Immerhin ist er schon längst kalt, weil ich endlich mal wieder so konzentriert arbeiten konnte, dass ich die Zeit und auch mein Getränk vergessen habe. Ich habe nicht einmal gehört, dass die Kleine hereingekommen ist und sich hinter mich gestellt hat, um auf meinen Bildschirm gucken zu können.

Ich war ja auch gerade beim Höhepunkt der Szene. Wortwörtlich. Aber leider beim Höhepunkt in der englischen Vorlage, nicht in meinem deutschen Text, sodass dieses schlaue Persönchen lesen konnte, was sich da zwischen Leyna und Jared abspielt!

»Gar nichts!«, versichere ich rasch und klappe den Laptop abrupt zu, während ich hektisch nach einem Kleenex greife und den Kaffee aufwische, der auf den Boden zu tropfen beginnt.

»Aber … du hast das doch gerade geschrieben! Orga …«

»Alles okay?« Natürlich taucht gerade jetzt Liam hinter seiner Tochter auf.

»Alles okay!«, strahle ich ihn an und wische eilig Kaffeespuren von der Schreibtischoberfläche.

»Was ist ein Orga …mus?« Izzy sieht erst mich an, dann ihren Vater. Liams Blick bohrt sich vorwurfsvoll in meinen.

»Das wüsste ich auch gern«, knurrt er.

»Organismus!«, sage ich rasch, erleichtert über meinen Gedankenblitz. »Ich habe mich wohl vertippt, Süße.«

»Aber … warum hat diese Ley … Leyna – hieß sie so? Warum hat sie einen gewaltigen Organismus? Was soll das denn heißen?« Aus Izzys Blick spricht so viel Ratlosigkeit, dass ich nicht weiß, ob ich lachen oder vor Scham im Holzboden versinken soll. Ohne Liam anzusehen, stammele ich rasch: »Äh … Süße, da hast du etwas falsch gelesen … Also, Leyna sah den … größten Organismus ihres Lebens … Weißt du, sie ist Biologin und hat eine neue Bakterienkultur entdeckt.« Schweiß läuft mir den Rücken hinab.

»Die Klito ... Klito-dingsbums?«

Himmel, wie lange hat das Kind denn unbemerkt hinter mir gestanden?

»Äh ... Genau. Klitorum Dexterum. So heißt das.«

»Aber warum hat sie so geschrien? Wegen der Hexe?«

»Äh ... Ja ...«

»Und warum war sie nackt bei der Arbeit? Da stand, dass ihre Haut ...«

Noch nie war ich so froh, mein Telefon klingeln zu hören. Während Liam mich ansieht, als würde er in diesem Moment gern alles Mögliche mit mir machen, aber sicherlich nichts, was auch nur im Entferntesten mit Organismen oder Klitorum Dexterum zu tun hat, ziehe ich mein Handy aus den Tiefen meiner Handtasche.

»Hi, Jette!«

»Hi!«, kommt Jettes Antwort, und ich merke, dass sie extrem erleichtert ist, mich so gut gelaunt zu hören. Verdammt, vor lauter Erotik-Schlamassel habe ich völlig vergessen, dass ich sauer auf Jette bin. Und wie!

»Alles okay bei dir?«

»Ob alles okay ist?«, schnaube ich ins Telefon und stehe auf, weil ich mich sitzend nicht so effektiv in Rage reden kann. »Das fragst du mich ernsthaft? Jette, du hast mich im strömenden Regen auf dem Campingplatz zurückgelassen. OHNE AUTO!«

»Hey, nun reg dich doch nicht so auf ...«

»Und ob ich mich aufrege! Ich hatte nicht einmal einen Schirm und bin bis auf die Haut nass geworden, als ich zum Klo gelaufen bin!«

Liam und Izzy sehen mich aus weit aufgerissenen Augen an, und ich bin froh, dass sie meine Schimpftirade auf Deutsch nicht verstehen können. Aber vermutlich reicht mein Tonfall, um mehr als deutlich zu machen, dass ich sauer auf meine Schwester bin.

»Tut mir ehrlich leid«, höre ich Jette sagen. »Aber jetzt gerade sitzt du nicht mehr im Regen in unserem Zelt, oder?«

»Nein, tue ich nicht.« Ich seufze tief auf und reibe mir mit dem Zeigefinger über die Stirn. »Ich bin im Tourist Information Center, wo Liam heute eingeteilt ist. Izzy ist auch hier. Ich habe ein bisschen gearbeitet.« Als mir erneut bewusst wird, dass Izzy etwas zu viel von meiner Arbeit gesehen hat, werfe ich Liam einen schnellen Blick zu. Er erwidert ihn mit verschränkten Armen und ernstem Gesichtsausdruck.

»Ähm … wann kommst du zurück?«, frage ich atemlos.

»Hmm, tja, darum rufe ich an …« Sobald ich Jettes Herumgedruckse höre, weiß ich, was jetzt kommt.

»Jette! Du hast mich heute im Regen zurückgelassen. OHNE AUTO und OHNE SCHIRM! Sieh bloß zu, dass du deinen Arsch zügig zurück zum Campingplatz bewegst! DU wolltest zelten, nicht ich!«

»Aber du bist doch gar nicht im Zelt. Und, zu meiner Verteidigung: Als ich heute Morgen vor vier Uhr losgefahren bin, hat es noch nicht geregnet! Sonst hätte ich dir den Schirm dagelassen. Bestimmt.«

»Na klar, als wenn du daran gedacht hättest, du liebestolle Irre!«

»Also, ich wollte eigentlich sagen, dass ich noch ein kleines Weilchen auf der Insel bleibe …«

»Was soll ›kleines Weilchen‹ heißen?« Ich atme tief ein und aus, während ich auf ein Poster an der Wand starre, auf dem die Spuren diverser Waldtiere zu sehen sind.

»Vielleicht … bis morgen früh?«

»WIE BITTE?«, explodiere ich und starre fassungslos auf die

Waschbärpfotenabdrücke. »Hast du sie noch alle? Du kommst gefälligst heute zurück, Madame!«

»Aber Polly, jetzt stell dich doch bitte nicht so an. Owen und ich ...«

»Es ist mir völlig egal, was mit diesem Fischer und dir ist! Das hier ist kein Liebesurlaub, Jette! DU wolltest nach Maine kommen, DU wolltest unsere Mutter finden! Und, falls ich dich daran erinnern darf, wir haben sie gefunden, aber das scheint dich ja überhaupt nicht mehr zu interessieren! Oder hast du dich inzwischen etwa mit unserem Großvater ausgesprochen und bist längst als die Enkelin, die er nie kannte, willkommen geheißen worden?« Mein Atem geht schnell, mein Gesicht glüht vor Wut.

»So ein Quatsch«, höre ich Jette sagen. »Ich habe unseren Großvater noch nicht einmal von Weitem gesehen. Polly, du reagierst völlig über. Es ist doch nur eine Nacht. Morgen früh komme ich zurück und dann ...«

»...und dann fahren wir auf direktem Wege zum Flughafen, damit das bloß klar ist, Jette! Keinen Tag länger bleibe ich mit meiner verhaltensauffälligen Schwester in dieser gottverdammten Wildnis! Es reicht!«

Und mit diesen Worten beende ich das Gespräch. Langsam sinkt meine Hand nach unten, während ich schwer atmend nach Luft ringe und versuche, mein wild rasendes Herz unter Kontrolle zu bekommen. Niemand sonst kann mich wütend machen wie Jette mit ihrer verfluchten rosaroten Herzchen-Brille!

Als eine Kinderhand nach meinen schwitzigen Fingern greift, fahre ich erschrocken herum. Für einen Moment hatte ich tatsächlich verdrängt, dass ich nicht allein bin. Zittrig hole ich Luft und gehe in die Hocke, umfasse Izzys Hände mit meinen.

»Es tut mir leid, dass ich so geschrien habe«, sage ich leise.

»War das deine Schwester?«

Ich nicke, während ich immer noch nach Luft ringe.

»Warum habt ihr euch denn gestritten?«

»Izzy ...«, höre ich Liam mahnend hinter ihr, aber ich lächele das Mädchen schief an und sage heiser: »Ach, weißt du, es war Jettes Idee, nach Maine zu fliegen. Ich wollte eigentlich nicht herkommen – und schon gar nicht campen. Ich weiß, dein Dad und du, ihr findet Campen toll, aber ich ... ich überhaupt nicht. Diese ganze Wildnis, der ständige Regen, die Tiere ...«

Ein Blick auf Liam und Izzy zeigt mir, dass sie mich ansehen, als hätte ich gerade verkündet, nicht gern zu atmen. Vermutlich können sie sich kein Leben ohne Campen vorstellen. Darum passe ich auch so gut nach Maine wie eine Nonne in einen Erotikroman.

»Aber ... warum bist du dann mit deiner Schwester nach Maine gekommen, wenn du keine Natur magst?« Izzy mustert mich, als wäre ich ein schwer zu lösendes Rätsel. Bin ich ja auch.

»Na, weil ich mal wieder nachgegeben habe!«, rufe ich theatralisch und raufe mir mit beiden Händen die Haare. »Weil Jette mich so lang bekniet hat, bis ich eingeknickt bin. Ich wollte sie nicht allein zu unserer Mutter ...«

Als mir klar wird, was ich im Begriff war zu sagen, schlage ich mir schnell eine Hand vor den Mund und starre entsetzt an Izzy vorbei, geradewegs in Liams ernstes Gesicht. Er steht dicht hinter seiner Tochter, die Hände auf ihren Schultern. »Scheiße«, murmele ich, auf Deutsch.

Izzys Augen haben sich überrascht geweitet, was die flüchtig in mir aufkeimende Hoffnung, dass ich das Ganze als Versprecher abtun könnte, zunichtemacht. Diesem schlauen Mädchen kann ich nichts vorgaukeln.

»Deine Mutter? Ist sie etwa HIER?«

Kapitel 16

In stummer Verzweiflung starre ich Izzy an, die meinen Blick erwidert, ohne mit der Wimper zu zucken. Aufmerksam fixiert sie mich, und ich stöhne innerlich auf. Wie konnte ich nur so unbeherrscht sein?

»Ähm«, mache ich und muss mich setzen. Von meiner Hock-Position lasse ich mich wenig elegant auf mein Hinterteil plumpsen und fahre mir mit beiden Händen über das Gesicht. Izzy setzt sich schweigend neben mich. Als ich die Hände sinken lasse, merke ich, dass Liam mich ebenfalls stumm betrachtet, die Hände in den Taschen seiner Uniformhose vergraben. Aus seinem Blick spricht jetzt kein Ärger mehr, weil ich die Unschuld seiner Tochter mit meinem erotischen Text aufs Spiel gesetzt habe, nein, vielmehr erkenne ich darin so verdammt viel Mitgefühl, dass ich wegsehen muss. Entschlossen blinzele ich gegen die Tränen an, denn weinen werde ich heute ganz sicher nicht!

Ich atme tief durch und sehe Izzy an. »Ja«, erwidere ich ruhig und merke, wie sich die Augen des Kindes noch eine Spur mehr weiten. »Ja, unsere Mutter wohnt hier in Bar Harbor.«

Als Izzy aufgeregt etwas sagen will, schiebe ich rasch hinterher: »Allerdings weiß sie nicht, dass wir wissen, dass sie hier ist. Wir haben sie zwar gesehen, aber nicht mit ihr gesprochen und uns nicht zu erkennen gegeben. Und darum ...« Ich setze einen möglichst mysteriös wirkenden Blick auf und lege meinen Zeigefinger gegen meine Lippen, »...darum ist das ein gro-ßes Geheimnis, von dem niemand etwas wissen darf, verstehst du? Bisher wissen nur dein Papa und Jette und ich, dass unsere Mutter hier im Ort wohnt. Und ... vermutlich inzwischen auch Owen, der Hummerfischer.« Ich rolle mit den Augen, als ich zu Liam hochsehe. Der antwortet mit einem vagen Lächeln.

»Wieso denn Owen?«, fragt Izzy aufmerksam.

»Kennst du ihn?«, erkundige ich mich ausweichend, weil ich jetzt eigentlich nicht Jettes Liebesleben erörtern möchte. Izzy nickt eifrig.

»Na klar, Owen ist toll, er lässt mich manchmal auf seinem Fischkutter mitfahren!«

»Ja, hmm, siehst du, und heute hat er auch Jette mitfah-ren lassen. Und wie ich meine Schwester kenne, hat sie dabei bestimmt unsere Mutter erwähnt. Darum ist das jetzt ein gro-ßes Geheimnis, in das nur du, ich, Jette, dein Papa und Owen eingeweiht sind. Du darfst es niemandem erzählen, okay?«

»Aber ... wer ist sie denn? Kenne ich sie?«

»Nein«, meldet sich Liam rasch zu Wort. »Nein, Izzy, du kennst sie nicht.«

Er wirft mir einen ernsten Blick zu, und ich nicke dankbar.

»Aber ihr sagt eurer Mutter noch, wer ihr seid, oder?«

Ich wollte mich gerade aufrichten, doch nun plumpse ich zurück auf den Boden und sehe Izzy stumm an. Schließlich hole ich tief Luft und sage: »Ähm ... Ich weiß es noch nicht, Izzy. Eigentlich wäre es mir lieber, wenn sie es nicht erfahren würde.«

Izzy starrt mich geradezu entsetzt an. »Aber warum? Sie ist eure Mutter!«

»Ja, klar, aber ... also, sie hat uns verlassen, als wir ziemlich klein waren, und seitdem hat sie nie versucht, Kontakt zu uns aufzunehmen. Verstehst du?«

»Aber ihr könnt jetzt Kontakt aufnehmen.« Izzy klingt so ruhig und logisch, dass es mir schwerfällt, die passenden Gegenargumente zu finden.

»Tja, das könnten wir theoretisch, aber …«

»Was heißt theoretisch?«

»Dass wir … Also …«

»Wisst ihr was?« Ich bin so erleichtert, als Liam plötzlich neben Izzy und mir in die Hocke geht und uns aufmerksam ansieht, dass ich ihn dankbar anlächele. »Es regnet gar nicht mehr!«

Überrascht hebe ich den Blick und sehe zum Fenster hinaus. Es stimmt, von meinem Platz auf dem Fußboden aus erkenne ich sogar einen Fetzen blauen Himmels zwischen den Baumwipfeln. Izzy springt auf und presst ihre Nase an die Fensterscheibe.

»O ja, die Sonne kommt raus!«

Liam lächelt mich an, und ich lächele zurück. Seine Nähe und das vertraute Grübchen in seiner linken Wange und die Ruhe, die er ausstrahlt, erfüllen mich mit einer wohligen Wärme.

»Gehe ich recht in der Annahme, dass deine Schwester heute nicht mehr zurückkommt?«, erkundigt er sich leise. Ich muss lachen, obwohl ich das ja eben noch gar nicht komisch fand.

»Ja, das tust du«, erwidere ich ruhig.

»Hmm«, macht Liam nachdenklich. Dann sagt er, lauter und in Izzys Richtung: »Ich hätte eine Idee, wie wir Polly das Campen schmackhafter machen können.«

»Ach, verschwendet bloß keine Energie, das Campingleben könnt ihr mir niemals schmackhaft machen«, brumme ich mit einem energischen Kopfschütteln. Liam lacht leise auf, und Izzy schlingt von hinten die Arme um seine Schultern.

»Sag schon, Dad, was hast du vor?«, fragt sie aufgeregt. Ich bin Liam unendlich dankbar dafür, dass er uns vom vorherigen Thema weggelotst hat.

»Also, heute Nachmittag habe ich frei. Wir könnten gemeinsam in den Supermarkt fahren und ein paar Dinge zum Grillen einkaufen. Würstchen, Marshmallows …« Weiter kommt Liam nicht, denn Izzy tanzt begeistert jubelnd um ihn herum, sodass er in seiner Hockposition nun das Gleichgewicht verliert und neben mir genauso rückwärts auf seinen Allerwertesten plumpst. Lachend zieht er Izzy auf seinen Schoß.

»Grillen wir bei uns zu Hause?«

»Nein, du Kröte, natürlich auf dem Campingplatz!«, erwidert Liam gut gelaunt. »Unser Plan ist doch, Polly das Campen schmackhaft zu machen!«

»Na, das müssen dann aber verdammt köstliche Würstchen werden«, witzele ich.

»Und Marshmallows!«, ruft Izzy energisch, denn etwas Wichtigeres scheint es nicht zu geben.

»Und Marshmallows«, nicke ich grinsend.

»Und ob die köstlich werden«, erklärt Liam mit Nachdruck. »Du wirst schon sehen. Bisher hast du Camping völlig falsch erlebt. Es wird Zeit, dass du positive Erfahrungen sammelst!«

Izzy und ich müssen noch eine Stunde warten, bis Liams Schicht zu Ende ist. Ich nutze die Zeit, um im Badezimmer den Kaffeefleck notdürftig aus meiner Jeans zu waschen und diese dann halbwegs trocken zu föhnen. Leider wirklich nur halbwegs, sodass ich jetzt zwar keinen braunen Fleck mehr im Schritt habe, aber dafür leicht inkontinent wirke.

Da ich es nicht mehr wage, in der Gegenwart des Kindes am Laptop weiterzuarbeiten, machen wir ein Memory-Spiel mit lauter Wald-Tieren, bei dem ich ständig verliere. Als Liams Schicht schließlich zu Ende ist, knurrt mein Magen laut, und

auch Izzy verkündet, dass sie vor Hunger sterbe. Die Erdnussbutterkekse haben wir längst alle verputzt.

»Ich habe auch Hunger«, lacht Liam und küsst seine Tochter auf den sauber gezogenen Scheitel. Unvermittelt frage ich
mich, ob er ihr heute Morgen die zwei Zöpfe geflochten hat.
Kann er so etwas? Aber warum sollte er das eigentlich nicht
können? Immerhin ist er schon seit einigen Jahren allein mit
seiner Tochter. Unweigerlich muss ich wieder an unser unter-
brochenes Gespräch von gestern denken und wünsche mir
einen Moment der Zweisamkeit, um ihn erneut fragen zu können, was er mir gestehen wollte.

»Ich ziehe mich nur schnell um, dann fahren wir in den Ort
und holen uns etwas zu essen, bevor wir fürs Grillen einkaufen.
Okay?« Er sieht mich fragend an, und ich grinse breit zurück.

»Klingt super!«

Eine halbe Stunde später rollt der sonnengelbe Jeep langsam die mal wieder sehr belebte Main Street von Bar Harbor
entlang und biegt schließlich nach rechts, in die Straße mit
dem entzückenden Namen Firefly Lane, die an einem kleinen
Park entlangführt. Als wir an einer Feuerwache vorbeikommen,
sehe ich vor der geöffneten Garage, in der man die rot glänzenden Löschfahrzeuge erkennt, auf einer Bank vier Feuerwehr-
leute sitzen – drei Männer und eine Frau. Moment mal, das ist
doch …

»Tante Linda!«, ruft Izzy begeistert und lässt ihr Fenster her-
unter. »Hallo, Tante Linda! Bitte, Dad, lass mich aussteigen!«

»Du hast doch deine Tante erst vorgestern …«

»Bitte!!!«

Mit einem Kopfschütteln und einem schiefen Lächeln hält
Liam am rechten Straßenrand und sieht mich beinahe entschuldigend an. Ich frage ihn erstaunt: »Deine Schwester ist Feuer-
wehrfrau?«

»Yep«, macht Liam und grinst zum Beifahrerfenster hinaus, denn Linda nähert sich gerade dem Jeep. »Hey, Schwesterherz!«

»Hey, ihr Banditen! Wie geht's euch?«

Sie öffnet die hintere Wagentür, und Izzy, die sich abgeschnallt hat, schmeißt sich geradezu in die Arme ihrer Tante, was diese lachend rückwärts taumeln lässt, das Kind wie ein Äffchen an sich hängend.

»Vorsicht, bring deine Tante nicht um!«, warnt Liam gut gelaunt.

»Keine Sorge, so leicht wirst du mich nicht los«, scherzt seine Zwillingsschwester und stellt sich vor mein geöffnetes Beifahrerfenster, Izzy auf ihrer Hüfte. In der dunkelblauen Feuerwehrkluft könnte eine Frau schnell maskulin wirken, aber Lindas langes hellblondes Haar, das sie heute zu einem dicken Dutt am Hinterkopf trägt, verhindert das. In ihren Augen funkelt derselbe Schalk, den ich bei Liam manchmal entdecke.

»Wir wollen dich gar nicht loswerden, Tante Linda! Niemals!« Izzy schlingt ihre Arme fest um den Hals ihrer Tante, und ich merke, dass Linda von dieser Liebesbekundung ihrer Nichte sehr gerührt ist. Mir wird klar, dass sie eine wesentliche Rolle in Izzys Leben spielen muss.

»Wohin seid ihr denn unterwegs?«, erkundigt sich Linda nun und beäugt mich interessiert. Ich vermute, dass ihre Mutter ihr gesteckt hat, dass ich schon gestern bei ihrem Bruder im Haus war. Die Schlüsse, die sie nun vermutlich zieht, lassen mich nervös auf dem Beifahrersitz hin- und herrutschen.

»Wir haben Hunger!«, verkündet Izzy, während Linda sie mit einem »Uff, bist du schwer!« auf ihre Füße stellt.

»Ja, und Izzy will unbedingt einen Burger bei Jake's essen«, erklärt Liam.

»Ahh, na klar, Jake's Burger sind nun einmal die besten in

Bar Harbor!« Linda lächelt ihre Nichte an, bevor ihr Blick wieder zu mir wandert. »Wo ist denn deine Schwester?«

»Auf Blueberry Island«, seufze ich. »Lange Geschichte.«

»Owen hat sie zum Fischen mitgenommen!«, erklärt Izzy.

»Und sicher nicht nur zum Fischen«, murmele ich, was Linda auflachen lässt. »Ahh, verstehe. Und, wie läuft es mit eurem Campingabenteuer?«

»Ähm … Ganz gut«, erwidere ich ausweichend, denn vor dieser taffen jungen Frau möchte ich nun wirklich nicht als Weichei dastehen, das jammert, weil es auf dem Campingplatz nass geworden ist. Linda löscht Brände, Himmel noch mal, und mir ist es zu anstrengend, morgens zum Zähneputzen zum Toilettenhäuschen zu wandern!

»Polly hasst Campen!«, erklärt Izzy mit Nachdruck, und ich sehe das Kind beinahe erschrocken an. Will die Kleine mich etwa bloßstellen? Dass ich mich mit einem Mal verraten fühle und sogar eine Spur eifersüchtig auf Linda bin, die in Izzys Augen die Größte zu sein scheint, irritiert mich sehr.

»Ähm … Also hassen würde ich nicht sagen …«, winde ich mich.

»Auf jeden Fall wollen wir Polly heute den Nationalpark und das Campingleben etwas schmackhafter machen, indem wir grillen«, kommt mir Liam zu Hilfe.

»Wow, das klingt doch toll«, meint Linda und strahlt mich an.

»Willst du nicht auch kommen?«, bittet Izzy und schlingt ihre Arme um die Hüften ihrer Tante. Erneut zuckt die Eifersucht in mir hoch. Wirklich, das ist doch lächerlich! Linda ist ihre Tante, Himmel noch mal, es ist doch ganz klar, dass sie der Kleinen wichtiger ist, als ich es bin, die sie mich erst seit vorgestern kennt!

»Ah, ich würde wirklich gern, Izz-Bizz, aber …« Sie wirft

Liam einen flüchtigen Blick zu, und ich spüre einen ganzen Wortschwall an unausgesprochener Zwillingskommunikation zwischen ihnen hin- und hersausen. »Weißt du, ich habe heute Abend schon etwas vor.«

»Was denn?«

»Izzy, quetsch deine Tante nicht so aus!«, mahnt Liam gutmütig. »Sie muss uns nicht alles aus ihrem Privatleben erzählen.« Nach zwei Sekunden fügt er grinsend hinzu: »In dieser kleinen Stadt erfahren wir sowieso alles Interessante früher oder später.«

Linda sieht ihren Bruder mit hochgezogenen Augenbrauen an, einen Gesichtsausdruck, den ich von Liam nur zu gut kenne. »Ihr dürft ruhig wissen, dass ich ein Date habe«, erklärt sie ruhig.

»Ein Date?«, kreischt Izzy auf, und Linda schlägt ihr lachend eine Hand vor den Mund und sieht in gespielter Verzweiflung zu ihren Kollegen hinüber, die uns von ihrer Bank aus amüsiert zu beobachten scheinen. Und sie können uns wohl auch gut hören, denn einer von ihnen, ein riesiger Kerl mit Händen wie Bratpfannen, ruft jetzt mit dröhnender Stimme: »Ein Date? Mit wem, Linda?«

»Auf jeden Fall nicht mit dir, Pete!«, ruft der ältere Feuerwehrmann daneben und schlägt sich vergnügt lachend auf die Oberschenkel.

»Jetzt sag nicht, dass dich Kyle endlich überreden konnte, mit ihm auszugehen?«, fragt erneut der Große, während der Dritte im Bunde, ein stiller junger Mann mit sanften dunklen Augen, den Schlagabtausch stumm verfolgt und dabei zunehmend entsetzt wirkt. Bei der Erwähnung des Namens »Kyle« zuckt er leicht zusammen, und da wird mir klar, dass es um ihn geht.

»Doch!«, verkündet Linda, und ich beneide sie darum, dass

sie so völlig cool bleibt. »Ich gehe heute Abend mit Kyle aus. Okay? Und jetzt haltet endlich alle die Klappe!«

Ich merke, dass Kyle Linda groß anstarrt. Es fehlt nur noch, dass ihm der Mund offen steht, so deutlich ist ihm die Überraschung ins Gesicht geschrieben. Und da begreife ich, dass Linda bis vor ein paar Sekunden nicht wirklich ein Date hatte. Dass sie nach einer Ausrede gesucht hat, warum sie heute Abend beim Grillen nicht dabei sein kann. Eine böse Vorahnung beschleicht mich, als sie sich nun wieder uns im Jeep zuwendet und mit einem breiten Lächeln sagt: »So, dann hoffe ich mal, dass euer Abend genauso nett wird wie meiner.«

Das Zwinkern in Liams Richtung entgeht mir nicht. Oh, bitte! Sie hofft doch wohl nicht ernsthaft, dass aus ihrem Bruder und mir etwas wird, oder? Ich reise doch schon sehr, sehr bald ab! Und außerdem will ich keine Beziehung. Und ich habe ja auch gar keine Gefühle für Liam. Nein, gar nicht!

»Hey, Boss, deine Tochter geht heute Abend mit Kyle aus! Hast du ihm die Erlaubnis gegeben?«, höre ich wieder den riesigen Feuerwehrmann mit der dröhnenden Stimme rufen und sehe einen großen Mann mit kurzem silbergrauem Haar und Vollbart aus der Feuerwache kommen, den ich schon von dem Familienfoto auf Liams Kaminsims kenne. Als er Kyle ansieht, scheint dieser auf der Bank eine Spur kleiner zu werden, und ich habe sofort Mitleid mit ihm. Aber dann wandert der Blick des Mannes zu Linda, und ein Grinsen, das mir sehr vertraut vorkommt, überzieht seine Züge. »Linda darf ausgehen, mit wem sie will. Niemand muss mich um Erlaubnis fragen«, sagt er ruhig, bevor er auf unseren Jeep zugeht. »So, so, ein Date mit Kyle?«, fragt er in gedämpftem Tonfall und sieht seine Tochter neugierig an. »Woher kommt denn der Sinneswandel?«

Noch bevor Linda antworten kann, späht er zu uns in den Jeep hinein, und ein forschender Blick aus wachen grauen

Augen trifft mich. »Hi, ich bin James, der Vater dieser beiden Chaoten«, sagt er in höflichem Tonfall, wobei ein schelmisches Funkeln in seinen Augen aufblitzt. Ein Funkeln, das mir ebenfalls sehr vertraut vorkommt.

»Hi, ich bin Polly. Freut mich, Sie kennenzulernen«, erwidere ich freundlich.

»Ach, die berühmte Polly. Dachte ich es mir doch«, schmunzelt James, und ich sehe aus den Augenwinkeln, wie Liam eine Geste macht, die seinen Vater vermutlich zum Schweigen bringen soll. »Was denn, Liam? Darf ich nicht erzählen, dass deine Mutter mir von dieser jungen Dame vorgeschwärmt hat?« Ein tiefes Aufseufzen von Liam ist die Antwort. James zwinkert mir vergnügt zu, bevor er geradezu genüsslich hinzufügt: »Und du selbst natürlich ebenfalls?«

»Dad!«, sagt Liam und klingt so verlegen, dass ich ihn fragend ansehe und bei seinem Gesichtsausdruck lachen muss. Er wird ein wenig rot und schüttelt den Kopf, aber da er anscheinend nicht weiß, was er zu seiner Verteidigung sagen soll, schweigt er und starrt konzentriert auf das Lenkrad.

»Das mit dem Feuerlöschen ist also quasi eine Familientradition?«, erkundige ich mich und sehe Linda und ihren Vater abwechselnd an.

»Ja, nur der da schlägt aus der Art«, erwidert Linda vergnügt und deutet auf ihren Bruder. »Keine Ahnung, warum der lieber Touristen bespaßt.«

»Ich bespaße keine Touristen«, gibt Liam mit einem genervten Schnauben zurück. »Ich schütze den Park vor ihnen und ihrer Dummheit. Und ich schütze die Touristen. Manche von ihnen laufen im Dunkeln ohne Taschenlampe auf die Felsen hinaus. Und lassen ihre Zelte wegfliegen.«

Der Blick, den er mir zuwirft, spricht Bände. Liams Vater lacht dröhnend auf.

»Keine Sorge, das sind nur Anfängerfehler, die passieren halt«, sagt er und zwinkert mir zu.

»Übrigens, Liam, hat Mom dir wegen Sonntagabend Bescheid gesagt?«, meldet sich Linda zu Wort. »Abendessen bei ihr und Dad.«

»Ja, hat sie«, bestätigt Liam.

»Iss vorher was«, brummt James und wirft seinem Sohn einen finsteren Blick zu. »Deine Mutter ist neuerdings auf diesem Carb-Free-Trip. Es gibt weder Nudeln noch Kartoffeln noch Brot noch Reis. Die Hölle, sage ich dir.«

»Oje, das kenne ich«, bemerke ich mit einem wissenden Grinsen. »Meine Stiefmutter ernährt sich neuerdings auch ohne Kohlenhydrate, sehr zum Leidwesen meines Vaters.«

»Prima, ich freue mich auf Sonntag«, gibt Liam in sarkastischem Tonfall zurück. An mich gewandt fügt er erklärend hinzu: »Mein Dad hatte vor einem Jahr einen leichten Herzinfarkt. Seitdem versucht Mom, mit gesunder Ernährung seine Blutwerte zu verbessern. Bisher leider vergeblich.«

»Da gibt es nichts zu verbessern, ich bin topfit! Bin gestern noch joggen gewesen!«

»Aber dein Cholesterin ist immer noch zu hoch, und der Blutzucker auch«, bemerkt Linda. »Kein Wunder übrigens, bei den Snacks, die du dir hier in der Wache reinhaust. Da kommt Mamas gesundes Essen nicht gegen an.«

»Wehe, ihr verratet ihr das«, knurrt James. »Am Ende baut sie persönlich unseren Snackautomaten im Aufenthaltsraum ab. Die Jungs würden mir das nie verzeihen.«

»Und ich auch nicht. Ohne Snickers überstehe ich keine Nachtschicht.« Linda grinst mich breit an, und Izzy meldet sich begeistert zu Wort: »Oh, bitte, Dad, kaufst du mir ein Snickers?«

»Auf gar keinen Fall«, widerspricht Liam energisch. »Wir wollten gerade zum Mittagessen.«

»Na, dann lasst euch mal nicht aufhalten, Junge.« Die Art, wie James durch den Wagen an mir vorbeilangt und Liams Wange liebevoll tätschelt, als sei er noch ein Kind, rührt mich zutiefst.

»Wir sehen uns Sonntag, Dad. Hey, Linda, ich wünsche dir und Kyle einen netten Abend«, sagt er an seine Schwester gewandt, und mir entgeht sein süffisantes Grinsen nicht.

»Den wünsche ich den beiden auch«, seufzt James, während sich Linda daranmacht, Izzy wieder hinten in den Wagen zu bugsieren.

»Kyle ist ein lieber Kerl. Hoffentlich übersteht er diesen Abend.«

»Hey, das habe ich gehört!«, kommt Lindas Stimme von hinten. »Hältst du mich für eine Gottesanbeterin, die ihre Männer zum Nachtisch verputzt?«

»Na ja …«, murmelt Liam nachdenklich, und Linda schafft es, von der Rückbank aus nach vorn zu langen und ihrem Zwillingsbruder einen Schlag auf den Hinterkopf zu geben. »Aua!«

»Sei bloß vorsichtig, Freundchen! Außerdem gehen wir nur essen, Leute. Von S-E-X ist keine Rede.«

James hustet erschrocken und murmelt etwas von »Mein Gott, womit habe ich das verdient …«

»Sex?«, fragt Izzy laut und deutlich von der Rückbank. »Was ist Sex?«

»Seit wann … Wieso verstehst du das?«, fragt Linda entsetzt, und als ich mich umdrehe, merke ich, dass nun sie knallrot anläuft.

»Sie geht zur Schule und kann schon gut lesen, Linda«, bemerkt Liam und rollt mit den Augen.

»Stimmt, eben habe ich sogar Pollys Manu … Manu-Dingsbums gelesen!«, verkündet Izzy stolz, und ehe ich sie unterbrechen kann, fährt sie auch schon fort: »Sie schreibt über Organismen und Kli.. Klito …«

»Ja, ähm, genau, über … Biologie!«, sage ich schnell und habe das Gefühl, dass mein ganzer Körper brennt. Ich spüre Liams Blick auf mir und sehe rasch in die andere Richtung, wo mich allerdings der fragende Blick seines Vaters trifft.

»So, so, Biologie?«, erkundigt er sich und mustert mich sichtlich amüsiert. »Interessantes Themenfeld, wie?«

»Absolut«, murmele ich.

Er lacht dröhnend auf und knufft mich leicht gegen den Oberarm. »Du bist in Ordnung, Polly. War nett, dich kennenzulernen. Hey, komm doch Sonntag auch zum Abendessen zu uns! Wenn ein externer Gast dabei ist, besteht die Chance, dass Jane doch Nudeln oder Kartoffeln macht.« Sein hoffnungsvoller Blick lässt mich kichern.

»Vielen Dank – also, wenn es keine Umstände macht, dann sehr gern«, erkläre ich.

»Macht keine Umstände«, brummt James. »Also, ihr Lieben, wir sehen uns! Bye, Izzy, mein Schatz!«

»Bye, Grandpa!«, brüllt Izzy, während ihr Großvater sich mit langen Schritten entfernt und zu den anderen Jungs auf die Bank vor der Feuerwache setzt. Als Linda sich durch das offene Beifahrerfenster beugt, meint sie in verschwörerischem Tonfall: »Über deine Arbeit müssen wir uns bei Gelegenheit mal länger unterhalten. Am besten bei einem Glas Wein. Und ohne Kinder.«

»Hey!«, kommt Izzys empörte Stimme von hinten, und ich muss auflachen. Linda grinst mich breit an, dann schaut sie zu ihrem Bruder und verkündet: »Also, ich mag Polly. Meinen Segen hast du.«

»Hau ab!«, stöhnt Liam auf.

»Hey, hey, kein Grund, so ruppig zu werden«, bemerkt sie unbekümmert und streckt ihrem Bruder die Zunge raus, bevor sie ihm einen Luftkuss zuwirft. »Hab dich lieb, du Hohlkopf!«

Mit diesen zärtlichen Worten dreht sie sich um und marschiert zurück zur Bank, von wo Kyle ihr ungläubig entgegensieht.

»Sie treibt einen in den Wahnsinn«, seufzt Liam, als er den Jeep weiterfährt. »Der arme Kyle weiß nicht, worauf er sich da einlässt.«

Aber das zärtliche Lächeln verrät mir, wie wichtig ihm seine Schwester ist, Wahnsinn hin, Wahnsinn her. Und mit einem Mal beneide ich ihn brennend um das, was er hat: Eine Schwester, zu der er eine innige Beziehung zu haben scheint, eine Tochter, die ihn vergöttert, und die er ganz offensichtlich auch ohne Hilfe ihrer Mutter wunderbar großzieht. Und, nicht zu vergessen, einen tollen Dad und noch dazu eine Mutter, die eine wichtige Rolle in seinem Leben spielt.

Gut, einen Vater habe ich ebenfalls, und unsere Beziehung war immer in Ordnung. Ich habe eine wirklich nette Stiefmutter, die sich stets große Mühe mit mir gegeben hat. Und natürlich habe auch ich eine Schwester, und auch meine treibt mich in den Wahnsinn. Aber haben wir ein so inniges Verhältnis wie Liam und Linda? Nein, denke ich. Meine Schwester hat mich mir nichts, dir nichts allein auf dem Campingplatz sitzen gelassen, um mal wieder ihrer großen Liebe nachzurennen.

Mühsam schlucke ich, bevor ich betont locker frage: »Und wo essen wir jetzt die Burger?«

Kapitel 17

Ich muss Linda recht geben: Die Burger bei Jake's sind hervorragend und vermutlich wirklich die besten in Bar Harbor. Während des Essens plappert Izzy munter vor sich hin, vorzugsweise mit vollem Mund, weshalb sie immer wieder liebevoll von Liam ermahnt wird. Sie erzählt von ihren Schulfreundinnen Emily und Matilda und von ihrer Lieblingslehrerin Mrs. White, von ihren Lieblingsbüchern (die pinkfarbenen mit dem Mädchen und dem Pony auf dem Cover) und ihrer liebsten Fernsehsendung (auch irgendeine Pferdeserie, die mir nichts sagt). Und irgendwann, als ich gerade ein paar letzte Pommes in Ketchup tunke und genüsslich verspeise, obwohl ich eigentlich schon pappsatt bin, fragt Izzy mich mit ernstem Blick: »Hast du einen Freund, Polly?«

Sofort spüre ich Liams Blick auf mir und merke, dass ich rot werde. Warum auch immer.

»Ähm, meinst du, ob ich Freunde habe – so, wie du Emily und Matilda hast?«, erkundige ich mich dann hoffnungsvoll und nehme einen großen Schluck Ginger Beer.

Izzy sieht mich an, als sei ich ein wenig minderbemittelt. »Nein – ich meine, ob du eine BEZIEHUNG hast«, erläutert sie, langsam und laut, damit selbst ich begreife, was sie mir sagen will.

Diese Achtjährige klingt eher wie achtzehn und überfordert mich wirklich. Zu allem Überfluss fügt sie auch noch hinzu:

»Dass du nicht verheiratet bist, dachte ich mir schon, weil du keinen Ring trägst.«

Flüchtig sehe ich auf meine Finger, als müsse ich mich vergewissern, dass sie recht hat, und antworte dann: »Nein, Süße, ich habe keinen Freund. Ich bin glücklicher Single.«

»Warum?«

»Ähm … du meinst, warum ich Single bin?«

»Nein, warum bist du als Single glücklich?«

Ich beginne zu schwitzen und nehme noch einen Schluck von meinem Getränk. Liam scheint mal wieder Mühe zu haben, ein amüsiertes Lächeln zu unterdrücken. Er mustert mich erwartungsvoll, mit leicht schief gelegtem Kopf, während er ebenfalls die letzten Pommes von seinem Teller klaubt.

»Also … das sagt man einfach so. Glücklicher Single. Viele reden sich das bestimmt schön. Aber ich … ich bin wirklich glücklich.«

Das kommt in diesem Moment irgendwie nicht überzeugend rüber, merke ich, darum lege ich rasch nach: »Weißt du, Izzy, auch wenn die Medien und die Filmindustrie und die Liebesromanbranche einem einreden, dass man nur in einer Beziehung ein sinnvolles Leben führen kann: Das ist nicht so. Als Frau kann man auch gut allein durchs Leben gehen. Sehr gut sogar.«

Ich merke, dass Liams Augenbrauen langsam in die Höhe gewandert sind und er mich immer noch unverwandt mustert. Izzy starrt mich ernst an, bevor sie sagt: »Aber Alleinsein ist doch traurig. Dad hat zwar auch keine Frau, aber immerhin hat er mich.«

Liam sieht seine Tochter an, und mit einem breiten Lächeln beugt er sich zu ihr und zieht sie in seine Arme, während er sagt: »O ja, und ich bin wirklich heilfroh, dass ich dich habe! Wer würde sonst beim Pfannkuchenbacken meine Küche verwüsten oder beim Duschen das Badezimmer unter Wasser setzen?«

Als sich Izzy kichernd aus seiner Umarmung befreit, streicht sie sich eine Strähne aus der Stirn, greift nach einer der Pommes auf Liams Teller und verkündet dann entschlossen: »Aber obwohl Dad mich hat, möchte ich, dass er wieder heiratet.«

Liam verschluckt sich an seinem Eistee. Nach Luft ringend sieht er seine Tochter an und hakt heiser nach: »Wie bitte? Seit wann denn das?«

»Seit …«, Izzy sieht mich über den Tisch hinweg ernst an, und ich ahne, was jetzt kommt, darum unterbreche ich sie hastig.

»Weißt du, irgendwann lernt dein Dad bestimmt wieder eine tolle Frau kennen und heiratet sie. Ganz sicher!«

Izzy starrt mich weiterhin an, und ich werde ganz nervös. Liam räuspert sich und meint betont leichthin: »So, wollen wir zahlen, dann können wir einkaufen gehen?« Ohne unsere Reaktion abzuwarten, winkt er der Kellnerin zu.

»Willst du keine Kinder haben?« Izzys nächste Frage klingt schon fast nach Verhör. Erschrocken sehe ich sie an.

»Ähm … na ja, ich mag Kinder, also hätte ich prinzipiell natürlich schon gern welche …« Das stimmt zwar nicht ganz, aber wenn ich jetzt zugebe, dass die Vorstellung, Kinder zu haben, mich in Angst und Schrecken versetzt, wird Izzy fragen: »Warum?« Und dann muss ich erklären, dass ich nicht glaube, eine gute Mutter sein zu können, weil ich ja so werden könnte wie meine eigene Mutter, die uns sitzen gelassen hat – und all das ist mir zu kompliziert.

»Aber um Kinder zu bekommen, brauchst du einen Mann. Sagt Dad.«

»Sagt er das?« Hilflos sehe ich Liam an, der so tut, als wäre er in sein Handy vertieft.

»Hmm?«, fragt er und sieht nicht mich an, sondern Izzy.

»Du hast doch neulich gesagt, dass die zwei Mütter von Leroy aus meiner Klasse einen Mann gebraucht haben, um Leroy zu bekommen. Wegen der Kerne.«

»Nicht Kerne. Samen, Schatz.« Liam wird peu à peu immer röter, und nun muss ich ein Kichern unterdrücken. Gequält sieht er mich an und erklärt: »Leroys Familiensituation hat zu Gesprächen geführt, die ich mit meiner achtjährigen Tochter eigentlich noch gar nicht so detailliert führen wollte.«

»Ja, Samen«, redet Izzy unbeirrt weiter. »Eine Frau kann allein kein Kind bekommen, weil sie einen Mann mit Samen braucht. Also kannst du, Polly, nicht allein Kinder bekommen.«

Sie sieht mich ernst an, und ich weiß nicht, was ich darauf erwidern soll. »Da hast du recht«, bestätige ich schließlich. »Genauso ist es.«

»Also brauchst du einen Mann.«

»Ähm, na ja, wenn ich Kinder bekommen will schon, aber ...«

»Und du willst Kinder bekommen, hast du eben gesagt.«

Mit einem Lachen sehe ich Liam an und bemerke: »Ich glaube, deine Tochter wird mal Anwältin.«

»Das fürchte ich auch«, murmelt Liam mit einem Kopfschütteln und nimmt der Kellnerin dankbar die Rechnung ab. »Izzy, kannst du jetzt bitte aufhören, die arme Polly zu verhören?«

»Was ist verhören?«

»Das, was du gerade machst«, seufzt er, zückt einen Geldschein, klemmt ihn unter die Rechnung auf den Tisch und steht auf.

»Warte, ich beteilige mich natürlich«, sage ich rasch und will mein Portemonnaie zücken, aber Liam winkt energisch ab.

»Kommt nicht infrage. Los, gehen wir einkaufen, damit wir grillen können.« Etwas leiser raunt er mir zu: »Es sei denn, du möchtest heute Abend lieber allein auf dem Zeltplatz sitzen, anstatt dich zum Stand deiner Familienplanung ausquetschen zu lassen.«

Kichernd schüttele ich den Kopf. »Auf gar keinen Fall. Du hast eine wirklich kluge Tochter, Liam.«

»Ich weiß«, grinst er, und als Izzy sich zwischen uns schiebt und fragt: »Redet ihr über mich?«, hebt er sie hoch, schwingt sie wie einen Sack Reis über seine Schulter und antwortet dem begeistert kreischenden Kind: »Na klar, du neunmalkluger Käfer. Ich rede seit acht Jahren fast ausschließlich über dich!«

Zum Glück wird Izzy im Supermarkt von der Auswahl an Marshmallows, Grillwürstchen und Hotdogbrötchen so abgelenkt, dass sie mich nicht länger dazu ausquetscht, mit wessen Samen ich meine zukünftigen Kinder zu empfangen gedenke. Doch jedes Mal, wenn sie mich aus ihren klugen grünen Augen ansieht, habe ich das Gefühl, dass das Thema noch nicht vom Tisch ist. Nach dem Supermarkt halten wir noch kurz an Liams und Izzys Haus, um trockenes Feuerholz, Getränke und warme Sachen zum Überziehen für später einzupacken, dann geht es weiter Richtung Nationalpark. Als wir schon den Campingplatz erreicht haben, klingelt Liams Telefon, und während ich mich daranmache, die Einkäufe aus dem Kofferraum des Jeeps zu holen, höre ich mit einem Ohr zu, wie er offenbar mit einem Kollegen (oder mit der sexy rothaarigen Kollegin?) spricht. Schließlich beendet er das Telefonat mit einem Seufzer und kommt auf den Campingtisch zu, wo ich gerade die Maiskolben aus der Tasche ziehe.

»Schlechte Neuigkeiten?«, frage ich besorgt, aber zum Glück zuckt er mit den Schultern und meint: »Na ja, nichts Ernstes, aber ich muss heute Abend noch einmal arbeiten.«

»Was?«, ruft Izzy entsetzt. »Aber wir wollen doch grillen!«

»Ja, das werden wir auch«, beruhigt Liam seine Tochter und stellt die Kühlbox auf eine der Bänke des Campingtischs. »Crystal ist heute Abend für die Nachtwanderung ausgefallen, weil sie krank im Bett liegt. Darum springe ich ein. Ihr zwei könnt aber mitkommen.«

»Jaaa!«, jubelt Izzy begeistert und hüpft auf und ab. »Du kommst doch mit, Polly, ja?«

»Ähm … wir wandern im Dunkeln?«, hake ich vorsichtig nach, weil ich an diese Kombination keine guten Erinnerungen habe. Liam grinst mich wissend an.

»Ja, allerdings mit Taschenlampen, zumindest zeitweise. Und mit einem Ranger, der sich auskennt.« Er zwinkert mir zu.

»Das ist so schön, Polly, du wirst sehen! Wir legen uns auf die Felsen und schauen uns die Sterne an!«

»Wow, das klingt natürlich toll«, lächele ich. »Na klar, dann bin ich dabei.«

»Heute Abend dürften wir sogar Glück haben mit dem Sternegucken«, bemerkt Liam und sieht nach oben, wo der Himmel erstaunlich blau und wolkenlos ist, wenn man bedenkt, wie heftig es heute Vormittag noch geregnet hat.

Die Feuerstelle – eine Art große Feuerschale mit einem schützenden Kranz aus Eisen – ist allerdings noch ein wenig feucht, weshalb es eine ganze Weile dauert, bis es Liam gelingt, die Holzscheite zu entzünden. Als endlich ein paar Flammen emporzüngeln, seufzt er zufrieden auf und klappt den Grillrost darüber. Dann sieht er mich mit einem breiten Lächeln an und sagt: »Wir müssen noch eine Weile warten, bis wir genug Glut haben. Wie wäre ein Bier? Oder lieber ein kühles Glas Weißwein? Ich habe beides in der Eisbox dabei.«

»Oh, ein Bier wäre fantastisch«, seufze ich begeistert, während Izzy vom Campingtisch aus ruft: »Dad trinkt auch lieber Bier als Wein! Ihr passt so gut zusammen!«

Mit einem betont unbekümmerten Lachen nehme ich die kalte und tropfende Bierflasche entgegen, die Liam mir reicht. Ich merke genau, dass er nicht weiß, wie er reagieren soll. Er sieht mich mit einem schiefen Grinsen an und schüttelt den Kopf, bevor er mit Nachdruck sagt: »Okay, wir sollten damit anfangen, die Maiskolben zu schälen.«

Beim Schälen der Maiskolben bin ich noch ziemlich angespannt. Ich rechne damit, dass mich Izzy jeden Moment erneut löchern könnte, warum ich meine leibliche Mutter nicht persönlich kennenlernen möchte, ob ich mir vorstellen kann, ihren Vater zu heiraten, wie genau das mit den Kernen – nein, Samen – und den Babys eigentlich funktioniert –, und dass sie schließlich rausbekommen wird, dass dieses ganze Thema mehr mit meiner Übersetzung zu tun hat, als ihr bisher klar war. Glücklicherweise hilft mir das Bier, meine Nervosität Schlückchen für Schlückchen zu verlieren, und als Izzy pausenlos von den Campingtrips erzählt, die sie schon mit ihrem Vater unternommen hat – nach Vermont, in den Staat New York und sogar bis nach Nova Scotia in Kanada –, entspanne ich mich irgendwann endlich. Schließlich liegen die in Alufolie verpackten Kolben in der Gesellschaft von Koteletts und Hähnchenfilets sowie eines ebenfalls in Folie gewickelten und herrlich duftenden Knoblauchbrots auf dem Rost über der glühenden Kohle. Wir setzen uns in die Stühle rund ums Lagerfeuer, und Liam reicht mir noch ein Bier und auch gleich die Flasche mit dem Mückenspray, denn die kleinen Blutsauger beginnen, wirklich lästig zu werden. Doch nicht einmal das gelegentliche Sirren eines Moskitos an meinem Ohr kann mir heute Abend die Laune verderben, denn der Acadia National Park zeigt sich endlich mal von seiner schönsten Seite: Über unseren Köpfen, wo sich die Baumkronen lichten, verfärbt sich der Abendhimmel langsam zu einem sanften Violett, Grillen zirpen, und ein Frosch quakt, während von den anderen Campingplätzen gedämpfte Stimmen und Gelächter und der Klang einer Gitarre zu uns dringen. Wir spielen eine Runde »Ich sehe was, was du nicht siehst« und machen Tiere-Raten, bei dem ich aufgrund meiner mangelnden Faunakenntnisse haushoch verliere (dass eine Achtjährige weiß, was ein Eistaucher und ein Weißwedelhirsch sind, finde ich unfassbar). Endlich verkündet Liam mit einem Blick auf Fleisch und Mais, dass alles gar ist – es duftet schon so köstlich, dass ich aufgeregt dem Essen entgegengefiebert habe. Izzy flitzt begeistert mit dem Campinggeschirr zwischen Feuerstelle und Picknicktisch hin und her, packt den Ketchup aus, an den Liam gedacht hat, und versprüht so viel gute Laune, dass ich glücklich vor mich hin grinsen muss. Als wir uns zu dritt um den Tisch setzen, sieht das Kind erst seinen Dad an, dann mich und verkündet in einem Ton tiefster Zufriedenheit: »Jetzt sind wir wie eine richtige Familie.«

Unbehaglich weiche ich Liams Blick aus, grinse ins Leere und sage laut: »O Mann, was habe ich für einen Hunger, ich könnte glatt einen ganzen Weißwedelhirschen verdrücken!«

»Ja! Und hier draußen schmeckt alles noch mal besser als irgendwo sonst, wegen der vielen frischen Luft und so!«

Und Izzy hat natürlich recht, wie immer. Ich verputze mit größtem Appetit zwei Maiskolben, ein Kotelett, ein Hähnchenfilet und gefühlt das halbe Knoblauchbrot. Liam wirft mir über den Tisch hinweg amüsierte Blicke zu und bemerkt hin und wieder: »Na, schmeckt's?«

Meine Antwort ist stets ein Grunzen und Grinsen, was er seinerseits mit einem breiten Lächeln quittiert. Ich weiß nicht, ob es am zweiten Bier oder an der doch sehr romantischen Stimmung am Rande der Feuerstelle mit ihrer rot glimmenden Glut liegt, aber Liams Lächeln fährt mir heute Abend noch intensiver durch meinen Körper als sonst. Bis in die Zehenspitzen. Lasziv lächele ich zurück – zumindest hoffe ich, dass es lasziv wirkt, denn es ist gut möglich, dass ich noch Reste von Maiskörnern zwischen den Zähnen stecken habe, und vermutlich glänzt mein Mund fettverschmiert. Aber das ist mir gerade völlig egal, ich fühle mich wunderbar locker und entspannt und könnte die ganze Welt umarmen.

»Ihr hattet recht«, sage ich, als wir uns nach dem Essen in die Klappstühle rund um die Feuerstelle setzen und Izzy sorgfältig Marshmallows an drei Äste steckt, die sie extra dafür gesucht hat. »Heute Abend gefällt mir das Campingleben wirklich gut.«

»Siehst du!«, strahlt Izzy und reicht mir einen Ast.

»Wusste ich es doch.« Liam lächelt mich über die Feuerstelle hinweg an. Er hat ein neues Scheit aufgelegt, die Flammen züngeln hoch, sie werfen einen goldenen Schimmer auf seine Wangen und die dunklen Wimpern und lassen seine Augen leuchten. »Früher oder später verliebt sich jeder in den Acadia National Park. Bei manchen dauert es nur ein wenig länger als bei anderen.«

Als ich seinen Blick erwidere, will ich etwas Freches kontern, aber mit einem Mal fehlen mir die Worte. Vermutlich weil seine grünen Augen mein Herz unnötig heftig wummern lassen und ich mich spontan frage, ob es wirklich nur der Nationalpark ist, in den ich mich gerade verliebe.

Schnell senke ich meinen Blick, betrachte konzentriert das Marshmallow am Ende meines Astes und frage Izzy: »Und was mache ich jetzt?«

Das Kind sieht mich geradezu entsetzt an. »Sag nicht, dass du noch nie Marshmallows über dem Feuer geröstet hast!«

Lachend schüttele ich den Kopf, und Izzy mustert mich mitleidig, bevor sie mich näher zu sich an den Rand der Feuerstelle winkt und mir zeigt, wie sie ihr Marshmallow dicht über die

Glut hält. »Bloß nicht zu nah an die Flammen, sonst fängt es an zu brennen!«

Auch Liam gesellt sich mit seinem Marshmallow-Spieß zu uns, und zu dritt drehen wir unsere weißen Süßigkeiten über der glimmenden Glut hin und her, bis sie ein wenig aufgedunsen wirken und an einigen Stellen sogar aufplatzen, sodass flüssiger Zucker zischend in die Glut tropft.

»Und jetzt: essen!«, verkündet Izzy vergnügt und zeigt mir, wie sie ihre halb geschmolzene Zuckerbombe vorsichtig mit den Zähnen vom Ast zieht und verputzt. Ich mache es ihr nach, und als der weiche, warme, leicht rauchig schmeckende Klumpen in meinem Mund landet, muss ich kichern, weil ich mich schlagartig wieder wie ein Kind fühle – auch wenn ich als Kind nie Marshmallows über dem Feuer geröstet habe.

»Hmmm, lecker!«, seufze ich und schließe verzückt die Augen, während ich wohlig aufstöhne. Als ich die Augen wieder öffne, merke ich, dass mich Liam stumm mustert, und mir entgeht nicht, wie sein Blick flüchtig an meinem Mund hängen bleibt, der sich zuckerverschmiert und klebrig anfühlt. Ich grinse schief und lecke mir mit der Zunge über die Lippen, was Liam mit einem leichten Lächeln beantwortet.

»Dad, dein Marshmallow brennt!«

Erschrocken wendet sich Liam wieder der Feuerstelle zu, wo sein Marshmallow tatsächlich wie eine zischende kleine Fackel vor sich hin lodert. »Verflucht!«, lacht er auf, und es klingt ein wenig heiser. Izzy quietscht vergnügt, während Liam den brennenden Zuckerklumpen vom Ende seines Astes schüttelt, sodass dieser mit einem Plotsch in der Glut landet. Es beginnt, karamellisiert zu duften, als das Marshmallow verbrennt.

»Du musst aufpassen, Dad! Wo hast du denn hingeguckt?«, fragt Izzy kichernd, während sie schon dabei ist, ihr nächstes

Marshmallow vom Ast zu lecken. Liams Blick wandert erneut zu mir, und er schmunzelt leicht, als er antwortet: »Weiß ich auch nicht, Izz.«

So essen wir noch eine Weile höchst ungesund, aber dafür umso leckerer und lustiger (auch eines meiner Marshmallows fängt Feuer, dafür fällt eines von Izzys vom Ast in die Glut). Schließlich waschen wir das Geschirr in einer Plastikwanne mit Wasser ab, das Liam vorher in einem Topf über der Glut erwärmt hat. Da es dann schon Zeit für die Nachtwanderung wird, holt Liam einen weiteren Eimer mit Wasser, den er bereitgestellt hatte, und löscht damit das Feuer. Bedauernd sehe ich zu, wie die letzte Glut erlischt, weil ich es so schön am Feuer fand. So heimelig, so rustikal, so … ja, romantisch. Ganz unabhängig von Liam. Es war einfach eine romantische Situation, wie man sie aus Liebesromanen kennt, oder, ja, sogar aus Erotikromanen, zwischen den Sexszenen. Ich kann mich deutlich an den romantischen Abend unterm Sternenzelt erinnern, den Touristin Anna mit Ranger Tristan erlebt hat – bevor sie im Zweimannzelt gelandet sind.

Ja, ich fand das am Feuer sitzen toll, was nicht heißt, dass ich generell eine Romantikerin bin. Oder dass ich den Mann, der mir schräg gegenübersaß und seiner Tochter ab und an mit einem Marshmallow half, auch toll finden muss. Doch, natürlich ist Liam toll. Ein toller Vater. Ein toller Mann. Ein toller Küsser. Und sicher noch mehr … Aber ich muss jetzt wirklich aufhören, weiter über dieses Thema nachzudenken, meine Wangen fühlen sich sehr heiß an, und das kann nicht mehr am Feuer liegen, denn das ist ja aus.

Zumindest das in der Feuerstelle.

Jetzt reicht es, Polly! Du warst noch nie eine Romantikerin, und du wirst in diesem Leben auch keine mehr. Da können die Augen dieses Kerls noch so grün im Schein eines Lagerfeuers glühen. Das er mit seinen eigenen Händen entzündet hat. Mit diesen starken, fähigen Ranger-Händen, die sicher …

»Polly? Geht es dir nicht gut?« Ertappt zucke ich zusammen und merke, dass Izzy neben mir steht und mich besorgt mustert.

»Hmm?«, frage ich und räuspere mich verlegen, froh darüber, dass Izzy zwar extrem klug ist, aber zumindest keine Gedanken lesen kann. Als mein Blick dann auch noch auf Liams Hände fällt, die gerade dabei sind, die Asche mit einem Stock auseinanderzuschieben, um sicherzugehen, dass wirklich alles gelöscht ist, schlucke ich schwer.

»Doch, natürlich geht es mir gut!«, erwidere ich betont fröhlich. »Warum fragst du?«

»Du hattest gerade so einen glasigen Blick. Und du bist ganz rot im Gesicht.« Izzy mustert mich skeptisch. Ich merke, wie Liam aufsieht und mich ebenfalls betrachtet. Schnell drehe ich mich weg, fächere mir ein wenig Luft zu und erkläre: »Ach, ich bin nur müde, und mir war warm vom Feuer. Aber ich freue mich auf die Wanderung – dabei wache ich bestimmt wieder auf.«

Liam muss noch schnell in der kleinen Ranger-Station am Eingang des Campingplatzes vorbei, wo er eine Ersatzuniform im Spind hängen hat. Sobald er umgezogen ist, gehen wir gemeinsam zu dem Bereich mit der kleinen Waldbühne, die mir schon am ersten Tag, als wir die Toiletten gesucht haben, aufgefallen ist: Zahlreiche Holzbänke bieten, wie in einem Open-Air-Theater, einen Blick auf diese Bühne, und heute Abend, im letzten Dämmerlicht des langen Sommertages, sitzen schon etwa zwanzig Camper auf diesen Bänken und sehen Liam erwartungsvoll entgegen. Die meisten haben zusammengerollte Decken dabei, fällt mir auf – und auch ich trage eine gefaltete Decke, die Liam mir in der Rangerstation noch schnell in die

Arme gedrückt hat. Souverän steigt er jetzt auf die Bühne und begrüßt die Menschen, stellt sich mit wenigen Worten vor und erläutert dann, wo wir gleich entlangwandern werden und was die Leute erwartet. Er ermahnt, dass gutes Schuhwerk wichtig sei (ich selbst musste eben, am Zelt, noch meine Sandalen gegen Sneakers austauschen, weil er mich sonst nicht mitgenommen hätte) und bittet die Leute dann darum, vorn an der Bühne eine Taschenlampe pro Person abzuholen. Während sich die Teilnehmer der Nachtwanderung aufgeregt plaudernd auf den Weg zur Bühne machen, öffnet Izzy ihren Rucksack und erklärt stolz: »Du und ich, wir brauchen die Taschenlampen nicht, wir haben die hier!« Und sie hält mir eine Stirnlampe entgegen. Zögernd greife ich danach und überlege noch, wie dämlich ich wohl damit aussehe, aber Izzy streift sich ihre schon über den Kopf und sieht mich erwartungsvoll an. »Na los!«

Ich gehorche und ziehe den Riemen über meinen Kopf. Als Izzy und ich uns ansehen, treffen sich unsere Lichtkegel und hüllen uns in hellen Schein. »Du siehst aus wie eine Bergarbeiterin«, sage ich und muss lachen.

»Du auch!«, gibt Izzy kichernd zurück, und dann greift sie nach meiner Hand und sagt aufgeregt: »Komm mit, wir gehen los!«

Kapitel 18

Sie zieht mich ganz nach vorn, sodass wir direkt hinter Liam über den Weg laufen, der zunächst nur über den Campingplatz führt. Dicht hinter uns hört man die anderen Teilnehmer der Wanderung über den nadelbedeckten Waldboden marschieren, einige unterhalten sich fröhlich. Doch nach und nach, je tiefer wir in den dunklen Wald hineingehen, werden alle immer stiller, sodass man irgendwann hauptsächlich das Wispern des Windes in den Baumkronen hört, in der Ferne das Rauschen des Meeres, und dann mit einem Mal von irgendwo über uns in den Ästen ein »Hu-hu-hu!«, das mich erschrocken zusammenzucken lässt. Liam bleibt so plötzlich stehen, dass ich in ihn hineinlaufe. Mit einem leisen Lachen schiebt er mich ein wenig zur Seite und sagt dann, mit gedämpfter Stimme, zum restlichen Grüppchen hinter uns: »Das war gerade eine Eule. Wenn wir schön ruhig sind, können wir vielleicht noch andere nachtaktive Tiere hören oder sogar beobachten. Um diese Zeit sind hier zum Beispiel Füchse unterwegs, und auch Stachelschweine und Waschbären kann man mit Glück sehen. Außerdem hört man öfter Kojoten.« Ich merke genau, dass er mich kurz ansieht, und ich könnte schwören, ein Grinsen über sein Gesicht huschen zu sehen, bevor er sich wieder nach vorne dreht und weitergeht.

Sein Hinweis hat gereicht, um nun wirklich alle verstummen zu lassen, und so hört man nur noch unsere gedämpften

Schritte auf dem weichen Waldboden. Einmal ist ein deutliches Rascheln im Unterholz zu hören, aber wer auch immer dort seines Weges geht – Fuchs oder Stachelschwein oder Waschbär –, hält sich sorgfältig vor uns versteckt. Irgendwann lichtet sich der Wald und lässt uns auf die Felsplateaus hinaustreten, die mir noch gut in Erinnerung geblieben sind. Das letzte Tageslicht ist inzwischen der Nacht gewichen, aber da der Himmel heute nicht wolkenverhangen ist, erstreckt sich über unseren Köpfen ein unfassbar schöner Sternenhimmel, der die Felsen schwach erhellt und den schwarzblauen Atlantik dahinter milchig schimmern lässt. Ein Raunen geht durch die Menge, während alle auf die Felsen hinaustreten, die nun von den tanzenden Lichtern zahlreicher Taschenlampen erhellt werden. Liam bittet die Leute darum, sich vorsichtig eine geeignete Stelle auf dem Plateau zu suchen, die mitgebrachten Decken auszubreiten und es sich darauf gemütlich zu machen. Also entfalte ich unsere Decke, die ich mit Izzys Hilfe auf einem ebenen Bereich der glatten Felsen ausbreite – es scheint ihr Stammplatz zu sein, denn Izzy findet diese Stelle blitzschnell. Sobald wir nebeneinander auf der Decke sitzen, schaltet die Kleine ihre Stirnlampe aus und bittet mich, es ihr gleichzutun. Da hören wir auch schon Liams Stimme über das Donnern der Brandung hinweg: »So, *ladies and gentlemen*, wenn alle ein Plätzchen gefunden haben, schalten wir bitte unsere Taschenlampen aus!«

Überall um uns herum erlöschen die Lichtkegel, bis wir von tiefer Dunkelheit umgeben werden. »Leg dich auf den Rücken!«, höre ich Izzy neben mir wispern und merke, dass sie sich schon der Länge nach auf der Decke ausgestreckt hat. Gehorsam lege auch ich mich hin und falte die Hände hinter meinem Kopf. Ich will schon einen Witz machen, dass ich nun gleich einschlafen werde, aber als meine Augen sich langsam an die Dunkelheit gewöhnen und den ganzen Sternenhimmel über uns wahrnehmen, verschlägt es mir wirklich die Sprache.

Ich habe noch nie einen so fantastischen Sternenhimmel gesehen. Schweigend starre ich hinauf zu den unzähligen Punkten und fühle mich mit einem Schlag sehr, sehr klein und unbedeutend, hier unten, auf unserem blauen Planeten.

»Vom Acadia National Park aus hat man einen besonders guten Blick auf den Sternenhimmel, weil wir hier keine ›Lichtverschmutzung‹ haben. Ja, Lichtverschmutzung, nicht Luftverschmutzung.« Man hört das Lächeln in Liams Stimme, und mir wird sehr warm im Bauch. »An den meisten Orten unserer zivilisierten Welt ist immer Licht zu sehen: Licht aus Häusern und Wohnungen, Licht von Werbetafeln und Straßenlaternen, Licht von Autoscheinwerfern, und, und, und. Aber hier draußen, in der Natur des Nationalparks, auf diesen Felsen zwischen Wald und Meer, hier wird es nachts noch stockdunkel. Und wenn es stockdunkel ist, sieht man die Sterne nun einmal ganz besonders gut. Diese Dunkelheit ist übrigens etwas, das wir hier in Acadia genauso schützen wie den Wald und die Tiere. Denn für viele dieser Tiere ist die Dunkelheit überlebenswichtig. Einige jagen im Dunkeln, andere verstecken sich im Dunkeln vor ihren Jägern. Unsere Zivilisation mit ihren zu vielen und zu hellen Lichtern überall beeinträchtigt das Leben dieser Tiere. Und übrigens auch das von uns Menschen, denn wir brauchen komplette Dunkelheit, um gut schlafen zu können.«

»Ist das da die Milchstraße?«, höre ich eine ältere Dame mit starkem französischem Akzent fragen, und Liam bestätigt freundlich: »Ja, Madame, das ist sie. Die Milchstraße, mit ihren geschätzten hunderttausend Millionen Sternen.«

Ein dünner grüner Strahl erscheint, und ich merke, dass Liam einen Laserpointer benutzt, um den Leuten zu zeigen, wohin sie schauen sollen. Ehrlich beeindruckt betrachte ich das milchige Band aus Sternen über unseren Köpfen, während ich Liams warmer Stimme zuhöre, die von den Sternbildern erzählt, die man um diese Jahreszeit sehen kann. Er erwähnt die Kassiopeia, von der ich schon einmal gehört habe, aber ich selbst erkenne lediglich den Großen Wagen, der im Englischen lustigerweise »Big Dipper« genannt wird, also große Kelle.

»Das da oben, das ist sie«, höre ich mit einem Mal Izzys Stimme dicht neben mir, und ich drehe den Kopf, sehe sie im Dunkeln fragend an. Ich erkenne vage, dass sie nach oben deutet und folge ihrem ausgestreckten Arm mit meinem Blick.

»Was meinst du?«, frage ich leise, um nicht Liams Vortrag über eine besondere Sternenkonstellation zu stören.

»Meine Mom. Der Stern da oben, das ist sie.« Ich versuche zu erkennen, welchen Stern sie meint, aber da sich meine Augen mit Tränen füllen, ist das nicht so leicht. Gerührt greife ich nach der Hand des Kindes und drücke sie sanft.

»Ich bin mir sicher, sie schaut in diesem Moment auf uns herab und ist glücklich darüber, dass ihre Tochter ein so tolles Mädchen geworden ist«, wispere ich Izzy zu. Ihre Finger drücken meine zurück, während sie schweigend neben mir liegt. Dann beugt sie sich zu mir und flüstert mir mit ernster Stimme ins Ohr: »Manchmal stehe ich nachts auf, öffne mein Fenster und schaue nach draußen. Und dann schaue ich zu Mom hoch und rede mit ihr. Ich erzähle ihr, was mich traurig macht. Und was mich glücklich macht. Und ich erzähle ihr auch meine Herzenswünsche und hoffe, dass sie hilft, die zu verwirklichen.«

»Was für Herzenswünsche hast du denn?«, erkundige ich mich leise und streichele mit meinem Daumen über den warmen Handrücken des Kindes.

»Ich möchte später Rangerin werden wie Dad. Und ich möchte so beliebt in meiner Klasse werden wie Laura Miller.

Und ich möchte, dass mein Dad wieder heiratet und ich eine richtige Mutter habe.«

Ich erstarre mitten im Streicheln und schlucke mühsam. »Das ... das sind gute Wünsche«, stoße ich schließlich hervor. »Ähm ... glaubst du denn, dass Laura Miller beliebter ist als du?«

»Ich glaube das nicht, ich weiß das«, erwidert Izzy ernst und mit Nachdruck. »Jeder weiß das.«

»Was macht sie denn so besonders?«

»Sie ist so hübsch. Und gut in Baseball. Und ihrem Dad gehört das Bar Harbor Inn.«

»Oh«, mache ich und muss schmunzeln. »Na ja, aber dein Dad kann ganz viel über die Sterne erzählen. Und über die Tiere im Nationalpark. Er hilft, abgestürzte Wanderer zu bergen. Er vertreibt Bären von Mülltonnen. Und er findet Zelte wieder, die von dummen Campern nicht richtig abgespannt wurden.«

Izzy kichert. Dann rollt sie sich auf die Seite, und ehe ich begreife, wie mir geschieht, legt sie ihren Kopf auf meine Brust und seufzt wohlig auf. »Du bist toll, Polly, weißt du das?«, murmelt sie, während ich stocksteif daliege und nicht so recht weiß, wie ich mich verhalten soll. Zögernd lege ich schließlich meine Arme um das Kind und drücke es sanft.

»Du auch, Izzy«, flüstere ich.

»Manchmal erzähle ich ihr auch Geheimnisse«, sagt das Kind nach einer Weile leise.

»Deiner Mom?« Izzy nickt. »Was denn für Geheimnisse?« Sobald ich die Frage ausgesprochen habe, ärgere ich mich über mich selbst. »Du musst mir keine Geheimnisse anvertrauen«, versichere ich rasch. »So gut kennen wir uns ja noch gar nicht.«

»Aber ich weiß jetzt dein Geheimnis«, sagt Izzy nachdenklich, ohne den Kopf von meiner Brust zu heben.

»Mein Geheimnis?«, hake ich ratlos nach.

»Ja. Dass deine Mutter hier in Bar Harbor lebt.«

»Ach so. Richtig.« Mein Magen zieht sich unruhig zusammen, als ich an Eve Moore denke, doch dann schiebe ich jeglichen Gedanken an sie energisch von mir und richte meinen Blick wieder auf das endlose Sternenzelt über uns. In feierlichem Tonfall sage ich leise: »Wenn du mir dein Geheimnis anvertrauen möchtest, Izzy, wäre es mir natürlich eine große Ehre, es zu bewahren.«

Izzy hebt ihren Kopf und sieht mir ins Gesicht. Inzwischen haben sich meine Augen so weit an die Dunkelheit gewöhnt, dass ich ihre Augen schemenhaft erkenne.

»Ich habe einen geheimen Ort, wo ich manchmal hingehe, um allein zu sein«, wispert Izzy. »Nur meine Mom und ich wissen davon.«

»Wow!«, wispere ich zurück. »Und wo ist dieser Ort?«

»Hier ganz in der Nähe. Es ist eine Höhle, in den Klippen. Bei Ebbe kann man hineinklettern.«

»Oh … wow.« Unbehaglich schiebe ich eine Haarsträhne aus meinem Gesicht und überlege, wie ich reagieren soll. »Das … das klingt aber ein bisschen … gefährlich, oder? Und dein Dad weiß nichts davon?«

»Nein!«, flüstert Izzy mit Nachdruck. »Und du darfst es ihm nicht sagen, sonst erlaubt er mir nicht mehr, dorthin zu gehen!«

Ich unterdrücke ein gequältes Stöhnen. Na wunderbar. Ich würde meine Frage, was denn Izzys Geheimnis ist, gern zurücknehmen. Das Gehörte ungehört machen. Ich möchte nicht die Verantwortung tragen, dass ich weiß, dass dieses Kind bei Ebbe allein in eine Höhle in den Klippen klettert. Nicht auszudenken, was passiert, wenn sie bei steigendem Wasserpegel nicht rechtzeitig herausfindet!

»Izzy, du solltest deinem Dad das sagen«, flüstere ich eindringlich.

»Nein!« Izzy klingt nun ehrlich alarmiert. »Das ist mein Zauberort! Dort kann ich besonders gut mit meiner Mom reden. Dad würde mir verbieten, dorthin zu gehen. Polly, bitte, du hast versprochen, nichts zu sagen!«

»Alles okay bei euch?« Erschrocken zucke ich zusammen, als ich Liams Stimme näher kommen höre. Erst jetzt wird mir bewusst, dass die anderen Teilnehmer der Wanderung ihre Taschenlampen erneut eingeschaltet haben. Überall um uns herum tanzen Lichtkegel wie dicke Glühwürmchen über das dunkle Felsplateau, es werden Decken zusammengefaltet, die Leute plaudern in gedämpfter Lautstärke miteinander.

»Ja, alles okay, Dad!«, verkündet Izzy rasch und erhebt sich, als Liam mit seiner Taschenlampe zu uns hinableuchtet. Gequält blinzele ich in den Lichtschein, und er senkt die Lampe.

»Das war … eine wunderschöne Erfahrung«, sage ich und mache eine Handbewegung in Richtung Sternenhimmel über unseren Köpfen. »Ich habe noch nie vorher die Milchstraße gesehen!«

»Echt?«, fragt Izzy fasziniert.

»Echt«, bestätige ich lächelnd. »In Stuttgart ist das nicht so leicht.«

Als Liam mir seine Hand reicht, um mir in die Höhe zu helfen, greife ich dankbar danach. Seine Finger fühlen sich wunderbar warm an, und sein Griff ist kraftvoll. Im Nu stehe ich auf meinen Füßen, doch Liam hält meine Hand noch ein paar Herzschläge lang fest. Seine Nähe, hier draußen, auf den nächtlichen Felsen, über uns der endlose Sternenhimmel, überwältigt mich mit einem Mal, und ich muss mich wegdrehen.

»Ist wirklich alles in Ordnung?«, höre ich ihn leise fragen.

»Ja, bestimmt«, murmele ich.

»Okay. Dann machen wir uns mal auf den Rückweg«, erwidert er, und etwas lauter wiederholt er diese Worte noch einmal, sodass sich alle bei uns sammeln und gemeinsam über die Felsen Richtung Waldrand gehen. Eine kleine kalte Hand schiebt sich in meine, und ich sehe zu Izzy hinab, deren Stirnleuchte neben mir auf Brusthöhe über den Waldweg tänzelt.

»Versprichst du es?«, hakt die Kleine nach, und ich kann nicht anders: Ich muss leise lachen, weil ich sie für ihre Entschlossenheit bewundere. Dieses Persönchen lässt sich nicht so leicht von etwas abbringen, was ihr wichtig ist. Und dieser Geheimplatz, der scheint ihr sehr wichtig zu sein. Mit einem Mal muss ich an die kleine Höhle denken, die Jette und ich uns auf dem Dachboden unseres Elternhauses aus alten Stühlen und Decken gebaut haben. Wir bildeten uns ein, dass niemand wüsste, dass wir dort oben ganze Nachmittage verbrachten, heimlich Kekse aßen und mit selbstgebastelten »Ferngläsern« aus Klorollen die Nachbarskinder durchs Dachbodenfenster beobachteten. Im Nachhinein ist mir völlig klar, dass Papa und Inge die ganze Zeit über sehr wohl wussten, wo wir waren, aber sie ließen uns den Spaß. Vielleicht, so überlege ich nun, weiß Liam auch, dass Izzy in eine Höhle geht, um dort zu spielen – und ihrer Mutter nah zu sein. Ja, sicher hat er sie dabei beobachtet, er würde sie doch nicht einfach so im Park herumlaufen lassen, ohne zu wissen, wo sie sich aufhält!

»In Ordnung«, sage ich leise und drücke Izzys Hand. »Ich verspreche es.«

»Danke, Polly!« Ich höre das Strahlen in der Stimme des Kindes und muss selbst breit lächeln.

Als wir wieder am Zelt angekommen sind, ist es nach 23 Uhr, wie ich beim Blick auf meine Armbanduhr verblüfft feststelle.

»Das war wirklich eine tolle Nachtwanderung«, erkläre ich und lächele Liam im Schein meiner Stirnlampe an, doch als mein Blick auf das dunkle Zelt fällt, werde ich ernst.

Erst jetzt wird mir nämlich richtig klar, dass ich im Begriff bin, ganz allein hier draußen in der Wildnis zu übernachten. Beklommen sehe ich mich um, versuche die nächsten Zeltnachbarn zu erkennen, aber der Lichtkegel meiner Stirnleuchte erhellt nur ein paar Meter des Zeltplatzes, bevor Dunkelheit das Unterholz zwischen mir und möglichen Nachbarn verschluckt.

Genau in diesem Moment ertönt ein lang gezogenes Heulen, gefolgt von einem hohen Kläffen und einem zweiten Heulen, das wie ein unheimliches Chorkonzert klingt. Ich erschrecke so sehr, dass ich einen großen Schritt auf Liam zu mache und ihm förmlich auf die Füße steige, um Schutz vor dem Rudel Wölfe zu finden, von dem ich mir einbilde, dass es jeden Augenblick zwischen den schwarzen Baum-Silhouetten hervorbrechen könnte.

»Du stehst auf meinen Zehen«, bemerkt Liam, aber ich bin zu sehr damit beschäftigt, mit wild rasendem Herzen Richtung Waldrand zu spähen, als dass mich das Lächeln in seiner Stimme oder die Tatsache, dass sein Duft mir in die Nase steigt, sein warmer Atem meine Wange streift und seine Hand nach meiner greift, sonderlich tangieren könnten.

»Das sind wieder die Wölfe!«

»Kojoten«, korrigiert Izzy und gähnt. »Du hast doch keine Angst, oder, Polly?«

Ich merke, dass Liam mich abwartend mustert, aber ich weiche seinem Blick aus. »Du hast doch keine Angst, Motte, oder?«

»Warum nennst du sie Motte, Dad?«

»Lange Geschichte«, schmunzelt Liam und schiebt mich sanft von seinen Füßen. Erneut heulen und bellen die Kojoten auf, noch näher als vorher, zumindest bilde ich mir das ein. Entsetzt stelle ich mich erneut auf Liams klobige Uniformstiefel, und er legt seinen Kopf in den Nacken und lacht heiser auf.

»Nicht witzig«, stoße ich atemlos hervor. »Doch, ich habe

Angst, und wie! Die sind doch total nah! Wahrscheinlich warten sie am Klohäuschen auf mich!«

»Ach was, die sind doch nicht hier auf dem Campingplatz!«, kichert Izzy vergnügt. Ich fasse es nicht, dass dieses Kind überhaupt keine Angst vor heulenden Kojoten zu haben scheint. »Die sind viel zu scheu!«

»Das stimmt«, bestätigt Liam, während er seine Füße sanft, aber mit Nachdruck erneut von meinen Sneakers befreit. Allerdings hält er mich an beiden Oberarmen fest, ein sanfter Händedruck, warm und beruhigend, der wohl dazu führen soll, dass sich mein nervöser Herzgalopp verlangsamt – aber aus irgendeinem bescheuerten Grund ist das Gegenteil der Fall. Ich sehe ihn an, wobei meine Stirnlampe sein Gesicht in gleißendes Licht taucht und ihn gequält blinzeln lässt. Rasch ziehe ich die Lampe von meinem Kopf und richte den Lichtstrahl nach unten, auf unsere Schuhe, deren Spitzen sich berühren.

»Die Kojoten halten sich von den Campern fern. Glaub mir. Es gab hier noch nie Zwischenfälle mit ihnen.«

»Es gibt immer ein erstes Mal«, wispere ich mit trockenem Mund und befeuchte nervös meine Lippen.

Ein hohes Kläffen ist die Antwort, als wollten mich die Kojoten auslachen. Aber der Einzige, der wirklich lächelt, ist Liam. Seine grünen Augen schimmern im schwachen Taschenlampenlicht, und mein Herz mag sich gar nicht mehr beruhigen.

»Dad, wenn Polly solche Angst hat, dann sollten wir hier bei ihr im Zelt übernachten.«

Als Izzy dies sagt, fahren sowohl Liams als auch mein Kopf zu ihr herum. Seine Hände lösen sich schnell von meinen Oberarmen, und fast gleichzeitig sagen wir: »Also, das …« Wir brechen ab und sehen uns an, müssen grinsen.

»Das ist nicht so einfach«, wendet Liam ein, während ich mit Nachdruck sage: »Oh, das wäre toll!«

Ich merke, dass er mich fassungslos fixiert und erwidere seinen Blick unschuldig. »Izzy könnte zwischen uns schlafen?«

»Es gibt nur zwei Schlafsäcke«, erinnert Liam mich an die Fakten. »Und nur zwei Isomatten.«

»Aber wir haben doch die hier!« Triumphierend hält Izzy die Decke hoch, die wir für die Nachtwanderung aus der Ranger-Station mitgenommen haben. »Und wir haben meine Yogamatte im Auto!« Die Kleine hüpft aufgeregt auf und ab und klatscht in ihre Hände. »Bitte, Dad, ich möchte so gern mit Polly campen!«

»Also, ich weiß nicht«, murmelt Liam, und ich spüre förmlich, wie er hin- und hergerissen ist zwischen dem Wunsch, seiner Tochter eine Freude zu machen, mir die Angst vor den Kojoten zu nehmen – und der Furcht, dass es … nun ja, dass es zu intim werden könnte, in meiner Nähe in einem Zelt die Nacht zu verbringen.

Ich weiß selbst nicht so recht, ob ich diese Idee gut finden soll oder nicht, aber ich bin einfach nur froh, womöglich nicht mutterseelenallein (tolles Wortspiel auf dieser Reise, Polly!) hier in der Wildnis ausharren zu müssen, bis meine verrückte Schwester irgendwann wiederauftaucht.

»Bitte, Dad? Bitte, bitte, bitte?«

»Wir haben keine Zahnbürsten dabei«, wendet Liam ohne wirklichen Elan ein, und ich merke, dass er den Kampf schon aufgegeben hat. Innerlich jubele ich.

»Ach, einmal ohne Zähneputzen schlafen gehen ist doch nicht so schlimm«, verkündet Izzy vergnügt und tanzt um die erloschene Feuerstelle herum wie Rumpelstilzchen auf Ecstasy.

»Nach so vielen Marshmallows schon«, stöhnt Liam auf und reibt sich verzweifelt über sein Gesicht.

»Bitte, Dad! Bitte, bitte, bitte!«

»Bitte, Liam! Bitte, bitte, bitte!«, echoe ich in meinem süßesten Tonfall und ernte einen amüsierten Blick von ihm. Dann seufzt er ergeben. »Also gut. Von mir aus.«

Izzy bricht in Jubel aus. Während sie noch singend und tanzend im Kreis springt, beugt sich Liam dicht zu mir und sagt: »Aber glaub bloß nicht, dass du dich in irgendeiner Weise meinem Schlafsack nähern darfst, während meine Tochter im selben Zelt schläft.« Die Art, wie er das sagt, mit dieser dunklen, ernsten Stimme, verrät mir, dass er sich im Grunde genommen genau das wünscht. Dass er hin- und hergerissen ist zwischen seiner verantwortungsvollen Rolle als Vater und dem Verlangen, mit mir allein zu sein. Ich spüre das so deutlich, dass es mir für den Bruchteil eines Augenblicks die Sprache verschlägt. Dann antworte ich betont leichthin: »Also bitte, was denkst du denn von mir?«

»Wenn ich nur wüsste, was ich von dir denken soll, Motte«, seufzt Liam leise.

Es ist mir wirklich unangenehm, dass ich weitaus mehr Angst habe als die Achtjährige neben mir, während wir uns auf die Suche nach dem Toilettenhäuschen machen. Da die Wölfe – okay, die Kojoten, aber für mich macht das gar keinen Unterschied aus! – wieder zu heulen beginnen, als wir auf dem Rückweg sind, lege ich die letzten Meter bis zum Zelt im Laufschritt zurück, falle über die Zeltabspannung, rappele mich fluchend wieder auf und flüchte durch den geöffneten Reißverschluss ins Innere, verfolgt von Liams und Izzys amüsiertem Gekicher. Da ich mich schon in der Toilette umgezogen habe, streife ich rasch meine Strickjacke ab und schlüpfe in meinen Schlafsack. Aus irgendeinem bescheuerten Grund habe ich mich nicht abgeschminkt. Keine Ahnung, was ich mir davon erhoffe. Und mir ist durchaus klar, dass ich so zwar heute Abend noch attraktiv dunkle Wimpern habe, aber morgen früh dann mit Waschbärenaugen aufwachen werde. Vielleicht schaffe ich es ja, noch während Liam und Izzy schlafen, die Abschminktücher aus meinem Kulturbeutel zu angeln und die gröbsten Ränder unter meinen Augen zu entfernen.

»Achtung, Yogamatte!« Izzy entrollt vergnügt kichernd ihre Matte in der Mitte zwischen Jettes und meinem Lager und wirft sich gleich darauf. »Ich habe kein Kopfkissen«, stellt sie fest. »Aber das ist gar nicht schlimm. Ich kann Dads Kapuzenjacke als Kissen nehmen, die ist schön kuschelig. Hauptsache, wir können zu dritt hier im Zelt schlafen! Das ist so cool! Viel besser als die Pyjamaparty, die Laura Miller neulich veranstaltet hat und zu der ich NATÜRLICH nicht eingeladen war. Wenn die wüsste, dass wir hier campen! Und vorher Marshmallows gegessen UND eine Nachtwanderung gemacht haben!«

»Izzy, du musst dich wirklich nicht mit diesen übercoolen Mädchen in deiner Klasse vergleichen«, seufzt Liam leise auf. Er hockt vor dem Zelteingang und sieht durch das noch zugezogene Mückennetz zu uns herein.

»Da hat dein Dad recht«, sage ich. »Aber mal ganz abgesehen davon: Es stimmt, das hier ist allemal besser als eine stinknormale Pyjamaparty, Izzy! Wir campen unter dem Sternenzelt, ist das nicht toll?«

»Und die Kojoten singen uns ein Schlaflied!«, kichert Izzy, als draußen erneut das Geheule und Gekläffe losgeht. Gequält stöhne ich auf.

»Ja. Auf so ein Schlaflied könnte ich allerdings gut und gern verzichten.«

»Aber Dad kann stattdessen singen!«, verkündet Izzy eifrig, als Liam gerade das Mückennetz aufzieht und ins Zelt steigt. Er trägt nach wie vor sein T-Shirt, aber er ist aus den Jeans geschlüpft und hat nur noch Boxershorts an. Verlegen will ich den Blick senken, aber irgendwie gehorcht der mir nicht. Als ich merke, dass Liam mein Starren nicht entgangen ist, werden meine Wangen heiß. Mit einem leichten Schmunzeln auf den Lippen wendet er sich ab und schließt den Zelteingang. Jetzt, da er auch hier drinnen ist, erscheint es mir doch ganz schön eng. Ganz schön … intim.

»Heute gibt es mal kein Schlaflied von mir, Izz. Hier draußen in der Natur hörst du genug ande …«

»Aber ohne mein Lied schlafe ich nicht ein!« Entschlossen verschränkt Izzy ihre Arme vor der Brust und sieht ihren Vater streng an. Liam rollt die Augen Richtung Zeltdecke.

»Womit habe ich das eigentlich verdient?«

»Polly möchte dich bestimmt auch singen hören. Oder, Polly?«

O nein, das möchte ich ganz und gar nicht, denke ich entsetzt. Wenn er jetzt auch noch singt … Mein Herz ist doch so schon gestresst genug. Aber ich lächele nur tapfer und sage so diplomatisch wie möglich: »Also, ich bin mir sicher, dass dein Dad toll singen kann, aber wenn er nicht möchte …«

»Doch, er möchte. Oder, Dad?« Ich merke, dass Izzy ihren Vater in dieser halb neckenden, halb bettelnden Art spielend leicht um den Finger wickeln kann. Liam entfaltet die Decke und breitet sie sorgfältig über seiner Tochter aus. Die Art, wie er sie fest einpackt und ihr dann auch noch sein – nein, eigentlich Jettes – Kopfkissen gibt, rührt mich zutiefst. Die Liebe zu seiner Tochter scheint das ganze Zelt mit Wärme auszufüllen.

Aber vielleicht schwitze ich auch aus anderen Gründen.

Liam lässt sich auf seine Matte zurücksinken und faltet sich selbst ein Kopfkissen aus seiner Kapuzenjacke. Dann schaltet er eine der zwei Taschenlampen aus, sodass lediglich neben meinem Kopfkissen noch Lichtschein an die Zeltdecke fällt. Liam legt sich auf die Seite, schiebt seiner Tochter zärtlich eine Strähne aus der Stirn – und dann beginnt er tatsächlich, mit leicht kratziger, aber dennoch warmer und voller dunkler Stimme zu singen.

»Blue Moon, you saw me standing alone, without a dream in my heart, without a love of my own …«

Ich halte den Atem an und wage es nicht, mich zu rühren.

»Blue Moon, you knew just what I was there for, you heard me saying a prayer for, someone I really could care for …«

Liam sieht unverwandt seine Tochter an, während er singt, aber bei einer Textpassage schaut er flüchtig über Izzy hinweg zu mir. »Blue Moon, now I'm no longer alone, without a dream in my heart, without a love of my own …«

Ich bin so überrascht von seinem Blick, dass ich ihn nur stumm anstarre.

Als das letzte »Blue Moon« verklungen ist, schlingt Izzy mit einem Gähnen ihre Arme um den Hals ihres Vaters und küsst ihn auf die Wange.

»Danke, Daddy«, murmelt sie und schmiegt sich eng an ihn.

»Gern geschehen, Darling«, flüstert Liam und küsst das Kind auf den Scheitel. Ich wende mich ab und greife nach meinem Handy, um Vater und Tochter ein wenig Privatsphäre zu lassen. Doch noch ehe ich den Bildschirmschoner deaktivieren konnte, dreht sich Izzy zu mir um und umarmt mich ebenfalls.

»Schön, dass wir hier zusammen campen, Polly. Ich mag dich sehr. Gute Nacht!«

»Ich … ich mag dich auch sehr, Izzy«, flüstere ich gerührt und lege das Handy weg, während ich Izzy fest an mich drücke. »Ich wünsche dir wunderschöne Träume.«

»Die wünsche ich dir auch. Manchmal träume ich von meiner Mom. Vielleicht träumst du von deiner. Oder … von dem Mann, den du mal heiratest!«

Mit brennenden Wangen wende ich den Blick ab, und Liam

sagt rasch zu Izzy: »Na komm, Süße, leg dich hin. Es ist schon ziemlich spät.«

Gehorsam rollt sich die Kleine zwischen uns auf der Matte zusammen, während sich Liam dicht zu ihr hinabbeugt und leise sagt: »Gute Nacht, meine Prinzessin von Maine, meine Königin von Neuengland.«

Schläfrig erklärt Izzy in meine Richtung: »Das sagt Papa immer. Es ist aus einem Roman.«

»*Gottes Werk und Teufels Beitrag*«, bestätige ich, als mir die berühmten Zeilen aus John Irvings Buch einfallen: »*Gute Nacht, ihr Prinzen von Maine, ihr Könige von Neuengland!*«

Liam wirft mir einen kurzen Blick zu und lächelt, weshalb ich trocken bemerke: »Ja, ich lese Bücher, in denen es nicht hauptsächlich um … Biologie geht. Aber ich übersetze sie nicht. Leider.«

»Mhm«, macht Liam mit einem flüchtigen Grinsen. Ich lege mich auf den Rücken und starre schweigend ans Zeltdach empor. Als mir bewusst wird, dass ich meine Taschenlampe noch nicht ausgeschaltet habe, hebe ich den Kopf und sehe Liam an.

»Soll ich das Licht ausmachen?«, wispere ich.

Er zuckt lächelnd mit den Schultern. »Wie du möchtest. Wenn du Angst vor den Kojoten hast, kannst du es gern anlassen.«

»Jetzt, mit dir hier im Zelt, habe ich keine Angst mehr«, flüstere ich wahrheitsgemäß. Langsam lasse ich mich zurück auf die Matte sinken, aber ich rutsche ein wenig weiter nach oben, sodass ich um Izzys Kopf herum Liams Gesicht gerade noch erkennen kann. Auch Liam bewegt sich ein wenig weiter bis ans Ende seiner Matte. So liegen wir beide auf der Seite und sehen uns an, im Schein der Taschenlampe, Izzy zwischen uns, deren gleichmäßige Atemzüge mir verraten, dass sie eingeschlafen ist.

So gern ich das Kind habe – in diesem Augenblick wünsche ich es mir dennoch ganz, ganz weit weg. Denn in diesem Augenblick muss ich mich wirklich sehr zusammenreißen, um nicht über Liams Tochter hinwegzuklettern und mich zu ihm in den Schlafsack zu schieben. Allein der Gedanke daran lässt meinen ganzen Körper brennen. Ich schlucke schwer und blinzele ein paarmal in dem verzweifelten Versuch, mich zu beherrschen. Liam ist ernst geworden und starrt mich nachdenklich an, und ich könnte schwören, dass ihm gerade dieselben Gedanken durch den Kopf geistern. Dass sogar er Izzy in diesem Moment weit weg wünscht, auch wenn sie sonst sein Ein und Alles ist.

Liam lacht leise auf. Überrascht ziehe ich die Augenbrauen in die Höhe und sehe ihn fragend an. Mit einem unterdrückten Stöhnen reibt er sich eine Hand über das Gesicht und schüttelt den Kopf. Er wirft einen prüfenden Blick auf Izzy, scheint sich davon überzeugen zu können, dass sie wirklich schläft, und dann richtet er sich auf und beugt sich über seine Tochter. Als würde ich von Marionettenseilen in die Höhe gezogen, setze ich mich ebenfalls auf und sehe Liam atemlos an. Viel zu langsam nähert sich sein Gesicht meinem, ich recke mich ihm ungeduldig entgegen – und endlich berühren seine Lippen meinen Mund. Aber anstatt mich so leidenschaftlich zu küssen wie noch heute Morgen im Ranger-Fahrzeug, streifen mich seine Lippen diesmal nur ganz sacht und leicht, während seine Hand flüchtig an meinem nackten Arm hinabstreicht und eine Spur Gänsehaut hinterlässt. Schon löst er sich wieder von mir, und ich sehe ihn fast verzweifelt an in der stummen Hoffnung, dass er seine Vernunft abschüttelt. Aber das tut er nicht, wird mir sofort klar, als seine Finger zu meinem Nachthemdträger wandern, der über meine Schulter nach unten gerutscht ist, und diesen langsam, aber entschlossen wieder nach oben ziehen.

»Ich wünsche dir eine gute Nacht, Motte«, wispert Liam,

und ein Lächeln stiehlt sich auf sein Gesicht, erhellt seine Züge und lässt ihn um Jahre jünger wirken. Ich grinse zurück, irgendwie irre glücklich, einfach nur weil er hier ist.

Das ist nicht gut, warnt eine Stimme in meinem Inneren. Das ist gar nicht gut!

»Gute Nacht«, flüstere auch ich und muss mich sehr zusammenreißen, um nicht nach Liams Hand zu greifen und ihn festzuhalten. Ihn zu bitten auf meine Zeltseite zu kommen.

Liam schlüpft in seinen Schlafsack und dreht sich erneut so auf die Seite, dass er mich ansehen kann. Ich erwidere seinen Blick ernst. Warum ich mich auf einmal so einsam und verlassen fühle, obwohl ich mir dieses enge Zelt mit zwei Menschen teile, ist mir selbst ein Rätsel. Gerade will ich nach der Taschenlampe greifen, um das Licht auszumachen, als Liam plötzlich seinen Arm ausstreckt und mir, um Izzys schlafende Gestalt herum, die Hand hinhält. Ich greife danach, und unsere Finger weben sich automatisch ineinander, ganz so, als hätten sie jahrelange Übung darin. Wir lassen unsere ausgestreckten Arme auf den Zeltboden über dem Kopfende von Izzys Lager sinken. Schweigend sehen wir uns an, halten uns an den Händen, lauschen auf Izzys gleichmäßige Atemzüge und auf den Wind, der über uns durch die Baumkronen streift. Die Kojoten sind verstummt, dafür ruft eine Eule irgendwo: »Huhuhu!«

Ein Lächeln schleicht über mein Gesicht, und Liam lächelt zärtlich zurück. Eigentlich will ich noch etwas sagen. Und die Taschenlampe ausmachen. Aber mit einem Mal werden meine Augenlider ganz schwer, und obwohl ich noch vor wenigen Minuten hätte schwören können, niemals in diesem engen Zelt, nur wenige Zentimeter von Liam entfernt, einfach so einschlafen zu können, tue ich jetzt genau das.

Kapitel 19

Geklapper und leises Gelächter wecken mich. Ratlos blinzele ich und merke, dass durch das Mückennetz am Eingang heller Sonnenschein zu mir hereinfällt. Überrascht sehe ich auf meine Armbanduhr und erkenne, dass es schon nach acht Uhr ist. Unglaublich, ich habe die ganze Nacht tief und fest durchgeschlafen! Mein Blick fällt auf die beiden Nachtlager neben mir. Der Schlafsack, den Liam genutzt hat, ist verschwunden, sein Kopfkissen ebenfalls – das er vermutlich angezogen hat, denn als Kissen hat ihm ja seine zusammengefaltete Kapuzenjacke gedient. Aber auch Izzys Kissen ist nicht mehr da, und die Decke aus der Rangerstation ist ebenso weg. Nur die Yogamatte bestätigt, dass die gemeinsame Nacht mit Izzy und Liam in diesem Zelt kein Traum war – und die Stimmen der beiden, die ich gedämpft von draußen höre, ebenfalls.

Ein wenig ungläubig wandert mein Blick durch das Innere des Zeltes, von Liams verlassener Matte über Izzys bis zu meiner eigenen. Liams und meine Hände fallen mir ein, die sich letzte Nacht festgehalten haben, als ich eingeschlafen bin. Irgendwie war das intimer als so manches, was ich mit anderen Männern erlebt habe. Und als ich an den zarten Gutenachtkuss denke, wird mir schon wieder sehr warm. Du meine Güte, muss dieser Mann mich so verrückt machen?

Rasch schlüpfe ich aus meinem Schlafsack. Da sich meine Nachthemdträger schon wieder selbstständig machen, ziehe ich mir ein sauberes T-Shirt über den Kopf und denke zum Glück im letzten Augenblick daran, meine Augenränder mit Abschminktüchern zu beseitigen. Dann krabbele ich zum Zelteingang und spähe neugierig nach draußen.

»Sie ist wach!«, ruft Izzy fast triumphierend, sobald ich beginne, den Reißverschluss nach oben zu ziehen. »Guten Morgen! Hast du gut geschlafen?«

»Ja, habe ich. Guten Morgen!« Als ich aus dem Zelt steige, bin ich tatsächlich zum ersten Mal in diesem Urlaub wirklich glücklich darüber, hier draußen in der Natur, auf diesem Campingplatz zu sein. Die Morgensonne fällt warm und golden auf unsere kleine Lichtung hinab, sie wärmt schon jetzt das Gras unter meinen nackten Füßen, obwohl an den Halmen noch Tautropfen hängen, die meine Zehen benetzen. Irgendwie scheinen heute besonders viele Vögel durcheinander zu tirilieren, und als wäre all das nicht genug, stürmt auch noch ein strahlendes Kind auf mich zu und umarmt mich, als wäre ich tatsächlich ein wichtiger Mensch in seinem Leben.

»Wie schön, dass du gut geschlafen hast, Polly! Hast du keine Angst mehr gehabt? Gefällt dir Camping jetzt besser?«

Mein Blick wandert über Izzys Kopf hinweg zu Liam, der am Campingtisch steht und mich anschaut. Er trägt Jeans und seine Kapuzenjacke und sieht mit seinem morgendlich ungekämmten Haar so zum Anbeißen aus, dass ich innerlich dahinschmelze. Vor allem weil er zu allem Überfluss auch noch einen Pfannenwender in der Hand hält. Er kocht. Für mich! Nun ja, für mich und für seine Tochter.

»Nein, ich hatte keine Angst«, lächele ich, ohne aufzuhören, Liam anzusehen. »Und Camping gefällt mir tatsächlich immer besser.«

»Kaffee?«, fragt Liam und deutet auf eine Kanne auf dem Campingtisch, auf der ein Filteraufsatz steckt.

»Auf jeden Fall!«, rufe ich begeistert.

»Weißt du, was wir essen?«, fragt Izzy, die mich ausgelassen zum Campingtisch zieht.

»Nein«, erwidere ich und kann gar nicht mehr aufhören zu lächeln. So fühlt es sich also an, denke ich. Wenn man rundum glücklich ist. Wenn man …

Nein. Nein, so weit darf es nicht gehen. Mein Herz ist tabu. Und trotzdem … Als Liam mir jetzt eine rote Blechtasse mit einem Muster aus weißen Elchen reicht und sich um seine Augen diese feinen Lachfältchen bilden, als er leise: »Guten Morgen, Motte« murmelt und seine Finger absolut absichtlich meine streifen, da begreife ich, wie es sein könnte, wenn ich es zulassen würde, mich zu verlieben.

Aber das tue ich nicht.

»Schau mal! Wir backen Pfannkuchen!«, verkündet Izzy und hüpft mit dem Pfannenwender in der Hand aufgeregt hin und her, während sie auf den Campingkocher deutet.

»O Mann«, seufze ich auf und nippe an meinem Kaffee. Dann sehe ich erst Izzy an, danach Liam und verkünde inbrünstig: »Ihr habt es geschafft: Ich liebe Camping!«

In der Morgensonne auf einer Waldlichtung an einem rustikalen Holztisch schmecken Liams und Izzys Pfannkuchen besser als sämtliche Pfannkuchen meiner Kindheit – und Inge hat wirklich immer hervorragende Pfannkuchen gemacht. Aber an das heutige Frühstückserlebnis kommt einfach keine meiner Kindheitserinnerungen heran. Wir lachen viel, weil Izzy permanent versucht, Witze zu erzählen, aber immer wieder die Pointen vergisst oder so falsch erzählt, dass der Witz eigentlich nicht mehr witzig ist, was Liam und ich aber besonders rührend und komisch finden. Irgendwann halte ich mir den Bauch vor lauter Lachen – und vor lauter Pfannkuchen.

»Puh, ich bin pappsatt«, seufze ich und trinke meinen letzten Schluck Kaffee.

»Ich auch!«, ruft Izzy glücklich und reibt sich ihren runden Kinderbauch.

Als ein weißer Wagen des Nationalparks neben unserer Einfahrt hält, setzt mein Herz vor Schreck einen Schlag aus, weil ich fürchte, dass nun Eve Moore aussteigen und mich zur Rede stellen wird – warum auch immer. Denn eigentlich kann sie ja nicht wissen, wer ich bin! Und, nein, es ist gar nicht meine Mutter, die jetzt das Fahrerfenster hinablässt und uns gut gelaunt begrüßt, sondern die rothaarige Bex.

»Hey, ihr! Na, habt ihr alle hier im Zelt übernachtet?«

»Ähm, ja«, erwidert Liam, und ich merke ihm an, dass er ein wenig verlegen ist. Es scheint ihm nicht recht zu sein, dass seine Kollegin ihn hier erwischt. Aber Bex grinst nur unbekümmert und erspart uns eine anzügliche Bemerkung – vermutlich allerdings nur, weil Izzy anwesend ist.

»Hey, Izz, willst du mich auf meiner Kontrollfahrt durch den Park begleiten? Ich könnte wirklich ein bisschen professionelle Unterstützung gebrauchen.«

»Oh, ja! Darf ich, Dad?«

»Na klar«, grinst Liam. »Überlass mir ruhig den Abwasch.«

Als Izzy kurz zögert, lacht er auf und gibt ihr einen Kuss. »Im Ernst, Izz, ab mit dir! Viel Spaß. Und vergiss dein Notizbuch nicht.«

»Und meinen Hut!«, ruft Izzy und stürmt auf den gelben Jeep zu, um ihre Kostbarkeiten von der Rücksitzbank zu holen, bevor sie mit unübersehbarem Stolz in den Ranger-Wagen klettert.

»Na dann, genieß deinen freien Tag, mein Lieber!« Bex zwinkert uns zu und macht eine grinsende Kopfbewegung Richtung Zelt, bevor sie unbekümmert auflacht und Gas gibt.

Liam und ich sehen uns an, und ich merke, dass seine Wangen ein wenig rot geworden sind. Ich greife über den Tisch hinweg und umschlinge seine Hand mit meinen Fingern. Er erwidert meinen Griff, und unsere Hände halten sich erneut, wie sie sich schon letzte Nacht gehalten haben. Ernst sieht Liam mich an, und bei der Intensität seines Blickes wird mir ganz anders. Mein Mund fühlt sich mit einem Mal staubtrocken an, ich befeuchte meine Lippen mit meiner Zunge und will gerade atemlos fragen, ob wir nicht tatsächlich ins Zelt verschwinden wollen, nur wir zwei diesmal, als Liam sagt: »Ich wollte dir noch erzählen, warum ich nicht so ein guter Vater bin, wie du meinst.«

Dieser Themenwechsel kommt für mich so überraschend, dass ich zwei Sekunden brauche, bevor ich langsam nicken kann. »Ähm, ja, stimmt«, sage ich und räuspere mich. Liams Blick bleibt ernst, als er mich mustert und dann auf unsere Hände hinabsieht. Er atmet tief ein und wieder aus, während sein Daumen beginnt, sacht über meinen Handrücken zu streicheln. Ich hatte keine Ahnung, wie viele Stellen in meinem Körper mit meinem Handrücken zusammenhängen, aber dieses Streicheln jagt mir Schauer in alle möglichen Regionen. Ich habe schon fast wieder verdrängt, dass Liam mir etwas erzählen will, weil ich erneut von einer Welle der Lust überrollt zu werden drohe, als mich seine Grabesstimme zurück auf den Boden der Tatsachen bringt.

»Izzys Mutter ist nicht tot.«

Fassungslos starre ich Liam an. Er erwidert meinen Blick schweigend.

»Wie bitte?«, hake ich schließlich leise nach. »Sie … sie ist … nicht tot?«

Er schüttelt den Kopf und starrt auf unsere Hände. Sein Daumen hat aufgehört, mich zu streicheln.

»Sie ... lebt?«, hake ich überflüssigerweise nach, weil ich einfach sichergehen muss, dass ich verstehe, was er mir sagen will. Liam nickt, und als er mich ansieht, liegen in seinen Augen so viel Kummer und Schmerz, dass ich ihn am liebsten in die Arme nehmen würde. Er löst seine Hand von meiner und fährt sich mit einem Seufzen durch das nach wie vor ungekämmte Haar, bevor er zögernd beginnt zu erzählen. Wie sich Claire und er als Studenten an der University of Maine in der Nähe von Bangor kennengelernt und verliebt haben, als sie beide neunzehn waren – er hat Biologie mit Schwerpunkt Forstwirtschaft studiert, sie war zunächst auf der Business School, hat dann ein Englischstudium begonnen, wenig später Kunstgeschichte angefangen, schließlich Film- und Theaterwissenschaften. Doch bevor sie irgendetwas fertig studieren konnte, wurde Claire mit 21 schwanger von Liam – gerade als er die Zusage vom Acadia National Park bekommen hatte. Er wollte das Baby unbedingt haben, sie wollte eigentlich abtreiben. Zu viele ihrer Zukunftsträume drohten zu platzen: Claire wollte Schauspielerin werden, hatte sich gerade entschlossen, die Uni abzubrechen, die sie sowieso nur ihren Eltern zuliebe besucht hatte, wollte endlich fort aus Maine. Sie träumte davon, nach Los Angeles zu ziehen, dort ihr Glück zu machen, ganz groß rauszukommen. Stattdessen ließ sie sich von Liam dazu überreden, das Baby zu bekommen und mit ihm nach Bar Harbor zu ziehen.

»Ich frage mich bis heute, ob ich mich richtig verhalten habe«, murmelt Liam und starrt mit verschränkten Armen in die Baumkronen hinauf. »Ich meine ... nicht, dass ich im Nachhinein gewollt hätte, dass sie das Baby ... dass sie Izzy abtreibt, um Gottes willen!« Er sieht mich kurz an, als befürchte er, dass ich das so verstanden haben könnte. Ohne eine Reaktion von mir abzuwarten – ich bin auch gerade zu gar keiner fähig! –, sagt er dann: »Aber … ich hätte sehen müssen, dass sie nicht bereit war, Mutter zu werden. Dass sie sich ihr Leben anders vorgestellt hatte.«

Er hält kurz inne und fährt sich mit einer Hand über das Gesicht, bevor er mit rauer Stimme fortfährt: »Ich habe sie von ganzem Herzen geliebt, ich war völlig verrückt nach ihr, und ich konnte mir einfach nicht eingestehen, dass sie das alles nicht wollte. Mich. Das Kind. Ein Leben hier in Bar Harbor, in der Natur, am Meer. Für mich gab es keinen anderen Ort, an dem ich leben wollte. Das hier war meine Heimat, und ich habe ganz selbstverständlich vorausgesetzt, dass auch Claire sich hier einleben würde. Immerhin kam sie gebürtig ebenfalls aus Maine, allerdings aus einer anderen Kleinstadt, weiter im Landesinneren. Sie kannte das Leben hier, sie kannte den Menschenschlag, sie hätte so gut reingepasst. Das Problem war nur: Sie wollte es nicht. Aber ich, ich habe das nicht begriffen. Ich war blind vor Liebe. ›Irgendwann wird sie es in Bar Harbor genauso schön finden wie ich‹, das habe ich mir immer wieder vorgebetet, wenn sie mal wieder frustriert und genervt wirkte. Während der Schwangerschaft habe ich ihre schlechte Stimmung auf die Schwangerschaftshormone geschoben. Nach der Geburt habe ich sie überredet, zum Arzt zu gehen, weil ich dachte, sie hätte eine postnatale Depression. Während ich mich um Izzy gekümmert habe, Tausende Fotos schoss, der stolzeste und glücklichste Vater der Welt war, zog sie sich mehr und mehr von unserem Kind zurück. Dass sie nicht stillen wollte, das konnte ich irgendwie noch verstehen – sie war sehr besorgt um ihren Körper und wollte sich ihre Brüste nicht ruinieren, wie sie sagte –, aber dass sie immer seltener zum Bettchen ging, wenn Izzy weinte, dass immer nur ich nachts aufstand und Fläschchen gab und Windeln wechselte, und dann morgens zur Arbeit in den Nationalpark fuhr – na ja, das verstand ich irgendwann nicht mehr.«

Er seufzt tief auf und sieht mich gequält an. »Wir stritten uns immer öfter und heftiger. Sie machte mir Vorwürfe, dass ich sie dazu zwingen würde, in der Provinz zu versauern. Ich warf ihr an den Kopf, dass eine Schauspielkarriere in Los Angeles doch eine Illusion sei, ein Klein-Mädchen-Traum.« Er lacht leise auf und reibt sich mit einem Stöhnen über die Stirn. »Ich war ein unsensibler Klotz. Wenn wir wenigstens gemeinsam in eine größere Stadt gezogen wären, wenn ich nicht so egoistisch meinen eigenen Traum vom Beruf als Ranger verfolgt hätte, ohne auf ihre Träume einzugehen, dann … dann wären wir vielleicht noch heute eine Familie.«

Er starrt erneut in die Baumwipfel hinauf, bevor er hinzufügt: »Oder auch nicht. Vermutlich rede ich mir das nur ein. Vermutlich wäre alles genauso gekommen, wenn ich ihr zuliebe den Ranger-Hut an den Nagel gehängt und mit ihr nach Boston oder New York oder eben *fucking* Los Angeles gezogen wäre.«

Die Bitterkeit in seiner Stimme zieht mir das Herz zusammen. »Was … ist denn zwischen euch passiert?«, hake ich sacht nach. Liam sieht mich ernst an.

»Als Izzy neun Monate alt war, haben mich unsere Nachbarn bei der Arbeit angerufen, weil sie Izzy sehr lange am Stück durch ein offen stehendes Wohnzimmerfenster haben brüllen hören und ihnen das merkwürdig vorkam. Ich habe versucht, Claire zu erreichen, aber ihr Handy war ausgeschaltet. Ich bekam Panik, dachte, ihr wäre etwas passiert. Unsere Nachbarn gingen ins Haus, während ich wie ein Irrer vom Nationalpark zurückraste. Als ich ankam, sagten sie mir, dass sie Izzy allein im Wohnzimmer vorgefunden hätten. Sie stand völlig verheult in ihrem Laufstall. Von Claire weit und breit keine Spur.« Die Erinnerung scheint ihn so mitzunehmen, dass er gequält die Augen schließt. Ich greife nach seiner Hand, die immer noch auf der rauen Holzoberfläche des Picknicktisches liegt, und drücke sie fest. Liam sieht mich an und die Tränen, die in seinen Augen schimmern, treffen mich mitten ins Herz. Er blinzelt sie rasch weg, senkt den Blick und fährt heiser fort: »Als mich unsere Nachbarn angerufen haben, war es gegen 16 Uhr am Nachmittag. Claire wusste genau, dass ich an dem Tag nicht vor 18 Uhr zu Hause sein würde. Sie … sie hat es einfach so in Kauf genommen, unsere Tochter mehr als zwei Stunden unbeaufsichtigt im Haus zu lassen.« Er atmet tief durch. »Auf dem Tisch lag ein Brief.«

Die Worte durchbohren mich geradezu schmerzhaft. Wie bei uns. Der Brief auf dem Tisch. Die Mutter, die weg war.

»Sie schrieb, dass sie nicht mehr so weitermachen könne. Dass sie als Mutter nichts tauge. Unglücklich in Bar Harbor sei. Mich nicht mehr liebe. Izzy nicht so lieben könne, wie eine Mutter es tun müsste. Dass wir zwei besser ohne sie dran wären. Natürlich habe ich versucht, sie auf dem Handy zu erreichen, aber sie hatte die Nummer gewechselt. Auch zu ihrer Familie brach sie den Kontakt ab. Und ihre Familie daraufhin zu Izzy und mir, weil sie mir die Schuld an der Überreaktion ihrer Tochter gaben.« Liam lacht bitter auf. »Zum Glück hatte ich noch meine eigene Familie, die mich damals wirklich gerettet hat.«

»Aber … warum hast du Izzy nicht einfach erzählt, dass ihre Mutter weggezogen ist? Warum hast du ihr nicht gesagt, dass du nicht weißt, wo sie inzwischen wohnt?«

Liam starrt auf unsere Hände hinab. »Ich weiß, wo sie wohnt.«

»Du … du weißt es? Habt ihr etwa Kontakt?«

Liam schüttelt den Kopf. »Nein. Sie hat nie versucht, uns zu kontaktieren. Aber … ich bin … zufällig auf sie gestoßen. Durch einen Freund.«

Fragend sehe ich ihn an, und er fährt sichtlich gequält fort:

»Er … er hat mir gesagt, dass er Claire zufällig bei Facebook entdeckt hat. Auf Fotos von irgendwelchen B- oder sogar eher C-Sternchen, die bei einer Party so einer Hollywood-Agentur entstanden sind. Anscheinend ist Claire bei dieser Agentur unter Vertrag.«

»Wow, sie ist also wirklich Schauspielerin geworden?«

Liam lacht leise auf, löst seine Hand von meiner und reibt sich erneut über das Gesicht. Dann sagt er bitter: »Ganz ehrlich: Ich kann es dir nicht so genau sagen, und ich will es auch gar nicht näher wissen. Die Fotos von der Party, die mein Kumpel Josh gesehen hat, die waren … nicht sehr geschmackvoll. Anscheinend gerade noch jugendfrei genug für Facebook, aber das war auch schon alles. Josh meinte, Claire habe sich auf jeden Fall die Brüste und die Lippen operieren lassen, und sie hat jetzt ziemlich viele Tattoos. CC Wild, so nennt sie sich.«

Ich verziehe das Gesicht, und Liam sieht mich wissend an und nickt. »Yep. Genau so habe ich auch reagiert. Ja, vielleicht ist sie ›Schauspielerin‹ geworden. In Filmen, die ich niemals mit Izzys Mutter in der Hauptrolle sehen möchte.« Er seufzt tief auf und reibt sich über das Gesicht. »Ich habe Josh das Versprechen abgenommen, sie nicht zu googlen. Und ich habe das auch wirklich nie getan. Ich will nicht wissen, was genau sie macht. Mit was für Filmen oder Fotos oder was auch immer sie ihr Geld verdient. Aber … mein Freund wirkte so geschockt von den Bildern und von dem, was aus Claire anscheinend geworden ist, dass ich wirklich mit dem Schlimmsten rechne.« Er zuckt fast hilflos mit den Schultern. »Sie war schon immer wild nach Aufmerksamkeit«, murmelt er. »Hat es geliebt, im Mittelpunkt zu stehen. An der Uni hat sie auf einer Party angefangen, mit einem anderen Mädchen zu strippen, und ich konnte sie nur mit viel Überredungskunst davon abhalten, noch weiter zu gehen und sie zurück in ihre Studentenbude bringen.« Er sieht regelrecht beschämt aus, als er das sagt, ganz so, als sei er derjenige gewesen, der sich ausgezogen hat. »Keine Ahnung, warum sie das brauchte. Warum sie so war. So ist. Ich … ich war blind vor Liebe. Claire, sie war … sie war wirklich außergewöhnlich. Sie zog alle in ihren Bann. Wie eine hell flackernde Kerze. Und ich war die liebeskranke Motte, die im Endeffekt verbrannt ist.«

Bestürzt starre ich ihn an und lasse all diese Informationen sacken. Doch da ist immer noch etwas, das ich nicht begreifen kann.

»Aber … wenn du weißt, bei welcher Agentur sie unter Vertrag ist … warum hast du dann nie versucht, sie zu kontaktieren?«

»Warum hätte ich das tun sollen, Polly?« Er starrt mich entgeistert an. »Diese Frau, sie hat unser Baby allein im Haus gelassen, als sie abgehauen ist! Sie hat sich nie wieder gemeldet! Sie hat nie gefragt, wie es Izzy geht, wollte nie ein Bild sehen, hat ihr noch nicht einmal zum ersten Geburtstag gratuliert und auch zu keinem weiteren! Warum sollte ich Kontakt zu dieser Frau suchen?«

»Und darum erzählst du Izzy, dass ihre Mom tot ist?«

»›Bei den Sternen‹. Ja. Mehr habe ich am Anfang nie gesagt … bis Izzy immer mehr nachgebohrt hat. Streng genommen ist das nicht einmal eine Lüge. Okay, bei den C-Sternen würde es besser treffen.« Er klingt fast trotzig, als er das sagt, und in seine Augen hat sich ein harter Ausdruck geschlichen. Ich begreife, dass er diese Diskussion nicht zum ersten Mal führt. Vermutlich musste er sich seiner Familie und sicherlich auch seinem Freundeskreis gegenüber schon oft rechtfertigen. Eigentlich sollte ich jetzt wohl meinen Mund halten. Aber – hey, er hätte mir dieses Geheimnis ja nicht anvertrauen müssen! Wenn er mir, die selbst von ihrer Mutter verlassen worden ist, so eine gewaltige Sache anvertraut, dann muss er auch damit leben, dass ich ihm meine Meinung dazu sage.

»Ich finde das nicht fair«, spreche ich daher die Worte aus, die mir auf der Seele brennen. »Denn du hast nicht nur von den Sternen gesprochen, nein, du hast Izzy konkret gesagt, ihre Mutter sei bei einem Autounfall ums Leben gekommen, obwohl sie in Hollywood lebt!«

»Und mit Sicherheit nicht jugendfreie Dinge tut, um Geld zu verdienen!«

»Geht es wirklich darum, was sie beruflich macht?«, frage ich hitzig. »Was, wenn sie den Wetterbericht moderieren oder Zahnpasta-Werbespots aufnehmen würde? Würdest du Izzy dann sagen, dass ihre Mom lebt?«

Liam starrt schweigend auf die Tischplatte, seine Finger fahren unruhig über die raue Maserung des Holzes. »Keine Ahnung«, gibt er schließlich zerknirscht zu. »Ja, natürlich hätte ich über Facebook oder über diese Agentur Kontakt zu ihr aufnehmen können. Aber ich wollte nicht. Ich habe mir diese Frau vorgestellt, die Josh mir beschrieben hat, mit den vergrößerten Brüsten und Lippen und dem tätowierten Schriftzug ›Sexy & Wild‹ auf ihrem Dekolleté, die mit irgendwelchen anderen billigen Sternchen auf dieser Party vulgäre Fotos geschossen hat und dabei augenscheinlich viel Spaß hatte. Ich … ich habe diese Frau in meinem Kopf einfach nicht mehr mit Izzys Mutter in Verbindung bringen können. Ich habe mich gefragt, ob sie sich für die Größe ihrer Brustimplantate entschieden hat, während Izzy in unserem Garten hier in Maine die ersten Schritte ihres Lebens gelaufen ist. Ob sie beim Tätowierer saß, während ich mit Izzy beim Kinderarzt war, weil meine Maus so schlimm Scharlach hatte.« Er seufzt tief auf, sieht mich ernst an und sagt: »Ganz ehrlich … als ich mir all das vorgestellt habe, da hat es sich wirklich so angefühlt, als sei die Claire, die unser Kind zur Welt gebracht hatte, gestorben. Izzy war damals, als Josh mir von den Fotos auf Facebook erzählt hat, gerade zwei Jahre alt geworden. Bis dahin hatte sie noch nicht nach ihrer Mutter gefragt. Und darum beschloss ich, dass ich ihr Kinderherz nicht brechen würde, indem ich ihr die Wahrheit sagen würde: Dass ihre Mutter einfach nicht genug Liebe für sie empfunden hatte. Dass sie lieber nach Kalifornien wollte, um ›Schauspielerin‹ zu werden. Dass sie sich kein einziges Mal gemeldet und gefragt hatte, wie es ihrer kleinen Prinzessin ging.« An dieser Stelle wischt sich Liam ärgerlich über die Augen und fährt hitzig fort: »Nein, ich habe damals beschlossen, dass Izzy eine bessere Geschichte verdient hat. Wenn schon ohne Mutter, dann immerhin in der Version, dass ihre Mom sie sehr geliebt hat. Dass sie durch einen Autounfall aus unserem Leben gerissen wurde. Lieber tot als in Form eines aufmerksamkeitsgeilen C-Sternchens, dem sein Kind egal ist.«

»Aber – hat Izzy nie gefragt, warum es kein Grab gibt?«

Liam sieht mich gequält an und gibt schließlich zerknirscht zu: »Ich habe ihr erzählt, dass sie eingeäschert und ihre Asche im Meer verstreut wurde. Vor dem Nationalpark.«

Ich merke erst, dass ich weine, als Liam seine Hand über den Tisch streckt und mir zärtlich ein paar Tränen von der Haut wischt. »Nicht weinen«, murmelt er und lächelt flüchtig, bevor er wieder ernst wird und seufzt. »Glaub mir, ich habe schon genug für uns beide geheult.«

»Aber … irgendwann wird sie es rausfinden«, schluchze ich auf. »Irgendwann wird sie ein Foto im Internet sehen, und zwar nicht von irgendeinem C-Sternchen, sondern von einer ganz normalen Frau, vielleicht in ihren Fünfzigern, die in einem x-beliebigen Restaurant aufgenommen wurde, und sie wird dieses Foto mit den Bildern vergleichen, die sie von ihrer Mutter in jungen Jahren besitzt, und sie wird dich fragen: ›Ist das etwa Mom?‹«

Liam starrt mich an, und dann holt er zitternd Luft und sagt: »Aber nur weil das bei euch so war, muss das nicht bei uns so passieren.«

»Und wenn außer Josh noch jemand aus eurem Bekanntenkreis Claire irgendwo erkennt? Oder wenn sich Josh irgendwann verplappert?«

Liams Gesicht färbt sich langsam rot. Das aufgebrachte Funkeln in seinen Augen verrät mir, dass ich einen wunden Punkt getroffen habe. »Josh wird sich nicht verplappern, weil wir ihn fast nie sehen. Er war zwar auf der Uni mein bester Freund, und darum kannte er auch Claire sehr gut, aber er wohnt jetzt in New York und hat Izzy zum letzten Mal gesehen, als Claire gerade abgehauen war. Und bisher hat mich niemand außer ihm auf das aufmerksam gemacht, was Claire in Hollywood treibt. Wie gesagt, sie sieht jetzt völlig anders aus als damals, als sie gefrustet Izzys Kinderwagen durch Bar Harbor geschoben hat.« Er lacht bitter auf, bevor er fortfährt: »Meine Familie weiß natürlich, dass Claire nicht tot ist. Aber sie haben mir hoch und heilig geschworen, Izzy gegenüber nichts zu verraten.«

»Irgendwann rutscht einem von ihnen eine unbedachte Bemerkung heraus«, beharre ich, weil ich einfach nicht aufhören kann, über den Moment nachzudenken, als Jette mir das Foto von unserer Mutter im Bar Harbor Inn geschickt hat. Und sie und ich, wir wussten ja sogar, dass sie vielleicht noch irgendwo lebt. Wie schlimm hätte der Schock erst sein müssen, wenn wir, wie Izzy, die ganze Zeit geglaubt hätten, unsere Mutter sei tot!

»Musst du alles so schwarzmalen?«, herrscht mich Liam wütend an und erhebt sich von der Bank.

»Ich sage nur meine ehrliche Meinung, Liam«, erwidere ich so ruhig wie möglich und stehe ebenfalls auf.

»Ich hätte dir nichts davon erzählen sollen«, murmelt er aufgewühlt und geht zum Campingkocher, schmeißt die fettige Pfanne mit einem lauten Scheppern in die Plastikwanne, die zum Abwaschen dient, aber noch ohne Wasser ist.

»Das ist nicht fair«, sage ich gekränkt. »Du hast doch selbst mit dem Aufhänger begonnen, dass du ein schlechter Vater seist – das bedeutet doch, dass du ein schlechtes Gewissen deswegen hast!«

»Natürlich habe ich das«, murmelt Liam. »Nett, dass du es noch schlimmer machst.«

»Hey, ICH habe nie behauptet, dass du ein schlechter Vater bist! Aber … wie sollte ich denn bei deinem Geständnis anders reagieren … gerade ich?«

»Was meinst du denn mit ›gerade du‹?«, blafft Liam mich so wütend an, dass ich zurückzucke. »Hast du mir nicht selbst erzählt, dass du dir als Kind oft gewünscht hast, deine Mutter sei tot und nicht einfach nur abgehauen?«

Ich sauge heftig die Luft ein, weil mich diese Worte – die ja tatsächlich meine eigenen waren – so treffen. Es hört sich wirklich schlimm an, aber ja, ich muss zugeben, dass ich das gedacht habe.

»Als ob du so scharf drauf wärst, deine Mutter kennenzulernen!«, fährt Liam aufgebracht fort, ehe ich reagieren kann. »Wenn es nach dir ginge, wärst du doch gar nicht hergekommen! Du bist hier, im selben Nationalpark wie deine Mom, und du tust einen Teufel, um sie auch wirklich kennenzulernen! Wieso gehst du nicht zu Eve und sagst: ›Hey, weißt du was, ich bin deine Tochter! Hast du mich vermisst?‹« Seine Worte treffen mich mitten ins Herz. Sie fühlen sich an wie Messerstiche. Und er will noch mehr sagen, redet sich gerade erst richtig in seine Wut hinein, das merke ich, aber in diesem Augenblick erstarrt er und sieht über meine Schulter zur Einfahrt. Mir wird abwechselnd heiß und kalt. Eve Moore, denke ich. Sie steht hinter uns in der Einfahrt und hat Liams wütende Tirade mitbekommen. Ganz langsam drehe ich mich um, fühle mich wie in einem Horrorfilm, wenn der Kameraschwenk zur Nervenzerreißprobe wird. Aber in der Einfahrt steht gar nicht Eve – sondern Izzy. Sie kommt zögernd näher, sieht unsicher zwischen ihrem Dad und mir hin und her.

»Streitet ihr?«, fragt sie, während mir eine ganze Wagenladung Steine vom Herzen plumpst.

»Nein, Süße, das tun wir nicht«, versichere ich rasch und lächele sie so fröhlich wie möglich an. »Wie war es mit Bex?«

»Nett«, sagt Izzy, klingt aber überhaupt nicht nach enthusiastischer Nachwuchsrangerin. Hat sie womöglich mitbekommen, dass Liam Eves Namen erwähnt hat? Ihr nachdenklicher Blick, der an mir hängt, lässt mich Böses ahnen. Gerade will ich sie fragen, ob alles okay sei, als sich ein Auto nähert. Im nächsten Moment biegt unser Mietwagen in die Einfahrt, und eine strahlende Jette springt heraus.

»Hey, hallo, wie geht es euch? Habt ihr etwa alle zusammen hier gecampt? Das sieht ja richtig gemütlich aus mit euch dreien!« Meine Schwester kommt mit glänzenden Augen näher. Sogar aus ein paar Metern Entfernung erkenne ich deutlich, dass sie förmlich schwebt und von dieser leuchtenden Aura umhüllt ist, die Frischverliebte auf Schritt und Tritt begleitet.

»Izzy und ich wollten gerade gehen«, erklärt Liam knapp und wendet sich seiner Reisetasche zu, die auf dem Boden wartet. Seine nüchterne Art versetzt mir einen Stich.

»Können wir nicht noch bleiben, Dad?«, bittet Izzy, aber Liam schüttelt entschlossen den Kopf.

»Wir müssen zu Hause noch ein paar Dinge erledigen.«

»Was denn?«

»Dinge eben«, knurrt er ungeduldig, beugt sich aber im

nächsten Augenblick zu seiner Tochter hinab und gibt ihr einen entschuldigenden Kuss auf den Scheitel. »Wir sehen Polly und Jette bestimmt bald wieder.«

»Richtig, morgen Abend, beim Abendessen bei Gran und Grandpa! Jette, du musst auch mitkommen!«, ruft Izzy fröhlich.

Jette sieht nachdenklich zwischen uns hin und her, weil sie vermutlich versucht zu begreifen, warum die Stimmung so angespannt ist. »Ja, das wäre nett. Vielleicht sehen wir uns also morgen Abend«, sagt sie mit einem breiten Lächeln zu Izzy und streicht dem Mädchen liebevoll über die Wange.

»Ich bringe euch später ein neues Kissen und einen sauberen Schlafsack vorbei«, erklärt Liam noch, als er schon mit Izzy auf dem Weg zu seinem Jeep ist. Jetzt erst fällt mir wieder ein, dass Kissen und Schlafsack von Izzy und Liam heute Morgen nicht mehr im Zelt waren.

»Das ist doch nicht nötig«, wende ich rasch ein und füge im Stillen hinzu, dass ich wirklich gern in dem Schlafsack liegen würde, in dem Liam letzte Nacht geschlafen hat. Und mit Izzys Kopfkissen hätte ich auch überhaupt kein Problem. Aber Liam schüttelt nur resolut den Kopf und schließt die Autotür hinter seiner Tochter. Er wirft mir einen letzten flüchtigen Blick zu, der mir durch und durch geht, lächelt Jette an und steigt dann in sein Auto. Ratlos sieht Jette dem gelben Jeep hinterher, bevor sie sich mir zuwendet.

»Was ist denn hier in der Zwischenzeit alles passiert?«, fragt sie mit großen Augen. »Hattet ihr Sex?«

»Nein«, zische ich aufgebracht. »Nein, den hatten wir nicht. Im Gegensatz zu dir, vermute ich stark.«

Mit diesen Worten drehe ich mich wütend um und stürme davon, zum Toilettenhaus.

Als ich zum Zeltplatz zurückkomme, sitzt Jette am Campingtisch und klickt sich mit einem versonnenen Lächeln durch Fotos auf ihrem Telefon. Genervt trete ich an die Plastikwanne, in der immer noch die fettige Pfanne einsam und allein liegt, und überlege, ob ich mir die Mühe machen und Wasser auf dem Campingkocher erwärmen oder einfach mit kaltem Wasser abwaschen soll.

»Warum bist du eigentlich so wütend auf mich?«, erkundigt sich Jette unschuldig.

Ungläubig sehe ich sie an. »Ist das jetzt dein Ernst?«, frage ich fassungslos. »Erst lässt du mich allein – mit unserer Mutter, dafür ohne Autoschlüssel! – von der Insel zurückfahren, und dann besitzt du zu allem Überfluss die Frechheit, mich im strömenden Regen im Zelt sitzen zu lassen und erst am nächsten Tag wieder aufzutauchen?«

»Aber ich hatte doch schon erklärt, dass es noch gar nicht geregnet hatte, als ich gestern Morgen losgefahren bin.«

»Na und?«, herrsche ich Jette wütend an und lasse die arme Pfanne, die schon Liams Wut abgekommen hat, heftig zurück in die Plastikwanne donnern. »Wir zwei sind gemeinsam nach Maine gereist, und das nur, weil DU es wolltest. Ich bin mit dir auf diesen Campingplatz gezogen – weil DU es wolltest. Und dann lässt du mich hier allein hängen?«

»Du warst doch gar nicht allein. Du warst doch mit Liam zusammen. Und mit Izzy.« Jette lächelt mich unschuldig an. Dass sie ihre dämliche Herzchen-Sonnenbrille trägt, macht alles noch schlimmer.

»Zufällig, ja!«, zische ich aufgebracht. »Aber ich hätte genauso gut allein hier in der Wildnis hocken können!«

»Ich bitte dich, allein in der Wildnis. Fünfzig Meter durchs Unterholz in die Richtung brät gerade unser Zeltnachbar Würstchen, das rieche ich genau.« Jette lacht unbekümmert auf. »Außerdem war es kein Zufall.«

»Bitte?« Aus schmalen Augen fixiere ich Jette, die Hände in die Seiten gestemmt. »Was meinst du damit?«

»Dass Liam dich gestern im Regen aufgegabelt hat. Das war kein Zufall.«

»Sondern?«

»Ich habe ihn angerufen, als der Regen losging. Weil ich mir dachte, dass du sauer sein würdest. Und einsam. Ich hatte gehofft, dass du und er …« Sie macht eine vage Handbewegung Richtung Zelt und grinst anzüglich. Ich rolle die Augen himmelwärts und stöhne leise auf.

»Dabei hast du nur leider seine Tochter vergessen«, knurre ich.

»Stimmt, das habe ich. Aber ihr hattet doch sicher auch zu dritt eine nette Zeit? Sie haben ja sogar hier übernachtet, wenn ich das richtig verstanden habe?«

»Hast du, ja. Was jetzt überhaupt nicht wichtig ist.«

»Finde ich schon, Schwesterherz. Denn auf den Moment, in dem du endlich jemanden in dein Herz lässt, auf den warte ich schon, seit ich denken kann.«

Fassungslos verschränke ich die Arme vor der Brust und sage: »Ich habe überhaupt nicht vor, Liam in mein Herz zu lassen, Henriette.«

Ihren vollen Namen benutze ich nur, wenn ich wirklich sauer bin. Jette zieht amüsiert ihre Augenbrauen in die Höhe und kontert: »Das überrascht mich jetzt wirklich, Pauline. Denn so, wie eben die Funken zwischen euch geflogen sind, könnte ich schwören, dass der gute Liam längst einen Fuß in der Tür zu deinem Herzen hat. Oder sogar schon das halbe Bein.«

»Hat er nicht.«

»Hat er wohl.«

»Du solltest dringend deine dämliche Brille abziehen, die verschleiert deine Sicht.«

Jette lächelt mich an wie ein Honigkuchenpferd. »Und du solltest endlich aufhören, die Eiskönigin zu spielen und es zulassen, dich zu verlieben! Ein Leben ohne Liebe ist doch … wie ein Himmel ohne Sterne. Wie ein Wald ohne Bäume. Wie …«

»O bitte, spar dir deine poetischen Ergüsse«, brumme ich und wende mich kopfschüttelnd ab. »Liebe ohne Liebeskummer, das ist tatsächlich wie ein Wald ohne Bäume. Die gibt es nämlich nicht.«

»Aber das muss doch gar nicht so sein«, sagt Jette und schlägt einen sanften Tonfall an, der wohl in mein vereistes Herz vordringen soll. Sie tritt neben mich an die immer noch wasserleere Plastikwanne und legt mir eine Hand auf die Schulter. Eindringlich sagt sie: »Polly, glaub mir, ich verstehe dich nun wirklich wie keine andere, wenn es um Verluste geht. Aber obwohl ich genauso von unserer Mutter verlassen wurde, könnte ich mir trotzdem kein Leben ohne Liebe vorstellen. Ich weiß, du glaubst, unsere Mutter hätte uns nicht genug geliebt und sei darum gegangen – aber selbst wenn das stimmen würde, heißt das noch lange nicht, dass uns kein Mann genug lieben kann, um bei uns zu bleiben.«

Als ich den Blick hebe, merke ich, dass Tränen über Jettes Wangen laufen, doch noch bevor ich reagieren kann, lässt eine Stimme hinter uns mir das Blut in den Adern gefrieren.

»Es ist nicht wahr, dass ich euch nicht genug geliebt habe.«

Kapitel 20

Jette und ich fahren so schnell herum, dass die Plastikwanne samt Pfanne auf den Grasboden fällt, was aber niemand weiter zur Kenntnis nimmt.

Denn nur wenige Meter von uns entfernt steht unsere Mutter. Eve Moore trägt ihre Ranger-Uniform und ist aschfahl im Gesicht. Sie starrt uns an, als hätte sie zwei Geister vor sich. Und wir starren mit Sicherheit genauso fassungslos zurück. Keine von uns sagt ein Wort. Jette und ich haben uns reflexartig an den Händen gefasst, wir halten uns krampfhaft fest, als könnten wir uns Halt geben. Aber ich fühle mich dennoch, als hätte mir jemand ruckartig den Boden unter den Füßen weggerissen, als würde ich in einen tiefen Schacht stürzen.

Wie um alles in der Welt hat sie uns gefunden? Ist sie zufällig vorbeigekommen, hat uns Deutsch reden hören und unsere Unterhaltung verfolgt? Hat sie daraus die richtigen Rückschlüsse gezogen? Hat sie uns erkannt?

Doch im nächsten Augenblick taucht Liam hinter Eve in der Einfahrt auf. Er sieht aufgewühlt aus, wirft mir einen entschuldigenden Blick zu. Ungläubig erwidere ich diesen Blick. Liam wird doch nicht …? Nein, das würde er nie tun! Oder … etwa doch?

Liam tritt neben Eve, die immer noch mitten auf der Rasenfläche unseres Zeltplatzes steht, von Jette zu mir und wieder zu Jette sieht, leichenblass und plötzlich irgendwie zittrig wirkend.

Er raunt ihr etwas zu und wirkt dabei sehr besorgt. Eve schüttelt den Kopf, ohne aufzuhören, uns anzusehen. Mein Herz klopft mir bis zum Hals, als sie einen wackeligen Schritt vorwärts macht, auf Jette und mich zu. Der Griff meiner Schwester um meine Hand verstärkt sich. Meine Knie werden weich, ich habe auf einmal das dringende Bedürfnis, mich hinzusetzen. Oder wegzulaufen. Aber noch ehe ich mich entscheiden kann, welche dieser Optionen infrage kommt, sackt unsere Mutter mit einem Mal in sich zusammen.

Eve Moore wäre sicherlich der Länge nach auf den Rasen gestürzt, wenn Liam nicht geistesgegenwärtig hinter sie gesprungen wäre und sie im letzten Moment aufgefangen hätte.

»Eve!«, hören wir ihn sagen. Er lässt sie sacht zu Boden gleiten, tätschelt vorsichtig ihre Wangen, redet beruhigend auf sie ein. Jette und ich stehen wie erstarrt, wir rühren uns keinen Zentimeter von der Stelle. Ich sehe, wie die Augenlider unserer Mutter zu flattern beginnen, wie sie schließlich zu Liam hochsieht, der sich über sie beugt und besorgt mit ihr spricht. Eigentlich sollten auch wir zu ihr gehen, denke ich flüchtig, aber diesem Gedanken gelingt es nicht, sich in meinem Kopf wirklich Gehör zu verschaffen. Denn dort toben einfach zu viele Gedanken durcheinander, lassen mich einfach nur weiterhin regungslos verharren, unfähig zu irgendeiner Reaktion. Es ist, als würde sich vor mir eine Theaterszene abspielen, als wäre ich eine unbeteiligte Zuschauerin. Jette scheint es ebenso zu gehen wie mir. Auch sie ist wie festgewachsen neben mir, umklammert meine Hand wie eine Ertrinkende.

Die Lippen unserer Mutter bewegen sich leicht, und Liam murmelt etwas. Sein Tonfall klingt beruhigend, aber ich kann nicht verstehen, was er sagt. Mein Blick flackert zwischen unserer Mutter und ihm hin und her. Hat er ihr wirklich gesteckt, dass auf diesem Zeltplatz ihre Töchter campieren? Hat er mich tatsächlich so verraten? War er so sauer, weil ich ihm Vorwürfe wegen der Lüge um Izzys Mutter gemacht habe? Benommen schlucke ich. Ich will das nicht glauben. Ich kann das nicht glauben.

Andererseits kenne ich diesen Mann ja kaum. Und die Frau, die sich gerade langsam hinsetzt und fahrig über die Stirn wischt, die kenne ich sogar noch weniger.

Liam steht auf und hilft Eve langsam auf die Füße. Sie wirkt wackelig auf den Beinen. Ihr Blick richtet sich wieder auf uns, ich merke, dass sie leise etwas zu Liam sagt, dass sie fast verzweifelt dabei wirkt, während sie seinen Unterarm umklammert. Liam nickt und erwidert mit gedämpfter Stimme etwas, und dann führt er Eve Moore langsam über den Rasen fort, bis zu seinem gelben Jeep. Erst jetzt wird mir bewusst, dass er eben mit diesem Auto gekommen sein muss. Dass er es hinter unserem Mietwagen geparkt hat. Vor lauter Schock habe ich das gar nicht mitbekommen.

Sobald er Eve auf den Beifahrersitz geholfen hat, kommt Liam mit großen Schritten auf uns zu. Mit einer Mischung aus Angst und Vorwurf sehe ich ihm entgegen. Falls er uns wirklich verraten hat, will ich das lieber nicht wissen. Oder – doch eigentlich schon. Denn wie wäre meinem dummen Herzen, das sich schon viel zu weit für diesen Mann geöffnet hat, besser zu helfen als mit so einem Verrat? Dann könnte ich endlich anfangen, Liam zu verachten. Ihn zu vergessen.

Mit wild rasendem Herzen verstärke ich meinen Griff um die Hand meiner Schwester noch. Ich fühle mich, als würde alles, woran ich mich sonst festklammere – mein Alltag mit seiner wohltuenden Routine, mein Job, mein geordnetes Leben – mit Stromschnellen fortgerissen werden, auf einen steilen Wasserfall zu. Das darf doch alles gar nicht wahr sein!

Liam steht mit einem Mal vor uns. Nein, eigentlich steht er vor mir. Sehr dicht. Er legt eine Hand auf meine Wange und sagt mit Nachdruck, als könne er die Worte gar nicht schnell genug loswerden: »Polly, eure Mutter weiß es nicht von mir. Das musst du mir glauben. Izzy hat es Eve gesagt. Sie hat vorhin unsere Unterhaltung mitbekommen.«

»Unsere Unterhaltung?« Erschrocken reiße ich meine Augen weit auf. Liam nickt bedrückt.

»Ja, aber zum Glück nur den letzten Teil.«

Nur den letzten Teil. Okay. Also hat sie nichts von ihrer eigenen Mutter gehört. Verstohlen atme ich aus, obwohl ich doch eigentlich der Meinung bin, dass Izzy ein Recht auf die Wahrheit hat. Aber nicht so. Nicht, indem sie ein Gespräch zwischen ihrem Vater und mir belauscht. Ernst sieht Liam mich an, und das Unbehagen steht ihm deutlich im Gesicht geschrieben. Mit einem hastigen Blick über seine Schulter zum Jeep fährt er fort: »Auf jeden Fall hat Izzy gehört, dass Eve eure Mutter ist, und als wir beim Verlassen des Campingplatzes an der Rangerstation vorbeikamen, sind wir kurz reingegangen, um Hallo zu sagen. Eve hatte ihre Schicht mit einem Kollegen getauscht, ich wusste nicht, dass sie heute hier sein würde. Während ich mit Bex gesprochen habe, hat Izzy sich ein Herz genommen und Eve von euch beiden hier auf dem Platz erzählt.« Er seufzt gequält auf. »Sie hat es nicht böse gemeint. Sie wollte euch nur zusammenbringen, weil sie den Gedanken nicht ertragen hat, dass ihr eurer Mutter so nah seid und Eve nichts davon weiß. Weil sie … weil sie sich ihre eigene Mutter so sehr herbeiwünscht.« Tränen stehen in Liams Augen, als er mich ansieht, und ich kann nur stumm nicken, weil ein Schluchzer meine Kehle zuschnürt.

»Für Eve ist das alles ein riesiger Schock, wie ihr gerade gesehen habt«, sagt Liam eilig und schaut erneut zum Jeep hinüber. »Ich bringe sie jetzt zum Arzt, damit wir sichergehen können, dass das gerade nur eine harmlose Ohnmacht war. Ich denke, es ist besser, wenn ihr etwas später mit ihr redet. Aber ... sie hat nur unter der Bedingung eingewilligt, dass ich sie zum Arzt bringe, wenn ihr versprecht, später bei ihr zu Hause vorbeizukommen. Sie möchte auf jeden Fall mit euch reden. Bitte, Polly. Jette. Das müsst ihr mir versprechen. Eve würde mir nie verzeihen, wenn ich sie jetzt zum Arzt fahre und ihr später nicht auftaucht. Wenn ihr ... einfach abreisen würdet, ohne sie gesprochen zu haben.«

Obwohl seine Worte an uns beide gerichtet sind, hängt sein eindringlicher Blick nur an mir, und in diesem Moment wird mir bewusst, dass er sich selbst davor fürchtet. Dass ich einfach abreisen könnte.

Dabei wäre das wirklich das Beste. Einfach abreisen und dieses Melodrama mit dem denkbar schlechtesten Drehbuch beenden. Vergessen.

»Natürlich reisen wir nicht ab«, höre ich Jette neben mir ruhig und fest sagen. »Und wir werden später bei Eve vorbeikommen. Gibst du uns die Adresse?«

Liam nickt und lächelt meine Schwester erleichtert an. »Ich schicke sie Polly als SMS.«

Sein Blick hängt wieder an mir. »Auch wenn du es nicht so geplant hattest, Polly«, sagt er leise und greift mit einem Mal nach meiner freien Hand, drückt sie fest. »Versuch, das Beste daraus zu machen. Gebt eurer Mutter die Chance zu erklären, was damals passiert ist. Ich denke, dass sie diese Chance verdient hat.«

Mir liegt auf der Zunge, dass auch Izzys Mutter diese Chance verdient hat, aber ich schaffe es tatsächlich, diese Worte herunterzuschlucken. Stattdessen nicke ich stumm. Und vermisse mal wieder Liams warmen Händedruck, sobald er sich mit einem schiefen Lächeln von mir löst und sich umdreht.

Mein Herz pocht immer noch wild, als ich ihm nachsehe, wie er mit schnellen Schritten über das Gras geht, auf den Jeep zu.

Verdammt, denke ich. Es wäre besser gewesen, wenn ich wirklich sauer auf ihn sein könnte.

Und wenn ich nicht eingewilligt hätte, mich mit unserer Mutter zu treffen.

Später an diesem Tag, der so unschuldig sommerlich wirkt, als wäre es ein völlig normaler Tag in Maine, stehen Jette und ich nervös vor drei Stufen aus groben Natursteinen, die zu der überdachten Veranda eines schmucken hellgrau geschindelten Holzhauses hinaufführen. Wie auf so vielen der malerischen Veranden von Bar Harbor stehen auch auf dieser zwei weiße Schaukelstühle. Und diese Schaukelstühle bieten noch dazu einen fantastischen Ausblick auf den Atlantik hinaus. Ja, Eve Moores Haus steht auf einer kleinen Anhöhe etwas außerhalb des Ortes, es ist von hochgewachsenen Kiefern, Tannen und Ahornbäumen umstanden und lässt einen weiten Blick über die Klippen bis zum Meer hinab zu. Während ich die Schaukelstühle betrachte, frage ich mich, mit wem unsere Mutter hier sitzt und den Ausblick genießt. Bisher wissen wir so gut wie gar nichts über diese Frau, die uns zur Welt gebracht hat. Dass sie wieder verheiratet ist, glaube ich nicht, zumindest heißt sie nach wie vor »Moore« wie ihr Vater, und an ihrer Hand habe ich auf der Fähre ja keinen Ehering entdecken können. Nachdenklich wandert mein Blick über die vielen Blumentöpfe, die überall auf der Veranda stehen und aus denen die unterschiedlichsten Pflanzen ranken – ich erkenne lediglich die pinkfarbenen Geranien und die gelbe Kapuzinerkresse, alle anderen sind für mich einfach nur Blumen. Leider habe ich nicht nur von Tieren wenig Ahnung, sondern auch von Pflanzen. Meine letzte

Primel ist in meiner Stuttgarter Wohnung schneller eingegangen als Jettes letzte Beziehung.

Ein helles Bimmeln erfüllt die Luft, und als ich mich suchend umsehe, entdecke ich das Windspiel, das von einem Querbalken des Vordachs hinabhängt. Es besteht aus vielen kleinen Vögeln aus Porzellan. Ein Fußabtreter vor der sonnengelben Eingangstür heißt Besucher mit den blumenumrankten Worten »Welcome« willkommen. Alles wirkt heimelig und sehr einladend. Spontan frage ich mich, wie es gewesen wäre, mit Eve Moore als Mutter groß zu werden.

Nicht, dass Inge unser Haus nicht schön eingerichtet hätte. Aber um wirklich gemütlich sein zu können, war es bei uns zu Hause immer zu ordentlich. Klinisch-rein, wie Papa manchmal gescherzt hat. Als Kind hat es mich sehr genervt, wenn wir uns vor dem Klavierspielen die Hände waschen mussten, und wenn niemand mit Schuhen über den Wohnzimmerteppich gehen durfte. Im Nachhinein ist mir klar, dass Inge mit ihrer Putzsucht wohl eine Leere in ihrem Inneren auszufüllen versuchte. Ich war schon erwachsen, als unser Vater mir einmal, nach einem Cognac zu viel am Heiligen Abend, gestand, dass Inge und er jahrelang versucht hatten, ein weiteres Kind zu bekommen. Dass sie sich sehnlich ein eigenes Baby gewünscht hatte. Natürlich hatte sie mit Jette und mir alle Hände voll zu tun, denn wir waren wirklich keine einfachen Kinder. Ich war sechs, als mein Vater und Inge geheiratet haben und mit Jette und mir in ihr neu gebautes Haus gezogen sind. Und, ja, Inge hat immer alles getan, was eine Mutter so tut: Sie hat uns vorgelesen und mit uns das ABC geübt, hat klaglos die Bettwäsche gewechselt, wenn ich nachts mal wieder eingenässt hatte, und hat sonntags Marmorkuchen gebacken. Aber sie wollte dennoch ein Kind haben, das eine Mischung aus Papa und ihr selbst gewesen wäre. Doch der Wunsch erfüllte sich nicht, und so steckte Inge ihre Energie in unsere Erziehung ... und ins Putzen.

Nachdenklich betrachte ich die Blumenerde, die hier und da zwischen den Töpfen verteilt auf den Verandabrettern liegt. Die dreckverschmierten Wanderschuhe neben der Fußmatte. Die blaue Strickjacke, die wie vergessen über der Verandabrüstung hängt. Die leere Kaffeetasse auf dem Boden neben einem der Schaukelstühle. Diese Veranda macht deutlich, dass hier jemand lebt. Dass hier nicht hinter jedem Krümel hergefegt wird. Mein Herz zieht sich melancholisch zusammen, als ich an die heftigen Auseinandersetzungen mit Inge denke, die ich vor allem in meinen Teenagerjahren geführt habe, wenn sie es nicht ertrug, dass sich in meinem Zimmer dreckige Klamotten auf dem Boden türmten und das Badezimmer nicht gerade picobello aussah, wenn ich es nach gefühlten Stunden verließ. Und mit einem Mal ist da wieder die Wut, die in mir hochsteigt. Die Wut, die ich schon so oft empfunden habe, wenn ich über das Verschwinden meiner Mutter nachgedacht habe: Dass sie uns einfach so verlassen hat. Dass sie es zugelassen hat, dass eine andere Frau uns großzog.

Ob es bei unserer Mutter wohl auch so war wie bei Claire? Ob sie auch ihre eigenen Träume verwirklichen wollte? Uns nicht genug geliebt hat?

Mir wird klar, dass wir tatsächlich ganz kurz davor sind, endlich Antworten zu bekommen. Denn in diesem Moment öffnet sich die Haustür, und unsere Mutter steht vor uns. Sie trägt nicht länger ihre Ranger-Uniform, sondern beige Shorts und ein hellblaues T-Shirt mit weißem Blümchenmuster. Ohne Hut sieht sie ganz anders aus. Irgendwie – älter. Vielleicht, weil ich erst jetzt das Grau auf ihrem Scheitel sehe. Anscheinend färbt oder tönt sie sich ihre kinnlangen Haare braun, vermutlich wären sonst nicht nur der Ansatz und die Schläfen und einzelne Strähnen grau. Immerhin ist sie 53 Jahre alt.

Eve Moore klammert sich am Türknauf fest, als würde sie sonst erneut zusammensacken. Liam hat mich vorhin angerufen und erzählt, dass der Arzt Entwarnung gegeben habe: Die kurze Ohnmacht war tatsächlich nur auf den Schrecken zurückzuführen, nicht etwa auf Eves Herz. Trotzdem fürchte ich flüchtig, dass wir unsere Mutter gleich zur Notaufnahme fahren müssen, denn sie starrt uns weiterhin nur stumm an, ohne den Türknauf loszulassen. Unter der Sonnenbräune ihres Gesichts wirkt sie nach wie vor aschfahl. Ihr Blick wandert ein paarmal zwischen Jette und mir hin und her.

»Ähm … Hallo«, sagt Jette mit belegter Stimme, und ich spüre deutlich ihre Anspannung.

Unsere Mutter blinzelt und scheint endlich aus ihrer Erstarrung zu finden. Sie räuspert sich und sagt dann mit dieser Stimme, die erneut Erinnerungen an meine früheste Kindheit in mir wachruft: »Hallo, ihr zwei. Bitte, kommt doch rein.«

Am liebsten würde ich Jette wieder an der Hand nehmen, so, wie vorhin auf dem Campingplatz. Aber da wir beide über dreißig sind, würde das vermutlich etwas merkwürdig wirken. Darum tauschen wir nur einen kurzen Blick und ein Mut machendes Nicken aus und gehen dann hinter Eve in das graugeschindelte Haus hinein.

Aufmerksam sehe ich mich um, während wir unserer Mutter einen schmalen Flur entlang bis in ein helles Wohnzimmer folgen. Der Flur wird von allerlei Schuhen in einem Wandregal und von diversen Sonnenhüten und Baseballmützen an Garderobenhaken neben einem bodentiefen Holzspiegel bevölkert. Verstohlen sehe ich mich nach Männerschuhen um, aber die meisten der Turnschuhe, Wanderboots und Gummistiefel wirken sowohl von den Farben als auch von der Größe her eher nach

Frau. Flüchtig betrachte ich Eves Ranger-Hut, der auf einem Beistelltischchen neben einer Schale mit Schlüsseln, einem Lippenstift, einer Sonnenbrille und einigen Münzen liegt. Dann folge ich Eve und Jette rasch ins Wohnzimmer, wo ein grünes Sofa und ein bunt geblümter Ohrensessel einen wunderschönen Blick durch die bodentiefen Sprossenfenster auf den Atlantik hinaus zulassen. Nur ein Ohrensessel, auf dessen Fußhocker die heutige Ausgabe des »Mount Desert Islander«, der hiesigen Tageszeitung, liegt – vielleicht lebt unsere Mutter doch allein. Mein Blick wandert neugierig über den Kaminsims, wo allerdings keine Fotos zu sehen sind, sondern einige hübsche Treibholzstücke und runde Steine in diversen Grauschattierungen.

Das einzige Foto, das ich entdecke, hängt an der Wand neben dem Esstisch mit der rustikalen Platte, die aus einem gewaltigen Baumstamm geschnitten worden sein muss und eine wunderschöne Maserung hat: Das Foto zeigt den Ausblick auf den Atlantik, den man auch aus den Fenstern hat, wodurch es wirkt, als sei neben dem Esstisch ein weiteres Fenster zum Meer hinaus.

»Bitte, setzt euch doch«, reißt mich Eves zaghafte Stimme aus meinem Starren. Ich merke, dass Jette ebenfalls ganz versunken in das Wohnzimmer unserer Mutter war. Wir wechseln einen kurzen Blick, dann gehen wir gemeinsam zum Sofa und lassen uns in die grünen Kissen sinken.

»Darf ich euch etwas zu trinken anbieten?« Die Frage klingt so höflich, als wären wir zwei Fremde, die in diesem Haus zu Gast sind.

Aber wir sind ja auch zwei Fremde, rufe ich mir irritiert ins Gedächtnis. Wildfremde.

»Nein, danke«, murmelt Jette, während ich nur den Kopf schütteln kann. Nicht sehr höflich, aber es geht gerade nicht anders. Außerdem muss ich wohl kaum Angst haben, mich danebenzubenehmen, schließlich hat die Frau, die sich gerade in den Ohrensessel sinken lässt, einst ihre Kinder verlassen. Dagegen ist ein stummes Kopfschütteln als Reaktion auf eine Getränkefrage wirklich eine Lappalie.

Eve sitzt mit kerzengeradem Rücken im Sessel, so wie ich es auch immer mache, wenn ich am Laptop sitze und schreibe. Jette macht sich gern lustig über meine gerade Haltung. Auch jetzt sitze ich sehr gerade aufgerichtet auf dem Sofa. Spontan sinke ich ein wenig in mich zusammen, so als müsse ich mich von Eve Moore und ihren Genen distanzieren. Ich verschränke die Arme vor der Brust, während Jette begonnen hat, unruhig mit den Troddeln eines Sofakissens zu spielen. Eves Hände sind im Schoß verkrampft. Sie sieht uns aus großen hellblauen Augen an. Ich ertrage ihren Blick nicht, sehe stattdessen aus den Fenstern auf den Atlantik hinaus.

Nach einer gefühlten Ewigkeit räuspert sich Eve erneut. Dann sagt sie langsam, als müsse sie jedes Wort mühsam finden: »Ich schulde euch so viele Erklärungen.«

Mir entfährt ein leises Schnauben, ohne dass ich meinen Blick von der Brandung draußen löse. Jette holt neben mir tief Luft und erwidert mit zittriger Stimme: »Und ob.«

»Liam hat mir erzählt, wie ihr mich gefunden habt«, fährt unsere Mutter leise fort. »Über ein Foto im Internet.«

»Nein, nicht im Internet«, widerspricht Jette und klingt fast trotzig, als müsse sie sich dafür rechtfertigen, nach unserer Mutter geforscht zu haben. »Ein Kollege von mir hat das Foto im Bar Harbor Inn gemacht. Ich habe es auf seinem Laptop gesehen und dich erkannt. Beziehungsweise – die Eule. Mona. Ich habe dein Eulen-Tattoo erkannt.«

Aus den Augenwinkeln nehme ich wahr, wie unsere Mutter auf ihr Handgelenk hinabsieht. Stur starre ich weiterhin aus dem Fenster.

»Das Tattoo«, höre ich Eve fast verwundert sagen. »Ich hätte niemals geglaubt, dass dieses Tattoo eines Tages meine Töchter zu mir führen würde.«

Da reicht es mir. Die Wut explodiert wie ein Lava speiender Vulkan in meinem Inneren, die toxischen Worte schießen förmlich aus meinem Mund: »Hast du etwa all die Jahre darauf gewartet, dass WIR DICH finden? Nachdem DU UNS verlassen hast? Einfach so, als wären wir Krempel, den du nicht mehr brauchst? Hast du etwa hier gemütlich in deinem schönen Haus in Bar Harbor gesessen und dir gedacht, dass deine Kinder schon eines Tages an deine tolle sonnengelbe Haustür klopfen würden, als sei nie etwas geschehen? Obwohl DU doch wusstest, wo du uns all die Jahre hättest finden können?«

Meine Stimme bebt so sehr, dass ich mir nicht sicher bin, ob Eve und Jette überhaupt alles verstanden haben. Doch der Blick aus den blauen Augen unserer Mutter sagt mir, dass sie sehr wohl begriffen hat. Der Schmerz in diesem Blick ist kaum zu ertragen. Aufgebracht schlage ich auf ein unschuldiges Sofakissen ein, bevor ich wieder die Arme verschränke und schwer atmend erneut aus dem Fenster starre.

»Du hast wirklich jedes Recht, wütend zu sein«, sagt Eve leise.

»Wütend?«, wiederhole ich ungläubig und sehe sie nun doch wieder an. Voll Bitterkeit und Sarkasmus lache ich auf. »WÜTEND? Fürs Leben gezeichnet, das bin ich! Und Jette auch! Was glaubst du eigentlich, wie es einem geht, wenn man von der eigenen Mutter verlassen wird?«

Eve wird noch blasser, wenn das überhaupt möglich ist. Ihre Hände umkrallen geradezu verzweifelt die Armlehnen des Sessels, offensichtlich auf der Suche nach Halt.

»Vielleicht ... vielleicht solltest du uns erst einmal erzählen, was dich damals dazu gebracht hat zu gehen«, meldet sich Jette neben mir leise zu Wort. Ihre Hand greift nach meiner, entwindet sie meinen verschränkten Armen, drückt sie fest. Ihre Finger fühlen sich klamm und kalt an.

Eve nickt und schluckt schwer. Ihr Blick flackert von Jette zu mir und schließlich auf ihre nackten Füße hinab. »Ja«, sagt sie leise.

Kapitel 21

Und dann erzählt sie. Unsere Mutter erzählt davon, wie es war, mit neunzehn Jahren zum ersten Mal ungewollt schwanger zu werden. Sie hatte gerade das erste Semester Biologie an der Universität hinter sich und war voller Zukunftspläne.

»Ich wollte immer schon in der Natur arbeiten«, sagt sie mit einem flüchtigen Lächeln, das fast schuldbewusst wirkt. »Darum auch das Eulen-Tattoo, das ich mir selbst zum 18. Geburtstag geschenkt habe. Als Kind wollte ich eine Zeit lang Försterin werden, aber dann habe ich von den Nationalparks in den USA und Kanada gelesen und davon geträumt, eines Tages dort arbeiten zu können. Natürlich wusste ich, dass es schwer war, als Deutsche ein Arbeitsvisum zu bekommen, aber der Traum setzte sich in meinem Kopf fest.«

Sie erzählt, wie sie unseren Vater an der Uni kennenlernte, er studierte BWL. Eigentlich passten sie gar nicht zusammen: Er war der geborene Geschäftsmann, jonglierte gern mit Zahlen, studierte die Börsenkurse wie andere die Bibel, wollte nach dem Studium in die Firma seines Vaters einsteigen – was er ja auch getan hat. Seit zehn Jahren ist unser Vater sogar der alleinige Geschäftsführer von »Reinhardt & Sohn«, der Firma für Sanitäranlagen, die mein Großvater in den Fünfzigerjahren gegründet hat.

Eve – beziehungsweise Eva – hingegen interessierte sich kein bisschen für Geschäfte, fürs Geldverdienen. Als sie unserem

Vater davon erzählte, dass sie gern ein Praktikum im amerikanischen Yellowstone Nationalpark machen würde, hatte er nur Kopfschütteln für sie übrig. Auch das passt. Unser Vater ist bis heute im Urlaub nie weiter als bis nach Südtirol gekommen – und dort wohnen Inge und er gern in komfortablen Hotels mit gutem Spa. Campen käme für beide auf gar keinen Fall infrage – in der Beziehung komme ich eher nach Papa als nach unserer Mutter.

»Sicherlich wären Walter und ich unter anderen Umständen niemals länger als ein paar Monate zusammengeblieben«, meint Eve nun nachdenklich. »Ich fand euren Vater sehr attraktiv, und er mich wohl auch, was mir wiederum schmeichelte. Also gingen wir gemeinsam auf Unipartys, wir sahen gern Filme zusammen. Aber ansonsten hatten wir keine Gemeinsamkeiten. Tja, doch dann … dann wurde ich schwanger.«

Sie sieht Jette an, und plötzlich schimmern ihre blauen Augen feucht. Jettes Griff um meine Hand wird stärker.

»Es war ein Schock für uns beide«, fährt unsere Mutter leise fort. »Wir kannten uns doch erst seit ein paar Monaten. Aber … es wäre für uns niemals infrage gekommen, die Schwangerschaft zu beenden. Wir kamen beide aus katholischen Familien, das wäre einfach undenkbar gewesen. Und … ganz abgesehen davon, hätte ich es niemals über das Herz gebracht, meinem Baby das Leben zu verwehren.«

Mir liegt ein giftiger Kommentar auf der Zunge, dass sie es dafür aber über das Herz gebracht hatte, ihre Babys zu verlassen. Doch ich schlucke die Worte mühsam hinunter und zwinge mich dazu, weiter zuzuhören.

»Ich wohnte damals im Studentenwohnheim, Walter wohnte noch bei seinen Eltern. Dort gab es ein Dachgeschoss, das ausgebaut werden konnte, und so zogen wir gemeinsam bei euren Großeltern ein.«

In das Haus, in dem Jette und ich mit unserem Vater

gewohnt haben, bis er Inge geheiratet hat. An das Dachge-schoss im Haus meiner Großeltern kann ich mich gut erinnern. Ich mochte es da, vor allem wenn der Regen auf die schrägen Dachfenster prasselte.

Eve holt tief Luft und starrt auf ihre Hände, die sie wieder im Schoß ineinander gefaltet hat. »Es war schwer, mit Walters Eltern in einem Haus zu leben. Ich war unglücklich, weil ich nicht bereit war für ein Kind. Walter war unglücklich, denn er war ebenso wenig auf diesen Einschnitt in seinem Leben vor-bereitet gewesen. Seine Eltern machten uns Vorwürfe, weil wir nicht besser aufgepasst hatten. Noch dazu stritten Walter und ich immer häufiger. Wäre ich nicht schwanger gewesen, hätten wir uns längst getrennt.«

Sie unterbricht sich kurz, fährt dann rasch fort, während sie Jette ansieht: »Aber dann kamst du auf die Welt. Henriette. Du hast für einige Zeit alles wiedergutgemacht. Zwar fühlte ich mich unglücklich im Haus von Walters Eltern, fühlte mich nicht akzeptiert, und eure Großmutter – nun ja, sie gab mir ständig gut gemeinte Ratschläge, gab mir immer das Gefühl, alles falsch zu machen. Rückblickend muss ich sagen, dass ich sicherlich wirklich vieles falsch machte, ich war immerhin gerade zwanzig Jahre jung, hatte keinen blassen Schimmer von Babys, war nicht einmal im Geburtsvorbereitungskurs gewesen, weil ich weiter-hin in meine Vorlesungen gegangen war, fest entschlossen, mein Studium trotz allem weiter durchzuziehen.« Mit einem traurigen Lächeln zuckt sie mit den Schultern. »Ich war jung und stur. Ich wollte es Walter und seinen Eltern beweisen, dass ich das Mut-tersein und das Studium unter einen Hut bekam, ging unbeirrt mit dir, Jette, in die Vorlesungen, stillte dich im Hörsaal, und ein besonders netter Prof trug dich zwischen den Sitzreihen hin und her, als du Koliken hattest.« Sie lächelt bei der Erinnerung, und ich merke, dass Jette neben mir leise aufschluchzt. Eve sieht sie erschrocken an, aber meine Schwester winkt ungeduldig ab und sagt heiser: »Bitte, erzähl weiter.«

Unsere Mutter nickt und atmet tief durch. »Dann wurde ich wieder schwanger, als du anderthalb Jahre alt warst, Jette.« Sie seufzt leise, und ihr Blick flackert zu mir. Die Schuldgefühle in diesem Blick sind so deutlich, dass ich fast auflachen muss, wenn mir nicht gleichzeitig nach Heulen zumute wäre.

»Wir hätten natürlich wieder besser aufpassen müssen«, sagt Eve. »Auch wenn sich das für dich jetzt grausam anhört, Polly. Aber damals waren alle fassungslos: Walters Eltern. Meine Mutter. Die Profs. Meine Kommilitonen. Und sogar Walter, der der Meinung war, dass nur ich allein nicht aufgepasst hätte.« Ihr Lachen klingt bitter und hohl. »Aber es würde schon irgendwie alles weitergehen, sagte ich mir verbissen. Ich fragte Walters Eltern, ob sie tagsüber auf dich, Jette, aufpassen würden, damit ich nach deiner Geburt mit dir, Polly, weiterhin in die Vorlesungen gehen, dich im Hörsaal stillen und auf meinem Pult die Windeln wechseln könnte.« Sie holt tief Luft. »Sie verneinten. Sagten mir, ich solle endlich einsehen, dass ich nicht zu Ende würde studieren können, wenn ich gleichzeitig ein Kind nach dem anderen in die Welt setzte.«

Als ich mir vorstelle, wie meine Großeltern solche Worte zu unserer Mutter sagten, empfinde ich für den Bruchteil einer Sekunde Mitleid mit ihr. Aber wirklich nur kurz.

»Walter und ich waren zu der Zeit schon lange in einer schweren Beziehungskrise. Mehr als einmal hatte ich damit gedroht, mit dir, Jette, zu meiner Mutter zu ziehen. Doch wegen der nächsten Schwangerschaft versuchten wir, uns zusammenzureißen.« Erneut holt Eve tief Luft, man merkt, dass ihr die Erinnerungen zunehmend wehtun.

»Aber dann ... dann ging alles den Bach runter«, sagt sie, mit einem Mal so leise, dass Jette und ich uns ein wenig vorbeugen, um sie zu verstehen.« »Während ich schwanger war, wurde bei meiner Mutter Lungenkrebs diagnostiziert. Er hatte schon gestreut, es gab keine Chance mehr auf Heilung.«

Ein Schatten legt sich über Eves Züge, und sie braucht ein paar Sekunden, bevor sie weiterreden kann. »Ich war ohne Vater und ohne Geschwister aufgewachsen, und meine Mutter bedeutete mir alles. Sie so leiden zu sehen, in einer Phase meines Lebens, in der ich sie ganz besonders gebraucht hätte, das war die schlimmste Erfahrung, die ich bis dahin gemacht hatte. Es zerriss mich förmlich. Und dann wurdest du geboren, Polly, und ich fühlte mich ... ich fühlte mich überwältigt, überfordert, völlig fehl am Platz. Ich war wie ein Roboter, der irgendwie zu funktionieren versuchte, geradezu mechanisch, es aber nicht hinbekam. Alles war mit einem Mal zu viel für mich. Eine regelrechte Abwärtsspirale begann: Zwei kleine Kinder, von denen du, Polly, besonders nachts viel geschrien hast, wie es Neugeborene nun einmal tun, sodass ich kaum Schlaf bekam. Tagsüber hast dann du, Jette, mich belagert, du warst sehr eifersüchtig und anhänglich und wolltest ständig allein mit mir spielen. Dazu kamen die Sorgen um meine Mutter und immer häufiger Streit mit Walter.« Sie macht eine kurze Pause, als müsse sie Kraft sammeln, bevor sie leise fortfährt: »Meine Mutter starb kurz nach deinem ersten Geburtstag, Polly. Sie zu verlieren war furchtbar für mich. Die Leere in meinem Inneren nahm überhand. Ich habe nur noch geheult. Im Nachhinein denke ich, dass ich mit Sicherheit eine postnatale Depression hatte, aber damals kam noch niemand auf die Idee, mich wegen meiner ewigen Traurigkeit zum Arzt zu schicken. Ich hatte das Gefühl, dass alles keinen Sinn mehr machte – eine lieblose Beziehung, finanzielle Abhängigkeit, abgebrochenes Studium, keine Mutter mehr. Und dann die Überforderung, selbst eine Mutter zu sein.«

Sie holt tief Luft und fährt sich rasch über die Augen. »Zu allem Überfluss musste ich mich auch noch um die Auflösung des Haushalts meiner Mutter kümmern. Das gab mir mental den Rest. Ich verbrachte ganze Tage zwischen ihren Kleidern und Büchern, war kaum noch ansprechbar. Natürlich verstanden euer Vater und eure Großeltern, dass ich um meine Mutter trauerte, und sie halfen mir sogar beim Ausmisten ihrer Sachen. Aber ich bekam auch ein ums andere Mal zu hören, dass ich mich endlich zusammenreißen müsse – den Kindern zuliebe. Irgendwann bestand Walter darauf, dass wir ein paar Dinge in Kartons packten und in unsere Dachwohnung brachten, damit ich sie später in Ruhe aussortieren könnte. Er drängte darauf, dass die Wohnung meiner Mutter möglichst schnell ausgeräumt würde, damit wir nicht weiterhin Miete dafür zahlen mussten.«

Eve holt zitternd Luft und schließt kurz die Augen, bevor sie sie wieder öffnet und leise sagt: »Und so kam es, dass ich erst ein Jahr nach dem Tod meiner Mutter in einem dieser Kartons die Briefe fand.«

Und mit diesen Worten beginnt sie von den Briefen zu erzählen, die sie von Stuttgart nach Maine geführt haben.

Stuttgart, im Juni 1967

Mein liebster Ben,

Nun bist du seit fünf Wochen und einem Tag fort, und ich weiß immer noch nicht, wie ich ohne dich weiterleben soll. Jedes Mal, wenn ich in der Stadt ein paar Soldaten begegne, zerreißt es mich förmlich vor lauter Sehnsucht nach dir. Natürlich darf ich nicht mehr abends zum Tanzen in die Clubs gehen – ich darf überhaupt nirgendwo hingehen, außer zur Arbeit in die Bäckerei, versteht sich. Und dieses Ausgehverbot hängt nicht nur mit der Beziehung zu dir zusammen, mein Liebster. Zwar hätte unsere Liebe allein genügt, um bis in alle Ewigkeit Vaters schrecklichen Zorn auf mich zu ziehen. Du hast ihn ja selbst erlebt, als er dich und mich in der Gartenlaube erwischt hat. Für einen furchtbaren Moment habe ich geglaubt, er würde dich totschlagen. Aber einen amerikanischen Soldaten in unserer Gartenlaube umzubringen, das würde selbst mein cholerischer Vater nicht wagen, auch wenn er immer noch der alten Nazi-Ideologie anhängt und ein ewig Gestriger ist.

Aber, Ben, es kam alles noch viel schlimmer. Schlimmer einerseits … wunderschön andererseits. Ich kann mich immer noch nicht ganz entscheiden, ob ich völlig entsetzt oder erfüllt von Glück sein soll: Ich erwarte ein Kind von dir, mein Liebster.

Du warst gerade ein paar Tage fort aus Stuttgart, da habe ich die Anzeichen bemerkt. Erst habe ich mich nicht getraut, es meiner Mutter zu gestehen, aber dann stand die Hochzeit meiner Cousine an, und ich passte nicht mehr in das Kleid, das Mama mir vor ein paar Wochen genäht hatte. Und übergeben musste ich mich auch. Da hat mich Mama zum Arzt gebracht, der bestätigt hat, dass ich ein Baby erwarte. Im Winter soll es geboren werden. Ich bin gerade im vierten Monat.

Mein Vater hätte mich gern verprügelt, das habe ich ihm deutlich angesehen, aber Mama hat sich ausnahms-

weise vor mich gestellt und ihn gewarnt, dass ich das
Kind verlieren könnte. »Wäre auch besser so!«, das hat
er geschrien. Leuchtend rot war er im Gesicht, Mama
hingegen leichenblass. »Du rührst sie nicht an«, hat sie
zu meinem Vater gesagt, und ich war erstaunt darüber,
wie energisch sie klang. So hatte ich meine Mutter
noch nie reden hören. Schon gar nicht mit meinem
Vater. Die Quittung kam in derselben Nacht. Ich
habe ihre Schreie bis in mein Dachzimmer gehört.
Am nächsten Morgen hatte sie blaue Flecken an den
Handgelenken. Sie hat versucht, sie vor mir zu verstecken.

Und trotzdem hat Vater auf sie gehört. Hat mich nicht
ein Mal verprügelt, seit ich schwanger bin. Du musst
dir also keine Sorgen um mich machen, liebster Ben.
Ich weiß, du hasst meinen Vater für die Art, wie er
dich an dem Abend in der Gartenlaube behandelt hat.
Und dafür, wie er mich behandelt. Du hättest mich
gern mit nach Maine genommen, und ich wünschte, ich
wäre stark genug gewesen. Jetzt, da ich weiß, dass unter
meinem Herzen dein Baby heranwächst, male ich mir
wieder und wieder aus, wie unser Leben in dem kleinen
Ort, auf der Insel mit dem Leuchtturm, hätte aussehen
können. Bar Harbor. Blueberry Island. Die Namen
haben sich mir für immer und ewig ins Gedächtnis
gebrannt. Sicherlich wären wir dort glücklich geworden.
Sicherlich wärst du ein fantastischer Vater.

Aber du musst verstehen, Ben, dass ich meine Heimat
nicht einfach so verlassen kann. Ginge ich fort, wäre
Mutter allein mit meinem Vater. Ich habe Angst, dass

er sie irgendwann in seinem Zorn, den er laut Mama
damals aus dem Krieg heimgebracht hat, totschlagen
würde. Meine Mutter hängt sehr an mir, liebster Ben.
Darum bin ich nicht zum verabredeten Zeitpunkt vor
der Kaserne gewesen, wie ursprünglich ausgemacht.
Darum habe ich mich nicht persönlich von dir verabschiedet. Denn ich hatte Angst, dass ich im letzten
Moment schwach werden könnte, wenn ich dir in die
Augen gesehen und dich ein letztes Mal geküsst hätte.
Vielleicht hätten wir doch noch einen Weg gefunden,
wie ich nach Maine hätte reisen können. Vielleicht
hättest du an dem Abend, beim Abschied, schon einen
Plan parat gehabt.

Ich hatte Angst, dass wir einen Weg gefunden hätten.
Hatte Angst, dass die Entscheidung gegen dich noch
schwerer geworden wäre, als sie ohnehin schon war. So
kann ich mir immer noch sagen: Es hat nicht sollen
sein. Ich konnte ja nicht mit eurer Militärmaschine
nach Amerika fliegen. Ich zwischen all den Soldaten,
das stelle man sich mal vor. Ja, ich kann mir vorbeten,
dass es keine Möglichkeit gab. Ich noch minderjährig,
ohne Pass und ohne Geld. Ich frage mich, wie lange
du an jenem Abend auf mich gewartet hast. Ob deine
Kameraden dich gedrängt haben, endlich in euren Bus
einzusteigen. Weil euer Flugzeug wartete. Ich frage
mich, ob du traurig warst, weil ich nicht kam, um Auf
Wiedersehen zu sagen. Oder warst du wütend? Verletzt? Denn dass ich dir nicht egal war, das wusste ich,
mein Liebster.

Oh, wie ich mir wünsche, dass mein Englisch besser

wäre. Als wir zusammen waren, als wir getanzt und
gelacht und uns angestrahlt haben, da haben wir uns so
gut verstanden, auch ohne viele Worte. Aber jetzt, da
du fort bist, wie sollte ich dir da begreiflich machen,
dass ich dich von ganzem Herzen vermisse? Deine
Augen, hellblau wie der Aquamarinstein in der Bro-
sche meiner Mutter. Dein fröhliches Lachen, die Art,
wie du mich angesehen hast. Und eben weil ich all dies
nur in Deutsch ausdrücken kann und weil ich Stuttgart
nicht verlassen kann und will, und weil du in Maine
sicherlich ein glückliches Leben ohne mich aufbauen
wirst – und nicht zuletzt, weil ich deine Postadresse gar
nicht habe, schreibe ich diesen Brief nur für mich. Bei
der Vorstellung, dass du niemals erfahren wirst, dass du
Vater wirst, bricht mir das Herz, liebster Ben. Aber
ich weiß auch, dass es besser so ist.

Ja, ich bin feige. Ich weiß, wenn du von diesem Kind
erfahren solltest, dann würdest du alle Hebel in Bewegung setzen, würdest mich irgendwie nach Maine holen.
Dann müsste ich mich doch gegen meine Mutter entscheiden. Gegen meine Heimat. Für dich. Und ein
Teil meines Herzens schreit ganz laut, dass es dorthin
will, nach Blueberry Island, zu dir.

Liebster Ben, ich muss jetzt aufhören. Vater brüllt
unten schon wieder herum, ich muss zu Mama gehen.

In ewiger Liebe

Deine Gerda

Maine, 5. Juli 1967

Liebste Gerda,

ich hoffe, du bist gesund und munter, wenn dich dieser Brief
erreicht. Als du nicht an unserem Treffpunkt erschienen bist,
war ich außer mir vor Sorge, doch ich konnte nicht warten. Als
Soldat muss man Befehle befolgen. Ich durfte nicht einfach
zurückbleiben, konnte nicht zu deinem Elternhaus fahren, um
mich zu vergewissern, dass es dir gut ging, dass dein Vater dich
nicht verprügelt hatte, wie er es dir in der Gartenlaube ange-
droht hatte. Bevor ich ihm mit der Polizei gedroht habe. Mein
Gott, ich werde nie den Hass auf seinem Gesicht vergessen. Ich
hoffe von ganzem Herzen, dass du nicht die Konsequenzen für
diesen Hass zu spüren bekommen hast. Allein die Vorstellung, er
könnte dir wehgetan haben, bringt mich fast um den Verstand.

Gerda, ich wünschte wirklich, du würdest es dir noch einmal
überlegen. Ich lege ein Foto von unserem Haus auf Blueberry
Island in den Umschlag. Es ist das Leuchtturmwärterhaus,
da mein Vater der Leuchtturmwärter ist. Hier ist reichlich
Platz, auch für dich, meine Liebste. Seit ich nicht mehr in
der Armee bin, helfe ich meinem Onkel Stan beim Hummerfi-
schen. Jeden Tag draußen auf dem Atlantik, die salzige Brise
im Gesicht, das ist es, was ich für den Rest meines Lebens
machen möchte. Aber ohne dich ist all das nur halb so schön.
Ach, nur ein Zehntel so schön. Mein Vater hat gemerkt, dass
ich mein Herz in Deutschland gelassen habe. Er hat ein wenig
Geld zur Seite gelegt, und er wäre bereit, es mir zu leihen. Ich
könnte davon ein Flugticket für dich besorgen, Gerda.

Hoffentlich verstehst du überhaupt, was ich dir hier schreibe.

Ich wünschte, ich könnte es auf Deutsch tun, damit du begreifst, was ich für dich empfinde!

Bitte, meine Liebste, überleg es dir. Maine würde dir gefallen, ich weiß es einfach. Und ich liebe dich. Von ganzem Herzen.

Dein Ben

Stuttgart, Mai 1976

Liebster Ben,

ich weine, während ich diesen Brief schreibe. Ich weine, weil meine Mutter gestorben ist. Ich weine, weil ich dich immer noch vermisse. Aber vor allem weine ich, weil ich heute, als ich Mutters Sachen im Schrank aussortiert habe (Vater ist mir keinerlei Hilfe), deinen Brief vom Juli 1967 gefunden habe.

Was hat Mutter sich nur dabei gedacht, ihn mir nicht zu geben? War ihre Angst so groß, mich an die fernen Vereinigten Staaten zu verlieren? Ich kann nicht glauben, dass sie das getan hat. Dass sie mir deine Zeilen verheimlicht hat. Vermutlich konnte sie selbst deinen Brief kaum verstehen, sie sprach nur ganz wenig Englisch. Aber mein Englisch ist besser geworden, weil ich die Abendschule besucht habe und Sekretärin geworden bin. Manchmal male ich mir aus, du kämst zurück, und diesmal könnten wir uns wirklich unterhalten. Deshalb kann ich diesen Brief an dich nun sogar auf Englisch schreiben, liebster Ben. Ich kann dir in deiner Muttersprache von unserem Kind berichten: Acht Jahre alt ist Eva bereits. Sie ist ein wunderbares Mädchen. Stark und selbstbewusst, wie ich es nie war. Ein halber Junge, der gern auf Bäume klettert und mit den Nachbarbengeln rauft und um die Wette rennt. Dabei ist sie trotzdem bildhübsch, und wenn ich sie mal davon überzeugen kann, ihre Hosen gegen ein Kleid zu tauschen und die Haare offen zu tragen, dann drehen sich die Leute auf der Straße nach ihr um. Sie hat deine blauen Augen, Ben. Aquamarinblau.

Ich habe ihr nie von dir erzählt. Wenn sie mich fragt, wer ihr Vater ist, dann sage ich ihr, dass ich ihren Vater nur flüchtig kannte. Dass er nicht in Stuttgart wohnt und wir keinen Kontakt mehr haben. Das ist alles, was sie von mir erfährt. Eine Insel mit dem wunderbaren Namen Blueberry Island habe ich ihr gegenüber niemals erwähnt.

Immerhin hatte ich wirklich nie die Möglichkeit, Kontakt zu dir aufzunehmen. Weißt du, dass ich es, als Eva gerade ein Jahr alt war, versucht habe? Von Sehnsucht nach dir zerfressen bin ich zu deiner ehemaligen Kaserne gegangen. Ich habe versucht, mit einem Offizier zu sprechen. Eine Auskunft zu bekommen, wo du wohnst. Deine genaue Adresse. Ich wollte dir schreiben. Denn einfach so nach Maine reisen, auf die Insel Blueberry Island fahren, das habe ich mich nicht getraut. Ich, die ich noch nie im Ausland gewesen war! Aber geschrieben hätte ich dir gern. Ich meine, natürlich habe ich dir vorher schon geschrieben. Als ich schwanger war mit unserem Kind. Doch abgeschickt habe ich den Brief nie.

Und abschicken werde ich auch diesen Brief nicht. Doch, diesmal würde ich es gern tun. Aber in deiner Kaserne war man nicht sehr hilfsbereit. Man wollte oder durfte oder konnte mir keine Auskunft zu deiner Adresse erteilen. Vielleicht hat man mich und mein damals noch miserables Englisch aber auch einfach nicht verstanden. Doch jetzt kommt der schlimmste Teil: Dieser Brief von dir, aus dem Sommer 1967, als ich mit dickem Bauch in Stuttgart saß und nicht ahnte, dass du noch an mich dachtest. Dieser Brief wäre die eine wertvolle Brücke zu dir gewesen. Aber der Umschlag dieses Briefes ist fort. Nur das gefaltete Papier lag ganz hinten in Mutters Sockenschublade. Kein Absender weit und breit. Nichts.

Aber vielleicht ist es besser so, geliebter Ben. Das zumindest versuche ich, mir einzureden, während ich hier sitze und vor lauter Tränen kaum etwas zu erkennen vermag. Es ist besser, keine alten Wunden aufzureißen, rede ich mir ein. Sicherlich hast du längst eine eigene Familie auf Blueberry Island gegründet. Sicherlich hast du die junge Gerda Michaelis in Stuttgart längst vergessen.

Doch ich, ich werde dich niemals vergessen, Benjamin Moore. Niemals.

In Liebe

Deine Gerda

Kapitel 22

Jette und ich sitzen ganz still nebeneinander auf dem grünen Sofa. Wir halten uns erneut an den Händen. Seit wann kann ich nicht sagen. Hat Jette nach meiner Hand gegriffen? Oder ich nach ihrer? War es an der Stelle, als sich unsere Mutter mit einem Taschentuch Tränen von den Wangen tupfen musste? Oder als sie von dem letzten, herzzerreißenden Brief berichtete, den ihre eigene Mutter an ihren Vater geschrieben und erneut nicht abgeschickt hatte? Ich weiß es wirklich nicht. Was ich weiß, ist, dass mich Jettes Anwesenheit ungemein tröstet.

»Unglaublich«, murmelt meine Schwester nun heiser. »Und du wiederum hast all diese Briefe gefunden, als deine eigene Mutter gestorben ist?«

Eve nickt, während sie nachdenklich auf ihre Finger starrt, die unruhig an ihrem T-Shirt-Saum herumnesteln. »Ja. Warum sie mir nie von diesen Briefen erzählt hat ... und überhaupt von der Existenz meines Vaters ... das ist etwas, was ich niemals begreifen werde. So, wie meine Mutter nie verstanden hat, wie ihre eigene Mutter, meine Oma, es fertiggebracht hat, ihr den Brief meines Vaters zu verheimlichen.« Sie sieht von ihren Fingern auf, richtet ihren Blick ernst auf uns und sagt: »Und genauso konntet ihr wohl nie begreifen, warum ich damals gegangen bin.«

»Die unbegreiflichen Mütter unserer Familie«, murmele ich sarkastisch.

Unsere Mutter sieht mich ernst an und nickt. »Ja. Genauso ist es. Glaubt mir, ich erwarte keinesfalls, dass ihr mich versteht. Ich habe damals ja auch gar nicht rational gehandelt.« Sie macht eine kurze Pause, schluckt schwer und fährt fort: »Als ich diese Briefe gefunden und begriffen habe, dass hier in Maine, auf dieser Insel vor Bar Harbor, eventuell nach wie vor mein Vater lebt, da war ich nur noch von dem Gedanken getrieben, ihn kennenzulernen.« Sie stockt, wirkt mit einem Schlag wieder den Tränen nah. »Ich beantragte heimlich einen Pass, buchte einen Flug. Ich ... im Nachhinein kann ich nicht mehr sagen, wie ich es fertiggebracht habe, euch bei Oma Hanne zu lassen, zu behaupten, ich würde einkaufen gehen – und dann zum Flughafen zu fahren. Wirklich, ich weiß es nicht mehr. Ich habe diesen Tag, als ich euch zum letzten Mal in den Arm genommen habe, verdrängt.« Ihre Stimme bricht, und sie presst eine Hand vor ihren Mund, um ein paar Schluchzer hinunterzuschlucken. Ich warte auf Rührung. Auf Mitleid. Auf irgendeine Emotion. Aber in mir fühlt sich alles seltsam leer an.

»An die Reise kann ich mich auch nur noch dunkel erinnern«, fährt Eve leise fort, als sie wieder reden kann. »Ich habe in Boston einen Mietwagen genommen, bin damit nach Bar Harbor gefahren. Habe mich nach Blueberry Island durchgefragt. Stand mit einem Mal vor dem Haus neben dem Leuchtturm, von dem in dem Brief die Rede war. Sah in die Augen meines Vaters und wusste, dass ich angekommen war. Mein Dad – er hat mir sofort geglaubt, dass ich seine Tochter war. Er hat das nie infrage gestellt. Der Vaterschaftstest wurde nur für die Behörden gemacht, als ich die amerikanische Staatsangehörigkeit beantragt habe. Für ihn war klar, dass ich sein Fleisch und Blut war. Und nicht nur er hat mich mit offenen Armen aufgenommen, sondern auch seine Frau Grace. Meine Stiefmutter. Die beiden haben nie eigene Kinder bekommen können, und so war ich für sie ein Geschenk des Himmels, obwohl ich längst erwachsen war.«

Sie sieht uns mit einem schiefen Lächeln an. Dieses Lächeln ist es, das in mir etwas zum Überlaufen bringt. »Und dann hast du dich hier in Bar Harbor einquartiert, bei deiner neu gefundenen Familie, und hast ein glückliches Leben geführt, während in Stuttgart zwei kleine Mädchen nicht verstehen konnten, dass ihre Mutter fort war.«

Ich formuliere das nicht als Frage, sondern als Aussage. Als wütende, geradezu hasserfüllte Aussage. Neben mir rutscht Jette unbehaglich auf den Sofapolstern hin und her.

»Nein«, wispert Eve, und ihre Stimme bebt hörbar. »So war es nicht, Polly. Das musst du mir glauben. Ich … während der ersten Wochen hier in Maine habe ich alles verdrängt, ja. Rückblickend kann ich das wirklich nur mit einer nicht erkannten und verschleppten Kindbettdepression erklären. Ich habe jeglichen Gedanken an euch beide abgeblockt. Habe Dad und Grace nichts von euch erzählt. Bis … bis mich Grace beim Umziehen überrascht und meine Kaiserschnittnarbe gesehen hat. Da kam alles raus. Dad und sie waren verständlicherweise schwer erschüttert. Sie haben auf mich eingeredet, dass ich zu euch zurückkehren müsse. Dad wollte mich sogar nach Deutschland begleiten, aber er hatte keinen Pass. Ich bin also allein geflogen.«

»Du … du bist zurück nach Stuttgart gekommen?«, hakt Jette verblüfft nach.

Unsere Mutter sieht uns gequält an und nickt. »Ja«, wispert sie und wischt sich mit dem Handrücken über die Augen. Ihre Unterlippe bebt, so wie meine es tut, wenn ich versuche, nicht zu weinen. Rasch starre ich auf meine Hände hinab. »Sechs Wochen, nachdem ich … abgehauen bin … war ich wieder da. Es war ein Samstagvormittag. Ihr zwei wart mit eurem Vater einkaufen. Eure Oma hat mir die Tür geöffnet.«

Bei der Erinnerung wird Eve noch ein wenig bleicher. »Sie hat mich angeschrien. Natürlich im Haus, nicht draußen, sonst hätten das ja die Nachbarn mitbekommen. Sie hat mir gesagt, dass ich eure Herzen und das eures Vaters gebrochen hätte. Dass ihr alle die schlimmsten sechs Wochen eures Lebens hinter euch gebracht hättet. Und dann … dann sagte sie mir, dass ich zu spät käme. Dass euer Vater nun mit der Kommilitonin zusammen sei, in die er schon lange heimlich verliebt gewesen sei. Inge Herrmann. Ich kannte sie sogar. Sie war hübsch und aus gutem Hause. Das gefiel eurer Großmutter natürlich.« Eve holt zitternd Luft. »Hanne machte mir klar, dass euer Vater endlich wieder glücklich sei, nach der … langen und schwierigen Phase mit mir, wie sie es nannte. Und sie behauptete, dass ihr zwei auch endlich über den Schock hinweggekommen wärt. Dass ihr Inge toll fändet. Ihr gemeinsam so viel lachen würdet. Dass es eurem Vater und euch richtig gut ginge. Dass ihr nicht mehr nach mir fragen würdet.«

Eve wischt sich eine Träne von der Wange, als sie fortfährt: »Eure Oma meinte es sicher nur gut. Sie wollte ihren Sohn schützen. Sie wollte euch schützen. Sie hielt mich für labil und unberechenbar. Und damals war ich das auch. Ich war krank. Ich brauchte Hilfe. Als ich ihre deutlichen Worte hörte, und in ihren Augen las, dass sie mich weit weg wünschte, da flüchtete ich wie ein fortgeprügelter Hund. Ich buchte den nächsten Flug zurück nach Boston – mein Dad hatte mir zum Glück Geld überwiesen. Und er holte mich vom Flughafen ab. Brachte mich in eine Klinik nach Portland, wo endlich meine Kindbettdepression behandelt wurde. Ich brauchte lange, um mich zu erholen.«

»Aber … du hast es nie wieder versucht? Hast nie wieder probiert, Kontakt zu uns aufzunehmen? Nur weil Oma damals so … falsch reagiert hat?« Jettes Frage klingt fassungslos. Und ich muss ihr recht geben: Auch ich kann kaum glauben, was ich gerade gehört habe.

Eve knetet ihre Hände im Schoß und lächelt uns schief an. »Doch«, flüstert sie. »Ich habe versucht, Kontakt aufzunehmen. Aber ... ich habe nie eine Antwort auf meine Briefe bekommen.«

»Briefe?«, fragen Jette und ich wie aus einem Mund.

Sie nickt ernst. »Ja. Zu jedem eurer Geburtstage habe ich euch geschrieben. Zu jedem Weihnachtsfest. Aber es kam nie eine Antwort.«

Neben mir gibt Jette ein merkwürdig ersticktes Geräusch von sich. Ich sehe sie an und stelle fest, dass sie weint. Automatisch schließen sich meine Finger enger um ihre.

»Wir haben diese Briefe nie gesehen«, sage ich tonlos.

Eve nickt langsam. »Das dachte ich mir schon.« Sie lächelt schwach. »Eines Tages kam dann doch eine Antwort. Weihnachten 1996. Als ihr sieben und zehn Jahre alt wart.« Gespannt starre ich sie an, hänge förmlich an ihren Lippen. Ihre Unterlippe beginnt schon wieder zu zittern.

»Es war eine Weihnachtskarte. Ein Familienfoto. Ihr zwei, in rot-weiß karierten Kleidern. Euer Vater und Inge, Arm in Arm. So glücklich lächelnd. Die perfekte Familie.«

Eve holt mühsam Luft, während ich vor meinem inneren Auge diese rot-weiß karierten Kleider sehe. Ich hatte das Kleid gehasst, weil es so kratzte. In der Kirche beim Krippenspiel hatte ich die ganze Zeit herumgezappelt, weshalb Inge sauer auf mich war. Das war unser erstes Weihnachten im neuen Haus, fällt mir ein. Das erste Weihnachten, an dem Inge und Papa verheiratet waren.

»Euer Vater hatte nur drei Sätze in die Karte hineingeschrieben: ›Wir sind glücklich. Lass uns in Ruhe. Die Kinder haben eine bessere Mutter verdient als dich.‹ Von da an habe ich euch nicht mehr geschrieben.«

Nun fängt Eve an zu weinen. Laut und heftig. Sie schlägt die Hände vor das Gesicht und wird von Schluchzern durchgeschüttelt. Jette und ich sitzen wie erstarrt nebeneinander auf dem Sofa. Wir sind zu keiner Reaktion fähig. Wie sollten wir auch zu dieser quasi fremden Frau gehen und sie trösten? Ich kann es nicht. Und Jette kann es auch nicht.

Schnelle Schritte hinter uns lassen mich erschrocken herumfahren. Eine Frau kommt die Treppe aus dem ersten Stock hinab. Ihr graues Haar ist kurz geschnitten, sie wirkt sportlich, in Jeans und Kapuzensweatshirt mit einem »Bar Harbor«-Aufdruck. Wache nussbraune Augen mustern Jette und mich aufmerksam, und ich frage mich verblüfft, wo ich diese Frau schon einmal gesehen habe. Sie kommt mir merkwürdig vertraut vor. Jetzt geht sie neben dem Sessel in die Hocke und redet beruhigend auf Eve ein. Sie zieht unsere Mutter in ihre Arme und lässt sie weinen, streichelt ihr über den Rücken, murmelt Worte in ihr Ohr, die wir nicht verstehen. Als Eve sich ein wenig beruhigt und dankbar das Taschentuch entgegennimmt, das die Frau ihr reicht, steht die Fremde auf und kommt auf uns zu. Noch bevor sie am Sofa angekommen ist, wird mir mit einem Schlag klar, wo ich sie schon einmal gesehen habe: auf dem Foto im Bar Harbor Inn. Sie saß dort mit unserer Mutter an dem Tisch, prostete ihr zu.

Nun lächelt uns die Fremde warm an und sagt auf Englisch: »Hallo, ihr zwei. Ihr seid also Jette und Polly. Ich habe schon so viel von euch gehört. Ich bin Georgia. Die Lebenspartnerin eurer Mutter.«

Eine halbe Stunde später sitzen Jette und ich in den zwei weißen Holzschaukelstühlen auf der Veranda und sehen auf den Atlantik hinaus. Jede von uns hält ein Glas kühlen Weißwein in der Hand. Wir schweigen, während wir unseren Gedanken nachgehen und in unseren Schaukelstühlen vor und zurück wippen. Natürlich nicht synchron, denn wir waren noch nie synchron, meine Schwester und ich. Und obwohl man meinen sollte, dass so ein schaukelnder Schaukelstuhl eine beruhigende Wirkung hat, fühle ich mich innerlich noch immer genauso aufgewühlt und auf den Kopf gestellt wie schon seit dem Moment heute Morgen, als unsere Mutter vor unserem Zelt aufgetaucht ist.

Verstohlen werfe ich einen Blick über die Schulter durch das breite Fenster hinter mir, in die Küche hinein. Unsere Mutter und Georgia stehen nebeneinander vor der Arbeitsfläche und schneiden Gemüse in kleine Stücke. Im Gegensatz zu Jette und mir wirken die beiden sehr wohl synchron. Im Einklang. Sie strahlen eine Harmonie aus, die mir unter die Haut kriecht. Und das, obwohl Eve immer noch sehr blass aussieht, während sie sich auf die Zwiebelstückchen unter ihrer Messerklinge konzentriert. Als Jette eben erstaunt zu Georgia gesagt hat, dass das doch sie auf dem Foto im Bar Harbor Inn gewesen sei, die unserer Mutter zugeprostet hat, musste diese lachen: »Und ob ich das war! An dem Abend haben wir dort unseren zwanzigsten Jahrestag gefeiert!«

»Ihr müsst euch wirklich fragen, womit ihr das verdient habt«, hat unsere Mutter daraufhin mit einem bitteren Lachen gesagt. »Erst verlasse ich euch als Kinder, und als ihr mich endlich wiederfindet, lebe ich mit einer Frau zusammen.« Sie hat tief Luft geholt und Georgia fast Hilfe suchend angesehen, bevor sie zögernd hinzugefügt hat: »Wisst ihr … das war wohl auch ein Grund, warum ich mich damals in der Beziehung zu Walter so … falsch gefühlt habe. Irgendwo tief in meinem Inneren wusste ich, dass ich … lesbisch bin. Aber ich wollte es nicht wahrhaben. Damals war das auch noch nicht so selbstverständlich wie heute. Ich habe gehofft, dass es … weggehen würde. Dass ich mit Walter glücklich werden würde.«

Sie hat eine kurze Pause gemacht und fast beschämt ergänzt: »Aber mit euch hatte das überhaupt nichts zu tun. Euch habe ich immer geliebt, und ich wünschte wirklich, ich hätte mich damals anders verhalten.«

Jette hat kein Wort gesagt, aber ich habe leise geschnaubt und erwidert: »Tja, hast du aber nicht.«

Die Worte trafen sie sehr, das konnte ich genau erkennen. Und so war es ja auch gewollt. Ich will sie treffen. Will sie bestrafen für das, was sie Jette und mir angetan hat.

Hauptsächlich Jette. Sie war es doch, die die Erinnerungen an unsere Mutter durch ihre Kindheit und Jugend bis ins Erwachsenenleben mit sich herumgeschleppt hat. Die ruhelos durch die Welt gegeistert ist, auf der Suche nach dem fehlenden Puzzleteil.

Ich hingegen … ich war doch glücklich in Stuttgart. Auch ohne Mutter. Oder etwa nicht?

Als Eve den Blick vom Schneidebrett hebt und merkt, dass ich sie von der Veranda aus verstohlen beobachte, huscht der Hauch eines Lächelns über ihr Gesicht. So hoffnungsvoll, dass mir schlecht wird. Rasch wende ich mich ab und starre wieder hinaus aufs Meer.

»Unfassbar das alles, oder?« Jettes Stimme klingt belegt.

»Ja«, murmele ich zustimmend. »Wirklich unfassbar.«

»Kannst du glauben, dass Papa … dass er uns die ganzen Jahre über verheimlicht hat, dass Mama damals zurückgekommen ist? Dass sie von Oma weggeschickt wurde? Und dass … dass sie uns geschrieben hat?«

Jetzt beginnt Jette zu weinen. Ich stelle mein Weinglas ab und erhebe mich aus meinem Schaukelstuhl, ziehe sie in meine Arme. Jette, immer noch sitzend, umklammert meine Hüften wie eine Ertrinkende und weint haltlos gegen meinen Bauch. Ich streichele beruhigend ihr Haar, wie es Georgia eben bei unserer Mutter getan hat und merke, dass die beiden Frauen in der Küche uns beobachten. Als ich sie ansehe, wendet sich Georgia diskret ab, eilt geschäftig zum Kühlschrank. Aber meine Mutter schaut mich weiter an, bestürzt und besorgt. Ich halte ihrem Blick ein paar Sekunden lang stand, dann sehe ich wieder zu meiner Schwester hinab. Ich gehe vor ihrem Schaukelstuhl in die Hocke und greife nach ihren Händen.

»Sollen wir fahren?«, frage ich ruhig. »Wir müssen nicht zum Essen hierbleiben. Lass uns in den Mietwagen steigen und zurück zum Campingplatz fahren. Oder, noch besser: zum Flughafen.«

Jette hebt den Kopf und sieht mich aus tränenverquollenen Augen geradezu entsetzt an. »Spinnst du?«

Verständnislos starre ich sie an. »Wieso? Was willst du denn noch hier? Jetzt kennen wir die Geschichte. Mehr muss ich nicht wissen. Eve Moore lebt ihr Leben. Wir leben unseres. Du erwartest doch nicht, dass wir jetzt einen auf heile Familie machen, oder?«

Langsam schüttelt Jette den Kopf. »Nein, das nicht. Aber … ich werde jetzt ganz bestimmt nicht sofort wieder abreisen. Es gibt doch noch so viel zu erzählen. Aus unserem Leben zum Beispiel weiß unsere Mutter noch nichts.«

»Und das muss sie auch nicht«, sage ich mit Nachdruck. »Diese Frau da drinnen ist mir völlig fremd! Da könnte ich jeder x-beliebigen Rangerin im Acadia National Park meine Lebensgeschichte erzählen.«

»Mit dem Unterschied, dass nicht jede x-beliebige Rangerin im Nationalpark die Frau ist, die dich auf die Welt gebracht hat«, merkt Jette heftig an und wischt sich mit dem Handrücken Tränen von den Wangen. »Du kannst nicht einfach ausblenden, wer da drinnen in der Küche steht, Polly! Das ist unsere Mutter, und ich freue mich wahnsinnig darüber, sie wiedergefunden zu haben und kennenlernen zu dürfen! Und nach der ganzen Geschichte ist mir auch klar geworden, dass sie nicht so kaltherzig gehandelt hat, wie ich insgeheim immer befürchtet hatte.«

Ja, denke ich traurig. Das stimmt. Ich hatte das genauso gedacht. Dass unsere Mutter kaltherzig gehandelt hat. Aber dass sie Kindbettdepressionen hatte ... Dass sie ihr Handeln bereut hat und zurück nach Stuttgart gekommen ist ... Dass sie uns zu unseren Geburtstagen geschrieben hat ... Fast macht es mich wütend, dass ich all dies nun weiß. Dass das die wahre Geschichte ist. Denn jetzt ist es nicht mehr so schön einfach, unsere Mutter in die Schublade »herzlose Rabenmutter« zu packen. Das simple Schwarz und Weiß hat Grautöne dazubekommen, und das ist mir zu kompliziert. Ich möchte weiterhin sauer auf sie sein dürfen. Sie verurteilen dürfen. Ich habe das so lange getan, dass ich gar nicht weiß, wie ich mit einem anderen Bild meiner Mutter leben soll.

»Und mal ganz abgesehen davon, dass es noch so viel zu erzählen gibt«, fährt Jette entschlossen fort und putzt sich geräuschvoll die Nase, »...würde ich niemals einfach so abreisen. Wegen Owen.«

»Ach ja«, murmele ich und seufze laut auf. »Dein Hummerfischer.«

»Sag das nicht so abfällig«, beschwert sich Jette und sieht mich trotzig an. »Du kennst ihn noch nicht einmal.«

»Nee. Stimmt. Aber da ich weiß, dass du dich in zwei, drei Wochen in den nächsten Mann fürs Leben verknallen wirst, muss ich ihn auch nicht unbedingt kennenlernen. Zu viele verschiedene Typen verwirren mich nur.«

Jette sieht mich aus schmalen Augen wütend an, während ich mich zurück in meinen Schaukelstuhl sinken lasse und nach meinem Weinglas greife.

Da hören wir die Fliegengittertür aufgehen und drehen uns um. Unsere Mutter tritt zu uns heraus, ebenfalls ein Glas Weißwein in der Hand. Unsicher lächelt sie uns an.

»Schöne Aussicht, oder?«, fragt sie zaghaft und nippt an ihrem Wein.

»Ja, ein toller Ausblick«, antworte ich betont kühl und starre konzentriert auf den Atlantik hinaus. Mein Handy piept und kündigt eine neue Nachricht an. Dankbar für die Ablenkung greife ich danach und lese Liams Worte: »*Hey, ist alles okay bei euch? Habe frischen Schlafsack und sauberes Kopfkissen in euer Zelt gelegt. Denke an dich. Liam*«

»Sitzt ihr oft hier, Georgia und du?«, höre ich Jette unsere Mutter fragen, während ich das Handy wieder weglege.

Unsere Mutter nickt und stellt ihr Weinglas auf der Balustrade ab. »Im Sommer jeden Abend. Zumindest dann, wenn ich keine Spätschicht im Park habe.« Sie lächelt erst Jette an, dann mich. Ich starre stumm zurück, ohne dass meine Lippen sich auch nur einen halben Zentimeter nach oben bewegen. Lächeln geht einfach nicht. Nicht in ihrer Gegenwart.

Unsere Mutter scheint genau zu merken, was mit mir los ist. Sie mustert mich eingehend, dann sagt sie leise: »Hört mal, ich kann wirklich verstehen, dass ihr geschockt seid, dass ihr erst einmal alles verdauen müsst. Mir geht es ja genauso.«

»Glaub bloß nicht, dass wir jetzt einen auf ›Happy Patchwork Family‹ machen«, sage ich mit Nachdruck. Ich höre Jette tief aufseufzen, aber ich ignoriere sie. Eve hat bei meinen Worten nicht mit der Wimper gezuckt. Sie erwidert meinen Blick ruhig und sagt schließlich langsam: »Das erwarte ich ganz und gar nicht, Polly. Darauf habe ich überhaupt kein Recht. Ich bin einfach nur unfassbar glücklich darüber, dass ihr mich gesucht und gefunden habt. Dass ihr hier vor mir sitzt und ich sehen kann, was aus euch geworden ist. Was für wunderbare Frauen ihr geworden seid. Dass ich euch meine Geschichte erzählen durfte. Dafür bin ich wirklich sehr, sehr dankbar. Und ich erwarte rein gar nichts von euch.« Sie macht eine Pause, und ich merke, dass ihre Finger immer noch zittern, als sie sich eine Haarsträhne hinter das Ohr streicht. »Aber eine große Bitte hätte ich dennoch.«

Skeptisch sehe ich sie an. Auch Jette mustert sie aufmerksam. Eve holt tief Luft und sagt: »Es würde mir wirklich wahnsinnig viel bedeuten, wenn ich meinem Dad auf Blueberry Island seine Enkelinnen vorstellen dürfte.«

Kapitel 23

Am nächsten Tag fahren Jette und ich mit unserem Miet-wagen zum Hafen von Bar Harbor. Nach einer unruhigen Nacht im Zelt, in der mir Liams Anwesenheit weitaus mehr fehlte, als ich mir eingestehen mochte, war ich nach dem Auf-stehen wirklich nicht in Stimmung, um an unserer Zeltstatt noch Frühstück zu machen. Allerdings hatte ich den Eindruck, dass selbst Jette nicht in Campingleben-Laune war, und so ver-ließen wir den Nationalpark, kaum dass wir angezogen waren. Am Ausgang des Parks legten wir eine Pause ein, nutzten die Duschen in dem kleinen Campingbedarfsladen und holten auch noch Kaffee und Muffins. Eigentlich hätte es ein wunder-barer Morgen sein können, als wir mit dem Auto durch die noch verschlafenen Straßen von Bar Harbor rollten. Aber an diesem Morgen war nichts wunderbar, wie mir ein flüchtiger Blick in den Rückspiegel verdeutlichte: Meine Augenringe erzählten von den wenigen Stunden – ach, ich glaube, es waren im Endeffekt nur Minuten –, die ich letzte Nacht geschlafen hatte. Immer wieder musste ich an Eve und ihre Geschichte den-ken. Daran, dass Papa und Oma – und somit auch Opa! – uns nicht die Wahrheit gesagt hatten. Und ich dachte an Liam. An Izzy, die unbedingt wollte, dass ich meine Mutter auch wirklich kennenlernte. Weil sie ihre eigene so gern kennengelernt hätte. Und sie könnte sie kennenlernen, wenn Liam nur nachgeben würde. Mir schwirrte der Kopf von diesen ganzen Gedanken, aber ich war mit meiner Schlaflosigkeit nicht allein. Neben mir wälzte sich Jette unruhig von einer Seite auf die andere, um irgendwann weit nach Mitternacht zwischendurch das Zelt zu verlassen und draußen mit gedämpfter Stimme zu telefonieren. Als sie nach einer halben Ewigkeit ins Zelt zurückkam, fragte ich sie gereizt, mit wem sie denn um diese Zeit unbedingt quatschen musste. Natürlich kannte ich die Antwort schon, bevor ich sie bekam: mit Owen.

»Er bringt uns morgen mit seinem Fischkutter rüber zur Insel«, sagte Jette, und trotz der Dunkelheit konnte ich das Strahlen in ihrer Stimme hören, während sie zurück in ihren Schlafsack schlüpfte.

»Toll«, brummte ich und drehte meiner Schwester den Rücken zu. Warum ich mich so kindisch verhielt, konnte ich selbst nicht sagen. Vielleicht weil ich Jette um ihre rosarote Verliebtheitsblase beneidete. Nicht, dass ich selbst so sein wollte. So blind verknallt. Nein, niemals. Aber … sie wirkte so verdammt glücklich. Und obwohl ich mir sicher war, dass dieses Glück mal wieder nicht lange halten würde, so ertappte ich mich trotzdem bei der Überlegung, ob nicht ein paar Tage dieses Glücks dennoch schön sein könnten, auch wenn das dicke Ende garantiert hinterherkommen würde.

»Da ist er!«, ruft Jette und erschreckt mich mit ihrer enthusiastischen Art so sehr, dass ich fast das Lenkrad verreiße.

»Schrei doch nicht so«, murre ich und starre zu dem großen Mann hinüber, der an einem Laternenpfahl lehnt. Sogar aus dieser Entfernung ist absolut eindeutig, dass Owen Fischer ist: Über einem langärmeligen Holzfällerhemd hat er eine Art Latzhose in leuchtendem Orange an, die aus wasserabweisendem Material gemacht zu sein scheint. Auf dem Kopf trägt er eine Baseballmütze, an den Füßen klobige Arbeitsstiefel. Während Jette winkt und strahlt, rangiere ich unseren Wagen mit einem unterdrückten Seufzer in eine freie Parklücke. Der Motor ist noch nicht verstummt, da springt meine Schwester auch schon aus dem Auto und läuft auf ihren Lover zu. Ich spiele ernsthaft mit dem Gedanken, einfach im Wagen sitzen zu bleiben. Ich könnte das Autoradio laut aufdrehen, die Scheiben runterlassen, die frische Meeresbrise ins Wageninnere strömen und all meine Sorgen forttragen lassen. Aber noch während ich mit dieser verlockenden Idee spiele, sehe ich im Rückspiegel zwei Frauen über den Parkplatz kommen.

Unsere Mutter. Und Georgia.

Jette hat ihnen heute Morgen Bescheid gegeben, dass wir nicht das Postschiff nach Blueberry Island nehmen müssen, sondern von unserem privaten Hummerboot hinübergeschippert werden. Woher Jette die Nummer unserer Mutter hatte, ist mir rätselhaft. Vielleicht hat Eve sie ihr gestern nach dem schweigsamsten und merkwürdigsten – wenn auch wirklich köstlichen, das muss ich zugeben – Abendessen aller Zeiten gegeben. Oder Georgia hat es getan.

Als ein Blick aus dem Beifahrerfenster mir zeigt, dass Eve und Georgia gerade Jette und Owen begrüßen, seufze ich tief auf und öffne die Fahrertür. Einfach so hier sitzen zu bleiben, das kommt mir nun doch sehr kindisch vor. Ich habe mich immerhin schon einmal davor gedrückt, unseren Großvater auf Blueberry Island zu sehen. Was ist schon dabei? Ich werde den alten Herrn und seine Grace rasch begrüßen, mich durch ein wenig Small Talk quälen und dann, mit ein wenig Glück, das Postschiff zurück ans Festland nehmen. Die anderen können ja gern mit Owen zurückschippern.

»Und das ist meine Schwester Polly!«, höre ich Jette bereits laut verkünden, bevor ich das Grüppchen am Rande des Parkplatzes überhaupt erreicht habe. Flüchtig nicke ich Eve und Georgia zu und murmele ein »Guten Morgen«, bevor ich Owen ansehe.

Jettes Hummerfischer ist mit Sicherheit zwei Meter groß. Ich muss den Kopf in den Nacken legen, um in seine grauen Augen sehen zu können. Sie sind von dichten schwarzen Wimpern umrahmt, diese Augen, und sie passen zu dem dichten schwarzen Haar, das unter der Baseballmütze mit eingesticktem Hummer hervorquillt und im Nacken zu einem Pferdeschwanz gebunden wurde. In Kombination mit seinem dunklen Haar wirken die Sommersprossen auf seinem braun gebrannten Gesicht fast exotisch – genau wie das beinahe schüchterne Lächeln, das geradezu jungenhaft hätte wirken können, wäre Owen von der Statur her nicht so ein Grizzlybär. An einen Grizzly erinnert er mich noch mehr, als ich ihm höflich die Hand reiche und meine Finger in seinem Griff verschwinden. Ich zucke erschrocken zusammen und fürchte kurz, dass er mir ein oder zwei Gelenke gebrochen hat. Ohne Frage, der Mann kann zupacken. Aber wie sollte es auch anders sein, wenn man seinen Lebensunterhalt mit dem Hinaufhieven von Hummerkörben aus den kalten Tiefen des Atlantiks verdient?

»Hi«, sage ich und reibe mir verstohlen die Finger an meinem Oberschenkel, als Owen meine Hand freigegeben hat. »Du bist also Owen.«

Er nickt und sagt mit einer tiefen, vollen Bassstimme: »Ja. Hallo.«

»Freut mich«, schiebe ich betont freundlich hinterher, weil ich merke, wie Jette mit diesem kindlich-stolzen Strahlen an seinem Arm hängt und mich gespannt ansieht. »Es ist wirklich nett, dass du uns mit deinem Boot auf die Insel bringen willst.«

»Mache ich gern«, brummt Owen und kratzt sich am Kinn, offensichtlich verlegen. Ein Mann großer Worte ist er nicht – aber ein Mann kleiner Gesten, denn ich merke, wie er meine Schwester flüchtig anlächelt und nach ihrer Hand greift, sie zärtlich drückt. Zumindest vermute ich, dass es zärtlich ist, denn Jette zuckt nicht vor Schmerzen zusammen wie ich eben.

Ihr glückseliges Lächeln berührt eine Stelle tief in meinem Inneren, wo ich schon lange nichts mehr gefühlt habe. Nein – das stimmt nicht. Als ich Liam geküsst habe, da ... Ach, lassen wir das. Ich habe diese Stelle tief in mir drinnen lange genug verschlossen, und das wird mir auch weiterhin gelingen. Meine Schwester wird zum einen nicht mehr lange glücklich verliebt sein, weil sie das nie ist – und zum anderen werden sich unsere Wege sowieso wieder trennen, sobald wir Bar Harbor verlassen haben. Sie wird wieder zu irgendeinem Job in irgendeinem Hotel dieser Welt jetten und ihren Liebeskummer bald vergessen, wenn der nächste Juan oder Luigi oder Marc auf der Bildfläche erscheint. Und ich ... ich werde in Stuttgart wieder mein gewohntes, geordnetes Leben aufnehmen.

Owen und Jette gehen Hand in Hand vor mir her, auf einen Pier hinaus, wo ich einige Fischkutter liegen sehe. Meine Mutter und Georgia gehen hinter mir, und, auch wenn ich stur nur nach vorn sehe, so könnte ich schwören, dass die beiden ebenfalls Händchen halten.

Bitte, sollen sie doch. Ich gehe gern allein auf die wackelige, schmale Gangway zu, die auf das Deck des Fischkutters führt. Überhaupt, ich bin gern allein. Und dass ständig Liams Gesicht vor meinem inneren Auge auftaucht und ich glaube, seine Stimme zu hören, die leise »Motte« sagt, hat überhaupt nichts zu bedeuten.

An Bord des Fischkutters ist es enger, als ich mir das vorgestellt hatte. Owen nimmt mit seiner Größe fast das ganze Steuerhaus ein, wo er mit seinen Bärenpranken das Steuerrad umfasst hält und stoisch auf die nicht zu verachtenden Wogen des Atlantiks hinaussieht. Obwohl man den Wellengang bei diesem kleinen

Kutter deutlich stärker spürt, als das auf dem großen Ausflugsboot vor drei Tagen der Fall war, fühle ich mich bei diesem bärenartigen, starken Mann, der anscheinend ganz genau weiß, was er tut, merkwürdig geborgen. Dabei kenne ich Owen ja kaum.

Während sich Jette neben ihren Schatz in die Enge der Kabine gequetscht hat, stehen Eve, Georgia und ich auf dem Deck, zwischen einigen Hummerkörben, die entlang der Längsseiten des Bootes gestapelt sind – zum Glück leer. Ich stelle mich ins Heck des Kutters, wo ich auf den weiß schäumenden Gischtstreifen hinabsehen kann, den das Boot auf dem dunklen Wasser zurücklässt.

Natürlich stehe ich nicht lang allein an dieser Stelle im Heck, sondern bekomme Gesellschaft von Georgia. Wo meine Mutter abgeblieben ist, weiß ich nicht, und ich werde mich auch nicht umdrehen, um das herauszufinden. Zu meiner Überraschung sagt Georgia lange Zeit gar nichts. Sie steht einfach schweigend neben mir, den Blick auf die malerischen Häuser Bar Harbors geheftet, die immer kleiner werden. Verstohlen mustere ich sie von der Seite. Sie hat sich ein schwarzes Kopftuch mit Totenschädelmuster über das kurze Haar geknotet und sieht nach einer Mischung aus Piratin und Rockerbraut aus. Das Tattoo, das an ihrem Oberarm unter dem T-Shirt-Ärmel hervorblitzt, untermalt diesen Eindruck noch. Ich versuche zu erkennen, was für ein Tattoo das sein könnte, wobei ich gleichzeitig nicht zu auffällig starren will.

»Möchtest du es sehen?«, erkundigt sich Georgia plötzlich und lupft ohne Umschweife ihren linken T-Shirt-Ärmel. Ich bin wirklich großartig im verstohlen Beobachten!

»Ach, schon gut …«, beginne ich und will schon betont gleichgültig wegsehen, als mein Blick auf das Tattoo fällt und ich erstaunt innehalte.

Es ist die gleiche Eule, wie unsere Mutter sie auf dem Handgelenk hat.

Ich starre die Eule auf Georgias braun gebrannter Haut an und weiß nicht, was ich sagen soll. Als ich schließlich den Blick hebe und in ihre Augen sehe, lächelt sie mich freundlich an und lässt den Stoff sinken.

»Habe ich mir zu Eves und meinem ersten Jahrestag stechen lassen«, erklärt sie. »Es war eine Überraschung für sie.«

»Und ... hat sie sich gefreut?«, frage ich tonlos und sehe wieder auf den Atlantik hinaus.

»Ja. Das hat sie.« Georgia macht eine kurze Pause und fügt dann mit fester Stimme hinzu: »Aber längst nicht so sehr, wie sie sich darüber gefreut hat, euch zu sehen, Polly. Glaub mir, ich kenne Eve schon so lange, und ich habe sie noch nie so erlebt ... So aufgewühlt. Im positiven wie im negativen Sinne. Einerseits freut sie sich wie ein kleines Kind darüber, endlich wieder Kontakt zu euch zu haben ... aber andererseits geht ihr das Ganze auch wieder wahnsinnig nahe. Euch hier zu haben, euch endlich alles erzählen zu können ... das war, als würde sie alles noch einmal durchleben.« Ich merke, dass mich Georgia ernst von der Seite ansieht, aber ich starre stur weiter auf das Meer.

»Ich weiß, dass du ihr die Schuld an allem gibst, Polly. Und ... du hast durchaus das Recht, das zu tun. Immerhin musstet ihr ohne Mutter aufwachsen, und das verzeiht man nicht einfach mal so. Aber ... Eve hat die ganze letzte Nacht wach gelegen.«

»Nicht nur sie«, schnaube ich und verschränke meine Arme vor der Brust. Georgia beugt sich näher zu mir und sagt in beinahe sanftem Tonfall, der so gar nicht zu der Mischung aus Piratin und Rockerbraut passt: »Bitte, gib ihr eine Chance, Polly. So viel Recht du auch auf deine Wut hast ... bitte, gib Eve eine echte Chance. Glaub mir, sie hat sie verdient. Sie ist ein guter Mensch. Ein Mensch, der Fehler gemacht hat. Eine Frau, die

Hilfe gebraucht hat, um zu erkennen, was sie im Leben wollte. Aber als sie das erkannt hat, war es zu spät. Lass sie bitte versuchen, etwas wiedergutzumachen.«

»Man kann das nicht einfach so wiedergutmachen!« Wo die ganze Wut herkommt, die meine Stimme zum Zittern bringt, kann ich kaum sagen. Ich sehe Georgia an und merke, dass sie leicht zurückzuckt, so sehr funkle ich sie offenbar an. Nun gleitet mein Blick doch rasch nach links, ich sehe zur Steuerkabine hinüber, wo Owen und Jette eng an eng stehen und wo meine Mutter außen neben ein paar Hummerkörben an der Reling lehnt und sorgenvoll Georgia und mich beobachtet. Ihr Blick trifft meinen und ist so voller Hoffnung und stummer Bitten, dass ich schnell wieder fortsehe. Ich kann das nicht. Es geht nicht.

»Bitte, lass mich in Ruhe«, stoße ich heiser hervor und wende mich von Georgia ab. »Mir … mir ist das alles zu viel.«

»Das verstehe ich«, murmelt Georgia und tätschelt sacht meinen Unterarm, bevor sie mich allein lässt. Ich drehe mich nicht mehr um, bis wir am Pier von Blueberry Island anlegen und ich als Erste über die schmale Gangway von Bord haste.

Ich muss an das letzte Mal denken, als wir die Main Street von Blueberry Island entlanggegangen sind und in die Auslage des einzigen Inselladens gesehen haben. Das ist nur drei Tage her, aber es kommt mir dennoch wie eine halbe Ewigkeit vor. Heute gehe ich wieder mit meiner Schwester an dem Gemischtwarenladen vorbei, wo uns die Gießkanne wie eine alte Bekannte zuzulächeln scheint, aber dieses Mal hält Jette die Bärenpranke ihres Hummerfischers, und unsere Mutter ist nicht in einer Traube aus Touristen ein Stück weiter vor uns unterwegs, sondern nur ein paar Schritte von uns entfernt, dicht neben Georgia, die ich geflissentlich ignoriere. So bewegt sich unser merkwürdiges Trüppchen schweigend die gewundene Straße entlang, vorbei an den Häusern mit ihren bunten Wäschestücken an Leinen, Hummerbojen in Vorgärten, Hummerkörben in Garageneinfahrten.

»Das da vorn, das ist Owens Haus«, wispert mir Jette zu, als wir den Leuchtturm schon sehen können. Sie deutet auf ein gelbes Holzhaus in der Ferne, das abseits von dem winzigen Ort dicht am Meer steht. Auf dieser Insel gibt es zwar ein kleines Wäldchen, das wir soeben passiert haben, aber entlang der schroffen Küste stehen keine Bäume. Auch um Owens Haus drücken sich nur ein paar Büsche in den Windschatten der Wände und trotzen dort dem Wetter, das sicherlich oft ungemütlich wird, vor allem im Winter. Um den Leuchtturm herum gibt es nur Felsplateaus, hier und da niedrige Sträucher und blühende Gräser, außerdem viele Blaubeerbüsche, die Äste hängen voll mit tiefblau schimmernden Früchten. Daher wohl der Name: Blueberry Island.

Noch bevor wir den Leuchtturm erreichen, tritt ein Mann aus der Eingangstür des weißen Hauses, das sich neben dem Turm gegen den starken Wind vom Atlantik stemmt. Er schirmt die Augen gegen die gleißend helle Sonne ab und sieht uns entgegen. Unser Großvater scheint vorgewarnt worden zu sein, dass er heute seine Enkelinnen kennenlernen wird. Beklommen schlucke ich und versuche, mein immer heftiger galoppierendes Herz unter Kontrolle zu bringen.

»Er erwartet euch schon«, bestätigt unsere Mutter meine Gedanken, und ich merke, dass sie mich von der Seite ansieht, aber ich weiche ihrem Blick aus. »Er hat sich wahnsinnig gefreut, als ich ihm am Telefon erzählt habe, dass ihr heute kommen werdet.«

»Wie schön«, höre ich Jette gerührt erwidern, während ich weiterhin eisern schweige.

Wir sind fast am Leuchtturm angekommen. Der Kies des gewundenen Weges, der zwischen Felsen und Blaubeerbüschen zum Leuchtturmwärterhäuschen führt, knirscht unter meinen Sandalen. Der Wind lässt meine Haare tanzen, wirbelt sie munter durcheinander, hüllt mich in feuchte Salzluft.

»Hallo, Dad«, höre ich Eve Moore sagen, und als ich den Blick hebe, sehe ich, wie sie auf den Mann vor dem Eingang zum Leuchtturmwärterhäuschen zugeht und ihn in ihre Arme zieht. Eine wettergegerbte, braun gebrannte Hand, übersät von Altersflecken, tätschelt den Rücken unserer Mutter. Der Mann sieht über die Schulter seiner Tochter. Der wache Blick aus zwei hellblauen Augen trifft mich wie ein Schlag. Nicht im negativen Sinne. Im positiven. Ich weiß sofort, dass das wirklich mein Opa ist.

Der Mann löst sich von Eve und geht auf uns zu. Er ist groß und hager, sein Haar ist schlohweiß, er trägt einen Vollbart und eine Hornbrille, hinter der die hellblauen Augen aufmerksam Jette und mich betrachten.

»Ihr seid also meine Enkelinnen«, sagt er mit sonorer Stimme, und ein breites Lächeln überzieht sein Gesicht, das ebenso braun gebrannt und wettergegerbt ist wie seine Hände. Als sich seine Augen plötzlich mit Tränen füllen, halte ich beklommen den Atem an. Wenn er jetzt anfängt zu weinen, dann heule ich auch los, fürchte ich. Aber Benjamin Moore lacht heiser auf und schnieft laut, dann breitet er seine Arme aus und sagt: »Ich freue mich so sehr, diesen Tag erleben zu dürfen! Kommt in meine Arme, ihr zwei!«

Und Jette und ich folgen seinen Worten. Wie betäubt mache ich zwei Schritte vorwärts, lasse mich von ihm in die Arme ziehen. Sie fühlen sich hager und ein wenig knochig an, diese Arme, und seine Haut unterhalb der kurzen Hemdsärmel ist trocken und fast wie Leder, Wind und Wetter und Sonne auf dieser Insel im Atlantik sei Dank, vermute ich. Sein Bart kratzt gegen meine Wange, und dieser Mann, der eigentlich ein Fremder ist, hüllt mich in eine merkwürdig tröstliche Wolke aus Pfefferminz und Tabakgeruch ein. Ich schließe meine Augen und spüre, wie Tränen meinen Hals hinabrinnen.

»Hallo, Polly«, sagt eine heisere Stimme an meinem Ohr, während ich Jette neben mir ebenfalls aufschluchzen höre.

»Hallo, Opa«, erwidere ich leise.

Nachdem wir uns alle ein wenig gefasst haben, bittet unser Großvater uns ins Innere des windschiefen Leuchtturmwärterhäuschens. Ich habe gerade in meinem Kopf die Frage formuliert, was eigentlich aus seiner Frau Grace geworden ist, als uns in der kleinen, heimeligen Wohnküche eine Frau entgegenlächelt, die genau dem Bild von Grace entspricht, das ich vor meinem inneren Auge hatte: Die Frau trägt ihr silbergraues Haar zu einem dicken Knoten am Hinterkopf gewunden, und hinter runden Brillengläsern sehen uns hellbraune Augen neugierig und gerührt zugleich entgegen. Sie ist gut zwei Köpfe kleiner als ihr Mann und sehr viel runder. Über einem geblümten Sommerkleid trägt Grace eine Schürze mit einem Muster aus vielen farbenfrohen Elchen.

»Hallo, ihr zwei«, sagt sie und greift nach einem Zipfel ihrer Schürze, um sich ein paar Tränen abzuwischen, die ihr über das sommersprossige Gesicht rinnen. Diese Sommersprossen geben Grace ein beinahe jugendliches Aussehen, den grauen Haaren zum Trotz. »Ich freue mich so sehr, euch kennenzulernen!«

Ihre Umarmung ist weicher und weniger kantig als die unseres Opas, und Grace duftet nach Kuchen. Was kein Wunder ist, denn die ganze Wohnküche wird von köstlichem Geruch nach Frischgebackenem erfüllt.

Grace sieht Jette und mich abwechselnd an, fährt uns mit ihren Fingern sacht über die Wangen, als müsse sie sichergehen, dass wir aus Fleisch und Blut sind, und dann sieht sie zu unserer Mutter und sagt mit vor Rührung bebender Stimme: »Ich sehe dich so deutlich in beiden, Eve! Ganz klar, das sind deine Mädchen!«

Da wird mir alles zu viel. Plötzlich fühlt sich die Intimität dieser heimeligen Wohnküche nur noch beengend an. Ich kann das nicht, ich schaffe das nicht. Zitternd hole ich Luft, während Grace ansetzt und von dem Mittagessen zu erzählen beginnt, das sie vorbereitet hat. Wie durch Watte hindurch höre ich etwas von Muscheln in Weißweinsoße und Blueberry Cheesecake zum Nachtisch, aber ich kann es nicht mit Sicherheit sagen, denn ich drehe mich so schnell um, dass ich fast in Owen hineinrenne. Ohne ihn oder die anderen anzusehen, haste ich auf die Eingangstür zu, reiße sie auf, stürze hinaus, in den hellen Sommertag. Und dann renne ich, renne auf den Leuchtturm zu, an ihm vorbei, über Felsplateaus, spüre Blaubeersträucher an meinen nackten Beinen kratzen, keuche und ringe nach Luft. Als ich schließlich am Rande der Klippen ankomme, über die Felsen in die tosende Atlantikbrandung hinabsehe, sinke ich in mir zusammen. Ich hocke mich mit angezogenen Knien auf die sonnenwarmen Felsen, starre auf das weite Meer hinaus und beginne zu weinen.

Kapitel 24

Als irgendwann ein Schatten über mich fällt, glaube ich, dass es mein Großvater ist, der mir gefolgt ist. Die klobigen Arbeitsstiefel, die in meinem Blickfeld erscheinen, bestätigen dies für zwei Sekunden – bis mir klar wird, dass Benjamin Moore zwar recht groß ist, aber nicht so groß, dass er diese Stiefel tragen würde, die vermutlich in Schuhgröße 50 sind. Zögernd schaue ich auf, schirme meine Augen gegen die gleißende Sonne ab und sehe in das ernste Gesicht von Owen.

»Hi«, sagt er mit seiner tiefen Bassstimme, und es klingt so rührend schüchtern, so wenig passend zu diesem Riesen, dass ich unwillkürlich lächeln muss, meinen Tränen zum Trotz.

»Hi«, erwidere ich und räuspere mich, während ich verlegen über meine verheulten Augen wische.

»Darf ich mich setzen?« Er deutet auf die Stelle auf dem Felsen neben mir, als handele es sich um ein Sofa.

»Klar«, sage ich und nicke mit einem schiefen Grinsen.

Owen faltet sich erstaunlich behände neben mir zusammen, setzt sich mit angewinkelten Knien hin und legt seine riesigen Hände über seine Schienbeine. So sitzen wir ein paar Minuten und starren gemeinsam schweigend auf die stürmische Atlantikbrandung hinaus.

»Benjamin und Grace sind auch für mich wie Großeltern«, sagt Owen nach einer Weile. Überrascht sehe ich ihn von der Seite an. Ohne meinen Blick zu erwidern, fährt er ernst fort:

»Ich bin auf dieser Insel geboren worden. Als ich Kind war, haben hier noch so viele Leute gelebt, dass es eine Grundschule gab. Wir waren nur zu zehnt in der Schule, aber immerhin.« Er lächelt bei der Erinnerung, und sein ganzes sommersprossiges Gesicht erhellt sich und wirkt mit einem Mal fast jungenhaft.

»Erst als ich in die Highschool kam, musste ich dafür täglich das Postschiff rüber nach Bar Harbor nehmen. Mein Dad war Hummerfischer wie die meisten hier. Er fuhr jeden Tag vor Tagesanbruch hinaus aufs Meer. Ein hartes Leben, aber er kannte kein anderes, schon sein Vater und Großvater hatten von der Fischerei gelebt.« Owen macht eine kurze Pause und kratzt sich am Kinn. »Als ich zwölf war, wurde meine Mom plötzlich krank. Brustkrebs. Sie quälte sich durch mehrere Chemozyklen, hatte eine Operation, dann noch eine. Der Krebs kam immer wieder. Die Krankenhausrechnungen häuften sich. Mein Dad versuchte verzweifelt, gegen den Schuldenberg anzukommen. Am Ende war alles umsonst, meine Mom starb, als ich vierzehn war.«

Unwillkürlich greife ich nach Owens riesiger Hand und drücke sie sacht. Er nickt kaum merklich, als wolle er mir signalisieren, dass er meine Anteilnahme zu schätzen weiß. Dann fährt er heiser fort: »Dad hat diesen Verlust nie verwunden. Er fing an zu trinken. Es kam immer öfter vor, dass er nicht mit dem Boot rausfahren konnte, weil er betrunken war. Zu der Zeit haben Grace und Benjamin begonnen, mich mehr und mehr zu sich ins Leuchtturmwärterhäuschen zu holen. Sie machten mit mir Hausaufgaben. Auch Eve half mir, wenn sie zu Besuch war.« Die Erwähnung meiner Mutter lässt mich leicht zusammenzucken. Mir wird bewusst, dass der Mann neben mir meine Mutter wesentlich besser und länger kennt als ich selbst. Wie absurd.

»Eines Tages, als ich fast sechzehn war, fuhr Dad mit dem

Boot raus, obwohl er mal wieder zu viel gesoffen hatte. Es war ein stürmischer Tag im April. Eigentlich war es eine gute Saison, die anderen Fischer waren glücklich über die guten Erträge. Mein Dad hatte bis dahin kaum etwas eingenommen. Also fuhr er an jenem Morgen im Dunkeln raus, anscheinend plötzlich entschlossen, auch endlich wieder Geld zu machen. Oder aber … oder aber, um sich umzubringen.« Owen hält inne und reibt sich über das Gesicht. »Man konnte es nie eindeutig klären«, sagt er heiser. »Man konnte nie wirklich sagen, ob er … versehentlich über Bord gegangen und ertrunken ist, oder ob es Absicht war.«

»Ach Owen, das tut mir leid«, wispere ich betreten. Er nickt und lächelt schief, bevor er fortfährt: »Auf jeden Fall hatte ich plötzlich gar keine Familie mehr. Und auch kein Haus, denn die Bank wollte und konnte nicht länger auf die Rückzahlung der angehäuften Schulden warten, und so musste ich das Haus, in dem ich geboren worden war, in dem ich aufgewachsen war, verlassen. Benjamin und Grace nahmen mich auf, ohne zu zögern. ›Wenn du auf der Insel bleiben möchtest, bleibst du bei uns‹, sagte Grace. Also zog ich oben im Leuchtturm ein, wo es ein Zimmer mit fabelhafter Aussicht gibt. Natürlich bot ich an zu arbeiten, um meinen finanziellen Anteil zu leisten. Aber Grace und Benjamin bestanden darauf, dass ich zuerst meinen Highschoolabschluss machen sollte. Da gab es keine Diskussion. Und so ging ich weiter in Bar Harbor zur Schule, aber sobald ich meinen Abschluss hatte, begann ich, einem befreundeten Fischer auf seinem Kutter zu helfen. Außerdem habe ich im Laden deiner Großeltern mitgearbeitet, so oft es ging. Die beiden wurden für mich wie echte Großeltern, Polly. Und Eve wurde wie eine ältere Schwester für mich.«

Ich schlucke und lasse seine Worte sacken. »Aber jetzt wohnst du in dem gelben Haus da hinten, hat Jette erzählt?«, erwähne ich schließlich und deute in die Richtung, in der ein gelber Fleck schräg hinter dem Leuchtturm in der Ferne zu sehen ist. Owen nickt.

»Ja. Ich habe eisern alles gespart, was ich konnte, und irgendwann hatte ich genug zusammen, um mein Elternhaus zurückzukaufen.«

»Ach, das ist dein Elternhaus?«

Owen nickt und lächelt mich an. Ich starre in seine grauen Augen und begreife plötzlich, was Jette an diesem sanften Riesen mag. Vielleicht sogar liebt.

»Was für ein schönes Happy End«, wispere ich, obwohl ich doch gar nicht an Happy Endings glaube.

»Mhm«, murmelt Owen nachdenklich und starrt wieder auf den Atlantik hinaus. »Aber du fragst dich vermutlich, warum ich dir das alles erzählt habe.« Er kratzt sich im Nacken, schiebt seine Baseballmütze zurecht und erklärt: »Du hast eine gute Familie, Polly. Ja, deine Mom hat Jette und dich verlassen, als ihr klein wart. Aber sie hat es nicht aus freien Stücken getan. Sie war damals eine Gefangene ihrer Krankheit. Glaub mir, ich habe meinen Dad erlebt, wie er mit den Dämonen seiner Alkoholsucht gekämpft hat, versucht hat, den Verlust seiner großen Liebe zu verkraften. Vergebens. Ich weiß, wie es ist, wenn ein Mensch gegen sich selbst ankämpft. Zwar bin ich kein Experte, was Kindbettdepressionen angeht, aber ich stelle mir das ähnlich vor. Gefangen in den eigenen Ängsten, in der eigenen Verzweiflung. Tief in einem dunklen Loch, scheinbar ohne Ausweg. Aber eure Mutter hat nicht zur Flasche gegriffen wie mein Dad. Sie ist geflohen. Und als ihr klar wurde, was sie getan hatte, war es scheinbar zu spät. Die Chance auf eine Beziehung zu euch, ihren Töchtern, schien unmöglich zu sein.«

»Ja«, wispere ich und merke, dass mir schon wieder Tränen über die Wangen rinnen. Nun ist es Owen, der nach meiner

Hand greift und sie drückt. Meine Finger verschwinden vollständig in seiner Pranke, die mich diesmal erstaunlich sanft hält.

»Als Eve mir zum ersten Mal von euch erzählt hat, war ich zwanzig. Ich werde das Gespräch nie vergessen. Sie hat geweint wie ein kleines Kind. Und auch Benjamin und Grace haben geweint. Sie hatten sich immer Kinder gewünscht. Dass Eve in ihrem Leben aufgetaucht war, erschien ihnen daher wie ein Geschenk des Himmels. Aber zu wissen, dass ihr zwei in Stuttgart ein Leben ohne eure Mutter und ohne eure Großeltern mütterlicherseits geführt habt, das hat sie wirklich mitgenommen.« Er sieht mich von der Seite an, und ich erwidere seinen Blick, blinzele ein paar Tränen weg.

»Ich weiß, dass du eurer Mutter nicht so einfach verzeihen kannst«, sagt Owen mit kratziger Stimme. »Ich frage mich, wie ich reagieren würde, wenn mein Dad vor mir auftauchen und mir klar werden würde, dass er damals gar nicht ertrunken ist, sondern einfach abgehauen ist, mich verlassen hat.« Er holt tief Luft. »Und im Grunde genommen war das ja genauso. Er hat mich verlassen. Denn ich glaube tatsächlich, dass er absichtlich ins Meer gesprungen ist. Dass er nicht weitermachen wollte. Auch nicht mir zuliebe.«

Owen holt zitternd Luft.

»Aber, weißt du was, Polly? Wenn mein Dad morgen vor mir stehen und mir sagen würde, dass es ihm leidtue, dass er mich verlassen hat, dann würde ich ihn in den Arm nehmen. Ich wäre einfach nur dankbar, ihn wiedersehen zu dürfen. Ihn halten zu dürfen. Ich würde ihm verzeihen, weil ich weiß, dass nicht er diese Entscheidung, ins Meer zu springen, getroffen hat. Es war seine Krankheit. Es war der Alkohol. Es war nicht der Dad, der mich als Kind gehalten und gebadet und mit mir gespielt und gesungen hat.«

Jetzt heule ich doch wieder, und Owen zieht mich sanft in seine Arme und hält mich fest. Ich presse mein Gesicht gegen seine wasserabweisende Fischerlatzhose, die meinen Tränen locker standhält. Schluchzend lasse ich mich von ihm wiegen, und die Feuchtigkeit, die durch mein Haar auf meinen Scheitel sickert, sagt mir, dass auch Owen still weint.

Als mein Schluchzen weniger wird, fragt er schließlich mit rauer Stimme: »Sollen wir reingehen? Grace macht die besten Miesmuscheln in Weißweinsoße östlich von Portland.«

Ich muss lachen, während ich mir Tränen von den Wangen wische. Dann nicke ich. Owen rappelt sich auf und zieht mich so mühelos auf meine Füße, als wäre ich ein Püppchen. Seite an Seite wandern wir über die Felsplateaus zurück zum Leuchtturm, wo sich eine Menschentraube vor dem Souvenirladen gebildet hat. Ach, das Postschiff muss angekommen sein und einige Touristen mitgebracht haben. Im Vorbeigehen werfe ich einen neugierigen Blick in das kleine Lädchen im runden Inneren des Leuchtturms, erkenne Regale voll mit Tassen und T-Shirts mit Maine-Motiven. An der altmodischen Kasse steht ein junges Mädchen mit Akne und Zahnspange, das gerade einen roten Plüschhummer von einem kleinen asiatischen Jungen entgegennimmt.

»Grace und Benjamin haben also Hilfe im Laden?«, erkundige ich mich, während ich Owen zum Eingang des Leuchtturmwärterhäuschens folge.

»Ja, aber leider viel zu selten. Das da drinnen ist Lilly, sie ist in den Sommerferien ein paar Wochen zu Besuch bei ihren Großeltern hier auf der Insel und bessert sich ihr Taschengeld auf. Aber wenn Lilly nicht wäre, müssten Grace und Benjamin doch meistens selbst im Laden stehen. Hier auf der Insel leben zu wenige Leute, die aushelfen könnten. Na ja, solange Benjamin und Grace noch fit genug sind, ist es okay – die beiden lieben es, im Laden mit den Leuten zu plaudern.« Owen sieht mich an und hält mir mit einem Lächeln die Tür auf.

Bevor ich über die Schwelle trete, sage ich: »Danke, Owen. Danke, dass du mir nachgegangen bist. Dass du mir deine Geschichte erzählt hast.«

»Gern geschehen«, erwidert Owen und wirkt mit einem Schlag sehr verlegen. »Ich glaube, so viel geredet wie eben habe ich seit … ach, noch nie in meinem Leben.« Er grinst schief, und ich lache auf, boxe ihn liebevoll in die Seite. Und dann gehen wir hinein, in die gemütliche Wohnküche, werden von dem Duft nach Muscheln und Blueberry Cheesecake begrüßt und setzen uns an den gedeckten Tisch, wo schon alle auf uns warten. Wir setzen uns zu meiner Familie.

Später an diesem denkwürdigen Tag sehe ich voller Schreck auf meine Armbanduhr und sage: »Ach du Schande! Jette, wir sind doch bei Liams Familie zum Abendessen eingeladen!«

»Oh«, sagt Jette und betrachtet ebenfalls verblüfft ihre Uhr, als sähe sie diese zum ersten Mal. »Stimmt.«

Wir sitzen nebeneinander auf einer Bank vor dem Leuchtturm, den Rücken an den sonnenwarmen Steinen der Wand, eingehüllt vom Tabakgeruch unseres Großvaters, der in einem hölzernen Adirondack-Stuhl neben uns sitzt und eine Pfeife raucht. Eve und Georgia haben es sich in zwei Klappstühlen bequem gemacht und nippen jeweils an dem Eistee, für den Grace auf Blueberry Island berühmt zu sein scheint. Owen, der neben unserer Bank auf dem Boden sitzt, die langen Beine bequem ausgestreckt, sieht erst Jette an, dann mich.

»Soll ich euch zurück ans Festland bringen?«

Zögernd lasse ich meinen Blick über unser Grüppchen wandern. In diesem Moment fühle ich mich hier wirklich wohl. Zwar habe ich immer noch nicht viel mit unserer Mutter geredet, aber dafür umso mehr mit unserem Großvater. Das heißt: Er hat viel erzählt, und Jette und ich haben wie gebannt zugehört. Es gab so viel Spannendes zu erfahren, über sein Leben hier auf der Insel mit ihren Wetterkapriolen über die Arbeit als Leuchtturmwärter, die er von seinem eigenen Vater übernommen hat, bis der Leuchtturm auf Blueberry Island im Jahr 2000 stillgelegt wurde und seitdem nur noch das Souvenirgeschäft beherbergt. Er hat auch von seiner Zeit in Stuttgart als junger Soldat erzählt, von seinen schönen Erinnerungen an Deutschland (»Die tollen Laugenbrezeln in Stuttgart! Nie wieder habe ich solche Brezeln gegessen, nie wieder!«) – und natürlich von unserer Großmutter, die er abends beim Tanzen kennengelernt hatte. »Gerda war das schönste Mädchen im Raum«, sagte er, und seine hellblauen Augen strahlten bei der Erinnerung. Ich sah Grace an, die neben ihm saß und eine Socke strickte, aber auf ihrem Gesicht lag nur ein gutmütiges Lächeln. Es war offensichtlich, dass diese alte Geschichte nicht neu für sie war und dass sie das Ganze gelassen sah.

»Ich war sofort hin und weg von Gerda. Natürlich sprach sie nicht viel Englisch – das war damals eine ganze andere Zeit, nicht wie heute, wo bestimmt fast alle jungen Leute in Deutschland so gut Englisch können wie ihr, Polly und Jette – und ich habe nur wenige Brocken Deutsch beherrscht.« Er lachte auf und kramte mit einem spitzbübischen Grinsen in seiner Erinnerung. »Wie heißt du?«, sagte er auf Deutsch, mit starkem amerikanischem Akzent, der mich kichern ließ. »Möchtest du tanzen? Du bist sehr hübsch.« Schelmisch zwinkerte er mir zu. »Ja, das waren die überlebensnotwendigen Floskeln, die wir jungen Soldaten lernten«, fuhr er auf Englisch fort. »Aber es reichte, um Gerda kennenzulernen. Um das Eis zu brechen. Und der Rest … der ergab sich irgendwie von selbst. Wir verstanden uns auch ohne große Worte, Gerda und ich. Als ich Deutschland verlassen habe, musste ich noch lange Zeit an sie denken. Ich konnte Gerda nicht vergessen und habe mich ständig gefragt, was aus ihr geworden ist. Als sie allerdings nie auf meinen Brief geantwortet hat, dachte ich, dass sie mich sehr wohl vergessen hatte. Ich konnte ja nicht wissen, dass sie meine Zeilen gar nicht gelesen hatte. Wenn ich damals auch nur geahnt hätte, dass ich Vater geworden war ...« Er sah unsere Mutter ernst an, bevor er mit leicht heiserer Stimme hinzufügte: »Den Tag, als Eve mit einem Mal hier auf der Insel auftauchte, werde ich nie vergessen. Ich habe sie auf mich zukommen sehen, hier draußen, vor dem Leuchtturm, und dachte im ersten Moment, es wäre die junge Gerda. Das gleiche glatte braune Haar. Das gleiche schüchterne Lächeln. Die gleiche Augenform, auch wenn sie die Augenfarbe von mir hat. Aquamarinblau. So hat es Gerda immer genannt.« Er lachte leise auf. »Ich war so unfassbar froh, meine Tochter kennenzulernen!«

Ich merkte genau, wie die Unterlippe unserer Mutter bei der Erinnerung wieder leicht zu zittern anfing und biss mir resolut auf meine eigene, um auf keinen Fall selbst rührselig zu werden – auch wenn mich das, was uns mein Großvater erzählte, wirklich sehr berührte.

Jetzt sieht er mich über seine Pfeife hinweg nachdenklich an und meint: »Ihr solltet Liams Familie nicht warten lassen. Das sind wirklich nette Leute. Und eure eigene Familie, die läuft nicht weg. Wir können uns morgen wieder unterhalten, wenn ihr mögt.« Er lächelt mich warm an, während er an seiner Pfeife pafft.

»Okay«, seufze ich und erhebe mich zögerlich von der Bank, denn ich würde wirklich gern noch bleiben. Dieses Gefühl kommt für mich tatsächlich überraschend, aber es ist nicht zu leugnen. Und als Grace neben mich tritt und mich fest in ihre Arme nimmt, da erwidere ich diese Umarmung von ganzem

Herzen. Wie selbstverständlich und liebevoll uns Grace in ihrem Haus willkommen geheißen hat – und das, obwohl wir die Enkelinnen aus der Beziehung ihres Benjamins mit einer anderen Frau sind –, hat mich sehr berührt. Und außerdem hatte Owen recht: Ich glaube sofort, dass Grace' Muscheln in Weißweinsoße die besten östlich von Portland sind, und der Kuchen, eine köstliche Mischung aus Blueberry-Cheesecake und einem Streuselkuchen, war so gut, dass ich zwei riesige Stücke zum Nachtisch gegessen habe. Wie ich heute Abend überhaupt noch etwas bei Liams Familie essen soll, ist mir ein Rätsel. Dann aber fällt mir die Vorwarnung ein, dass Liams Mutter derzeit nur Low Carb kocht, und ich muss schmunzeln. Also wird es kalorientechnisch heute Abend wohl nicht zu heftig werden.

»Es wäre wirklich schön, mein Kind, wenn wir uns ganz bald wiedersähen«, sagt Grace nun und legt mütterlich – oder eher großmütterlich – eine Hand auf meine Wange. Ich nicke gerührt.

»Ja, das fände ich auch.«

»Wann fliegt ihr denn?«

»Eigentlich in drei Tagen«, sagt Jette, und ich sehe sie an. Was heißt da eigentlich? Als ich jedoch den Blick sehe, den sie Owen zuwirft, begreife ich, was in ihr vorgeht. Und, ich muss zugeben, seit mir Owen heute gefolgt ist und sich mit mir unterhalten hat, kann ich verstehen, was meine Schwester an ihm findet. Warum sie sich vielleicht sogar in ihn verliebt hat.

Vielleicht? Die beiden sehen sich immer noch an, so intensiv und sehnsüchtig, als wünschten sie sich gerade alle anderen weit fort. Ich unterdrücke einen Seufzer – und den Gedanken, dass ich das auch möchte.

Denn, nein, das möchte ich ganz und gar nicht!

»Okay, dann lasst uns schnell fahren, sonst kommen wir zu spät«, drängele ich, was Owen dazu bewegt, seinen Blick von

Jette zu lösen und mir zuzunicken. Dann sieht er Eve und Georgia fragend an.

»Kommt ihr mit?«

Die beiden schütteln einstimmig den Kopf. »Wir werden heute bei Dad und Grace übernachten«, erklärt meine Mutter. »Morgen muss ich nicht arbeiten und … es gibt noch so viel zu besprechen.« Ihr Blick flackert zu mir, und ich schlucke. Ich kann mir denken, wie diese Besprechung aussehen wird. Vermutlich wird sie meinem Großvater ihr Herz ausschütten und ihn fragen, warum ich mich so unmöglich benehme, ihr nicht verzeihen mag, ihr so feindselig begegne. Bitte, soll sie das doch mit Benjamin und Grace durchkauen, wenn ihr das guttut.

»Polly?«

Als ich schon fast an den beiden Klappstühlen vorbeigegangen bin, hält ihre Stimme mich auf. Zögernd sehe ich unsere Mutter an.

»Ja?«

»Es … es würde mich sehr freuen, wenn wir das heute noch einmal wiederholen könnten, bevor ihr fahrt. Einen gemeinsamen Ausflug auf die Insel, oder wir könnten auch mit dem Kajak raus auf den Atlantik fahren. Oder wir machen eine Wanderung im Nationalpark? Ich kenne ein paar sehr schöne Wanderstrecken.«

»Wandern ist nicht so mein Ding«, sage ich und merke, dass meine Stimme ziemlich kühl klingt. Um meine Worte ein wenig abzumildern, schiebe ich hinterher: »Und … ich habe auch keine geeigneten Wanderschuhe dabei.«

»Aber Kajakfahren klingt toll!«, mischt sich Jette ein, und ich werfe ihr einen genervten Seitenblick zu. War ja klar.

»Dann könnt ihr zwei das ja machen«, bemerke ich schnippisch und wende mich zum Gehen, ignoriere den verletzten Blick meiner Mutter und das Flehen in Georgias Augen. Stattdessen sehe ich Benjamin und Grace an, die Hand in Hand nebeneinander vor dem Eingang zum Leuchtturmwärterhaus stehen und mich nachdenklich mustern.

»Noch einmal tausend Dank für alles, ihr beiden. Ich hoffe auch, dass wir uns vor unserer Abreise sehen. Bis dann!«

Und ich wende mich zum Gehen, bevor noch weitere Pläne erörtert werden können, denn diese Pläne sind mir heute Abend einfach zu viel. Am liebsten würde ich mich nur noch im Zelt verkriechen und diesen ereignisreichen Tag verdauen, aber ich bringe es nicht über das Herz, Liams Eltern zu versetzen.

Eine Dreiviertelstunde später legt Owens Hummerboot am Hafen von Bar Harbor an. Als Jette gerade ihre Arme um seinen Nacken schlingen will – ganz sicher, um einen ausgiebigen Abschiedskuss einzuläuten –, bemerke ich leichthin: »Owen, du könntest doch auch mit zum Abendessen bei Liams Eltern kommen! Auf einen mehr oder weniger kommt es bestimmt nicht an.«

Jette sieht mich im ersten Moment entgeistert an, dann strahlt sie glücklich, wendet sich an Owen und jubelt: »O ja, bitte komm mit!«

Owen kratzt sich verlegen am Kopf. »Also ich weiß nicht … Die rechnen doch gar nicht mit mir.«

»Ist doch nicht schlimm«, behaupte ich und hake mich resolut bei dem sichtlich überraschten Fischer unter. Ich kann selbst nicht genau sagen, warum er mir plötzlich wie mein Anker vorkommt, aber ich finde die Aussicht, ihn an diesem Abend in meiner Nähe zu haben, irgendwie beruhigend.

»Na ja … okay«, sagt er und lächelt mich schief an. »Lasst mich nur kurz die hier ausziehen«. Er deutet auf seine Fischerhose, die er auch im Haus meiner Großeltern beim Essen schon abgelegt hatte, da er darunter Jeans trägt.

Und so steigen wir alle drei kurz darauf in unseren Mietwagen und fahren durch die abendlichen Straßen von Bar Harbor. Dank Owen brauchen wir noch nicht einmal unser Navi, denn er weiß, wie wir zu der Adresse von Liams Eltern kommen, die er mir heute per SMS geschickt hat. Als ich an seine kurze Nachricht denke, schlucke ich und umfasse das Lenkrad fester.

»Hey, Motte. Ich denke ununterbrochen an dich. Ich hoffe, dass du mit Eve reden konntest. Und dass du heute Abend trotzdem noch zum Essen kommst. Izzy ist außer sich vor Sorge, dass du so sauer auf sie bist, dass du nicht kommst. Bitte, Motte, tu meiner Kleinen das nicht an. Und mir auch nicht (wenn ich Moms Low-Carb-Küche schon ertragen muss, dann bitte wenigstens in deiner Gesellschaft!). Liam

P. S.: Fast vergessen: Seaview Lane 25

Als ich den Mietwagen nun vor dem roten Backsteinhaus mit den weißen Sprossenfenstern und der für Bar Harbor so typischen überdachten Holzveranda, natürlich komplett mit weißen Schaukelstühlen, parke, atme ich tief durch. Eigentlich hätte ich mich vor dem Abendessen gern noch frisch gemacht, aber seit ich Tag für Tag im Nachthemd über den Campingplatz zum Klohäuschen wandern muss, bevor ich überhaupt einen Blick in den Spiegel werfen und mir die Reste von Wimperntusche unter den Augen abwaschen kann, sind meine Ansprüche an meine eigene Optik ziemlich gesunken. Trotzdem sehe ich nun prüfend an mir hinab, während ich den Gurt löse – ja, die dunkelblauen Shorts mit dem weißen Möwen-Muster sind noch halbwegs sauber und das weiße T-Shirt hat nur einen klitzekleinen Blaubeerfleck von Grace' köstlichem Kuchen abbekommen, und den kann ich einigermaßen verstecken, indem ich das Shirt in den Hosenbund schiebe. Deo habe ich zum Glück in meiner Handtasche dabei, und dank der frischen Meeresluft sind meine Wangen ohnehin gerötet, sodass ich leuchtender aussehe, als jedes Rouge oder Make-up es je zaubern könnten.

»Kommst du?«, höre ich Jette fragen, die bereits die Beifahrertür geöffnet hat.

Kapitel 25

M hm, einen Moment ...«, murmele ich und wühle hektisch in meiner Handtasche herum, als ich schon die dröhnende Stimme von Liams Vater höre: »Oh, da seid ihr ja! Herzlich willkommen!«

Jette antwortet fröhlich, und auch Owens Stimme ist zu hören, während ich noch versuche, verstohlen das Deo unter mein Shirt zu bugsieren.

»Hallo, Motte«, höre ich da eine Stimme hinter mir, und vor lauter Schreck lasse ich das Deo fallen. Es kullert in den Fußraum, während ich mich umdrehe und feststelle, dass das Fahrerfenster noch unten ist. Ich fand es so schön, mit offenem Fenster durch die abendlichen Straßen von Bar Harbor zu fahren und die salzige Meeresbrise, vermischt mit dem Duft nach gebratenem Fisch hier und da, ins Auto strömen zu lassen.

Und jetzt steht Liam vor meinem offenen Fenster und betrachtet mich mit schief gelegtem Kopf und leichtem Lächeln. Schräg hinter ihm drückt sich Izzy herum und beäugt mich von da aus beinahe ängstlich. Die beiden müssen gerade ebenfalls eingetroffen sein – richtig, ein Blick an Liam vorbei bestätigt mir, dass der gelbe Jeep auf der anderen Straßenseite geparkt steht.

Ich sehe wieder Liam an, dann Izzy. »Hi, ihr zwei«, sage ich und lächele das Mädchen breit an. »Alles okay?«

»Hmm«, kommt die piepsige Antwort. Ich muss grinsen.

Rasch bücke ich mich nach meinem Deo, lasse es wieder in den Tiefen meiner Handtasche verschwinden und steige dann aus. Liam zieht Izzy sanft, aber bestimmt um sich herum, sodass sie nun vor ihm steht und mich ansieht. Er schlingt seine Arme von hinten um sie, als wolle er ihr Halt geben, und wartet stumm ab. Ich hole tief Luft und gehe in die Hocke, sehe Izzy ernst an.

»Du hast ein schlechtes Gewissen, weil du Eve alles erzählt hast, stimmt's?«, frage ich ruhig. Izzy nickt und kaut ernst auf ihrer Unterlippe. »Aber du hast das ja nicht getan, um mich zu ärgern oder mir zu schaden, oder?«

Ihre grünen Augen weiten sich, und sie schüttelt heftig den Kopf. »Nein!«, ruft sie und fügt dann mit Nachdruck hinzu: »Ich wollte nur, dass sie weiß, dass ihr hier seid. Ich wollte nicht, dass ihr wieder abreist, ohne mit ihr zu sprechen. Wenn das meine Mom wäre … wenn sie noch leben würde … ich würde sie doch kennenlernen wollen! Und … sie mich auch. Hoffe ich.«

Ich merke, wie sich der Griff von Liams Händen um die Schultern seiner Tochter verstärkt. Flüchtig sehe ich zu ihm hoch, erkenne, wie seine Kiefermuskulatur arbeitet, während er meinen Blick ernst erwidert. In diesem Blick liegt so viel: Die stille Bitte an mich, jetzt bloß nichts Falsches zu sagen, verbunden mit unendlich viel Schmerz, Kummer und Scham. Dieser Blick geht mir durch und durch.

Stumm schaue ich wieder Izzy an, und dann nicke ich und lächele sie warm an. »Natürlich, mein Schatz. Das … das hast du gut gemacht. Du warst mutiger als ich. Dass du zu Eve gegangen bist und ihr alles erzählt hast – das war sicherlich kein leichter Schritt.«

»Du bist mir also nicht böse?«

»Aber nein«, versichere ich der Kleinen und ziehe sie in

meine Arme. Dann sehe ich nach oben, begegne erneut Liams Blick, merke, dass er sich rasch mit dem Handrücken über die Augen wischt.

»Hey, kommt ihr rein, oder wollt ihr da draußen Wurzeln schlagen?«, höre ich Liams Dad rufen.

»Ja, wir kommen«, antwortet Liam heiser. Flüchtig streifen seine Finger meinen nackten Unterarm, was eine Gänsehaut auslöst. Unser Streit von gestern Morgen scheint vergessen. War das wirklich erst gestern? Unglaublich.

»Ich freue mich schon auf das Abendessen mit deinen Großeltern«, sage ich und greife nach Izzys Hand.

»Freu dich nicht zu früh«, murmelt Liam unterdrückt. Lachend knuffe ich ihn in die Seite.

»Dad sagt, wir gehen hinterher noch Pizza essen«, erklärt Izzy und strahlt mich an. »Kommst du dann mit?«

Liam prustet leise los und sagt zu seiner Tochter: »Das erwähnst du bitte nicht in Grannys Gegenwart, verstanden, Izz?«

»Aber klar, Dad«, grinst Izzy und ist wieder ihr fröhliches Selbst, als sie vor uns her die Treppen zur Veranda hinaufspringt. »Das ist unser Geheimnis. Ehrenwort!«

»Apropos Geheimnis«, wispere ich und halte Liam am Handgelenk fest. Alarmiert sieht er mich an, aber ich winke rasch ab, damit er nicht glaubt, es gehe um ihn und Izzy und ihre noch sehr lebendige Mom. »Weiß inzwischen deine ganze Familie, dass Eve …?«

Liam schüttelt den Kopf. »Nein. Ich habe Izzy eingebläut, das erst einmal für sich zu behalten. Es ist nicht unser Recht, das weiterzutratschen.«

»Danke dir«, seufze ich erleichtert, weil ich diesen Abend wirklich gern ohne Unterhaltung über unsere wiedergefundene Mutter verbringen möchte.

Allerdings hätte ich das vorher mit meiner Schwester besprechen sollen, wird mir klar.

»Was?«, höre ich durch die geöffnete Eingangstür die dröhnende Stimme von Liams Vater, der mit Jette und Owen in der Diele des Hauses angekommen ist. »Eve Moore ist eure Mom? Halleluja, dann gehört ihr ja quasi zur Familie, immerhin kennen wir Eve seit Jahrzehnten! Hey, Jane, hast du das gehört?«

Liam ist auf der untersten Verandastufe stehen geblieben und sieht mich an. Ich erwidere seinen Blick stumm, atme tief durch.

»Ich bin bei dir«, wispert Liam, und ich nicke tapfer.

Man merkt, dass Liams Mutter an große Gruppen von Gästen gewöhnt ist – vermutlich hat sie in der Vergangenheit schon öfter den ganzen Löschzug verköstigt. Jane Malone zuckt nicht einmal mit der Wimper, als sie Owen sieht – im Gegenteil: Sie begrüßt ihn ebenso herzlich wie Jette und mich, stellt uns ein paar Fragen zu Eve – aber nicht zu viele, weil sie vermutlich merkt, dass ich sehr einsilbig antworte – und verschwindet dann in den Garten, um kurz darauf mit einem Salatkopf und ein paar Tomaten zurückzukommen. Ein Blick in die Küche zeigt mir, dass dort schon zwei Schüsseln mit Salaten stehen, aber da Jane konsequent zu bleiben scheint und keine Kohlenhydrate in Sicht sind, ist sie wohl der Meinung, mehr Grünes zu brauchen, um uns alle sattzubekommen. Immerhin sind wir jetzt schon zu siebt – Liams Eltern, er selbst mit Izzy, und dann Jette und Owen sowie meine Wenigkeit.

»Es gibt aber nicht nur Salat, oder?«, wispert Liam seinem Vater besorgt zu, doch der zuckt nur mit den Schultern und gibt einen gequälten Laut von sich.

»Sie hat noch etwas von Hühnchen erwähnt«, stöhnt er leise. »Ohne Haut. Ohne Soße.«

Liams Gesichtsausdruck spricht Bände, und ich muss ein Kichern unterdrücken.

»Ich höre genau, dass ihr über mein Essen lästert!«, kommt Janes strenge Stimme aus der Küche, die offen in den Essbereich übergeht, wo wir uns versammelt haben. Die Männer zucken schuldbewusst zusammen, während Izzy laut lacht.

»Ich mag Hühnchen, Granny! Und später gibt es noch …«

Das »Pizza« klingt nach einem gedämpften »Hmpf«, weil Liam seiner Tochter rasch eine Hand vor den Mund hält. Izzy erwidert seinen entsetzten Blick schuldbewusst, muss dann aber so sehr lachen, dass sie in die Knie geht, was ihren Vater dazu veranlasst, besorgt zu sagen: »Izzy, geh bitte mal schnell zur Toilette, damit wir keinen Pipi-Unfall erleben!«

»Ich war erst vorhin auf dem Klo!«, gibt Izzy empört zurück und wischt sich Lachtränen von den Wangen.

»Was genau macht ihr denn da?«, meldet sich Jane aus der Küche zu Wort und beäugt uns mit einer Mischung aus Misstrauen und Belustigung. »James und Liam, ihr könntet euch mal nützlich machen. Es müssen noch Avocados geschnitten werden.«

James wirft seinem Sohn einen gequälten Blick zu, während Liam wispert: »Ich hasse Avocados …« Laut ruft er: »Klar, Mom, ich komme!«

»Warum hasst du Avocados, Dad?«, erkundigt sich Izzy, als sie Liam fröhlich in die Küche folgt. Ich merke genau, wie er mit den Augen rollt und sich gegen die Stirn schlägt, während schon die Stimme seiner Mutter aus der Küche dringt: »Seit wann hasst du denn Avocados, Liam? Das höre ich ja zum ersten Mal! Du magst doch auch Guacamole, das ist nichts anderes als Avocado!«

Ich bekomme Liams Antwort nicht mehr mit, denn in diesem Moment fliegt die Haustür auf, und Lindas Stimme dringt durch das Foyer in das Wohnzimmer zu uns. »Hi, wir sind hier!«

»Wir?«, höre ich Jane in der Küche verwundert fragen, während Jette, Owen und ich neugierig zur Tür schauen. Da kommt Linda herein – zumindest vermute ich, dass das Liams Schwester ist, denn ich kann sie kaum erkennen, weil sie halb von einem riesigen Stapel Pizzakartons verdeckt wird, den sie vor sich her balanciert. Der Duft nach Käse und Teig kommt mit ihr zusammen ins Wohnzimmer, was James dazu veranlasst zu rufen: »Halleluja, lieber Gott, ich danke dir!«

»Was ist denn …? Linda!« Jane betritt das Wohnzimmer, eine Salatschleuder in den Händen, und starrt ihre Tochter aus schmalen Augen an. »Sag mir bitte, dass das nicht das ist, was ich befürchte!«

»Pizza, Mom? Aber nein, das sind vegane Kräuterplätzchen!«, kichert Linda übermütig und lässt den Kartonstapel auf einen Beistelltisch neben dem Esstisch gleiten, wo bestimmt eigentlich eine Salatschüssel ihren Platz finden sollte.

»Nicht wirklich, oder?«, fragt James geradezu panisch und geht mit großen Schritten zum Beistelltisch, reißt den obersten Karton auf. Eine Pizza mit Salami und Oliven lacht uns entgegen. James klatscht in die Hände und zieht seine Tochter an sich. »Ich liebe dich wirklich sehr, Linda, weißt du das?«

Linda schlingt ihre Arme lachend um ihren Vater, während Jane ihrer Tochter und ihrem Mann einen Blick zuwirft, der vermutlich töten könnte, wenn sie das denn wollte. »Ich liebe dich auch, Linda, aber jetzt gerade würde ich dich gern hinauswerfen!«, knurrt sie und dreht sich mit ihrer Salatschleuder wieder zurück zur Küche. Dabei fällt ihr Blick auf Kyle, der schüchtern im Türrahmen zur Diele steht und sich an einer Flasche Rotwein festhält.

»Ähm, hi, Mrs. Malone«, sagt er zögerlich und lächelt

schuldbewusst. »Ich … Linda meinte, ich könnte mitkommen, aber wenn das hier alles irgendwie zu viel wird …«

»Ach was, Kyle, du machst den Kohl nun wirklich nicht mehr fett«, brummt Jane und nimmt ihm mit einem »Danke dir!« die Weinflasche ab. Dann wirft sie schnell Owen einen Blick zu und fügt hinzu: »Und damit meine ich nicht, dass du zu viel bist, Owen! Genauso wenig wie ihr, Polly und Jette. Ihr seid hier immer herzlich willkommen. Aber meine eigene Familie, die ist mir manchmal zu viel. Weil sie einfach unbelehrbar ist, einer wie der andere!«

»Was habe ich denn bitte schön falsch gemacht?«, fragt Liam empört, der von der Küche aus zu uns herübersieht, in jeder Hand eine Avocado.

»Gar nichts, mein Schatz«, sagt Jane und kehrt ebenfalls in die Küche zurück, wobei sie ihrem Sohn demonstrativ einen Kuss auf die Wange drückt.

»Ach, komm, wer hat mich denn heute angerufen und gesagt, wir bräuchten essenstechnisch einen Plan B?«, fragt Linda und starrt ihren Bruder aus kampflustig blitzenden Augen an. Liam fuchtelt mit den Avocados, um seine Schwester zum Schweigen zu bringen, aber da meldet sich schon Izzy hilfreich zu Wort: »Aber Dad meinte doch, dass wir HINTERHER Pizza essen gehen, Tante Linda!«

Da prustet Jette los, und auch Kyle fängt an zu grinsen, während er noch immer im Türrahmen steht. Linda lacht ausgelassen auf, den Kopf in den Nacken gelegt, und Owen kichert lautlos in sich hinein, wobei sein ganzer riesiger Körper zittert. Auch ich habe große Mühe, nicht loszugackern, vor allem als ich Liams Blick begegne. Er sieht mich quer durch Küche und Wohnzimmer halb verzweifelt, halb belustigt an, und da kann ich mir ein breites Grinsen nicht mehr verkneifen.

Nur James bleibt erstaunlich ernst. Er geht zu seiner Jane,

die uns alle ungläubig mustert, legt ihr die riesigen Hände auf die Schultern und sagt: »Ich weiß auch nicht, was die anderen haben, Schatz. Ich persönlich LIEBE deine Salate.«

»Ach komm, Dad, du warst doch vorhin schon einen Burger essen, um nicht so hungrig zu sein!«, meldet sich da Linda zu Wort und haut ihrem Vater im Vorbeigehen auf die Schulter. Dieser zuckt zusammen und dreht sich mit einem Knurren zu seiner Tochter um.

»Dein Erbe kannst du vergessen, Fräulein!«, grollt er, und ich frage mich zwei Sekunden lang, ob er es ernst meint, bis ich merke, wie Liam vor Lachen die Tränen kommen. Auch Izzy amüsiert sich prächtig – und zu meiner Erleichterung fängt nun sogar Jane an zu kichern.

»Burger, ja? O James Malone, du alter Schlawiner.« Sie greift beherzt nach einer der Salatschüsseln auf der Anrichte und drückt sie ihm in die Hände. »Hier, die ist heute Abend ganz allein für dich, Herzallerliebster! Und wir anderen, wir essen Pizza!«

Fröhlich nimmt sie ihre Schürze ab und pfeffert sie im Vorbeigehen auf einen Küchenstuhl, greift dann nach der Flasche Wein, die Kyle mitgebracht hat, und geht auf den Esstisch zu. Als sie mich ansieht, zwinkert sie mir gut gelaunt zu, und ich lache leise auf. Ich mag Liams Mutter wirklich gern. Und seinen Vater, der jetzt wie ein schuldbewusster Schuljunge mit der Salatschüssel aus der Küche trottet und am Kopfende des Esstischs Platz nimmt, auch. Und seine Schwester, die ihrer Mutter nun einen Kuss auf die Wange drückt und sich dafür entschuldigt, dass sie ungefragt Pizza mitgebracht hat. »Ich dachte nur, weil es mit Kyle noch ein Esser mehr sein wird …«

»Ach, lass doch den armen Kyle da raus, du hattest einfach keine Lust, nur Salat zu essen!«, kommt prompt Liams spitze Bemerkung, während er zwei weitere Stühle zum Tisch trägt, damit auch Owen und Kyle sitzen können.

»Du hast ja keine Ahnung!«, gibt Linda patzig zurück und holt zwei Teller aus dem Geschirrschrank.

»Ach, Luigi macht immer noch die beste Pizza in Bar Harbor«, seufzt Jane und fischt ein großes Stück mit viel goldgelbem Käse aus der obersten Schachtel. »Wirklich schade, James, dass du schon vorgegessen hast, die Pizza würde dir bestimmt auch schmecken!«

Ein gequältes Seufzen von James ist die Antwort, während Izzy mitleidig »Armer Grandpa!« sagt.

»Dein Grandpa kann froh sein, dass jemand auf seine Cholesterinwerte aufpasst«, bemerkt Jane resolut und lächelt Kyle über den Tisch hinweg an. »Pizza, mein Lieber?«

»Sehr gern, Mrs. Malone.«

»O bitte, Junge, nenn mich doch endlich Jane! Ich kenne dich, seit du ohne Windel von zu Hause ausgebüxt bist und in unserem Garten zwischen den Salatköpfen gefunden wurdest!«

»Wo wir schon wieder beim Thema Salat wären«, lacht Liam leise auf.

»Äh … Mom, das muss jetzt aber wirklich nicht sein!«, stöhnt Linda. Jane sieht sie mit hochgezogenen Augenbrauen an.

»Was denn, macht es dir etwas aus, dass ich deinen neuen Freund vor dir nackt gesehen habe?«

»Mom!« Linda fällt vor Schreck ihr Stück Pizza aus der Hand.

»Ich hoffe ja sehr, dass sie ihn nach nur EINEM Date nach wie vor nicht nackt gesehen hat«, meldet sich James mit donnernder Stimme zu Wort, was Kyle auf seinem Stuhl ein wenig in sich zusammensinken lässt.

»Also ehrlich, Leute, Kyle und ich … wir sind einmal ausgegangen, da ist ›Freund‹ vielleicht übertrieben!«, wirft Linda ein und ignoriert den Teil mit dem Nacktsein stur, was den misstrauischen Blick ihres Vaters nicht besser macht. Kyle kratzt sich verlegen im Nacken und bereut es vermutlich gerade sehr, mit zum Abendessen zu Lindas Familie gekommen zu sein.

»So, so, aber du bringst ihn trotzdem schon zum Essen mit zu deinen Eltern, ja?« Liam sieht seine Schwester süffisant über den Tisch hinweg an, während er Izzy ein Stück Pizza auf den Teller legt.

»Das sagt der Richtige!«, gibt Linda zurück und verschränkt herausfordernd die Arme vor der Brust. Als ich merke, dass ihr Blick zu mir und dann wieder zu ihrem Bruder schießt, wird mir heiß. O nein, bitte nicht.

»Hey, Dad hat Polly eingeladen!«, verteidigt sich Liam rasch, was mich ein wenig irritiert blinzeln lässt. Auch er selbst scheint zu merken, was er da gesagt hat, denn er sieht mich entschuldigend an und schiebt rasch hinterher: »Hey, das … das meinte ich nicht so. Natürlich freue ich mich sehr, dass du hier bist, Polly.«

»Du wirst rot, mein Lieber.« Linda macht es augenscheinlich großen Spaß, ihren Bruder in Verlegenheit zu bringen.

»Klappe, Schwesterherz«, zischt Liam ihr über den Tisch hinweg zu, was Jane kommentiert mit: »Also bitte, ihr zwei, jetzt benehmt euch nicht wie die furchtbaren Teenager, die ihr mal wart! Polly, Jette, ein Glas Wein?«

»Unbedingt«, sage ich rasch, was uns erneut alle gemeinsam loslachen lässt. Während Jane Jette und mir einschenkt, sehe ich Liam über den Tisch hinweg an und merke, dass er mich ernst mustert. Im nächsten Moment berührt mich unter dem Tisch sein Fuß, er streift leicht meinen Knöchel und lässt mich erschaudern. Er zwinkert mir flüchtig zu, bevor er seinen Fuß zurückzieht, weil Izzy fast ihr Wasserglas umgestoßen hätte. »Hey, Schatz, pass auf … Warte, lass uns dein Glas hier hinstellen, okay?«

»Also, ihr Lieben, auf nette neue Gesichter an diesem Tisch!«, sagt James und hebt sein Weinglas, prostet erst seiner Frau und dann uns allen zu. »Tausend Dank, liebste Jane, für das köstliche ... und gesunde Essen!«

»Und auf die Pizza!«, ruft Izzy.

Alle lachen auf, rufen ebenfalls: »Auf die Pizza!« – alle, bis auf James, der leicht gequält an seinem Glas nippt und dabei in seine Salatschüssel schielt.

Am Ende darf James doch noch ein Stück Pizza essen – allerdings nicht, ohne von seiner Frau ermahnt zu werden, morgen früh eine Runde joggen zu gehen.

»Mache ich!«, versichert er glückstrahlend, während er genüsslich in das Pizzastück beißt.

Lächelnd beobachte ich ihn und auch Jane, die so besorgt um ihn ist. Die Blicke, die die zwei sich während des Essens zugeworfen haben, sagen mir, dass sie sich wirklich lieben, noch nach all diesen Jahren, die sie schon verheiratet sein müssen. Auch Linda und Kyle sehen sich ziemlich oft an, das ist mir nicht entgangen – und zwar nicht so, wie sich zwei Kollegen ansehen. Nein, zwischen den beiden hat es ganz offensichtlich heftig gefunkt, und selbst wenn Linda ihrer Familie gegenüber taff und gleichgültig tut, merke ich doch genau, wie sie leicht errötet, als Kyle sich kurz zu ihr beugt und ihr etwas ins Ohr flüstert, kaum dass die beiden sich unbeobachtet wähnen. Dieses Erröten scheint in den Genen zu liegen. Ich sehe Liam an und merke, dass er mich erneut über den Tisch hinweg betrachtet. Izzy ist gerade aufgestanden, um ihrer Grandma in der Küche zu helfen – es gibt zum Nachtisch Obstsalat, aber immerhin mit Vanilleeis, was die Kleine mit begeistertem Quietschen kommentiert hat. Nun läuft sie geschäftig mit Schüsselchen hin und her und verteilt kleine Löffel.

»Ähm, Linda, wo ist denn das Badezimmer?«, erkundige ich mich leise bei Liams Schwester, die neben mir sitzt.

»Komm, ich zeige es …«

»Ich zeige es dir«, unterbricht Liam sie und steht schon auf. Überrascht sehe ich ihn an. Er zuckt mit den Schultern und meint: »Ich wollte mir auch kurz die Hände waschen. Die Pizza.« Er hält seine Hände wie ein Beweismittel hoch und geht um den Tisch herum.

»Klar«, höre ich Linda noch murmeln und sehe ihr feixendes Grinsen genau. »Na, dann wasch dir mal gründlich die Hände, Bruderherz!«

Liam wirft ihr einen vernichtenden Blick zu, während er vorangeht, einen Flur entlang. Die Wände dieses Flures sind von zig Familienbildern gepflastert, sodass ich verlangsame und neugierig die vielen lachenden Gesichter in den kleinen und großen, ovalen und eckigen Rahmen betrachte: Jane und James als junges Paar, gemeinsam in einem Kanu sitzend, bestimmt im Acadia National Park. Die beiden als Brautpaar – er mit recht langen Koteletten, sie mit Blumen im hochgesteckten Haar. Dann die Zwillinge als Babys, klassisch auf einem Schaffell liegend, nackt natürlich. Lächelnd wandert mein Blick weiter, über die kleine Linda mit breiter Zahnlücke, daneben Liam auf einem Fahrrad, vor Stolz strahlend. Die zwei als Teenager, mit Pickeln und Zahnspangen. Ein Foto von Liam mit seinem Baseballteam und von Linda mit ihrer Fußballmannschaft. Dann Linda als junge Frau, gemeinsam mit ihrem Dad vor einem Löschfahrzeug, beide in Feuerwehrmontur, James stolz mit einem Arm um seine Tochter. Ein Foto weiter Liam, als junger Ranger im Nationalpark, mit einem Baby auf dem Arm. Gerührt betrachte ich ihn und die kleine Izzy, die höchstens ein Jahr alt gewesen sein dürfte. Ob ihre Mom da schon fort war?

»Ja, da waren wir schon allein«, murmelt Liam dicht neben

mir, und ich sehe ihn erschrocken an. Fast fürchte ich, dass ich meine Frage gerade laut ausgesprochen habe, aber Liam lächelt mich an und meint: »Das hast du dich doch gerade gefragt, oder?«

Ich lächele zurück, fühle mich ertappt. Dann nicke ich und überfliege verstohlen die anderen Bilder. Kein Foto von Izzys Mom.

»Ich will jetzt nicht über sie reden«, sagt Liam leise und greift nach meiner Hand. Überrascht sehe ich ihn an, und er erwidert meinen Blick ernst. Dann geht er entschlossen den Flur entlang, biegt um eine Ecke und öffnet die Tür zum Badezimmer. Ehe ich weiß, wie mir geschieht, zieht er mich hinter sich in den kleinen Raum und schließt die Tür mit Nachdruck. Verdattert will ich ihn daran erinnern, dass wenige Meter entfernt seine gesamte Familie plus Jette, Owen und Kyle auf uns warten, aber Liam lässt mir keine Chance, irgendetwas zu sagen. Er schiebt mich rücklings gegen die Badezimmertür und küsst mich mit einer wilden Entschlossenheit, die mir den gekachelten Boden unter den Füßen wegzureißen droht. Im ersten Moment versuche ich noch, einen klaren Kopf zu bewahren, weil ich das hier ganz sicher nicht will … ich kann mich von diesem Mann nicht küssen lassen, weil er mich emotional zu sehr berührt! Das geht nicht, das wird mir zu gefährlich, das … Himmel noch mal, warum küsst er bloß so verdammt gut? Mit einem Stöhnen kralle ich mich in Liams Hemd fest und erwidere seinen Kuss mindestens genauso leidenschaftlich wie er. Wir küssen uns, bis aus dem Wohnzimmer Izzys Stimme ertönt: »Dad! Das Eis schmilzt!«

Schwer atmend löst sich Liam von mir und starrt mich aus dunklen Augen an. Meine Lippen fühlen sich so geschwollen an, dass ich gar nicht weiß, wie ich jetzt ins Wohnzimmer zurückgehen soll. Ein Blick nach unten zeigt mir, dass Liam so auch nicht zurückkann. Er sieht ebenfalls an sich hinab und stöhnt unterdrückt auf, was ich mit einem Lachen quittiere.

»Du kannst ja das Eis in deinen Schritt halten«, bemerke ich mit hochgezogenen Augenbrauen und öffne rasch die Tür, weil ich merke, dass er mich mit einem gemurmelten »Na warte ...« schon wieder an sich ziehen will.

»Das Eis schmilzt!«, wispere ich und grinse ihn süffisant an, bevor ich mich umdrehe und zurück zum Wohnzimmer gehe. Dass ich eigentlich auf die Toilette musste, habe ich vor lauter Geknutsche völlig vergessen.

Am Tisch sehen mir alle erwartungsvoll entgegen. »Ähm ... tut mir leid, ich habe mir noch die Familienfotos angesehen«, erkläre ich rasch, was ja zum Glück sogar der Wahrheit entspricht. Verstohlen beiße ich mir auf die Unterlippe und hoffe, dass sich niemand genauer meinen Mund ansieht. »Wirklich schönes Hochzeitsbild!«

»Danke dir, mein Kind«, lächelt Jane und tätschelt die Hand ihres Mannes, bevor sie ihm einen kleinen Klaps auf die Finger gibt, als er sich einen weiteren Schlag Eis auf den Obstsalat laden will.

»Ah, Liam, da bist du ja auch endlich!«

»Na, hast du dir auch noch die Familienfotos angesehen?«, fragt Linda und grinst ihn unverhohlen an. »Und deine Hände sind jetzt hoffentlich sauber?«

»Klappe, Linda. Kann ich bitte mal das Eis haben?«

Liam sieht mich über den Tisch hinweg lang und ernst an. Mir wird sehr warm.

»Ich brauche das Eis auch«, sage ich heiser.

Kapitel 26

ie läuft es denn so, zwischen Liam und dir?«
Vor lauter Schreck lasse ich fast die gestapelten Eisschälchen fallen, die ich gerade neben der Spüle abstellen wollte. Hektisch bemühe ich mich darum, den Geschirrturm zurück ins Gleichgewicht zu bringen. Linda kommt mir zur Hilfe und nimmt mir die obersten Schalen ab. Dann sieht sie mich an und grinst.

»Sorry, ich wollte dich nicht aus der Fassung bringen!«

»Hast du nicht«, murmele ich rasch. Linda lacht auf, greift nach der Flasche mit dem Spülmittel und schüttet einen Schwall ins Abwaschwasser.

»Ach komm«, sagt sie leise und sieht über ihre Schulter, um sicherzugehen, dass nur wir zwei in Hörweite sind. Jane steht gerade am geöffneten Kühlschrank und sortiert den Inhalt neu, während sie mit Izzy plaudert, James sammelt die leeren Pizzakartons ein und unterhält sich mit Kyle über den letzten Löscheinsatz am Altenheim von Bar Harbor, Liam hört den beiden zu und wischt nebenher den langen Esstisch ab, und Jette und Owen sind vorübergehend verschwunden – vermutlich sind sie auch gerade dabei, sich »Familienfotos anzusehen« beziehungsweise sich die Hände zu waschen.

»Ich merke doch genau, wie ihr euch anseht. Jeder merkt das! Ihr könnt uns wirklich nicht für blöd verkaufen, meine Liebe.«

Nervös lache ich auf und wispere dann: »Aber ... da ist gar nichts zwischen uns. Wir ... wir haben uns geküsst, ja. Das ist alles.«

Linda, die gerade die ersten Teller mit dem Spülschwamm bearbeitet, hält inne und sieht mich an. Sie ist ernst geworden. »Du belügst dich selbst, weißt du das?«, stellt sie schließlich nüchtern fest und reicht mir einen Teller, den ich, das Geschirrtuch in der Hand, entgegennehme. Verdutzt sehe ich sie an.

»Was meinst du?«

Sie atmet tief durch, als spräche sie mit einem kleinen Kind oder mit jemandem, der sehr langsam im Begreifen ist. »Das mit Kyle und mir«, sagt sie schließlich und sieht sich erneut um, damit niemand hört, was sie zu sagen hat. »Das fing genauso an. Ich wollte nicht wahrhaben, dass ich ihn schon lange sehr mochte. Mehr, als man einen Kollegen und platonischen Freund mögen sollte. Und mir war klar, dass er mich auch sehr, sehr gern hat. Er hat immer wieder gefragt, ob wir nicht zusammen ausgehen wollten. Aber ich ... ich habe immer wieder abgeblockt, weil ich ... Angst hatte. Was, wenn es nicht funktionieren würde? Wenn wir weiterhin zusammenarbeiten müssten, nachdem unsere Beziehung gescheitert wäre?«

Sie reicht mir den nächsten Teller. »Und warum hast du deine Meinung geändert?«

Linda hält inne und sieht mich mit einem langsamen Lächeln an, das mich mit einem Mal so sehr an ihren Bruder erinnert, dass mir sehr warm wird.

»Als ich Liam und dich im Auto gesehen habe, auf dem Weg zu Jake's Burger ... da habe ich es begriffen. Wenn mein Bruder, der sich nach der ... Sache mit Claire so sehr in sich vergraben hatte, der nur noch Dad für Izzy war und keine Beziehungen mehr wollte, wenn dieser verletzte und oft so einsame und manchmal sogar richtig verbitterte Mann wieder in der Lage ist, mit einer tollen Frau wie dir auszugehen, mit dir zu lachen und Spaß zu haben, dann sollte ich doch wohl das Risiko eingehen können, mit dem Mann auszugehen, den ich schon mein ganzes Leben lang kenne. Ich habe die Entscheidung, Kyle und mir endlich eine Chance zu geben, in der Sekunde getroffen, als ich das Leuchten in Liams Augen gesehen habe, in seinem Jeep, du neben ihm.« Sie sieht mich an und drückt ein wenig schaumiges Wasser aus dem Spülschwamm. »Das Leben ist zu kurz für Angst, Polly. Klar, es kann schiefgehen mit Kyle und mir. Und mit Liam und dir. Aber es deswegen nicht zu versuchen? Nein, das ist keine Option. Das ist mir endlich klar geworden, weil ich einfach so froh darüber bin, dass mein Bruder wieder bereit ist, sein Herz zu öffnen.«

»Aber … vielleicht bin ich das nicht«, sage ich heiser, während ich fast wütend den Teller mit dem Geschirrtuch bearbeite.

»Warum denn, Polly?«, fragt Linda sanft, was meine Unterlippe zum Beben bringt. Aufgebracht beiße ich darauf, um das Zittern zu verhindern.

»Weil … weil ich von meiner Mutter verlassen wurde, als ich ein Kind war!«, bricht es aus mir heraus, und ich merke, dass Jane und Izzy überrascht zu uns herübersehen. Beschämt stelle ich den Teller ab und lege das Geschirrtuch daneben. »Ich … ich glaube, ich muss bald schlafen gehen«, sage ich heiser. »Es war ein langer Tag. Ich werde zurück zum Campingplatz fahren.«

Jane kommt auf mich zu und legt mir mütterlich ihre Hände auf die Schultern. »Du weißt, dass du hier immer willkommen bist«, sagt sie leise und sieht mich eindringlich an. »Wenn du jemanden zum Reden brauchst, bin ich da. Jederzeit. Und falls du heute Nacht nicht in einem Zelt schlafen möchtest, kann ich dir unser Gästezimmer anbieten.« Ihre herzliche Freundlichkeit lässt heiße Tränen in mir aufsteigen, gegen die ich verzweifelt anschlucke.

»Das ist wirklich nett, Jane, aber ich glaube, ich brauche jetzt ein bisschen Zeit für mich. Um nachzudenken. Und inzwischen fühle ich mich tatsächlich recht wohl auf dem Zeltplatz.« Ich grinse sie schief an. »Danke vielmals für das leckere Abendessen. Ich habe lange nicht mehr so guten Salat gegessen.«

Jane lacht leise auf. »Du flunkerst genauso gut wie alle anderen«, sagt sie und tätschelt meine Wange. Dann wird sie ernst und fügt hinzu: »Es ist sicherlich eine sehr emotional aufwühlende Zeit für dich. Und für deine Schwester. Versucht, füreinander da zu sein. Und … gib deiner Mutter eine Chance. Jeder Mensch verdient eine zweite Chance, Polly.«

Ich nicke rasch und wende mich ab. Wenn ich momentan etwas ganz und gar nicht will, ist es, über Eve Moore zu sprechen.

»Bitte geh noch nicht«, sagt Izzy flehend. »Wir wollten noch UNO spielen!«

»Heute Abend nicht, mein Schatz«, erwidere ich und streiche ihr liebevoll über den Kopf. »Hoffentlich ein anderes Mal, ja?«

Dabei weiß ich innerlich genau, dass ich das nicht kann. Ich ertrage dieses harmonische Familienleben nicht. Weil es zu schön ist, um wahr zu sein. Denn dies ist nicht meine Familie. Ich kann mich Liam nicht öffnen. Ich bin nicht in der Lage, ihn so zu lieben, wie er es verdient hätte. Und ich könnte Izzy niemals eine gute Stiefmutter sein. Aber dieses zauberhafte Kind hat eine fantastische Stiefmutter verdient. Wen sie auf gar keinen Fall verdient hat, ist eine Möchtegern-Stiefmutter, die eine Zeit lang da ist und dann wieder aus ihrem Leben verschwindet. So, wie ich ganz sicher früher oder später wieder verschwinden würde, wenn es mit Liam und mir den Bach runtergehen würde.

Rasch wende ich mich ab und verlasse mit langen Schritten die Küche.

»Hey, wo willst du denn hin?«

Er steht plötzlich vor mir und versperrt mir den Fluchtweg. Ich kann Liam nicht in die Augen sehen, schäme mich wegen meiner Tränen und meiner verkorksten Gefühle.

»Ich … ich muss nach Hause. Ähm, ich meine, zum Zeltplatz. Ich brauche ein bisschen Zeit für mich.«

»Du willst fahren?«, fragt Jette und kommt auf uns zu, Owen im Schlepptau. Verdammt, die zwei hatte ich kurz vergessen. Allerdings bin ich inzwischen so daran gewöhnt, dass meine Schwester nachts nicht in unserem Zelt schläft, dass ich diese Option irgendwie ganz verdrängt hatte.

»Ähm … übernachtest du heute wirklich auf dem Campingplatz?«, frage ich vorsichtig und werfe Owen einen schnellen Blick zu, der konzentriert auf seine Fingernägel starrt.

Jette sieht wiederum Liam an, der seinen Blick nach wie vor auf mich gerichtet hält, das spüre ich, ohne hinschauen zu müssen. »Na ja … Ich hätte nichts dagegen, auf Blueberry Island zu übernachten. Und … du wirst doch bestimmt nicht ganz allein auf dem Campingplatz sein, oder?«

Ich merke, dass Liam etwas sagen will, spüre seine Hand, die versucht, nach meiner zu greifen, aber ich mache rasch einen Schritt rückwärts und sage entschlossen: »Doch, ich werde allein auf dem Campingplatz sein, aber das macht mir nichts aus. Ich möchte jetzt sogar allein sein, weil ich Zeit brauche, um über alles nachzudenken. Ehrlich, ich bin sonst in Stuttgart so oft allein in meiner Wohnung, mir fehlt das. Der Platz für mich. Die Stille zum Grübeln.« Mein Herz schlägt heftig gegen meinen Brustkorb. Nur zu deutlich erkenne ich den Zweifel in Jettes Augen, das Mitleid auf Owens Gesicht. Liam kann ich immer noch nicht ansehen. Wenn ich an uns beide eben im Badezimmer denke, wird mir schon wieder heiß, darum darf ich ihn jetzt auf gar keinen Fall anschauen und in seinem Blick lesen, dass er nichts lieber will, als mit mir die Nacht zu verbringen.

Rasch drehe ich mich weg, greife nach meiner Handtasche und verabschiede mich betont fröhlich von James und Kyle, die immer noch über Löscheinsätze fachsimpeln.

»O nein, geh doch nicht schon!«, sagt James und zieht mich in seine Arme.

»Es war wirklich schön, aber ich muss los«, erwidere ich lächelnd und schüttele Kyle die Hand.

Linda und Jane sind ebenfalls aufgetaucht, sie drücken mich abwechselnd. »Ich hoffe, dass ich nichts Falsches gesagt habe«, wispert mir Linda besorgt zu und hält mich an den Oberarmen fest. »Wenn ich etwas ganz sicher nicht wollte, dann dich in die Flucht zu schlagen, Polly.«

»Nein, nein, das hat nichts mit dir zu tun«, versichere ich hastig und drücke Izzy ein letztes Mal an mich, bevor ich mich der Diele zuwende. Da fällt mir ein, dass Owen und Jette ja irgendwie zum Hafen kommen müssen, um mit Owens Boot zurück nach Blueberry Island zu fahren. Zögernd sehe ich die beiden an, aber Liam versteht schon, was ich meine, bevor ich es aussprechen muss: »Keine Sorge, ich bringe die beiden später zum Hafen.«

»Wir, Daddy«, korrigiert Izzy altklug. Ich lache auf, aber Liam bleibt ernst, während er mich mit verschränkten Armen unverwandt mustert. Ich nicke ihm hastig zu, murmele ein »Danke«, und dann verschwinde ich, so schnell es geht.

Es dauert eine ganze Weile, bis ich mich auf dem dunklen Campingplatz tatsächlich traue, mein Auto zu verlassen. Sehr lange sitze ich einfach hinter dem Steuer, den Motor ausgestellt, und starre in die Dunkelheit. Am liebsten würde ich wieder umkehren, aus dem Nationalpark hinaus und zurück nach Bar Harbor fahren. Ob ich heute vielleicht irgendwo ein erschwingliches Hotelzimmer finden würde? Etwas Schöneres als im Sunrise Motel? Aber mein Konto sieht ohnehin schon schlimm genug aus, fällt mir ein. Vermutlich könnte ich meine Kreditkarte gar nicht mehr einsetzen, weil sie schon überzogen sein dürfte.

Mit einem tiefen Seufzer überwinde ich mich endlich, die Fahrertür zu öffnen. Zu blöd, dass ich die Taschenlampe im Zelt liegen gelassen habe. Natürlich könnte ich die Scheinwerfer des Wagens anlassen, bis ich die Lampe im Zelt gefunden habe, überlege ich noch – aber als ich das Auto verlassen habe, merke ich, dass sich gerade der milchige Vollmond über die Baumkronen schiebt und beginnt, sein silbriges Licht auf unser Zelt, die Klappstühle, die Feuerstelle und den Campingtisch zu gießen. Fasziniert schlage ich die Fahrertür zu, sodass das Innenlicht im Auto erlischt und mich im Zaubermondschein stehen lässt. Atemlos blicke ich mich um, sehe in das Dunkel des Unterholzes, lausche auf Geräusche. Irgendwo ist ein Rascheln zu hören, als streiche ein kleines Tier durch die Büsche (Fuchs? Stachelschwein? Oder Waschbär?), und aus der Ferne erklingen leise Stimmen und das Gelächter anderer Camper. Dann lege ich meinen Kopf in den Nacken und starre in den Nachthimmel hinauf. Dunkel und endlos spannt sich das Schwarzblau über mir, übersät von Abertausenden funkelnden Sternen und dem runden, perfekten Mond. Ich atme tief die würzige, saubere Waldluft ein, und als mein Blick erneut die dunkle Feuerstelle streift, fasse ich einen Entschluss.

Wenig später sitze ich im Klappstuhl vor einem flackernden Feuer und starre fast andächtig in die Flammen. Dass ich es wirklich allein hinbekommen habe, Feuer zu machen, hätte ich bis vor Kurzem nicht für möglich gehalten. Und vorher war ich ganz ohne Panikattacke auf der Toilette und habe mir die Zähne geputzt. Ohne vor Furcht loszurennen, bin ich im Schein meiner Taschenlampe zum Klohäuschen und wieder zurück gegangen, in gemäßigtem Schritt, sodass die Mutter mit ihrer Tochter, die ich bei den Waschbecken getroffen habe, sicherlich dachte, ich wäre ein alter Campinghase und Outdoor-Fan.

Dass ich das eigentlich nicht bin, vergesse ich selbst immer mehr, während ich mich in meinen Schlafsack einkuschele, den ich wie eine Decke über mir ausgebreitet habe, um warm zu bleiben und mich vor den Mücken zu schützen. Ich sehe den Funken hinterher, die ab und zu von den brennenden Ästen fauchend gen Himmel gespuckt werden, aber da ich meinen Wassereimer griffbereit habe und beim Hineinfahren in den Park gesehen habe, dass derzeit kein Feuerverbot herrscht, mache ich mir wegen der Funken keine weiteren Sorgen. Vielleicht bin ich ja doch ein Outdoor-Typ, überlege ich. Vielleicht hatte ich bisher, in Stuttgart, nur einfach keine Gelegenheit, das festzustellen. Vielleicht ... habe ich am Ende doch mehr mit Eve Moore gemeinsam als nur ihre hellblauen Augen und die Neigung zur zitternden Unterlippe, bevor die Tränen kommen. Eigentlich wäre es doch schön, noch mehr über diese Frau zu erfahren, muss ich mir eingestehen. Vielleicht noch mehr Gemeinsamkeiten zu entdecken.

Nachdenklich greife ich nach einem Stock und stochere ein wenig in der Glut herum, was neue Funken fliegen lässt. In meinem Kopf rasen so viele Gedanken um die Wette, dass ich keinen von ihnen wirklich einfangen und festhalten kann. War das wirklich erst heute Mittag, dass Owen mir auf Blueberry Island aus seinem Leben erzählt und mich zurück ins Leuchtturmwärterhäuschen zum Essen geholt hat? Was Jette und er jetzt wohl machen? Nein – das will ich mir jetzt gar nicht bildlich vorstellen. Mit einem Kopfschütteln stochere ich heftiger in der Glut. Aber vielleicht … vielleicht sind sie ja gar nicht im Bett. Vielleicht sitzen sie auch gerade draußen, vor dem gelben Haus, und sehen in den Nachthimmel hinauf, zu den Sternen, zum Vollmond.

Auch ich lege erneut den Kopf in den Nacken. Oh … was war das? Ich setze mich aufrechter hin und starre gebannt in den dunklen Himmel hinauf, wo gerade ein langer, hell leuchtender Lichtschweif vorbeigezischt ist. Eine Sternschnuppe!

Es ist doch wirklich nicht zu fassen, dass ich 31 Jahre alt werden musste, um meine erste Sternschnuppe zu sehen! Überwältigt umklammere ich die Armlehnen meines Klappstuhls fester und starre an die Stelle, wo die Sternschnuppe soeben verglüht ist. Muss ich mir jetzt nicht etwas wünschen? Das macht man doch, wenn man eine Sternschnuppe sieht, oder?

Der Wunsch, nicht allein zu sein, fährt mir so schnell durch den Kopf, dass ich ihn nicht verhindern kann. Und dann sehe ich auch noch Liams Gesicht mit diesen intensiv grünen Augen vor mir. Nein! Verdammt, da sehe ich meine erste Sternschnuppe, kann mir etwas wünschen und dann DAS! Ich wollte doch extra weg von Liam, wollte die Nacht ohne ihn verbringen und mein restliches Leben sowieso! Ich habe doch sicherlich sinnvollere Wünsche, mal ganz abgesehen davon, dass ich diesen ganzen Aberglauben sowieso für Spinnerei halte und …

»Hey, Motte.«

Vor lauter Schreck falle ich mit meinem Klappstuhl um. Ich hatte gerade ein wenig gekippelt, während ich wütend über einen sinnvollen Wunsch nachgedacht habe, und als plötzlich Liams Stimme hinter mir erklingt, ist es vorbei mit meinem Gleichgewicht. Und zwar in jeder Hinsicht. Ich liege auf dem Rücken und starre zu ihm hoch, unfähig, mich zu bewegen. Liam starrt auf mich hinab, sein Kopf wird von leuchtenden Sternen umgeben, und ich kann seine Augen im schwachen

Licht von der Feuerstelle nur undeutlich erkennen, doch es reicht, um mein Herz rasen zu lassen.

»Hast du dir wehgetan?« Er reicht mir die Hand, und ich greife danach, lasse mich hochziehen. Seine warmen Finger umschlingen mein Handgelenk entschlossen, als wollten sie es nie wieder loslassen – und das tun sie auch nicht, selbst, als ich auf den Füßen neben meinem umgekippten Klappstuhl stehe und ihn anstarre.

»Was machst du hier?«, stoße ich hervor, ohne auf seine Frage einzugehen.

Er lässt meine Hand immer noch nicht los, als er langsam antwortet: »Ich weiß, du hast gesagt, dass du allein sein möchtest. Dass du nachdenken musst. Und ich … ich bin nicht etwa hier, weil ich glaube, dass du allein nicht zurechtkommst. Ich sehe ja, wie toll du zurechtkommst.« Er nickt kurz Richtung Feuerstelle und lächelt flüchtig, bevor er wieder sehr ernst wird. Dann atmet er tief durch, während sein Blick sich in meinen bohrt und meine Knie weich werden. Liams Hände umklammern meine noch fester, als er heiser sagt: »Ich bin nicht hier, weil ich denke, dass du mich brauchst, Motte. Ich bin hier, weil ich dich brauche. Und jetzt fang nicht wieder davon an, dass du keine Beziehung haben willst, denn das weiß ich! Ich bitte dich nicht, mich zu heiraten. Ich bitte dich nur darum, diese eine Nacht mit mir zu verbringen. Vielleicht ist das nicht klug. Vielleicht werde ich es später bereuen, wenn du wieder in Deutschland bist und ich dich nicht vergessen kann. Aber diese eine Nacht, verdammt, die möchte ich wenigstens mit dir haben, Motte.«

»Aber du willst doch keine Bettgeschichte«, wispere ich.

»Nein. Wir haben hier auch gar kein Bett. Nur eine Isomatte.« Liam sieht mich mit einem schiefen Lächeln an, und aus diesem Lächeln spricht so viel stumme Bitte, so viel Sehnsucht, dass es mir die Sprache verschlägt. Zwei Herzschläge lang starre ich Liam noch an, ungläubig, dass er mich wirklich brauchen könnte. Dann mache ich einen Schritt nach vorn, schlinge meine Arme um seinen Hals und küsse ihn.

Wie wir es ins Zelt hineinschaffen, kann ich wirklich nicht so genau sagen. Liam behält wenigstens noch so weit einen klaren Kopf, dass er den Wassereimer über der Feuerstelle ausleert, bevor er mich schon wieder um den Verstand küsst und wir blindlings Richtung Zelt taumeln. Dabei fallen wir über eine der Abspannungsleinen und gehen lachend zu Boden. Noch dort, auf dem platten Gras vor dem Zelteingang, befreit mich Liam entschlossen von Jeans und Pullover, beide landen irgendwo in der Dunkelheit, die uns jetzt, da das Feuer gelöscht und der Mond hinter Wolken verschwunden ist, wieder einhüllt. Allerdings sehe ich immer noch genug, um die Knöpfe an Liams Hemd zu öffnen und ihm den Stoff ungeduldig von den Schultern zu zerren. Wir versuchen, uns gemeinsam ins Zelt hineinzuschieben, während wir uns unablässig küssen, weil wir einfach nicht genug vom anderen bekommen können. Aber als wir uns im aufgeklappten Stoff der Zeltöffnung verheddern, lassen wir lachend und keuchend voneinander ab – allerdings wirklich nur so lange, bis wir beide im Inneren des Zeltes sind. Noch während Liam am Reißverschluss des Zelteingangs zerrt, um uns vor den neugierigen Blicken der Waschbären zu schützen, zerre ich schon am Reißverschluss seiner Jeans – und von da an geht alles dann irgendwie sehr schnell. Zum Glück hat Liam an Kondome gedacht. Ich komme mir vor, als wäre ich mitten in einen gewaltigen Gewittersturm geraten, der sich voller Wucht entlädt, nachdem sich die Atmosphäre tagelang aufgeheizt hatte.

Entsprechend erschöpft liege ich wenig später nach Atem ringend in Liams Armen auf einer der Isomatten und blinzele in das Halbdunkel des Zeltes.

»Das war viel zu schnell«, flüstert Liam und streicht mir mit einer Hand über den Kopf, zupft an einer meiner Strähnen, die mir in die Augen hängen. Ich drehe mich auf die Seite und sehe ihn an, mein Kinn auf seine Schulter gestützt.

»Ja, aber es war auch unfassbar gut«, erwidere ich und grinse ihn träge an. Seine Antwort ist ein leises Lachen, das meine Innereien schon wieder durcheinanderpurzeln lässt. Dabei haben sie sich doch gerade erst einigermaßen beruhigt!

»Ich war ja, ehrlich gesagt, ziemlich nervös«, sagt Liam nun und hebt ein wenig den Kopf, um mir besser ins Gesicht sehen zu können. »Immerhin war ich noch nie mit einer Frau im Bett – beziehungsweise auf einer Isomatte –, die Erotikromane übersetzt und daher sicherlich schon Dinge gelesen hat, von denen ich nicht einmal etwas ahne.«

Mit einem albernen Prusten sacke ich auf meinen Rücken, was Liam zum Anlass nimmt, um sich seinerseits auf die Seite zu drehen und über mich zu beugen. Schmunzelnd fügt er hinzu: »Im Ernst! Du, die du täglich über Organismen und Klitorum Dexterum schreibst …«

Ich krümme mich vor Lachen und wische mir Tränen von den Wangen, während mich Liam immer noch mit diesem sexy Schmunzeln betrachtet, das mich in den Wahnsinn treibt – oder eher geradewegs in die Richtung eines weiteren »Organismus«.

»Also, du schienst mir gerade nicht wirklich ahnungslos zu sein, was Klitorum Dexterum und Organismen und Biologie im Allgemeinen angeht«, stoße ich schließlich nach Luft ringend hervor. »Aber natürlich bin ich gern bereit, mein unerschöpfliches Wissen mit dir zu teilen.«

Liams Augenbrauen wandern leicht in die Höhe, während sich seine Hand in die Tiefe bewegt und ich den Atem anhalte. »Dafür wäre ich dir natürlich wirklich dankbar«, murmelt er und beugt sich über mich, streift mit seinen Lippen leicht mein

Schlüsselbein und fährt mit der Zunge Richtung Brust hinab, während seine Finger weiter südlich ankommen. Ich stöhne auf und frage mich im selben Moment, wie weit man uns auf diesem Campingplatz in der Stille der Nacht eigentlich hören kann. Noch nicht einmal die Kojoten oder die Eule heulen momentan, sodass mein Stöhnen tatsächlich das Einzige ist, was die friedliche Stille dieser Idylle durchbricht. Ob die Tiere des Waldes uns gerade atemlos zuhören? Ganz kurz stelle ich mir vor, wie der Waschbär sich verstört die Ohren zuhalten könnte, aber als sich Liams Lippen weiter nach unten vorarbeiten, verschwindet dieses Bild sehr schnell wieder. Stattdessen habe ich vorerst nur noch zwei klare Gedanken: Erstens: Liam hat auf keinen Fall weniger Ahnung von dieser Sache als ich, Erotikromane hin oder her. Und zweitens: Endlich weiß ich aus eigener Erfahrung, wie es ist, heißen Sex mit einem Ranger in einem engen Zelt zu haben.

Kapitel 27

Wir schlafen nicht viel in dieser Nacht. Eigentlich gar nicht. Dafür reden wir viel – wenn wir nicht damit beschäftigt sind, uns stürmisch zu lieben. Liam möchte alles über mein Leben in Stuttgart wissen, besonders über meine Arbeit, und so erzähle ich ihm, dass ich bei Weitem nicht nur Erotikromane übersetze, wie er dachte, sondern auch Gebrauchsanleitungen.

»Nicht ganz so sexy, aber dafür bodenständiger«, sage ich lachend und schmiege mein Gesicht genüsslich an Liams Brust, atme tief den Geruch seiner Haut ein, spüre das gleichmäßige Schlagen seines Herzens unter meiner Wange.

»Wenn du sie übersetzt, sind bestimmt sogar die Gebrauchsanleitungen für Heckenscheren sexy«, antwortet Liam in mein Haar hinein, und ich höre das Lächeln in seiner Stimme, spüre seinen warmen Atem auf meiner Kopfhaut.

Es fühlt sich so unfassbar gut an, hier mit ihm zu liegen, in diesem dunklen, behaglichen Zelt, während draußen der Wind in den Baumkronen wispert und sich hoch über unseren Köpfen doch noch die Eule dazu entschlossen hat, ihr einsames nächtliches Hu-hu-hu erklingen zu lassen (jetzt, da ich endlich still bin, das war ja klar!).

»Wie war deine Kindheit hier in Bar Harbor?«, frage ich und hebe den Kopf, um Liam ins Gesicht sehen zu können. »Hallo, schläfst du etwa?«

Liam schaut mich an und schüttelt mit einem langsamen

Lächeln den Kopf. »Wie sollte ich, wenn du mich wieder und wieder verführst?«

»Ich dich? Dass ich nicht lache! Ich hatte keine Chance.«

»Das sagt die Richtige. Die mich schon am ersten Abend vor dem Bar Harbor Inn fast um den Verstand gebracht hätte.« Liam betrachtet mich schmunzelnd. »Nein, streich das ›fast hätte‹. Die mich um den Verstand gebracht hat.«

Ich lächele gegen seine warme Haut und fahre mit meinem Zeigefinger zärtlich an seinen Rippen entlang, verursache ihm eine Gänsehaut. Liam erschaudert leicht und hält meine Hand mit einem »Siehst du? Du machst es schon wieder!« fest.

Amüsiert schüttele ich den Kopf. »Nein, ich mache gar nichts, mein Lieber! Ich habe dich etwas ganz Harmloses gefragt, nämlich wie deine Kindheit hier in Bar Harbor war.« Ich stützte mich auf einen Ellbogen und sehe ihn gespannt an. »Lass mich raten: In der Schule warst du hervorragend in Biologie und Sport, und natürlich waren alle Mädchen in dich verknallt und haben Linda ständig angebettelt, mit zu euch nach Hause kommen zu dürfen, um in deiner Nähe sein zu können. Habe ich recht?«

Um Liams Augen herum erscheinen wieder die Lachfältchen, die ich so zum Dahinschmelzen finde. »Absolut nicht«, widerspricht er mit einem Kopfschütteln. »In der Grundschule war ich so genervt von meiner Schwester und ihren Freundinnen, dass ich mir geschworen habe, NIEMALS ein Mädchen zu küssen.« Sein Lächeln vertieft sich, als er meinen Kopf zu sich herabzieht und gegen meine Lippen murmelt: »Damals hatte ich wirklich noch keine Ahnung.«

Atemlos erwidere ich den Kuss, bevor ich mich von ihm löse und nachhake: »Und später? Auf der Highschool?«

Liam zuckt gequält mit den Schultern und seufzt auf. »Na ja – du hast doch die Fotos bei meinen Eltern im Flur gesehen.

Ich hatte in der Pubertät ziemliche Hautprobleme. UND eine Zahnspange. Nicht unbedingt die besten Voraussetzungen, um als Mädchenschwarm durch die Schulflure zu spazieren.«

»Aber irgendein Mädchen hat doch dann bestimmt in deine grünen Augen gesehen und erkannt, was du für ein toller Kerl bist, oder nicht?«, hake ich nach und merke, wie sich Liam verlegen auf der Isomatte windet.

»Können wir bitte das Thema wechseln?«, fragt er und versucht, mir den Schlafsack wegzuziehen, in den ich mich halb eingewickelt habe, weil die Nacht recht kühl geworden ist.

»Wieso denn?«, entgegne ich lachend. »Du darfst natürlich genauso erfahren, wann ich meinen ersten Freund hatte: mit sechzehn. Michael Hagenbrecht. Hatte auch Pickel, aber ein sehr süßes Lächeln. So, und jetzt du.«

Liam sieht mich stumm an, bevor er schließlich ernst erwidert: »Ich hatte in der Highschool keine Freundin.« Nach einer kurzen Pause fügt er mit einem entwaffnenden Lächeln hinzu: »Aber du hattest recht: Ich war ziemlich gut in Bio und Sport. Vor allem in Baseball.«

»Echt?«, hake ich überrascht nach und präzisiere dann: »Keine Freundin auf der Highschool?« Das kann ich kaum glauben. Liam sieht so verdammt gut aus! »Waren die Mädchen alle blöd? Oder blind? Oder beides?«

Mit einem heiseren Lachen zieht er mich enger an sich und streicht mir über das Haar. »Nein, aber ich war sehr schüchtern«, meint er leise. »Ich bin damals lieber raus in die Natur gegangen, als mich mit irgendwelchen Mädchen im Kino zu verabreden. Für mich war es das Größte, mit meinem Dad campen zu gehen. Kanutrips zu machen, oft mehrere Tage lang. Der Nationalpark war mein zweites Zuhause. Ist es immer noch.«

Seine Finger streicheln sacht meinen Arm hinauf und hinab, sodass nun ich eine Gänsehaut bekomme.

»Meine erste richtige Freundin hatte ich erst mit neunzehn, als ich schon auf der Uni war.«

Ich schlucke, bevor ich zögernd frage: »Claire?«

Er nickt, ohne etwas zu sagen, und ich muss das sacken lassen. Wow. Izzys Mutter, die Frau, die ihren Partner und ihre kleine Tochter verlassen hat, war Liams erste Freundin. Seine erste Liebe.

»Das … tut mir leid«, murmele ich gegen seine Haut und küsse ihn zärtlich auf die Brust.

»Ist lange her«, erwidert Liam mit kratziger Stimme. »So, wir haben genug über mich geredet. Was ist mit dir? Michael Hagenbrecht, ja? Und danach?«

»Ach, das willst du nicht so genau wissen«, murmele ich, nun meinerseits verlegen, aber da beugt sich Liam mit ungläubig weit aufgerissenen Augen über mich und sagt: »O doch, Motte, und ob ich das wissen will! Du hast das Thema angeschnitten, also los!«

Ich rolle mit den Augen und erwidere langsam: »Hmm, nach Michael kam Peter Kluge … und dann Habip … ach nein, erst noch Tobias, dann Habip, dann Daniel … Moment, das war dann auf der Uni …« Nachdenklich lege ich die Stirn in Falten und zähle langsam auf: »Steffen … dann dieser spanische Austauschstudent, Pablo … Dann mein Dozent, Jürgen Lauterbach …«

»Ähm, okay, ich glaube, ich will es doch nicht so genau wissen«, unterbricht mich Liam und schüttelt mit einem ungläubigen Lachen den Kopf. »Jetzt verstehe ich das mit den Erotikromanen.«

»Hey!« Ausgelassen schlage ich ihn gegen die Brust, aber, obwohl er sie eindeutig neckend gesagt hat, treffen mich seine Worte dennoch.

Und die nächsten noch viel mehr.

»Und in wen von den ganzen Typen warst du richtig verliebt?«

Stumm sehe ich Liam an und fühle mich auf einmal, als würde er mich an einen steilen Klippenrand drängen, wo es für mich kein Entkommen gibt. Ich hole tief Luft und starre an ihm vorbei, an die Zeltwand, während ich langsam die Wahrheit in die stille Nacht entweichen lasse: »Ich war noch nie verliebt, Liam. Und ich werde niemals verliebt sein.«

Als ich stur weiterhin auf den dunklen Stoff starre, der sich ganz leicht im Wind bewegt, der draußen um das Zelt wispert, greift Liam nach meinem Kinn und dreht meinen Kopf sanft, sodass ich ihn ansehen muss.

»Wie kannst du dir da so sicher sein? Dass du nie verliebt sein wirst?«

»Weil ich mich nicht verlieben kann!«, entfährt es mir, heftiger als beabsichtigt. »Weil ich von meiner eigenen Mutter nicht geliebt wurde! Wie soll ich da lieben können?«

»Aber das stimmt doch nicht«, sagt Liam leise, während ich mich aufsetze und meine angezogenen Knie mit meinen Armen umschlinge. »Eve hat euch geliebt, sie liebt euch immer noch, das sieht doch ein Blinder.«

»Du hast keine Ahnung!«, herrsche ich ihn an, aber Liam lässt sich von meinen Worten nicht zurückdrängen, im Gegenteil. Er rückt noch näher an mich heran und zieht mich entschlossen in seine Arme.

»Motte, ich verstehe, was du durchmachst. Glaub mir, das tue ich«, flüstert er gegen meine Stirn, und mit einem Schluchzer, der wie der erstickte Schrei eines Kindes klingt, beginne ich, gegen seinen Hals zu heulen.

»Ich habe mir jahrelang eingeredet, dass ich sie nicht brauche!«, stoße ich weinend hervor. »Ich wollte sie nicht brauchen, weil ich diese Gefühle nicht ertragen habe – den Schmerz, das

Unverständnis, warum sie fortgegangen ist, die Trauer – ich konnte das alles nicht zulassen! Ich habe so getan, als wäre sie mir egal, habe mir das konsequent eingeredet. Ich habe nie über sie gesprochen, im Gegensatz zu Jette, die ständig Dinge gesagt hat wie ›Mamas Lieblingsfarbe war Grün‹ oder ›Mama hat Weihnachten geliebt‹. Oh, wie ich Jette manchmal dafür gehasst habe – weil sie sich an unsere Mutter erinnern konnte, und weil sie das Thema nie ruhen ließ! Aber ich, ich konnte mich nicht erinnern. Und trotzdem war da tief in mir eine Ahnung, was mal war. Eine Verlustangst, die ich mir rational nie erklären konnte, weil ich mich doch gar nicht an meine Mutter erinnerte.« Ich hole zitternd Luft, wische mir Tränen vom Gesicht, fahre erstickt fort: »Als Kind konnte ich nie Verstecken spielen. Die Vorstellung, dass die Person, die ich suchte, wirklich weg sein könnte, hat in mir Panik ausgelöst.« Ich lache heiser auf, während Liam mich unermüdlich streichelt, sanft, aber zugleich mit Nachdruck.

»O Mann, ich bin dermaßen verkorkst, Liam! Glaub mir, du willst mit mir gar nicht mehr als eine Nacht verbringen!«

Liam hält im Streicheln inne und sieht mich ernst an. Als ich das Grün seiner Augen so deutlich erkennen kann, wird mir bewusst, dass das nicht nur daran liegt, dass er so dicht neben mir sitzt, sondern auch daran, dass es draußen ganz langsam hell wird. Urplötzlich scheint sich die Nacht zu verabschieden, scheint dem jungen Morgen die Bühne zu überlassen. Ein zwitschernder Vogel über unseren Köpfen bestätigt das.

»Doch«, sagt Liam leise. »Und ob ich das möchte, Motte.«

Alarmiert sehe ich ihn an, schüttele heftig den Kopf. »Nein, das willst du nicht. Du hast es ja gerade gehört: Ich habe schon mit einer ganzen Reihe von Typen geschlafen – aber ich habe nie jemanden in mein Herz gelassen. Denn das ist verriegelt und verrammelt. ›Wegen Kindheitstrauma bis in alle Ewigkeit

geschlossen‹«, lese ich in albernem Tonfall ein imaginäres Tür-
schild vor, aber Liams Mund verzieht sich nicht einmal zum
kleinsten Lächeln. Ernst betrachtet er mich, und ich zucke mit
den Schultern und erinnere ihn daran: »Ich habe es dir schon
ganz zu Anfang gesagt, Liam: Sex ja. Aber nicht mehr. Das
geht einfach nicht.«

Liam mustert mich weiterhin schweigend, bevor er sich
langsam zum Zelteingang umdreht. Super, Polly, denke ich:
Jetzt hast du es wirklich geschafft, diesen tollen Mann in die
Flucht zu schlagen!

Tatsächlich greift Liam nach seiner Boxershorts, die in der
Ecke zusammengeknüllt liegt, und beginnt, sie anzuziehen.
Mein Herz scheint zu einem Kummerklumpen zusammenzu-
schrumpfen.

»Komm, zieh dir was über«, sagt Liam leise und öffnet den
Reißverschluss des Zeltes. »Ich will dir etwas zeigen.«

Erstaunt sehe ich zu, wie er sich sein Hemd überstreift und
nach unseren Schlafsäcken greift. Als er merkt, dass ich ihn nur
fragend anstarre, wiederholt er geduldig: »Na los, sonst sind
wir zu spät dran!«

Er greift auch noch nach seiner Jeans, steigt dann aus dem
Zelt, um sie vermutlich draußen anzuziehen. Ratlos streife ich
mir die erstbesten Klamotten über, die ich auf die Schnelle
finde, und folge Liam aus dem Zelt.

Draußen hängen noch Dunkelheit und feuchte Kühle zwischen Unterholz und Büschen, aber weiter oben, über den
Baumwipfeln, beginnt sich der Himmel in einem sanften Violett von der Nacht zu verabschieden. Liam schlüpft in seine
Sneakers und reicht mir meine eigenen Turnschuhe, die ich
gestern Abend irgendwo auf den Rasen gekickt habe. Beim
Gedanken an die Art und Weise, wie wir uns vor ein paar Stunden die Klamotten vom Leib gerissen haben und blind vor Lust

ins Zelt getaumelt sind, wird mir schon wieder sehr warm. Eigentlich wäre ich jetzt wirklich gern immer noch mit Liam im Zelt. Nackt. Warum habe ich denn bloß das blöde Thema mit den vergangenen Liebschaften angeschnitten?

»Wo willst du denn hin?«, frage ich erstaunt, als Liam nach meiner Hand greift und mich mit sich zieht, sobald ich Schuhe an den Füßen habe.

»Lass dich überraschen«, sagt er leise, während ich ihm über das feuchte Gras und dann über den Schotter der Straße folge. Der Campingplatz liegt noch dunkel und still da, worüber ich wirklich froh bin, denn ich will in meinem Zustand niemandem begegnen: verheult, mit völlig verwuscheltem Haar, das geradezu nach einer wilden Nacht schreit. Aber wir begegnen tatsächlich keiner Menschenseele, nur ein Hase huscht hoppelnd vor uns davon, als wir einem gewundenen Pfad folgen, der uns von der Straße des Campingplatzes aus durch dunkles Unterholz führt. In den Baumwipfeln über uns zwitschern die ersten Vögel, der würzige Duft nach Kiefernnadeln und Harz steigt mir wohltuend in die Nase. Liams Hand hält meine warm und fest umfasst, während er unter seinem anderen Arm die zwei aufgerollten Schlafsäcke trägt.

Als sich die Bäume vor uns lichten und den Blick auf den Atlantik freigeben, wird mir klar, dass wir wieder auf den Felsplateaus entlang der steil abfallenden Küste angekommen sind, wo wir neulich bei der Nachtwanderung auch waren – nur hatten wir da einen anderen Pfad genommen.

Noch erstreckt sich der Ozean in einem blassen Violett vor uns, aber der Horizont glüht orangerot und vielversprechend. Ich halte den Atem an, als mir klar wird, dass die Sonne hier, über dem Meer, aufgehen wird. Und wir sind in erster Reihe dabei.

Zielsicher steuert Liam eine der natürlichen Sitzbänke in

den Felsen an, die Jette und ich bei unserer ersten abendlichen Wanderung bereits entdeckt haben. Ich muss daran denken, wie Liam uns damals gerettet hat. Ein Lächeln stiehlt sich auf mein Gesicht, und ich dränge mich ein wenig dichter neben ihn. Er legt den einen Schlafsack auf die Kuhle in den Felsen. »Komm her«, murmelt er und setzt sich auf die warme Unterlage, zieht mich eng neben sich. Dann breitet er den zweiten Schlafsack wie eine Decke über uns aus, zupft ihn bis zu meinem Kinn hoch und sorgt somit dafür, dass ich in der Kühle des jungen Morgens nicht friere. Mein Kopf sinkt wie von selbst gegen seine Schulter, ich atme tief durch. Alles an diesem Mann fühlt sich richtig an. Was ist eigentlich mein Problem?

»Das hier ist einer der Orte an der amerikanischen Ostküste, wo man die aufgehende Sonne als Erstes sieht«, erklärt Liam leise, während seine Hand über meinen Arm streichelt.

»Wunderschön«, flüstere ich andächtig.

Schweigend sehen wir zu, wie sich die Sonne langsam über den Horizont schiebt und den Atlantik in ein rotgoldenes Flammenmeer taucht. Die Wellen krachen in beruhigendem Rhythmus an die schroffen Felsen unter uns, und die Natur erwacht langsam zum Leben. Eigentlich müsste ich hundemüde sein, immerhin ist es kurz nach fünf am Morgen und ich habe die ganze Nacht kein Auge zugemacht. Aber ich bin hellwach. Und Liam ist es auch, das merke ich, als er mich von der Seite ansieht. Ich erwidere seinen Blick, will ihn anlächeln, aber der Ausdruck in seinen Augen ist so ernst und intensiv, dass ich ihn nur stumm anstarren kann. Schließlich legt er seine Hand um meinen Hinterkopf und zieht mich dicht an sich heran, küsst mich auf die Lippen, fest und hart und mit so viel Entschlossenheit, dass ich den Sonnenaufgang und erst recht die vielen Zweifel, die durch meinen Kopf galoppieren, vergesse. Meine Arme schlingen sich um seinen Oberkörper, während der Schlafsack von unseren Beinen rutscht und wir uns küssen, als hätten wir uns seit Tagen nicht gesehen. Als wäre es nicht erst knapp zwei Stunden her, seit Liam mir das letzte Mal den Mund zuhalten musste, damit ich nicht den ganzen Campingplatz aufweckte.

»Nicht hier«, flüstert er heiser und ringt nach Luft, als ich versuche, ihm das Hemd auszuziehen. »Schlimm genug, dass ich mit einer Camperin in ihrem Zelt übernachte – auch wenn ich freihatte, was streng genommen also okay ist. Aber mit dir hier draußen auf den Felsen darf ich auf keinen Fall überrascht werden ...«

»Dann nichts wie weg«, murmele ich und lasse mich von Liam in die Höhe ziehen. Wir schnappen uns die Schlafsäcke und rennen förmlich über den schmalen Trampelpfad zurück Richtung Zelt, stolpern lachend und atemlos hinein, fallen übereinander her, als hätten wir jahrelang auf diesen Moment warten müssen. Als gäbe es nur uns zwei auf diesem ganz langsam zum Leben erwachenden Campingplatz.

Als hätte das Gespräch über meine Unfähigkeit zu lieben nie stattgefunden.

Kapitel 28

Ich bin doch noch eingeschlafen, wird mir klar, als das Klingeln eines Handys wie durch eine dicke Watteschicht hindurch in mein Bewusstsein vordringt. Orientierungslos blinzele ich und merke, dass es inzwischen richtig hell ist. Neben mir bewegt sich Liam, der auch im Tiefschlaf gewesen sein muss. Mit einem Stöhnen tastet seine Hand an meinem Kopf vorbei, findet endlich das Telefon – erst jetzt begreife ich, dass das gar nicht mein Klingelton ist, sondern seiner.

»Hallo?«, murmelt er schlaftrunken, während er leise ächzend zurück auf die Isomatte sinkt. Ich drehe mich zu ihm um und schmiege mich mit geschlossenen Augen eng an seine Seite. Es ist warm hier im Zelt, wird mir bewusst – ich schiebe den Schlafsack von mir und strecke meine Beine aus. Die Sonne scheint von außen auf unser Stoffdach, und das Innere unseres gemütlichen Liebesnests hat sich ganz schön aufgeheizt. Ich überlege noch, ob ich mich aufraffen und den Reißverschluss des Eingangs aufziehen soll, damit wir mehr Luft bekommen, als Liam sagt: »O Mann, schon so spät? Sorry, Dad ... Okay, klar, ich hole sie gleich ab. Danke dir – und entschuldige, dass ich deine Nachricht nicht gehört habe. Ja, wir haben noch geschlafen. Hmm ... Verdammt, tut mir leid. Ja, pass auf dich auf!«

Als er das Gespräch beendet hat, stütze ich mich auf meine Ellbogen und sehe ihn alarmiert an. Liam starrt an die Zeltplane über uns und seufzt tief auf. Dann sieht er mich an. »Ist etwas passiert?«, frage ich besorgt.

»Nein … ich meine, ja, schon, aber zum Glück nichts, was uns direkt betrifft.« Er gähnt und reibt sich müde über die Augen, bevor er fortfährt: »Das war mein Dad – Izzy hat bei meinen Eltern übernachtet.« Er macht eine kurze Pause und sieht mich bedeutungsschwer an, fügt dann hinzu: »Weil ich ja gestern Abend dringend wegmusste und gehofft habe, dass ich nicht so bald zurückkehren würde.« Ein Lächeln spielt in seinen Mundwinkeln und sorgt dafür, dass mein Körper schon wieder anfängt zu kribbeln und nach »Mehr!« von diesem Mann zu schreien. Dabei bin ich so erledigt von dieser Nacht, dass ich eigentlich nur schon schlafen möchte. Aber gleichzeitig fühle ich mich lebendig wie lange nicht mehr. Es ist eine wirklich paradoxe und sehr verwirrende Situation.

»Meine Mom musste heute Morgen zu einem Arzttermin, und wir hatten gestern ausgemacht, dass Dad sie beim Arzt absetzen und dann Izzy zum Nationalpark bringen würde, weil ich ab …« Er hält inne und sieht auf sein Telefon … »O Mann, weil ich in fünf Minuten anfangen muss zu arbeiten. Verdammt!«

Ich sehe selbst auf meine Armbanduhr und stelle zu meiner Verwunderung fest, dass es kurz vor 10 Uhr ist. Kein Wunder, dass die Sonne schon so auf unser Zelt hinabbrennt!

Liam schält sich aus seinem Schlafsack und sieht sich suchend nach seinen Boxershorts um. »Kaum war mein Dad hier im Park angekommen, ist ein Notruf eingegangen. Dad hat heute eigentlich frei, aber weil es eine größere Sache ist, wird er als Verstärkung gebraucht.«

»Was ist denn passiert?«, frage ich besorgt.

»Ein schwerer Autounfall«, murmelt Liam bedrückt, während er in seine Boxershorts schlüpft. »Nördlich vom Park.

Drei Autos sind involviert, zwei davon sind frontal zusammengestoßen. Es ... es gibt wohl mindestens eine Tote, wie ich das verstanden habe.«

»O nein!« Erschrocken schlage ich mir eine Hand vor den Mund.

»Auf jeden Fall hat Dad mir schon vor zwanzig Minuten eine Sprachnachricht geschickt, dass Izzy in der Ranger-Station am Eingang zum Campground auf mich wartet«, fährt Liam fort, während er sich sein Hemd überstreift. »Als er gerade in der Feuerwache angekommen ist und gesehen hat, dass ich die Nachricht nicht abgerufen habe, hat er angerufen. Ich muss schnell los zu Izzy. Und meine Schicht fängt ja sowieso an. O Mann, ich müsste dringend duschen.«

Er sieht mich halb verzweifelt, halb amüsiert an, während er behände die Knöpfe an seinem Hemd schließt. Ich lächele zurück, obwohl meine Gedanken noch beim Unfall sind.

»Ich kann dir gern mein Deo leihen«, biete ich an und setze mich auch auf, strecke gähnend meine Arme über den Kopf. Liams Blick ist zu meinem nackten Oberkörper gewandert, und er seufzt gequält.

»Bitte, mach das nicht. Oder zieh dir zumindest etwas an«, brummt er und fährt sich mit den Händen durch die Haare, um diese zu glätten. »Sonst komme ich auf dumme Gedanken und verspäte mich noch mehr.«

Herausfordernd grinse ich ihn an und beuge mich vor, küsse ihn auf die Lippen. »Können Izzy und dein Kollege, den du ablöst, nicht noch ein paar Minuten warten?« Meine Hände finden ihren Weg unter Liams Hemd, fahren an seiner Wirbelsäule empor. Liam stöhnt leise gegen meinen Mund, löst sich dann von mir und sieht mich schwer atmend an.

»Du bist unmöglich«, sagt er heiser und lacht auf, bevor er wieder ernst wird und hinzufügt: »Ich kann mich echt nicht noch mehr verspäten. Izzy wartet schon seit zwanzig Minuten auf mich. Und … ihr geht es nicht gut.«

Alarmiert sehe ich ihn an. »Warum? Weil … du die Nacht bei mir verbracht hast?«

»Quatsch!« Liam schüttelt vehement den Kopf. »Nein, ganz im Gegenteil. Sie wollte doch, dass du und ich … Na ja. Nicht unbedingt das hier.« Er macht eine flüchtige Geste in die Richtung unseres völlig zerwühlten Matratzenlagers, bevor er sich die Haare rauft und leise sagt: »Vergiss es. Lassen wir das Thema.« Er sieht mir nur kurz in die Augen, aber der Moment reicht, um mir klarzumachen, dass er mehr will. Nicht mehr Sex. Nicht nur, zumindest. Nein, er will das, was auch seine Tochter will: Dass er und ich ein richtiges Paar werden. Mit allem Drum und Dran.

Aber ich, ich will das nicht.

»Nein, Izzy geht es nicht gut, weil sie in Dads Auto gehört hat, wie der Notruf einging. Sie … sie hat gehört, dass es sich um einen schweren Autounfall mit mindestens einer toten Frau handelt.« Liam holt tief Luft und weicht meinem Blick aus, als er zögernd erklärt: »Dad sagte … er sagte, dass sie angefangen hat zu heulen, weil sie an ihre Mom denken musste. Wegen … des Unfalls.«

Er wendet sich ab, will den Reißverschluss des Zeltes öffnen, aber ich halte ihn am Arm fest. Entschlossen rutsche ich neben ihn, sehe ihm in die Augen und sage mit Nachdruck: »Liam, diese Lügerei muss ein Ende haben. Du musst ihr die Wahrheit sagen! Es geht nicht, dass deine Tochter in Tränen aufgelöst ist, weil sie bei einer Verkehrstoten an ihre Mutter erinnert wird – und dabei ist ihre Mutter verdammt lebendig! Das ist nicht fair, sie …«

»Das reicht!«, unterbricht mich Liam aufgebracht und schüttelt meine Hand von seinem Arm. »Ich brauche deine Erziehungstipps nicht, Polly.«

Die Härte in seiner Stimme lässt mich ein wenig zurückweichen. Verletzt sehe ich ihn an, beharre dann trotzig: »Das hat nichts mit Erziehungstipps zu tun, Liam. Das hat einfach mit dem Recht auf die Wahrheit zu tun.«

»Ja, du siehst ja bei dir selbst, wie gut du mit der Wahrheit umgehen kannst«, fährt mich Liam an, während er den Reißverschluss nach oben zieht. »Bist du etwa glücklich, jetzt, wo du dein Mom kennengelernt und die ganze Wahrheit erfahren hast? Geht es dir besser als vorher?«

»Das mit Izzy ist aber etwas anderes, du belügst sie bewusst!«, fahre ich ihn an, jetzt auch wütend. Liam sieht mich aus funkelnden Augen an und sagt mit bebender Stimme: »Halt dich bitte da raus, Polly. Du wolltest doch eh nur diese Nacht mit mir verbringen. Es kann dir doch egal sein, was aus Izzy und mir wird!«

Die Worte scheinen sich wie ein glühendes Messer in mein Innerstes zu bohren. Ich schnappe nach Luft und sinke zurück auf den Zeltboden, während Liam durch den Eingang nach draußen steigt. Stumm sehe ich zu, wie er in Jeans und Schuhe schlüpft. Dann sagt er kurz angebunden: »Ich muss los.« Als er schon einen Schritt vom Zelt weg gemacht hat, dreht er sich noch einmal um und fügt ernst hinzu: »Es war eine unvergessliche Nacht, Motte. Danke dafür. Mach es gut.«

Wie betäubt bleibe ich im Zelteingang hockend zurück. Eigentlich müsste ich doch erleichtert sein, denke ich. Nachdem sonst immer ich diejenige war, die am »Morgen danach« dem jeweiligen Mann deutlich machen musste, dass er bloß nicht mehr als eine Nacht von mir erwarten sollte, bevor ich abgehauen bin, ist mir diese Aufgabe diesmal erspart geblieben. Diesmal sitze ich allein hier am Rand unseres zerwühlten Lagers, das mich noch sehr lebhaft an die vergangene schlaflose Nacht erinnert, und muss mir keine Ausrede einfallen lassen, warum ich schnell wegmuss. Warum ich heute Abend keine Zeit habe. Und, nein, auch morgen nicht. Überhaupt nicht mehr.

Diesmal ist Liam einfach gegangen. Mit so erschreckend kühlen Worten, dass ich immer noch versuche zu begreifen, was gerade geschehen ist. Besonders die Tatsache, dass mich diese Art seines Abschieds so fertigmacht, nimmt mich mit. Warum lässt es mich nicht kalt, dass er gegangen ist? Er hat sich doch sogar für die Nacht bedankt! Was will ich denn noch? Ich habe ihm ja vorhin selbst gesagt, dass er nicht mehr von mir bekommen wird als diese eine Nacht!

Aber tief in meinem Inneren weiß ich sehr wohl, warum ich mich gerade fühle, als wäre ich plötzlich mutterseelenallein auf dieser Welt (schon wieder dieser passende Ausdruck, wirklich hervorragend, Polly!): Weil ich Liam weitaus mehr in mein Herz geschlossen habe, als ich wahrhaben will. Weitaus mehr, als ich mir selbst eingestehen mag.

Ihn und Izzy.

Dass er meine Meinung, was die Lüge um ihre Mutter angeht, einfach so abtut, nicht hören will, das verletzt mich zutiefst. Gerade ich, die ohne Mutter aufgewachsen bin, muss doch wissen, wie sich das anfühlt!

Wie benommen suche ich meine überall verstreuten Klamotten zusammen, brauche eine Weile, bis ich meinen BH in der hintersten Zeltecke entdecke, und schlüpfe gerade angezogen ins Freie, als ich Liam auf mich zurennen sehe. Alarmiert blicke ich ihm entgegen.

»Hast du Izzy gesehen?«

Schwer atmend bleibt er vor mir stehen, auf seiner Stirn ist eine tiefe, sorgenvolle Furche sichtbar, sein Blick schweift suchend über den Zeltplatz, bevor er wieder an mir hängen bleibt.

»Izzy? Nein, hier war sie nicht«, erwidere ich erstaunt, während ich meine zerwühlten Haare mit einem Haargummi am Hinterkopf zurückfriemele. Himmel, ich brauche dringend eine Dusche! »War sie nicht bei der Rangerstation?«

Liam schüttelt den Kopf und fährt sich mit einer Hand durch sein eigenes, auch immer noch ziemlich zerwühltes Haar. »Als ich eben dort ankam, sagte Jack, mein Kollege, dass sie eine Weile dort gewartet und mit ihm UNO gespielt hätte. Dann kamen neue Camper an, und Jack war beschäftigt. Ihr war langweilig, und sie hat ihm gesagt, sie würde hierherkommen, zu deinem Zelt. Sie wusste ja, wo das steht und dass ich hier sein würde.«

Ratlos sehe ich mich um, als könnte ich Izzy wie durch ein Wunder doch noch auf der Bank des Picknicktisches oder in einem der Klappstühle neben der Feuerstelle oder bei meinem Mietwagen in der Einfahrt entdecken. Aber das Kind ist nirgendwo zu sehen.

»Sie wird sich ja wohl nicht verlaufen haben, oder?«, frage ich besorgt, während mein Blick nun über Unterholz und Büsche schweift. »Meinst du, sie ist zum falschen Zeltplatz gegangen?«

»Nein, niemals, sie kennt den Campingplatz wie ihre Westentasche, so oft, wie sie schon hier war.« Liam schüttelt den Kopf und sieht sich um. »Ich werde die Straße ablaufen, vielleicht ist sie zu dem Toilettenhäuschen gegangen oder …« Er hält inne und starrt auf den Boden. Dann bückt er sich und hebt eine pinkfarbene Haarspange mit Silberglitzer auf.

»Sie war hier. Aber warum …?« Ratlos sieht er sich um, bevor er wieder auf die Stelle im Gras starrt, und dann zum Zelteingang. »Scheiße.«

»Was denn?«

»Sie … sie stand hier und hat bestimmt gehört, was wir im Zelt geredet haben!« Liam sieht mich an, und das Entsetzen lässt seine grünen Augen größer wirken als sonst. Ich brauche zwei Sekunden, bis ich verstehe, was das bedeutet.

Dass Izzy auf diese Art und Weise erfahren hat, dass ihre Mutter noch lebt.

Liam macht ein ersticktes Geräusch, von dem ich nicht sagen kann, ob es ein halbes Schluchzen oder ein unterdrückter Aufschrei ist, dreht sich um und rennt los. »Izzy!«, brüllt er aus Leibeskräften, sodass mit Sicherheit alle anderen Camper erschrocken zusammenzucken. »Izzy!«

Ehe ich weiß, was ich mache, renne ich ebenfalls los, und auch ich schreie, so laut ich kann: »Izzy, wo bist du?«

Ich bin schweißgebadet, als wir nach einer gefühlten Ewigkeit wieder an meinem Zelt ankommen, von der wilden Hoffnung getrieben, dass Izzy inzwischen hier sein könnte. Liam reißt den Zelteingang auf, sieht hinein und dreht sich dann wieder mit hängenden Schultern zu mir um.

»Verdammt!«, ruft er und ringt verzweifelt die Hände. »Wo kann sie denn bloß stecken?«

Izzy ist tatsächlich wie vom Erdboden verschluckt. Als wir den Rundweg über den Campingplatz entlanggerannt sind, haben wir bei jedem einzelnen Zeltplatz gefragt, ob jemand ein kleines Mädchen allein habe herumlaufen sehen. Die einzige hilfreiche Auskunft war die eines älteren Ehepaars, das Izzy tatsächlich zwischen der Einfahrt zum Campground, wo das Ranger-Häuschen ist, und meiner Zeltstatt gesehen hat. Von der Uhrzeit her kommt es leider hin, dass Izzy dann tatsächlich vor unserem Zelt angekommen ist, um unsere Unterhaltung mitzubekommen.

Ansonsten hat niemand sie gesehen.

»Sie wird doch nicht den Campingplatz verlassen haben?«, frage ich voller Sorge, während Liam mit finsterem Gesichtsausdruck auf seinem Handy herumtippt, es dann an sein Ohr hält und an mir vorbei in das Unterholz starrt.

»Ja, Jack, ich bin es. Nein, sie ist nicht hier am Zelt. Bitte gib einen Funkspruch an die Kollegen raus, sie müssen überall im Park die Augen aufhalten. Hier auf dem Campingplatz ist sie nicht mehr.«

Erst als er das Gespräch beendet hat, sieht Liam mich an. Die Verzweiflung in seinen Augen trifft mich zutiefst, aber als ich nach seiner Hand greifen will, zieht er sie heftig zurück.

»Es ist deine Schuld«, stößt er gepresst hervor. »Hättest du es dir verkniffen, schon wieder auf dem Thema rumzureiten, wäre sie nicht abgehauen! Sie hat das noch nie vorher gemacht, verdammt, noch nie!«

»Es tut mir leid ...«

»Dass sie auf diese Art und Weise erfahren musste, dass ihre Mutter ...« Er bricht ab und rauft sich verzweifelt die Haare. »Und jetzt sag mir bloß nicht schon wieder, dass ich es ihr vorher hätte sagen sollen!« Aufgebracht sieht er mich an, bevor er mit ein paar großen Schritten an mir vorbeimarschiert.

»Liam, bitte ... Ich wollte das doch auch nicht! Also, natürlich war ich der Meinung, dass sie die Wahrheit hören sollte, dass du daraus kein Geheimnis machen solltest, aber ...«

Ich stocke und verlangsame, während meine Gedanken beginnen, wie eine Gruppe aufgescheuchter Kaninchen durcheinanderzurasen. Moment, da war doch gerade irgendwo der Beginn eines Geistesblitzes, die Spur einer Erleuchtung, die nur verfolgt werden will ...

»Was?«, fragt Liam unwirsch. Er ist stehen geblieben und sieht mich ungeduldig an. »Wolltest du noch etwas sagen? Falls es ein weiterer Vorwurf ist, weil ich Izzy belogen habe: Spar ihn dir! Wenn du mich bitte entschuldigst? Ich muss los und weiterhin meine Tochter suchen!«

Er wirft mir einen letzten aufgebrachten Blick zu, der die Spur der Erleuchtung in meinem Hirn ausradiert. Ich schlucke und setze mich wieder in Bewegung, laufe schneller und schneller, bis ich fast renne, um mit Liam Schritt zu halten. Verzweifelt greife ich nach seinem Arm, versuche, ihn festzuhalten, aber er ist zu kräftig für mich, und die in ihm tobenden Gefühle – Angst und Sorge um seine Tochter, Wut auf mich – machen ihn vermutlich noch stärker als unter normalen Umständen. Er schüttelt mich einfach ab und geht ungerührt weiter.

»Liam! Ich habe gesagt, dass es mir leidtut! Verdammt, mach das nicht! Bestraf mich nicht dafür, dass sie weg ist! Ich wollte das doch nicht!«

Da bleibt er endlich stehen und dreht sich zu mir um. Dass uns die anderen Camper sehen und hören können, weil wir inzwischen mitten auf der ungeteerten Straße stehen, die in einer Schleife über den Campingplatz führt, interessiert mich nicht weiter. Es ist jetzt egal, wer das hier mitbekommt. Alles, was zählt, sind dieser Mann vor mir – und das Kind, das wir suchen.

Liam starrt mich ernst an, bevor er heiser sagt: »Ich weiß, dass du das nicht wolltest, Polly. Aber ... wenn ihr etwas zugestoßen ist ...« Er holt tief Luft und fährt sich mit beiden Händen über das Gesicht.

»Es ist ihr nichts zugestoßen, ganz bestimmt!«, sage ich verzweifelt, weil ich selbst daran glauben will. »Izzy ist ein kluges und vernünftiges Mädchen, und sie kennt diesen Campground wie andere ihr Kinderzimmer! Sicher ist sie ...«

Da ist er wieder, der Geistesblitz, aber diesmal züngelt er nicht zaghaft im Hintergrund, sondern trifft mich mit voller Wucht. »Natürlich!«, rufe ich und schlage mir mit einer Hand gegen die Stirn. Liam sieht mich fragend an. »Sie ist in ihrem Versteck!«

»Versteck?«, wiederholt er verständnislos. »Was denn für ein Versteck?«

»Sie hat es mir neulich erzählt, bei der Nachtwanderung, als wir auf dem Felsplateau gelegen und in die Sterne hochgeschaut haben«, erzähle ich eilig, während mein Herz vor Aufregung gegen meinen Brustkorb hämmert. »Sie hat gesagt, dass es ihr großes Geheimnis ist, dass nur ihre Mom und sie davon wissen.« Liam zuckt bei der Erwähnung seiner Ex merklich zusammen. »Sie redet dort mit ihr, hat sie gesagt, und dass ich niemandem davon erzählen darf – auch dir nicht.« Betreten sehe ich Liam an und erkenne in seinem Blick, dass er mir jetzt gern den Marsch blasen würde und es nur deshalb nicht tut, weil die Zeit drängt.

»Und, wo ist dieser geheime Ort?«, fragt er ungeduldig und stemmt die Hände in die Hüften, während er auf den Fersen vor und zurück wippt, als wüsste er nicht, wohin mit dem ganzen Adrenalin.

»Warte … sie hat es nicht so genau gesagt …«, murmele ich und krame angestrengt in meiner Erinnerung, ignoriere Liams verzweifeltes Stöhnen. »Eine Höhle, sie hat von einer Höhle gesprochen … In den Klippen … Ganz in der Nähe von der Stelle, wo wir uns die Sterne angesehen haben … Und … Ja, genau, in diese Höhle kann man bei Ebbe hineinklettern!«

Alarmiert lässt Liam die Arme sinken und starrt mich fassungslos an. »Eine Höhle in den Klippen? Nur bei Ebbe erreichbar? Und diese Info hast du mir allen Ernstes vorenthalten – weil eine Achtjährige, die dort mit ihrer toten Mutter spricht, dich darum gebeten hat?«

»Ich … es tut mir leid, Liam …«, stoße ich reuevoll hervor und merke, dass ich mich zum x-ten Mal wiederhole. »Ich dachte, dass Izzy bloß glaubt, dass du es nicht weißt! Wieso sollte sie allein zu so einer Höhle gehen können, ohne dass du das mitbekommst?«

»Weil … verdammt, vermutlich ist sie dort unerlaubterweise hingegangen, während ich mit den Campern beschäftigt war und dachte, sie würde hier auf dem Campground spielen wie abgemacht! Ich hatte ihr strikt verboten, allein zu den Klippen zu gehen! Sie …« Liam hält inne, wirft einen Blick auf seine Armbanduhr und stöhnt auf. »Verdammt!«

»Was denn?«, hake ich ängstlich nach, und als er schon wieder mit langen Schritten losläuft, renne ich besorgt hinterher. »Liam, sprich mit mir!«

»Ach, so, wie du mit mir gesprochen hast?«, fragt er und wirft mir über seine Schulter einen zornigen Blick zu. »Es ist nach elf, Polly!«

»Ja … und?«, hake ich nach und ringe nach Luft, während das übliche Seitenstechen beginnt, wie immer, wenn ich versuche zu joggen. Deshalb tue ich es nie, was sich jetzt leider deutlich bemerkbar macht. Wir erreichen die Stelle, wo der Pfad zu den Klippen beginnt, und so folge ich Liam schwer atmend durch Unterholz, Blaubeerbüsche und Kiefernstämme, immer noch auf eine Erklärung wartend. Erst als sich die Bäume lichten und den Blick auf den Atlantik freigeben, bleibt Liam ganz kurz stehen und wartet, bis ich aufgeholt habe. Sobald ich ihn erreiche und seine schneidenden Worte höre, vergesse ich mein Seitenstechen und starre ihn erschrocken an: »Momentan ist hier mittags Hochwasser. Wenn Izzy also vorhin noch in die Höhle hineingekommen sein sollte, kommt sie womöglich inzwischen nicht mehr raus, denn das Wasser steigt schnell!«

Kapitel 29

Panik kriecht in meine Knochen. Ich schirme meine Augen gegen die Sonne ab und sehe mich auf dem Felsplateau um, wo einige Touristen sitzen oder herumlaufen, Selfies von sich vor dem blau schimmernden Atlantik machen.

»Izzy!«, schreie ich aus Leibeskräften, und eine junge Frau in unserer Nähe lässt vor Schreck fast ihren Selfiestick fallen. »Izzyyyyy!«

»Vergiss es, die Brandung ist viel zu laut, sie hört uns nicht«, murmelt Liam, aber auch er brüllt laut »Izzy, wo bist du?«, während er auf den Rand der Klippen zu rennt.

»Hier haben wir bei der Nachtwanderung gelegen«, sagt er schwer atmend zu mir, als ich ihm folge. »Sie hat gesagt, dass die Höhle in der Nähe ist?«

»Ja!«, versichere ich, während mir vor Angst das Herz bis zum Halse schlägt. Ein paar Touristen kommen besorgt näher, und während Liam an der Kante der Klippen auf und ab läuft, frage ich die Leute rasch, ob sie ein blondes Mädchen gesehen haben. Alle schütteln ihre Köpfe, haken sorgenvoll nach, wie lange Izzy schon weg ist und was sie für Klamotten getragen hat.

»Das wissen wir gar nicht«, sage ich und sehe Liam an, der gerade wieder auf unser Grüppchen zukommt. Die Sorgenfalten scheinen sich immer tiefer in sein Gesicht zu graben.

»Verdammt, ich finde nirgendwo eine Stelle, wo Izzy nach

unten in eine Höhle geklettert sein könnte!«, sagt er und rauft sich die Haare. »Die Felsen sind überall viel zu steil und glatt!«

»Wir müssen deine Eltern fragen, was sie heute Morgen für Klamotten anhatte, damit die Leute sich vielleicht an sie erinnern«, sage ich, aber Liam winkt ab.

»Damit verlieren wir doch nur Zeit«, widerspricht er und eilt schon wieder weiter, als ich eine Idee habe.

»Wer von Ihnen war schon vor ungefähr einer Stunde hier und hat Fotos gemacht?«, frage ich aufgeregt und sehe die Touristen der Reihe nach an. Eine Spanierin und ihr Mann schütteln den Kopf, aber ein japanisches Pärchen nickt eifrig. Der Mann hält mir bereitwillig seine Kamera entgegen, und ich klicke mich rasch durch die Bilder. Es sind viele Fotos von seiner Frau vor traumhaft schöner Landschaft, fast nie sind andere Menschen zu sehen – bis ich an einem Bild hängen bleibe.

»Können Sie das vergrößern?«, frage ich aufgeregt, und der Japaner drückt eine Taste und zoomt das Foto heran.

»Das ist sie!«, rufe ich erleichtert und deute auf das Kind im Hintergrund, das ich nur deshalb entdeckt habe, weil das hellblonde Haar vor den grauen Felsen schimmert. »Liam!«, schreie ich und winke ihm zu. »Wir müssen in die andere Richtung! Komm mit!«

Ich gebe dem Japaner die Kamera zurück und bedanke mich überschwänglich, bevor ich losrenne, Liam auf den Fersen. »Wohin willst du?«, fragt er, und ich antworte keuchend: »Auf dem Foto des Touristen hat man sie am Bildrand gesehen. Sie war dort vorne, bei den Kiefern, am Rande des Plateaus. Da muss die Höhle sein!«

Wir erreichen die Stelle, wo ich Izzy erspäht habe, und halten nach Luft ringend inne, während wir unseren Blick über die Kiefern am Rande der steil abfallenden Klippen schweifen lassen.

»Wenn sie gesagt hat, dass man nur bei Ebbe hineinkommt, dann muss es weiter unten sein!«, sagt Liam und geht vorsichtig auf den Rand der Klippen zu. Unter ihm donnert die Brandung an die Felsen, und ich stoße ein besorgtes »Pass auf!« hervor.

Liam sieht mich flüchtig an, und ich weiß, was er denkt: Wie um alles in der Welt hat Izzy es geschafft, hier in eine Höhle zu klettern, ohne sich den Hals zu brechen?

Besorgt folge ich Liam, und gemeinsam starren wir über die steil abfallenden Felsen hinab. Zum Glück ist nirgendwo der leblose Körper eines blonden Mädchens zu sehen, was mir ein winziges bisschen Hoffnung gibt.

»Da, über die Felsen kann man hinabklettern!«, ruft Liam plötzlich und deutet auf eine Stelle etwas weiter rechts von uns. Tatsächlich, jetzt erkenne auch ich die natürliche Treppe aus Felsblöcken, über die man sich entlang der Klippen hinabarbeiten kann. Nicht zu fassen, dass Izzy das allein bewerkstelligt haben soll, denke ich ungläubig, als ich Liam langsam über die sonnenwarmen Steine folge.

»Izzy!«, brüllt Liam, doch nur die donnernde Brandung ist die Antwort. »Izzy!«

»Hast du das gehört?«, frage ich aufgeregt, und auch Liam hat angehalten und lauscht mit offenem Mund. Da ist es wieder: Zwischen zwei gegen die Felsen krachenden Wellen hört man schwach: »Daddy! Ich bin hiiiieeer!«

»Das kommt von da vorn!«, ruft Liam aufgeregt, und ich spüre förmlich das Adrenalin durch seinen Körper pumpen, als er in Windeseile weiter über unebene Felsblöcke hinabspringt, dicht gefolgt von mir. Der Atlantik kommt näher und näher, die Felsen um uns herum sehen nun dunkler aus, was mir sagt, dass sie sich regelmäßig unterhalb der Meeresoberfläche befinden, wenn Flut ist.

»Izzy!«, schreit Liam, und ein jetzt lauteres »Daddy!« ist die Antwort.

»Das kam von da«, sage ich und deute auf eine schmale Öffnung zwischen zwei Felsblöcken, dicht über der Wasserlinie. Weißer Schaum treibt auf dem Meereswasser, das mit jeder anrollenden Welle gegen die Felsen geschlagen wird.

»Ach du Schande, sag mir nicht, dass das die Öffnung zur Höhle ist!«, stößt Liam fassungslos hervor und eilt auf den schmalen Spalt zu. Ich folge ihm, und wir müssen ins Wasser steigen. Bis zu den Oberschenkeln umspülen uns eiskalte Wogen, als wir uns dicht an die glitschige Felswand drängen und durch den Spalt spähen. Zum Glück fällt aus diversen anderen Lücken zwischen den Felsen Sonnenlicht in die Höhle, die nicht groß ist und wo Izzy auf einem Felsvorsprung kauert, bis zu den Hüften im Wasser.

»Izzy!«, schreit Liam und versucht, sich durch den Spalt zu zwängen.

»Daddy!« Ich höre sofort, dass Izzy vor Erleichterung heult und breche ebenfalls in Tränen aus.

Aber noch haben wir sie nicht bei uns.

»Ich passe nicht durch«, ächzt Liam und sieht mich an. »Bitte versuch du es, du bist kleiner und schmaler als ich.«

Entsetzt starre ich erst Liam an, dann den schmalen Eingang zu Izzys geheimer Höhle. Verdammt!

»Daddy!«, schreit Izzy verzweifelt.

»Ich komme, Izzy!«, rufe ich so zuversichtlich wie möglich, und ehe ich begreife, was ich da tue, zwänge ich mich schon mit dem Kopf zuerst durch den schmalen Spalt. Wenn ich jetzt stecken bleibe, ertrinke ich, wenn das Meer höher steigt, fährt es mir flüchtig durch den Kopf, aber ich verdränge diesen Gedanken und versuche, mich voll und ganz auf das ängstliche Kind zu konzentrieren, das auf mich wartet. Als ich mich durch den

Spalt schiebe, verliere ich das Gleichgewicht, rutsche auf dem glitschigen Untergrund aus und plumpse ins eiskalte Meerwasser, das den unteren Teil der Höhle wie einen dunklen Pool füllt. Ich trete um mich, stoße mit meinen Füßen gegen scharfe Felskanten, haue mir schmerzhaft die Zehen in meinen Sneakern an.

»Polly!«, schreit Izzy schluchzend.

»Ist alles okay?«, höre ich Liams besorgte Stimme von draußen.

»Alles okay!«, rufe ich und huste, als ich Salzwasser schlucke. Izzy ist näher an den Rand des Felsvorsprungs herangerutscht, auf dem sie sitzt.

»Na los, Süße«, sage ich und halte mich an einem weiteren Vorsprung fest. »Du musst hier ins tiefe Wasser kommen, damit wir zur Öffnung hinüberschwimmen können.«

»Ja«, kommt Izzys piepsende Antwort, und mir wird klar, dass sie sich einfach nicht getraut hat, ganz allein in das dunkle Wasser zu steigen. Denn schwimmen kann sie gut, das merke ich, als sie nun neben mir ins Wasser plumpst und mit eiligen Zügen zur anderen Seite schwimmt. Dort erkennen wir Liams Hand, die durch die schmale Öffnung reicht und winkt.

»Daddy!«

Ich schiebe Izzy mit aller Kraft nach oben, sodass sie es leichter schafft, über die glitschigen Felsen zu klettern, bis sie die Öffnung erreicht und sich wie ein nasser Otter blitzschnell hindurchzwängt. Ich höre Liams erleichterte Stimme, höre Izzy heulen und heule aus Solidarität schon wieder mit, während ich mich mühsam aus dem dunklen Meerespool hinauf auf die Felsen ziehe und mich erneut durch den engen Spalt schiebe.

Das Sonnenlicht fällt mir gleißend ins Gesicht und lässt mich blinzeln. Erst jetzt merke ich, dass ich am ganzen Körper schlottere, dem eiskalten Atlantik sei Dank.

»Ist alles okay?« Liam beugt sich zu mir, sieht mich besorgt an, während Izzy wie ein Klammeräffchen an ihm hängt und in sein Hemd heult.

»Alles okay«, stoße ich bibbernd hervor und schlinge meine Arme um meinen nassen Oberkörper.

»Ich danke dir, Polly«, sagt er mit rauer Stimme, und als ich Liam ansehe, merke ich zu meiner Erleichterung, dass nicht mehr blanke Wut in seinen Augen funkelt, sondern ein ganzer Gefühlscocktail, bei dem die Erleichterung aber eindeutig den größten Anteil hat.

»War doch selbstverständlich«, murmele ich und betrachte besorgt das heulende, schlotternde Kind auf seinem Arm.

»Komm«, sagt Liam leise. »Ihr beide müsst euch schnell etwas Trockenes anziehen.«

Wie betäubt folge ich Liam über die Treppe aus Felsbrocken zurück nach oben, wo uns eine aufgeregte Traube aus Touristen erwartet. Wir haben noch nicht ganz das Plateau erreicht, als eine Rangerin auf uns zugerannt kommt.

Es ist meine Mutter.

»Polly! Liam! Geht es Izzy gut?«

»Ja, Eve, es geht ihr gut«, höre ich Liam sagen, während ich nur schweigend und bibbernd hinterherstapfe, den Blick auf meine Füße gerichtet. Der Tag war so schon aufwühlend genug. Muss jetzt auch noch meine Mutter hier auftauchen?

»Mir geht es nicht gut, Daddy!«, bricht es da aus Izzy heraus, und als ich hochschaue, sehe ich, dass sie ihr Gesicht nicht länger in Liams Hemd vergräbt, sondern ihn aufgebracht anstarrt. Liam ist stehen geblieben, er hält seine Tochter mit beiden Armen fest umschlungen, während sie nach wie vor wie ein Äffchen an ihm hängt, die Beine um seine Hüften geknotet. Doch jetzt lehnt sie sich weiter nach hinten, sieht ihren Vater aus einigen Zentimetern Entfernung an, während sich aufgeregte Schluchzer aus ihrer Brust ringen.

»Stimmt es, was Polly gesagt hat? Im Zelt? Dass … dass du gelogen hast? Dass … dass Mom gar nicht tot ist?«

Mein Herz bricht bei jedem ihrer Worte ein wenig mehr. Ich merke genau, dass Izzy nicht weiß, was sie mehr hoffen soll: Dass ihre Mom tatsächlich lebt – oder dass ihr Vater doch die Wahrheit gesagt hat, dass sie sich verhört hat, dass sie nicht jahrelang angelogen worden ist. Und einen bangen Augenblick lang fürchte ich, dass Liam ihr tatsächlich Letzteres versichern wird: Dass er seine kleine Prinzessin weiterhin in dem Glauben lassen wird, dass ihre Mutter einen tödlichen Autounfall hatte. Um ihr zu ersparen, die Wahrheit zu erfahren … dass Claire ihre Tochter nämlich einfach nicht mehr in ihrem Leben haben wollte. Mein Blick flackert flüchtig zu Eve, die mit weit aufgerissenen Augen die Szene verfolgt. Zu meiner Erleichterung haben die anderen Touristen begriffen, dass hier keine Zuschauer erwünscht sind, und entfernen sich diskret.

Liam schluckt schwer, und dann antwortet er langsam, als koste ihn jedes einzelne Wort eine furchtbare Überwindung: »Es stimmt, was du gehört hast, mein Schatz. Deine Mom ist damals nicht gestorben, als du ein Baby warst. Sie … sie hat dich und mich verlassen und ist weit weggezogen. Und darum … darum war es für mich tatsächlich so, als sei sie gestorben.« Er sieht seine Tochter mühsam beherrscht an, ich merke genau, wie nah er den Tränen ist. Seine Kiefermuskulatur arbeitet, und sein Brustkorb hebt und senkt sich angestrengt, als wäre er gerade einen Marathon gerannt. Izzy starrt ihn aus weit aufgerissenen Augen an. Das Kind tut mir so unendlich leid. In diesem Moment bricht Izzys ganze Welt in sich zusammen. Alles, woran sie bisher geglaubt hat, wird infrage gestellt. Ich fühle so sehr mit ihr, dass ich Mühe habe, nicht selbst schon wieder loszuheulen.

»Du hast mich angelogen!«, bricht es fassungslos aus Izzy heraus. »Du sagst immer, dass man niemals lügen darf, aber du hast mich angelogen, Daddy!«

»Ja«, sagt Liam mit rauer Stimme, die all seine Verzweiflung widerspiegelt. »Aber ... das war eine Notlüge, Prinzessin.«

»Eine Notlüge? Was ist das?«

»Ich ... ich wollte dich schützen, mein Engel. Ich wollte nicht, dass du traurig bist, weil deine Mom ... weil sie weggegangen ist. Ich dachte, es wäre leichter für dich, wenn du glaubst, dass sie gestorben ist.«

Es ist völlig offensichtlich, dass Liam sich in diesem Moment selbst fragt, wie er diese Logik seinem Kind begreiflich machen soll. Er seufzt schwer und stellt Izzy vorsichtig auf ihre Füße. Sie bleibt dicht vor ihm stehen und starrt mit gefurchter Stirn zu ihm hinauf.

»Das verstehe ich nicht!«, sagt sie vorwurfsvoll. »Ich verstehe nicht, warum du mich angelogen hast!«

»Nein«, murmelt Liam und hebt hilflos die Arme, lässt sie wieder sinken. »Ich verstehe es auch nicht mehr. Weißt du, selbst Erwachsene machen Fehler. Und ich habe damals, als du kleiner warst, den richtigen Zeitpunkt verpasst, um dir die Wahrheit zu sagen. Ich war feige, Izzy. Ich hätte es dir früher sagen müssen.«

»Du hast mich angelogen«, wiederholt das Kind und klingt so ungläubig, dass es mir das Herz zerreißt.

»Ja«, murmelt Liam und geht in die Hocke, fasst nach Izzys Händen, drückt sie fest. »Und das tut mir unendlich leid, Schatz. Das soll man nicht tun, und ich verspreche dir hiermit feierlich, dass ich es nicht mehr machen werde. Und du, du lügst mich bitte auch nicht an, ja? Und vor allem: Du solltest bitte keine so großen Geheimnisse vor mir haben! Eine Höhle in den Klippen, in die man nur bei Ebbe durch einen schmalen

Spalt hineinkommt? Bist du eigentlich wahnsinnig geworden? Wie hast du die Höhle überhaupt gefunden?«

»Beim Spielen«, sagt Izzy und schiebt trotzig ihre Unterlippe vor. »Wenn du gearbeitet hast und ich hier über den Campingplatz gelaufen bin. Mir war langweilig, Dad! Und ... ich wollte nah an der Stelle sein, wo Moms Asche ins Meer gestreut wurde. Das war doch hier, hast du immer gesagt!«

»Ja, aber ... wir hatten doch ausgemacht, dass du nicht allein hier auf das Plateau hinausgehst, Izzy! Du hast dich nicht an unsere Abmachung gehalten!«

»Und du hast mir nicht gesagt, dass meine Mom lebt!«, schreit Izzy und wird dabei so laut, dass sich die Touristen, die sich schon ein ganzes Stück von uns entfernt haben, erschrocken zu uns umdrehen.

Liam vergräbt sein Gesicht in seinen Händen und atmet tief durch. Einen Moment lang fürchte ich, dass er in Tränen ausbricht, aber als er wieder hochsieht, stelle ich zu meiner Erleichterung fest, dass er gefasst wirkt.

»Kommt mit, ihr müsst euch dringend umziehen, ihr zwei«, murmelt er und steht auf, wirft mir einen flüchtigen Blick zu. Er macht einen Schritt, aber Izzy bleibt mit verschränkten Armen stehen. »Ich will meine Mom kennenlernen!«

Liam hält inne und sieht mich an. Auf seinem Gesicht spielt sich so viel ab: Angst und Scham, unterdrückte Wut und Reue, Erleichterung und tiefe Liebe für seine Tochter. Und eine Hilflosigkeit, die mich schier zerreißt.

»Wir müssen sehen, mein Schatz«, sagt er langsam und bedächtig. »Weißt du, ich habe sehr lange keinen Kontakt zu deiner Mutter gehabt, ich weiß überhaupt nicht, wo sie genau ...«

»Aber Daddy, wir können sie googeln!«, ruft Izzy und wirkt mit einem Mal gar nicht mehr bockig und wütend, sondern geradezu euphorisch. Sie sieht ihren Vater aus aufgeregt glänzenden Augen an. Liam bemüht sich sichtlich, bei diesem Vorschlag nicht laut aufzuschreien, das merke ich genau. Er nickt angestrengt und murmelt etwas Unverständliches. Izzys Blick wandert zu mir, und dann zu Eve, die die ganze Szene bewegt verfolgt hat.

»So wie bei Polly und Jette und Eve!«, ruft Izzy nun und strahlt erst mich, dann meine Mutter glücklich an. »Jette und du, ihr habt doch auch eure Mom über das Internet gefunden! Und jetzt seid ihr wieder eine Familie!«

Betreten starre ich auf den Boden und wage es nicht, meine Mutter anzusehen. Ich höre Liam leise aufstöhnen, während Izzy in die Hände klatscht.

»Ja, ich werde meine Mom kennenlernen! Juhuuu!«

Sie macht eine kleine Pirouette und stürmt los, über das sonnenbeschienene Felsplateau, auf den Waldrand zu. Dass ihr Vater von dieser Idee überhaupt nicht angetan zu sein scheint, ignoriert Izzy. Oder ist dies ihre Art, Liam für seine jahrelange Lüge zu bestrafen? Ich kann es nicht sagen. Alles, was ich weiß, ist, dass mich der hoffnungslose Ausdruck in Liams Augen beinahe zum Heulen bringt. Dass ich vor Kälte fast sterbe und so sehr schlottere, dass ich kaum den anderen zum Waldrand und bis zu meinem Zelt folgen kann, wo trockene Klamotten auf mich warten.

Und dass ich nur noch wegwill.

»Hey, Polly!«

Verdammt. Ich hatte wirklich gehofft, still und heimlich mit dem Auto vom Campingplatz verschwinden zu können. Aber als eine mir wohlbekannte Rangerin aus dem kleinen Holzhäuschen am Eingang zum Park kommt, weiß ich, dass dem nicht so ist.

»Du … du reist aber nicht ab, oder?« Eve Moore tritt neben die Fahrertür und sieht mich durch das hinabgelassene Wagenfenster fragend an.

Ich seufze tief auf und weiche ihrem Blick aus, starre auf meine Hände, die das Lenkrad umklammert halten.

»Doch«, sage ich mit fester Stimme. »Doch, das tue ich.«

»Aber … warum denn so überstürzt? Jette ist doch noch auf Blueberry Island! Und … hast du dich von Liam verabschiedet?«

Liam, denke ich, und die Bilder der letzten Nacht im Zelt brechen wie ein Tsunami über mich herein. Ich glaube wieder, seine warmen Hände auf meinem Körper zu spüren, der sich auch jetzt, zwei Stunden nach meinem unfreiwilligen Bad im Atlantik, noch unangenehm kalt anfühlt. Selbst die trockenen Anziehsachen konnten mich nicht richtig aufwärmen. Ich hätte mir wirklich die Zeit für eine heiße Dusche im Laden am Eingang zum Campground nehmen sollen, aber ich wollte nur packen und fort von hier.

Mit harter Stimme sage ich zu meiner Mutter: »Es ist meine Entscheidung, dass ich abreisen will. Jettes Sachen sind noch im Zelt, sie kann bleiben, wenn sie möchte. Oder gleich zu Owen auf die Insel ziehen, sie ist ja ohnehin die ganze Zeit dort. Ob ich nun hier bin oder nicht, interessiert meine Schwester nicht. Wenn sie zum Flughafen möchte, kann Owen sie fahren. Oder sie nimmt sich einen neuen Mietwagen. Jette findet schon eine Lösung, sie ist ein großes Mädchen.«

»Mag sein, dass Jette zurechtkommt«, sagt Eve ruhig. »Und dass sie momentan viel Zeit mit Owen verbringt, weil sie frisch verliebt ist. Aber trotzdem wird sie sehr traurig sein, dass du einfach so abreist, ohne dich zu verabschieden.«

Ich schnaube auf. »Ach was«, murmele ich. »Glaub mir, Eve, ich kenne deine Tochter besser als du.« Meine Stimme trieft vor Sarkasmus, und das tut mir auf sadistische Weise gut.

»Und ich bin auch traurig«, sagt meine Mutter nun leise und legt ihre Hand auf den Fensterrahmen, wo das heruntergelassene Glas einen Zentimeter weit herausschaut. »Ich bin sogar sehr traurig, Polly. Es gibt noch so viel, was ich dir sagen möchte. So viel, was ich von dir erfahren möchte. Bitte, mach das nicht. Bleib noch ein paar Tage. Bitte.«

Energisch schlucke ich gegen den Knoten an, der meinen Hals zuzuschnüren droht. Ich kann das nicht. Hierbleiben. Reden. Meine Mutter kennenlernen, nach all diesen verfluchten Jahren. Verzeihen. Einfach so.

Aber nicht nur wegen ihr muss ich fort, sondern auch wegen IHM. Wegen Liam. Und Izzy. Als wir panisch nach dem Kind gesucht haben und sich in meinen Gedanken schon die schlimmsten Horrorszenarien abgespielt haben, ist mir eines klar geworden: Ich habe die Kleine in mein Herz geschlossen. In mein Herz, das eigentlich verrammelt und verriegelt ist. Aber, was noch schlimmer ist: Ihr Dad hat sich auch schon längst hineingedrängt. Die letzte Nacht im Zelt, das war nicht nur Sex. Das habe ich begriffen, als mich Liam heute Morgen stehen gelassen hat mit den Worten, dass ich doch froh sein müsste, ihn los zu sein, weil ich doch sowieso nur eine Nacht mit ihm wollte. Schlagartig ist mir in dem Moment klar geworden, dass ich so viel mehr von ihm will als lediglich eine Nacht.

Aber das kann nicht sein. Das würde niemals gut gehen! Ich mache mir doch immer alles selbst kaputt – und so würde ich meine Beziehung zu Liam ebenfalls kaputt machen. Und dann würde ich nicht nur sein Herz brechen, sondern auch Izzys.

Nein. Es ist für alle Beteiligten besser, wenn ich so schnell wie möglich abreise.

»Du hast doch noch eine Tochter, die du näher kennenlernen kannst«, gebe ich gepresst zurück und beginne, das Fenster hochzufahren.

»Bitte, Polly, gib mir eine Chance!«, fleht meine Mutter, und ich höre die Tränen in ihrer Stimme. Aber ich sehe sie nicht mehr an.

Es gibt nun einmal nicht immer eine zweite Chance im Leben, denke ich, während meine wild durcheinandertobenden Gefühle langsam von der wohlbekannten Kälte eingehüllt werden, die mich wie eine alte Bekannte begrüßt.

Ich gebe Gas und schaue nicht mehr in den Rückspiegel.

Kapitel 30

An einem kühlen Spätnachmittag im Oktober gehe ich zum Mülleimer im Hinterhof meines Wohnhauses in Stuttgart. Die Abendluft füllt meine Lunge zwar auf angenehme Weise, aber als mir der Geruch nach Diesel in die Nase steigt, der vom üblichen Feierabendstau über die Hausdächer zu mir in den Hinterhof getragen wird, werde ich mal wieder auf schmerzhafte Weise daran erinnert, dass ich längst nicht mehr am Atlantik bin.

Nein, ich bin wieder ganz in meinem alten Leben in Deutschland angekommen. Manchmal, wenn sich mein Alltag wie eh und je planmäßig und unaufgeregt zwischen meinen Übersetzungsdeadlines, dem Einkauf im Supermarkt, meinem wöchentlichen Gin Tonic mit Tine und Anja in der Wunder Bar und vielleicht mal einem Zahnarzttermin oder Friseurbesuch abspielt, denke ich, dass die wenigen, aufwühlenden Tage in Maine ein Traum waren. Dass all das gar nicht wirklich passiert ist: das Campingabenteuer mit meiner Schwester. Die Begegnung mit unserer Mutter und mit Benjamin Moore auf Blueberry Island. Jettes neueste große Liebe in Gestalt eines Hummerfischers.

Meine wunderbare Zeit mit Liam. Und mit Izzy.

Beim letzten Gin Tonic hätte ich Anja und Tine fast von Liam erzählt. Aber ich habe es dann doch nicht getan. Dass Jette und ich in Bar Harbor tatsächlich unsere Mutter gefunden haben, das wissen sie. Aber dass ich nachts immer noch von einem gewissen Ranger mit grünen Augen träume (und leider sogar viel zu oft tagsüber), das wissen sie nicht. Und das soll auch so bleiben, denn sonst fangen die beiden nur wieder davon an, dass ich zu einsam bin und endlich der Liebe eine Chance geben sollte. Bei meinen Freundinnen läuft es gerade wirklich rund – Tine hat tatsächlich den heiß ersehnten Antrag von ihrem Liebsten bekommen, und Anjas Schwangerschaftstest war endlich positiv. Aber das Glück der beiden bedeutet noch lange nicht, dass ich bereit für eine Beziehung wäre.

Ich überlege ernsthaft, mir eine Katze anzuschaffen.

Und ich hoffe darauf, dass die verdammten Träume von Liam bald aufhören. Dass ich mich wieder voll und ganz auf mein normales Leben ohne Herzschmerz einlassen kann, dass ich aufhöre, an das zu denken, was in Maine war. Denn das war nicht die Realität. Diese eine Nacht mit Liam, die war zu schön, um wahr zu sein. Mir ist klar, dass ich sie wohl niemals völlig vergessen werde. Aber ich werde irgendwann hoffentlich akzeptieren können, dass es nicht sein sollte. Dass es gut ist, wieder allein in meiner Stuttgarter Wohnung zu sein und mein Leben und mein Herz unter Kontrolle zu haben. Das ist es doch, was ich immer wollte.

Aber leider muss ich mich daran immer häufiger energisch erinnern, wenn sich meine Wohnung mal wieder unangenehm leer und einsam anfühlt. Merkwürdigerweise kam sie mir nie so leer und einsam vor, bevor ich auf die verrückteste Reise meines Lebens gegangen bin. Ich hätte damals wirklich Nein sagen sollen, als Jette mich gefragt hat, ob ich mit nach Maine komme!

Wie immer, wenn sich meine Gedanken versehentlich nach Bar Harbor verirren, konzentriere ich mich auch jetzt entschlossen auf ein anderes Thema – da kommt es mir nur gelegen, dass mir, sobald ich meinen Briefkasten öffne, ein paar Rechnungen entgegenpurzeln. Nichts lenkt so gut von nagender Sehnsucht im Herzen ab wie Rechnungen! Doch als ich all die Treppenstufen bis in meine Dachgeschosswohnung nach oben keuche und mit meinen Gedanken schon beim abendlichen Fernsehprogramm bin (Krimi oder Ärzteserie?), fällt mein Blick auf den Umschlag, der sich zwischen den Briefen meiner Bank und meines Telefonanbieters getarnt hatte. Als ich die Handschrift sehe, stutze ich. Wer schreibt denn heutzutage noch einen echten Brief? Da erst springt mir der Absender ins Auge: Liam Malone.

Der Briefumschlag rutscht mir aus der Hand und fällt zwischen den Streben des Treppengeländers hindurch ein Stockwerk tiefer. Wie erstarrt bleibe ich stehen und sehe mit hämmerndem Herzen über das Geländer nach unten. Der weiße Umschlag liegt unschuldig auf der Fußmatte von Frau Stöffler, die mich immer sehr streng an die Kehrwoche erinnert, wenn ich mal wieder zu sehr ins Übersetzen und zu wenig in den Putzplan vertieft bin. Natürlich öffnet sich genau in diesem Augenblick die Wohnungstür meiner Nachbarin, und Frau Stöffler kommt heraus. Misstrauisch beäugt sie den Umschlag, als hätte der dicke Herr Müller aus dem dritten Stock, der diese Woche mit Treppenhausputzen dran ist, vergessen ihn wegzukehren.

»Warten Sie, das ist meiner!«, rufe ich matt und beginne, die Treppe wieder hinabzusteigen. Warum meine Knie auf einmal weich wie Pudding sind, kann ich selbst nicht sagen.

»Oh, aus Amerika!«, ruft Frau Stöffler hörbar beeindruckt. Natürlich hat sie den Umschlag schon aufgehoben und beäugt ihn eingehend. Fehlt nur noch, dass sie ihn für mich öffnet und mir den Brief vorliest.

Ein Brief von Liam! Dass mein Herz wie ein Presslufthammer gegen meinen Brustkorb schlägt, ärgert mich irgendwie. Es gibt da doch wirklich nichts zu hämmern!

»Wer ist denn das, dieser … Liam …?« Frau Stöffler kommt nicht mehr dazu, den Nachnamen vorzulesen, weil ich neben ihr angekommen bin und den Umschlag resolut an mich nehme.

»Vielen Dank«, sage ich und setze ein betont freundliches Lächeln auf. »Einen schönen Abend noch, Frau Stöffler!«

»Haben Sie einen Verehrer in Amerika, Fräulein Reinhardt?«, verfolgt mich die Stimme meiner Nachbarin die Treppe hinauf. »Wissen Sie, ich habe erst neulich mit Frau Bohrmeyer aus dem Erdgeschoss darüber gesprochen, dass Sie viel zu allein sind, da oben unterm Dach! So ein hübsches junges Ding wie Sie!«

»Danke, Frau Stöffler! Gute Nacht!«

So schnell wie heute bin ich selten die letzten Treppen bis ins Dachgeschoss gelaufen. Schweißgebadet komme ich in meiner Wohnung an, schlage die Tür hinter mir zu und setze mich erst einmal im Flur auf den Fußboden. Nach Luft ringend lege ich die Rechnungen neben mich und betrachte dann eingehend den Briefumschlag aus Maine. Nachdem ich eine ganze Weile Liams Handschrift studiert habe, überwinde ich mich endlich und öffne den Umschlag. Warum meine Hände dabei leicht zittern, kann ich selbst nicht sagen.

Bar Harbor, 10. Oktober 2020

Hallo Motte,

ich versuche, mir vorzustellen, wie deine Umgebung aussieht, in der du jetzt meinen Brief liest, aber ich habe leider absolut keine Vorstellung davon, wie dein Leben in Stuttgart ist. Alles, was ich von dir weiß, ist, dass du Liam, den Laptop, zum Übersetzen deiner interessanten Romanprojekte und der Gebrauchsanleitungen, nutzt. Das war es eigentlich auch schon. Seit du weg bist, habe ich oft über dich und dein Leben in Deutschland nachgedacht. Mehr als mir lieb ist, um ehrlich zu sein. An manchen Tagen habe ich den Eindruck, dass ich an kaum etwas anderes – beziehungsweise jemand anderen – denken kann als an dich. Seit du fort bist, habe ich versucht, dich zu vergessen. Nicht, weil die Erinnerung an dich so negativ wäre. Okay, deinen letzten Tag hier, als wir Izzy gesucht haben, den würde ich tatsächlich gern vergessen. Die Ängste, die ich um meine Kleine ausgestanden habe. Die Art und Weise, wie sie von der Existenz ihrer Mutter erfahren musste.

Aber ganz abgesehen von diesen aufreibenden Stunden habe ich wirklich gute Erinnerungen an dich, Motte, so sehr du mein Leben in deinen wenigen Tagen in Bar Harbor auch durcheinandergewirbelt hast.

Aber ganz genau da liegt mein Problem: Es tut mir weh, mich auf diese vielen schönen Erinnerungen einzulassen, weil sie nun einmal nur das sind. Erinnerungen. Darum habe ich mich in den Wochen seit deiner Abreise wirklich bemüht, dich zu vergessen. Ich habe versucht, nicht mehr an dich zu denken. Leider vergeblich.

Ich weiß, Motte, dass du keine Beziehung haben möchtest. Ich weiß, dass du dein Leben in Stuttgart hast und ich meines in Bar Harbor. Aber seit ich sehe, wie glücklich deine Schwester auf Blueberry Island mit Owen ist, kann ich nicht aufhören, hin und wieder zu denken: Was, wenn es bei Polly und mir auch so geworden wäre? Wenn sie nicht so überstürzt abgereist wäre, wir uns nicht auf so unschöne Weise getrennt hätten?

Ich will, dass du weißt, dass ich dir keinerlei Vorwürfe wegen dieses letzten Tages auf dem Campingplatz mache,

Motte. Wenn Izzy nicht dich und mich im Zelt gehört hätte, dann hätte sie die Wahrheit um ihre Mutter wahrscheinlich irgendwann auf noch schlimmere Weise erfahren. Rückblickend bin ich froh, dass ich die Entscheidung, ihr meine Lüge zu gestehen, nicht bewusst treffen musste. Dass du mir mit deinem Drängen, ihr die Wahrheit zu sagen, auf die Sprünge geholfen hast. Dass du mir das Geständnis unfreiwillig sogar abgenommen hast. Ja, ich bin dir dankbar für all das, Motte. Ohne dich würde Izzy immer noch mit ihrer toten Mutter im Himmel sprechen. Und vielleicht wäre das sogar besser für ihre Kinderseele. Wer weiß. Ich bin echt kein Psychologe. Aber für mich ist es jetzt eindeutig leichter. Der zentnerschwere Brocken der Schuld ist mir abgenommen worden. Ich belüge meine Tochter nicht länger. Izzy geht es gut. Wir haben uns sehr lange über ihre Mutter unterhalten, und ich habe ihr all das erzählt, was man einer Achtjährigen erzählen kann. Sie weiß natürlich nichts von der Existenz von CC Wild. Aber sie weiß, dass Claire nach Los Angeles gegangen ist, um Schauspielerin zu werden (okay, kleine Notlüge von mir: Ich habe ihr gesagt, dass ich nicht weiß, ob sie wirklich als Schauspielerin arbeitet – aber streng genommen tue ich das ja auch nicht. Ich will ja gar nicht wissen, was Claire genau macht). Izzy hat sehr lange über alles nachgedacht und wollte schließlich, dass wir versuchen, Claires Adresse herauszubekommen. Sie wollte ihr einen Brief schreiben und ein Foto von sich mitschicken. Ich habe also nach der Postadresse der Agentur gegoogelt, die Josh mir damals genannt hat, und meine Tochter hat einen selbst geschriebenen Brief plus Foto von sich in ihrer »Ranger-Uniform« an die »Magic Love Agency« in Los Angeles geschickt. Ich bin tausend Tode gestorben, sage ich dir. Dann fing das Warten an, und ich habe schon begonnen zu hoffen, dass wir nie etwas von Claire hören würden, aber dann kam tatsächlich eine Antwort von ihr. Ich war fix und fertig, als Izzy mit dem Umschlag vom Briefkasten angerannt kam. Eigentlich wollte ich den Brief zuerst lesen, aber Izzy hatte den Umschlag schon aufgerissen, und sie kann ja inzwischen sehr gut lesen. Na ja, was soll ich sagen? Claire mag sich optisch verändert haben, aber sie ist noch dieselbe Egoistin, die damals ihr Kind (und ihren Partner) im Stich gelassen hat. Sie hat den Brief an mich geschrieben – nicht an Izzy, das wunderbare Kind, das sich so viel Mühe mit dem Brief an seine Mutter gegeben hatte –, und er bestand nur aus drei Sätzen, die ich hier gern wiedergebe:

Lieber Liam,
bitte schreibt mir nicht mehr. Ich möchte keinen Kontakt zu Isabelle haben. Sorry, aber es passt einfach nicht zu meinem hart erarbeiteten Image, eine siebenjährige Tochter zu haben.
Claire

Ach, Motte. Wenn ich nicht so wütend auf Claire gewesen wäre, hätte ich vermutlich geheult. Izzy aber war ganz ruhig. Sie las sich den Brief ein paarmal durch, dann kletterte sie in das Baumhaus, das Dad, Linda, Kyle und ich kurz davor in unserem Garten für sie gebaut hatten (damit sie sich keine Höhlen mehr suchen muss, wenn sie allein sein will). Eine ganze Weile saß sie da oben, und ich saß unten, an den Stamm gelehnt. Ich habe mit Tränen gerechnet. Mit lauten Schluchzern von oben aus der Baumkrone. Dann wäre ich zu ihr hinaufgeklettert. Aber es waren keine Schluchzer zu hören, und so saß ich immer noch unten, als Izzy nach einer Weile wieder herabstieg.

»Wollen wir heute Abend Pizza backen?« Das waren die Worte, die mein fabelhaftes Kind zu mir sagte. Ich habe Izzy angestarrt, als wäre sie von allen guten Geistern verlassen. Da meinte meine Prinzessin noch: »Es ist okay, Dad. Ich habe dich. Und ich habe Granny, Grandpa UND Tante Linda. Außerdem hattest du die ganze Zeit über recht: Mom ist vor langer Zeit gestorben. Claire – sie wusste noch nicht einmal, dass ich acht bin. Längst nicht mehr sieben. Und was ist eigentlich ein Image?«

Da habe ich doch ein paar Tränen vergossen. Und Izzy auch. Wir haben uns gehalten und geweint, und dann haben wir Pizza gebacken. Und beim Pizzabacken meinte sie noch: »Ich wünschte, Polly wäre hier. Sie ist viel lieber als meine Mom.«

Ich hoffe so sehr, dass sie es schafft, Motte. Ich hoffe, dass sie ein starker erwachsener Mensch wird, ohne seelisch zu verkrüppeln. Dass sie trotz allem glücklich wird. Und später lieben kann.

Was mich wieder zu dir bringt. Nein, ich glaube nicht, dass du seelisch verkrüppelt bist. Und stark bist du auf jeden Fall. Und, ja, ich glaube auch, dass du lieben kannst, Motte. Du traust dich nur nicht, und das ist etwas ganz anderes. Dabei wirst du geliebt. Von so vielen Menschen. Von deiner Schwester, die sehr oft von dir spricht. Von deinem Großvater, obwohl er dich kaum kennt. Von deiner Mutter, die sich vor Sehnsucht nach ihrer jüngeren Tochter verzehrt. Von Izzy, die immer wieder mit glänzenden Augen von unseren gemeinsamen Stunden im Sommer redet.

Und, natürlich, von mir.

Bitte denk an mich, wenn du meinst, es doch wagen zu
wollen. Bitte vergiss mich nicht. Ich werde dich niemals
vergessen.

Liam

Tränen verschleiern meinen Blick, als ich die Zeilen zum dritten Mal lese. Ich bleibe so lange auf dem Fußboden vor meiner
Wohnungstür sitzen, dass es bald zu dunkel ist, um weiterzule-
sen. Schließlich taste ich nach dem Lichtschalter über meinem
Kopf, und als der Lampenschein den Flur erhellt, fällt mir das
zweite Blatt auf, das aus dem Briefumschlag gerutscht ist und
das ich bisher gar nicht beachtet habe. Meine Finger zittern,
als ich dieses Blatt auseinanderfalte und ein gemaltes Kinder-
bild erkenne: Ein Zelt im Schatten von hohen Bäumen. Drei
Menschen im Halbkreis um eine Feuerstelle, mit Stöcken in
den Händen, an deren Enden riesige Marshmallows stecken.
Das Kind hat helles Haar, der Mann und die Frau sind dunkel-
haarig. Und der Mann lächelt die Frau sehr breit an. Gerührt
schlucke ich, während Tränen auf das Papier tropfen. Rasch
wische ich mir über die Wangen, doch als ich die leicht ungelen-
ken Worte erkenne, die Izzy unten rechts in die Ecke des Bildes
geschrieben hat, sprudeln nur noch mehr Tränen aus meinen
Augen: *I miss you, Polly. XXXOOO Izzy*

Später an diesem Abend versuche ich vergeblich, mich auf die
Übersetzung der Gebrauchsanleitung einer Bewässerungsanlage zu konzentrieren. Meine Gedanken sind einfach überall,
nur nicht bei der Gartenarbeit. Genervt fahre ich schließlich
meinen Laptop runter – es ist übrigens ein neuer, da mein alter
kurz nach Maine den Geist aufgegeben hat. Und, nein, ich
nenne den neuen nicht mehr Liam. Er hat gar keinen Namen.

Es ist ja auch albern, einem Laptop einen Namen zu geben, als wäre er ein Mensch.

Fix und fertig von meinen Tränen im Flur und den vielen aufwühlenden Gefühlen in meinem Bauch gehe ich in die Küche und schenke mir ein Glas Rotwein ein. Während ich an dem Wein nippe, schalte ich das Küchenradio ein und überlege, ob ich mir Spaghetti kochen und den Krimi im Ersten sehen soll. Nach einer Ärzteserie mit Herzschmerz ist mir jetzt wirklich nicht mehr zumute. Dann lieber Mord und Totschlag, das lenkt besser ab. Gedankenverloren summe ich das Lied mit, das aus den Lautsprechern über meinem Gewürzregal dringt, und hole meinen Pasta-Topf aus dem Unterschrank.

Dass ich mir mit einem Mal wünsche, nicht so einen kleinen Kochtopf nutzen zu müssen, sondern einen größeren, einen richtigen Familienkochtopf, irritiert mich sehr. Aber als dann auch noch der Wunsch durch mein Hirn spukt, für Liam und Izzy kochen zu dürfen, lasse ich den Topf fast erschrocken fallen. Nein, das wünsche ich mir gar nicht! Ich bin immerhin gern allein! Bin glücklich, jawohl!

Entschlossen stelle ich den Topf in die Spüle und lasse Wasser hineinlaufen. Um nicht weiter über Liam nachdenken zu müssen, singe ich das Lied, das nun auf SWR3 gespielt wird, besonders laut mit. Ein Klassiker, den Inge zu Hause immer gern gehört hat. »The Rose« von Bette Midler.

»*Some say love, it is a razor, that leaves your soul to bleed ...*«, singe ich und stelle den Topf auf den Herd, schalte die Temperatur ein. »*It's the heart afraid of breaking, that never learns to dance. It's the dream, afraid of waking, that never takes the chance ...*«

Mit einem Mal halte ich inne und starre die geöffnete Schublade an, aus der ich gerade eine Nudelpackung herausholen wollte. Bette Midler singt mit so viel Elan und Nachdruck, als wollte sie mich persönlich ansprechen. Und mir wird klar, dass sie sehr wohl mich meinen könnte, denn das, was sie singt, klingt haargenau nach meinem Leben. Nach meiner verkrüppelten Gefühlswelt. Nach meinem verschlossenen Herzen.

»When the night has been too lonely and the road has been too long. And you think that love is only for the lucky and the strong ...«

Die Nächte, in denen ich wach liege und an Liam und mich im Zelt denke, wandern wie eine endlose Karawane durch meine Gedanken, und die Einsamkeit schnürt mir mit einem Mal die Kehle zu. Ich sinke auf den Küchenboden und starre die Kühlschranktür vor mir an, an der so viele Postkarten aus aller Welt hängen, fast alle von meiner Schwester. Und eine von meinem Großvater. Er hat sie mir vor ein paar Wochen geschickt, kurz nach meiner überstürzten Abreise aus Maine. Auf der Karte ist der Leuchtturm von Blueberry Island zu sehen.

»Just remember in the winter, far beneath the bitter snow, lies the seed that with the sun's love in the spring becomes the rose ...«, singt Bette Midler, und ich schluchze heiser auf.

»Ich glaube, dass du lieben kannst, Motte«, hallen Liams Worte in meinem Kopf wider.

Als das Lied verklungen ist und der SWR3-Moderator irgendetwas Belangloses erzählt, rappele ich mich vom Boden auf und gehe in mein Schlafzimmer, wo ich ein Blatt Papier aus meinem Drucker ziehe und einen Stift suche, mit dem ich gut schreiben kann. Ich weiß beim besten Willen nicht, wann ich das letzte Mal einen Brief per Hand geschrieben habe! Aber dann fließen die Worte doch beinahe wie von allein auf das Papier, was mich wirklich erstaunt. Als ich fertig bin, starre ich lange auf die Zeilen, die ich geschrieben habe. Dann falte ich das Blatt zusammen, stecke es in einen Umschlag und schreibe

Liams Adresse in Bar Harbor darauf. Und als Nächstes mache ich etwas, das schon meine Großmutter getan hat: Ich schiebe den Umschlag in meine Schreibtischschublade. Denn abschicken werde ich diesen Brief auf gar keinen Fall.

So sehr habe ich mich dann doch nicht verändert, seit ich nach Maine gereist bin.

Kapitel 31

J ette ist zu früh dran, denke ich genervt, als die Türklingel schrillt, und ich vor Schreck beinahe mein Käsebrot fallen lasse. Ich befinde mich mitten in einer komplizierten Sexszene im Privatjet von Multimillionär Carlton Carter und hatte gerade nach sehr viel Grübeln endlich eine elegante Formulierung für das gefunden, was Carlton mit seiner neuen Assistentin Jade macht (und von dem ich bisher gar nicht wusste, dass das geht). Unwillig löse ich meinen Blick vom Bildschirm und sehe auf meine Uhr. Oh. Nein, Jette ist gar nicht zu früh dran – das sähe ihr auch wirklich nicht ähnlich. Ich habe nur über dem ganzen wilden Treiben in luftiger Höhe mein Zeitgefühl verloren.

Mit einem Seufzer klicke ich auf »Speichern« und erhebe mich aus meinem Schreibtischstuhl. Draußen legt sich die Dämmerung über Stuttgart, stelle ich fest, als ich flüchtig aus meinem schrägen Dachfenster sehe. Wie so oft, seit ich in Maine war, denke ich, wie schön es wäre, mehr Bäume und weniger Dachschindeln zu sehen. Blauen Himmel über dem weiten Atlantik anstatt smogverschleierter Luft über der Hauptstraße. Das Keckern eines Eichhörnchens oder – ja, sogar das entfernte Heulen eines Kojoten zu hören, anstatt des ewigen Hupens und des viel zu lauten Fernsehers von der schwerhörigen Frau Keller nebenan.

Aber wie immer, wenn sich meine Gedanken ungefragt auf den Weg nach Maine machen, versuche ich, mich rasch abzulenken, bevor ich melancholisch werden kann. Heute wird mir das sogar erleichtert, denn die Türklingel schrillt noch einmal und erinnert mich daran, dass Jette unten wartet. Vielleicht hätte ich mir etwas anderes anziehen sollen, überlege ich noch, während ich in Jogginghose und Schlabberpullover zum Türöffner im Flur gehe. Andererseits ist es nur Jette, die mich besucht – kein Grund, sich aufzubrezeln.

»Na endlich, ich dachte schon, du wärst nicht zu Hause!«, kommt es vorwurfsvoll durch die Gegensprechanlage, und ich erwidere spöttisch: »Quatsch, wo sollte ich denn sein? Los, komm hoch!« und drücke grinsend auf den Türöffner.

Während Jette die Treppen bis in mein Dachgeschoss hinaufkeucht, gehe ich in die Küche und beginne, an der Kaffeemaschine herumzuhantieren. Hoffentlich hat sie nicht vergessen, zum Bäcker zu gehen.

»Och, jetzt habe ich vergessen, Kuchen zu besorgen!«, ruft Jette noch im Treppenhaus, bevor sie meine Wohnungstür erreicht. »Aber du hast bestimmt irgendwelche Kekse da?«

Mit einem tiefen Seufzer stelle ich die Dose mit dem Kaffeepulver zurück in den Hängeschrank und greife nach der Kanne, um Wasser abzumessen.

»Irgendwas Essbares finde ich bestimmt!«, rufe ich mit einem Augenrollen und höre, wie die Wohnungstür hinter meiner Schwester ins Schloss fällt.

»Hi, Polly!«, sagt sie atemlos und kommt in die Küche.

»Hi, Jette«, erwidere ich und stelle die volle Kanne ab, bevor ich mich zu ihr umdrehe.

Jette steht mit rot glänzenden Wangen vor mir, und auch ihre Nase leuchtet wie eine Kirsche – kein Wunder, immerhin ist der Januartag draußen bitterkalt. Sie zieht ihre pinkfarbene Bommelmütze vom Kopf und breitet strahlend ihre Arme aus. »Schön, dich endlich wiederzusehen, du treulose Tomate!«

»Selber Tomate«, murmele ich, mache aber einen Schritt vorwärts und umarme meine Schwester.

Ich habe Jette seit dem Sommer nicht gesehen. Das letzte Mal, dass sie in Fleisch und Blut vor mir stand, war im Haus von Liams Eltern, als wir uns nach dem Abendessen voneinander verabschiedet haben. Bevor sie mit Owen nach Blueberry Island gefahren ist und ich allein zum Campingplatz zurückgekehrt bin.

Seit meiner überstürzten Abreise aus Maine habe ich Jette nur bei Skype gesprochen. Natürlich hat sie mir Vorwürfe gemacht. Aber ich glaube, sie hat mich trotz allem irgendwie verstanden.

»Hey, du.« Sie löst sich von mir und mustert mich prüfend, während sie ihren Schal abwickelt und auf einen Küchenstuhl pfeffert. »Alles okay bei dir?«

»Ja, alles super!«, versichere ich und fülle das abgemessene Wasser in die Kaffeemaschine. »Und bei dir?«

»Mir geht es fantastisch!« Selbst ohne sie anzusehen, höre ich genau, dass Jette über das ganze Gesicht strahlt. Mit einem Lächeln schalte ich die Maschine ein, drehe mich wieder zu meiner Schwester um – und kollidiere fast mit ihrer ausgestreckten linken Hand.

»Was … ?«, frage ich lahm, aber der Diamant ist nun wirklich kaum zu übersehen. Zwar ist er nicht groß, aber dafür so dicht vor meinen Augen, dass ich fast schiele, um ihn richtig betrachten zu können. Meine Schwester scheint nicht mehr an ihren Fingernägeln zu kauen, fällt mir bei dieser Gelegenheit auf.

»Du bist verlobt?«, erkundige ich mich überflüssigerweise, denn der Ring sieht hundertprozentig nach klassischem amerikanischem Verlobungsring aus.

»Ja-haaa!«, juchzt Jette und schlingt erneut ihre Arme um

mich. Verdattert erwidere ich ihre Umarmung, bevor ich mich von meiner Schwester löse und zaghaft anmerke: »Aber ... ihr kennt euch doch erst seit dem Sommer, Jette.«

»Na und? Seitdem haben wir so viel Zeit miteinander verbracht, wir haben uns Stunden über Gott und die Welt unterhalten, ich kenne Owen in- und auswendig – und er mich auch!« Jette strahlt mich überglücklich an. »Wirklich, Polly, ich weiß, was du jetzt denkst: Dass das mal wieder eine meiner verrückten Ideen ist. Aber diesmal ist es anders. Ich liebe Owen! Und, ja, mir ist klar, dass ich das genauso von den ganzen anderen Kerlen behauptet habe. Und vielleicht wirst du es mir auch nicht glauben, vielleicht wirst du davon ausgehen, dass wieder alles scheitert.« Sie hebt fast trotzig ihr Kinn und sieht mich herausfordernd an. »Aber diesmal wird es das nicht. Owen und ich sind glücklich zusammen. Er ... er ist der Mann meiner Träume, Polly. Die anderen Kerle, mit denen ich zusammen war, die waren immer alle so von sich überzeugt, die wollten immer nur bewundert werden, und genau das habe ich getan: Ich habe sie angeschmachtet, sie auf einen imaginären Sockel gehoben, habe mich für sie verbogen und angepasst und geändert – das Tattoo am Knöchel für Sam, den Yogalehrer auf Bali, dann die kürzeren Haare für Josh in Thailand, und, Himmel, für Juan habe ich mir in Alicante sogar dieses blöde Piercing machen lassen!« Mir fällt auf, dass sie den Ring in der Augenbraue nicht länger trägt. »Und all das, weil ich immer das Gefühl hatte, nicht gut genug zu sein. Nicht zu genügen, so, wie ich war. Bei Owen bin ich zum ersten Mal davon überzeugt, dass er mich genau so liebt, wie ich bin. Und er will nicht nur ständig von sich reden, nein, er hört mir zu. Es interessiert ihn brennend, was ich schon alles erlebt habe, und eines Tages möchte er mit mir eine Weltreise machen. Wobei ich selbst ja zum ersten Mal überhaupt nicht das Bedürfnis habe, woandershin zu reisen. Ich würde Blueberry Island am liebsten gar nicht mehr verlassen. Ich fühle mich wirklich endlich zu Hause.«

Bei Jettes inbrünstigen Worten muss ich schlucken. »Schön für dich«, murmele ich und öffne einen der Küchenschränke, um nach Keksen zu suchen. »Und wie hast du vor, länger am Stück auf Blueberry Island bleiben zu dürfen? Schon mal was vom amerikanischen Einwanderungsgesetz gehört?«

Natürlich hat sie das, das ist mir völlig klar. Immerhin hat meine Schwester sich ein 180-Tage-Touristenvisum besorgt, um bis nach Silvester in Maine bleiben zu dürfen. Erst seit ein paar Tagen ist sie zurück in Deutschland.

Allerdings nicht für sehr lange, wie es scheint.

Jettes Augen beginnen noch mehr zu funkeln. »Und ob ich mir darüber Gedanken gemacht habe!« Sie grinst mich triumphierend an. »Ich habe eine Greencard beantragt!«

Mir rutscht ein spöttisches Lachen heraus. »Ach so«, sage ich und gluckse in mich hinein.

»Warum lachst du denn so fies?«

»Weil … Mensch, Jette. Glaubst du wirklich, dass du einfach so eine Greencard für die USA bekommst? Weißt du, wie viele Leute die beantragen?«

Jette verschränkt ihre Arme vor der Brust und fragt herausfordernd: »Hast du wirklich schon wieder vergessen, dass unsere Mutter Amerikanerin ist, Polly?«

Ich erstarre in meiner Handbewegung und sehe Jette groß an. Ja, das hatte ich tatsächlich … nun ja, nicht vergessen, aber zumindest nicht bedacht.

»Ach so«, murmele ich ernst. »Stimmt. Dann ist es natürlich leichter mit der Greencard. Aber … wirst du denn auch wirklich arbeiten?«

»Natürlich!« Jette strahlt überglücklich. »Grandpa und Grace haben mich in den letzten Wochen schon im Laden eingearbeitet. Natürlich ist in der Wintersaison auf Blueberry Island nicht viel los, aber wenn der Frühling kommt und die ersten Touristengruppen mit sich bringt, werden sie meine Hilfe gut gebrauchen können. Weißt du, die beiden sind ja auch nicht mehr die Jüngsten. Auf lange Sicht würden sie den Laden gern an einen Nachfolger übergeben. Beziehungsweise an eine Nachfolgerin.«

Jette sieht so sehr nach Honigkuchenpferd aus, dass ich fast irritiert bin. Dann aber muss ich lachen. Verdammt, meine Schwester hat endlich ihren Heimathafen gefunden!

»Freut mich wirklich für dich«, sage ich und nicke Jette mit einem warmen Lächeln zu. »Gut gemacht, Süße.«

»Du kannst natürlich genauso leicht eine Greencard beantragen«, erklärt Jette nun. »Wegen unserer amerikanischen Mutter.«

»Was bitte schön sollte ich mit einer Arbeitserlaubnis für die USA anstellen?«, gebe ich eine Spur genervt zurück und finde nun doch noch eine angefangene Packung Kekse hinter meinen Teedosen im Küchenschrank. Warum ich die so weit hinten versteckt habe, kann ich nicht mehr sagen – war das in der Phase, als meine Lieblingsjeans nicht mehr passten und ich einen Tag lang eine Diät gemacht habe? Auf jeden Fall ist diese Packung schon länger offen, stelle ich frustriert fest, als ich einen Keks herausziehe und hineinbeiße. Igitt.

»Vergiss das mit den Keksen«, brumme ich und schmeiße die Packung in den Müll. »Milch und Zucker?« Ich greife nach der Kaffeekanne und sehe meine Schwester fragend an.

»Ist das echt alles, was du zum Thema Greencard zu sagen hast?« Gekränkt mustert Jette mich. Ich zucke mit den Achseln.

»Was möchtest du von mir hören? Ich will nicht in den USA leben. Wenn du unbedingt Mitglied im Club von Donald Trump und den ganzen Waffennarren werden willst, bitte schön.«

»Ich will nach Maine ziehen! Nach Bar Harbor! Nach Blueberry Island! Das hat überhaupt nichts mit Donald Trump zu tun, und übrigens hat Owen die Demokraten gewählt!«

»Aha«, brumme ich und nehme zwei Tassen aus dem Regal. »Schön für ihn.«

»Nur weil du versuchst, Liam zu verdrängen, musst du nicht so miesepeterig sein«, sagt Jette gereizt und öffnet meinen Kühlschrank, um die Milchpackung herauszunehmen.

»Was hat das denn jetzt mit Liam zu tun?«

»Na, so ziemlich alles, würde ich sagen!« Jette starrt mich ernst an. »Und mit unserer Mutter. Unserem Großvater. Und natürlich mit Izzy! Die vier vermissen dich sehr, das weißt du, oder?«

»Ach komm!« Ich spüre, wie ich rot werde, während ich den Zuckertopf aus einem weiteren Küchenschrank hole. »Du übertreibst.«

»Gar nicht«, beharrt Jette energisch. »Und alle haben dir geschrieben!«

Als sie die Lebenszeichen erwähnt, die mich aus Bar Harbor erreicht haben, seufze ich tief auf. Es stimmt. Nicht nur Benjamin Moore hat mir eine Postkarte geschickt, sondern es kam auch ein langer Brief von unserer Mutter. Ich muss an ihre unterhaltsame Art zu schreiben denken, an ihre Schilderung von Georgias Begegnung mit einem verirrten Schwarzbären in der Garage zum Beispiel. Doch als mir ihre flehentliche Bitte am Ende des Briefes einfällt, wird mir wieder ganz anders.

»Bitte lass uns miteinander kommunizieren, Polly, denn wir haben viel zu lange nichts miteinander zu tun gehabt. Ich möchte das nicht mehr. Du fehlst mir. In Liebe, deine Mutter«

Tja – und an Liams Brief will ich jetzt gar nicht erst denken. Das kann ich nicht.

Wütend löffele ich mehr Zucker als nötig in meinen Kaffee und greife dann nach der Milch. Als ich nichts sage, fügt Jette streng hinzu: »Und natürlich hast du nie zurückgeschrieben, du Feigling.«

»Kaffee?«, frage ich kurz angebunden und halte Jette eine Tasse hin. Sie nimmt sie mir ab und seufzt schwer.

»Ich verstehe dich wirklich nicht«, sagt sie mit einem Kopfschütteln.

»Musst du auch nicht«, erwidere ich. »Ich verstehe dich ja auch nicht immer.« Ich mache eine kurze Pause und nehme einen Schluck Kaffee, bevor ich in versöhnlichem Tonfall hinzufüge: »Aber in puncto Hochzeit verstehe ich dich schon. Zwar hätte ich nie gedacht, dass ich Anti-Romantik-Tante das mal sagen würde, aber bei Owen und dir habe ich tatsächlich ein gutes Gefühl. Ich mag ihn, Jette, und ich denke, dass er wirklich der Richtige für dich sein könnte.«

Meine Schwester schlingt so stürmisch ihre Arme um mich, dass ich fast meinen Kaffee verschüttet hätte. »Weißt du, wie viel mir das bedeutet?«

Ich lächele in Jettes nach Mango duftende Locken hinein und tätschele ihren Rücken. »Ich wünsche euch beiden wirklich alles Glück dieser Welt, Süße.«

»Danke dir!« Jette löst sich von mir und strahlt mich an. »Du musst natürlich meine Brautjungfer sein, Polly. Zusammen mit Linda.«

»Wie bitte?« Fassungslos starre ich Jette an. Das kann doch nicht ihr Ernst sein!

»Na klar!«, bekräftigt meine Schwester und nimmt einen Schluck Kaffee. »Ich verstehe mich super mit Linda. Gemeinsam mit Kyle und ihr sind Owen und ich schon ein paarmal auf Doppel-Dates gegangen, ins Kino und zum Bowlen und so.«

»Aha«, bringe ich matt heraus.

»Und Izzy wird Blumenmädchen! Sie freut sich schon wie irre und übt ständig den Gang zum Traualtar, was Liam in den Wahnsinn treibt. Bist du sicher, dass du nicht doch irgendwelche Kekse hast?«

»Ich … Nein, habe ich nicht.« Ich räuspere mich und sage mit leicht bebender Stimme: »Jette, auf gar keinen Fall kann ich noch einmal nach Bar Harbor reisen und dann auch noch deine Brautjungfer werden.«

»Aber klar kannst du.« Sie mustert mich nachdenklich und fügt hinzu: »Liam würde sich wahnsinnig freuen. Glaub mir. Und sogar Papa und Inge kommen, da kannst du ja wohl kaum kneifen!«

»Wie bitte? Du hast Papa und Inge überredet, nach Bar Harbor zu kommen?« Entsetzt starre ich meine Schwester an. Jette lässt sich auf einen Küchenstuhl sinken und nickt seelenruhig. Ich bleibe stehen, wo ich bin, und versuche zu begreifen, was sie mir gerade offenbart hat.

»Ja. Hey, immerhin wohne ich bei den beiden, solange ich hier in Stuttgart bin. Wir haben uns lang und breit über Owen und mich und unsere Hochzeit unterhalten, seit ich zurück bin.«

»Aber … Papa will doch nicht im Ernst nach Maine reisen? Ich meine – er weiß doch, dass Eve dort lebt!«

Voller Unbehagen erinnere ich mich an meinen eigenen Besuch bei Papa und Inge, als ich aus Maine zurückgekommen bin. Den Gesichtsausdruck unseres Vaters, als er von dem wahren Grund unserer Reise erfahren hat, werde ich nie vergessen.

Und als ich ihn mit dem Vorwurf konfrontiert habe, dass er Jette und mir die Briefe unserer Mutter und ihre Adresse vorenthalten hatte, brach er tatsächlich in Tränen aus. Ich hatte Papa nie zuvor weinen gesehen, und es schockierte mich auf kindliche Weise, weil er immer so ein starker und beherrschter Mann gewesen war, der nicht zu Gefühlsausbrüchen neigte.

»Es tut mir leid«, stieß er aufgewühlt hervor und starrte auf den Perserteppich im Wohnzimmer meines Elternhauses. »Es tut mir so leid, Polly! Ich weiß, dass das falsch war. Aber … sieh mal, als Eva damals gegangen ist, da … da war ich einerseits so fassungslos und wütend, weil sie euch zwei einfach verlassen hat, weil sie mich verlassen hat … obwohl, unsere Beziehung war eigentlich schon am Ende, lange bevor sie verschwand. Und andererseits … andererseits war ich beinahe erleichtert.« Er sah mich an, und die Schuld in seinen Augen war so offensichtlich, dass er mir fast leidtat. »So grausam es klingt: Ich war irgendwie erleichtert, weil es so anstrengend gewesen war mit Eva, die seit deiner Geburt immer nur mit leerem Gesichtsausdruck durch die Gegend gegeistert war, die so oft geweint hat, nie lachte, nie glücklich war. Und sie und ich, wir haben uns so oft gestritten. Sie konnte keine gute Mutter mehr sein, und ich schaffte es nicht mehr, ein guter Partner zu sein. Ich verlor immer schneller die Geduld mit ihr. Damals … damals war es noch nicht so selbstverständlich wie heute, dass man zum Psychologen ging, und von Kindbettdepressionen hatte ich auch noch nicht gehört. Ich bin einfach nicht auf die Idee gekommen, dass Eva einen Arzt brauchte.« Sichtlich verlegen und schuldbewusst rieb sich mein Vater über die Augen. »Rückblickend denke ich, dass ich ein Vollidiot war, aber damals … damals war ich selbst überfordert von allem: Studium, zwei kleine Kinder, ständig unglückliche Partnerin. Ich schob das bei Eva einfach auf die Überforderung. Auf die Trauer um ihre Mutter. Auf die Tatsache, dass ihr abgebrochenes Studium sie frustrierte. Und darum war auch mein erster

Gedanke, als sie weg war, dass sie irgendwo ein neues Leben beginnen und ihr Studium wiederaufnehmen wollte. Ohne euch Kinder. Und mich.«

Papa starrte mich betroffen an. »Dass sie so krank war, wie du schilderst, und dass sie es irgendwann bereute und zu euch zurückwollte – glaub mir bitte, Polly, das war mir so nicht klar. Mama … Meine Mutter hat mir nie gesagt, dass Eva noch einmal vor unserer Haustür aufgetaucht ist. Es stimmt, dass ich damals schon mit Inge zusammen war. Ich war glücklich verliebt. Aber … Ich hätte Eva nicht verwehrt, euch zu sehen, wenn ich die ganze Geschichte gekannt hätte. Wirklich nicht, das musst du mir glauben!«

»Aber … die Briefe?«, habe ich mit tränenerstickter Stimme nachgehakt und meinen Vater vorwurfsvoll angestarrt. Ich war noch nicht bereit, ihm völlig zu vergeben.

»Als die Briefe kamen, wusste ich ja nicht, dass Eva noch einmal hier gewesen war«, hat mein Vater gewispert. »Ich war so wütend auf sie, dachte, sie wollte es sich leicht machen, wollte aus der Ferne eine lockere Beziehung zu euch aufbauen, ohne ihren Mutterpflichten wirklich nachzukommen. Einmal im Jahr ein Brief zum Geburtstag.« Er schüttelte schnaubend seinen Kopf. »Nein, das habe ich nicht eingesehen!« Papa raufte sich sein lichtes graues Haar und sah mich unglücklich an. »Ich habe es gut gemeint, Polly. Ich wollte nicht, dass ihr regelmäßig durch einen lapidaren Brief an die Abwesenheit eurer Mutter erinnert würdet. Lieber ein Ende mit Schrecken als ein Schrecken ohne Ende, das habe ich mir gesagt. Darum habe ich die Briefe vor euch versteckt.«

»Aber … du hättest uns, als wir erwachsen waren, doch sagen müssen, dass du wusstest, wo Eva wohnt«, habe ich erschüttert nachgehakt. »Ich meine … du musst doch gemerkt haben, dass Jette ihr ganzes Leben lang nach ihr gesucht hat!«

413

Papa starrte mich aus nassen Augen an, schluchzte heiser auf und nickte. »Ja. Das stimmt. Aber ich war zu feige, Polly. Euch als Erwachsenen zu gestehen, dass ich euch jahrelang angelogen hatte, als ich behauptet hatte, ich wüsste nicht, wo Eva sich aufhielt? Ich habe das einfach nicht übers Herz gebracht.«

Die Erinnerung an Liam und seine Lüge Izzy gegenüber flammte mit einer Heftigkeit in mir auf, die mich nach Luft schnappen ließ.

»Darum habe ich versucht, die Tatsache zu verdrängen, dass ich ihren Absender auf den alten Briefumschlägen hatte. Erstaunlicherweise ist der menschliche Verstand sehr erfolgreich darin, das zu verdrängen, was er nicht wahrhaben will. Und ich habe mir immer verzweifelt eingeredet, dass Jette ihr Glück irgendwann finden und die Suche nach ihrer Mutter aufgeben würde. Ich habe mir eingeredet, dass Eva vermutlich eh nicht mehr in Bar Harbor lebte. So viele Jahre später, wer wusste schon, wo sie inzwischen war, ob sie überhaupt noch lebte, das sagte ich mir. Und ich wollte euch Mädchen wohl auch vor einer Enttäuschung bewahren. Was, wenn ihr sie gefunden hättet und sie hätte keinen Kontakt zu euch haben wollen? Der letzte Brief an euch ist angekommen, als du sieben warst. Danach keiner mehr.«

»Weil sie, nach deinem netten Weihnachtsgruß, die Hoffnung aufgegeben hatte«, erwiderte ich aufgebracht und verstand selbst nicht, warum ich plötzlich das Bedürfnis hatte, unsere Mutter und ihr Handeln zu verteidigen. Ich war extrem aufgewühlt, fühlte mich irgendwie von allen Seiten betrogen und verraten.

»Bitte verzeih mir, Polly«, murmelte mein Vater. Und natürlich tat ich das, so sehr mich die ganze Angelegenheit auch verletzte.

Und Jette, sie hat Papa offensichtlich ebenso verziehen, sonst hätte sie ihn wohl kaum zu ihrer Hochzeit eingeladen.

»Ja, natürlich ist Papa klar, dass Mama dort sein wird«, sagt Jette nun und nimmt einen weiteren Schluck Kaffee.

»Mama?«, wiederhole ich tonlos und starre meine Schwester erschrocken an. »Seit wann nennst du sie denn Mama?«

Jette erwidert meinen Blick ernst und stellt ihre Tasse ab. »Seit ich sie besser kennengelernt habe. Seit ich weiß, was für ein wunderbarer, aber auch sehr verletzter Mensch sie ist. Ein Mensch, der seine Fehler zutiefst bereut und auf eine zweite Chance hofft. Ein Mensch, der diese zweite Chance wirklich verdient hat.« Jette sieht mich fast flehentlich an. »Sie ist unsere Mama, Polly.«

»Nein«, erwidere ich und fürchte, dass meine Stimme bricht. Rasch räuspere ich mich und füge hinzu: »Für mich ist sie Eve Moore. Sie ist nicht mehr Eva Michaelis, sie ist nicht ›Mutter‹ und schon gar nicht ›Mama‹. Nein, für mich ist diese Frau Eve Moore und mehr nicht.«

»Dann solltest du das schleunigst ändern, indem du sie besser kennenlernst«, beharrt Jette.

»Ich kann nicht«, flüstere ich entschieden.

»Und ob du kannst. Und ich bestehe darauf, dass du zu meiner Hochzeit kommst, Polly. Du musst einfach meine Brautjungfer werden.«

»Auf gar keinen Fall«, sage ich.

Kapitel 32

Ich mache gerade sicherlich den größten Fehler meines Lebens, denke ich düster, als ich den Mietwagen am Ortseingangsschild von Bar Harbor vorbeilenke. Nein, falsch – den größten Fehler meines Lebens habe ich schon gemacht, als ich im letzten Sommer eingewilligt habe, mit meiner verrückten Schwester nach Maine zu reisen, um unsere Mutter zu suchen. Und jetzt sieh sich bloß einer an, in was diese Schnapsidee von damals ausgeartet ist! Das Schild am Straßenrand, das ich schon im letzten Sommer gesehen habe, scheint mich beinahe spöttisch zu begrüßen: »When life gives you mountains, put on your hiking boots«. Ha, ha. Selten so gelacht. Nein, auch dieses Mal habe ich keine Wanderstiefel im Gepäck. Stattdessen unpraktische Pumps in glitzerndem Silber. Schließlich habe ich nicht vor, die fabelhafte Natur Maines zu erkunden, sondern meiner Schwester als Brautjungfer an ihrem großen Tag beizustehen.

»Das ist aber schön hier«, meint mein Vater angetan auf dem Beifahrersitz.

»Ja, das finde ich auch!«, meldet sich Inge von der Rückbank. »So ein hübscher Ort!«

»Ich habe ja auch nie behauptet, dass es hier nicht schön wäre«, brumme ich, während ich unser Auto die Mount Desert Street entlanglenke. Es ist, als wäre ich nie weg gewesen. Die hübsch dekorierten Schaufenster der Andenkenläden, die

Shops mit den vielen T-Shirts und Sweatshirts mit Bar-Harbor-Motiven, die gemütlichen Restaurants und Cafés, die sich beidseitig an der Straße entlangziehen. Touristen aus aller Welt mischen sich fröhlich mit den Einheimischen auf den Bürgersteigen und auf der Grünfläche an der Firefly Lane, wo die Feuerwache liegt. Ich werfe einen raschen Blick in die Richtung der rot glänzenden Löschfahrzeuge, die man in der offenen Garage erkennen kann, und frage mich, ob Linda und ihr Dad und Kyle wohl wieder auf der Bank vor der Wache sitzen und auf den nächsten Einsatz warten.

»Na ja, aber begeistert hast du nun wirklich nicht geklungen, noch einmal nach Bar Harbor reisen zu müssen«, wirft Inge in ihrer üblichen leicht besserwisserischen Art ein, die mich schon immer schnell auf die Palme getrieben hat.

»Ja, ich weiß«, knurre ich und füge hinzu: »Aber ganz bestimmt nicht, weil der Ort nicht schön wäre! Natürlich ist es hier schön!«

Genau da liegt ja das Problem. Es ist so verdammt schön hier. Ich habe noch nicht einmal den Wagen verlassen und den Duft nach salzigem Meerwasser, vermischt mit dem würzigen Geruch nach Kiefernharz inhaliert, und trotzdem erliege ich schon wieder dem unvergleichlichen Zauber dieses Küstenörtchens.

»Schaut mal, ein Kreuzfahrtschiff!«, ruft mein Vater begeistert, als wir die Main Street Richtung Wasser hinabrollen. Er deutet auf das gigantische weiße Schiff, das majestätisch auf dem dunklen Blau des Atlantiks vor Anker liegt und auf die Rückkehr seiner Gäste zu warten scheint. Vermutlich drängt sich ein Großteil dieser Gäste gerade in den Souvenirläden, steht Schlange vor dem beliebten Eiscremeladen am Village Green oder wartet in einem der Restaurants auf den Maine »Lobstah« oder auf fantastische Scallops & Chips. Mir läuft das Wasser im Mund zusammen, und mein Magen knurrt ein wenig.

»Oh, da sind wir ja schon!«, sagt Inge von hinten aufgeregt, und fast hätte ich die Einfahrt verpasst, so sehr hat mich der Gedanke an das leckere Essen abgelenkt. Rasch blinke ich nach rechts und biege in die Einfahrt des Bar Harbor Inn.

Ja, Papa hat darauf bestanden, dass wir dieses Mal tatsächlich hier übernachten. Zwar war ich wirklich dankbar, nicht mehr im Sunrise Motel absteigen zu müssen, und auf den Campingplatz bekommen mich auch keine zehn Kojoten mehr. Nicht, weil ich es dort so schlimm gefunden hätte – rückblickend finde ich die Erinnerung an den Blick in den Sternenhimmel hinauf wirklich schön. Zu schön. Genau da liegt das Problem. Schließlich sind diese Erinnerungen mit einer bestimmten Person verknüpft. Und an diese Person versuche ich nach Kräften nicht zu denken.

Darum also habe ich mich nicht lange gewehrt, als Papa, nach ein wenig Internetrecherche, voller Begeisterung vom Bar Harbor Inn geschwärmt hat. Er hat darauf bestanden, mich einzuladen. Wenn er so viel Geld ausgeben wollte, bitte schön. Wenigstens würden wir nah am Hafen wohnen und schnell auf Owens Hummerboot sein, um zur Trauung nach Blueberry Island zu schippern.

Als wir die Lobby des Bar Harbor Inn betreten, fällt mir sofort der Tag im vergangenen Sommer ein, als Jette und ich zur Hotelrezeption gegangen sind und nach der Frau auf dem Foto gefragt haben. Unfassbar, wie sich alles entwickelt hat, sinniere ich, nach wie vor ein wenig ungläubig, wenn ich an die Absurdität dieser ganzen Geschichte denke. Papa zeigt unsere Pässe vor und plaudert ein wenig mit der netten jungen Frau an der Rezeption, die im letzten Sommer nicht dort stand. Inge wendet sich einem Postkartenständer zu, und ich wandere durch den großen Raum zu der Fensterfront, die auf den Atlantik hinauszeigt.

Als ich merke, wer dort in einem Sessel am Fenster sitzt, bleibe ich wie angewurzelt stehen.

Eve Moore sieht mir blass und offensichtlich nervös entgegen. Ja, die Frau, die Jette und ich im vergangenen Sommer genau hier gesucht haben, sitzt jetzt mitten im Bar Harbor Inn. Sie trägt hellblaue Shorts und ein weißes T-Shirt mit dem verwaschenen Aufdruck einer Möwe darauf. Ihr Haar ist eine Spur länger als im letzten Sommer, fällt mir auf – sie kann es nun zu einem kurzen Pferdeschwanz im Nacken zurückbinden. Irgendwie wirkt sie dadurch jugendlicher. Aber vielleicht hat das auch mit der fehlenden Uniform zu tun. Der Ranger-Hut hat ihr immer ein strengeres Aussehen verliehen.

»Was machst du hier?«, sind meine ersten, fassungslosen Worte.

Meine Mutter steht langsam auf und schiebt unruhig ihre Hände in ihre Shorts-Taschen. Ich merke, dass ihr Blick nervös an mir vorbeihuscht, zur Rezeption hinüber. Da erst wird mir bewusst, dass Eve nicht nur mich erneut wiedersieht, nein: Sie sieht meinen Vater wieder. Zum ersten Mal, seit sie ihn verlassen hat. Und sie sieht Inge, die Frau, die Jette und mich an ihrer statt großgezogen hat.

»Hallo, Polly«, sagt meine Mutter leise. »Es ist wirklich schön, dich wiederzusehen.«

»Hallo«, sage ich matt und fühle mit einem Schlag die ganze Anstrengung der langen Reise auf meinen Schultern. Ich wünsche mir plötzlich sehr, mich in einem der Sessel ausruhen zu dürfen. Nein, noch besser: mich in mein Hotelzimmer ins Bett legen zu dürfen.

»Wie war eure Reise?«

»Lang«, murmele ich. »Was machst du hier, Eve?«

Ich merke, dass der Gebrauch ihres eingeenglischten Vornamens sie nach wie vor trifft. Dass ich nicht »Mutter« oder gar »Mama« zu ihr sage, das wurmt sie, und diese Erkenntnis bereitet mir nach wie vor eine fast sadistische Freude.

»Jette hat mir gesagt, dass ihr heute Nachmittag hier eincheckt«, erklärt meine Mutter, und ihr Blick flackert erneut nervös zur Rezeption. »Ich wollte ... also, ich wollte dich und ... deinen Vater nicht erst morgen sehen. Bei der Hochzeit. Wenn ... wenn alle anderen dabei sind.«

»Ja«, brumme ich leise und starre aus dem Fenster, wo der Atlantik blau in der tief stehenden Nachmittagssonne glitzert und funkelt. »Das verstehe ich.«

»Ich wünschte wirklich, ihr hättet früher kommen können, aber ich bin so froh, dass wir uns überhaupt wiedersehen«, fährt sie hastig fort.

Dass wir nicht früher gekommen sind, liegt an mir. Mein Vater und Inge wollten ein paar Tage vor der Hochzeit eintreffen, aber ich habe einen wichtigen Übersetzungsauftrag vorgeschoben, den ich noch zu Hause fertigbekommen wollte. Was auch nicht gelogen war – aber natürlich hätte ich auch hier, in Maine, weiterarbeiten können. Wie im letzten Sommer. Der wahre Grund ist natürlich, dass ich nicht so viel Zeit hier verbringen will. Mein Vater und Inge hätten gern ohne mich früher anreisen können, aber sie haben darauf bestanden, dass wir gemeinsam fliegen. Dafür werden sie nach der Hochzeit noch zwei Wochen in Maine bleiben, während mein Rückflug schon in vier Tagen geht.

An der Art, wie meine Mutter mit einem Mal unruhig an ihrem Pferdeschwanz herumnestelt, merke ich, dass sich mein Vater zu nähern scheint. Als ich mich umdrehe, erkenne ich, dass ich recht hatte. Papa hält unsere Zimmerschlüssel in einer Hand und unterhält sich mit Inge, während er über die glänzenden Dielen der Lobby auf die Fensterfront zugeht. Sein Blick hängt ebenfalls an dem spektakulären Ausblick, und gerade scheint Inge etwas draußen entdeckt zu haben, auf das sie begeistert zeigt, als Papa zu mir schaut ... und im nächsten Moment Eve entdeckt.

Ein paar Herzschläge lang befürchte ich, dass mein Vater vor Schreck tot umfällt. Er wird sehr blass und bleibt wie angewurzelt stehen, und erst da merkt auch Inge, dass etwas nicht stimmt und sieht zunächst mich, dann die Frau neben mir erstaunt an, die sie nur von Fotos aus längst vergangenen Jahren kennen dürfte.

So stehen wir vier in der Lobby, während um uns herum Touristen und Hotelangestellte wuseln und fröhliches Stimmengewirr die Luft erfüllt, die nach Meer duftet, den weit aufstehenden Terassentüren sei Dank. Als ich erkenne, dass Eve ein wenig zittert, überkommt mich Mitleid mit ihr. Ich trete einen Schritt auf meine Mutter zu und lege ihr bestärkend eine Hand auf die Schulter. Dann schiebe ich sie entschlossen vorwärts.

»Du schaffst das«, murmele ich, nur für sie hörbar, und nur ich merke, dass sie zitternd Luft holt und leise: »Ich danke dir, Polly«, wispert.

Dann stehen wir vor Inge und Papa, die uns wie vom Donner gerührt anstarren.

»Inge, weißt du was, ich würde dir gern die Aussicht vom Restaurant aus zeigen«, sage ich ruhig und sehe meine Stiefmutter bedeutungsschwer an. Sie erwidert meinen Blick einen Moment lang wirklich ratlos, aber dann scheint sie zu begreifen. Allerdings merke ich ihr genau an, dass sie innerlich mit sich kämpfen muss, dass sie sich zunächst nicht sicher ist, ob sie ihren Mann wirklich einfach so mit seiner Ex allein lassen will. Eine Sekunde lang befürchte ich, dass ihre zickige Seite die

Oberhand gewinnt, dass sie darauf besteht, an Ort und Stelle zu bleiben. Aber dann sinken ihre Schultern eine Spur nach unten, und sie nickt fast erschöpft.

»Gern, Polly«, sagt sie leise und lächelt mich schief an. In diesem Moment wird mir bewusst, was für ein Glück Jette und ich mit Inge hatten. Sie ist ein guter Mensch, auch wenn wir uns so oft gestritten haben. Aber das lag ganz sicher meistens nicht an ihr, wird mir einmal mehr klar. Ich hake mich bei ihr unter, werfe meiner Mutter einen letzten langen Blick zu und gehe dann mit Inge ins Restaurant und hinaus auf die Terrasse, von der man in der Tat einen atemberaubenden Ausblick auf den Atlantik hat. Es ist die Terrasse, auf der im letzten Sommer die Hochzeit gefeiert wurde, bei der Liam Gast war. Als Inge und ich uns an einen Tisch im Schatten eines Sonnenschirms setzen, wandert mein Blick über das Holzgeländer und hinab auf die gepflegte Rasenfläche, die bis zum Meer führt. In den Adirondack-Stühlen, die auf dem Rasen verteilt stehen, sitzen hier und da Touristen, manche mit einem Wein- oder Cocktailglas auf der Stuhllehne, andere mit einem Buch oder ihrem Smartphone in der Hand. Die Erinnerung an Liam und mich in einem dieser Stühle ist so überwältigend, dass sich mein Herzschlag ungebeten beschleunigt und ich rasch aufs offene Meer hinaussehen muss. Das Kreuzfahrtschiff scheint sich zum Auslaufen bereit zu machen. Aus dem Schornstein quellen dunkle Dieselwolken.

»Das war also Eva«, höre ich Inge sagen. Ich sehe sie an. Sie erwidert meinen Blick und mustert mich eingehend.

»Ja, das war sie«, murmele ich.

»Wie geht es dir, Schatz?«

»Gut«, behaupte ich und straffe meine Schultern. Inges Blick ruht prüfend auf mir, aber ich möchte jetzt keine tiefenpsychologischen Gespräche über meine wiedergefundene Mutter führen. »Sollen wir einen Gin Tonic bestellen?«, frage ich daher gut gelaunt und sehe mich schon nach einem Kellner um.

»Wenn du meinst«, erwidert Inge zögerlich.

»Ja«, sage ich entschlossen. »Das meine ich.«

Der dritte Gin Tonic gestern war wirklich zu viel, denke ich gequält, als ich am nächsten Vormittag im grellen Sonnenschein zum Hafen von Bar Harbor gehe. Das Wetter könnte zwar wirklich nicht schöner sein für eine Inselhochzeit, aber da ich trotz Sonnenbrille sehr leide, wünsche ich mir dennoch ganz eigennützig die eine oder andere Wolke herbei. Die dürfte bis zur eigentlichen Trauungszeremonie in knapp vier Stunden auch gern wieder verschwinden. Bis dahin habe ich hoffentlich das Schlimmste in Sachen Kater überstanden. Immerhin liegt der Atlantik erfreulich friedlich und ruhig vor mir, sodass sich mein leicht aufgewühlter Magen zumindest nicht mit einer aufgewühlten See auseinandersetzen muss.

Als ich mich dem Pier nähere, wo einige Segelboote und Fischkutter festgemacht sind, lässt mich ein lautes Hupen erschrocken zusammenzucken. Ein vertrauter roter VW-Bulli biegt knatternd in eine Parklücke, und noch ehe der Motor ganz verstummt ist, öffnet sich die Fahrertür, und Linda springt heraus. Fast hätte ich sie nicht erkannt, denn natürlich trägt sie heute weder ihre handfeste Feuerwehrmontur noch die sonst übliche sportliche Kombination aus Shorts und T-Shirt. Nein, denn Linda ist ja, genau wie ich, heute als Brautjungfer auf Blueberry Island im Einsatz.

Zum Glück hat Jette zumindest nicht auf diesen grauenvollen amerikanischen Kitschkleidern in Bonbonfarben bestanden. Und wir tragen auch nicht völlig identische Kleider, die uns wie dämliche Zwillinge aussehen lassen würden. Jettes einzige Vorgabe an Lindas und meine Kleider war, dass sie knielang, in einem dunklen Blau und, wenn möglich, aus einem leicht glänzenden Stoff sein sollten. Ich habe mich trotzdem nicht leichtgetan mit dem Kauf dieses Kleides, daher hat Jette mich bei ihrem letzten Besuch in Stuttgart im Juni in ein Kaufhaus geschleppt, wo wir schließlich ein nachtblaues Kleid aus wunderschön fließendem Satin gefunden haben. Das war zwar bodenlang, ist aber von Inge mit ihrer Nähmaschine im Handumdrehen in einen knielangen Traum verwandelt worden, der mir, wie ich zugeben muss, hervorragend steht. Aus dem Stoff, der abgeschnitten worden ist, hat Inge sogar noch eine Stola gezaubert, die mir auf der windumtosten Insel später sicherlich noch gute Dienste erweisen wird.

Lindas Kleid ist eine Nuance heller als meines, erkenne ich, als sie mir nun fröhlich zuwinkt und dann beginnt, den Parkplatz mit undamenhaft großen Schritten zu überqueren, die so gar nicht zu ihrem eleganten Kleid passen wollen. Aber obwohl Linda den Anschein erweckt, als ob sie sich lieber jetzt als gleich das Kleid ausziehen und ihre Einsatzkluft überstreifen würde, so bin ich doch ehrlich verblüfft, wie gut sie sich als Brautjungfer macht – besonders mit dem geflochtenen Kranz aus blauen Hortensienblüten im Haar.

»Keine Sorge, so einen bekommst du auch noch!«, ruft sie mir laut zu und fasst sich an den Kranz, als habe sie meine Gedanken gerade deutlich von meinem Gesicht ablesen können. Im nächsten Moment steht Liams Zwillingsschwester vor mir und nimmt mich fest in den Arm. »Schön, dich wiederzusehen«, sagt Linda, und ich zwinge mich dazu, sie unbefangen anzulächeln.

»Ich mich auch!«

»Hi, Polly«, höre ich da eine Männerstimme hinter uns. Ich löse mich von Linda und strahle Kyle an, der wie immer ein wenig schüchtern wirkt, als er neben uns tritt. Er sieht wirklich gut aus, mit einem grauen Anzug ohne Krawatte, das dunkle Haar ein wenig zurückgegelt.

»Hallo, Kyle«, sage ich und freue mich innerlich wie irre, dass diese beiden Turteltäubchen also immer noch zusammen zu sein scheinen. Dabei kenne ich sie kaum – aber irgendwie habe ich das Gefühl, am Entstehen dieser Beziehung mitgewirkt zu haben.

»Hallo, Polly, da bist du ja!« Ich merke, dass mein Vater und Inge sich schnellen Schrittes nähern. Ich war vorausgegangen, weil mein Kater und ich ein wenig Zeit zu zweit verbringen wollten. Aber diese Zweisamkeit ist jetzt wohl endgültig vorbei, denn ein weiteres Auto rollt heran, und aus dem hinabgelassenen Fahrerfenster dröhnt die Stimme von Lindas und Liams Dad: »Na, seid ihr alle bereit für eine Inselhochzeit?«

»Hi, Dad, hi Mom!«, ruft Linda, während James Malone den weißen SUV in eine Parklücke neben den VW-Bus seiner Tochter lenkt. Nervös sehe ich mich um. Jetzt wird bestimmt gleich Liam auftauchen. Inzwischen haben mein Vater und Inge unser Grüppchen erreicht, und ich stelle Linda und Kyle vor, und, als James und Jane uns erreichen, auch noch gleich die beiden. Natürlich gehe ich nicht ins Detail, woher wir uns kennen – ich betone einfach nur, dass sie die Eltern von Linda sind, und Linda ist nun einmal inzwischen gut mit Jette befreundet. Fertig. Dass ich eine Nacht mit einem weiteren Mitglied der Malone-Familie in einem Zelt im Nationalpark verbracht habe, müssen Papa und Inge nicht wissen.

»Ah, da ist ja Owens Boot!«, ruft Linda in diesem Augenblick, und wir drehen uns alle zum Pier um. Tatsächlich, Owens Hummerboot nähert sich tuckernd dem Hafen, besonders gut zu erkennen, weil es von blauen Herzluftballons an Schnüren umtanzt wird. Ich lache auf, während mein Vater und Inge neugierig näher ans Wasser gehen, um Boot und Bräutigam in Augenschein zu nehmen. Mir wird bewusst, dass die beiden Owen bisher nur auf dem Computerbildschirm gesehen haben, wenn Jette und er mit ihnen geskypt haben. Es muss wirklich merkwürdig sein, den Zukünftigen ihrer Tochter erst wenige Stunden vor der Trauung zum ersten Mal in Fleisch und Blut zu sehen. Eigentlich wollten wir uns gestern Abend noch alle in Bar Harbor treffen, aber Jette hatte noch so viel mit Last-Minute-Vorbereitungen für die Hochzeit zu tun und Papa und Inge waren ziemlich k.o. von der langen Reise, sodass wir das Treffen auf heute verschoben haben.

»Hallo, Polly.«

Erschrocken drehe ich mich um und sehe Eve und Georgia neben mir stehen. Sie sehen beide aus wie einem Seglermagazin entsprungen: Eve mit beigefarbenen langen Leinenhosen und dunkelblauer kurzärmeliger Bluse, Georgia mit blauer Dreiviertelhose und blau-weiß geringeltem Poloshirt.

»Hallo«, sage ich matt und versuche zu lächeln. Dass das schiefgeht, merke ich selbst – vor allem, weil ich in diesem Moment den gelben Jeep wahrnehme, der auf den Parkplatz rollt.

Kapitel 33

Hastig wende ich mich Linda zu, frage sie geschäftig: »Hast du den Blumenkranz für mich dabei?«

»Na klar, hier, in der Tasche«, erklärt Linda und hält eine Segeltuchtasche in die Höhe. »Willst du ihn jetzt schon haben? Ich setze meinen lieber noch einmal ab, auf dem Boot fliegt der sonst weg.«

»Ja, das ist sicher besser«, bestätigt Jane und küsst ihre Tochter auf die Wange. »Du bist so eine hübsche Brautjungfer, Darling! Und du auch, Polly!«

»Ähm, danke«, sage ich und werfe einen nervösen Blick über Janes Schulter. Der Jeep hat geparkt, die Fahrertür geht auf, und Liam steigt aus.

Als könne er meinen Blick genau auf sich spüren, dreht er sich um und sieht zu unserem Grüppchen hinüber. Er schaut mich an, und für einen langen Augenblick glaube ich, dass um mich herum alles stillsteht.

Dann löse ich mich aus meiner Erstarrung, wende mich ab und eile über die hölzernen Planken auf den Pier hinaus. Owen springt gerade vom Deck seines Kutters auf den Pier, um ein Tau um einen Poller zu schlingen, und im nächsten Moment geht Papa auf ihn zu und bietet seine Hilfe an. Die beiden Männer machen das Fischerboot fest und begrüßen sich dann mit dem typischen kernigen Auf-die-Schulter-Klopfen, das man zwischen eher wortkargen Kerlen häufiger sieht. Ich muss grinsen, und das, obwohl ich fürchte, dass sich von hinten jeden Augenblick Liam nähern könnte.

»Hi, Owen!«, sage ich, und mein Schwager in spe lächelt mich breit an. Noch trägt er seine Fischerklamotten, aber ich gehe mal davon aus, dass er nicht vorhat, im Ölzeug zu heiraten.

»Hi, Polly, schön, dich zu sehen. Ich umarme dich lieber nicht, sonst wird dein Kleid dreckig.« Sein schiefes Grinsen erinnert mich ein wenig an einen überdimensionalen Schuljungen.

»Sag mal, kann es sein, dass du seit dem letzten Sommer noch mehr gewachsen bist?«, frage ich und knuffe ihn gegen den Oberarm.

»Ja, das macht die gute Seeluft hier in Maine«, erwidert er und lacht leise in sich hinein.

»Oha, ist Jette jetzt etwa auch größer als ich?«, frage ich belustigt, bevor mir das Lachen vergeht, weil sich von hinten Schritte nähern, gerade, als Inge Owen die Hand reicht und ihn freundlich begrüßt.

Ich sehe mich um und merke, dass meine Mutter und Georgia fast bei unserem Grüppchen angekommen sind, dicht gefolgt von Linda und Kyle – und Izzy.

»Hi! Polly!«, jubelt das Kind und stürmt juchzend auf mich zu. Ich starre Izzy an, zwinge mich zu einem möglichst euphorischen Lachen und rufe: »Izzy, du bist ja so sehr gewachsen, ich hätte dich kaum wiedererkannt!«

»Ich weiß, all meine Sommersachen von letztem Jahr sind zu klein geworden!«, verkündet Izzy stolz und schlingt glücklich ihre Arme um meine Taille. »Wie schön, dass du hier bist, Polly!«

»Ja, ich freue mich auch«, sage ich gerührt und streiche der Kleinen über das blonde Haar, bevor mein Blick nervös über ihren Kopf hinwegwandert zu den Personen, die sich nun nähern: Jane und James kommen Arm in Arm näher, und neben ihnen geht ihr Sohn. Liam hat seinen Blick fest auf mich gerichtet. Er trägt dunkle Hosen und ein langärmeliges weißes Hemd, dessen Ärmel bis zu den Ellbogen aufgekrempelt sind, wie damals, als ich ihn zum ersten Mal gesehen habe. An dem Abend im Bar Harbor Inn.

Mein Fluchtinstinkt setzt sehr plötzlich und sehr heftig ein, und ehe ich mich versehe, löse ich mich mit einem »So, dann wollen wir mal!« von Izzy und betrete entschlossen die schmale Gangway, mit deren Hilfe Owen zwischen Pier und seinem Boot einen Übergang geschaffen hat.

Sobald ich auf der wackeligen Gangway stehe, merke ich allerdings, dass a) mein Kater noch sehr präsent ist, weil mir nämlich sofort wieder schummerig wird, und b) meine neuen Silberpumps genauso unpraktisch sind, wie sie aussehen und sich überhaupt nicht dafür eigenen, mit Kater auf einer schmalen Gangway ohne Geländer zu versuchen, das Gleichgewicht zu halten. Ich höre noch, wie Owen etwas ruft, das sehr nach »Vorsicht, Polly ...« klingt. Weiter höre ich nichts. Weil ich falle. Mit einem Schrei, der in meinen Ohren dröhnt, stürze ich ins kalte Meerwasser. Um mich herum wird es für zwei, drei Sekunden dunkel und still, bis ich mich prustend und hustend zurück an die Oberfläche kämpfe. Etwas hängt in meinem Haar, vermutlich Seetang. Ich rudere mit den Armen und versuche zu begreifen, wie das geschehen konnte, als ich über mir das besorgte Stimmengewirr auf dem Pier wahrnehme.

»Polly, hast du dir wehgetan?«, höre ich Izzy ängstlich rufen.

»Nein, alles okay!«, stoße ich angestrengt hervor, während ich Halt an einem der hölzernen Pfähle des Piers suche, der glitschig und von Algen umwoben ist. Neben mir schwimmt meine Handtasche, und ich greife panisch danach, bevor sie versinken kann. Verdammt, mein Telefon! Hoffentlich überlebt das dieses Bad! Dann sehe ich nach oben.

Elf Gesichter lugen über den Rand des Piers besorgt zu mir herab: Papa und Inge, meine Mutter und Georgia, Linda und Kyle, James und Jane, Owen und Izzy und … ja, natürlich Liam. Aus irgendeinem blöden Grund ist ausgerechnet Liam am dichtesten an der Stelle, wo ich mich gerade an den Pfahl klammere, und er beugt sich hinab und streckt mir seine Hand entgegen.

»Komm, ich ziehe dich raus.«

Ich schlucke und greife nach seiner Hand. Während meine kalt, nass und glitschig wie ein Fisch ist, fühlt sich seine warm, trocken und stark an. Liam umfasst mein Handgelenk mit seinen Fingern und zieht, während ich versuche, mit meinen Füßen Halt am Pfahl zu finden, um von unten mithelfen zu können – aber ich rutsche immer wieder weg. Da reicht eine zweite Hand hinab, die Owen gehört, und ich greife ebenfalls danach. Ehe ich mich versehe, ziehen die beiden Männer mich wie einen nassen Sack aus dem Hafenbecken.

Natürlich muss ich das Gleichgewicht verlieren und auf Liam fallen. Es konnte nicht Owen sein, nein, so läuft das in meinem Leben nicht.

Liam taumelt rückwärts, bleibt aber stehen und hält mich fest. Ich löse mich von ihm, mein Gesicht brennend vor Verlegenheit, trotz der eisigen Kälte, die mir in die Knochen kriecht.

»Alles okay?«, höre ich seine Stimme fragen, und diese Stimme gibt mir fast den Rest. Ich habe sie so lange nicht gehört, und jetzt ist sie dicht an meinem Ohr, hüllt mich ein, und ich fühle mich auf unerklärliche Weise geborgen. Auch die anderen fragen aufgeregt durcheinander, von allen Seiten reden sie auf mich ein: »Polly, geht es dir gut?«

Rasch nicke ich und bemühe mich um meine Fassung. Aber als mein Blick nach unten und über meine Füße huscht, stöhne ich gequält auf: Nicht nur klebt mein schönes nachtblaues

Kleid wie ein nasser Sack an mir, nein, ich habe zu allem Überfluss bei meinem unfreiwilligen Bad auch noch einen meiner silbernen Pumps verloren und stehe mit nur einem Schuh auf den Planken des Piers. Wie Aschenputtel. Aber ohne Prinzen. Denn in meinem Leben gab es noch nie einen Prinzen, und so wird es auch bleiben.

»Verdammt«, flüstere ich und schmecke das Salzwasser auf meinen Lippen, während meine zitternden Finger einen glitschigen Strang Seetang von meiner Schulter wischen. »Mein Schuh!«

Liams Blick wandert ebenfalls an mir hinab, und als ich ihn flüchtig ansehe, merke ich, dass er nicht weiß, ob er lachen oder betroffen sein soll. Aus dieser Nähe sieht er so unfassbar gut aus, dass mir warm wird, meinem nass und kalt an mir klebenden Kleid zum Trotz. Ich mache einen schnellen Schritt von ihm fort und näher an das Hafenbecken heran, schaue ins Wasser hinab. Ohne aufzusehen, merke ich, dass Liam es mir gleichtut, und auch Izzy drängt sich dicht neben ihn.

»Da, da ist dein Schuh, Polly!«, ruft sie aufgeregt, und tatsächlich, jetzt erkenne auch ich den silbernen Schimmer auf dem Grund des Wassers, auf dessen Oberfläche hier und da Flecken von gelbem Seetang treiben.

»Kann man den irgendwie mit einem Stock hochziehen?«, höre ich Papa fragen, der sich neben mich gestellt hat und schützend eine Hand auf meinen Arm legt.

»Nein, das ist zu tief«, sagt Liam, und noch während Kyle, James und Papa fachsimpeln, merke ich plötzlich, dass er neben mir beginnt, sein Hemd aufzuknöpfen. Entgeistert starre ich ihn an.

»Du willst doch jetzt nicht da reinspringen? Wir müssen zur Hochzeit!«

Ruhig erwidert er meinen Blick und entgegnet: »Ja, aber du

willst doch nicht barfuß zur Hochzeit deiner Schwester gehen, oder? Und es wäre doch schade um deinen Schuh.«

Er sagt das ernst und mit Nachdruck. Mir wird noch wärmer. Das könnte natürlich auch an der Wolldecke liegen, die Owen von seinem Kutter geholt und mir gerade fürsorglich um die Schultern gelegt hat.

»Warte, Liam, lass mich das machen, ich muss mich doch eh noch umziehen!«, sagt Owen nun, aber Liam hat sein Hemd schon abgestreift und drückt es mir in die Hand, bevor er seine Hose auf seine Füße hinabgleiten lässt. Seine Schuhe hat er schon abgestreift, merke ich, als ich betreten den Boden fixiere, weil ich auf keinen Fall seinen nackten Oberkörper und seine Boxershorts anstarren will.

»Lass mal, Owen, du hast heute schließlich noch deine eigene Hochzeit vor dir.« Ohne Umschweife reicht Liam mir ebenfalls seine Hose, und noch ehe Owen oder ich etwas sagen können, macht er einen Köpper ins Hafenwasser.

Izzy quietscht aufgeregt, Linda lacht auf, und ihre Mutter stöhnt: »Er wird sich den Tod holen – und du übrigens auch, Kindchen.« Ich merke, dass sie mit mir spricht, während ich meinen Blick nicht von der Stelle lösen kann, an der Liam untergetaucht ist.

»Ja, du hast recht«, höre ich Inge besorgt sagen. Ihr Englisch ist ein wenig holprig, aber sie bemüht sich sehr, und Jane scheint sie zu verstehen. »Am besten hole ich schnell etwas Trockenes zum Umziehen für dich aus dem Hotel, Polly.«

»Aber zu Fuß dauert das zu lange«, wirft mein Vater zweifelnd ein. »Hätten wir doch bloß den Mietwagen genommen!«

»Komm, ich fahre dich«, sagt da Jane entschlossen und greift meine Stiefmutter am Arm. »Wir machen einen Stopp beim Hotel, und du holst etwas Trockenes für Polly, und dann halten wir noch schnell bei uns, und ich hole eine Unterhose von meinem Mann für Liam. Unser Haus ist hier ganz in der Nähe, das ist kein Umweg.«

»Klingt nach einem Plan«, sagt Inge merklich zufrieden, und schon wenden sich die beiden Frauen voll Tatendrang ab. »Wir beeilen uns, ihr Lieben, bis gleich!«

»Er hat deinen Schuh!«, jubelt da Izzy neben mir, und ich sehe wieder ins Wasser hinab und merke, dass Liam tatsächlich mit meinem silbernen Schuh wiederaufgetaucht ist. Noch während ich mich frage, wer Liam jetzt herausziehen soll, krault er zum Heck von Owens Kutter und steigt über eine Leiter an Deck. Warum mir niemand gesagt hat, dass es diese Leiter gibt, weiß ich nicht. Ich vermute mal, dass die anderen Angst hatten, ich würde zu allem Überfluss absaufen, wenn sie mich noch ein Stück hätten schwimmen lassen, anstatt mich gleich zu retten.

»Komm, Kleines, lass uns auch an Bord gehen.« Eve ist neben mich getreten und fasst mich sacht am Arm. Wie betäubt gehe ich mit Georgia und ihr über die Gangway, wobei ich genau merke, dass eine vor und eine hinter mir bleibt, beide besorgt darauf bedacht, dass ich bloß nicht wieder das Gleichgewicht verliere.

Nie wieder werde ich auch nur einen Gin Tonic trinken, schwöre ich mir im Stillen, während ich vor Verlegenheit brennend das Deck betrete.

Liam kommt auf mich zu und hält mir den silbernen Schuh entgegen. Sein dunkles Haar klebt nass an seiner Stirn, gelber Seetang hängt dazwischen. Trotzdem sieht er so verdammt sexy aus, mit einer weiteren von Owens olivgrünen Wolldecken um die Schultern, dass ich beim ersten Versuch, ihm den Schuh abzunehmen, ins Leere greife, so sehr bin ich mit Starren beschäftigt. Peinlich berührt senke ich schnell den Blick und greife nach dem Pumps, studiere eingehend den Absatz, an dem ebenfalls ein wenig Seetang hängt, während ich »Danke« murmele. Dann reiche ich ihm im Gegenzug seine Klamotten, die ich fest umklammert gehalten habe. Seine Hand streift meine, als er mir Hose und Hemd abnimmt. Ich versuche, den Schauer zu unterdrücken, der mich durchläuft. Vergeblich. Zum Glück kann ich das auf die Kälte schieben, die mir in den Knochen sitzt.

»Gern geschehen«, sagt Liam leise. Und dann fügt er noch hinzu: »Es ist schön, dich wiederzusehen, Motte.«

Ich kann ihn nicht ansehen. Das ist mir alles zu viel. Diese ganze verdammte Inselhochzeit läuft schon jetzt aus dem Ruder, bevor wir überhaupt auf der Insel angekommen sind!

»Das mit dem Schuh ist wie bei Cinderella!«, juchzt Izzy nun zu allem Überfluss neben uns, und ich wende mich schnell ab, bevor sie sich weiter in eine Disney-Illusion hineinsteigern kann. Denn das hier ist so weit von Disney entfernt wie … wie ich es von einer Buchübersetzung bin, in der es keine Sexszene gibt.

Und dann mache ich es doch wie im Märchen: Ganz wie Cinderella flüchte ich. In die Steuerkabine des Fischkutters, wo Owen mich in seiner unkomplizierten Art geradezu brüderlich in Empfang nimmt, mir einen der zwei hohen Drehstühle, die am Boden festgeschraubt sind, zum Sitzen anbietet und mir heißen Kaffee aus seiner Thermoskanne einschenkt.

»Ich fahre nie ohne Kaffee mit dem Boot raus«, erklärt er mit einem freundlichen Lächeln.

»Es tut mir so leid, dass ich euch diese Umstände bereite«, wispere ich und kämpfe mit den Tränen. Ich schäme mich in Grund und Boden für mein Missgeschick, weshalb ich überaus froh bin, mich in der Steuerkabine verstecken zu dürfen und bis auf Owen niemandem in die Augen sehen zu müssen.

»Ach was«, brummt Owen und tätschelt mir unbeholfen die Hand. »Ich bin nur froh, dass du dich nicht verletzt hast.«

»Aber Jette wird so enttäuscht sein, wenn sie mich so sieht«, flüstere ich und blinzele mit einem Blick auf mein ruiniertes Outfit eine Träne weg. Owen mustert mich betroffen, dann schüttelt er den Kopf und lächelt mich schief an.

»Ach was, das wird sie nicht«, versichert er mit fester Stimme. »Sie wird sich einfach nur freuen, dass du da bist. Glaub mir, ob mit oder ohne Kleid. Ich meine … Also, natürlich nicht ganz ohne Kleid … Ich …«

Owens braun gebranntes Gesicht überzieht sich rosarot, und ich muss trotz der ganzen bescheuerten Situation so sehr lachen, dass ich mich fast an meinem Kaffee verschlucke. »Ja, eine nackte Brautjungfer wäre auch wirklich merkwürdig«, kichere ich albern, während ich merke, dass das heiße Getränk wohltuend durch meinen Körper strömt und mir ganz langsam wieder Leben einhaucht.

»Wie, nackte Brautjungfer?«, höre ich Linda laut und deutlich von der Tür her fragen, während sie den Kopf hereinstreckt und uns angrinst. Ich lache zurück, bis ich Liam sehe, der schräg hinter seiner Schwester steht und mich über ihre Schulter hinweg anstarrt. Sofort vergeht mir das Lachen.

»Nein, natürlich keine nackte Brautjungfer«, beeile ich mich zu murmeln und versenke mein Gesicht in dem Becher, um einen weiteren großen Schluck Kaffee zu inhalieren und Liams Blick zu entkommen.

»Schade, so mancher Anwesende hätte da bestimmt nichts gegen gehabt.« Linda lacht frech, während ich nicht weiß, was ich sagen soll und Owen sichtlich verlegen einen weiteren Becher mit dampfendem Kaffee Liam hinausreicht. Der nimmt das Getränk mit einem »Danke dir, Kumpel« und einem Augenrollen in die Richtung seiner feixenden Schwester entgegen. »Linda, gibt es nicht irgendwo einen Brand für dich zu löschen?«, fragt er gereizt, und seine Schwester erwidert gut gelaunt: »Heute nicht, Bruderherz! Wobei …« Sie wirft erst ihm, dann mir einen langen Blick zu und fügt erstaunlich ernst hinzu: »Manche Feuer will ich gar nicht löschen. Und die lassen sich auch nicht so leicht löschen.«

Liam starrt sie schweigend an, während ich mich mit – wie passend! – brennenden Wangen abwende. Als ich es wage, wieder in Liams Richtung zu sehen, merke ich, dass er zu Izzy gegangen ist, die an der Reling steht.

»So, da bin ich wieder«, meldet sich plötzlich Inge zu Wort, und mir wird klar, dass Jane und sie bereits wieder an Bord gekommen sind. Das ging wirklich schnell! Meine Stiefmutter hält mir eines meiner geblümten Sommerkleider entgegen, das noch ein wenig knitterig vom Koffer ist. Und eine warme Strickjacke, die ihr gehört.

»Danke, Inge, du bist die Beste«, murmele ich und nehme ihr die Sachen ab.

»Hier ist noch trockene Unterwäsche«, raunt sie. »Und dein Kosmetiktäschchen habe ich auch eingepackt. Du wirst sehen, alles wird gut, Häschen.«

Häschen. So hat mich Inge von klein auf genannt. Warum, weiß ich eigentlich nicht mehr so genau. Und sie hat es auch lange nicht getan. Aber jetzt, in diesem Moment, scheint sie in mir wieder das Kind zu sehen, das ich mal war. Das mutterlose kleine Mädchen, das so schwierig, aber gleichzeitig so anhänglich sein konnte. Spontan nehme ich sie in die Arme und drücke sie fest an mich. Ich merke genau, dass Inge überrascht ist, aber sie drückt mich ebenso innig zurück und streicht mir liebevoll eine nasse Strähne aus dem Gesicht.

»Ähm, wenn du dich umziehen willst, es gibt hier an Bord eine Toilette«, höre ich Owen sagen, und er deutet durch das Fenster auf eine Tür neben der Steuerkabine, die man von Deck erreicht.

»Danke dir«, erwidere ich, und erst als ich an Inge vorbei aus der Kabine trete und zu der Toilettentür gehe, fällt mir auf, dass mich alle an Deck mustern.

Auch meine Mutter. Natürlich hat sie mitbekommen, wie ich Inge gerade umarmt habe, und ich erkenne die aufgewühlten Gefühle in ihrem Blick. Rasch flüchte ich mich in die enge, fensterlose Toilette, versuche, nicht zu allem Überfluss seekrank zu werden, da ja mein Kater ohnehin noch latent im Hintergrund herumschnurrt und nur darauf zu warten scheint, wieder zum Angriff überzugehen. So rasch wie möglich ziehe ich mir die trockenen Sachen an und kehre dann ins grelle Sonnenlicht zurück. Kaum habe ich die Kabine verlassen, geht Liam auf die Toilettentür zu, um sich ebenfalls umzuziehen. Ich spüre seinen Blick so deutlich auf mir, dass meine Haut erneut zu brennen beginnt. Schnell wende ich ihm den Rücken zu.

Der Kutter hat sich bereits in Bewegung gesetzt, tuckert langsam vom Pier fort. Gerade will ich mich wieder in die Sicherheit der Steuerkabine flüchten, als meine Mutter neben mich tritt.

»Geht es dir gut?«, fragt sie, und ich höre die Besorgnis deutlich aus ihrer Stimme heraus. Sie hält die Wolldecke in den Händen, die ich in der Steuerkabine gelassen hatte, und legt sie mir erneut um die Schultern.

»Danke«, murmele ich. »Ja, alles okay. Ich komme mir nur extrem dumm vor.«

»Du bist nicht die Erste, die in diesem Hafen ins Wasser gefallen ist, glaub mir«, erwidert meine Mutter, und die Wärme ihrer Stimme tut mir gut. »Und du wirst nicht die Letzte sein. Die Hauptsache ist, dass du unverletzt bist.« Sie macht eine kurze Pause und fügt dann ernst hinzu: »Das ist das Wichtigste, glaub mir.«

Ich sehe sie an, und die tiefen Gefühle in ihren Augen, die

mir ohne Vorwarnung entgegenschlagen, lassen mich sprachlos die Reling umklammern. »Weißt du eigentlich, wie ich Georgia kennengelernt habe?«

»Ähm – im Nationalpark, oder?«, murmele ich, denn Jette hat mir irgendwann in den letzten Monaten, bei einem unserer sehr viel häufiger gewordenen Skype-Gespräche, davon erzählt: Dass Georgia eine Zeit lang mit einem Mann verheiratet und als Fotografin in New York City ziemlich erfolgreich war. Dass sie Urlaub im Acadia National Park gemacht hat – allein, denn ihr Mann hatte zu dem Zeitpunkt eine Affäre, und ihre Ehe war ziemlich am Ende.

»Ja«, lächelt Eve nun und sieht zu Georgia hinüber, die ein Stück von uns entfernt steht und aufs Meer hinausschaut. »Sie ist beim Wandern im Park an den Klippen abgestürzt und ins Meer gefallen. Ich habe das Search-&-Rescue-Team dabei unterstützt, sie zu bergen. So fing das an mit uns. Seitdem sagt sie immer, dass der Sturz das Beste gewesen sei, was ihr je passiert ist.«

Hals über Kopf hatten sich die beiden verliebt, hat Jette mir bei Skype schon erzählt, und kurz danach hat Georgia die Scheidung eingereicht, um nach Bar Harbor zu ziehen und fortan die Natur im Nationalpark anstatt hippe Leute in New York zu fotografieren.

»Hat dein Vater von gestern Abend erzählt?«, fragt Eve plötzlich leise, und ich muss mich näher zu ihr beugen, um sie zu verstehen. Ich sehe über meine Schulter zu Papa und Inge, die ein paar Schritte entfernt von uns an der Reling stehen und die vorbeiziehende Küste bewundern.

»Ja, hat er«, sage ich leise und denke an unser Gespräch beim Frühstück. Zwar war ich noch sehr benebelt von meinem Kater, aber dennoch wollte ich natürlich von Papa wissen, wie er sich mit meiner Mutter verstanden hatte. Gestern Abend hatten wir

438

uns nicht mehr gesprochen. Nachdem ich mit Inge einen Gin Tonic zu viel getrunken hatte, war ich in mein Zimmer gegangen, um meinen Koffer auszupacken. Allerdings war ich nicht weit gekommen, weil ich neben meinem aufgeklappten Koffer eingeschlafen und erst im Morgengrauen wieder aufgewacht war.

Beim Frühstück hat mein Vater von der ehrlichen Aussprache zwischen Eva und ihm erzählt. Von den Missverständnissen, die sie endlich ausräumen konnten. Von den Tränen, die sie beide vergossen haben. Inge saß still neben ihm und aß ihr Rührei, während Papa erzählte, und ich bewunderte sie dafür, dass sie diese ganze merkwürdige Situation so gelassen ertrug. Es gibt schließlich angenehmere Urlaubserlebnisse, als das erste Treffen mit der leiblichen Mutter der Kinder, die man mit dem eigenen Ehemann aufgezogen hat.

»Es tat so gut, mit ihm über alles zu sprechen«, sagt meine Mutter nun und holt tief Luft, während sie mit beiden Händen die Reling umklammert und auf den Atlantik hinausstarrt. »Ich hatte mich so lange danach gesehnt, ihm alles erklären zu dürfen. Er … er hat gesagt, dass er mir verzeiht. Jetzt, da er weiß, wie damals alles gelaufen ist. Wie ich mich gefühlt habe. Dass ich es bereut habe, einfach so weggelaufen zu sein. Es immer noch bereue. Jeden Tag.« Sie sieht mich wieder an, und in ihren Augen schimmern Tränen. Ich schlucke gegen die Rührung an, die in meinem Hals hochsteigen will. »Dass er mir verzeihen kann, das bedeutet mir so viel, Polly.« Eve stockt. »Allerdings … allerdings ist das nur einer von drei wichtigen Schritten. Dein Vater, der mir verzeiht. Jette, die ich im Laufe des letzten Jahres immer besser kennenlernen durfte, und deren Anwesenheit auf Blueberry Island mich so glücklich macht. Und … du. Du bist das dritte wichtige Puzzleteil, Polly. Ohne dich klafft da eine riesige Lücke.« Sie sieht mich ernst an, und ich starre zurück und denke voll Scham an ihren Brief, an ihre Postkarte, an ihre Weihnachtskarte. Ich habe nie geantwortet. Beziehungsweise: Doch, ich habe geantwortet. Aber ich habe diese Antwort nie abgeschickt.

Wie benommen schlucke ich und suche nach Worten. Doch noch bevor ich diese finde, erhellt sich das Gesicht meiner Mutter eine Spur, und sie fügt mit fester Stimme hinzu: »Darum hat es die Welt für mich bedeutet, als ich deinen Brief bekommen habe, Polly. Dass du mir nach all diesen Monaten, in denen ich sehnsüchtig auf ein Lebenszeichen von dir gewartet habe, doch noch geschrieben hast, das war das schönste Geschenk für mich.«

Ich muss genauso geschockt aussehen, wie ich mich fühle, denn Eve redet rasch weiter: »Keine Sorge, ich bin froh, dass du so ehrlich warst. Es war wichtig, dass du dir alles von der Seele schreiben konntest. Ich kann mich nur erneut für alles entschuldigen, Polly. Und ich will, dass du weißt, dass du wirklich in keiner Weise schuld warst an meiner Flucht aus Stuttgart. Es lag überhaupt nicht an dir, mein Kind!«

Sie wischt sich eine Träne von der Wange und beugt sich vor, drückt mir fast trotzig einen blitzschnellen Kuss auf die Stirn, so, als fürchte sie, dass ich sie abweisen werde, wenn sie sich zu langsam oder zu zögerlich bewegt. Dann wendet sie sich ab, lässt mich allein an der Reling stehen.

Ich starre auf die Hafeneinfahrt von Blueberry Island, die vor dem Bug unseres Kutters aufgetaucht ist, und dort erkenne ich eine Frau, die aufgeregt herumhüpft wie ein Flummi. Jettes blonde Locken wehen filmreif im Wind, ihr blaues Sommerkleid bläht und bauscht sich um sie herum, während sie uns übermütig zuwinkt. Peu à peu wird sie größer und mit ihr das Strahlen auf ihrem Gesicht. Als das Fischerboot ihres Zukünftigen endlich an der Hafenmole festmacht, höre ich Izzy aufgeregt rufen: »Komm, Polly, wir sind da!«

»Ja«, murmele ich und wende mich wie betäubt zum Gehen. Der einzige Gedanke, der in meinem Kopf hämmert, während ich den anderen vom Boot folge und auf meine glücklich strahlende Schwester zugehe, ist: Ich könnte sie umbringen!

Kapitel 34

P olly! Endlich!« Nachdem sie Papa und Inge begrüßt hat, schlingt Jette ihre Arme um mich, nur um im nächsten Augenblick erschrocken von mir abzurücken. »Deine Haare sind nass! Und ... ziehst du dich noch um?«

»Vielleicht«, knurre ich und halte die Tasche hoch, in der sich mein Brautjungfernkleid befindet. Owen hatte es an Deck aufgehängt, sodass es während der Fahrt schon ein wenig trocknen konnte, aber klamm ist es nach wie vor. »Wenn ich eine Wäscheleine finde.«

»Was ist denn passiert?«

Ich atme tief durch und versuche, das Tohuwabohu um uns herum auszublenden, während sich unser ganzes Grüppchen langsam vom Pier fort und die verschlafene Main Street entlang Richtung Leuchtturm bewegt.

»Das ist jetzt nebensächlich, Jette.« Erstaunt sieht meine Schwester mich an, als ich stehen bleibe. Wütend zische ich: »Könnte es sein, dass du heimlich meinen Brief an unsere Mutter abgeschickt hast?«

Jette grinst mich verlegen an. Ich stöhne auf und schlage mir eine flache Hand vor die Stirn.

»Wie konnte ich bloß so blöd sein und dir erzählen, dass ich den Brief geschrieben und nicht abgeschickt habe?« Fassungslos starre ich meine Schwester an, die es tatsächlich irgendwie schafft, recht unschuldig auszusehen. »Aber wie du das angestellt hast, das ist mir echt ein Rätsel, du … du hinterlistiges Luder!«

Jette grinst ungerührt. »Sie lagen doch kaum zu übersehen in deiner Schreibtischschublade. Ich habe eigentlich nur nach Tesafilm gesucht, während du geduscht hast.«

Mit einem tiefen Seufzer schließe ich kurz die Augen, während ich an die Übernachtung meiner Schwester bei mir in Stuttgart zurückdenke. Das war vor gerade mal drei Wochen, Mitte Juni, als sie das letzte Mal vor der Hochzeit zu einem kurzen Deutschlandbesuch vorbeigekommen ist und mit mir gemeinsam das dunkelblaue Kleid gekauft hat, das nun wie ein feuchtes Häuflein Elend in meiner Tasche liegt.

Gequält versuche ich, mich daran zu erinnern, was genau ich an Eve geschrieben habe. Ich weiß noch, dass ich die Zeilen an einem Adventssonntag zu Papier gebracht habe, nachdem ihre Weihnachtskarte angekommen war. Auf der Karte war ein Foto von Georgia, Jette, Owen, Grandpa, Grace und ihr selbst vor einem aus beleuchteten Hummerkörben aufeinandergestapelten »Weihnachtsbaum« im Hafen von Blueberry Island zu sehen.

Liebe Eve,

vielen Dank für deine Karte. Und für deinen Brief und für die Postkarte. Danke auch, dass du mir noch einmal erklärt hast, wie es dir damals ging, als du aus Stuttgart geflohen und nach Blueberry Island gekommen bist. Bitte glaube mir, wenn ich dir sage, dass ich es mittlerweile irgendwie verstehen kann. Ich verstehe es, selbst wenn es mir immer noch unglaublich wehtut.

Jahrelang habe ich mir eingeredet, dass ich dich nicht vermisse. Wie kann man denn jemanden vermissen, an den man sich nicht erinnert? Aber da war trotzdem immer diese nagende Sehnsucht in meinem Inneren. Da war eine unbestimmte Leere. Da war der Schmerz. Wenn die eigene Mutter einen verlässt, wie soll man dann mit dem Gefühl durchs Leben gehen, ein liebenswerter Mensch zu sein?

Weißt du, dass ich mir immer die Schuld an deinem Verschwinden gegeben habe? Ich habe befürchtet, dass du gegangen bist, weil ich so ein schwieriges Kind war. Denn sonst hättest du ja schon nach Jettes Geburt gehen können! Warum erst nach meiner? Es lag sicher daran, dass ich als Baby so viel geweint habe, so oft Koliken hatte, so schwierig und anstrengend war. Das habe ich mir im Stillen eingeredet, auch wenn das niemals jemand mir gegenüber behauptet hat. Trotzdem habe ich mich immer schuldig gefühlt, wenn Jette von dir gesprochen hat, und als sie ruhelos durch die Welt zog, auf der Suche nach dir. Ich habe befürchtet, dass es an mir lag, dass meine Schwester ohne dich sein musste. Dass es nie so weit gekommen wäre, wenn ich nicht geboren worden wäre.

Und ich habe mir stets eingeredet, dass ich nicht gut genug sei. Für niemanden. Dass ich mir gar nicht erst die Hoffnung auf eine Beziehung machen muss. Dass ich nicht lieben kann. Aber, wer weiß, vielleicht schaffe ich sogar das eines Tages.

Es ist schön, dich kennengelernt zu haben, Eve. Es ist schön zu wissen, woher ich den Hang zur zitternden Unterlippe habe, bevor ich in Tränen ausbreche. Es ist schön zu wissen, wie ich vielleicht einmal aussehen werde, wenn ich in deinem Alter bin.

Es ist schön zu wissen, wer meine Mutter ist.

Polly

Mit einem Stöhnen reibe ich meine Stirn, während die Erinnerung an meine Worte in meinem Kopf pulsiert. Dann wird mir bewusst, was genau Jette gerade gesagt hat. Moment mal! Erschrocken reiße ich meine Augen weit auf, als ich meine Schwester fixiere. »Was meinst du mit ›Sie lagen doch kaum zu übersehen in deiner Schreibtischschublade …‹? Wieso ›sie‹?«

»Ähm …« Jette räuspert sich und sieht sich nach dem Rest unserer Gruppe um. Die anderen haben die Kurve erreicht, hinter der gleich der Leuchtturm auftauchen wird, wie ich mich erinnere.

»Owen, wartet ihr auf uns?«, ruft Jette und will loseilen, aber ich halte sie entschlossen am Handgelenk fest.

»Sag mir bitte, dass du den Brief für IHN nicht abgeschickt hast!«, stoße ich ungläubig hervor. »Jette!«

Meine Schwester schüttelt mich entschlossen ab und strafft ihre Schultern. »Natürlich habe ich das, wo er doch so passend gemeinsam mit dem Brief für Mama in der Schublade lag. Es war ja fast so, als wolltest du, dass man die Briefe findet und für dich abschickt, Polly! Warum sonst hättest du sie aufgehoben?«

»Jette, wenn ich sie hätte abschicken wollen, dann hätte ich es wohl selbst getan!« Wütend trete ich vor sie und versuche, sie am Weitergehen zu hindern.

»Alles okay?«, höre ich Papa rufen, und Jette brüllt gut gelaunt: »Ja-ha, wir kommen schon!«

»Jette!«

Meine Schwester wirft mir einen entschlossenen Blick zu und sagt: »Polly, ganz ehrlich: Du hast diese Briefe geschrieben, weil du wolltest, dass Mama und Liam wissen, wie es in deinem Innersten aussieht. Aber da dich dann, wie immer, wenn es um Gefühle geht, mal wieder der Mut verlassen hat, habe ich den Rest erledigt. Sei mir einfach dankbar, okay? Ich wollte halt nicht, dass alles so herzzerreißend tragisch endet wie bei Oma Gerda! So, und jetzt komm, sonst verpasse ich meine eigene Hochzeit. Ich muss mich schließlich auch noch umziehen!«

Und sie eilt davon, auf Owen zu, der an der Wegbiegung geduldig auf sie wartet und ihr mit so viel Liebe im Blick entgegensieht, dass die Sehnsucht heftig in mir hochzüngelt.

Dann merke ich, dass Liam ebenfalls stehen geblieben ist und mich abwartend ansieht. Bei der Erinnerung an den Brief, den ich in jener Nacht, nach »The Rose« von Bette Midler im Radio, an ihn geschrieben habe – all die Worte, die nie von ihm gelesen werden sollten, die nur für mich und meine Schreibtischschublade bestimmt waren! –, da wünsche ich mir, wieder auf einer wackeligen Gangway zu stehen und in kaltes Atlantikwasser fallen zu dürfen, nur um Liams Blick zu entgehen.

Lieber Liam,

vielen Dank für deinen Brief. Du glaubst nicht, wie oft ich deine Worte gelesen habe. Wie sehr ich mich darüber gefreut habe.

Es stimmt, du weißt wenig über mein Leben hier in Stuttgart, aber, ehrlich gesagt, gibt es da gar nicht so schrecklich viel zu erzählen. Ich übersetze den lieben langen Tag (momentan übrigens kein »interessantes Romanprojekt«, sondern die Gebrauchsanleitung einer Bewässerungsanlage – du siehst, mein Beruf kann auch sehr nüchtern sein!) und ernähre mich von zu vielen Kohlenhydraten und zu wenig Gemüse. Meine Dachgeschosswohnung ist gerade mal 40 Quadratmeter klein, aber das ist nicht weiter schlimm, weil ich sowieso fast immer am Schreibtisch sitze (oder abends auf dem Sofa, um fernzusehen). Außerdem muss ich so nicht zu viel putzen – das Treppenhaus hält mich schon genügend auf Trab, denn die Schwaben nehmen die Kehrwoche sehr ernst. Wenn du wissen möchtest, was die Kehrwoche ist, können Jette oder Eve dir das sicherlich eindrucksvoll erklären.

Liam, ich bin so froh, dass Izzy anscheinend gut mit der Enttäuschung, dass ihre Mom keinen Kontakt zu ihr haben will, klarkommt. Ich verstehe jetzt viel besser, warum du sie so lange angelogen hast: Weil du genau vor dieser Reaktion von Claire Angst hattest. Natürlich hast du gedacht, dass es dann besser wäre, das Kind glaubt, seine Mutter sei tot. Denn, ja, im gewissen Sinne ist sie das tatsächlich. Es tut mir so leid, Liam. Ich wünschte, ich könnte für Izzy da sein. Und für dich. Ja, das wünsche ich mir wirklich. Du hast keinen blassen Schimmer, wie sehr ich dich und auch deine verdammt entzückende Tochter vermisse. Noch nie in meinem Leben habe ich zwei Menschen so sehr vermisst. Und das will bei mir ja nun wirklich viel heißen! Aber meine Mutter konnte ich nicht so vermissen, wie ich dich vermisse. Denn die Erinnerungen an meine Mutter waren immer extrem vage. Es waren mehr Vorstellungen von ihr, keine echten Erinnerungen.

Bei dir ist es anders. Denn da sind die Bilder in meinem Kopf, die einfach nicht verblassen wollen. Die Bilder von dir und mir in dem Zelt. Dabei habe ich Zelte doch immer gehasst! Aber jetzt würde ich alles dafür geben, mein gemütliches Bett in Stuttgart gegen ein noch so unbequemes, enges Zelt in deinem verdammten Nationalpark einzutauschen. Ja, sogar im strömenden Regen, mit heulenden Kojoten direkt vor dem Eingang – solange du da bist. Mit dir noch einmal eine solche Nacht in einem Zelt zu verbringen, davon träume ich öfter, als mir lieb ist.

Fast jede Nacht.

Und halt dich fest, es wird noch besser: Ich wünsche mir nicht nur, diese Nacht mit dir wiederholen zu dürfen, nein – ich sehne mich sogar mit jeder Faser meines Herzens danach, auch die Tage mit dir zu verbringen. Nicht in einem Zelt (wobei ich da auch nicht Nein sagen würde!), sondern draußen, im Nationalpark oder in Bar Harbor. Mit Izzy. Ich stelle mir vor, wie wir drei wieder Burger bei Jake's oder Scallops & Chips am Hafen essen. Wie wir bei Ebbe über die Sandbank zur Bar Island laufen, wie wir an der Feuerwache deiner Schwester und deinem Dad Hallo sagen. Wie wir mit deiner fantastischen, lauten, sicher oft nervigen, aber so unglaublich liebenswerten Familie zu Abend essen. Wie sich alle necken, wie du mir eindeutige Blicke zuwirfst, wie wir zwei zum »Händewaschen« verschwinden. Ich stelle mir vor, wie Izzy, du und ich wieder um ein Lagerfeuer sitzen und Marshmallows braten. Verdammt, Liam, das war einer der romantischsten Abende meines Lebens. Und dabei hasse ich Romantik! Aber ich würde einfach alles dafür geben, wieder mit Izzy und dir in dem Zelt zu liegen, dich »Blue Moon« singen zu hören, deine Hand zu halten, während wir den Atemzügen deiner Tochter lauschen und uns einerseits wünschen, sie wäre nicht da und wir könnten zu zweit mehr machen als nur Händchen zu halten, aber uns gleichzeitig nichts Schöneres vorstellen können, als zu dritt unterm Sternenhimmel zu schlafen.

Ich kann nicht glauben, dass ich hier so viel romantischen Herz-Schmerz-Stuss zusammentexte und nebenher auch noch heule. Wirklich, das bin ich eigentlich nicht. Ich weiß gar nicht mehr, wer ich bin. Was mit mir geschehen ist, seit ich in Maine war, seit ich meine Mutter gefunden habe. Und dich. Seit ich dich kennengelernt habe, ist nichts mehr so wie vorher. Du hast mein Leben auf den Kopf gestellt. Dank dir weiß ich, wie es ist, einen ganzen Schwarm Schmetterlinge (oder sind es Motten?) im Bauch zu haben. Dank dir weiß ich aber auch, wie es sich anfühlt, wenn man nachts wachliegt und vor Sehnsucht zu sterben glaubt. Wenn man plötzlich anfängt zu weinen, weil ein bestimmtes Lied im Radio läuft. Wenn man den Anblick von Marshmallows im Supermarktregal nicht mehr erträgt. Wenn man seinen neuen Laptop nicht mehr Liam nennt, weil es zu wehtut. Du glaubst, dass ich lieben kann, Liam. Und ich glaube das inzwischen auch. Mehr noch: Ich weiß es jetzt.

Deine Motte

Verdammt. Verdammt! Ich kann da nicht rausgehen. Niemals. Fassungslos hocke ich auf einem Stuhl neben dem Ehebett meines Großvaters im Leuchtturmwärterhäuschen. Das Schlafzimmer von ihm und Grace ist klein und gemütlich, mit weiß gestrichenen Holzmöbeln, von denen hier und da ein wenig Farbe abblättert. Auf einem altmodischen Frisiertisch stehen zahlreiche gerahmte Fotos. Auch ein Bild von Jette ist dabei, auf dem sie mit Owen vor dem Leuchtturm zu sehen ist und ihn verliebt anstrahlt.

Niemals werde ich meiner Schwester diesen Verrat verzeihen. Nie und nimmer!

»Polly? Geht es dir gut?«, höre ich die besorgte Stimme meiner Mutter vor der Tür des Schlafzimmers.

»Nein«, antworte ich, bevor ich mich daran hindern kann. Aber es stimmt ja. Warum sollte ich sie anlügen? Mir geht es verdammt bescheiden!

Ein Rütteln am Türknauf. »Machst du mal auf?«

Schwer seufzend gehe ich mit wenigen Schritten über die

knarzenden Holzdielen und öffne die Tür. Meine Mutter kommt herein. Sie mustert mich fragend, bevor sie die Tür wieder hinter sich schließt.

»Ist es wegen des Kleids? Das sieht doch gut aus.« Eve mustert mein Brautjungfernkleid, das nur noch ein wenig klamm ist und, dem Fahrtwind an Bord des Kutters sei Dank, sogar recht glatt geworden ist.

»Nein«, wispere ich mit einem Blick an mir herab, und im nächsten Moment brechen ohne Vorwarnung heiße Tränen aus mir hervor. Toll, jetzt war mein ganzer Versuch, mein Makeup wiederherzustellen, schon wieder für die Katz! Schluchzend sinke ich zurück auf den Stuhl neben dem altmodischen Ehebett.

Bestürzt geht meine Mutter vor mir in die Hocke und greift nach meinen Händen. »Ist es wegen Liam?«

Erstaunt vergesse ich weiterzuweinen und sehe sie groß an. »Woher weißt du das?«

Mit einem schiefen Lächeln zuckt Eve mit den Schultern. »Na ja … Ich bin nicht blind, und auch, wenn ich nicht viel Erfahrung als Mutter habe, merke ich trotzdem, wenn es meinen Töchtern nicht gut geht. Vielleicht … vielleicht ist mein Mutterinstinkt doch noch da. Und … darüber hinaus ist es wirklich deutlich, dass zwischen euch etwas vor sich geht, Kleines.«

Ich starre sie wortlos an. Dann schluchze ich heiser auf, und als sie mich in ihre Arme zieht, wehre ich mich nicht. Heulend rutsche ich vom Stuhl und hocke mich neben sie auf den Boden, lasse mich von der Frau wiegen und halten, die mich vor so vielen, vielen Jahren auch getröstet hat, wenn ich traurig war. Es fühlt sich erstaunlich natürlich an. Sie lässt mich weinen, bis ich mich ein wenig beruhigt habe und mir mit einem trockenen Schluchzer die Strähnen aus meinem Gesicht wische, die sich aus meiner Frisur gelöst haben. Ich muss wie die Parodie einer Brautjungfer aussehen!

Ernst mustert mich meine Mutter, bevor sie sanft sagt: »Ich weiß zwar nicht, was genau zwischen Liam und dir vorgefallen ist, aber eines kann ich dir sagen, Polly: Er ist ein wirklich anständiger Mann, und ich bin mir sicher, dass er gut für dich wäre. Aber … in Herzensangelegenheiten kann man als Außenstehender kaum Ratschläge geben. Das ist etwas zwischen dir und ihm.«

Ich schluchze erneut auf. »Mir ist klar, dass er ein toller Kerl ist«, erwidere ich heiser. »Er ist der verdammt beste Kerl, dem ich je begegnet bin. Aber genau das ist das Problem.«

»Und warum?«

»Weil es dadurch fast unmöglich ist, ihn zu vergessen!«

Meine Mutter sieht mich nachsichtig an, als habe sie es mit einem Kleinkind zu tun. »Und kannst du mir erklären, warum du ihn vergessen willst? Er läuft nämlich gerade irgendwo da draußen vor dem Leuchtturm hin und her, sieht sich nervös nach dir um und kann es nicht erwarten, dich wiederzusehen. Und wenn er dich sieht, dann fängt er an, innerlich zu leuchten. Das habe ich eben zufällig mit meinen eigenen Augen gesehen, Kleines. Und ich habe noch jemanden gesehen, der geleuchtet hat. Nämlich du. Bevor du ins Wasser gefallen bist.«

Gequält seufze ich auf. »Aber das habe ich dir doch in meinem Brief schon erklärt, Eve«, sage ich gepresst. »Ich bin nicht in der Lage, mein Herz zu öffnen. Ich … ich kann nicht lieben. Und du weißt auch, warum.«

Der Blick aus den hellblauen Augen meiner Mutter zerreißt mich innerlich. Ihre Unterlippe zittert leicht, als sie meine Hände ganz fest mit ihren eigenen umschließt und ernst sagt: »Polly, ich kann meine Fehler in der Vergangenheit nicht ungeschehen machen. Ich kann nicht mehr die Mutter sein, die du als kleines Mädchen vermisst hast. Aber ich kann versuchen, in der Zukunft als Mutter für dich da zu sein. Du musst mich nicht Mama nennen. Du musst mich nicht Mutter nennen. Du musst mich nicht einmal als deine Mutter sehen. Es reicht mir, eine Freundin für dich sein zu dürfen. Jemand, der eine kleine Rolle in deinem Leben spielt und dir hin und wieder einen Rat geben darf, auch wenn du alles in allem dein Leben sehr gut ohne Ratschläge auf die Reihe bekommst, wie ich weiß. Aber wenn ich dir also eine Sache raten darf, dann diese: Rede dir nicht ein, dass du nicht lieben kannst. Und rede dir vor allem nicht ein, dass du nicht liebenswert bist, denn, glaube mir, du bist liebenswert, mein Kind. Sehr sogar. Ich habe dich immer geliebt, auch als ich gegangen bin.« Wie auf Kommando schluchzen wir beide trocken auf, was uns für einen Moment fast zum Lachen bringt, aber dann fährt meine Mutter ernst fort: »Und Liam tut es. Er liebt dich, das sieht ein Blinder. Und du liebst ihn. Das ist doch völlig offensichtlich, Polly! Warum also solltest du nicht lieben können? Du tust es doch längst!«

Ich fühle mich ein wenig wie eine Schlafwandlerin, als ich das Schlafzimmer des Leuchtturmwärterhäuschens endlich verlasse, meine Mutter an meiner Seite. Gemeinsam haben wir meine Frisur in Ordnung gebracht, mein dunkles Haar ist nun wieder einigermaßen ordentlich zu einem Nackenknoten gesteckt. Mein Make-up habe ich zum dritten Mal an diesem Tag aufgelegt, aber diesmal mit ruhigerer Hand als bei den ersten zwei Versuchen. Immer wieder habe ich mich fassungslos im ovalen Spiegel von Grace' Frisierkommode angesehen, als ob ich die Person, die dort mit dem kirschroten Lippenstift und der Wimperntusche hantierte, gar nicht kannte. Und tatsächlich fühle ich mich wie eine andere Polly, als ich nun einen prüfenden Blick in den Spiegel des Flurs werfe und erleichtert feststelle, dass mein Kleid erstaunlich gut sitzt und der blassblaue Hortensienkranz mir das feierliche Aussehen einer Brautjungfer schenkt.

Meine Mutter sieht mich von der Seite an und lächelt mir aufmunternd zu. Dankbar nicke ich, und dann mache ich etwas, das mich selbst überrascht: Ich beuge mich vor und drücke ihr einen flüchtigen Kuss auf die Wange. Ihr vertrauter Duft nach Kindheit hüllt mich ein und schenkt mir ein melancholisches Gefühl der Geborgenheit. Eve sieht mich dankbar an und streicht sacht über meine Wange.

»Du bist eine wunderschöne Brautjungfer, Polly-Maus.«

Ich starre sie an. Polly-Maus. Der Name meiner frühesten Kindheit. Er klingt so seltsam vertraut, als habe ich ihn gestern zuletzt gehört. Dabei hat ihn niemand mehr benutzt, seit sie weggegangen ist. Polly-Maus war ich seit inzwischen 30 Jahren nicht mehr.

Und dennoch fühlt es sich gut an. Es fühlt sich richtig an. Und ich nehme mir fest vor, heute den Vorwürfen, den bitteren Erinnerungen, den Schuldzuweisungen keinen Platz zu gewähren. Heute gibt es keinen Blick zurück, sondern nur den Blick nach vorn.

»Oh, Polly, du siehst wunderschön aus! Wie eine Prinzessin!«

Izzy ist neben uns aufgetaucht und sieht andächtig zu mir hoch.

»Du aber auch, mein Engel.« Liebevoll streiche ich über ihre Wange.

Nach unserer Ankunft am Leuchtturm hat Grace Izzys hellblondes Haar in eine entzückende Flechtfrisur mit einigen eingearbeiteten weißen Blüten verwandelt. Izzy strahlt mich an, den Korb mit den Hortensienblütenblättern fest in einer Hand, während sie mit der anderen immer wieder durch den bauschigen Rock ihres hellblauen Sommerkleides streicht, weil sie den

Tüll des Unterrocks offensichtlich so toll findet. Welches kleine Mädchen fände das nicht?

»Ich sollte jetzt wirklich schleunigst zu Jette gehen«, sage ich mit einem schuldbewussten Blick auf die Wanduhr in der Wohnküche. »Schon so spät!«

»Keine Sorge, der Bräutigam wird auf jeden Fall warten«, scherzt mein Großvater gut gelaunt, als er durch die Eingangstür kommt. Er zwinkert mir zu und meint: »Wenn du hoch zu Jette gehst, könntest du Grace bitte fragen, ob wir irgendwo noch mehr Stoffservietten haben?«

»Mache ich.« Ich sehe meine Mutter fragend an. »Kommst du mit?«

»Ähm …« Eve wirft Georgia einen raschen Blick zu, als bräuchte sie die Bestätigung, dass sie es tun sollte. Das kurze, nachdrückliche Nicken ihrer Partnerin, die in der Eckbank am Fenster sitzt und ein Objektiv auf ihre beeindruckende Profi-Kamera schraubt, entgeht mir nicht. Eve atmet tief durch und strafft ihre Schultern, bevor sie sagt: »Gern.«

Und so gehen wir gemeinsam in den ersten Stock, wo Jette im Gästezimmer meiner Großeltern unter der Dachschräge dabei ist, sich in eine Braut zu verwandeln. Außer Grace sind auch Inge und Linda bei ihr und haben ihr bereits in ihr bodenlanges Kleid im Prinzessinnenstil geholfen.

»Wow«, hauche ich überwältigt, und Jettes Gesicht verzieht sich zu einer grotesken Grimasse, die mir klarmacht, dass meine Schwester nicht weiß, ob sie weinen oder strahlen soll. »Selber wow! Du siehst fantastisch aus, Polly! So, ich darf jetzt nicht weinen, sonst läuft mir mein ganzes Make-up weg.« Jette drückt mir einen Berg weiße Spitze in die Hände und fragt: »Würdest du mir mit dem Schleier helfen?«

»Na klar«, versichere ich rasch, froh, etwas zu tun zu bekommen und nicht schon wieder vor Rührung zu zerfließen.

Geschäftig greife ich nach ein paar Haarnadeln, die Inge mir mit einem breiten Lächeln reicht. Inge liebt Hochzeiten – mir fällt wieder ein, dass sie eine Zeit lang beim Bügeln besonders gern eine Dokuserie über ein Brautkleidergeschäft in den USA geschaut hat. Sie ist also ganz in ihrem Element, und es macht ihr anscheinend gar nichts aus, dass auch Eve hier oben ist und ihre ältere Tochter fast andächtig betrachtet.

»Grace, du wirst unten gebraucht«, sage ich zu der Frau meines Großvaters, während sich Jette auf einen Hocker setzt, damit ich den bodenlangen Schleier in ihrer Hochsteckfrisur festmachen kann. »Benjamin sucht mehr Stoffservietten.«

»Himmel, über fünfzig Jahre sind wir in diesem Haus, und er weiß immer noch nicht, wo die Stoffservietten sind!« Grace schüttelt den Kopf, aber das zärtliche Lächeln, das gleichzeitig über ihre Züge gleitet, sagt mir, dass sie unseren Großvater über alles liebt. Die beiden kennen sich seit ihrer frühesten Kindheit, habe ich von Jette erfahren – sie sind gemeinsam auf Blueberry Island groß geworden. Grace war lange heimlich in Benjamin verliebt, doch er verließ die Insel, um zur Armee zu gehen. Als er in Deutschland stationiert war, haben sie sich zwischenzeitlich ganz aus den Augen verloren, und Grace hatte sogar einen anderen Verlobten – einen Hummerfischer, wie Owen. Dieser Fischer ging jedoch während eines Sturms mit seinem Boot und der gesamten Crew unter. Wenig später kehrte Benjamin aus Deutschland zurück, und Grace und er sahen sich wieder – beide hatten ein gebrochenes Herz, aber dennoch merkten sie nach und nach, dass sie gut füreinander waren. Genau wie heute Jette und Owen, so haben auch Grace und mein Großvater hier, am Leuchtturm von Blueberry Island, geheiratet.

Als ich den Schleier schließlich mit Inges Hilfe festgesteckt habe, sieht sich Jette prüfend im Spiegel an, bevor sie aufsteht,

sich zu uns umdreht und fragt: »Was meint ihr? Zu viel Spitze?«
Unsicher zupft sie an ihrem Schleier herum, der zart und luftig
von ihrem Hinterkopf bis auf den Boden zu fließen scheint.

»Überhaupt nicht!«, sagen Eve und ich wie aus einem Munde,
und wir sehen uns an und müssen lachen. Jette lacht auch auf,
bevor sie mit einem trockenen Schluchzer hervorstößt: »O
Mann, das hier passiert wirklich! Ich heirate!« Dann macht sie
einen Schritt auf mich zu. »Himmel, Polly, ich bin so verflucht
froh, dass du hier bist, weißt du das? Komm her, du.« Und sie
nimmt mich fest in ihre Arme und flüstert mir ins Ohr, sodass
nur ich es hören kann: »Es tut mir leid. Ich wollte dich mit den
Briefen nicht überrumpeln. Aber manchmal braucht man einen
kleinen Anschubser, weißt du?«

»Mhm«, murmele ich in ihren Brautschleier hinein und
bemühe mich ebenfalls sehr darum, mein Make-up nicht zum
dritten Mal an diesem Tag zu ruinieren.

Ja, denke ich. Geschubst hat sie mich wirklich. Das Problem
ist nur, dass ich immer noch ins Bodenlose falle und nicht weiß,
was am Grund auf mich wartet.

Kapitel 35

D er Hochzeitsmarsch ist über einen Lautsprecher zu hören, der im geöffneten Küchenfenster des Leuchtturmwärterhäuschens steht, als Izzy, Linda und ich den Windfang des Hauseingangs verlassen und in den strahlenden Sonnenschein hinaustreten. Georgia ist ganz in ihrem Element und steht mit ihrer Kamera im Anschlag bereit, um jeden Moment dieses Tages festzuhalten. Langsam und würdevoll schreiten Linda und ich Seite an Seite den gewundenen Pfad durch hohes Gras und blühende Hortensiensträucher entlang, der vom Haus zum Leuchtturm führt. Izzy folgt uns und streut voller Stolz die Blütenblätter auf den Boden. Und hinter ihr verlässt nun Jette das Haus, am Arm unseres Vaters. Das zumindest entnehme ich dem Raunen und den entzückten Blicken der Gäste, die vor dem Leuchtturm auf uns warten.

Zum Glück liegt der sonnenbeschienene Rasen im Windschatten des hohen Turms, sodass die frische Brise, die die Insel auch heute umweht, uns nicht frieren lässt. Vor dem provisorischen Altar wartet ein Pastor, der vom Aussehen her auf die neunzig zugehen dürfte, aber vielleicht lässt das raue Wetter hier draußen die Leute einfach optisch schneller altern, und er ist erst achtzig. Auf jeden Fall wirkt er sehr fidel, als er nun unserer kleinen Gruppe entgegensieht. Vermutlich gibt es hier auf der Insel wegen der eher älteren Bevölkerung nicht oft Hochzeiten.

Die gesamte Insel hat sich vor dem Leuchtturm versammelt, steht in den Stuhlreihen, die links und rechts vom Altar auf dem unebenen Rasen aufgebaut worden sind. Es sind alle möglichen kunterbunt zusammengewürfelte Stühle, von hölzernen Küchenstühlen über den ein oder anderen Plastikstuhl bis hin zu Schreibtischstühlen auf Rädern und sogar zwei Schaukelstühlen. Es ist eine charmante und unkomplizierte Mischung, die mich lächeln lässt. Dieses Lächeln bekomme ich von circa fünfzig Menschen zurück, die hier zusammengekommen sind, um Jettes und Owens Jawort zu feiern. Mein Herz geht auf angesichts dieser solidarischen Gemeinschaft, die meine Schwester so liebevoll in ihrer Mitte aufgenommen zu haben scheint.

Linda und ich haben den Altar erreicht, wo Owen neben dem Pfarrer steht und wie ein überdimensionaler Junge an seinem ersten Schultag wirkt. Er sieht so nervös aus, dass ich fast fürchte, der Riese von einem Mann könnte jeden Moment in Ohnmacht fallen. Ich lächele ihn aufmunternd an, aber er sieht mich gar nicht. Nein, sein Blick ist fest auf einen Punkt hinter mir geheftet, und als ich meinen Platz neben dem Altar einnehme und mich umdrehe, verstehe ich warum: Jette scheint zu schweben. Sie schwebt den Mittelgang zwischen dem bunten Stühle-Sammelsurium und den vielen strahlenden Menschen entlang, Papa an ihrer Seite, und sie ist ganz sicher die schönste Braut, die ich je gesehen habe.

Ich bin keine Romantikerin, nein. Aber als ich merke, wie Owen und Jette sich ansehen, wie ihre Blicke aneinanderhängen, ohne dass irgendjemand anderes sie ablenken kann, da habe ich Mühe, nicht schon wieder loszuheulen.

»Brauchst du ein Taschentuch?«, wispert Linda neben mir.

»Nein, danke«, murmele ich verbissen. Ganz sicher werde ich nicht vor allen Leuten die Fassung verlieren!

Bis wir beim »Ja, ich will« angekommen sind, habe ich das zweite Taschentuch von Linda in Empfang genommen und tupfe mir leise schniefend unter den Augen entlang, während Jette und Owen sich küssen und ganz Blueberry Island in ein einziges Jubelkonzert auszubrechen scheint. Selbst der Leuchtturm stimmt mit ein: Irgendjemand muss hineingegangen sein und betätigt das Nebelhorn, das dreimal kurz aufheult. Lachend und jubelnd springt Izzy über den Rasen vor dem Altar und lässt ihre verbliebenen Hortensienblätter fliegen. Jette und Owen küssen sich immer noch. Mein Blick wandert zu Liam, der in der zweiten Stuhlreihe neben seinen Eltern steht. Er sieht nicht das Brautpaar an und nicht seine jubelnde Tochter, sondern mich. Ein paar Herzschläge lang halte ich seinem Blick stand. Dann wende ich mich dem Altar zu, wo meine Schwester und ihr Mann endlich ihren Kuss beendet haben und die Hände des Pfarrers schütteln, bevor Linda und ich zu ihnen treten und ihnen gratulieren.

»Herzlichen Glückwunsch, meine Süße!«, raune ich Jette zu, als ich sie einmal mehr umarme.

»Ich liebe dich, Schwesterherz«, sagt Jette und drückt mich. »Danke, dass du letzten Sommer diese verrückte Reise mit mir gemacht hast! Ohne dich hätte ich mich nicht getraut, Polly. Und ohne deine Kreditkarte wäre ich sowieso nie bis Maine gekommen.« Sie lacht auf, wird dann aber schnell wieder ernst und fügt mit Nachdruck hinzu: »Dir verdanke ich das alles hier.«

Ich schaffe es, Liam aus dem Weg zu gehen, bis das Essen vorüber ist. Wir sitzen an einer langen Tafel, auf demselben bunten Sammelsurium aus zusammengetragenen Stühlen wie während der Trauzeremonie, mit Blick auf den weiten Atlantik. Nachdem wir uns alle mit köstlichem Hummer und Muscheln in

Hülle und Fülle vollgeschlagen haben, kommt die Hochzeitstorte, die aus mehreren Lagen von Grace' köstlichem Blueberry Cheesecake besteht. Es war Jettes ausdrücklicher Wunsch, weil sie süchtig nach Grace' Kuchen ist, und die Frau unseres Großvaters ist diesem Wunsch nur zu gern nachgekommen.

Ich unterhalte mich so angeregt mit diversen Insulanern, dass ich kaum merke, wie die Zeit verfliegt. Erst als die Lichterketten, die kreuz und quer zwischen dem Leuchtturm, dem Haus und den Wäscheleinenpfählen gespannt worden sind, zu funkeln beginnen, wird mir bewusst, dass die Sonne fast untergegangen ist. Grace und mein Großvater beginnen, dicke Kerzen in mehreren Sturmlaternen zu entzünden und sie auf dem Tisch zu verteilen.

»Und jetzt wird getanzt, ihr Lieben!«, verkündet die Braut gut gelaunt, während irgendjemand die Musik lauter dreht. Lächelnd sehe ich zu, wie Jette einen leicht zögerlichen Owen auf die Rasenfläche vor dem Leuchtturm zieht, wo sie ihren ersten Tanz als Mr. und Mrs. Logan hinlegen: Die beiden wiegen sich zu »You're the inspiration« von *Chicago* über das Gras. Noch vor Kurzem hätte ich dieses Lied als Kitsch pur abgetan, aber heute Abend schaukele ich leicht im Rhythmus hin und her und sehe meiner Schwester und ihrem Mann gerührt zu, während die Worte in die milde Abendluft schweben und den Anschein erwecken, als wäre der Text nur für Jette und Owen geschrieben worden: »*You know our love was meant to be – the kind of love to last forever – and I want you here with me – from tonight until the end of time …*«

Ich würde das Ganze gern mit meinem Smartphone für die Ewigkeit festhalten, aber leider ist dem Gerät das Bad im Atlantik nicht so gut bekommen, und ich habe es bisher nicht geschafft, es wieder einzuschalten. Zum Glück sind jedoch zig andere Telefone und natürlich Georgias Kamera auf die beiden Frischvermählten gerichtet, sodass ich mir diesen Tanz im Glanz der Lichterketten wieder und wieder werde ansehen dürfen. Verdammt, ich werde langsam doch noch zur Romantikerin!

»Und jetzt alle!«, ruft Jette ausgelassen, als der Tanz vorbei ist, und der nächste Song aus dem Lautsprecher im geöffneten Küchenfenster erklingt: »*I would take the stars out of the sky for you …*«

Ich bin überrascht, wie viele Gäste jubelnd auf die Rasenfläche stürmen, um zu »You to me are everything« von *The Real Thing* zu tanzen. Wirklich erstaunlich, wenn man das Durchschnittsalter der Geladenen bedenkt – die meisten sind locker über sechzig. Sogar der Pfarrer schwingt fröhlich das Tanzbein, erkenne ich und muss schmunzeln. Neben ihm tanzt Owen nun mit Inge, unweit von Papa, der gerade die strahlende Braut eine Drehung machen lässt. Nur wenige Schritte entfernt von den beiden tanzen meine Mutter und Georgia. Ich merke, wie Papa meine Mutter ansieht, wie sie den Blick erwidert, wie sie sich stumm zunicken. Höflich und respektvoll. Mehr, als ich zu hoffen gewagt hatte. Wie gut, dass Jette uns hier alle zusammengebracht hat, denke ich.

Jane und James tanzen an mir vorbei und lachen mir zu – ich hätte nicht gedacht, dass sich James bei seiner Körpergröße so geschmeidig bewegen kann. Ein wenig weiter entfernt, am Rande des Geschehens, entdecke ich auch Linda und Kyle, die sich beim Tanzen innig in die Augen sehen. Na, da wird es doch bald sicherlich die nächste Hochzeit geben! Mein Großvater lässt gerade seine Grace eine elegante Drehung machen, und schräg dahinter entdecke ich ihn. Izzy hat ihren Dad zum Tanzen aufgefordert. Oder er sie. Auf jeden Fall hält er sie auf dem Arm, ihre Beine sind um seine Hüften geschlungen, und so tanzen sie zwischen den anderen Gästen, und die Kleine strahlt ihren Dad glücklich an.

»*I'd do anything for you, your wish is my command …*« Der Text des Liedes passt so gut zu Liam und seiner kleinen Prinzessin von Maine, denke ich, während sich mein Herz voller Wehmut zusammenzieht. Daran ist ganz sicher der Prosecco schuld, von dem ich schon viel zu viel getrunken habe – und das trotz des ganzen Kater-Debakels heute Vormittag. Aber immerhin bin ich meinem Vorsatz treu geblieben, keinen Gin Tonic mehr zu trinken – ob jedoch Prosecco die bessere Wahl war, sei dahingestellt. Allerdings hatte ich streng genommen gar keine Wahl: Liam den ganzen Abend beim Essen schräg gegenüberzusitzen hat mich den Rest meines eh schon schwachen Nervenkostüms gekostet. Zwar konnten wir uns nicht wirklich unterhalten (und das wollte ich ja auch gar nicht!), aber es reichte, dass sich unsere Blicke ständig begegneten und sich unsere Finger hin und wieder streiften, wenn wir uns den Brotkorb reichten, oder die salzige Butter, oder eben die Prosecco-Flasche.

»*You to me are everything, the sweetest thing I've ever seen, oh baby, oh baby …*«

Ich lehne mich Schutz und Halt suchend an die kühle Mauer des Leuchtturms in meinem Rücken und starre die beiden an. Und, als ob Liam das genau gespürt hätte, dreht er sich plötzlich um und erwidert meinen Blick, durch die anderen Tanzenden hindurch. Er sieht mich über Izzys Kopf hinweg an, während er sich weiter im Rhythmus mit seiner Tochter hin und her bewegt, und ich kann meinen Blick nicht von ihm abwenden.

»*Now you've got the best of me, come on and take the rest of me, oh baby …*«, singen die anderen Gäste ausgelassen mit, während die Worte in meinem Kopf widerhallen und mich schwindelig machen.

Liam sieht mich immer noch an. Ich aber schaue auf meine Schuhe hinab, die silbern im Schein der vielen Lichter glänzen und funkeln. Dann wende ich mich ab, fliehe an der Mauer des Leuchtturms entlang, unter einer tief hängenden Lichterkette hindurch, weiche dem übermütig tanzenden Pfarrer aus und eile über den dunklen Rasen auf das Meer zu.

»Hi«, höre ich seine dunkle Stimme neben mir. »Ist der hier noch frei?«

Irgendwie war mir wohl klar, dass es so kommen würde. Es ist ja auch fast unheimlich, wie sehr diese Szenerie an unseren ersten Abend vor dem Bar Harbor Inn erinnert. Als ich eben diese beiden Adirondack-Stühle dicht an der Küste entdeckt habe, die nur auf Liam und mich zu warten schienen, da konnte ich es erst nicht glauben. Dann wollte ich einfach weitergehen, diesen Wink des Schicksals ignorieren. Aber die Stühle zogen mich förmlich an, als habe eine übergeordnete Macht ihre Hand im Spiel. Ich setzte mich also fast automatisch, starrte auf den dunklen Atlantik hinaus, zog meine Stola enger um meine Schultern. Wartete atemlos, während im Hintergrund die Hochzeitsgäste lachend zu einem Song nach dem anderen tanzten. Genau wie damals.

»Ja«, sage ich leise, ohne meinen Blick vom Meer abzuwenden. Ich merke, wie Liam sich setzt. Ich spüre ihn neben mir, ohne dass er mich berührt. So sitzen wir eine Weile und lauschen dem Krachen der Brandung an den Felsen und der Musik im Hintergrund.

»Schöne Schuhe«, sagt Liam schließlich, und nun sehe ich ihn doch an. Er jedoch hält seinen Blick auf meine silbern funkelnden Pumps gerichtet, ein Schmunzeln auf den Lippen.

»Danke«, erwidere ich und muss ebenfalls lächeln. Jetzt schaut er zu mir hoch, und sein Lächeln vertieft sich. Ich aber werde schlagartig ernst, weil seine Nähe einfach zu viel ist. Am liebsten würde ich aus dem Stuhl aufspringen und das Weite suchen, aber das geht nicht, denn, als ob er sofort gemerkt hätte, was in mir vor sich geht, greift Liam entschlossen nach meiner Hand, die auf der Armlehne ruht, und hält sie fest. Ich schlucke und starre auf unsere Hände, ohne mich zu rühren. Seine Finger umfassen meine warm und stark. Mein Herzschlag beschleunigt sich.

»Ich ... ich sollte zurück zur Feier gehen«, sage ich heiser.

»Nein«, erwidert Liam ruhig. »Du solltest hierbleiben und mir erklären, warum du dich so merkwürdig benimmst, Motte.«

»Ich benehme mich gar nicht merkwürdig«, murmele ich.

»Doch. Das tust du. Erst höre ich monatelang nichts von dir, und dann, als ich die Hoffnung schon aufgegeben habe, kommt dieser Brief von dir an. Nur wenige Tage, bevor du selbst in Bar Harbor eintriffst. Und mir schon wieder aus dem Weg gehst, ganz so, als ob du den Brief nie geschrieben hättest.«

Mit wild hämmerndem Herzen versuche ich, meine Hand aus seinem Griff zu befreien, aber Liam hält sie unerbittlich fest. Wütend stoße ich hervor: »Ich habe den Brief gar nicht abgeschickt! Das war Jette!«

Er sieht mich so überrascht an, dass er automatisch den Griff lockert und ich meine Finger befreien kann. Rasch bringe ich meine Hände in Sicherheit, indem ich die Arme vor meiner Brust verschränke und ihn trotzig ansehe. »Ich wollte ihn dir nicht schicken. Sie hat es heimlich getan.«

Liam starrt mich schweigend an. Plötzlich wirkt er verunsichert. Und verletzt. Ich schlucke gegen einen ansteigenden Knoten in meinem Hals an.

»Und Jette hat ihn auch geschrieben?«, hakt Liam leise nach.

»Nein«, wispere ich nach zwei Herzschlägen. »Das war ich.«

Er nickt langsam, atmet tief durch. Seine Erleichterung ist fast greifbar. Trotzdem steigen mir Tränen in die Augen.

Oder vielleicht gerade deshalb. Ich verstehe mich selbst nicht mehr.

Er beugt sich so plötzlich vor, dass ich fast erschrocken zurückweiche. Seine Augen sehen im schwachen Licht des Mondes, der über dem Meer aufgegangen ist, dunkler aus als sonst. Sein Blick ist ernst, als er eine Hand ausstreckt und nach meinen Armen greift, sie entschlossen auseinanderschiebt, sodass er eine meiner Hände zu fassen bekommt, sie erneut mit seinen Fingern umschließt. Eine Träne rollt langsam die Länge meiner Nase entlang.

»Kannst du mir mal sagen, was genau eigentlich das Problem ist?«, erkundigt sich Liam heiser. »Ich habe das nämlich nicht wirklich verstanden. Während ich dir von Anfang an klargemacht habe – okay, oder zumindest versucht habe, es dir klarzumachen, denn so ganz scheint es nicht angekommen zu sein –, dass du nicht bloß ein kleiner Sommerflirt für mich warst und ich mehr von dir wollte und will als nur eine Nacht, hast du mir vom ersten Tag an klar gesagt, dass du nur Sex willst. Und dann bist du ja auch, sehr konsequent, nach der Nacht im Zelt verschwunden und hast mich fast ein Jahr lang ignoriert. Nur um dann diesen Brief zu schreiben. Und selbst, wenn ich ihn eigentlich nicht lesen sollte, sagt mir dieser Brief trotzdem ganz klar, dass ich dir also nicht so egal bin, wie ich die meiste Zeit des letzten Jahres gedacht habe. Dass du doch etwas für mich empfindest, dass es auch für dich nicht nur Sex war.« Er holt tief Luft, während ich atemlos auf unsere Hände starre und es nicht wage aufzusehen.

»So. Und dann kommst du hierher, ignorierst mich weiterhin und gehst mir aus dem Weg. Und, klar, jetzt verstehe ich auch, warum, weil es dir nämlich peinlich ist, dass ich den Brief gelesen habe, der eigentlich nicht dazu bestimmt war, abgeschickt zu werden. Aber ich frage dich eines, Polly: Warum hast du den Brief geschrieben? Sollte das eine Art Tagebuchersatz sein? Wolltest du dir das einfach von der Seele schreiben, ohne dass ich es jemals lesen sollte?«

»Vielleicht«, murmele ich, nach wie vor, ohne ihn anzusehen.

»Okay. Gut. Aber in ein Tagebuch schreibt man ja normalerweise ungefiltert seine wahren Gefühle. Richtig?«

Ich nicke stumm, während sich noch eine Träne aus meinem Augenwinkel stiehlt, an meiner Nase entlang hinabrollt, und, natürlich, auf unsere Hände fällt. Genauer gesagt auf Liams Handrücken, der ja über meinem liegt.

»Dann können wir also festhalten, dass du dich in mich verliebt hast.« Liams Stimme ist ganz ruhig, aber ein wenig heiser, und als ich aufsehe, merke ich, dass auch seine Augen feucht schimmern. Ich beiße mir auf die Unterlippe, die schon wieder zu zittern beginnt. Dann nicke ich wieder.

»Das ist gut«, sagt er leise. »Ich habe mich nämlich auch in dich verliebt, Motte. Schon an unserem ersten Abend, als du mich vor dem Bar Harbor Inn einfach so geküsst hast. Du kamst mir vor wie die mutigste und sorgloseste Frau, die mir je begegnet war. Ich war völlig überwältigt von dir. Und das bin ich immer noch. Aber inzwischen habe ich dich besser kennengelernt, und ich habe verstanden, dass du nicht so sorglos bist, wie ich dachte. Dass du vor gewissen Dingen Angst hast. Große Angst. Vor Gefühlen nämlich.«

Jetzt weine ich leise los, werde von lautlosen Schluchzern geschüttelt. Verlegen und wütend auf mich selbst schlage ich mir die Hände vor das Gesicht. Im nächsten Moment spüre ich, wie Liam sanft meinen nackten Arm berührt, dann bestimmt meine Hände ergreift, sie von meinem Gesicht fortzieht.

»Komm mal her«, sagt er leise, und ganz automatisch stehe ich auf und lasse mich einen Stuhl weiter auf seinen Schoß sinken, als würde ich das jeden Tag tun. Dabei ist es fast ein Jahr her, seit wir so in einem anderen Adirondack-Stuhl mit Blick auf den nächtlichen Atlantik gesessen haben. Dennoch fühlt es sich vertraut und richtig an. Ich lasse mein nasses Gesicht in Liams Halsbeuge sinken und schließe meine Augen, während seine Hände beruhigend über meinen Arm und mein nacktes Knie streicheln. Liam riecht so gut und so wohlig vertraut. Nach seinem Duschgel, das noch dasselbe zu sein scheint wie im letzten Jahr, und nach Meer. Kein Wunder, er hat ja heute schon einen Tauchgang nach meinem Schuh hinter sich.

»Hey«, flüstert Liam und dreht seinen Kopf, sodass ich mein Gesicht hebe und ihn ansehe. Seine Augen sind meinen so nah, dass ich nun deutlich das tiefe Grün erkenne.

Endlich überwinde ich mich und sage leise: »Ich möchte dich lieben können, Liam. Das möchte ich wirklich, von ganzem Herzen. Mir war schon im letzten Sommer klar, dass es diesmal nicht so leicht werden würde mit dem ›nur Sex‹. Weil ich mich genauso in dich verliebt habe, wie du dich in mich. Und das hat mir Angst gemacht. Du hast mir Angst gemacht. Du … und Izzy. Und … ihr macht mir immer noch Angst. Ihr seid mir so verdammt wichtig geworden! Aber was, wenn du nach einer Weile merkst, dass du mich unerträglich findest, und mich wieder verlässt? Dann verliere ich nicht nur dich, dann verliere ich auch deine fabelhafte Tochter!« Die Worte sprudeln schneller und schneller aus mir hervor. »Glaub mir, Liam, die Vorstellung, nicht nur mit dir zusammen sein zu dürfen, sondern, sozusagen als Kirsche auf dem Sahnehäubchen, auch noch mit Izzy – das wäre zu schön, um wahr zu sein. Ehrlich. Und das sage ich, die nie Kinder haben wollte! Aber genau da liegt das Problem.« Ich atme tief durch. »Ich wollte nämlich nie Kinder haben, weil ich überzeugt davon war, eine schlechte Mutter zu sein. Du weißt schon, der Apfel fällt nicht weit vom Stamm und so. Und, ja, ich weiß, meine eigene Mutter war gar nicht so verkehrt, aber sie war krank. Das ist mir klar. Trotzdem ... was, wenn ich als Stiefmutter für Izzy versage? Es ist eine riesige Verantwortung, eine Rolle im Leben eines Kindes spielen zu dürfen, glaub mir, ich weiß das. Inge hat das hervorragend gemeistert, das ist mir erst jetzt richtig klar geworden. Aber ich ... ich bin mir überhaupt nicht sicher, das zu können.« Ich schluchze heiser auf. »Ich glaube einfach nicht, dass ich es ertragen würde, euch erst in mein Herz zu lassen und dann wieder zu verlieren. Und Izzy – wenn das mit uns nicht funktionieren würde, wäre dein Kind am Boden zerstört, Liam. Und darum ... darum sollten wir das lieber lassen.«

Er sieht mich lange schweigend an. Auf einmal streckt er seine Hand aus und legt sie sanft gegen meine Wange, streicht mit seinem Daumen die Nässe von meiner Haut.

»Wenn das mit uns nicht funktionieren würde, dann wäre ich genauso am Boden zerstört«, bemerkt er mit rauer Stimme. »Aber niemand kann sagen, wie eine Liebesgeschichte ausgeht. Wenn man allerdings zu große Angst vor einem traurigen Ende hat, lässt man die Liebesgeschichte gar nicht erst beginnen. Und dann gibt es von vornherein keine Chance auf ein Happy End.« Er macht eine kurze Pause, legt auch seine zweite Hand um mein Gesicht und fügt hinzu: »Ich möchte unserem Happy End unbedingt eine Chance geben, Motte. Glaub mir, ich habe auch Angst. Es ist schließlich nicht so, dass ich noch nie verletzt worden wäre. Aber ich will nicht den Rest meines Lebens mit der Panik leben, dass mir genau das wieder passieren könnte. Ich will immer noch an ein Happy End glauben dürfen. Und ich will, dass meine Tochter an ein Happy End glauben darf.« Er holt tief Luft und sieht mich eindringlich an, bevor er leise hinterherschiebt: »Was meinst du – wollen wir es versuchen?«

Ich habe das Gefühl, gleichzeitig lachen und weinen zu müssen. Mit einem verrutschten Lächeln nicke ich. Liam atmet auf und grinst mich dann erleichtert an. »Gott sei Dank«, murmelt er. »Komm her, Motte.«

Endlich küssen wir uns. Es ist viel zu lange her und fühlt sich so verdammt gut an, und im Rausch der Gefühle vergessen wir alles um uns herum. Erst als heller Lichtschein mich im Gesicht trifft, zucke ich erschrocken zusammen und löse mich von Liam. Eilig rutschen seine Hände unter meinem Kleid hervor, das bis über meinen Hintern hochgeschoben worden ist, wie mir jetzt erst bewusstwird. Verlegen schirme ich meine Augen vor dem Lichtschein ab, obwohl mir schon klar ist, wer das nur sein kann, bevor ich die weiße Gestalt erkenne.

»Störe ich?«, fragt Jette unschuldig und lässt mit einem süffisanten Grinsen ihr Telefon sinken.

»Ein wenig«, knurre ich, aber als ich meine Schwester ansehe, muss ich losprusten. Dass auch sie sich noch so genau an die Szene vor einem Jahr vor dem Bar Harbor Inn erinnern kann, finde ich irgendwie rührend. Mit einem Mal frage ich mich, ob Jette hinter diesen beiden Adirondack-Stühlen mit Blick auf den Atlantik steckt. Ob das hier ihr Plan war. Falls dem so ist, hat der Plan wunderbar funktioniert.

»Hi, ich bin Jette, Pollys Schwester«, grinst sie in Liams Richtung.

»Freut mich«, murmelt Liam und zwinkert mir zu. »Du bist also Polly.«

»Genau.« Ich ziehe den Träger meines Kleides in die Höhe, der im Eifer des Gefechts nach unten gerutscht war. »Die bin ich.« Ich sehe meine Schwester an. »Und ich liebe diesen Kerl. Danke, dass du mir auf die Sprünge geholfen hast, Jette.«

»Dafür sind ältere Schwestern da.« Mit ihrem Brautkleid, das im sanften Mondlicht schimmert, sieht sie fast wie eine Geisterbraut aus. Aber auch nur fast, denn ihr Lachen ist warm und ausgelassen, und ihre Stimme klingt eindeutig nach mindestens zwei Glas Prosecco zu viel, als sie sagt: »Ich soll euch von Grandpa und Grace ausrichten, dass das Zimmer oben im Leuchtturm für genau so eine Situation hergerichtet worden ist – falls Gäste heute Abend ein Bett brauchen. Und ihr braucht ja eines. Dringend. Also, geht ruhig nach oben. Wir feiern ohne euch weiter.«

Ihr Zwinkern ist genauso wenig subtil wie ihre Worte. Ich muss lachen.

»Allerdings habe ich eine Tochter, die auch irgendwo schlafen muss«, wendet Liam halbherzig ein, während seine Finger leicht über meinen Arm streichen und ich genau merke, dass er nicht das Geringste dagegen hätte, mich schleunigst oben im Leuchtturm in ein Bett zu bekommen.

»Izzy übernachtet bei deinen Eltern. Das wurde schon geklärt«, erwidert Jette mit einem zufriedenen Lächeln. Ein Blick an ihr vorbei zu den tanzenden Gästen zeigt mir, dass Izzy gerade mit ihrer Oma und Tante Linda zu Ed Sheerans’ »I don't care« tanzt. »Schön, dass ihr das ohne mich geregelt habt«, seufzt Liam, aber ich sehe deutlich das Schmunzeln auf seinen Lippen, die ich jetzt unbedingt wieder küssen möchte.

In diesem Moment erklingen jedoch die ersten Takte von ABBAs »Dancing Queen« aus den Lautsprechern, und Jette juchzt: »O, so ein cooles Lied! Wie sieht es aus, Polly, tanzt du eine Runde mit der Braut, bevor du dich ins Leuchtturmzimmer verkrümelst?« Fragend hält sie mir ihre Hand entgegen, und ich lasse mich von ihr aus dem Stuhl ziehen. Ich werfe Liam einen entschuldigenden Blick zu, aber er winkt nur grinsend ab und sieht uns hinterher, als wir auf die Tanzfläche stürmen. Dort tanzt bereits Owen mit der rundlichen Besitzerin des Insalladens, und neben ihnen wirbeln Jane und Inge kichernd im Kreis. Die beiden haben sich in Windeseile angefreundet, wie mir scheint – besonders seit sie ihre beiderseitige Liebe zur »Carb Free«-Ernährung entdeckt haben. Papa und James haben so auch ein gemeinsames Thema gefunden: Sie haben sich beim Essen gegenseitig ihr Leid geklagt, was die Ernährungsregeln ihrer Ehefrauen angeht, während sie sich Brot und Kartoffelbrei ohne Ende auf die Teller gehäuft haben, glücklich darüber, heute Abend reichlich Kohlenhydrate zu sich nehmen zu dürfen.

Izzy kommt sofort zu Jette und mir, sie fasst mich an der Hand, während wir ausgelassen tanzen und aus vollem Hals mit ABBA singen. Ich weiß nicht, wann ich das letzte Mal mit Jette getanzt habe – das muss zu unseren Teenagerzeiten gewesen sein, als wir manchmal die Musik laut aufgedreht haben – viel zu laut für Inges Geschmack – und nach Herzenslust getanzt haben. Die Erinnerung an diese Zeiten lässt mich meine Schwester glücklich anlächeln, und Jette strahlt zurück wie ein Honigkuchenpferd.

Und dann schafft sie es auch noch, mir hinterlistig den Brautstrauß zuzuwerfen, bevor ich mich wehren kann. Eigentlich will ich mich schleunigst verdünnisieren, sobald das Lied verklungen ist und Grace die Braut an das Werfen des Straußes erinnert, doch Jette hält mich energisch am Arm fest.

»Wage es nicht zu gehen!«, sagt sie mit Nachdruck, während eine schon leicht angeschwipste Inge eilig den Strauß holt, den Grace heute eigenhändig aus selbst geschnittenen Hortensienzweigen zusammengestellt hat.

»Aber … Liam wartet doch …«, winde ich mich, denn genau diesen albern-romantischen Teil an Hochzeiten hasse ich. Oder? Ich bin mir gar nicht mehr sicher. Eigentlich finde ich diese Hochzeit mit ihrem wildromantischen Ambiente sogar sehr schön, wenn ich ehrlich bin.

»Glaub mir, Liam kann noch zwei Minuten länger warten, so lange, wie du ihn bisher hast zappeln lassen!«, bemerkt Jette spitz und nimmt dankbar den Strauß entgegen, den Inge ihr reicht. Noch ehe ich etwas erwidern kann, dreht sie sich um, und, bevor die meisten anderen ledigen weiblichen Gäste überhaupt die Chance hatten, sich in einem Grüppchen zu versammeln, donnert sie mir ihren Brautstrauß regelrecht in die Arme. Ich will ihn eigentlich nicht auffangen, tue es aber doch ganz automatisch. Und dann stehe ich da, mit den Hortensien in meinen Händen, während alle jubeln und klatschen.

»So, jetzt darfst du gehen!«, verkündet Jette mit einem zufriedenen Grinsen.

»Danke«, brumme ich und lächele verlegen in die Runde, um dann eilig über den Rasen zurück zu Liam zu gehen, der neben dem Eingang zum Leuchtturm auf mich wartet. Ein langsames Lächeln überzieht sein Gesicht, während er kurz den Brautstrauß mustert.

»Sag jetzt bloß nichts!«, bemerke ich rasch, aber er lacht nur auf und schüttelt den Kopf.

»Ich hatte nicht vor zu reden«, bemerkt er mit dunkler Stimme, und dann greift er nach meiner Hand und zieht mich mit sich, in den stillen Leuchtturm hinein, wo wir endlich allein sein können.

Epilog

Lord McMurray drückte Shannon mit einem dunklen Stöhnen gegen die Schlossmauer, während er sie gierig küsste. Die Kälte der groben Steine durchdrang ihr dünnes Nachthemd, was allerdings eine Wohltat war angesichts der Hitze, die in ihr aufstieg, als seine Hände sie hungrig berührten. Shannon …

Das Klingeln meines Telefons lässt mich zusammenzucken. Mit einem tiefen Seufzer löse ich meinen Blick vom Bildschirm meines Laptops und greife nach meinem Smartphone. Natürlich.

»Hey. Du störst«, begrüße ich Liam und grinse vor mich hin, während ich das Manuskript abspeichere.

»Dachte ich mir. Hat der geheimnisvolle Lord die stolze Brünette schon ins Bett bekommen?« Das Lächeln in Liams Stimme beschleunigt wie immer meinen Herzschlag. Ich klappe den Laptopdeckel zu.

»So gut wie. Und du hast mich mitten in der Szene unterbrochen.«

»Oh, tut mir leid.« Natürlich tut es ihm kein bisschen leid, das höre ich genau.

»Ich war kurz davor, endlich zu erfahren, ob der Lord etwas unter seinem Kilt trägt«, sage ich betont vorwurfsvoll.

»Vielleicht kann ich dir später helfen, und wir übersetzen die Szene zusammen zu Ende?«

»Nur, wenn du einen Kilt trägst«, erwidere ich grinsend

und sehe über meinen Schreibtisch hinweg auf den tiefblauen Atlantik hinaus. »Und nichts darunter.«

Liams Lachen erfüllt mich mit Wärme, und ich will weiter auf das »nichts darunter« eingehen, als mein Blick auf die Wanduhr neben dem Fenster fällt. »Oh, verdammt, schon so spät? Ich muss mich beeilen, Jette wartet auf mich!«

»Deswegen rufe ich dich an. Um dich an die Zeit zu erinnern.« Immer noch dieses Lächeln in seiner Stimme. Ich unterdrücke einen sehnsüchtigen Seufzer und überlege, wie lange das Essen bei meiner Schwester dauern wird und wann ich Liam heute Abend sehen kann.

»Darf ich nachher noch vorbeikommen?«

»Was heißt denn hier ›darf‹? Du musst vorbeikommen, sonst werde ich wahnsinnig.« Bei seinen Worten muss ich kichern, auch wenn sich meine Sehnsucht nach ihm gerade ins Unermessliche steigert. »Warum du immer noch da oben im Leuchtturm wohnst und nicht hier bei Izzy und mir in Bar Harbor, ist mir ein Rätsel.«

»Wir wollten doch nichts überstürzen«, erinnere ich ihn, während ich meinen Blick durch das runde Zimmer im Leuchtturm wandern lasse, das diesen fantastischen Rundumblick auf den Atlantik und auf Blueberry Island bietet. In der Ferne, am Horizont, kann ich die Häuser von Bar Harbor ausmachen, die im Licht der tief stehenden Sonne schimmern. Und dort, in Bar Harbor, sagt Liam jetzt: »Du bist jetzt seit fast vier Monaten hier. Ich finde nicht, dass wir irgendetwas überstürzen, wenn du zu uns ziehst.«

Nachdenklich lasse ich meinen Blick über die bunte Laubfärbung der Wälder entlang der Küste des Festlandes gleiten, über das eindrucksvolle Farbenspiel in leuchtendem Rot und Gelb. Ich hatte ja keine Ahnung, wie schön der Herbst hier in Maine sein würde – vor allem, weil es nun viel weniger Touristen gibt als im Hochsommer und Bar Harbor und der Acadia National Park nach und nach wieder hauptsächlich von Einheimischen bevölkert werden, was tatsächlich schön ist. Trotzdem gibt es im Nationalpark immer noch viel zu tun, was mich erstaunt hat. Zwar muss Liam jetzt deutlich weniger verunglückte oder verirrte Touristen retten als in der Hochsaison, aber es gibt weiterhin Besuchsgruppen, vor allem Schüler, die auf Touren durch den Park genommen werden.

Auch wenn ich inzwischen wegen der kühlen Herbsttemperaturen immer einen Wollpullover tragen muss, wenn ich hier oben im Leuchtturm sitze und übersetze, so möchte ich meinen Arbeitsplatz mit diesem fantastischen Rundumblick doch nicht eintauschen. Meine Dachwohnung in Stuttgart vermisse ich kein bisschen.

»Ich mag mein Leuchtturmzimmer nun einmal sehr gern«, erinnere ich Liam neckend, während ich zu meinem Wandschrank gehe und eine frische Jeans für das Abendessen bei Jette heraushole.

»Aber du magst mich hoffentlich mehr«, knurrt Liam.

»Ein bisschen«, kichere ich.

»Na warte. Ich werde dich nachher daran erinnern, was die Vorteile sind, wenn du bei mir übernachtest.«

»O ja, bitte. Ich kann es kaum erwarten.«

Ich höre Liam unterdrückt aufstöhnen. »Okay, beenden wir lieber dieses Telefonat, ich muss noch Abendessen für Izzy machen, und du treibst mich gerade mal wieder völlig in den Wahnsinn. Vielen Dank dafür.«

»Aber du hast doch mich angerufen«, säusele ich neckend.

»Ja. Weil ich dich vermisse.«

»Ich dich auch.« Er hört sich plötzlich so ernst an, dass ich am liebsten Jette anrufen und ihr sagen würde, dass ich doch nicht zum Essen kommen kann. Ja, ich wünschte, ich könnte jetzt gleich ein Boot rüber zum Festland nehmen. Zu Liam und Izzy fahren, mit ihnen zu Abend essen, vielleicht noch UNO oder Memory spielen, wie Izzy es liebt. Bei ihr sein, wenn sie ihren Pyjama anzieht, ihr dann weiter aus »Harry Potter« vorlesen, was neuerdings unser kleines Ritual ist, wenn ich da bin. Dann mit Liam eine Weile auf dem Sofa kuscheln und halbherzig Nachrichten oder eine Serie gucken, nebenher immer wieder mit ihm knutschen, bis wir sicher sein können, dass Izzy wirklich tief und fest schläft – um endlich mit ihm ins Bett gehen zu dürfen. Aber leider ist das Nachmittags-Postboot längst weg, und so muss ich auf den Shuttle-Service meines Schwagers mit seinem Fischkutter warten. Natürlich erst nach dem Essen bei Jette und ihm. Denn gerade das heutige Abendessen darf ich nicht verpassen, das ist mir völlig klar.

Ich sollte wohl doch endlich zu Liam und Izzy ziehen. Liam hat recht: Vier Monate in meinem Leuchtturmzimmer sind genug.

»Ich könnte ja weiterhin zum Arbeiten in den Leuchtturm kommen«, überlege ich laut, während ich mit einer Hand mein Make-up auffrische.

»Klar, das könntest du«, stimmt Liam zu. »Dann laufen wir auch nicht Gefahr, dass Izzy wieder zu viel über Organismen liest.«

Seine Bemerkung bringt mich so sehr zum Lachen, dass ich mir einen Mascara-Strich quer über die Wange ziehe.

»Apropos: Dave vom Bar Harbor Inn hat mich heute gefragt, ob du ihre Website ins Deutsche übersetzen könntest. Er hat von Sheila vom Lobster Shack gehört, wie gut du die Speisekarten übersetzt hast und möchte nachziehen. Bald wird halb Bar Harbor an deine Leuchtturmtür klopfen.« Das stolze Lächeln in seiner Stimme ist nicht zu überhören.

»Wow, klasse«, juchze ich glücklich und versuche gleichzeitig, die schwarze Schminke wegzurubbeln. »Das klingt wirklich gut! Und weißt du was? Heute Morgen habe ich eine E-Mail von meinem Verlag bekommen – sie haben ihr Programm erweitert und veröffentlichen jetzt auch Romantasy-Bücher. Das bedeutet weniger Organismen und dafür mehr Elfen. Ich werde also in Zukunft vermutlich eher nach irgendwelchen Fabelwelt-Ausdrücken auf Deutsch suchen und seltener nach immer neuen Beschreibungen von ›Glied‹.«

Liam lacht leise auf. »Na ja, wenn das so ist, dann darfst du irgendwann sogar wieder in unserem Haus übersetzen, Motte.«

»In unserem – du meinst in Izzys und deinem?«

»Nein. Ich meine in Izzys und deinem und meinem.«

Ich schweige ein paar Herzschläge lang und sehe wieder aufs Meer hinaus. Dann erregt eine Bewegung unten am Leuchtturm meine Aufmerksamkeit. Ich erkenne meine Mutter und Georgia, die Hand in Hand auf den Leuchtturm zukommen. Da sie mit jemandem reden, trete ich dichter ans Fenster heran und sehe hinunter, zum Leuchtturmwärterhäuschen nebenan. Dort sitzen Grace und mein Großvater auf der Bank neben der Eingangstür, wie jeden Abend. Die beiden sind mir so sehr ans Herz gewachsen, seit ich hier wohne. Jeden Morgen frühstücken wir gemeinsam in ihrer gemütlichen Wohnküche (zumindest, wenn ich nicht bei Liam übernachtet habe), bevor ich mich zum Übersetzen hier nach oben verziehe.

Die gemeinsamen Frühstücke werden mir fehlen, denke ich noch. Aber dann wird mir bewusst, wie mein Alltag mit Liam und Izzy in Bar Harbor aussehen könnte. Und dass ich trotzdem noch jederzeit nach Blueberry Island kommen kann – um zu übersetzen, um meinen Großvater und Grace zu besuchen und, natürlich, um Jette und Owen zu sehen.

»Klingt wirklich gut«, sage ich leise und lächele mein Spiegelbild im Fensterglas an. Ich höre Liam erleichtert aufatmen.

»Gut, dass wir das geklärt haben«, sagt er. »Ach, und übrigens möchte Izzy dieses Wochenende abends noch einmal ein Lagerfeuer im Garten machen, bevor es endgültig zu kalt dafür wird. Wir könnten Würstchen grillen.«

»Und hoffentlich Marshmallows?«, frage ich mit einem breiten Lächeln. Der Gedanke, wieder mit Liam und Izzy unter dem fantastischen Sternenhimmel von Maine am Lagerfeuer zu sitzen, macht mich unfassbar glücklich. Ja, ich bin in den letzten Monaten tatsächlich mehr und mehr zum Outdoor-Fan geworden, meinem Lieblingsranger und seiner Nachwuchsrangerin sei Dank. Ich war mit den beiden schon mehrmals auf einem traumhaft schönen See im Nationalpark Kajak fahren und habe mich bisher einmal mit dem Boot auf den Atlantik hinausgetraut. Neulich habe ich mir sogar die ersten Wanderschuhe meines Lebens gekauft, weil mir Izzy unbedingt die vielen Wanderwege durch den Park zeigen will. Nicht zu fassen, dass es mal so weit kommen würde mit mir. Tja, denke ich: »When life gives you mountains, put on your hiking boots.«

»Und Marshmallows natürlich. Ist doch Ehrensache«, antwortet Liam, bevor seine Stimme eine Nuance dunkler wird und er leise raunt: »Ich freue mich schon auf unsere nächste Campingauszeit, sobald der Winter vorbei ist. Nur wir zwei.«

Bei der Erinnerung an uns beide im Zelt wird mir sehr warm, und ich muss schlucken. Ein paar Wochen nach Jettes Hochzeit haben Liam und ich zwei Nächte auf einem anderen Campingplatz des Acadia Nationalparks verbracht, dem Seawall Campground, auch direkt am Meer gelegen. Zwei Nächte, in denen ich wenig geschlafen habe und an die ich mich wirklich gern erinnere. In seinem Haus in Bar Harbor räuspert sich Liam, der anscheinend dieselben Gedankengänge hat wie ich, holt tief Luft und sagt: »Ach so, und halte dir unbedingt den 15. November abends frei. Izzy spielt in einem Thanksgiving-Stück ihrer Schule mit. Sie ist ein Truthahn. Frag nicht. Zum Glück kümmert sich Mom um das Kostüm! Aber du musst natürlich unbedingt dabei sein, soll ich dir ausrichten. Und wenn ich das jetzt nicht mache, vergesse ich es nachher wieder, wenn ich dich sehe und auf andere Gedanken komme. Wobei Izzy es dir sicherlich auch noch zwanzigmal sagen wird.«

Ich muss lachen. »Mhm. Aber auf was für andere Gedanken kommst du denn bloß?«

»Erzähle ich dir später«, sagt Liam heiser. »Also, Motte, bis nachher. Ich wünsche dir ein schönes Abendessen.«

»Danke, euch beiden auch. Bis später!«

Als ich aufgelegt habe, starre ich noch einen Augenblick gedankenverloren aus dem Fenster, wo sich über dem Atlantik die Dämmerung herabsenkt. Die Tatsache, dass ich mit einem Mal eine so wichtige Rolle im Leben eines inzwischen neunjährigen Mädchens spielen darf, rührt und erstaunt mich immer wieder aufs Neue. Ich kann mir meinen Alltag schon nach so wenigen Monaten nicht mehr ohne Izzy vorstellen. Ohne Liam natürlich erst recht nicht. In letzter Zeit muss ich immer öfter an Inge denken. Daran, wie es für sie gewesen sein muss, damals Jette und mich kennen und lieben zu lernen. Nun bin ich eine Art Stiefmutter – auch wenn ich noch hier oben im Leuchtturm wohne. Aber diese Tage neigen sich anscheinend mit großen Schritten ihrem Ende entgegen, überlege ich mit einem glücklichen Lächeln auf den Lippen. Ich horche in mich hinein, warte auf die Panik, die mich vor wenigen Monaten noch überrollt hätte bei der Vorstellung, mit einem Mann und seinem Kind zusammenzuziehen. Aber tief in meinem Inneren finde ich nur ein Gefühl vollkommener Zufriedenheit. Ich muss an Jettes Worte denken, als sie mir damals in Stuttgart von ihrer

Verlobung mit Owen erzählt hat: »Ich fühle mich wirklich endlich zu Hause.« Ja, überlege ich jetzt. So geht es mir auch. Hier, in Maine – sei es auf Blueberry Island oder in Liams Haus oder sogar in einem Zelt im Acadia National Park –, bin auch ich zu Hause angekommen. Und noch mehr: Zum ersten Mal in meinem Leben macht mir die Vorstellung, vielleicht sogar irgendwann zu heiraten, keine Angst mehr. Dass Liam das irgendwann will, ist mir klar. Und Izzy erst recht. Sie redet ständig davon – weil sie Jettes Hochzeit so toll fand, weil sie will, dass ich mit Nachnamen »Malone« heiße, wie ihr Dad und sie, und weil sie wohl auch verhindern will, dass ich wieder gehe. Dabei versuche ich immer wieder, ihr klarzumachen, dass ich sehr gern bleiben möchte, auch ohne Ehering. Aber mit wäre auch okay. Wahnsinn, dass ich das ernsthaft in Erwägung ziehe!

Außerdem träumt Izzy von Geschwistern. Neulich hat sie mir beim Einkaufen völlig entzückt Babystrampler gezeigt und laut überlegt, dass man Liams Arbeitszimmer in ein zweites Kinderzimmer verwandeln könnte. Dieses Thema hätte mich früher in die Flucht geschlagen. Heute nicht mehr. Keine zehn Elche bekommen mich fort aus Maine!

Selbst dann nicht, wenn Claire doch wieder hier auftauchen sollte. Das hat Liam vor Kurzem angesprochen. »Was, wenn sie es sich irgendwann anders überlegt und plötzlich doch eine Rolle in Izzys Leben spielen will?«

»Dann werden wir das gemeinsam schaffen«, habe ich ihn beruhigt. »Wir werden eine Lösung finden, die allen gerecht wird.«

So, wie mein Vater, Inge und Eve eine Lösung gefunden haben. Eine erwachsene, respektvolle Lösung. Alle drei spielen jetzt Rollen im Leben von Jette und mir – und niemand ist beleidigt oder gekränkt.

Aber, ganz ehrlich – ich glaube nicht, dass Claire es sich

jemals anders überlegen wird. Im Gegensatz zu meiner Mutter scheint sie ihr Kind tatsächlich kühl kalkuliert und ohne Reue aus ihrem Leben gestrichen zu haben. Weil es nicht zu ihrem Image passt. Neulich hat Izzy zu Liam gesagt: »Nur gut, dass Polly kein Image braucht!« Nein – ich brauche nur ihren Dad und sie.

Wenige Minuten später eile ich die Wendeltreppe des Leuchtturms bis in den kleinen Laden hinab, der mich still und nach Blaubeertee duftend begrüßt, wie immer. Ich gehe durch die Regalreihen hindurch, in denen zahlreiche Souvenirs auf die Touristen des nächsten Tages warten. Es ist keine Stunde her, seit Jette die Lichter des Ladens gelöscht hat, und der Duft ihres Parfüms hängt noch in der Luft. Allerdings werde ich das jetzt eine Weile nicht mehr riechen, wie sie mir heute Morgen anvertraut hat: Nein, nicht, weil Jette schon nach knapp einem Jahr erneut die Nase voll von ihrem neuen Job hätte, ganz im Gegenteil. Sie liebt diesen kleinen Laden im Leuchtturm über alles, ist freiwillig schon lange vor dem Anlegen des morgendlichen Postboots hier, bevor die ersten Touristen auch nur die Insel betreten, sie räumt mit Eifer die Regale um, hat neue Ideen für Dekoration und Werbung und welche Artikel man noch anbieten könnte. Neulich hat sie sogar eine eigene Handcreme hergestellt, nach einem alten Inselrezept von Mrs. McCallahan aus dem Gemischtwarenladen. Es ist eine Creme, die ursprünglich für die extrem beanspruchten Hände der Fischer gedacht war, die unter Wind und Salzwasser litten. Aber diese Creme gegen sehr trockene Haut dürfte auch bei vielen Städtern gut ankommen. Mrs. McCallahan und Jette wollen die Creme gemeinsam herstellen und vermarkten und exklusiv im Gemischtwarenladen und im Leuchtturmshop verkaufen. »Salty Sea Hand Lotion«, so wird sie heißen. Ich bin wirklich stolz auf meine Schwester, die endlich angekommen zu sein scheint. Jeden Tag besucht sie mich mit einer Tasse Kaffee oben in meinem Leuchtturmzimmer, wenn gerade keine Kunden da sind, und dann reden wir über Gott und die Welt. Und mittags essen wir oft zusammen mit Grace und Grandpa, und manchmal kommt auch Owen dazu, wenn das Wetter ihn daran gehindert hat, mit seinem Fischerboot rauszufahren, wie öfter in letzter Zeit, seit die Herbststürme eingesetzt haben.

Aber sogar der Kaffee oben im Leuchtturmzimmer wird in den kommenden Monaten wohl wegfallen, überlege ich nun, während ich an dem blank geputzten Verkaufstresen mit der altmodischen Kasse vorbeigehe und die Tür öffne. Weil meiner Schwester wohl nicht nur von ihrem eigenen Parfüm schlecht wird, sondern sie in Zukunft bestimmt auch auf Kaffee verzichten wird. Zumindest habe ich gehört, dass Schwangere das tun.

Ja, ich werde Tante, und ich könnte nicht aufgeregter sein. Aber ich muss mich beherrschen und darf mir nichts anmerken lassen, denn sonst wird meine Mutter sicherlich davon Wind bekommen, und es soll doch eine Überraschung für sie sein. Heute Abend, beim Essen, wollen Jette und Owen ihr eröffnen, dass sie Oma wird. Danach, wenn wir alle weg sind, werden die zwei mit unserem Vater und Inge in Deutschland telefonieren und ihnen die Neuigkeit mitteilen. Ich kann mir vorstellen, dass Papa und Inge sich dann sofort begeistert in die Reiseplanung stürzen werden, um die Geburt ihres ersten Enkelkindes auf keinen Fall zu verpassen. Sie haben ja schon bei Jettes Hochzeit angekündigt, ganz sicher oft zu Besuch zu kommen, weil sie sich so in Maine verliebt haben – und weil sie natürlich ein Teil des Lebens ihrer Töchter bleiben möchten.

Morgen beim Frühstück wollen Jette und Owen dann unserem Großvater und seiner Grace sagen, dass ihr Urenkel auf dem Weg ist. Sicherlich wird die Freude bei den beiden mindestens so groß sein wie bei meinen Eltern. Grace hat mir neulich, als wir gemeinsam ihren Blueberry Cheesecake gebacken haben, anvertraut, dass das Einzige, was sie in ihrem Leben wirklich von ganzem Herzen vermisst habe, ein Baby gewesen sei. »Leider hat es bei uns nie geklappt«, hat sie traurig gesagt. »Dabei wäre diese Insel ein Paradies für ein Kind gewesen.«

Jetzt wird Jettes Tochter oder Sohn in diesem Paradies aufwachsen, umgeben von den liebevollsten Menschen, die man einem Kind wünschen kann.

»Ah, da bist du ja, mein Schatz«, sagt meine Mutter, als ich den Leuchtturm verlasse. Sie steht neben Georgia und lächelt mir entgegen. Die beiden sind in warme Jacken verpackt, wie ich auch, denn der Wind pfeift heute Abend ganz schön frisch um Blueberry Island. Ein wenig besorgt sehe ich meine Großeltern an.

»Ist euch warm genug?«, frage ich die zwei, die dicht an der Wand ihres Leuchtturmwärterhäuschens sitzen, ebenfalls in warme Jacken verpackt. Mein Großvater lacht schallend auf.

»Immer diese Städter«, sagt er amüsiert und schüttelt den Kopf. »Dieses bisschen Wind kann einem Insulaner doch nichts anhaben! Warte mal ab, bis die Winterstürme kommen!«

»Bis dahin wohnt sie bestimmt längst bei Liam und Izzy«, meint Grace und zwinkert mir liebevoll zu. »Also, nicht dass ich dich nicht mehr hier haben will, Liebes. Aber ich kenne da jemanden, der will dich noch dringender nah bei sich haben.«

»Ja, den kenne ich auch«, erwidere ich versonnen. Dann wende ich mich zum Gehen. »So, ihr zwei, bleibt nicht zu lange hier draußen sitzen, auch wenn ihr hartgesottene Insulaner seid«, scherze ich liebevoll, aber gleichzeitig mit einer gewissen Strenge. Ich habe die beiden zu sehr ins Herz geschlossen, um sie am Ende wegen ihrer Störrigkeit an eine Lungenentzündung zu verlieren.

»Ay, ay, Captain«, salutiert mein Großvater und schickt mich mit einem Luftkuss meines Weges.

Beschwingt gehe ich auf meine Mutter und Georgia zu, die mir erwartungsvoll entgegensehen. »Na, wollen wir?«, fragt meine Mutter.

»Ja, lass uns gehen, Ma«, sage ich und hake mich bei ihr unter.

ENDE

Anmerkung

Dieser Roman ist größtenteils im turbulenten »Corona«-Jahr 2020 entstanden, und während ich von den Touristenmassen in Bar Harbor geschrieben habe, musste ich ein ums andere Mal daran denken, wie anders der Sommer 2020 dort wohl ausgesehen hat. Ich wünsche mir von Herzen, dass es die kleinen Läden und Boutiquen, die Cafés und Restaurants alle noch gibt, auch wenn wohl keine Kreuzfahrtschiffe und kaum Busse mit Touristengruppen ihren Weg an Maines Küste gefunden haben. Zwar hätte ich mir, bei meinem letzten Besuch in Bar Harbor, durchaus leerere Gehwege und Lokale gewünscht, und im Acadia National Park war mir das Gedränge ebenfalls zu groß – aber ich weiß auch, wie viele Existenzen bedroht sind, wenn diese Touristen plötzlich wegbleiben. Ich wünsche euch, liebe Einwohner von Bar Harbor, dass es für euch ein Happy End gibt.

An dieser Stelle noch eine Anmerkung: Den Blackwoods Campground, das Bar Harbor Inn, die Feuerwache in der Firefly Lane – all diese Orte existieren tatsächlich. Aber die Insel Blueberry Island, die habe ich erfunden. Allerdings gibt es wirklich eine Great Cranberry Island in der Nähe von Bar Harbor, zu der ein Postschiff fährt. Ob dort ein Hummerfischer namens Owen und ein älterer Herr mit aquamarinblauen Augen leben, das kann ich nicht so genau sagen. Aber auch nicht ausschließen.

Danke

Wie schon in der Widmung angedeutet, ist es meinen lieben Freundinnen Chrissi und Andrea zu verdanken, dass ich auf die Idee zu diesem Roman gekommen bin. Im Sommer 2016 haben wir gemeinsam im kanadischen Lunenburg (die Leser*innen von *Träume in Meeresgrün* wissen, wo das ist!) einen Segeltörn bei Sonnenuntergang gemacht. Ein besonders schönes Foto, das entweder Andrea oder Chrissi von meinem Mann Marco und mir gemacht hat, ist seitdem Bildschirmschoner auf meinem Laptop. Allerdings steht direkt neben Marco und mir, ebenfalls ganz andächtig in die romantische Abendstimmung schauend, ein Mann, den wir nicht kennen. Er ist aber so prominent auf diesem wunderschönen Foto zu sehen, dass Marco und ich uns irgendwann angewöhnt haben zu fragen: »Sag mal, wer ist denn eigentlich der Mann da?«, wenn wir das Foto sehen. Das hat sich zu unserem »Inside Joke« entwickelt, über den wir auch nach vier Jahren immer noch lachen können. Eines Abends fingen wir dann an, aus einer Laune heraus herumzuspinnen, wie der Fremde wohl heißen könnte und warum er überhaupt eine Aktentasche auf dem Segeltörn dabeihatte (darauf haben wir bis heute keine Antwort gefunden), und da kam mir plötzlich die Idee: »Stell dir mal vor, jemand sieht dieses Foto von uns und sagt: ›Hey, den Mann neben euch, den kenne ich!‹« Diese Idee ließ mich nicht mehr los, und in meinen Gedanken entwickelte sich peu à peu die Geschichte von Polly und Jette, die ihre Mutter auf einem Foto erkennen und so wiederfinden. Also, noch einmal an dieser Stelle: Herzlichen Dank, Chrissi und Andrea – es war ein toller Urlaub mit euch, den wir unbedingt wiederholen müssen!

Natürlich danke ich auch, wie immer, dem wunderbaren Team beim Heyne Verlag, allen voran Michelle Stöger, die leider nicht mehr dabei ist, aber der ich noch zu verdanken habe, dass aus meiner verrückten Foto-Idee ein weiterer Heyne-Roman werden durfte, und Silja Maehl, die leider auch nicht länger im Paperback-Bereich als Lektorin für mich zuständig ist, mit der ich aber dennoch einige Monate lang zusammenarbeiten durfte. Ganz herzlichen Dank für alles, Michelle und Silja! Janina Dyballa und Dr. Nora Haller haben dieses Projekt wunderbar weiterbetreut, und das hat, selbst in erschwerten Corona-Homeoffice-Zeiten, wunderbar funktioniert, wofür ich mich ebenfalls bedanke. Und einmal mehr von ganzem Herzen ein riesiges Dankeschön an meine absolute Lieblingsredakteurin, Finderin der großen und kleinen Fehler, Mutmacherin und Ratgeberin Dr. Diana Mantel. Hoffentlich gehen wir diesen Weg weiterhin gemeinsam, liebe Diana!

Ein großer Dank geht, wie immer, an die Literaturagentur Drews, wo die wunderbare Conny Heindl nach wie vor an meine Ideen und an mich glaubt. Auf weiterhin eine so fantastische und ergiebige Zusammenarbeit, liebe Conny!

Ein »Thank you« geht an die Nationalpark-Rangerin, die im letzten Sommer meiner Familie und mir auf einem Ausflugsboot vor Bar Harbor viel Wissenswertes zum Acadia National

Park erzählt hat, und die meine Figur der Eve Moore optisch sehr beeinflusst hat.

Und, mal wieder an letzter Stelle, aber ganz vorn in meinem Herzen: Danke an Marco und an unsere Töchter Emilia und Matilda, die die blühende Fantasie ihrer Mutter geerbt haben, was nicht immer leicht ist (für die Eltern), aber auch viel Freude mit sich bringt und besonders mich sehr stolz macht! Danke euch dreien, dass ihr die Launen eurer Frau und Mama ertragt, wenn die Abgabefrist des Romans näher rückt und meine Nerven blank liegen. Und vor allem ein riesiges Dankeschön für euer Sitzfleisch, als wir im Sommer 2019 den weiten Weg vom kanadischen Nova Scotia bis nach Bar Harbor in Maine mit dem Mietwagen gefahren sind, damit ich für diesen Roman recherchieren konnte. Es hat sich gelohnt, wie ich finde. Ich liebe euch von ganzem Herzen.

Grace' Blueberry Cheesecake mit Streuseln

Teig:
400 g Mehl · 2 TL Backpulver · 1 Prise Salz · 150 g kalte Butter (in Stücke geschnitten) · Abgeriebene Schale einer Limette (optional) · 75 g weißer Zucker · 75 g hellbrauner Zucker · 2 Eier · 1 Päckchen Vanillezucker

Füllung:
250 g Mascarpone · 250 g Frischkäse · 75 g Puderzucker · 1 Päckchen Vanillezucker · 2 EL Speisestärke · 2 Eier · Ca. 400 g Blaubeeren (am besten natürlich wilde Maine-Blaubeeren, aber andere tun es auch ☺)

Den Ofen auf 175 Grad Celsius vorheizen. Den Boden einer Springform (24–26 cm) mit Backpapier auslegen, die Ränder einfetten. Mehl, Backpulver, Salz, braunen und weißen Zucker sowie (optional) den Abrieb der Limette in einer Schüssel vermengen. Butter hinzufügen, alles mit den Händen oder mit dem Mixer zu einem krümeligen Teig verarbeiten. Eier und Vanillezucker hinzufügen. ¾ des Teigs in der Springform flachdrücken, sodass ein ca. 3–4 cm hoher Rand entsteht. Die Kuchenform und den restlichen Teig in den Kühlschrank stellen. Für die Füllung Mascarpone, Frischkäse, Puderzucker, Vanillezucker und Speisestärke vermengen. Eier kurz unterrühren. Die Hälfte der Füllung in die gekühlte Kruste in der Springform füllen, dann ca. ¾ der Blaubeeren darauf verteilen. Den Rest der Füllung darüber gießen. Obendrauf die restlichen Blaubeeren verteilen, und den verbliebenen Teig krümelig darüber streuen. Ungefähr 60–70 Minuten backen – mit einem Zahnstocher testen, ob der Kuchen gar ist. Sollte er zu dunkel werden, nach ungefähr der Hälfte der Backzeit Alufolie darüber decken.

Guten Appetit!

Miriam Covi

Du und ich und immer Meer

Sommerfeeling garantiert!

978-3-453-42213-1

978-3-453-42271-1

Leseproben unter **www.heyne.de**

Ella Thompson

Die Lighthouse-Saga

Lange Sommerabende auf Cape Cod.
Eine tiefe Freundschaft.
Und der Traum von einer längst vergangenen Liebe.

978-3-453-42294-0 978-3-453-42295-7 978-3-453-42296-4